감옥에 가기로 한 메르타 할머니

감옥에 가기로 한
메르타 할머니

CATHARINA INGELMAN-SUNDBERG

카타리나 잉엘만순드베리 장편소설   정장진 옮김

이 책은 실로 꿰매어 제본하는 정통적인 사철 방식으로 만들어졌습니다.
사철 방식으로 제본된 책은 오랫동안 보관해도 손상되지 않습니다.

조카들에게: 프레드리크, 이사벨라, 시몬, 한나, 마리아, 헨리크, 카트린, 함푸스, 수산네, 크리스티안, 카타리나, 헬레나, 프레드리카, 안나, 소피아

하루 범죄 한 건이면 의사가 필요 없다.
— 스티나, 77세

프롤로그

노부인은 한 손으로 보행기를 움켜잡고, 단호한 모습을 갖추려고 하면서, 지팡이를 바구니 옆에 걸었다. 이제 막 은행을 털려고 하는 79세의 노부인일수록 당당함이 필요하다. 몸을 곧게 세우고 모자를 푹 눌러 이마를 가린 채 노부인은 은행 문을 열었다. 칼오스카르사에서 제작한 보행기에 몸을 기댄 채 노부인은 천천히 은행 안으로 들어갔다. 은행 문을 닫기 5분 전이었으며 세 명의 고객들이 줄을 서서 기다리고 있었다. 올리브유를 발라 기름칠을 했음에도 불구하고 보행기는 아직도 조금 귀에 거슬리는 소리를 냈다. 한 용역 회사의 청소 수레와 정면으로 충돌한 이후, 보행기의 바퀴 하나가 늘 말썽이었다. 하지만 오늘 같은 날, 그런 건 별로 중요하지 않았다. 중요한 것은 많은 돈을 담을 수 있도록 보행기에 큰 바구니가 달려 있다는 것이다.

스톡홀름 시 쇠데르말름 출신인 메르타 안데르손은, 사람들의 눈을 끌지 않기 위해 일부러 아주 평범한 색으로 골라 산 외투를 입고 약간 앞으로 몸을 숙인 채 걸어갔다. 평균보다 조금 큰 키의 메르타는 군이 말하자면 통통한 편이었지 뚱뚱한 몸매는 아니었고, 신발은 혹시 도망을 쳐야 할 일에 대비하기 위하여 어두운 색의 조깅화를 신고 있었다. 굵은 핏줄이 선명한 두 손에는 오래된 가죽 장갑을 끼고 있었고 흰머리는 챙이 넓은 밤색 모자를 푹 눌러써서 대충 가리고 있었다. 목에는 형광색 스카프를 두르고 있었다. 혹시 사진이라도 찍히는 경우, 이 형광색은 주변의 모든 것을 자동적으로 과다 노출시킴으로써 얼굴의 주요 특징들도 사라지게 만들어 준다. 하지만 이는 조심조심하느라고 그런 것일 뿐, 이미 입과 코는 모자만으로도 충분히 가려져 있었다.

예트가탄 가에 있는 이 작은 은행은 어디서나 볼 수 있는 평범한 은행들 중 하나였다. 창구는 하나밖에 없었고 벽도 아무런 특징이 없었으며 잘 닦아서 반질반질한 바닥도 어디서나 볼 수 있는 것이었다. 작은 탁자 위에는 돈을 불리는 방법과 유리한 대출 상품을 소개하는 광고 브로슈어들이 놓여 있었다. 메르타는 그 브로슈어들을 보면서 잠시 생각에 잠겼다. 〈브로슈어를 만드신 제작자들이여, 난 훨씬 효과적인 방법을 알고 있다네!〉 메르타는 긴 의자에 앉아 순서를 기다리면서 주택 담보 대출과 주식형 펀드 상품을 광고하는 포스터들을 들여다보며 이것저것 따져 보는 척하고 있었다. 하지만 아무리 진정을 하려고 해도 손이 자꾸 떨리는 것은 어쩔 수가 없었다. 할 수 없이 메르타는 주머니에서 남의 눈에 띄지 않게 사탕을 꺼내 입에 넣었다. 사탕을 먹는 것은 의사들이 주의를 주곤 했던 좋지 않은 습관이긴 했지만, 치과 의사들 입장에서는 권장할 일까지는 아니더라도 군이 말릴 필요가 없는 습관이기도 했다. 〈밀림의 포효〉라는 이상야릇한 이름도 그렇지만, 이 감초를 소금에 말려서 만든 사탕은 오늘 같은 날에는 딱 제격이었다. 또 모든 사람들이 완벽하다고 칭송하는 메르타에게도 인간적인 약점이 없을 수는 없는 것 아닌가.

대기자 전광판의 벨이 울리자 한 40대 중반의 남자가 빠른 걸음으로 창구로 갔다. 그의 볼일은 금방 끝났고 이어 다음 차례인 청년도 오래 걸리지 않았다. 그다음 차례는 훨씬 나이가 많은 남자였는데, 창구 앞에서 계속 뭐라고 투덜대면서 두꺼운 서류 뭉치를 뒤적거리고 있었다. 메르타는 초조해지기 시작했다. 여기에 이렇게 오래 머물러 있어서는 곤란했다. 아무래도 오래 있다 보면 메르타의 행동거지들이 눈에 띌 수밖에 없고 또 다른 특징들이 그녀의 신분을 드러내기 마련인 것이다. 그러면 정말 곤란했다. 돈을 인출하러 은행에 온 평범한 노부인으로 보여야만 했다. 은행에서 돈을 인출한다, 메르타가 할 일이 바로 이것이었다. 물론 창구 직원은 깜짝 놀라겠지만……. 메르타는 「다겐스 인두스트리」지에서 오린 신문 쪼가리를 찾으려고 외투 주머니에 손을 넣었다. 신문에 따르면, 은행털이는 은행 측에 실로 막대한 피해를 입힌다고 한다. 바로 그 기사를 오려서 주머니에 넣고 있었다. 기사 제목은 〈이것은 완벽한 은행털이!〉였다. 메르타가 지금부터 저지르려고 하는 은행털이는 바로 이 신문 기사의 제목에서 영감을 받아 시작된 것이었다.

창구에 앉아 있는 마지막 손님의 일이 끝나자, 메르타는 보행기에 의지해 자리에서 일어났다. 평생 동안 메르타는 흔히 말하듯이 누구에게나 신뢰감을 주는 잘나가는 여자였다. 학교 다닐 때는 반장도 여러 번 했었다. 그런데 그런 그녀가 지금 은행을 터는 범죄자가 되려고 한다. 하지만 그녀도 자신의 노년을 꾸려 나가야만 했다! 자신과 가족들을 위한 아름다운 집을 사려면 돈이 필요했다. 이제는 돌이킬 수 없다. 같은 합창단의 노인 친구들과 함께 〈빛나는〉 제3의 인생을 살고 싶었다. 한마디로, 이 인생의 늦가을에 조금은 흥청망청 살고 싶었던 것이다. 마지막 손님인 그 사나이가 답답하게도 꺼냈던 서류들을 챙기느라 시간을 잡아먹고 있었다! 마침내 메르타의 번호가 떴다. 천천히 그러나 당당하게, 메르타는 창구를 향해 앞으로 나아갔다. 그녀가 평생 쌓아 온 좋은 평판과 존경이 이제 한순간에 먼지처럼 날아갈 순간이 온 것이다. 하지만 나이 많은 노인들을 제대로 대접하지 않은 이 날도둑놈들이 활개를 치는 사회에서 79세의 노인 메르타가 할 수 있는 다른 일이 뭐가 있겠는가? 현실을 받아들이든지, 아니면 그대로 죽어 가든지 아니면 적응을 해서 살아가든지……. 메르타는 이제까지 늘 적응하는 타입으로 살아왔다.

마지막 남은 몇 걸음을 옮기면서 메르타는 주위를 다시 한 번 유심히 살피면서 창구 앞에 섰다. 지팡이를 집어 카운터에 올려놓고 머리를 끄덕여 창구 직원에게 다정하게 인사를 했다. 그런 다음 메르타는 신문에서 오려 낸 기사 쪼가리를 내밀었다.

〈이것은 완벽한 은행털이!〉

창구 여직원은 신문 쪼가리를 읽은 다음 눈을 들어 환한 미소를 지어 보였다.

「뭘 도와 드릴까요, 손님?」

「3백만 크로나를 내놔, 얼른!」

창구 여직원은 조금 전보다 더 크게 웃었다.

「돈을 인출하시겠다는 거죠?」

「아니야. 당신이 가서 돈을 가져오란 말이야, 지금 당장!」

「알겠습니다. 하지만 이번 달 연금은 아직 입금이 안 됐어요. 매달 중순경에 들어와요. 아시겠어요, 할머니?」

메르타는 일이 꼬여 가고 있다는 것을 느꼈다. 세상일들은 언제나 예상치 못한 양상을 보이곤 한다. 그러면 계획을 수정해서 다시 시도해야 한다. 그것도 빨리. 메르타는 외투를 벗어서 창구 여직원의 코앞에 대고 마구 흔들어 보이다가 창구 옆에 던져 버렸다. 그리고 계속 소리쳤다.

「어서, 서두르란 말이야! 내 돈 3백만 크로나를 내놔!」

「하지만, 연금은 아직…….」

「내가 말한 대로만 해. 3백만. 그걸 갖다가 여기 내 보행기 위에 놓으란 말이야!」

창구 여직원은 더는 못 참겠다는 듯이 자리에서 일어나 동료 남자 은행원 두 사람을 데리고 나왔다. 그중 한창 일할 나이인 한 남자 직원은 남자답지 않게 예쁜 미소를 지어 보였고, 다른 한 직원은 너무나도 잘생긴 미남이어서 메르타는 순간 눈앞에 그레고리 펙이나 케리 그랜트가 나타난 줄로만 알았다. 바로 이 미남 직원이 메르타에게 말했다.

「우리가 부인의 연금을 관리하고 있어요. 그러니까 아무 걱정하지 마세요. 원하신다면, 여기 제 옆에 있는 이 직원이 차를 한 대 불러 드릴게요. 그걸 타고 집에 돌아가세요.」

메르타는 창살이 쳐진 창구 너머를 힐끗 바라봤다. 방 한구석에서 창구 여직원이 전화를 걸어 다른 사람에게 상황을 알리고 있는 모습이 보였다.

「그렇다면, 다음번에 와서 은행을 털어야겠군.」 메르타는 외투를 집어 들고 오려 낸 신문 쪼가리도 집었다.

모두들 메르타를 향해 미소를 지으며 친절하게도 문까지 배웅해 주었으며 택시 타는 것까지 도와주었다. 심지어 보행기를 접어 택시에 실어 주기까지 했다.

「다이아몬드 노인 요양소로 가세요.」 메르타는 손을 흔들어 은행 직원들에게 인사를 하고 나서 택시 기사에게 행선지를 일러 주었다. 〈어쨌든, 따지고 보면 모든 것이 메르타가 예상했던 대로 됐다.〉 보행기를 밀고 다니는 한 노파가 다른 사람들은 꿈도 못 꿀 일을 한 것이니까. 메르타는 주머니를 뒤져 다시 사탕 하나를 꺼내 입에 넣고는 노래 한 곡을 흥얼거렸다. 그녀가 세운 계획이 성공을 거두려면 합창단 단원들의 도움이 필요했다. 벌써 20년 넘게 함께 살아온 그 친구들의 도움만 있으면 될 것 같았다. 물론 아무리 그래도, 함께 은행을 털자고 불쑥 말을 꺼낼 수는 없는 노릇이다. 조금 꾀를 내서 그 노인네들을 속일 필요가 있었다. 처음에는 조금 꺼림칙했지만 잠시 생각을 해보니 꼭 그렇지만도 않았다. 후일 모두들 인생을 바꿔 주어서 고맙다고 메르타에게 감사해할지 누가 알겠는가?

메르타는 멀리서 울리는 윙윙 소리에 이어 세게 쳐대는 종소리에 그만 잠에서 깼다. 눈을 뜬 메르타는 자기가 지금 어디에 있는지 잠시 의아했다. 아, 맞아. 노인들을 위한 요양 시설이지. 이렇게 남들 다 자는 한밤중에 일어나 무언가를 꼭 먹는 사람은 〈갈퀴〉라는 별명으로 더 자주 불리는 베르틸 엥스트룀 밖에 없다. 갈퀴는 전자레인지에 음식을 넣어 놓고는 늘 깜빡하곤 했다. 메르타는 일어나 보행기를 밀고 부엌으로 갔다. 약간 숨을 헐떡이며 메르타는 전자레인지에서 플라스틱 포장에 담긴 작은 만두와 뻘건 토마토소스가 뿌려진 스파게티를 끄집어내면서 바로 앞에 있는 건물을 몽롱한 눈으로 바라봤다. 어두운 밤이었지만 불이 들어와 있는 창문이 몇 개 보였다. 길 건너편에 사는 사람들은 모두 자기들만의 부엌을 갖고 있다. 옛날에는 이 요양소에서도 노인들이 각자 작은 개인 부엌들을 갖고 있었다. 하지만 시설이 다른 사람의 손에 넘어가면서 새로 온 주인이 이 개인 취사 시설을 없애 버렸다. 경비 절감 때문이었다. 다이아몬드 주식회사가 이 노인 요양소를 인수하기 전만 해도, 삼시 세끼 식사는 요양소 하루 일과 중 가장 기다려지는 시간이었다. 질 좋은 여러 음식들이 뿜어내는 음식 냄새가 식당으로 사용되기도 하는 공동실을 가득 채울 때면…….
그러나 지금은 어떤가? 메르타는 하품을 하며 싱크대 위로 몸을 숙였다. 거의 모든 것이 나빠졌다. 너무나도 한심해져서 종종 메르타는 전혀 다른 곳으로 가는 꿈을 꾸곤 했다. 꿈이었지만 얼마나 멋졌던가. 꿈을 꾸기 시작하면 메르타는 이미 꿈속의 장소에 가 있곤 했다. 은행도 그녀가 꿈꾸던 곳들 중 한 곳이었다. 마치 무의식이 주인이 되어 마구 명령을 내리면서 메시지를 전하는 것만 같았다. 메르타는 이미 초등학교 시절부터 불의에 맞서 반항을 하곤 했다. 초등학교 교사로 일할 때에도 불합리한 조치나 조직 배치가 나오면 언제나 반대에 앞장섰다. 하지만 여기, 노인 요양소에 들어온 이후로는 자기가 생각해도 이상할 정도로 모든 것을 받아들이고 있었다. 어쩌다 이렇게 무기력하게 변해 버렸을까? 국민들이 자기 나라 정부와 의견 일치를 보지 못할 경우 국민들은 혁명을 일으킨다. 여기서도 혁명을 일으켜야 할지 모른다. 하지만 그러기 위해서는 우선 사람들을 모아야 한다. 어쩌면 조금 멀리 나가는 것인지도 모르지만 소동을 한 번 더 일으켜서……. 메르타는 자기도 모르게 웃음을 흘렸다. 메르타는 〈거의 언제나, 꿈은 이루어진다〉는 믿음을 갖고 있었다. 메르타는 이 믿음이 조금 두렵기도 했다.

1

다음 날 다이아몬드 요양소의 노인 고객들이(고객들? 원래
는 〈피요양인〉으로 불렸지만 다이아몬드 주식회사가 요양소
를 인수하고 하루아침에 〈고객들〉이 되었다) 공동실에서 모닝
커피를 마시고 있을 때, 메르타는 앞으로 해야 할 일들을 곰곰
이 따져 보았다. 메르타가 태어난 외스텔렌의 집에서는 가족
중 누군가가 아직 일을 하고 있으면, 당연히 모두 일을 마칠
때까지 밤을 새는 한이 있더라도 함께하곤 했다. 그 일이 말린
건초를 들여놓는 것이든 암컷 말이 새끼 낳는 것을 보살피는
것이든, 팔짱을 끼고 앉아 있는 대신, 길게 말할 필요도 없이
모두들 그렇게 했다. 메르타는 자신의 두 손을 내려다보았다.
그녀는 힘센 두 손을 늘 자랑스럽게 생각했다. 이는 아직도 일
할 힘이 있다는 증거이기도 했다. 웅웅거리는 시끄러운 목소리
들이 공기가 탁한 공동실에 앉아 있는 메르타 주위를 오르락
내리락하며 맴돌고 있었다. 꼭 고아원 같았다. 집기들만 봐도
그랬다. 쓰레기장에 내다 버린 폐품들을 가져다 놓은 것만 같
았다. 1940년대 말 석면 시멘트로 지은 이 오래된 건물 단지는

낡은 학교 같기도 하고 동시에 치과 대기실을 연상시키기도 했다. 생명이라고는 눈을 씻고 찾아봐도 없었다! 메르타가 삶을 끝내고 싶었던 곳은 인스턴트식품으로 배를 채운 다음 플라스틱 커피 잔을 손에 들고 왔다 갔다 해야 하는 이런 곳이 결코 아니었다! 메르타는 깊이 숨을 들이쉰 다음 커피포트를 밀어 놓고 몸을 앞으로 숙였다.

「자, 다들 잠깐만요. 내 방으로 가서 커피 한 잔 더 할까요?」 친구들에게 자기 방으로 따라오라는 손짓을 하며 메르타가 제안했다. 그러고는 덧붙였다. 「우리끼리 이야기를 좀 해야 할 것들이 많은 것 같아서 말이야.」

그렇지 않아도 메르타가 북극산 오디로 담근 술을 몰래 몇 병 슬쩍했다는 것을 알고 있던 터라 친구들은 그녀의 제안에 동의했고 말이 끝나자마자 모두들 자리에서 일어섰다.

한밤중에도 늘 식탐을 참지 못해 쩔쩔매곤 하던 우리의 우아한 갈퀴가 앞장서서 행렬을 이끌었다. 그 뒤로 발명가로 알려져 있기에 〈천재〉로 통하던 노인과 메르타의 두 여자 친구들이 따라나섰다. 그 두 여자 친구란 벨기에산 초콜릿이라면 사족을 못 쓰는 스티나와 여전히 압도적인 미모로 다른 모든 여자들의 얼굴을 질투로 파랗게 질리게 하는 안나그레타였다. 모두 우습게 봐서는 안 될 사람들이라는 것을 누구보다 잘 알고 있었기에 메르타는 무언가 일을 꾸밀 때에만 북극산 오디 술을 내놓았다. 이런 자리를 만든 것도 사실 꽤 오래간만이었는데 이번에는 메르타가 뭔가 잔뜩 생각하고 있는 것이 분명했다.

사람들이 다 들어오자 메르타는 오디술을 꺼내 들고, 긴 소파에 놓여 있던 뜨개질하던 것들을 치운 다음 다들 와서 앉으라고 자리를 권했다. 그러나 얼마 전에 다림질한 꽃무늬 식탁보가 덮인 마호가니 식탁에 눈이 가자 메르타는 모두 둘러앉아도 될 것 같아 생각을 바꿨다. 메르타는 오래전부터 식탁을 하나 더 사야겠다고 생각했지만 낡기는 했어도 지금 있는 것도 꽤 크고 튼튼했다. 술병을 꺼내던 메르타의 눈에 책상에 놓여 있던 외스텔렌 집 식구 사진들이 들어왔다. 액자 속에서 부모님과 형제자매들 모두 자신들이 태어난 브란테비크 집 앞에서 환하게 웃고 있었다. 이 가족들이 삶의 즐거움이 무엇인지 알고만 있었어도! 한데 그들 모두 금욕주의자였다니! 그들에게는 안된 일이지만 하는 수 없지. 메르타는 잔들을 꺼내 찰랑찰랑할 때까지 술을 채운 다음 자기 잔을 들어 올리면서 외쳤다.

「위하여!」

친구들도 모두 잔을 들어 흥겨운 목소리로 합창했다.

「위하여, 위하여…….」

그런 다음 모두들 술 마실 때 부르는 노래들을 입을 다문 채 허밍으로 부르기 시작했다(노인 요양소에서는 큰 소음을 내서는 안 되며 무엇보다 술에 취해 돌아다니다가 남의 눈에 띄는 것은 절대 금지였다). 메르타가 한 번 더 같은 후렴구를 따라 불렀고 그러자 모두들 낄낄거리며 작은 소리로 웃어 댔다. 지금까지 이들은 한 번도 현행범으로 발각된 적이 없었고 그래서인지 모두 규율을 어기면서 언제나 묘한 쾌감을 느끼곤 했다. 메르타는 잔을 내려놓고 다른 사람들을 쳐다보았다. 이제 꿈 이야기를 하려는 것일까? 아니다. 우선 다른 사람들도 자신처럼 생각하도록 만들어 놓아야 했다. 이 친구들은 모두 50대부터 서로 같이 늙어 가자고 입버릇처럼 말하고 살아온 터라 말하자면 조폭 못지않은 아주 끈끈한 사이였다. 그러면 이들이 새로운 결정을 함께 내릴 수도 있지 않을까? 이들은 이미 정말 많은 것들을 서로 공유하고 있었다. 합창단을 조직해 거창하게 〈노래하는 꽃송이들〉이라고 이름을 붙인 다음 많은 병원과 교구를 방문하기도 했고, 몇 년 전부터 모두 지금의 이 요양소로 다들 이사를 와 함께 지내고 있었다. 메르타는 오래전부터 이들에게 저금한 돈이 있으면 스코네에 있는 성에 투자하라고 강력하게 주장했는데 그냥 하는 농담이 아니었다. 메르타는 「위스타드 알레한다」지에서 정말 경쟁력 있는 싼 가격에 매물로 나온 고성들이 수두룩하다는 소식을 알았고 그런 성들 중 몇 개는 물이 있는 외호로 둘러싸여 있다는 것도 알고 있었다.

메르타는 다음과 같은 논리로 설득을 하면 성공할 수 있다고 믿었다. 「고약하게 생긴 공무원이나 아니면 우리 자식놈들 중 누가 갑자기 나타나서 자신이 받을 유산을 먼저 좀 받고 싶다고 하면 말이지, 어떻게들 할 거야? 방법이 있는데, 성을 사두면 우린 호를 건널 때 쓰는 도개교를 들어 올리기만 하면 되는 거야.」 그러나 성을 관리하는 비용이 정말 엄청날 것이고 인력도 만만치 않을 것이라는 사실을 깨닫게 되자 모두들 결국 〈은방울꽃〉이라는 노인 요양소를 택했다. 주인이 바뀌면서 이 아름다운 노인 요양소 이름도 하루아침에 〈다이아몬드〉로 바뀌었다.

「자, 다들 어때요? 이렇게 야심한 밤에 모여 야식을 드니 좋지요?」 메르타는 슬쩍 질문을 던지며 잔 바닥에 남은 마지막 북극산 오디술 방울을 핥고 있는 갈퀴를 바라보았다. 갈퀴는 약간 피곤한 듯 보였지만 그래도 물론 우아한 신사답게 웃옷 장식 단추 구멍에 장미 한 송이를 꽂고 있었고 목에도 나무랄 데 없는 스카프를 두르고 있었다. 회색빛이 감도는 머리는 그렇다고 해도 예전의 카리스마는 거의 그대로였으며 우아한 멋은 오히려 지금이 더해서 심지어 길 가는 젊은 여자들도 뒤를 돌아보곤 했다. 갈퀴가 잔을 내려놓으면서 메르타의 말을 받았다.

「자정의 간식이라고요? 허허, 배를 채워야지, 간식 가지고서는 대체……. 선원들 건빵 같은 거라도 있으면 좀 내놔 보시든지.」 젊었을 때 그는 선원으로 오대양을 누비고 다녔고 선원 생활에서 은퇴한 다음에는 특수 조경사로 일했다. 지금도 요양소 발코니에서 각종 꽃과 허브들을 가꾸고 있다. 이 사람의 가장 큰 슬픔은 자신에게 〈갈퀴〉라는 별명이 붙은 것이다. 그의 주장에 따르면 자신은 결코 이런 우스꽝스러운 별명과 어울리지 않는다는 것이다. 자신이 정원을 좋아해서 그런 별명을 붙여 주긴 했겠지만 어쩌다가 한 번 갈퀴에 걸려 넘어졌다고 해서 그런 별명을 가지게 된 것은 정말 부당하다는 것이었다! 그래서 여러 번 다른 별명을 붙여 달라고 애원하다시피 했지만 소용없었다. 그는 〈꽃〉이나 〈이파리〉 혹은 〈숲〉 같은 멋진 별명도 있지 않느냐고 해봤지만 누구도 그의 청을 들어주지 않았다.

안나그레타가 갈퀴에게 말했다. 「당신, 치즈를 곁들인 빵 한 조각 같은 걸 먹을 수는 없을까? 그러면 시끄러운 소리도 안나고 갑자기 〈뻥〉 하는 소리도 안 날 것 같은데, 어때?」 안나그레타는 사실 화가 좀 나 있었다. 한밤중에 잠에서 깨는 것도 그렇지만 한번 잠이 깨면 다시 잘 수 없었기 때문이다. 사실 이 할머니는 성격이 조금 까다로운 사람이었다. 하지만 천성은 솔직하고 협동적이었다. 키가 크고 날씬한 탓에 갈퀴로부터 늘 빗물받이 홈통을 타고 태어난 것이 분명하다고 놀림을 당하곤 했다.

「그러면 나도 좋지. 그런데 위층에서 항상 양념 냄새, 음식 냄새가 내려오는데 어쩌겠어! 날 배고프게 하는 것은 그거라고.」 갈퀴는 변명을 해댔다.

「갈퀴 말이 맞아. 직원들도 밤에 뭐가 먹고 싶겠지. 셀로판 종이로 싼 것은 아무리 먹어도 배가 안 부르거든.」 스티나 오케르블롬이 남의 눈에 안 띄게 손톱에 줄질을 해가며 갈퀴 말에 장단을 맞췄다. 사서가 되는 것이 꿈이었지만 여성 모자를 만드는 디자이너로 일했던 스티나 오케르블롬은 방에 모인 다섯 사람 중에서 가장 젊었다. 주민 등록상 나이가 고작 일흔일곱 살밖에 안 되었다. 모르긴 몰라도 이 젊은 할머니는 조용하고 안락한 삶을 살고 싶어 했던 것 같다. 수채화를 그린다거나 혹은 혼자 궁리를 해가며 자신만의 작고 맛난 요리를 한다거나 하면서. 만일 그랬다면 이곳 사람들은 틀림없이 맛없는 음식을 싫은 눈치도 못 보이면서 억지로 삼켜야만 했을 것이다. 이 할머니는 외스테르말름에서 살았고 이는 이 할머니가 상당한 수준의 생활을 한 여인임을 일러 준다.

메르타가 거들고 나섰다. 「그럼, 직원들도 우리하고 똑같은 권리가 있지. 위층에 사무실과 부엌을 두고 있는 사람들은 직원들이 아니라 〈다이아몬드〉의 새 주인들이야.」

「그러면 음식 전용 화물용 소형 승강기를 달아 주면 되겠구먼.」〈천재〉라는 별명을 갖고 있는 오스카르 크루프가 말했다. 이 사람은 모임에서 가장 재주가 많은 사람으로 나이는 스티나보다 한 살 더 많았다. 오스카르 크루프는 발명가였고 순드뷔베리에 작업실도 갖고 있었다. 이 발명가 할아버지 역시 퉁퉁한 몸만 봐도 알 수 있듯이 둘째가라면 서러워할 미식가였다. 이 할아버지는 운동은 공연한 시간 낭비일 뿐이라는 생각을 갖고 있었다. 더 잘할 수 있는 일이 없는 사람들이 운동을 고집한다는 것이 그의 주장이었다.

메르타가 나섰다. 「몇 년 전, 우리가 막 이 요양소에 왔을 때 기억들 하죠? 그때 모두 브로슈어들을 받았잖아요. 거기에 〈레스토랑식의 훌륭한 식사〉라는 광고가 있었어요. 매일 산책, 예술 교육, 발 마사지, 미용 서비스도 있었고요. 그런데 다이아몬드사로 주인이 바뀐 뒤로는……. 그러니까 이렇게 가만히 있으면 안 되는 거야. 이제 할 말을 할 때가 온 거예요.」

「노인 요양소에서 데모를 하자고?」스티나가 깜짝 놀라 두 팔을 크게 벌린 채, 멜로드라마에서나 들을 수 있는 나른한 목소리로 제법 크게 소리쳤다. 그 바람에 손톱 다듬는 줄이 바닥에 떨어졌다.

「그래, 맞아, 바로 그거야. 작은 반란을 일으키는 거야.」메르타가 한술 더 떴다.

「하지만 여긴 바다도 아닌데.」갈퀴는 반대였다.

「새로 온 주인들이 재정적으로 좀 어려운가요? 뭐 그럭저럭 잘돼 나가겠죠.」안나그레타가 1950년대 초에 맞춘 그 오래된 안경을 코 위로 밀어 올리면서 말했다. 평생을 은행에서 일하면서 보낸 이 할머니는 기업가들이 이익을 남기는 것이 결코 나쁜 일이 아니라는 생각을 갖고 있었다.

갈퀴가 나섰다. 「지금 농담하는 거요? 이 돼지 같은 놈들은 늘 어떻게 하면 방세를 올릴까 그 궁리만 하고 있어. 그런데도 우리에게 돌아오는 것은 없잖아.」

「너무 세상을 부정적으로만 보지 말아요.」 안나그레타가 하도 오래 써서 닳고 닳아 자꾸만 흘러내리는 안경을 다시 매만지며 대꾸했다. 이 안경은 정말 오래된 것인데, 알만 몇 번 바꾸었을 뿐 안경테는 유행을 타지 않는다고 하면서 한 번도 바꾸질 않았다.

이번에는 메르타가 나섰다. 「그게 왜 세상을 부정적으로 보는 거야? 개선책을 요구하는 것인데. 우선 음식부터 고쳐 달라고 해야 해. 모르긴 몰라도 위층에서는 우리보다 훨씬 좋은 것들을 먹고 있을 거야. 직원들이 퇴근하고 나면 내가 언젠가 한번…….」

메르타가 자신의 계획을 설명해 나가자 테이블에 둘러앉은 사람들 사이로 서서히 즐거운 분위기가 감돌기 시작했다. 시간이 흐를수록 노인들의 눈빛이 반짝반짝 빛을 내더니 한여름 바닷가에 떨어지는 햇살처럼 빛났다. 모두들 위층을 날카로운 눈빛으로 쏘아보기도 했고 그러다가 서로 눈이 마주치기도 했으며 그럴 때면 서로 엄지손가락을 추켜세웠다.

조직원들이 방을 빠져나가자 메르타는 콧노래를 흥얼거리며 다시 북극산 오디로 빚은 술을 잡동사니들을 넣어 두는 벽장 깊숙한 곳에 숨겼다. 꿈이 이루어질지도 모른다는 생각에

힘이 솟았다. 〈불가능은 없다.〉 속으로 이런 말까지 했다. 하지
만 이제 막 잡은 이 반전의 분위기를 계속 살려 나가려면 갖고
있는 모든 수단을 총동원해야만 할 것이다. 메르타가 이제 실
행에 옮기려고 하는 것이 바로 이것이었다. 그러면 친구들은
그들 스스로 결정을 내렸다고 생각할 것이다.

2

모두들 엘리베이터에서 내려 다이아몬드 요양소의 사무실 문 앞에 모이자 메르타는 손을 들어 사람들에게 조금 더 조용히 해야 된다고 심각한 표정으로 신호를 보냈다. 열쇠 함을 열자 아무 데서나 복제할 수 없을 것처럼 생긴, 끝이 삼각형 모양을 하고 있는 열쇠 하나가 메르타의 눈에 들어왔다. 열쇠를 문고리에 밀어 넣고 돌리자 아니나 다를까 문이 열렸다.

「자, 내 생각대로군. 이게 마스터키야. 됐어, 이제 들어들 가요. 좀 조용히 하고!」

「지금 나한테 하는 소리야?」 갈퀴가 부쩍 잔소리가 많아진 메르타에게 투덜댔다.

「우리, 이러다 잡히면 어쩌지?」 스티나가 걱정스러운 표정으로 말했다.

그러자 안나그레타가 목소리를 높였다. 「그럴 일은 없어. 소리만 내지 않으면 아무도 몰라.」 귀가 어두운 사람들이 그렇듯이, 안나그레타도 말을 할 때면 자신도 모르게 목소리를 높였다.

5인조는 온갖 조심을 다해 사무실을 정복했지만 보행기들이 끽끽대며 바닥을 긁는 소리는 어쩔 수가 없었다. 서류 뭉치들과 왁스칠을 한 가구들이 내는 냄새가 사무실 가득 진동했고 테이블 위에는 서류 뭉치들이 위태롭게 쌓여 있어서 툭 치면 쓰러질 것 같았다.

　「좋아. 여기가 사무를 보는 데라면 부엌은 저쪽이겠군.」메르타가 손가락으로 방향을 가리키며 추리했다.

　앞장선 메르타는 우선 열려 있던 부엌 커튼부터 닫았다.

　「자, 이제 불을 켜도 돼요!」

　천장 불들이 일제히 들어오자 널찍한 부엌이 드러나면서 냉장고와 냉동고가 보였고 큼직한 벽장들도 눈에 들어왔다. 부엌 한가운데에는 바퀴가 달린 조리대가 있었고 창가에는 의자 여섯 개와 큼직한 식탁이 마련되어 있었다.

　천재가 냉장고 문을 쓰다듬으면서 기쁨에 겨워 말했다.

　「진짜 부엌이군!」

　「냉장고 안에는 먹을 것들이 가득할 거야.」메르타가 냉장고 문을 열었다. 아닌 게 아니라 선반들 위에는 닭고기, 구운 소고기, 양의 넓적다리들이 가득했고 그 밖에도 여러 종류의 치즈들이 산더미처럼 쌓여 있었다. 아래 서랍들을 빼내자 각종 잎채소, 토마토, 무, 과일 들이 수북했다.

　메르타는 뻑뻑해서 잘 열리지 않던 냉동고 문도 열었다. 「사슴 고기와 커다란 바닷가재들…… 하, 이건 정말.」메르타는 모두들 와서 보라고 냉동고 문을 활짝 열어젖히며 소리쳤다. 「정말 없는 게 없네. 선원들 먹는 건빵만 빼고. 맨날 파티만 한 게 틀림없어!」

모두들 풍성한 음식들을 바라보며 놀란 입을 다물지 못하고 그렇게 한참을 서 있었다. 천재는 짧게 깎은 머리를 자꾸 쓰다듬었고 갈퀴는 놀란 나머지 가슴에 손을 얹은 채 한숨만 내쉬었으며 스티나는 숨이 멎을 것만 같았다. 안나그레타의 입에서는 작은 신음 소리가 새어 나왔다.

「이거 다 내다 팔면 큰돈이 되겠는데!」 안나그레타가 속삭이듯이 말했다.

메르타가 거들었다. 「우리가 조금 가져가도 티도 안 날 거야.」

「하지만 직원들 음식을 훔쳐 갈 수는 없어.」 스티나가 반대 의견을 내놨다.

「우리는 훔쳐 가는 게 아냐. 이 사람들이 무슨 돈으로 이 음식들을 샀는지 생각해 봤어? 우린 우리 돈으로 산 것을 가져 가는 것뿐이야. 자 이거 받아!」

메르타는 닭 한 마리를 꺼냈고 밤만 되면 늘 시장기를 느끼던 갈퀴가 얼른 나서서 닭을 받아 들었다.

「쌀도 조금 필요하고 소스를 만들려면 양념하고 밀가루도 있어야 돼.」 완전히 원기를 회복한 천재가 말했다. 이 노인은 재주 많은 장인이었지만 훌륭한 요리사이기도 했다. 그의 부인이 만들어 주던 음식들이 도저히 먹을 수 없는 것들이어서 어쩔 수 없이 요리에 손을 대다 보니 그렇게 되었다는 점은 지적해 둘 필요가 있다. 결혼한 후 얼마 있다가 천재는 자기 아내가 음식만 못 하는 것이 아니라 삶 자체를 어둡게 보는 여인임을 알고 끝내 헤어지고 말았다. 지금도 노인은 악몽을 꾸곤 하는데, 그때마다 부인이 한 손에 밀대를 들고 훌쩍거리며 그의 침대 곁에 서 있곤 했다. 두 사람 사이에는 아들이 하나 있었지만 그게 다였다.

「좋은 포도주도 있어야 하는데, 소스를 만들려면.」 천재가 계속 말했다. 그러더니 주위를 둘러보다가 선반을 발견했다. 「이 병들 좀 봐, 원 세상에, 하나님 맙소사…….」

메르타가 제지하고 나섰다. 「그 포도주는 만지지 않는 편이 좋을 것 같아. 잘못했다간 들킬 수도 있어. 우리가 왔다 간 것을 몰라야 또 올 수 있다 이 말씀이지.」

「맞는 말이긴 한데, 포도주 없이 요리를 한다는 건 바퀴 없는 차를 모는 거야.」 천재가 말했다. 그는 포도주 선반으로 다가가 최상품 중에서 두 병을 집었다. 그러면서 메르타의 안색을 잠시 살피며 한쪽 어깨에 손을 얹어 그녀를 안심시켰다. 「걱정하지 마. 포도주를 다 마신 후 대신 무즙을 안에다 넣을 거니까.」

메르타는 존경스러운 눈빛으로 천재를 올려다보았다. 어떤 문제가 생겨도 그는 해결책을 갖고 있었고 천성적으로 낙관적인 성격이 몸에 밴 탓인지 문제가 생기는 것은 해결하기 위해서라고 입버릇처럼 말했다. 그는 왠지 부모님을 떠올리게 했다. 어렸을 때 메르타는 여동생과 함께 옷이란 옷은 다 꺼내놓고 방을 온통 어지럽히며 변장 놀이를 한 적이 있었다. 당연히 야단을 맞았지만 아버지와 어머니는 곧 두 딸아이들을 보고 웃음을 터뜨리지 않을 수가 없었다. 그러면서 두 분은 집안이 어지럽고 지저분해도 아이들이 행복하다면, 정리 정돈이 잘 되어 있어서 집은 깨끗하지만 아이들이 슬픈 집보다 낫다고 서로를 쳐다보고 웃으면서 이야기를 나눴다. 부모님의 좌우명은 〈모든 것이 잘될 것이다〉였다. 메르타도 전적으로 동감이었다. 모든 것은 언제나 풀리게 마련이다.

도마, 프라이팬, 냄비들이 순식간에 준비되었고 모두들 달려들어 반죽을 하고 국수를 삶아 냈다. 메르타는 닭을 오븐에 넣었고 천재는 소스 만드는 일에 달려들었다. 그 옆에서 갈퀴는 멋진 샐러드를 준비하는 것 같았고 스티나도 이것저것 도우며 자신의 존재 가치를 입증하고 있었다. 사실 스티나는 옛날에 요리 학원에 다녔다곤 하지만, 평생 가정부를 두고 살았다. 그나마 지금은 요리 학원에서 배운 얼마 안 되는 것들마저 다 잊어버렸다. 그녀가 가장 자신 있어 하는 부엌일은 오이 썰기였다. 안나그레타는 쌀을 맡았고 식탁 차리는 것도 그녀의 몫이었다.

「무얼 좀 해달라고 하면, 저 할망구 참 잘 해줘. 일하는 속도는 느려도 항상 이것저것 다 헤아려 가면서 말이야.」

메르타가 일하고 있는 안나그레타를 보고 머리를 끄덕이면서 혼자 속삭였다. 그 소리를 들은 천재가 끼어들었다.

「쌀을 씻으면서 설마 쌀알까지 일일이 다 헤아리는 건 아니겠지?」

얼마 지나지 않아 식당에는 구미를 돋우는 냄새가 진동했다. 포도주 서빙은 푸른 플란넬 상의를 걸치고 목에는 흠잡을 데 없는 우아한 스카프까지 두른 갈퀴 몫이었다. 어느새 빗질까지 끝낸 그에게서는 폴폴 진한 애프터 셰이브 향기까지 났다. 가장 옷을 잘 입는다고 자부하고 있던 스티나는 남의 눈에 안 띄게 콤팩트와 립스틱을 꺼내는가 싶더니 어느새 콧등을 작은 솔로 툭툭 치면서 화장을 마무리해 가고 있었다.

왁자지껄 웃고 떠드는 소리들 사이사이로 냄비와 접시들이 부딪치는 소리가 낭랑하게 박자를 맞추고 있었다. 음식을 준비하는 데에는 좀 시간이 걸렸지만 그런 건 아무 문제가 되지 않았다. 기다리면서 이미 모두들 포도주를 따라 마시고 있는 게 아닌가? 마침내 만찬이 준비되었다. 모두들 파티 열기에 들떠 있는 젊은 남녀들로 돌아가 흥겹게 식탁에 둘러앉았다.

「자, 그럼 정식으로 한잔할까요?」

갈퀴가 다시 모든 사람의 잔에 포도주를 채웠다. 그는 지중해 크루즈선에서 서빙하는 직원으로 일하던 옛날로 돌아가 있었다. 물론 서빙하는 속도는 많이 느려졌지만 그러나 자세는 한 점 흐트러짐 없이 여전해서 공손함 속에 위엄까지 느껴졌다. 사람들은 포도주를 한 모금씩 마실 때마다 다시 잔을 부딪치며 행복에 겨워했다. 천재는 어디서 났는지 오래 숙성시킨 샴페인 한 병을 꺼내서 식탁을 한 바퀴 돌았다. 스티나는 잔을 들더니 머리를 뒤로 젖히고 원샷으로 입에 부었다.

「흔들어라, 처음처럼⋯⋯.」이 광고 문구들을 스티나는 얼마 전 아이들에게서 들어서 알고 있었다. 전직 여성 모자 전문 디자이너였던 그녀는 할머니 소리가 싫어 그랬겠지만, 세상 돌아가는 소식에 뒤처지지 않으려고 노력했다.

다시 잔을 내려놓은 스티나는 주위를 쭉 둘러보더니 자리에서 일어나며 소리쳤다. 「자, 친구 여러분, 이제 모두들 춤을 춥시다!」

「그럽시다, 춤을 춥시다!」천재가 두 팔을 겹쳐 배 위에 올려놓으며 자리에서 일어나 말했다.

「까짓것, 춥시다, 모두!」갈퀴도 자리에서 일어났다. 하지만 벌써 위험할 정도로 갈지자로 휘청댔다. 갈퀴를 본 스티나도 몸은 일으켰지만 조심스레 몇 발 먼저 내디뎌야 했다.

　제자리에 선 그녀가 두 팔을 크게 벌리면서 소리쳤다. 「꺼져 가는 불꽃처럼 사라질 것인가, 주사위를 한 번 더 던져 볼 것인가!」[1] 도서관 사서가 되는 것이 꿈이었던 스티나는 비록 꿈을 이루지는 못했지만 문학에 대한 열정만큼은 계속 가꾸어 왔고 시인 베르네르 폰 헤이덴스탐, 셀마 라겔뢰프 혹은 에사이아스 텡네르 등에 관해서는 누가 뭘 물어봐도 자신이 있었다.

　「좋아요, 아주 좋아요! 우리도 고전 문학을 즐길 권리가 있어요!」

　「〈일리아드〉, 〈오디세이〉까지 거슬러 올라갈 필요는 없겠지만…….」 이 마지막 말은 메르타가 중얼거린 말이어서 잘 안 들렸을 것이다. 하지만 천재의 귀에는 들렸다.

　「그래도, 예스타 벨링의 이야기라면 사양하겠어!」

　스티나는 괘념치 않고 계속 시를 읊어 나갔다. 「활 한 번 당겨 보지 못하고 사라질 것인가, 목청아 끊어져라 외쳐 볼 것인가!」

　메르타도 거들었다. 「정말 좋아요, 좋아! 저걸 우리 모임의 좌우명으로 삼아도 되겠는걸!」

　「뭐라고? 〈목청아 끊어져라〉를 좌우명으로 한다고?」 갈퀴가 놀란 표정으로 덤벼들었다. 「안 돼, 그건. 홀로 잠들 것인가, 침대가 부서져라 뒹굴 것인가…… 이런 거라면 모를까!」

　얼굴이 새빨개진 스티나가 멈칫하더니 서버렸다. 그러나 쏘아붙인 것은 입을 뾰로통 내민 안나그레타였다.

　「갈퀴, 꼭 그렇게 천박하게 나와야겠어요! 노력 좀 해요, 노력!」

1 1916년 노벨 문학상을 수상한 시인 칼 구스타브 베르네르 폰 헤이덴스탐Carl Gustaf Verner von Heidenstam(1859~1940)이 쓴 유명한 시의 한 구절.

하지만 스티나는 다시 기분을 돌렸다. 「자, 지금 우린 모두 활을 당기고 있는 거예요, 그렇죠? 지금 이 순간부터 우린 적어도 일주일에 한 번씩 여기에 오는 거예요.」 스티나는 자리에서 일어나 잔을 높이 쳐들었다.

「다시 한 번 위하여! 우린 다시 시작하는 거다!」

모두들 잔을 들어 건배했고 술판은 계속 이어져 모두들 횡설수설할 때까지 계속되었다. 서서히 눈꺼풀들이 무게를 견디지 못하고 내려왔다. 메르타의 입에서는 스코네 사투리가 나오기 시작했는데 견딜 수 없이 피곤할 때만 나오는 현상이었다. 사투리가 나오면 그것은 위험하다는 경고였고 메르타 자신도 느낌으로 알고 있었다. 그러나 메르타는 메르타였다.

「자, 친구 여러분, 이제 설거지를 할 시간입니다. 각자 방으로 가기 전에 정리들 좀 합시다.」

「그까짓 것, 설거지를 가지고 뭘 그래!」 갈퀴가 메르타의 잔에 다시 술을 채우면서 말했다.

메르타는 갈퀴가 건네주는 잔을 밀치면서 다시 말했다. 「아니야, 이러면 안 돼! 그릇을 씻어 놓고 나머지는 모두 원래 있던 벽장에 넣어 놔야 해요. 그래야 아무도 무슨 일이 있었는지 모르지.」

「정 그렇게 피곤하다면, 여기 내 튼튼한 어깨에 좀 기대 봐요, 이 할망구야!」 천재였다. 그는 귀엽다는 듯이 가볍게 메르타의 뺨을 두드리며 너스레를 떨었다.

말이 씨가 됐나, 메르타는 자신도 모르게 머리를 숙인 채 이 사나이의 품속으로 쓰러졌다. 그리고 잠이 들어 버렸다.

그다음 날 아침, 다이아몬드 요양소 소장 잉마르 맛손이 출근해 사무실로 들어서려고 할 때였다. 사무실에서 정체를 알 수 없는 이상한 소리가 들렸다. 마치 스칸센 동물원에서 탈출을 한 곰들이 몰려다니며 내는 듯한 낮고 둔중한 소리였다. 사무실 문을 열고 쭉 돌아보았으나 아무 일도 없었다. 그런데 식당 문이 열려 있는 것이 눈에 들어왔다.

「젠장, 이게 뭐야.」 짜증이 난 소장은 투덜대다가 보행기에 다리가 걸리는 바람에 그만 그 자리에서 꼬꾸라지고 말았다. 투덜거리며 몸을 일으킨 소장의 눈앞에는 기가 막힌 광경이 펼쳐져 있었다. 부엌의 환풍기는 계속 돌아가고 있었고 식탁 주위 바닥에서는 다이아몬드 요양소의 다섯 늙은이들이 옷을 입은 채로 자고 있었다. 식탁 위에는 울퉁불퉁 먹다 남은 음식들이 그대로 붙어 굳어 버린 접시들이 나뒹굴었고 잔들에도 포도주 자국이 선명했다. 냉장고 문도 활짝 열려 있었다. 소장은 한 번도 본 적이 없는 이 난장판을 물끄러미 쳐다보았다. 요양소 노인들은 이런 난장판을 벌일 정도로 건강하지 않았기에 소장은 당장은 그 노인들을 떠올리지 못했다. 직원 바르브로를 불러 처리하라고 할 생각이었다.

3

밑에서는 길에 세워 둔 차의 경보기가 울려 대고 있었고 멀리서 들려오는 환풍기 소음도 언제 끝날지 모르게 계속 윙윙거렸다. 메르타는 눈을 뜨기 전에 두 눈을 껌벅거렸다. 창을 통해 쏟아져 들어오는 햇살이 눈부셔서 천천히 눈을 떠야만 했다. 바닥의 타일들은 더러워서 단단히 청소를 해야만 했는데 따뜻한 분위기를 내보려고 창문에 쳐놓은 가벼운 꽃무늬 커튼도 마찬가지였다. 하지만 이곳에서는 누구도 청결에 신경을 쓰지 않았고 메르타 자신도 더 이상 이런 일에 매달릴 힘이 없었다. 메르타는 하품이 나왔다. 생각은 여전히 정리가 안 돼 형태를 갖추지 못하고 둥둥 떠다니고 있었다. 고장 난 기계처럼 온몸이 쑤셔서 조금만 움직여도 으으 신음 소리가 절로 나왔다. 그날 밤의 성대한 파티 이후 메르타는 마치 머릿속에 껌들이 들러붙어 있는 것만 같았다. 하지만 그날 밤 얼마나 오랜만에 흥겹게 즐겼는가! 그 생각만 하면 지금도 후회막급, 뒷정리만 잘하고 방으로들 돌아가기만 했어도…… 잠만 들지 않았어도…….

메르타는 침대 가장자리에 앉아 실내화에 두 발을 집어넣었다. 정말 입이 두 개라도 할 말이 없었고, 소장이 완전히 꼭지가 돌 만했다! 모르긴 몰라도 그날 밤 마신 포도주하고 노인네들이 매일 입에 털어 넣는 알약들이 잘못 섞이면서 문제가 일어난 것이 확실했다. 메르타의 눈에 침대 곁 탁자에 있던 포도주 병따개가 보였다. 천재가 만들어 준 것인데, 그의 말에 따르면 〈장차 올 축제〉를 위하여 필요하다고 했던 것이다. 하지만 이제 모든 것이 다 끝났다. 그날 밤의 연회 이후, 여자 간호조무사인 바르브로는 모든 노인들을 가둬 놓았고 외출은 직원들 중 한 사람을 대동할 때만 허락되었다. 또 〈마음을 진정시켜 주는〉 붉은 알약을 복용해야만 했으니, 하나님 맙소사, 그렇지 않아도 견디기 힘들었던 요양소는 이젠 지긋지긋한 곳이 되어 버렸다.

약 이야기가 나왔으니 말인데, 왜 항상 노인들 입에만 이렇게 약을 쑤셔 넣는 것인지 모르겠다. 왜? 사실 양으로 따지면 음식보다 오히려 약이 더 많았다. 사람들이 그렇게 시무룩한 것도 어쩌면 이 약 탓인지도 모른다. 약을 먹기 전에는 카드놀이도 즐겼고 저녁 8시가 넘은 시간에도 친구들 방으로 몰래몰래 들어가 잘들 놀았다. 다이아몬드사가 요양소를 접수하고 나서 바로 터진 잔치 사건 이후, 호시절이 끝나 버렸다. 그랬다. 노인들은 거의 아무것도 하지 않았다. 카드놀이도 하지 않았고, 설사 간만에 모여도 카드를 치다가 잠이 들기 일쑤였고 자기가 낸 카드가 어떤 카드인지도 잊어버리곤 했다. 셀마 라겔뢰프와 헤이덴스탐을 좋아했던 스티나도 더 이상 힘이 없는지 잡지도 보지 않았고, 밴드 음악과 요크목스 이오케[2]의 광팬이었던 안나그레타도 마냥 게을러져서 레코드판 대신 턴테이블이나 돌리고 있었다. 천재는 이미 오래전부터 아무것도 발명해 내지 않았고 갈퀴도 발코니 꽃을 돌보지 않은 지 오래되었다. 모두들 그냥 내리 텔레비전만 봤고 아무것도 하질 않았다. 무언가 단단히 잘못되어 가고 있었다! 하지만 절대로 그럴 수는 없었다.

메르타는 자리에서 일어나 보행기를 잡고 몸을 의지한 다음 욕실로 갔다. 생각을 가다듬으며 세수를 한 다음 아침 화장을 했다. 그녀가 누군가, 혁명을 일으키려고 하는 여인 아닌가! 그러나 이제껏 공연히 시간만 낭비한 꼴이고 아무것도 이룩하지 못했다. 메르타는 거울에 비친 자신을 바라보았다. 피곤한 기색이 역력했다. 얼굴은 파리했고 흰머리는 마구 헝클어져 있었다. 한숨을 내쉰 메르타는 손을 뻗어 머리빗을 잡으려다 그만 붉은 알약 통을 치고 말았다. 붉은 알약들이 우르르 바닥에 쏟아졌다. 메르타는 갑자기 알약들을 주워 담기가 싫어졌다. 냅다 욕을 쏟아 낸 그녀는 발길질을 해댔고 알약들은 모두 수챗구멍으로 들어가 버렸다.

메르타는 조제약을 줄여 나가기로 결심했다. 그러자 며칠 지나지도 않았는데 벌써 활기를 되찾은 것만 같았다. 다시 뜨개질도 시작했고 탐정 소설을 좋아하던 자신의 취향에 몸을 내맡긴 채 끔찍한 살인 사건들이 줄줄이 나오는 소설들을 다시 읽기 시작했다. 침대 머리맡 탁자 위에는 그런 소설들이 수북이 쌓여 있었다. 폭동을 일으키고 싶은 욕구가 다시 돌아오

2 Jokkmokks-Jokke(1915~1998). 1960~1970년대에 활동한 유명한 스웨덴 대중 가수. 본명은 벵트 유프베크Bengt Djupbäck이다.

고 있었던 것이다.

　문을 두드리는 방식으로 보아 하니, 천재는 그 사람이 메르타라는 것을 알 수 있었다. 손잡이 가까운 데를 세 번 세게 두드린 다음 더 이상 노크를 하지 않고 기다리면 그건 메르타였다. 천재는 얼굴에 미소를 띠며 재빨리 침대 겸용으로도 쓰는 긴 의자에서 몸을 뺀 다음 스웨터를 내려 뚱뚱한 배를 가렸다. 메르타가 그의 방을 찾은 것은 실로 오랜만이었다. 그의 머릿속에는 여러 의문들이 몰려왔다. 매일 저녁 메르타를 찾아가 볼까 생각해 보긴 했지만 매번 텔레비전을 보다가 잠들어 버리곤 했다. 이것저것 적어 두던 공책과 여러 종류의 가위와 볼트, 너트 들이 방 한가운데를 차지하고 있는 테이블 위에 어지럽게 널려 있었다. 천재는 이 모든 것을 집어 침대 밑에 숨겼다. 푸른색 셔츠 두 장과 구멍 난 양말들은 긴 의자의 쿠션들 밑으로 밀어 넣은 다음, 의자 위에 떨어져 있던 빵 부스러기들을 훅 불어 바닥으로 떨어뜨렸다. 준비를 마친 천재는 텔레비전을 끄고 문을 열었다.
　「어이구, 이게 누구신가, 우리 할망구 아닌가, 어서 들어와요!」
　「천재 씨, 할 말이 좀 있어서……」 메르타가 성큼성큼 방 안으로 들어서며 말했다.
　방 주인은 뭐든지 좋으니 다 말해 보라고 하면서 커피포트 콘센트를 꽂았다. 그런 다음 벽장문을 열고 인스턴트커피를 꺼내려고 했다. 그러나 커피를 꺼내기 위해서는 인쇄 회로판 두 개를 치우고 망치와 마구 얽혀 있는 케이블들도 치워야만 했다. 커피 박스 뒤에서 잔 두 개도 꺼내야 했다. 물이 다 끓자 천재는 잔 두 개를 가득 채운 다음 동결 건조 공법으로 제조된 커피 가루를 부었다.

「미안하지만, 과자 같은 것은 없어. 하지만…….」

「커피만 있으면 돼요.」 커피 잔을 받아 든 메르타가 긴 의자에 털썩 주저앉으며 손사래를 쳤다. 「당신 내가 무슨 생각을 했는지 알아? 여기 사람들이 우리를 약물에 중독시킨 것 같아요. 우린 너무 많은 약을 먹고 있잖아요. 우리가 이렇게 모두 무기력해진 것도 다 이 약 때문이야.」

「할망구가 지금 뭔 이야기를 하는 거야? 그러니까 그 말인 즉슨…….」 말을 하면서 천재는 메르타가 눈치채지 못하게, 분해하다가 만 고물 그룬디그 트랜지스터를 소파 밑으로 살짝 밀어 넣었다.

「하지만 계속 그렇게 하지는 않겠지. 그럴 수도 없고…….」

천재는 메르타의 손을 잡고 가볍게 도닥거렸다.

「맞는 말이야. 한데 반대를 해야 하는 우리는…….」

「이봐, 할머니, 아직 너무 늦은 것은 아닐지도 몰라. 그렇지만…….」

「알겠지만, 그동안 이것저것 많이 생각해 봤어요. 감옥에서도 적어도 하루에 한 번은 밖으로 나갈 수 있어요. 그런데 여긴 감옥도 아닌데, 우린 이젠 거의 밖에 나갈 수가 없잖아.」

「〈밖으로 나간다〉는 말이 정말 정확한 표현인지 어떤지는 잘 모르겠어. 감옥에서 그런 말은…….」

「죄수들도 밖으로 나가요. 그리고 음식도 우리보다 훨씬 좋은 것을 먹고 작업장에서 일도 해요. 모든 면에서 감옥에 갇힌 사람들이 우리보다 운이 좋은 거야.」

「작업장에서 일도 한다고?」 천재가 눈빛을 반짝이며 되물었다.

「내 말이 무슨 말인지 이해했어? 난 죽을 때 죽더라도 젊게 살다가 죽을 거야. 그리고 오래 살 거야. 노래도 있잖아. 〈시끄럽게, 화를 내며, 그렇게 오래오래 살고 싶어요.〉」메르타는 고개를 숙여 천재 귀에다 대고 뭔가를 속삭였다. 순간 천재의 두 눈이 커졌지만 고개를 흔들었다. 메르타가 다시 덤벼들었다.

「천재 양반, 난 아주 오래 생각한 거야. 아주 정확하게.」

「오케이, 좋아. 사실 따지고 보면 안 될 것도 없지, 뭐.」소파에 앉아 있던 그는 몸을 크게 뒤로 젖히면서 말했다. 그리고 메르타를 향해 웃음을 터뜨렸다.

4

굽 낮은 실내화 소리가 요란한 것을 보니 바르브로가 바쁘게 복도를 오가고 있는 것이 틀림없었다. 간호조무사는 비품 창고에서 병원용 수레를 꺼낸 다음 투약 판에 약들을 넣기 시작했다. 22명의 요양소 노인들에게는 각자 처방된 알약들이 있었고 말 그대로 정확하게 따라야만 했다. 요양소 소장인 맛손이 까다롭게 가장 신경을 쓰는 일이 바로 이것이었다. 붉은 알약처럼 어떤 약들은 모든 노인들에게 제공되는 것들도 있지만, 최근에야 투약되기 시작한 푸른 알약도 있었다. 이 푸른 알약은 노인들의 식욕을 줄여 주는 약이었다.

소장의 말을 들어 보자. 「이 사람들 좀 덜 먹어야 돼. 아예 처음부터 음식 구매량을 줄이든지. 이렇게 많이 살 필요가 없어.」

간호조무사 바르브로는 과연 그런 조치가 좋은 것인지 의심이 들기도 했지만 소장 앞에서 감히 그런 말을 꺼낼 수는 없었다. 소장이랑은 잘 지내야만 했다. 그녀는 뭔가 자랑스러운 일을 하고 싶었다. 어머니는 홀로되신 후 유르스홀름에서 가정부로 일했고 두 모녀는 참 초라한 살림을 꾸려 나갔다. 언젠가 어린 시절, 바르브로는 어머니를 따라 어머니가 일하는 집에 간 적이 있었다. 바르브로는 봤다. 벽에 걸려 있는 비싼 그림들과 번쩍이는 은식기들 그리고 별무늬들이 수놓아진 멋진 마루를. 또 그 집의 주인들도 만났는데, 모두 고가의 모피와 아름다운 옷들을 걸치고 있었다. 잠깐 동안 본 이 전혀 다른 세상은 그녀의 뇌리에 깊이 새겨졌고 결코 지워지지 않았다. 요양소 소장인 맛손도 이런 집에서 고가의 아름다운 옷을 입고 사는 잘나가는 사람들 중 하나였다. 소장은 바르브로보다 스무 살이나 많았고 당당한 체구에 자신감이 넘쳐 났으며 사업 경험도 풍부한 사람이었다. 하지만 무엇보다 그는 지금 영향력을 행사할 수 있는 권력의 소유자였으며 따라서 바르브로가 출세하기 위해서는 그의 도움을 받아야만 했다. 바르브로는 아빠 말을 잘 듣는 어린 딸처럼, 하고 싶었던 말을 다시 삼켰다. 그리고 그에 대한 자신의 존경심을 보여 주기로 했다. 남들이 보면 틀림없는 비만에 일중독에 걸린 사람이겠지만, 소장은 부자였다. 갈색 눈동자, 짙은 색의 머리, 그리고 무엇보다 매력적인 제스처들을 본 바르브로는 처음에 소장이 이탈리아 사람인 줄 알았다. 얼마 지나지 않아 바르브로는 소장에게 홀딱 반해 버렸다. 물론 소장은 결혼한 사람이었지만, 그녀는 다른 꿈을 키우고 있었다. 두 사람은 너무 빠르다 싶을 정도로 금방 연인 관계를 맺기 시작했고, 지금은 당장 내일, 바캉스가 시작되자마자 함께 여행을 가기로 약속하는 사이가 되어 있었다.

바르브로는 서둘러 수레를 밀고 복도를 오가며 노인들에게 약을 나눠 주었다. 그런 다음 그녀는 수레를 다시 창고에 넣어 두고 사무실로 돌아왔다. 이제 그녀에게 남은 일은 자신의 서류를 정리해서 바캉스 때 그녀 대신 근무를 하러 오는 카샤에게 깨끗하게 빈 책상을 넘겨주는 것뿐이었다. 바르브로는 컴퓨터 앞에 앉았다. 하지만 생각은 바캉스를 떠나는 꿈에 젖어 있었다. 〈내일이면 드디어, 드디어!〉 그녀와 잉마르 두 사람만 있는 세상으로…….

그다음 날, 메르타는 소장이 차를 몰고 와 바르브로를 차에 태우는 것을 봤다. 「얼레, 내 그럴 줄 알았지.」 메르타는 중얼거렸다. 두 사람 사이에 무슨 일이 있을 거라고 의심을 해오긴 했지만……. 〈소장이 회의에 참석하기 위해 출장을 가는데, 바르브로를 대동하고 함께 간다.〉일이 되려고 하니 하늘이 도와주는 것만 같았다. 두 사람을 태운 차가 떠나자마자 메르타는 계획해 놓았던 그 붉은 알약 이야기를 하기 위해 다른 노인 친구들을 만나러 갔다. 이야기를 들은 노인들은 붉은 알약을 먹지 않고 그대로 내버렸다.

며칠 후, 공동실은 이야기 소리와 웃음소리로 왁자지껄했다. 천재와 갈퀴는 다시 보드게임을 시작했고 스티나는 수채화를 그렸으며 안나그레타는 음반을 듣거나 아니면 페이션스 카드 점을 보기도 했다.

「이 페이션스 카드 점이 치매에 좋대요.」안나그레타가 테이블에 한 장씩 카드를 내려놓으며 어린애처럼 종알댔다. 안나그레타는 워낙 꼿꼿한 성격이어서 혼자 하는 게임이지만 절대 속임수를 쓰지 않았고 한 줄씩 맞아떨어질 때마다 정말 어린아이처럼 고성을 지르며 좋아했다. 긴 얼굴과 목에 닿을 정도로 낮게 묶어 내린 쪽머리는 은행에서 일을 했음에도 불구하고 그녀를 옛날 초등학교 선생님 같아 보이게 했다. 노련한 투자 솜씨 덕분에 여러 번 목돈을 손에 쥘 수 있었던 안나그레타는 암산 능력을 타고난 것 같다고 자랑이 이만저만이 아니었다. 하지만 소문을 들은 요양소 직원들이 그녀에게 은행에 맡긴 돈을 좀 굴려 달라고 부탁했을 때는 눈빛이 너무나 무섭게 변해 버려서 다시는 감히 누구도 그런 부탁을 하지 못했다. 사실 그녀는 유르스홀름에서 자랐고 거기서 돈의 가치를 배웠다. 학교에 다닐 때에는 수학만큼은 항상 일등이었다. 메르타는 이런 안나그레타를 늘 유심히 지켜보고 있었고 그럴 때면 눈빛이 한없이 온화했는데, 그건 다름이 아니라 이런 그녀의 능력이 언젠가 자신이 계획하는 일에 동원된 합창단 노인들을 교육할 때 유용하게 쓰일 것 같아서였다. 그 계획한 일을 실행하기로 한 것이 바로 지금이었다. 메르타와 천재는 작전 계획의 기초를 끝낸 상태였다. 이제 두 사람은 기회가 오기만을 기다리고 있었다.

바르브로가 자리를 비운 시기는 폭풍 전야의 고요 바로 그것이었다. 밖에서 보면 모든 것이 극히 정상이었지만 안에 들어와 보면 각자 자신에게 맡겨진 일을 하느라 분주했다. 다섯 노인은 「하늘을 나는 새처럼 즐겁게」를 합창으로 불렀고 「변장한 하나님」[3]의 첫 소절도 다시 불렀다. 다이아몬드사가 요

---

3 「변장한 하나님Förklädd Gud」은 스웨덴 시인이자 작가인 얄마르 굴베리 Hjalmar Gullberg(1898~1961)의 시에 같은 스웨덴 작곡가인 라르스에리크 라르손Lars-Erik Larsson(1908~1986)이 곡을 붙인 노래다.

양소 분위기를 다잡기 전에는 사실 늘 부르던 노래들이었다. 직원들도 참으로 오래간만에 모두 박수를 보내며 흥겨워했다. 잠시 바르브로 대신 일을 하러 온 카샤 에릭손 프론 파르스타는 열아홉 살의 아가씨였는데 오후 커피 타임에 먹을 달콤한 브리오슈를 준비했고 그뿐만 아니라 천재에게 필요한 연장들도 가져다주었으며 모두를 기쁘게 했고 모두로부터 사랑을 받았다. 모두들 다시 자신감을 되찾아 가고 있었다. 카샤가 일을 그만두던 날 자전거를 타고 떠나고 바르브로가 돌아오자 이미 폭동의 씨에서는 싹이 돋고 있었다.

바르브로가 문을 열고 들어서는 것을 본 천재가 한숨을 내쉬며 말했다. 「그래, 좋아. 우린 최악의 경우를 대비해야 해.」

이 말을 들은 메르타가 말했다. 「바르브로는 틀림없이 우리에게 맛손의 지시라고 하면서 더 많은 제한을 가하려고 할 거야. 만일 그렇다면 이건 오히려 우리가 거사를 해야 할 더 강한 이유가 되어 주는 거야.」 메르타가 눈을 찡긋해 가며 덧붙였다.

「물론 옳으신 말씀이야.」 천재도 눈을 찡긋하며 메르타의 말에 맞장구를 쳤다.

바르브로가 돌아오자 몇 시간 지나지도 않았는데 문들이 쾅쾅 소리를 내며 닫히기 시작했고 유난히 높은 그녀의 구두 굽이 요란스럽게 마루를 때리는 소리도 다시 들렸다. 바르브로는 오후가 되자 전원 공동실 집합을 명령하더니 사람들이 다 모이자 테이블 위에 서류들을 산더미같이 올려놓고 헛기침을 해가며 말을 시작했다.

「안타깝게도 우리는 몇 가지 사항에서 절약을 하지 않을 수 없는 상황에 처해 있습니다.」 그사이 머리는 새로 파마를 했고 자꾸 머리 위로 올리는 손목에는 새로 산 금팔찌가 번쩍거리고 있었다. 「어려운 시기를 맞아 우리 각자는 자신이 할 수 있는 절약을 실천해야 합니다. 정말 안타까운 일이지만 그래서 우선 인력부터 줄이기로 결정했습니다. 따라서 다음 주부터 나를 제외하고 두 명의 정직원만 남겨 놓고 해고할 예정입니다. 이렇게 되면 자연히 여러분들은 일주일에 한 번만 외출을 할 수밖에 없습니다.」

가만히 듣고 있을 메르타가 아니었다. 「요양소 거주 노인들은 적어도 매일 운동을 해야 돼요. 우리에게 강요할 수는 없는 거예요.」

바르브로는 못 들은 척하고 말을 계속했다.

「또 식비도 절약해야만 합니다. 지금부터 더운 음식은 하루에 한 번만 제공될 것입니다. 나머지 식사는 모두 샌드위치로 제공됩니다.」

이번에는 갈퀴가 나섰다. 「이런 일은 살다 살다 처음 봐요. 우린 모두 좋은 음식을 원해요. 지금도 과일과 채소가 부족해요.」 갈퀴는 거의 울부짖다시피 했다.

「저 위에 있는 부엌문을 아예 잠가 놓은 것 같던데?」

메르타가 옆에 있는 스티나에게 작은 소리로 말했다.

「거기에 다시 가보자고?」

스티나는 놀란 나머지 손톱 줄을 떨어뜨리고 말았다.

그날 저녁 아주 늦게, 직원들이 모두 퇴근하자, 메르타는 직접 부엌으로 올라가 확인을 해봐야만 했다. 이 말을 들은 갈퀴는 샐러드가 좀 남은 게 있으면 좋겠다고 했다. 그는 요즈음 아들에게서 통 소식이 없자 의기소침해서 지내고 있던 터라 뭐라도 먹고 기운을 차려야만 했다. 메르타는 그런 아들이라도 있었으면 싶었다. 열렬하게 사랑했던 남편은 아들이 두 살 되던 해에 먼저 하늘 나라로 가버렸다. 두 뺨에 보조개를 갖고 있던 아이, 컬이 진 금발의 아이였다. 5년 동안 이 아들은 메르타의 기쁨이자 삶 그 자체였다. 그러던 어느 해 여름, 엄마와 아이는 시골로 놀러 갔다. 말들도 보고 들판에서 월귤나무 꽃도 꺾었다. 일요일 아침, 아직 엄마가 잠들어 있을 때 아이는 홀로 낚싯대를 짊어지고 바다로 갔다. 아들은 위험한 부교까지 가서 낚시를 했던 것 같다. 아이의 시신이 발견된 지점이 부교 기둥 부근이었다. 메르타의 삶은 그 순간에 정지되어 버렸다. 만일 그녀의 곁에 어머니 아버지가 없었다면 그녀는 모든 것을 정지해 버릴 수도 있었다. 이런 상황이라면 누군들 살아갈 수 있겠는가? 그때부터 메르타는 여러 남자를 만났고 그러던 중 한 남자와 사랑을 나누고 임신까지 하게 되었지만 유산을 하고 말았다. 시간이 흐르면서 메르타는 유난히 빨리 늙어갔고 가정을 갖는 꿈은 자연히 포기해야 했다. 아이가 없다는 슬픔은 너무나 큰 것이었지만 메르타는 전혀 내색하지 않았다. 그녀는 슬픔과 고통을 숨기고 살았던 것이다. 우리는 모두 웃는 얼굴 밑에 참으로 많은 것들을 숨기고 산다. 그러나 사람들은 이 웃음에 얼마나 잘 속는가! 메르타 스스로도 놀란 적이 한두 번이 아니다.

메르타는 부질없는 생각들을 떨쳐 버리고 바르브로의 방으로 몰래 들어가 벽에 걸려 있는 작은 열쇠 함을 열었다. 위층

식당에 올라오니 저번에 먹었던 맛난 음식들 냄새가 기억에도 새로웠다. 메르타는 희망에 부풀어 끝이 삼각형으로 생긴 마스터키를 빼냈다. 하지만 그녀는 그 자리에 우뚝 서고 말았다. 열쇠 구멍이 사라지고 없었던 것이다. 마그네틱 카드를 넣어야 열리는 작은 상자같이 생긴 것이 떡하니 대신 자리를 차지하고 있었다. 다이아몬드사는 식당을 난공불락의 요새로 만들어 놓은 것이었다! 파도처럼 낙담이 메르타의 가슴으로 몰려왔다. 다시 행동을 취하자면, 방향을 바꾸자면 꽤 시간이 필요할 것 같았다. 그러나 포기란 있을 수 없을 것이다. 이제 막 시작된 게임을 그렇게 쉽게 포기할 수는 없었다! 엘리베이터에 올라탄 메르타는 지하실로 가는 버튼을 눌렀다. 지하실에 가면, 누가 알겠는가, 혹시 식료품 저장 창고가 있을지? 아니면 포도주나 치즈를 올려놓는 저장 선반이라도 있을지?

엘리베이터 문이 열리자 메르타는 처음 와보는 곳이라 잠시 어리둥절했지만, 복도 끝을 보니 창이 달린 아주 낡은 문으로 한 줄기 희미한 빛이 들어오고 있었다. 문에는 열쇠가 채워져 있었지만 마스터키를 넣고 돌려 보니 열리는 문이었다. 문짝을 밀고 들어가자 겨울바람 같은 찬 바람이 훅하고 얼굴을 스치고 지나갔다. 마술 섬에 온 것만 같았다. 문은 틀림없이 출구로 연결되고 있는 것 같았다! 찬 바람 탓인지 한결 머리가 맑아진 메르타는 갑자기 자기가 태어난 집의 열쇠가 떠올랐다. 그 열쇠도 끝이 똑같이 삼각형 모양을 하고 있다. 두 열쇠를 바꾸어 놓아도 아무도 눈치채지 못할 것 같았다. 메르타는 문을 닫고 전기 스위치를 올렸다. 그리고 천천히 한 발짝씩 복도를 따라 나갔다. 복도 옆으로는 문이 여러 개 있었는데 그중 하나에는 〈체력 단련실 ── 직원 외 사용 금지〉라고 굵은 글씨로 쓰여 있었다. 메르타는 그 문을 열고 안을 들여다보았다.

이 체력 단련실에는 창문이 없어서 전등 스위치를 찾는 데 조금 시간이 걸렸다. 형광등이 껌벅거리더니 불이 들어오자 줄넘기, 아령, 실내 자전거 같은 것들이 한눈에 들어왔다. 벽을 따라서는 근육 단련 기구들과 러닝 머신들이 놓여 있었고 그 외에도 이름을 알 수 없는 이상한 기계들도 보였다. 뭐라고! 노인들이 지내는 요양소 운영비를 절약한다더니 그 돈으로 체력 단련실을 지었다고! 노인들이 벌써 몇 번이나 노인용 체력 단련실을 마련해 줄 것을 요구했던가! 운영진은 번번이 거부했지! 메르타는 문을 발로 차버리고 싶어 한 발을 들었지만(그 나이에는 조금 위험한 행동이었다), 이내 생각을 고쳐먹고 대신 등을 마치 고양이처럼 잔뜩 웅크린 채 불끈 쥔 두 주먹을 허공에 흔들며 가슴속에 묻어 두었던 욕들을 다 꺼내 한바탕 퍼부었다. 그렇게 많은 욕들을 알고 있었다니!

「이 더러운 돼지 새끼 같은 놈들, 어디 두고 보자. 기다려 다오, 제발!」

사무실로 다시 돌아온 메르타는 부모님의 집 열쇠를 문틈에 집어넣고 위로 들어 올려 열쇠 끝을 조금 꾸부러뜨렸다. 열쇠 함을 열고 이렇게 꾸부린 가짜 열쇠를 열쇠 함에 걸었다. 열쇠가 열쇠 구멍에 들어가지 않는다는 것을 알아내도 그 누구도 열쇠를 의심하지는 못할 것이다. 메르타는 진짜 열쇠는 브래지어 안에다 숨기고 방으로 돌아와 잠이 들었다. 이렇게 해서 자유를 향한 첫 발자국을 떼어 놓았다. 자유스러운 통행을 얻어 낸 것이다. 나머지 발걸음도 곧 떼어 놓을 것이다. 메르타는 두 눈을 감고 입에는 잔잔한 미소를 띤 채로 잠이 들었다. 그러나 잠긴 두 눈 너머로 눈방울이 움직이는 것을 보니 꿈을 꾸고 있는 것이 확실했다. 자신과 친구들이 은행을 털고 있었고 장면이 바뀌어 노인들이 도착하자 감옥에 갇혀 있던 죄수들이 모두 나와 반갑게 박수를 쳤고 환호성을 지르며, 왜 이제야 왔느냐고…….

5

메르타와 천재의 향후 계획은 벌써 훨씬 대담한 모양새를 갖춰 가고 있었다. 새로운 아이디어가 떠오를 때마다 두 노인은 힘을 얻는 것 같았고 아직 나타나지는 않았지만 매력적인 계획들이 어디선가 그들을 기다리고 있는 것만 같았다. 그러는 사이 요양소에서는 계속해서 절약 운동을 밀고 나갔다. 오후의 커피 타임에 먹는 브리오슈의 개수도 줄여 나갔고 커피마저 하루에 세 잔 이상 마실 수 없었다. 크리스마스트리 장식을 할 때가 다가오자 요양소 노인들은 전혀 예상치 못했던 또다른 충격에 휩싸였다. 요양소 본부에서 트리 장식 비용을 엄청나게 깎아 버린 것이다. 메르타가 나섰다.

「감옥에서도 우리보단 예쁜 크리스마스트리를 만들어요. 내기를 해도 좋아요!」

천재도 거들고 나섰다. 「그것뿐일 줄 알아? 감옥에 갇힌 죄수들은 밤에 하는 루미나리아도 보러 나가요, 밖으로.」 잠시 후 천재는 은회색 스카치테이프를 잘라 직접 만든 별을 가지고 왔다.

「성탄절 하면 뭐니 뭐니 해도 성탄 별이 있어야지. 자 이 별을 담배 파이프 청소할 때 쓰는 작은 톱니들 몇 개로 고정해서 성탄 트리 꼭대기에다 붙들어 매면 정말 멋있을 거야.」

모두들 떠나갈 듯이 박수를 쳤고 메르타는 살며시 웃어 보였다. 여든을 넘긴 나이에도 천재의 마음 한구석에는 여전히 작은 소년이 하나 살고 있었던 것이다.

그때였다. 갑자기 안나그레타가 입을 열었다. 「그까짓 성탄절 별이 몇 푼이나 한다고, 재산을 탕진해야 되는 것도 아니잖아요?」

「구두쇠 놈들은 남을 위해서는 절대로 돈을 안 쓰려고 해요. 쌓아 두는 게 그놈들이라고. 여기도 마찬가지야. 나아질 거라고? 천만에, 갈수록 나빠만 질걸. 천재와 나, 두 사람은 여러 가지를 개선해 달라고 제안 좀 하려고 어제 본부 사람들을 만났어요. 그런데 처음부터 우리 이야기는 들으려고도 하지 않아요. 지금 우리 생활을 조금이라도 바꿔 보려면 우리들이 직접 해야만 해요!」 메르타가 갑자기 자리에서 일어나며 말을 하는 바람에 의자가 바닥에 쓰러지고 말았다. 「천재와 나, 우리 두 사람은 이대로 그냥 있을 수 없다, 바꿔야 한다고 생각해요. 우리랑 함께할래요?」 메르타는 〈폭동을 일으킨다〉는 말 대신 〈바꿔야 한다〉는 표현을 썼다. 처음부터 사람들에게 겁을 줄 필요는 없었다.

「물론이지, 두말하면 잔소리라고.」 천재가 쓰러진 의자를 일으켜 세우며 말했다.

「갈퀴 씨, 당신 방에 가서 북극 오디로 빚은 술 한잔 했으면 하고 기다리고 있었는데 왜 그동안 안 불렀어요?」 스티나였다. 감기를 앓고 있던 이 할머니는 꼭 강장제가 아니라 해도, 무언가 기운을 좀 차릴 수 있는 것을 마시고 싶었다.

「북극 오디술? 할망구가 이제 술타령이네.」 갈퀴가 투덜거리는 어투로 놀렸다.

잠시 후, 다섯 노인 모두 메르타의 방으로 자리를 옮겼다. 갈퀴만 빼고 나머지 네 명은 침대 겸용으로 쓰는 긴 의자에 앉았다. 갈퀴는 어젯밤 메르타의 방에 들어왔다가 그만 반쯤 완성된 손뜨개 위에 앉고 말았는데 다시는 그러고 싶지 않아 소파에 가서 앉았다. 메르타가 오디술을 꺼내 와서 잔들을 채웠고 토론은 다시 시작되었다. 목소리들이 점점 높아져 갔고 결국에는 메르타가 지팡이를 들어 테이블을 내리치고 말았다.

「내 말 좀 들어 봐요! 아무리 힘이 들어도 수고를 안 하면 아무 소득도 없는 법이에요. 움직여야 해요, 움직여야. 목표를 이루기 위해서는 현재의 우리 상황을 개선해야 돼요. 자, 여기 직원용 체력 단련실 열쇠가 있어요. 우리도 저녁만 되면 몰래 거길 들어가 훈련을 합시다, 훈련을.」 메르타는 열쇠를 들어 자랑스럽게 흔들어 보였다.

「하지만 건 별로 도움도 안 될뿐더러 금방 걸리고 말걸.」 체력 단련보다는 식이 요법을 더 좋아하는 스티나는 반대 의견을 분명히 했다.

「체력 단련이 끝난 다음 정리를 하고 나오면 아무도 모를 거야.」 메르타였다.

「저 할망구는 저번에도 부엌을 가지고 그 말을 하더니 똑같네. 체력 단련을 하면 손톱이 모두 망가진다고!」 스티나였다.

「나는 요양소 같은 곳에서는 조용히 지내는 것이 좋을 것 같아.」 갈퀴가 말했다.

메르타는 짐짓 두 사람의 말을 못 들은 척하면서 천재를 흘끗 쳐다보았다.

「몇 주일만 그렇게 단련을 하면 우린 못 하는 것이 없는 사람들이 되는 거야. 우리 정신도 강철처럼 튼튼해질 거고.」 메르타는 일부러 과장을 해가며 말했다. 아직 메르타는 진짜 들려주어야 할 이야기는 한마디도 꺼내지 않았다. 강도가 되려면 강해져야 한다는 말은 하지 않은 것이다. 전날 밤, 메르타는 텔레비전을 보다가 그만 졸고 말았는데 다시 눈을 떴을 때 마침 감옥에 대한 심층 다큐멘터리 영화가 나오고 있었다. 메르타는 정신이 번쩍 들어 서둘러 리모컨을 찾았고 〈녹화〉 버튼을 힘껏 눌렀다. 메르타는 몸이 달아올랐고 기자가 교도소 작업장에 들어가고 세탁장에도 들어가고 하는 것을 보면서 텔레비전에 더 가까이 다가갔다. 죄수들이 직접 나와 자신들이 갇혀 있는 감방을 보여 주기도 했다. 식당을 보여 주는 장면에서는 죄수들이 생선, 고기 중에 메뉴를 선택해 먹을 수 있었고 채식주의자를 위한 메뉴도 마련되어 있었다. 심지어 죄수들은 감자튀김도 먹을 수 있었다. 그게 다가 아니었다. 모든 요리에는 푸짐한 모둠 샐러드와 과일이 곁들여져 나왔다. 죄수들은 다들 모여 DVD도 봤고 늦은 시간인데도 불구하고 거의 자정까지 자신들이 본 것을 두고 토론을 벌이기도 했다.

메르타가 다시 입을 열었다.

「우리의 삶을 개선할 거야, 말 거야? 개선하길 원한다면 우린 체력을 단련해야 해. 지금 당장. 만일이라는 말은 이젠 더 이상 하지 말기로 해.」

메르타는 체력 단련을 통해 몸을 만드는 것의 중요성을 잘 알고 있었다. 1950년대에 가족이 모두 스톡홀름에 살 때 메르타는 〈이들라의 소녀들〉이라는 리듬 체조 그룹에서 운영하는 체육관에 들어가 운동을 한 적이 있었다. 메르타는 몸부터 만들어야 했기에 여러 해 동안 체력 단련을 했다. 그러면서 균형을 잡는 훈련을 했고 그다음에 유연성과 민첩성을 키웠다. 물론 메르타가 포스터에 나온 모델들처럼 변할 수 있던 것은 아니다. 그러나 얼마 후 운동을 그만두자 금방 살이 몇 킬로그램 쪘고 그 후로도 시간 나는 대로 다이어트를 했지만 한번 찐 살은 여간해서는 빠지질 않았다. 이들라의 소녀들을 따라 운동을 할 때가 기회였던 것이다. 한번 달라진 몸은 정말 고치기 힘든 것이다.

「운동을 하자고? 옛 노예 제도 시대로 돌아가자는 거야?」 갈퀴는 오디술을 마치 증류주 마시듯이 원샷으로 입에 털어넣으며 소리를 쳤다. 그러면서 메르타를 무서운 눈으로 노려보았다. 그러나 여인은 아주 부드러운 눈빛으로 그에게 미소를 지어 보일 뿐이어서 오히려 갈퀴가 당황해하는 눈치였다. 메르타는 결코 노예제 옹호자가 아니었다. 단지 모두 노인들이니 그럴수록 웰빙에 신경을 써야 한다는 것뿐이었다. 실제로 메르타는 절대로 핸드백을 들지 않았다. 대신 전대를 차고 다녔는데 이것은 노인들 중 누군가 갑자기 일을 당하면 필요할 때 두 손을 자유롭게 놀릴 수 있기 때문이었다. 모두들 다 아는 일이었다.

천재가 메르타를 구하러 왔다. 「내 말 좀 들어 봐요. 어쨌든 메르타에게 기회를 한번 줘보는 게 어떨까 싶은데.」 천재는 천성적으로 몸을 놀리는 것을 그다지 좋아하지 않았지만, 아무리 작은 운동마저 정말 못 하겠다는 것이 아니라면 노인 요양소에서 하는 체력 단련이라는 것이 뭐 그리 대단한 것이겠냐며 메르타를 지지했다. 메르타는 눈짓으로 그에게 고맙다는 인사를 했다.

천재의 말이 끝나자마자 스티나와 갈퀴가 거의 동시에 말했다. 「그러면 우리가 뭘 해야 하지?」

「이 세상에서 가장 성가신 노인들이 돼보는 거야.」 메르타가 답했다. 그녀의 입에서 폭동이라는 말이 나오려면 아직 더 기다려야 한다.

6

갈퀴는 피우던 코담배를 내려놓고 아령 운동을 하러 다시 나갔다. 아령 들기는 여러 동작들을 교대로 반복해야 하는 쉽지 않은 운동이었지만 주말도 쉬지 않고 매일 저녁 운동을 한 지 벌써 한 달이 지난 지금, 처음보다 조금씩 나아지고 있었다. 갈퀴 옆에서는 스티나가 실내 자전거에 올라가 페달을 밟고 있었고 안나그레타와 천재는 거기서 조금 더 떨어진 곳에서 이름을 알 수 없는 이상한 기계에 매달려 있었는데, 흉곽근을 발달시키는 기계였다. 러닝 머신에 올라가 걷기 운동도 했는데 가끔 다섯 명이 한꺼번에 올라가 걸을 때도 있었다. 물론 열심히 걸었지만 언제나 제자리였다.

「갈퀴 씨, 어때?」

메르타가 어깨를 톡톡 치면서 얼굴 가득 미소를 머금고 갈퀴에게 물었다.

「좋아, 좋아.」 붉어진 얼굴에 숨을 헐떡이면서 갈퀴가 답했다. 아령을 내려놓는 그의 표정은 글레디에이터의 표정이었다. 일흔아홉 살이었지만, 메르타는 모든 기계를 순례하듯 돌아다니며 운동을 했고 전혀 숨차하지도 않았다. 친구들은 그런 메르타를 보고, 저 할망구는 죽을 때가 되면 관 속으로 걸어 들어가서 혼자 뚜껑을 닫고 죽을 거라고 농을 던지곤 했는데 메르타도 그럴 수 있다고 인정했다.

「자, 이제 한 바퀴만 더 돌아요. 그러면 나처럼 될 수 있다고! 그러고 나서 정리를 하자고.」메르타는 운동을 하면서도 계속 말을 했다.

갈퀴의 얼굴이 일그러져 있었다.

「우리가 왔다 갔다는 것을 사람들이 알면 안 되거든, 갈퀴씨. 뭔 말인지 알겠지? 그러니까, 마늘은 먹지 마. 냄새가 나면 들통이 난단 말이야.」

어이쿠, 할망구가 이젠 설교까지! 메르타는 갈퀴에게 예테보리에 살던 이모 이야기를 들려주었다. 이모였던 마요르나 부인은 지금은 돌아가셨지만, 고등학교 교사였는데 몸무게가 무려 150킬로그램이나 나갔다. 학생들이 말을 듣지 않으면 이모는 위협도 서슴지 않았다. 「계속 이렇게 떠들면 너희들을 깔고 앉아 버릴 거야.」메르타와 이모는 같은 조상을 둔 가족이었다. 그러나 메르타는 이모와는 다른 사람이었고, 메르타가 자신과 무관한 다른 사람들의 일에 관심을 기울인다는 것이 이를 잘 일러 주었다. 이곳 노인 요양소에서도 메르타는 밤만 되면 몰래 요양소를 빠져나가 작은 동네 마트로 달려가서는 부족한 과일과 채소를 사서 노인들 모두가 나눠 먹도록 했다. 물론 돈을 거둔 것도 아니다.

「푸른색 먹을거리가 여러분들에게 좋은 거예요.」메르타는 거의 선언하듯이 말했고 그럴 때면 살인 미소가 얼굴에 가득

했다. 반면 눈은 다람쥐처럼 반짝반짝 빛이 났다. 몰래 요양소를 빠져나가는 것은 메르타에겐 이제 일종의 스포츠가 되어 있었고 돌아올 때면 운동을 한 것처럼 언제나 기분이 상쾌했다. 메르타는 심지어 힘내라고 노인들 뺨을 툭툭 치기도 했다. 갈퀴 할아버지가 자전거를 타다가 넘어진 작은 소년이었다면, 모르긴 몰라도 이 소년은 메르타 할머니의 손이 그리워 메르타의 품속으로 달려가 안겼을 것이다!

「체력 단련의 효과가 어떤 것인지 곧 알게 될 거야. 비타민과 단백질까지 더하면 우린 세상을 뒤집어엎을 수도 있을 거야.」

메르타가 계속 말을 하자, 갈퀴는 투덜댔다. 「당신 혼자 뒤집어, 혼자.」 메르타의 모든 행동에는 무언가 수상쩍은 것이 있었다. 메르타는 아주 단호했고 결연했는데, 갈퀴는 이 할망구가 뭔가를 꾸미고 있다는 느낌을 받고 있었다. 대체 그게 무얼까? 알 수가 없었다.

「그래, 알았어. 오늘은 그만하지! 바닥 청소하는 것 잊지 말고, 운동 기구들도. 다 끝내고 내 방에서 만나.」

잠시 후 모두 샤워를 마치고 뒷정리가 완벽하게 마무리되자 메르타의 방에 모였다. 메르타는 빵과 과일이 가득 든 바구니를 꺼내 왔고 그동안 천재는 에너지 음료를 날라 왔다. 메르타는 탁자 위에 새 식탁보를 깔았다. 붉은 꽃과 흰 꽃 무늬가 새겨진 처음 보는 것이었다.

천재가 말했다. 「앞으로 한 달 더 단련을 하면 우리는 상당히 좋은 상태가 될 거야.」

「그래, 맞아. 3월 초가 되면 눈도 다 녹을 거야. 그러면 우린 시작할 거야.」메르타가 덧붙였다.

「시작한다고, 뭘?」갈퀴가 물었다. 「바다로 나갈 건 아니지? 대체 어디로 갈 건데? 정말 답답해 죽겠군. 꿍꿍이가 있으면 속 시원히 우리에게 이야기 좀 해봐!」

「여러분들을 지금보다 행복하게 해주고 활기차게 살게 해 주고 싶어. 여러분이 단련을 마치고 몸이 만들어지면, 그때 모든 것을……」

「그때 가서 모든 것을? 그 모든 게 뭔데?」

메르타가 다시 입을 열었다.

「정 그렇다면, 지금 이 순간 〈거대한 비밀〉을 여러분에게 알려 줄게요.」

바르브로는 아령을 내려놓고 머리띠를 매만졌다. 홀에서 이상하게 마늘 냄새가 나는 것 같았지만 러닝 머신으로 가 스위치를 눌렀다. 그런데 냄새는 여전했다. 특히 러닝 머신 부근과 아령들을 정리해 두는 벽장 근처가 가장 심했다. 러닝 머신에 올라 달리기를 시작했다. 체력 단련실에는 창문이 없으니 냄새가 밖에서 들어올 수는 없었다. 환풍기 구멍으로 들어왔다면 모를까.

바르브로는 운동을 즐기는 타입이 아니었지만 소장인 맛손에게 보다 강한 인상을 남기고 싶었다. 언젠가 소장은 바르브로에게 아름다운 몸매를 갖고 있다고 말한 적이 있었고 그녀는 소장을 실망시키고 싶지 않았다. 그를 유혹하기 위해서는 짧은 치마를 입고 가슴이 깊이 파인 옷을 입는 것만으로는 충분하지 않았다. 예뻐야 했고 가슴도 탱탱해야 했다. 이제까진 모든 것이 다 잘 풀려 나갔다. 비록 몰래 만나야만 했지만, 그건 어쩔 수 없었다. 대개는 소장과 직장에서 만났는데, 소장은 가정이 있는 사람이니 그럴 수밖에 없었다. 소장이 곧 이혼할 것이라고 바르브로는 확신하고 있었다. 실제로 소장이 한 이야기에 의하면, 그의 결혼은 파경 일보 직전이라고 한다. 부부 사이에 거의 아무 말도 안 하고 산다는 것이다. 소장은 바르브로를 만날 때마다 반복해서 속삭였다. 「사랑해, 너를 알고부터 내 인생에서 처음으로 행복이 무엇인지 깨달았어.」 그럴 때면 바르브로는 미소를 지어 보이곤 했다. 맞손, 혹은 그녀가 친근하게 부르듯이 〈잉마르〉는 언젠가 두 사람이 서로를 위해 태어난 것 같다는 말도 했다. 바르브로는 러닝 머신에서 내려와 스트레칭을 시작했다. 다시 한 번 잉마르와 함께 여행을 떠난다면, 아니 아예 그와 함께 산다면 더 이상 무얼 바라겠는가! 그때가 되면 자신은 소장의 일에 영향력을 행사할 수 있는 실세 자리를 노릴 수도 있을 것이다. 그때까지는 지금 직장에서 일하는 시간과 소장과 함께 출장을 다니는 시간 모두를 잃어버린 시간으로, 일종의 투자로 생각하기로 했다. 만일 그녀가 다이아몬드사를 잘 운영해서 더 많은 이익을 낸다면? 그러면 소장은 그녀의 가치를 알아줄까? 자신과 결혼하기 위해 이혼이라도 할까? 그녀는 바닥에 누워 계속 스트레칭을 했다. 남자와 여자, 부부…… 목적을 이루어야지, 어떻게 해서든, 꼭!

바닥에서 몸을 일으키던 바르브로는 흰 머리칼 하나가 바닥에 떨어져 있는 것을 보았다. 이상한 일이었다. 직원들 중에는 머리가 흰 사람이 없었다. 그렇다면 직원 아닌 누가 이 체력 단련실을 이용했다는 것인데?

7

다음 날 커피를 마시려고 메르타의 방에 갔을 때 친구들을 맞은 것은 텔레비전이었다. 다들 커피 잔을 들고 긴 의자에 앉았고 천재가 DVD를 돌렸다.

천재가 창문 커튼을 닫으면서 이제부터 볼 것을 말했다.

「이건 우리가 꼭 봐야 할 내용이에요. 교도소 생활에 대한 탐사 보돕니다.」

「무서울 것 같은데……」 안나그레타는 겁을 먹은 것 같았다.

노인들은 북극 오디로 담근 술을 몇 방울 떨어뜨린 커피를 홀짝이면서 이제 막 시작된 다큐멘터리를 얼마 보지도 않았건만 모두들 분노를 참지 못하고 씩씩거렸다. 방 전체가 달아오르고 있었다.

「저런 범죄자들이 우리들보다 더 잘 지내다니, 이게 있을 수 있는 일인가요?」 스티나였다. 손톱 다듬는 줄까지 떨어뜨린 것을 보니 화가 단단히 난 모양이었다.

다음은 안나그레타 차례였다. 「게다가 저들 먹여 살리는 돈이 모두 우리가 낸 세금이잖아!」

「좋아, 그렇다고 치자고. 하지만 세금의 일부는 노인 요양소에도 쓰이지.」천재의 지적이었다.

「그렇다면 별문제가 아닌데, 시의회 사람들은 노인 거주 시설보다는 스포츠 센터 짓는 걸 더 좋아해.」안나그레타의 말이다.

「정치하는 놈들을 모두 교도소에 처넣어야 해.」이미 다큐멘터리를 한 번 본 메르타였지만 뜨개질을 잠시 멈추면서 말했다. 더 화들을 내라는 것만 같았다. 텔레비전 보랴 뜨개질 하랴, 메르타는 두 가지를 동시에 하면서 조금 힘들어했다.

「감옥에 처넣는다고? 우리가 곧 가게 될걸.」천재가 큰 소리로 말했다. 그때였다. 메르타는 그의 넓적다리를 툭 하고 발로 찼다. 메르타와 천재 두 사람은 먼저 할 일과 나중 할 일을 구분해서 하기로 말을 맞추었다. 무엇보다 다른 사람들의 동의부터 구해야 했다. 어쨌든 교도소 다큐멘터리가 진행되는 동안 여기저기서 쓴소리들이 터져 나왔고 결국에는 안나그레타마저도 분을 참지 못하고 폭발 일보 직전이었다. 그녀는 흐트러진 쪽 찐 머리를 매만져야 했고 깍지를 낀 두 손으로 무릎을 감싸 쥐면서 심각한 얼굴로 다른 사람들을 둘러보았다.

「교도소의 죄수들이 우리보다 더 잘 먹고산다면 우리가 왜 지금 이런 데 있어야 하는지 의문이 들잖아.」

무거운 침묵이 흘렀다. 메르타는 잠시 놀란 눈으로 안나그레타를 쳐다보다가 말을 이어 갔다.

「내 말이 그 말이야. 작은 강도 짓이라도 해서 교도소로 들어가야지!」

「그건 안 돼! 농담이라도 그런 말이 어딨어?」안나그레타가 이상하게 떨리는 목소리로 말했다.

「강도 짓을 한다고? 그런 짓은 절대 하면 안 되는 거야! 도둑질은 안 돼! 약속해, 안 하겠다고!」 스티나도 소리를 쳤다. 당연한 일이었다. 스티나는 옌셰핑 자유 복음 교단에서 교육받고 자란 사람이었고 그 교육은 지금도 그녀의 뇌리에 단단히 박혀 있었다.

「꼭 그럴까? 조금 생각해 볼 필요가 있어. 안 될 건 또 뭐야! 더 이상 잃을 것도 없잖아.」 메르타가 일어나 텔레비전을 끄면서 짓궂은 표정을 지으며 말했다.

그 말을 들은 갈퀴가 나섰다. 「미쳤군, 미쳤어. 우리를 운동 선수로 만들더니 이젠 강도로 만들겠다고? 너무하는 것 아니야, 이거!」

「농담이었어, 이 순진한 늙은이야.」 농담이라는 메르타의 말은 거짓말이었다.

모두들 서로 얼굴을 바라보며 안도의 숨을 내쉬었고 대화는 다른 쪽으로 흘러갔다. 잠시 후 모두들 돌아갔지만, 천재는 조금 더 머물렀다.

「사람들이 생각을 하게 만드는 데는 일단 성공한 것 같아. 요양소와는 전혀 다른 데를 봤으니 당연하지……..」

메르타도 천재의 평가에 동의했다. 「맞아, 성공적으로 첫발을 내디딘 거야. 이제 기다려야지. 일이 무르익을 때까지.」

천재는 메르타의 뺨을 어루만지는가 싶더니 재빨리 방을 나가며 덧붙였다.

「우린 곧 여기서 빠져나갈 거야.」

「맞아. 물론 그게 다는 아니지만.」

그로부터 일주일간은 누구도 교도소나 강도 이야기를 입에 올리지 않았다. 겁을 먹은 것일지도 모르지만 오히려 다시 토론을 한다는 것 자체가 싫었을 것이다. 하지만 메르타는 〈양로원 살인 사건〉이라는 새로운 탐정 소설 한 권을 구해 읽기 시작했고 그사이 천재는 준비물 제작에 돌입했다. 가장 먼저 발명한 것은 노인용 보행기의 제동 장치였다. 그의 말에 따르면 레버 형태의 이 제동 장치는 도심에서 일어나곤 했던 교통사고를 방지할 수 있었다. 천재는 지난 일주일 동안 자신이 만들어 낸 것들을 다시 이것저것 손보기도 했다.

「메르타, 이리 좀 와봐.」 천재가 붉은 캡을 건넸다. 그런데 캡의 챙 앞에는 다섯 개의 구멍이 뚫려 있었다. 「챙을 누르면 불이 들어와. 한번 해봐.」

메르타는 모자를 받아 쓰고 천재가 시키는 대로 했다. 챙을 누르자 불이 들어왔고 고개를 돌리자 방 구석구석으로 빛이 퍼져 나갔다.

「파는 랜턴 헬멧보다 더 좋은데, 이거. 이 LED 캡은 강도 짓을 할 때 정말 요긴하게 써먹을 것 같아.」

메르타의 얼굴에 미소가 가득했다.

「천재 씨는 선견지명까지 갖추었다니까!」 메르타의 목소리 속에는 애정이 묻어 있었다.

「발광 다이오드가 조금 더 있어야 할 것 같아.」

「과일하고 채소 사러 골목에 있는 마트에 갈 때 내가 잠깐 전파사 같은 곳에 들러서 사갖고 올게. 가게가 있는 것 같았어. 이렇게 숨어서 몰래 움직이는 게 정상은 아닌데, 어쩌겠어? 당신도 봤지, 〈70세 이후, 황금시대를 산다〉는 요양소 광고,

기억나지? 거짓말도.」

「우리 계획만 성공하면 황금시대가 뭐야, 그 이상이겠지.」 천재는 캡을 벗으면서 한술 더 떴다. 「감옥에 들어가도 우린 친절한 대접을 받을 거야. 그렇지 않겠어? 다 늙은 노인네들을 어떻게 하겠어?」

「강도가 되다니, 생각만 해도 짜릿해……. 우선 계획을 철저하게 잘 세워 실천에 옮겨야지. 그런 다음 감옥에 들어가서 새로운 경험을 쌓는 거야. 아직 우리도 모르는 게 많잖아.」

「그럼, 물론이지. 체력 단련을 하긴 했지만 낙하산을 타고 내려올 정도는 아니고 또 세계 일주를 할 정도도 아니지만, 이제 우린 우울한 삶을 끝내는 거야.」

「누구도 다치지 않을 정도의 가벼운 강도 짓을 하는 거야. 현행범으로.」

메르타의 말을 듣고 있던 천재가 말을 받았다. 「그러니까, 금융 사건이 우리에게 딱 맞아. 피를 안 보고도 충분히 감옥에 갈 수 있거든. 이럴 경우 범죄 대상은 많아. 재산이 〈아주〉 많은 사람들을 골라 그놈들 것을 훔치는 거야.」 천재가 말했다.

「우리 수입이 확 늘어나겠지, 그러면. 그래도 우린 연구 기금에 기증을 하거나 가난한 사람들을 위해 거액을 기부하는 부자들의 돈은 건드리지 않아야 해. 우리 목표는 세금도 안 내면서 돈만 모으는 부자 놈들이야. 그런 놈들 돈은 훔쳐도 괜찮은 돈이거든.」

「탐욕스러운 상어 같은 놈들이지. 사기꾼들이지…….」

「맞아, 돈에 눈이 먼 놈들이야. 난 도저히 이해를 할 수가 없어. 왜 그렇게 돈이 많으면서도 자신들보다 더 돈 많은 사람들과 비교만 하고 사는지 말이야. 나누면서 살 줄 모르는 인간들이니 우리가 나서서 도와주고 가르쳐 줘야 하는 거야. 사실 간단한 이야기야. 우린 그들을 위해서 행동하는 거지.」

　하지만 천재는 이의를 제기했다. 「부자들은 우리하고 전혀 다른 생각을 갖고 있어. 물론 메르타 생각이 맞지만 말이야.」 천재는 어린 시절부터 가난하게 살았다. 청소년 시절 순드뷔베리에 살 때도 또래의 가난한 친구들과 함께 온갖 고생을 다 했다. 아버지는 마라보우사에서 일했고 천재도 사환으로 들어가 용돈을 벌곤 했다. 공장은 마음씨 좋은 사람이 운영했는데, 노동자들은 물론이고 가족들도 와서 함께 쉴 수 있는 공원도 마련해 줄 정도로 참 너그러운 사람이었다. 천재는 이런 사장을 보면서 중산모를 쓰고 다니는 공장의 나이 지긋한 부자들을 존경하기도 했었다. 그 사람들은 나누며 살 줄 알았다. 천재는 순드뷔베리 공장이 너무나도 마음에 들어서 그곳에 머물고 싶었고, 그래서 기능사 자격증을 취득한 후에 스톡홀름에서 매력적인 제안을 해 왔을 때도 떠나지 않았다. 자격증을 따고 나서 처음에는 전기 부서에서 일했다. 부모님들이 돌아가신 후에는 회사를 그만두고 집 1층에 작업장 겸 가게를 열었고 평생을 그곳에서 살았다. 다이아몬드 노인 요양소에 들어온 것이 그로서는 처음 이사를 한 것이다.

　「우리가 훔친 돈은 몽땅 〈기금〉으로 들어갈 거야.」 메르타가 말했다. 그녀는 무릎 위에 있던 손뜨개를 집어 긴 의자 위에 갖다 놓았다. 완성된 카디건의 앞부분이었다. 메르타는 다시 뜨개질을 시작했다. 이번에는 카디건 등 부분이었다.

　「〈기금〉이라니?」 천재가 고개를 갸우뚱했다.

「기금을 만들어 거기다 돈을 모으는 거야. 그런 다음 교도소에서 나왔을 때 그 돈을 찾아서 여기저기 나눠 주는 거야. 문화 단체에도 보내고 노인 요양소 같은 데도 좀 주고 국가가 도와주지 않는 곳을 찾아서 또 좀 주고…… 어때, 좋겠지?」

천재는 동의한다고 고개를 끄덕였다. 두 사람은 여러 아이디어들을 서로 교환하며 그날 저녁 시간을 보냈다. 마침내 잘 시간이 되자 두 사람은 그 지방에서 가장 돈이 많은 사람들이 사는 장소를 치기로 했다. 두 사람은 〈진짜〉 한 방을 날릴 계획을 짰던 것이다. 하지만 두 사람이 꾸민 한 방이라는 것은 어딘지 영화에서 본 것이었다.

8

메르타와 친구들이 스톡홀름 그랜드 호텔 앞에 도착해 택시에서 내리자 성긴 눈발이 날리고 있었다. 메르타는 약간 긴장이 되었다. 이제 군중들 속에서 임무를 수행해야 하는 것이다. 천재는 붉은 캡을 쓰고 있었고 각자의 보행기에는 제동용 레버들이 달려 있었다. 천재의 말 그대로 〈교통사고 방지용〉이었다. 한데, 천재의 보행기는 유독 좀 괴상한 모양을 하고 있었다. 메르타는 궁금해서 왜 천재의 보행기에 달려 있는 강철로 만든 레버들은 자기 것들보다 유난히 넓은지 물어보고 싶었지만 참았다.

택시 기사가 차에서 내리는 노인들에게 말했다. 「그랜드 호텔에서 내릴 때는 보통은 운전기사에게 팁을 주는데요.」

메르타가 나섰다. 「기사 양반, 우린 그랜드 호텔을 온 게 아니에요. 우린 박스홀름으로 가서 배를 탈 거예요.」

안나그레타가 낮은 목소리로 말했다. 「왜 거짓말을 해?」

「강도들은 가짜 흔적들을 만들어 놓는 거야, 그것도 몰랐어?」

이번에는 갈퀴가 나섰다. 「기사 양반, 조금만 있으면 모두 원하는 만큼 두둑하게 팁을 받을 거요.」

갈퀴가 채 말을 끝내기도 전에 천재가 날린 주먹이 갈퀴의 옆구리를 제법 세게 쳤다.

「쉿! 조심해, 조심!」

「이 늙은이가! 그런 모자를 쓴 주제에 나에게 지금 조심하라고 말을 해? 먼저 모자 불부터 좀 꺼!」

천재는 얼른 챙을 눌렀다. 그랬더니 LED 불들이 모두 꺼졌다. 메르타는 제동 레버를 세게 눌렀고 천재에게도 똑같이 하라는 신호를 보냈다. 이편이 훨씬 좋았다. 증인들은 늘 세세한 것들에 신경을 쓰기 마련이기 때문이다.

택시들이 멀리 사라지는 것을 보자 메르타가 소리쳤다. 「자, 이제 대모험이 시작되는 거야.」 메르타는 그랜드 호텔을 올려다보면서 천재에게 머리를 좌우로 흔들어 보였다. 처음에는 실없는 농담으로 시작했던 것들이 이제 막 현실이 되려고 하는 순간이었다. 잠시 의심조차 하지 않았다. 물론 두 사람이 다른 사람들을 설득하기까지는 여러 주일이 필요했고 메르타는 속으로 혹여 누군가 중도에 포기하겠다고 하지나 않을까 애를 태우기도 했다. 법정에 설 때 서더라도 메르타는 그 전에 남은 인생의 마지막 불꽃을 태우고 싶은 강렬한 욕망을 갖고 있었다. 종종 메르타는 악몽도 꿨는데, 단원들 중 하나가 마지막 순간에 진술을 번복하는 꿈이었다. 더 지독한 꿈도 꾸었다. 〈노인 강도단〉이 첫 사업으로 마수걸이를 시작하기도 전에 누군가가 경찰에 고발해 버리는 꿈이었다.

스티나가 다섯 명 그룹에 이름을 붙여 보자고 했을 때 젊어 보이는 것 같아 모두 흔쾌히 동의를 했다. 그룹 이름은 조금 허풍이었지만 말보다 중요한 것은 행동이었다. 메르타가 제안한 이름은 아웃로 올디스*Outlaw Oldies*였는데, 이 이름은 한 표도 얻지 못했다. 투표 당시 이 이름은 너무 범죄 냄새가 난다는 평가를 받았다.

몸이 편치 않은 노인들이 그들도 놀랄 정도로 이렇게 빨리 잠재적 범죄자가 된 것은 전적으로 바르브로 덕택이었다. 메르타는 실제로 그 일 이후 천재가 부탁한 물건들을 사러 전파사에 들렀다. 하지만 천재가 써준 글씨는 하나도 읽을 수가 없었다. 메르타는 물론이고 심지어 가게 종업원마저도 무엇을 주문한 것인지 읽어 내지를 못했다.

「아무래도 친구분을 부르셔야겠는데요.」메르타는 종업원에게 별생각 없이 천재의 전화번호를 알려 주었다. 아차 싶었지만, 물은 이미 엎질러진 뒤였다. 노인 요양소의 모든 전화 통화가 내부의 교환기에 녹음된다는 것을 뒤늦게 기억해 낸 것이다.

「뭔가를 사려는 한 나이 든 부인이 보행기를 끌고 여기 왔어요. 그런데 뭘 사려는 건지 도무지 알 수가 없어요.」가게 점원이 전화기 끝의 다른 여자에게 한 말이었다. 메르타가 전화를 끊었지만 이미 늦었다. 수시로 통화를 도청하던 바르브로는 누군가 자신의 허락도 받지 않고 밖으로 빠져나간다는 것을 알아차렸다. 일주일 후, 요양소의 모든 문의 열쇠가 새로운 것으로 교체되기 시작했고 메르타는 천재의 어깨에 얼굴을 기댄 채 모든 노력이 수포로 돌아갔다고 하며 울어야만 했다.

「우리 사랑스러운 할망구, 그런 얼굴 하지 마. 우린 어떻게 해서든 범죄자로 다시 태어날 테니까. 지하실 열쇠를 교체하기 전에 우리가 먼저 나가면 되는 거야.」

천재는 컴퓨터 앞에 앉았다.

「돈 많은 부자들을 목표물로 삼자고 했겠다. 어디 보자……
여기에 있네.」 이렇게 해서 천재가 연 페이지가 바로 그랜드 호
텔 홈페이지였다. 「우리 이 호텔에 예약을 할 거야.」

「그랜드 호텔에?」 메르타는 너무 놀라 숨이 막히는 줄 알았
다. 브란테비크 인근의 작은 농촌 마을 스코네에서 태어나 쇠
데르말름에서 단칸방을 얻어 살던 그녀가 이제 호화 호텔에
들어간다고? 부모님은 늘 사람은 가진 것에 만족하고 살 줄
알아야 한다고 말했지……. 메르타는 소리를 지르기 전에 침
부터 꿀꺽 삼켜야만 했다. 「그래 좋아. 그랜드 호텔로 하지.」

「그러면 이왕 하는 김에 〈특별 축제〉 패키지로 하지 뭐. 꽃
장식이 흐드러져 있고 모두를 위해 샴페인에 과일도 나올 거
야. 모두들 황홀해할 거야.」

「산딸기도 나올까?」

「물론이지.」 천재도 덩달아 신이 났다. 그러다 갑자기 말을 멈
췄다. 스티나와 안나그레타가 호텔에 홀딱 반한다고 가정해 볼
필요가 있다는 것이다. 만일 일이 그렇게 전개되면 두 여인은
교도소 같은 데는 절대로 못 가겠다고 할 수도 있다는 것이다.

「고려해야 할 위험이긴 하지. 하지만 너무 호화로운 호텔은
오히려 사람들이 금방 지루해한다고 하던데?」

메르타는 그랜드 호텔을 포기할 수가 없었다. 천재는 이렇게
해서 호화 스위트룸을 그것도 〈특별 축제〉 패키지로 예약했다.
메르타는 온몸이 기분 좋게 찌릿찌릿해 오는 것을 느꼈다.

「정확하게 48시간 남았어.」 천재가 컴퓨터를 끄면서 말했

다. 「열쇠공은 월요일 아침에 오기로 되어 있어. 그러니까 우리는 그 전에 출발해야 돼.」

　직원들이 모두 집에 있을 시간인 일요일 저녁, 다섯 명의 친구들은 모두 보행기를 밀고 은밀하게 요양소를 빠져나왔다. 3월 첫째 주, 아직 하늘에는 짙은 구름이 끼어 있고 눈발도 날렸지만 모두들 전혀 개의치 않았다. 이제 두 번째 단계가 그들을 기다리고 있었던 것이다. 다시 말해 〈모험〉 단계 말이다. 메르타는 나오면서 지하실 문을 잠갔다. 그리고 요양소를 향해 주먹을 불끈 쥔 채 두 입술을 악물었다.

　「이 사기꾼들아, 너희들이 누군지 천하에 보여 주고 말겠어! 크리스마스트리도 못 만들게 세금으로 주는 보조금을 떼어먹다니! 너희들은 선을 넘은 거야. 알아들었어?」

　「지금 뭐라고 한 거야?」 옆에 있던 가는귀가 먹은 안나그레타가 물었다.

　「너무 늦기 전에 인생을 즐겨야 한다고…….」

　「그럼, 그럼.」 안나그레타가 안심을 한 눈치다.

　「자, 이제 택시를 잡아야지. 갑시다 모두.」 메르타가 겨울 망토로 온몸을 감싸면서 택시 정거장으로 앞장서 걸어갔다. 약 30분 후, 모두 그랜드 호텔에 도착했다. 일행은 택시비를 내고 내려서 호텔 입구를 향해 걸어갔다. 메르타는 호텔 앞에 도착해 갑자기 그 자리에 우뚝 섰다. 고개를 들어 이 오래된 멋진 건물을 천천히 올려다보았다.

　「아, 정말 멋있는 건축물이야! 요즘은 이런 건물들을 안 짓는다니 안타까운 일이야…….」

갈퀴가 메르타의 말을 들었는지 거들고 나섰다. 「건축 학교 문을 닫아 버려야 돼. 왜 정육면체들을 그렇게 오랜 시간을 들여서 자꾸 그리라고 하는지 모르겠어. 내가 네 살 때 벌써 다 그린 것들인데 말이야. 그래서 뭘 배운다는 거야? 비교를 해봐도, 내가 네 살 때 그린 것들이 더 예쁠걸…….」

「건축가가 되어야 했어, 갈퀴 씨…….」

「그랜드 호텔에 오신 것을 환영합니다.」 멋진 옷을 차려입은 도어맨이 고개를 숙이며 일행에게 정중하게 인사를 했다.

「고마워요.」 메르타가 대표로 나서, 약간 미소를 띠기는 했지만, 애써 무뚝뚝한 얼굴로 짤막하게 인사를 받았다. 요새 들어 웃으면 웃을수록 메르타의 웃음소리는 가식적이 되어 가고 있었다. 그 적지 않은 나이에 탈출을 감행한 불량한 할머니인 메르타는 자기도 모르게 스트레스를 받지 않을 수 없었던 것이다.

9

보행기 부대는 양탄자를 밟으며 아무 탈 없이 호텔 프런트에 도착했다. 한껏 기분이 들뜬 메르타는 양탄자 위를 지나며 아름다운 금빛 왕관 장식들이 들어가 있는 진한 청색의 테두리에서 눈을 떼질 못했다. 이런 양탄자가 깔린 바닥을 밟으며 살았을 옛날 왕들 생각이 났다.

호텔 직원이 꼼꼼하게 모든 신용 카드들을 확인하는 바람에 프런트에서 수속을 하는 데에는 꽤 시간이 걸렸다. 정말 다행인 것은 안나그레타가 상당히 부자여서 모든 비용을 처리할 수 있었다는 것이다. 하지만 모든 것에도 불구하고 시간이 걸린 프런트 수속은 연금으로만 살아가는 이들에게는 스트레스였다. 어쨌든 수속은 끝났고 사람들 얼굴에는 다시 미소가 찾아왔으며 환영한다는 인사도 받았다.

천재가 진두지휘를 했고 모두 그의 지시에 따랐다. 「계단을 지나 왼쪽 두 번째 문으로 나가요. 그러면 스위트룸들이 나오는데, 할머니들은 유명 스타들이 묵는 스위트룸인 프린세스 릴리안 실로 가면 되고, 갈퀴 씨와 나는 그 옆에 있는 두 개의 호화 스위트룸을 써요.」

동전 한 푼도 아껴 쓰는 구두쇠였던 안나그레타가 불평을 쏟아 냈다. 「하나님 맙소사, 이건 비싸도 너무 비싼 거 같아.」

메르타가 나섰다. 「할머니, 벌써 잊어버린 건 아니지? 우린 돈을 내지 않을 거라고 했잖아.」

모두들 기분 좋게 보행기에 몸을 의지한 채 복도를 지나갔다. 요양소 체육관에서 체력 단련을 한 덕택에 모두들 몸의 균형을 잘 잡았고 굳이 보행기가 필요 없었지만 그래도 언제 필요할지 몰라 다들 갖고 왔다. 메르타는 절로 웃음이 나왔다. 보행기에 몸을 의지한 다 늙은 노인들을 그 누가 경계할 것인가? 게다가 보행기 앞에 달린 바구니는 전리품을 담기에 안성맞춤이었다.

천천히 복도를 지나 모두들 왼쪽에 있는 문 앞까지 왔다.

「여기야.」 천재가 자신감에 충만해서 말했다. 그가 문을 열고 들어가자 모두 뒤에 바싹 붙어 따라 들어갔다. 천재는 순드뷔베리를 연상시키는 것이라곤 찾아보려야 찾을 수가 없어 눈이 휘둥그레지지 않을 수가 없었다.

「하나님 맙소사, 다들 봤지? 방이 온통 금칠을 한 것처럼 번쩍거려!」 스티나가 탄성을 질렀다.

「정말 훌륭하고 멋지군. 저 붉은 벨벳으로 덮여 있는 소파 좀 봐! 부자들은 이렇게 사는 거지?」 천재는 감격했다.

「한데…… 향수 냄새가…… 좀 심하게 나는 것 같지 않아?」 갈퀴가 좀 어눌하게 말을 이어 갔다.

「내가 감히 이런 데를 들어오다니. 저 거울들과 세면대 좀 봐! 어떻게 저렇게 예쁜 걸 갖다 놨지! 여기가 프린세스 릴리안 스위트룸이라고 했나?」 안나그레타가 물었다.

「글쎄 잘 모르겠네. 거울이 너무 많은 것 같긴 한데. 그걸 보면, 모르긴 몰라도……」 천재가 중얼거렸다.

메르타는 그동안 거울 개수를 세고 있었던 모양이다. 「방 하나에 거울이 여덟 개나 있어. 천장을 좀 봐, 저 샹들리에를. 모든 게 대리석으로 덮여 있고 세면대 옆의 램프들……」

「침대는 어디에 있나?」 벌써 지루해졌는지, 스티나는 좀 앉아 쉬고 싶었다.

「침대?」 천재가 방 안을 왔다 갔다 하면서 둘러봤다. 귀에 익은 소리가 멀리서 들렸다.

「이런 젠장, 여기가 화장실이라고!」 갈퀴가 너털웃음을 터뜨리며 낸 소리였다. 「세면대가 여덟 개나 있어. 아무리 생각해도, 도무지 알 수 없는 일이네.」

모두들 행복에 취해 여자 화장실에서 나와 엘리베이터 쪽으로 이동했다. 천재가 카드를 넣었고 9층 버튼을 눌렀다. 천재가 착각을 했던 것이다.

「이런, 미안해. 내가 착각했어. 프린세스 릴리안 스위트는 더 올라가야 해.」

엘리베이터 안에서도 메르타는 계속 꿈속에 있었다. 딜럭스급 객실과 여자 화장실을 혼동한다는 것은 그리 좋은 징조는 아니었다. 지금까지 본 것들은 수수한 편에 속하는 것들인데 벌써 이렇게 헤맨다면, 바에 가서 술이라도 한두 잔 마시고 나면 어떤 일이 벌어질 것인가?

10

「우리 이제, 뭘 하지?」 스위트룸을 여러 번 돌아보면서 눈에 띄는 텔레비전이란 텔레비전은 모두 켜놓은 스티나가 물었다. 어떤 텔레비전을 볼 것인지 골라내는 것이 난감하기만 했다. 그래서 다 켜놓기로 한 것이다.

뭘 하지? 서재에 들어가 작가처럼 폼을 잡아 봐? 그랜드 피아노 뚜껑을 열고 연주를 한번 해봐? 그것도 아니라면 홈시어터를 틀어 영화 한 편을 볼 수도 있고 이것저것 다 싫으면 가장 가까이에 있는 푹신한 소파에 몸을 묻을 수도 있었다. 고른다면 아름다운 모자이크 장식이 되어 있는 대형 욕조와 사우나도 만만치 않은 매력을 발산하고 있었다. 스위트룸 서비스를 담당하는 직원이 다가와 목욕탕과 사우나에는 초록색 조명을 밝힐 수도 있고 원한다면 밀림의 소리도 들을 수 있다고 일러 주었다. 초록색 조명이 별로라면 푸른색으로 바꿀 수도 있단다. 하지만 스티나는 대형 더블 침대 위에 몸을 누이고 그냥 푹 쉬고 싶었다. 이 선택은 창밖으로 왕궁을 볼 수 있는 덤까지 제공하고 있었다.

「여기서는 얼마든지 별도 볼 수가 있어. 방에 망원경이 있거든.」 왕궁 방향으로는 막아 놓았다는 말을 덧붙이면서 천재가 일러 주었다. 그 말을 들은 스티나는 의아했다. 왜 왕궁을 못 보게 막아 놓았지…… 국왕이 너무나도 흥미 있는 일들을 많이 하기 때문이란다.

「국왕께서는 지금 궁에 안 계실 텐데?」 메르타였다.

「어디 가서 오줌을 누라는 거야?」 방을 두리번거리며 갈퀴가 짜증 섞인 표정으로 말했다.

「화장실은 오른쪽에 하나, 목욕탕 안에 또 하나 그리고 조금 걸어가면 두 개가 더 있어.」 스티나가 친절하게 알려 주었다.

「저 할망구가, 지금 날 놀리는 거야! 난 작은 소변기 하나면 되는데, 네 개나 있으니 어떻게 하라는 거야!」

「샤워실도 네 개나 있어. 물 다 틀어 놓고 뛰어다니며 왔다 갔다 해봐!」 메르타가 은근히 놀리고 있었다.

모두 짐을 풀고 샴페인을 한 잔씩 마신 후 소파에 앉았다. 첫 회의가 막 시작되려고 했다.

먼저 천재가 입을 열었다. 「가장 중요한 것은, 단계별 계획을 세우는 거야. 우선 한눈에 알아볼 수 있도록 호텔 내부 지도부터 그려야 해. 스파에도 갈 거고 바에 가서 술도 마실 거야. 또 도서관에도 가고 레스토랑에 가서 밥도 먹어. 그러면서 호텔 손님들 속으로 섞여 들어가는 거야. 과연 누가 가장 돈 많은 부자인지를 골라내기 위한 것인데 그런 다음 행동을 개시하는 거야.」

조용히 이야기에 귀를 기울이고 있던 안나그레타가 천재의 말을 받았다. 「알겠어. 호텔에는 마흔두 개의 딜럭스 스위트룸이 있고 대부분 스위트룸에 묵는 사람들은 스파와 실내 수영장을 동시에 즐겨. 그런데 이 사람들은 어딜 가나 늘 시계를 차고 보석들은 몸에 걸치고 다녀.」

메르타가 나섰다. 「정말 그래. 그러면 우린 그 사람들이 벗어 놓은 고가의 옷들을 훔치는 거야. 간단해. 그런 다음 물건들을 숨겨 놓았다가 감옥에서 나왔을 때 처분하는 거야.」

갈퀴가 말꼬리를 잡았다. 「할머니, 탐정 소설을 너무 많이 읽은 거 아니야!」

「아니야, 그런 거 아니야. 큰 도둑들은 모두 형기를 살 만큼 살고 출소한 후 그때가 되어서야 돈을 써. 참을 줄 알아야 하는 거야. 영국에서 일어난 우체국 강도 사건의 그 전문가들도 그랬고 헬리콥터를 타고 탈출한 탈출의 왕들도 마찬가지였어. 그런 예는 많아.」

「그러면 우리도 그 전문가들처럼 해.」 안나그레타가 흥분이 됐는지 눈을 반짝이며 논쟁에 종지부를 찍자는 투로 말했다.

다시 메르타가 몇 가지 제안을 내놓았다. 「자, 모두들 내 말을 들어 봐. 우린 지금 바로 스파로 내려가 공간 숙지부터 시작할 거야. 그다음 그 정보를 이용해서 수영장도 들러 보고 이왕 간 김에 아쿠아 짐도 한번 하고 오자고.」

갈퀴가 바로 이의를 제기하고 나섰다. 「아니야. 그건 아니야. 우린 지금 체력 단련하러 여기에 온 게 아니잖아. 그 지랄 같은 활기를 몸에 불어넣어서 대체 뭐하겠다는 거야, 지금…….」

스티나는 조금 더 구체적인 질문을 했다. 「그건 그렇고, 훔친 물건들은 어디다 숨겨 두지? 보따리로 몇 개가 넘을 텐데…….」

「조금 있다가 말해 줄게.」 메르타가 얼굴을 붉히면서 말했다. 그 생각을 미처 못 했던 자신이 한없이 부끄러웠다.

「내 말도 좀 들어 봐. 우린 지금 무엇보다 사람들이 우릴 발견하기 전에 일을 끝내야만 해. 그러니 내일이나 모레 일을 저지르자. 그 후엔 여기서 조금 더 머무르는 거야.」 천재의 말이었다.

「범죄 현장에 머물겠다고?」 메르타가 놀라서 소리쳤다. 지금까지 읽은 어떤 탐정 소설에도 그런 이야기는 없었다. 범죄 현장은 다시 돌아가서도 안 될 곳이었지만 무엇보다 오래 머물러 있는 곳이 결코 아니었다.

천재가 부연 설명을 했다. 「바로 그거야! 경찰이 우리가 여기에 있을 거라고 상상이라도 하겠어! 자 그럼, 준비를 하자고. 조금 있다가 모두들 스파에서 만나.」

남자들이 나가자, 스티나는 호텔 안내 브로슈어를 들고 훑기 시작했다. 작은 손톱 줄로 정성스럽게 손톱을 갈면서.

「스파에 내려가서 미용 마사지도 받고 피부 관리도 좀 받았으면 좋겠어!」

「스파도 하고 피부 관리도 받자고?」 메르타는 친구에게 지쳤다는 눈빛을 보였다. 스티나, 이 할머니는 유행하는 최신 몸 관리 방법들을 어디서 얻었는지 다 알고 있었다. 리프팅이 유행할 때는, 누구에게도 말하지 않은 비밀이었지만, 쉰다섯 살 나이에도 불구하고 리프팅을 했었다. 스티나 할머니는 모든 사람들이 자신을 실물 그대로 예쁘게 봐주기를 원했다. 희고 가지런한 치아를 갖고 있었지만 미백에 대해서도 한마디 말을 하지 않았다. 모르긴 몰라도 교육 때문인 것 같았다. 스티나의 부모님들은 화장을 못 하도록 금지시켰고 어린 시절 내내 그런 것은 죄악과 같은 것이라는 말을 듣고 자랐다. 대신 있는 그대로의 모습을 자랑스럽게 생각해야 한다고, 하나님이 만든 것은 하나님이 우리에게 준 선물이기 때문이라고 배웠다. 사춘기 때도 몰래 숨어서 화장을 해야만 했다. 성형 수술을 한 것은 물론 절대 비밀이었다.

스티나는 조금 더 매달려 보기로 했다. 「아니, 내 말을 조금만 더 들어 봐. 정신적으로나 육체적으로나, 뭉친 것을 풀어 주는 테라피들이 많아요. 이걸 받고 나면 놀랍게도 마음이 가라앉으면서 평온이 찾아와. 어디 그뿐인 줄 알아? 피로해서도 생기지만 나이가 먹으면서 생기는 눈가의 모든 주름을 펴주니까 우리는 가면을 하나씩 쓰는 거기도 해.」

「그렇게 죄다 고쳐도 우린 젊어지지 않을 것 같아.」 메르타가 그만하자는 투로 말했다.

하지만 스티나는 물러서질 않았다. 「눈가 주름만 잡아 주는 〈마르마 핵심 테라피〉라는 마사지가 있는데, 이건 눈가의 근육을 활성화시켜 주는 신경 다발들을 중점 관리하는 거야.」 스티나가 한 말은 모두 조금 전에 호텔 안내 브로슈어에서 본 것들이었다.

「마르마, 그게 뭔데?」 메르타도 알고 싶은 눈치였다.

「그건 참 좋은 거지.」 안나그레타가 끼어들었다. 그녀 역시 한 손에 브로슈어를 들고 있었다. 「한 60분 동안 얼굴에 침을 맞는 건데 바늘들이 콜라겐 생성을 촉진하고 몸의 결함 조직들을 강화시켜 주는 거야.」

「완전히 꿈에 그리던 것들이네?」 메르타는 눈을 들어 하늘을 올려다보며 약간 빈정거리는 투로 말했다.

「그 치료를 받고 나면 피부가 단단해지고 부드러워져.」 안나그레타가 계속 말했다.

「〈단단하면서도 부드럽다〉, 옛날에 사람들이 내 가슴을 두고 하던 말들이었지. 지금은 그게 다 어디로 가버렸는지…….」 스티나가 꿈꾸듯이 말했다.

메르타가 안 되겠다 싶었는지 브로슈어들을 빼앗으며 말을 잘랐다. 「우린 지금 다른 게 아니라, 강도 짓을 하러 여기에 와 있는 거야. 자, 이제 스파로 내려들 가자. 다시 한 번 말하지만, 왜 우리가 여기에 와 있는지를 〈절대로〉 잊어서는 안 돼!」

할머니들 모두 고개를 끄덕이며 동의했고 수영복을 입은 다음 호텔 마크도 선명한 가운들을 걸쳤다. 메르타는 방문을 열기 전에 잠시 멈춰 섰다.

「일단 아래에 내려가면, 주위를 살펴봐. 시계, 현금, 반지 같은 것들이 있는지 잘 살피라고, 알겠지?」

「이제 〈진짜〉 강도 짓을 하러 가는 거야?」 스티나가 갑자기 긴장이 되는지 큰 소리를 냈다.

「쉿! 강도 짓이 아니야. 오늘 일은 그냥 우리가 정말로 할 일들 중 일부인 작은 모험일 뿐이야.」

메르타가 스티나의 어깨를 다독이며 안심을 시킨 다음 엘리베이터에 올라탔다. 〈스티나가 제발 일을 그르치지 말아야 할 텐데.〉 메르타는 이 걱정에 잠시 불안해져서 엘리베이터 안에서 몸을 움직일 수가 없었다.

11

진한 화장을 한 여인이 활짝 웃으면서 할머니들을 맞았다. 천재와 갈퀴가 들어서자 그들에게 다가가며 같은 환영 인사를 했다. 남자들이 걸친 물방울무늬의 수영 팬츠는 1950년대의 것들이어서 가운 밖으로 끝자락이 나와 있었다.

「수건을 갖다 드릴까요?」

「예, 고마워요.」 메르타가 웃으면서 말했다.

갈퀴는 감개무량한 표정이었다.

「여기 오니까, 터키에 갔었던 기억이 나네. 터키탕, 아름다운 모자이크 장식들 그리고 여자들…….」

「노래도 불러 줬잖아, 거기서는? 옛날에는 그랬지…….」 여자들이라는 말에 좀 화가 났는지, 안나그레타가 입을 내밀며 말했다.

남자들은 수건을 받은 다음 샤워실로 갔고 메르타와 철부지 두 할머니는 여자 전용 구역으로 들어갔다. 탈의실 벽 전체에는 개인 사물함들이 빼곡히 들어차 있었고 사물함에는 고유 번호가 찍혀 있었다.

황홀한 표정을 지어 보이며 메르타가 곁에 있던 안나그레타를 가볍게 팔꿈치로 쳤다.

「우릴 기다리고 있었던 것만 같아!」 사물함 개수를 세던 안나그레타가 말했다.

할머니들은 따뜻한 물이 나오는 온수 욕조가 딸린 방으로 들어갔다. 방의 한 벽은 전체가 북극 지방의 섬 지형을 그린 멋진 풍경화였다. 스티나가 말했다.

「저것 좀 봐, 정말 아름답네. 저기가 관광객들이 돈 주고 보러 오는 아주 이국적인 북극이야.」

「자연 풍경은 모두 공짠데, 돈을 주고 보다니.」 안나그레타가 말했다.

「드문 것은 비싸기 마련이지, 뭐. 저런 데는 그랜드 호텔에 머무는 아주 돈 많은 사업가들이나 아니면 정부 고위 관리들과 영화배우들 같은 사람들이나 가는 곳이야.」

「우리도 그랜드 호텔에 있잖아…….」 스티나가 철없는 말을 했다는 표정을 지어 보였다.

「이 호텔에는 세상을 지배하는 사람들만 와.」 메르타가 떨리는 목소리로 말했다.

「그러니까, 그 사람들은 일반 국민들이 어떻게 사는지를 모르는 거야.」 스티나가 약간 놀란 듯 말했다.

「바로 그게 문제야. 그 사람들은 몰라요, 일반 서민들이 어떻게 사는지를.」 메르타가 말했다.

「하지만 메르타 당신이 만일 프랭크 시나트라나 사라 레안데르 혹은 왕비라면 유스 호스텔 같은 데 가서 자겠어? 그러면 아무도 스타라는 것을 모르잖아.」 안나그레타가 말했다.

「유르스홀름이나 마찬가지야. 중요한 건 사람이 아니라 어디에 산다는 것이거든.」

수영장으로 나오자 천재와 갈퀴가 벌써 물에 들어가 조용히 헤엄치고 있는 것이 보였다. 맑은 물이었지만 헤엄을 치자 물은 진하고 연한 여러 푸른색으로 부서졌고 여기저기 사방에서 라벤더와 장미향이 은은하게 풍겨 나오고 있었다. 물속을 보니 바닥에는 큼직한 검은 돌들이 깔려 있었고 네 개의 계단은 모두 로마식 아치로 장식되어 있었다. 오른쪽에 있는 좁은 복도 끝에는 사우나실 문이 보였다.

「저길 가면 증기 목욕을 할 수 있을 것 같은데. 다리에는 자작나무 잎으로 하는 약초 찜질도 받고 온몸에는 머드를 뒤집어쓴 채 말이야.」

안나그레타가 기웃기웃거리며 말했다. 옆에 있던 스티나가 거들었다.

「머드를 하면 호흡이 개선되고 소화도 잘된대. 마음이 몸과 조화를 이루며 심리적으로 안정이 되고.」 그때였다. 메르타가 노란 카드를 꺼냈다.

「다시 한 번 말하지만, 우린 그런 거 하려고 여기 와 있는 거 아니야!」

계단을 올라오는 천재와 갈퀴를 보니 흡족한 표정에 완전히 원기까지 회복한 얼굴들이었다.

「자, 이제 사우나실로 가보지.」 천재가 말했다.

사우나 안으로 들어가니 앞이 안 보일 정도로 짙은 수증기가 가득했다. 젊은 남자 하나와 여자 한 사람이 보였으며 그 외 50대로 보이는 남자 몇 사람이 먼저 들어와 있었다. 실내는 생각보다 컸다. 가운데에는 긴 의자들이 발을 올려놓는 받침대를 중심으로 반달 모양으로 길게 놓여 있었다. 검은 기둥 모양의 받침대는 눈높이 정도로 낮았고 움푹 파인 구멍 하나가 더운 수증기를 토해 내고 있었다. 습한 실내 공기에서는 자작나무 향기가 났다. 아주 더웠고 눈에는 보이지 않았지만 미세한 증기 방울들이 공중에 가득 차 있는 것만 같았다.

「내 지팡이가 휠지도 모르겠는데.」 안나그레타가 때아닌 걱정을 해댔다.

「뭐라고? 아이고 하나님, 그걸 왜 갖고 들어와! 옷 맡기는 데다 맡겼어야지.」 갈퀴가 화를 냈다.

「그래도 아직 보행기는 끌고 오지 않았으니, 다행이네. 녹슬지 않아서 다행이라고!」 메르타가 말했다.

천재는 무엇보다 기둥에 반해서 기둥만 뚫어져라 보면서 속으로 중얼거렸다.

「음, 저기 움푹 파인 구멍에서 증기가 나오는군. 완전히 나를 위한 거야.」

다섯 명의 노인들은 잠시 그곳에 머물다가 나와 샤워장으로 갔다. 옷이나 가방 등을 맡겨 두는 보관소를 경유해 모두 엘리베이터를 타고 방으로 올라갔다.

다들 모이자 긴 의자에 몸을 기댄 메르타가 먼저 입을 열었다. 「자, 그러니까, 우리가 본 바로는, 사물함에는 모두 열쇠가 있어. 플라스틱 카드로 열게 되어 있어.」

「남자들 탈의실도 마찬가지야.」 갈퀴가 한숨을 내쉬며 계속 보고를 했다.

「마그네틱 카드가 아니야. 각 카드마다 비밀번호를 갖고 있는 형이지. 그런데 우리가 들른 아래 탈의실에는 그런 사물함이 3백 개가 넘게 있어. 단순 계산만으로도 어떻게 해서 카드 한 장을 풀었다고 해도, 299장의 카드가 남는 셈이지.」

무거운 침묵이 방을 짓눌렀다. 갈퀴의 말이 무엇을 의미하는지 모두들 잘 알고 있었다. 얼마든지 마실 수 있는 샴페인이 있었지만 누구도 마시고 싶지 않았다. 천재가 앉은 자리에서 몸을 비비 꼬고 있다가 입을 열었다.

「내일 이전까지, 내가 해결 방법을 찾아낼 수 있을 것 같아.」

「그러면, 내일 아침 10시에 다시 여기서 만나서 계획을 세우기로 합시다.」 옛날 은행에서 일하며 거의 매일 아침 회의를 하곤 했던 안나그레타가 사무적인 어투로 회의 약속을 정했다.

「행동을 하기 전에?」 스티나가 물었다.

「물론이지.」 천재와 메르타가 거의 동시에 말했다.

메르타가 다시 입을 열었다. 「뭔가 일이 복잡하게 꼬일 때도 있지만 해결책도 꼭 있게 마련이야. 의외로 미처 생각지도 못했던 간단한 해결책이 찾아질 수도 있어. 자, 이제 모두 레스토랑으로 내려가서 저녁을 먹읍시다. 배가 부르면 좋은 생각이 떠오르곤 하더라니까.」

「좋은 생각이 떠오르면 방에다 메모를 붙여 놔요, 모두.」 안나그레타가 마지막으로 말했다.

모두 가장 아름다운 옷들로 차려입고 테라스로 나가 자리를 잡았다. 타이타닉호의 갑판을 연상시키는 긴 레스토랑이었다. 흰 식탁보가 깔린 테이블들은 호텔 1층의 둥근 아치형 창문들을 따라 길게 줄을 맞춰 놓여 있었다.

「이렇게 창문 가까이 앉는 것은 좋은 생각이 아닌 것 같은데. 생각해 봐. 누군가가 우리를 알아보면 다시 요양소에 갇히는 거잖아!」 메르타가 말했다.

「아무도 우리가 이런 곳에 있을 줄은 꿈에도 상상을 못 할 거야.」 갈퀴가 즉시 반론을 폈지만, 그래도 불안한지 길가 쪽을 잠시 쳐다보았다. 갈퀴는 도주 중인 지금 상황이 그리 싫지 않았지만 그렇다고 당장 얼굴이 알려져 다시 요양소로 가는 것도 그리 크게 신경 쓰이지 않았다.

모두 버터 넙치구이를 시켰다. 이 요리는 붉은 베이컨으로 묶은 초록색 완두콩 깍지 묶음들이 곁들여지고 으깬 감자도 함께 나온다. 요리가 나오자 모두들 너무 놀라 어안이 벙벙해졌다. 식당 종업원이 어디 불편한 점이라도 있느냐고 물을 정도였다.

「아, 아니에요. 모두 아주 좋군요. 진짜 음식다운 음식을 오랜만에 만나서……. 그러니까, 내 말은 진공 포장 식품 같은 것이 아닌, 뭐라고 할까…….」 식사를 시작하자 한참 동안 아무 말소리도 들리지 않았다. 얼마가 지났을까, 행복에 겨운 찬탄의 숨소리가 들려왔다.

갈퀴가 포크로 생선을 살살 건드리면서 입을 열었다. 「이 생선 살이 버터처럼 그냥 혀 위에서 녹네, 녹아. 쿵스홀름호[4]를 탔을 때 일등칸 요리를 가끔 먹었는데 바로 이 맛이었어.」

「이게 진짜 생선 요리야. 기가 막히군.」 텅 빈 접시를 내려다보면서 스티나가 갈퀴 말을 거들었다.

「맛 좀 봐요. 소스의 간과 모든 양념이 완벽 그 자체야. 음식

4 *M/S Kungsholm*. 1966년 존 브라운 앤드 컴퍼니가 건조한 호화 여객선이다.

이 이렇게 좋은 것이라는 것을 난 거의 잊고 살았던 거야. 난 새로운 종교를 얻은 것만 같아, 지금.」 천재가 한 말이다.

모두들 다시 식사를 시작했고 다시 침묵이 흘렀다. 밥을 먹는 게 아니라 맛을 즐길 때의 침묵이었다. 후식 시간이 되자 크레프 쉬제트 플랑베[5]가 나왔다.

안나그레타는 아마로 짠 냅킨으로 여러 번 입 주위를 닦고 또 닦았다.

「정말, 정말 기가 막히군요. 그런데 조금 생각해 보니, 만일 사물함을 열지 못하면 이 모든 것을 전부 내 카드로 내야 하잖아. 호텔이 내 카드 번호를 갖고 있으니까. 난 그러고 싶지 않은데, 어떻게 하지. 이 모든 걸, 다…….」

갑자기 분위기가 차갑게 얼어붙었다.

메르타가 그녀를 안심시키려고 말을 시작했다.

「안나그레타, 좀 진정해. 안나그레타 카드만 있어도 충분할 거야. 또 훔칠 물건도 있으니까.」

「꼭 이런 식으로 남의 물건을 훔쳐야 해?」 스티나가 의문을 제기했다. 「〈네 이웃의 재산을 탐하지 말라〉라고 쓰여 있는 것을 내가 어디서 봤는데…….」

다시 메르타가 나섰다. 「〈누구의 것〉을 훔치느냐에 따라 달라. 만일 국가나 은행의 것이라면 아무 문제 없어. 지금은 안나

---

5 *Crêpe Suzette flambée*. 남프랑스 프로방스 지방의 쉬제트산 버터로 만든 크레프에 시럽, 과일(주로 오렌지), 술 등을 첨가해 맛과 향을 낸 달콤한 후식이다. 플랑베는 불에 그슬렸다는 말인데, 팬에 알코올을 붓고 불을 붙여 솟아오르는 불꽃에 재빨리 크레프를 살짝 그슬린 것을 말한다. 플랑베하지 않고 먹기도 한다. 프랑스 요리계의 전설적인 인물로 흔히 요리사들의 왕으로 불리는 에스코피에 Auguste Escoffier(1846~1935)가 만들어 낸 후식이다.

그레타가 노인 요양소의 돈을 관리하고 있는 사람처럼 보이기만 하면 돼. 그러면 별문제 없어. 정확하게 연극만 하는 거야.」

모두들 머리를 끄덕이며 이 말에 동의했다. 다시 머리들을 접시에 묻고 남은 음식을 즐기기 시작했다.

엘리베이터를 타고 방으로 올라가면서 천재는 메르타에게 자신의 방으로 좀 가자고 했다.

「내 방으로 와요. 뭘 좀 보여 줄 게 있어.」

이 말을 듣는 순간 메르타는 느닷없는 희망에 잠깐 몸을 떨었지만 천재가 심각한 이야기를 하자는 것임을 알아차렸다. 두 사람은 천재의 스위트룸인 구스타브 실로 들어갔다. 엄격한 분위기의 가구들로 꾸며진 방이었으나 방 분위기는 우아했다. 구스타브 3세의 이름만 빌린 방이었을 뿐, 국왕이 손가락 하나 대지 않았음은 물론이다. 메르타는 거의 난장판이 되어 있는 방을 보는 순간 천재가 그 짧은 시간에 방을 이렇게 만들어 놓은 것을 도저히 이해할 수가 없었다. 옷가지들이 소파 위에 아무렇게나 걸쳐져 있고, 칫솔과 치약은 책상 위에, 우유 팩하나는 열린 채로 현관에서 나뒹굴고 있었다. 초등학생들이 쓰는 공책에서 뜯어낸 종이 몇 장이 여기저기 흩어져 있었고 실내화 한 짝은 두꺼운 커튼 밑에 들어가 커튼을 불룩하게 만들어 놓고 있었다.

천재도 무안한 표정이었다. 「미안해. 방이 좀 지저분하지. 골똘히 생각할 게 좀 있어서 그만. 조금만 기다려, 곧 보여 줄게.」

천재는 침대까지 가서 매트리스 밑에 꽂아 둔 공책 한 권을 꺼내 왔다.

「자, 이리 와서 앉아. 우리 할망구, 탐정 소설을 좋아한다면서…….」

메르타는 자리를 잡고 앉아 천재가 페이지를 넘기는 모습을 유심히 바라보고 있었다. 그런 그에게서 알 수 없는 평온과 열정의 광채 같은 것이 새어 나왔고 깊은 신뢰와 함께 안도감이 메르타를 감쌌다. 두 사람은 오래전부터 알고 지내는 사이였고 메르타는 그를 참 좋아했다. 두 사람은 지금 공범 관계로 어느 때보다 더 가까운 사이가 되었다. 메르타의 얼굴에 잔잔한 미소가 떠올랐다. 사실 따지고 보면, 삶이란 것이 얼마나 이상한 것인가! 누구도 사람의 마음은 알 수 없는 것이고 어떤 일이 일어날지도 모르는 것이다.

「맞아, 여기야. 강도 짓을 한다는 것이 처음 내가 생각했던 것처럼 그렇게 간단한 게 아니었어. 옛날 영화들 속에 나오는 그런 게 절대 아니야. 옛날 영화를 보면 간수들 열쇠를 훔치고 또 한탕 크게 하고 그러잖아. 그런 게 아니란 말이야.」

「지금 그 말은, 옛날 진짜 강도들에게는 지금보다 일이 훨씬 쉬웠다는 말이지?」

「그랬을 거야.」 천재는 초등학교 아이들의 공책을 열어 자신이 그린 자물쇠와 금고의 장치를 보여 주었다. 「사물함들은 전자자물쇠를 갖고 있어서 코드가 입력된 카드로 열고 닫아. 좋은 호텔일수록 물론 허술한 장비를 쓰지 않지. 고급 호텔에서는 딜럭스급 사물함을 갖다 놓는데, 비싸기도 하지만 장치가 정교해. 아까 아래층 스파에 있던 것들도 적어도 10만 크로나 정도 나가는 것들이고 틀림없이 분실 보험도 다 들었을 거야. 다른 사람들에게는 아직 말하지 못했지만, 사실 난 지금 이 문제를 어떻게 풀어야 할지 아직 아무런 생각이 떠오르지 않아.」

「천재 씨, 너무 걱정하지 마. 어떻게 해서든 정전을 시키는 거야.」

「그것도 안 통해. 왜냐하면 이런 사물함들은 배터리로 작동하는 비상 장치들을 다 갖추고 있거든. 자동으로 빗장이 걸리기 때문에 누구도 열 수가 없어.」

그때였다. 메르타가 갑자기 소리를 치며 좋아했다.

「그러면 된 거잖아! 내일 아침에 천재 씨가 내려가서 단전을 시켜 봐. 그러면 모든 사물함들이 자동으로 잠길 거잖아. 스파를 찾아온 손님들은 사물함을 이용할 수 없으니 어쩔 수 없이 보석들을 다른 곳에 맡길 거고. 당신도 봤잖아? 프런트에 있는 플라스틱 상자처럼 생긴 금고. 그건 정말 열쇠로 열고 닫는 옛날 금고하고 똑같이 생겼더라고. 내길 해도 좋아. 손님들은 모두 귀한 물건들을 프런트에 맡길 거라고.」

말을 듣고 있던 천재는 놀란 눈으로 메르타를 쳐다봤다.

「아이고, 할머니. 어제부터 계속 이 문제를 생각하고 또 생각하고 했는데…….」

「남자들은 문제를 기술적으로만 풀려고 해요. 그러니까 안 풀리는 것인데도. 인간적인 관점에서 접근해 볼 필요도 있는 것이거든. 그러면 종종 해답이…….」

천재는 웃으면서 자리에서 일어나 흰색 비닐봉지 두 개를 갖고 돌아왔다.

「여기 약초같이 생긴 것들 보이지. 갈퀴에게서 얻은 사리풀[6]들이야. 갈퀴는 인체에 해가 안 될 정도로만 아주 조금 먹곤

6 사리풀은 맹독성의 잎과 씨가 마취 약재로 쓰이는 일년생 풀로 유럽, 아프리카, 한국 등에 자란다.

해. 이걸 곱게 빻아서 증기가 나오는 사우나실 기둥에다가 넣을 거야. 그러면 증기와 섞여서 사우나실 전체로 골고루 퍼져 나가겠지. 모두들 반수 상태에 빠져 있을 때 우리는 금고를 열러 가는 거야.」

「다른 봉지에는 뭐가 들어 있어?」

「이것 역시 증기 구멍에 집어넣을 건데, 갈퀴가 실험용으로 아주 조금 키우고 있던 칸나비스라는 인도 대마야. 적어도 그 영감 말에 따르면 그런데, 모르지. 젊은 시절 선원으로 일할 때 구한 해시시일 수도 있고 마리화나일 수도 있고, 어떻게 알겠어? 어찌 되었든, 이게 사람들을 아주 즐겁게 만들어 놓아서 자꾸만 웃음이 나오도록 한대. 한번 생각해 봐. 우리에게 몽땅 털린 불쌍한 주인들을. 해시시가 섞인 증기를 마신 이들은, 반수 상태에서 깨어나 호텔 프런트 금고에 맡긴 자신들의 물건이 도둑맞았다는 것을 알았을 때도 기분 좋게 웃지는 않겠지만 하여튼 그리 크게 상심하지는 않을 것이거든.」

「천재 씨는 참 착한 남자야. 언제나 다른 사람들의 행복을 생각한다니까. 그래서 다들 천재 씨에게 반하는 모양이지. 간단히 말해 우리의 희생자들을 행복하게 만들어 준다는 거잖아. 도둑을 맞고도 웃는 사람들, 거참 멋있는데.」

메르타가 계속 말을 했고 마치 새가 지저귀는 것 같았다. 천재가 가까이 다가와 메르타 곁에 앉았다.

「메르타가 이 봉지에 든 것들을 사우나에 들고 들어가 퍼지도록만 해주면 그사이 난 프런트에 있는 금고를 맡을게.」

「그러면, 다른 사람들은?」

「우선 처음에는 우리 두 사람만 움직이는 게 좋을 것 같아.

그래야 만에 하나 실패해도 다른 사람들을 비난하지 않을 수 있잖아. 또 우리가 조금 경험을 쌓는 것도 좋을 것 같고.」

「우리 나이에 새로운 경험을 하기 위해 위험에 뛰어들다니! 모르긴 몰라도 그런 사람은 세상에 우리밖에 없을걸.」 메르타는 가슴속 깊은 곳에서 자긍심이 용솟음치는 것을 느꼈고 자신도 모르게 가슴을 펴서 앞으로 내밀고 있었다.

「그럼, 우리밖에 없지 않겠어!」

두 사람은 다시 한 번 마주 보고 함께 웃음을 터뜨렸다. 메르타가 자기 방으로 간 것은 꽤 시간이 흐른 뒤였다.

12

갈퀴가 막 옷을 벗으려고 할 때, 누군가가 들릴락 말락 한 아주 작은 소리로 문을 두드렸다. 그는 다시 바지를 올리고 윗 옷을 대충 걸친 다음 잘못 들은 건 아닌지 긴가민가하며 천천히 문 쪽으로 다가갔다.

「나예요, 나.」

스티나가 문 반대편에서 아주 작은 목소리로 말했다. 갈퀴는 재빨리 다시 돌아가 머리를 빗고 스카프를 목에 건 다음 문을 열었다.

「어서 와요!」

안으로 막 들어서는 스티나의 얼굴에서 갈퀴는 그녀가 걱정거리가 있어서 왔다는 것을 읽을 수 있었다.

「샴페인 조금 드릴까?」

스티나는 안 마시겠다고 머리를 흔들어 보인 다음 바로 긴 의자로 가 쓰러지듯이 주저앉았다.

「결국 이 스위트룸을 차지했군. 방이 어쩐지 조금 남성적이네.」 스티나는 눈썹 한쪽을 매만지면서 방 분위기를 말했다.

「이 방은 나한테 딱이야. 우아하기도 하고, 꼭 장갑을 낀 것 같다니까. 여기 있으면 옛날 바다에 나가 일할 때가 생각나.」 갈퀴가 약간 얼굴을 붉히며 말했다.

「우리 지금처럼 호사스럽게 살 수 있으면 얼마나 좋을까, 갈 퀴 씨! 호텔에 다시 오는 사람들은 늘 같은 방을 찾는다고 어디 서 들었는데, 난 그 사람들 마음을 다 이해해. 난 정말 교도소 에 들어가서 생을 마감하고 싶지 않아! 여기 그냥 있고 싶어!」

「스티나, 그래서 우리가 이런 궂은일도 마다하지 않는 거야. 이번 일만 잘 마무리되면 우린 잘살 수 있어.」 갈퀴가 그녀 곁 으로 다가가 앉으면서 말했다.

「난 정말 도둑질을 하고 싶지가 않아.」 스티나의 목소리는 어느새 커져 있었다. 「이건 안 좋은 일이야. 다른 사람의 재산 을 탐하지 말아라, 그러잖아.」

「스티나 여사님, 어쨌든 여사님은 지금 혼자 빠져나가면서 사람들 뒤통수를 칠 수가 없어. 그러면 이제까지 모두가 한 노 력이 물거품이 되어 버려.」

「그럼, 우리 아이들은 어떻게 하고? 아이들이 날 보고 뭐라 고 할 거야? 엠마와 안데르스는 내가 너무 창피해서 등을 돌려 버리고 다신 나를 만나러 오지도 않을걸. 그런 생각 안 들어?」

「절대 그렇지 않을 거야. 오히려 엄마를 자랑스러워할걸. 로 빈 후드를 생각해 봐. 부자들의 돈을 훔쳤잖아. 영국 사람들은 모두 그를 사랑해요.」

「지금, 그러니까, 내가 마치 로빈 후드처럼 도둑질을 하는 거니까 내 아이들이 나를 존경할 거라는 거예요? 그러면 난 그 랜드 호텔에 있는 로빈 후드인데 이건 완전히 다른 거잖아.」

「다르긴 뭐가 달라! 우리도 부자들 돈을 훔치는 건데. 사람들은 부자들 돈을 훔친 사람들에게는 고래로 늘 너그러웠어. 안데르스와 엠마도 그럴 거야. 스티나도 기억하지, 영국에서 일어났던 우편 열차 탈취 사건 말이야? 사람들이 그 사건을 보면서 정말 믿을 수 없을 정도로 잘 짜인 사전 계획에 모두 찬사를 보냈었잖아. 누구 머리에서 나왔는지 기가 막혔지, 정말.」

「그건 어마어마하게 큰 건이었고, 우린 아주 조금만 훔치려고 하는 거잖아.」

「감옥에 갈 정도는 돼, 우리도.」

「발목에 전자 발찌를 찰 수 있다는 거지? 그거 정말 보기 싫던데. 그런 거 발에 차고 걸어다니는 모습을 상상해 봤어?」

갈퀴를 바라보는 스티나의 눈가가 어느새 촉촉하게 젖어 있었다. 갈퀴는 스티나를 두 팔로 안아 주면서 등을 토닥거렸다.

「모두들 스티나가 생각보다 용기가 대단한 여자라고들 하던데, 알고 있었어? 이번 일은 정말 역사에 남을 대강도 사건이 될 거야. 스티나도 이 큰일에 끼는 거라고. 전설이 될걸, 아마.」

「내가?」

「그럼 물론이지. 존경스러워하며 스티나 이야기를 할걸. 내가 얼마나 스티나를 자랑스러워하는지, 또 스티나가 우리와 함께 있어서 내가 얼마나 행복한지 몰라.」

「정말 그렇게 생각하고 있었어요, 정말?」 스티나는 고개를 숙이고 밑을 내려다봤다. 갈퀴는 조금만 더 하면 스티나를 달래 주는 일이 성공하리라는 것을 알았다. 사실 갈퀴는 여자들을 다루는 데는 여간 솜씨가 있는 사람이 아니었다. 성공을 확신한 그는 최후의 일격을 가했다.

「스티나는 자신이 얼마나 예쁜 여자인지 알고 있어?」 갈퀴는 여인의 머리를 두 손으로 감싸 안으면서 스티나의 두 눈을 지그시 바라보았다. 「난 그대를 믿어. 당신은 해낼 수 있어.」

갈퀴는 스티나의 두 뺨을 어루만졌다. 그리고 의자에서 몸을 일으켜 세워 주기 전에 누가 봐도 상당히 긴 포옹을 했다. 갈퀴는 마지막으로 스티나의 뺨에 입을 맞추며 말했다.

「내가 언제나 스티나 곁에 있을 거야. 나를 믿어.」

그리고 스티나의 방문 앞까지 그녀를 바래다주었다.

방으로 돌아온 스티나는 오랫동안 잠을 이루지 못하고 가슴에 두 손을 올린 채 누워 있었다. 갈퀴 생각에 저절로 미소가 떠올랐다. 상냥한 그의 태도와 무엇보다 두 팔로 자신을 안았을 때 느낀 보호받고 있다는 강렬한 느낌이 아직도 생생하기만 했다. 하지만 도둑질과 관련된 그 일만 생각하면 갑자기…….오순절파였던 부모님은 늘 올바로 살아야 한다고 귀에 못이 박히도록 말씀하셨다. 그렇게 자란 그녀가 이제 이 모든 것을 부인할 것인가? 매주 일요일이면 부모님은 그녀에게 교회에 갈 것을 거의 강요하다시피 했다. 하지만 교회에 간 그녀는 매번 지루해서 참을 수가 없었고, 음악이 없었다면 아마 견뎌 내지 못했을 것이다. 옌셰핑에서는 모든 것이 자유 복음 교회를 중심으로 움직였고 누구에게도 비난받지 않는 생활을 해야만 했다. 거울처럼 잔잔한 베테른 호수에 햇살이 내리쬐면서 은빛으로 빛날 때면 스티나는 하나님이 지금 기분이 좋으시구나 하고 생각했다. 그러나 폭풍우가 몰아쳐서 파도가 밀려와 호숫가 모래톱에 보기 싫은 거품들이 부글부글할 때면 스티나는 하나님이 혹시 화가 난 것은 아닌지, 그래서 그녀를 부르러 오는 것은 아닌지 덜컥 겁이 나곤 했다. 아닌 게 아니라 부모님들은 어리석은 짓을 하면 하나님이 벌을 내린다고 말하곤 했다. 스티나는 종종 부모님들이 〈어리석은 짓들〉이라고 부르는 것을 저지르곤 했다. 스티나는 어둠 속에서도 자꾸 웃음이 나오려고 해서 참을 수가 없었다.

부모님은 포목점을 운영했고 스티나가 가게를 물려받았으면 했다. 스티나가 교회 성가대의 테너였던 올레와 사랑에 빠지지만 않았어도 부모님이 바라던 대로 될 수도 있었다. 이 테너는 둘이서 브라헤후스 산에 올라가, 베테른 호수의 멋진 풍경을 한눈에 감상해 보자고 입버릇처럼 말했다. 브라헤후스 유적지의 폐허들은 두터운 벽들과 마치 멀어 버린 눈들처럼 구멍만 남아 있는 텅 빈 창문들로 인해 환상 속에서나 볼 수 있는 풍경이었다. 그 폐허의 풍경들은, 테너가 그랬던 것처럼, 스티나를 매혹하면서도 무섭게 했다. 둘이서 몇 번 호수가 내려다보이는 그 폐허를 찾아가던 어느 날 그는 스티나를 덤불들이 우거진 으슥한 곳으로 데려갔고 스티나는 그만 순결을 잃고 말았으며……. 지금도 마찬가지지만 어렸을 때도 스티나는 새로운 경험을 앞에 두면 그것이 무엇이든 야릇한 매력에 이끌리곤 했다. 하지만 그녀가 임신한 사실을 안 부모님들은 임신을 시킨 남자와 결혼하라고 다그쳤다. 올레는 부자는 아니었지만 생활을 꾸려 나갈 수 있는 꽤 형편이 괜찮은 남자였고 두 사람이 결혼을 해도 평생 크게 돈 걱정은 안 하고 살 수 있었다. 두 사람은 결혼을 했다. 그러나 그 결혼은 스티나가 원했던 결혼이 아니었다. 완벽한 아내 역할을 하면서 자신이 하고 싶지 않은 일을 해야 하는 주부로서의 삶이 고작이었다. 서로 헤어지는 것이 좋겠다는 생각이 들자 오히려 마음이 놓였다. 스티나는 이혼을 했고 위자료로 받은 돈으로 모자 가게를 차렸고 훨씬 재미있는 새로운 삶을 살기 시작했다. 예술사 공부에도 도전했고 이어 합창단에 들어가 노래도 불렀으며 친구들도 많이 사귀었다. 이렇게 해서 그녀는 정말로 인생을 즐기며 살았다. 스티나는 두 눈을 감고 다시 갈퀴를 떠올렸다. 그래, 맞아. 갈퀴가 도둑이 된다면 나도 그의 뒤를 따라갈 거야. 따지고 보면 젊었을 때 브라헤후스 폐허로 놀러 가는 것 그 이상도 아니었다. 금지되어 있는 것이었지만 그래서 더 흥분되는, 하지만, 그래도……

13

아침 회의가 끝났다. 이제 실행에 옮길 차례였다. 천재는 절단용 펜치, 전선 몇 가닥, 접착테이프, 순간접착제 등을 꺼내 거의 속이 안 보이는 불투명한 비닐봉지에 담았다. 그의 장삼 같은 외투에도 큰 주머니가 달려 있었다. 얼른 시계를 내려다봤다. 5분 후, 스파에서 메르타를 만나기로 약속이 잡혀 있었다.

엘리베이터에 올라탄 메르타는 마지막이라고 생각하고 한번 더 계획을 확인했다. 단계별 행동 지침들을 하나씩 차근차근 다시 살폈다. 천재가 시스템 전체를 단전시키다가 자칫 감전 사고라도 당하지 않을까 걱정이었다. 메르타가 들어오자 호텔 프런트의 여직원이 하던 일을 멈추고 얼굴을 들었다.

「수건 하나 주실래요, 부탁해요.」 메르타가 말했다.

「예, 알았습니다. 가운은 벌써 입으셨네요, 부인.」 프런트 여직원이 말했다. 프런트 여직원이 뒤에 있는 선반에서 커다란 흰색 수건을 하나 집어 드는 사이에 천재는 비닐봉지를 들고 사람들 곁을 지나 사라져 버렸다.

「아, 이곳 수건은 참 보드랍기도 하지!」 메르타가 수건을 뺨에 대면서 그윽한 표정을 지어 보이며 너스레를 떨었다. 카운터 뒤에 앉아 있던 다른 여직원 하나가 메르타에게 플라스틱 카드 하나를 주었다.

「사물함에 가지고 계신 물건들을 넣으시려면요, 이 카드를 잠금장치에 대고 그냥 눌러 주면 돼요. 넣었던 물건을 찾으실 때도 똑같이 하시면 돼요. 문이 저절로 열리고 닫혀요.」

「그놈 참 똑똑하네그려!」 메르타는 최대한 다른 손님들처럼 평범하게 행동하려고 노력하면서 긴 설명을 한 여직원에게 미소를 지어 보였다.

탈의실 안은 환했고 부드러운 향수 냄새가 났다. 선탠으로 온몸을 누렇게 태운 한 여인이 옷을 갈아입고 있었고 조금 떨어진 곳에서는 또 다른 여인이 샤워실에서 막 나오는 참이었다. 이 두 사람 이외에는 아무도 없었다. 이른 아침 시간에는 사물함도 몇 개만 사용될 뿐이다. 메르타는 샤워를 한 다음 수영복을 갈아입고 수영장으로 들어갔다. 하지만 몇 번 팔을 휘저었을까, 바로 전등들이 깜박거리기 시작했다. 메르타는 얼른 계단을 타고 물에서 나와 탈의실로 돌아갔다. 탈의실의 등은 이미 모두 꺼져 있었다. 잠시 기다리자 다시 불이 들어왔다. 메르타는 전자 카드를 대봤다. 사물함은 열리지 않았다. 얼굴에 살짝 미소를 띠며 메르타는 가운을 걸치고 프런트로 갔다.

「사물함이 열리지 않아요. 아무리 해도.」

「저희가 열어 드리겠습니다.」 여직원이 말했다.

「그러면 내 귀중품들은 어디에다 맡기죠?」

「여기에 맡기시면 돼요.」 여직원이 뒤에 있는 튼튼하게 생긴 흰색 금고를 가리키며 말했다. 「하지만 부인께서는 귀중품들을 밑에 있는 사물함에 넣지 않으셨나요?」

「아, 그래요. 내가 잊고 있었네요.」

「그래, 어떻게 됐어?」

메르타가 스위트룸으로 돌아오자 안나그레타가 걱정스러운 얼굴로 물었다. 두 할머니는 아직 아침 식사도 채 끝내지 못한 채 잠옷 바람으로 왔다 갔다 하고 있었다. 스티나가 긴 의자 위에 놓여 있는 메르타의 손뜨개 뭉치를 가리키며 말했다.

「저거 언제 다 끝낼 거야? 잘못하다가는, 모르고 앉았다가 꼬치구이가 되겠어, 사람이.」

「미안해요, 할머니들. 치운다고 하다가 내가 또 깜빡했네.」 메르타가 울 실과 제법 큰 바늘들을 정리하며 사과를 하고 나서 커피를 따랐다.

「사물함이 제대로 작동되지 않으면 프런트에서 그러는데, 프런트 뒤에 있는 금고에 귀중품들을 넣어 둔다네. 우리가 생각했던 그대로야.」

「일이 잘 되어 가고 있는 것 같아. 그런데, 금고가 커? 안은 넓을까?」

「꽤 넓지 않겠어? 나도 잘 모르지만.」 꼬치꼬치 캐묻는 안나그레타의 말에 메르타가 피하듯이 답했다.

스티나가 뭔가 의심이 간다는 투로 초콜릿 하나를 집어 들면서 가볍게 손을 흔들며 말했다.

「일이 잘 진행된다고들 생각하고 있는 것 같은데, 내가 보기엔 우리가 지금 실수를 저지르고 있는 것 같아. 우린 지금 여기에 돈 많은 부자들을 털려고 왔어. 그런데 우리가 가장 비싼 스위트룸에 들어와 있어.」

스티나가 한 이 말이 반향을 불러일으킬 때까지는 그리 긴 시간이 필요하지 않았다.

「처음에는 강도 흉내를 내는 것이 쉽지 않았어.」

메르타도 초콜릿 하나를 집어 들면서 미안하다고 말했다. 메르타는 화내지 않고 부드럽게 말하려고 노력했다. 스티나가 다시 말했다.

「우리가 다른 평범한 방을 구해 들어가서, 아주 유명한 대스타나 아니면 돈 많은 예술가, 왕족들, 대통령 같은 사람들이 들어올 때까지 기다려야 했다 이거지, 내 말은.」

「우리 나이에 탈출하고 훔치고 하는 두 가지 일을 한 번에 다 생각하기는 아무래도 벅차. 한 번에 하나씩만 생각해야 해.」 메르타가 논리를 세워 가며 말했다.

「요즘 금 시세가 가장 좋대. 큰 금팔찌 세 개면 만 크로나나 나간다네.」 안나그레타가 암산이 빠른 것을 은근히 자랑하면서 말했다.

「하지만 우린 감옥에 가야 한다는 걸 잊지 마.」 스티나가 말했다. 스티나는 갈퀴가 감옥에 가고 싶어 한다는 것을 알고 있었고 자신도 역시 그를 쫓아갈 준비가 되어 있었다.

다시 메르타가 말했다. 「조금 있다가 스파에 사람들이 가장 많을 때를 봐서 내려가자고. 아마 점심시간쯤일 거야. 금고가 터질 정도로 금으로 가득할걸.」

다른 할머니들도 동의했다. 모두 준비가 되자 메르타와 천재는 마지막으로 종이에 그린 그림의 도움을 받아 가며 모든 것을 처음부터 다시 검토했다.

「여기가 내가 단전을 시킨 곳이야.」천재가 손가락으로 종이 위를 가리키며 말했다. 천재는 또 이상하게 생긴 연결선을 보여 주면서 계속 말했다. 「선이 어디서 절단되었는지를 찾아내려면 꽤나 시간이 걸릴 거야. 스파와 사우나의 전선을 복구해 놨는데, 그건 임시로 해놓은 것에 지나지 않아. 몇 초 만에 전체를 암흑세계로 만들 수 있어. 그 은빛 접착테이프가 정말 진가를 발휘하고 있는 셈이지!」천재가 숨도 제대로 안 쉬고 열변을 토해 내는 것을 보자 메르타는 마치 게임에 빠진 어린아이를 보는 것만 같았다.

「그런데 예상한 대로 안 되면 어떻게 하지?」

「물론, 모든 것이 실패로 끝날 수도 있어. 그러면 새로 방법을 내서 다시 해봐야지. 지렛대도 있고 예비품도 있어. 여기 봉투에.」천재는 비닐봉지를 보여 주면서 말했다.

그때였다. 노크 소리가 들리더니 갈퀴가 들어왔다. 자다 깬 얼굴이었고 마늘 냄새가 났다. 그의 눈에 테이블 위에 놓여 있는 두 개의 비닐봉지가 보였다.

「약초들 조심해서 다루어야 해.」

이 말이 끝나기도 전에 다시 노크 소리가 들려왔다. 스티나와 안나그레타였다.

「자, 그러면 우린 모두 준비가 된 거야. 이제 점심시간이 오기만 기다리면 돼.」

메르타는 자신에 찬 목소리로 말하려고 노력했다.

모두 그녀의 의견에 동의했다. 얼굴들은 모두 무거웠다.

14

몇 시간 후, 사람들과 엘리베이터를 타고 내려가던 메르타는 흡수성이 강한 면 가운의 큼직한 주머니를 다시 한 번 만져 보았다. 사리풀과 인도 대마 칸나비스를 넣어 둔 두 개의 작은 비닐봉지들이 만져졌다. 천재를 바라보았다. 천재는 연장들을 가리기 위해 봉지에 연장들을 다 넣은 다음 마지막으로 그 위에 수건을 덮어 놓았다. 뭔가를 골똘히 생각하고 있는 얼굴에는 긴장한 기색이 역력했다. 메르타는 생각했다. 〈하긴 나도 저 사람보다 나을 게 하나도 없지······.〉

남의 눈에 띄지 않도록 조심하면서 메르타는 샤워를 마치고 곧장 수영장으로 가 잠깐 시간을 보냈다. 모두들 수영객들이 늘어나기를 기다리며 물장구를 치거나 첨벙거리며 시간을 보내고 있었다. 안나그레타가 초조해하는 사람들을 달랬다. 누군가 얼른 시작하자고 하자 그녀가 말했다.

「좋은 팔찌가 하나 더 들어오려면 기다려야 해요, 조금만 더······.」 마침내 천재가 더 이상 못 참겠다, 이젠 1분도 더 못 기다리겠다고 했다. 그러면서 메르타에게 다가가 낮은 목소리로 속삭였다. 「약봉지 잘 갖고 있지?」

메르타가 그렇다고 했다.

「불이 깜박거리면 지체 없이 봉지를 열어서 가루를 검은 기둥의 수증기가 나오는 입처럼 생긴 데에다 붓는 거야, 알았지? 아무도 모르게 재빨리 해야 돼.」

「걱정하지 마. 영화에서 한두 번 본 줄 알아!」 메르타가 쏘아붙이듯이 답했다.

천재는 벽에 전기 단자함이 달려 있는 안내 데스크를 향해 걸어갔고 그사이 메르타는 다른 사람들과 함께 사우나로 향했다. 사리풀은 사람들을 취하게 만들어 끝내 반수 상태로 빠져들게 한다. 그러니까 사람들이 너무 지나치게 취하기 전에 칸나비스를 부어야 하는 것이다. 그러면 안나그레타와 스티나가 비틀거리며 사우나를 빠져나와 기절한 척할 것이다. 그사이 메르타는 안내 데스크로 달려가 사람들이 쓰러졌다고 알리는 것이다. 안내 데스크의 여직원이 자리를 뜨면 그 즉시, 천재가 건물 전체를 암흑세계로 빠져들게 할 것인데, 이때 갈퀴가 달려와 함께 금고를 터는 것이다. 만일 너무 어두워 아무것도 볼 수 없을 경우를 대비해 천재는 LED 몇 개를 실내화 끝에 달아놓았다. 메르타가 걱정한 것도 이 실내화 끝에 달린 LED 같은 소소한 것들이 사람들 눈에 띄어 혹시 정체가 드러날 수도 있다는 생각이 들었기 때문이었다. 그러나 천재는 아무 문제 없다고 하면서 메르타를 안심시켰다. LED가 달린 실내화 한 짝은 정말 긴급할 때 쓰기 위한 것이고 게다가 소란이 일어나 우왕좌왕할 때라면 사람들은 LED 같은 약한 불빛이 어디서 나오는지 신경 쓸 겨를도 없다는 것이다. 하지만 메르타는 자신의 생각이 옳다고 여전히 주장을 굽히지 않았으며 천재 스스로도 남자이기에 이런 부분에는 상상력이 없다고 인정했다고 지적했다. 하지만 메르타는 오래 살면서, 어떤 때는 양보를 하는 것이 오히려 현명할 수도 있다는 것을 배웠다.

사우나에 도착하자 축축한 공기가 그들을 맞이했다. 스티나와 안나그레타는 의자 위에 자리를 잡고 앉았고, 메르타는 주위를 둘러보았다. 적어도 스무 명 정도는 돼 보였다. 나이 지긋해 뵈는 몇 명의 남자들이 보였고 여러 명의 여자들과 50대 부부도 있었다. 모두 서로 마주 보게 반달 모양으로 배치해 놓은 의자들 위에 앉아 있었다. 메르타는 수영복 속에 몰래 감춘 비닐 약봉지들이 걸리적거리는 것을 느끼며 속으로 생각했다. 〈자, 이제 나와 가장 가까이 있는 사람들을 주의 깊게 관찰해 보자. 과연 반응들을 보일지.〉 사실 이 일은 갈퀴가 맡아서 해 주었어야 할 일이었다. 하지만 그는 자신은 살아 있는 식물만 가지고 일을 해봤을 뿐이라며 한사코 일을 사양했다. 죽어서 말라비틀어진 것을 가지고 자기는 아무것도 할 줄 모른다는 것이었다. 도무지 고집을 꺾지 않으니 하는 수 없이 메르타가 대타로 나선 것이다. 메르타는 벤치 끝에 걸터앉았다. 그 자리는 문에서 가장 가까운 곳이어서 밖에서 들어오는 공기를 최대한 이용할 수 있는 이점이 있었다. 메르타는 자작나무 가지들을 옆에 내려놓았다. 그리고 수영복의 움푹 파인 가슴 부위를 만져 보았다. 젖가슴 바로 밑에 숨겨 놓은 약봉지들 때문인지 그녀의 두 가슴은 젊었을 때의 탐스러운 모습을 되찾은 것만 같았다. 그러나 안타깝게도 사우나 안은 너무 어두웠다!

스티나가 속삭이는 목소리로 물었다. 「우리 이렇게 여기에 얼마나 더 있어야 해?」

메르타가 할머니들을 안심시켰다. 「그렇게 길어지지 않을 거야. 때가 오면 먼저 알려 줄게.」

이번에는 안나그레타가 한 손으로 입을 막은 채 말했다. 「이런 실내에서는 사람들이 오래 버티질 못해. 수증기가 너무 뜨겁거든.」

뿌연 증기 때문에 사람들의 표정을 볼 수가 없어서 메르타는 곤란했다. 사람들의 반응을 살펴봐야 하는데 그 점에서 어려움이 있을 것 같았다. 이 생각을 하고 있을 때였다. 불이 깜박거렸다. 천재가 전기를 끊은 것이다. 지금 아니면 끝이었다! 메르타는 깊이 파인 수영복 가슴 사이로 손을 넣어 약봉지를 찾았다. 그런데 이게 웬일인가! 빌어먹을 약봉지들이 없었다. 대체 어디로 간 것일까? 자기가 안경도 쓰지 않고 있다는 것도 이때서야 알았다. 그래 놓고, 다른 사람들에게는 작은 디테일들이 큰 프로젝트들을 수포로 돌릴 수도 있다고 설교를 해댔으니! 메르타는 마침내 칸나비스 봉지를 찾았다. 다시 손을 가슴 속으로 집어넣어 이곳저곳을 더듬었다. 사리풀 봉지도 찾았다. 밑으로 미끄러져 내려가 있었던 것이다. 앞에 메르타와 마주 보고 앉아 있던 남자가 이상하다는 듯이 메르타를 바라봤다. 농담을 던져서 주의를 분산시켜야만 했다.

「난 처음에는 세 개를 달고 나온 줄 알았어요.」

앞의 남자는 멍청한 얼굴로 메르타를 바라봤다.

「아니, 두 개를 달고 나왔었나?」 아무 이야기라도 지어내야 했다.

남자는 당황한 나머지 멋쩍게 목을 긁었다. 멀리 짙은 증기

속에서 누군가가 잔기침을 해댔다. 다 늙은 할머니가 뭔 그런 야한 농담을 하느냐는 것이었다. 거기 있던 사람들이 다들 그렇게 생각했던 것일까? 메르타는 입안이 좀 씁쓸했다. 늙은이들은 즐기면 안 된다는 법이라도 있어? 증기는 갈수록 짙어져 갔고 사람들이 수건으로 머리를 감싸기 시작했다. 안은 너무나 더웠고 축축했다. 그래서인지 두 사람이 일어나 나갔다. 메르타는 더 이상 기다릴 수가 없었다. 조심조심 해가며 메르타는 사리풀 봉지를 꺼내 열었다. 기둥까지는 몇 발짝만 걸으면 되는 거리였다. 하지만 아무리 봉지 속을 헤집어도 봉지 속이 비었는지 아무것도 집히질 않았다. 메르타는 다시 손을 꺼냈다. 분명 가루를 봉지 안에 넣었다. 완전히 당황한 메르타는 다시 봉지 바닥까지 손가락을 넣어 봤지만 아무것도 없었다. 메르타는 공황 상태에 빠져 버리고 말았다. 하나님 맙소사, 물기가 봉지 속으로 스며든 것이 확실했다. 그 바람에 사우나에 오기 전 함께 수영장에 들어와 있던 사람들이 사리풀 가루를 삼키고 지금 물속에서 그대로 잠들어 버린 것이 확실했다. 하지만 수영장에서 헤엄을 치다가 하마터면 부딪칠 뻔했던 남자가 사우나에 들어와 있는 것을 발견했다. 그제야 메르타는 한숨을 돌렸다. 이 약초의 아주 작은 일부만 사라져 버린 것이고 나머지는 단지 습기에 젖었을 뿐 그대로 봉지 안에 있었다. 이 식물이 힘을 잃어버린 것일까? 아니면 메르타 자신도 공기 중으로 퍼져 나간 사리풀 기운을 들이마셔서 지금 환각 상태에서 해롱해롱하고 있는 것일까? 뭐가 확실한 것인지 확인할 방법은 있는가? 좋아, 이렇게 된 바에는 행동을 하는 것이 최선일지도 몰랐다. 그러나 사리풀이 다 새나가고 너무 조금 남아 있어서 누구에게도 효과를 낼 수 없다면? 갈퀴는 메르타에게 칸나비스를 정말 아주 조금만 사용하라고 일러 주었다. 하지만 지금 상황은 전혀 반대가 아닌가. 봉지에 있는 것을 모두 쏟아부어야 할 것만 같았다. 메르타는 다시 가슴 속으로 손을 집어넣어 칸나비스 봉지를 꺼냈다. 불행 중 다행인지 그 봉지는 잘 닫힌 상태 그대로였다. 메르타는 천천히 기둥까지 갔다. 기둥에 난 입에서 뜨거운 증기가 나오고 난 직후, 메르타는 자작나무 가지로 가린 채 사리풀과 칸나비스를 다 쏟아부었다. 그런 다음 입구 근처의 의자로 돌아와 앉아 기다렸다.

15

바르브로는 이제 막 새롭게 단장을 끝낸 솔렌투나에 있는 자신의 아파트에서 담배를 피우고 있었다. 마지막 한 모금을 깊이 들이마신 후 꽁초를 포도주 잔 바닥에 비벼 끄고 바르브로는 창문을 닫았다. 소장이 다이아몬드 요양소의 경영을 맡은 이후 바르브로는 소장과 함께 일하고 싶은 꿈을 갖고 있었고 그 꿈이 이루어져 두 사람은 성공을 위해 어떤 일도 마다하지 않았다. 소장에게는 돈이 좀 있었고 투자도 할 수 있는 입장이었으며, 바르브로는 소장의 사업을 맡아 했다. 하지만 시간이 흐를수록 여인은 초조해져 갔다. 소장과의 관계를 분명히 해야만 했던 것이다. 그러나 그의 기분을 상하게 하지 않으면서 천천히 접근해야 할 일이었다.

「어서 서둘러야겠군.」 두 팔을 벌리며 맞손이 말했다.

그는 속옷도 입지 않은 알몸으로 침대에 누워 있었다. 바르브로는 굳이 물어볼 필요도 없이, 소장의 머릿속에 지금 무슨 생각들이 들어 있는지 훤히 알고 있었다. 침대 곁으로 몇 발자국 다가가면서 바르브로는 생각을 가다듬었다. 다른 방법이 없었다. 소장을 섹스에 중독된 사람으로 만들어야만 했다. 그 이야기를 하기에는 지금이 딱 좋은 때였다.

「이렇게 함께 있으니까 좋지 않아?」

소장은 답 대신 바르브로를 끌어안았다. 바르브로는 그런 소장을 조금 밀어내며 심각한 표정으로 그를 바라봤다.

「다른 것 다 필요 없어, 당신과 조금만 더 자주 만날 수만 있다면. 우리가 이렇게 함께 있지 않을 때 내가 보고 싶지 않아?」

소장은 바르브로를 다시 끌어안으려고 하면서 말했다.

「왜, 아니겠어. 나도 당신이 없으면 보고 싶지.」

「부인과 생각 좀 해봤어? 이혼이나 뭐, 그런 것 말이야…….」

갑자기 맛손의 얼굴이 굳어졌다. 하지만 다시 바르브로를 끌어당겨 품에 안았다.

「귀여운 바보, 우리가 나누는 사랑에는 결혼이라는 단어가 끼어들면 안 돼. 나는 너의 것이고, 너는 나의 것이지.」 그때 침대 곁의 탁자 위에 올려놓은 휴대폰이 요란스럽게 울렸다. 두 번째 소리도 넘긴 맛손은 세 번째 소리가 울리자 전화를 집었다.

「여보세요? 아, 당신이었구나. 그럼, 물론이지. 잘 지내고, 어때? 잘 돼가고 있어…….」

다른 쪽 목소리가 맑고 높은 것을 보니 소장의 아내가 틀림없었다. 바르브로는 몸을 일으켜 부엌으로 갔다. 소장이 아내와 통화하는 것을 듣고 싶지가 않았다. 그의 삶 속에 다른 여자가 있다는 사실을 매번 뼈저리게 느끼고 싶지도 않았다. 게다가 가야 할 길이 멀었다.

「일주일 정도 더 있어야 할 것 같다고? 그래, 그래, 뭔 이야기인지 알겠어. 안타깝지만 어쩌겠어, 여보. 당신하고 아이들이 돌아오면 외식이라도 한번 할까 했었지, 난⋯⋯.」

소장의 아내와 아이들은 런던에 가 있었는데 돌아오는 날짜가 연기된 것이다. 그러면 맛손과 바르브로 두 사람은 함께 더 오래 있을 수 있는 것인가? 소장이 전화를 내려놨다. 바르브로는 다시 방으로 들어와 두 팔을 벌린 소장의 품으로 뛰어들었다.

「가족들이 런던에서 꼼짝할 수가 없게 묶여 버렸대. 그 덕에 휴가를 얻은 셈이고. 우리 며칠 더 함께 있을 수 있겠는데⋯⋯.」

「정말? 잘 됐다, 정말! 그런데, 늙은이들은 어쩌지?」

「누군가 한 사람 뽑아야지, 뭐.」

「그래도 괜찮을까?」

「이것 봐, 바르브로. 다이아몬드 요양소는 황금알을 낳는 사업이야. 이전에 누가 대신 와서 일을 한 사람이 있었지 않았나? 이름이 뭐라고 했더라⋯⋯ 맞아, 카샤였어. 그 사람을 다시 불러.」

소장은 다시 두 팔을 크게 벌렸다. 마음이 놓인 바르브로도 이불 속으로 미끄러져 들어와 소장을 끌어안았다.

월요일 아침, 요양소에 도착한 대리 간호사 카샤는 요양소가 이상하게 적막해서 놀라지 않을 수 없었다. 평소처럼 노인들이 공동실에서 아침 식사를 하고 있었는데, 합창단 노인들이 보이지 않았다. 점심을 먹을 때도 합창단이 나타나지 않아서 카샤는 방으로 올라가 봤다. 모든 것이 극히 정상이었고 방은 깨끗하게 정리되어 있었다. 하지만 벽에 걸려 있어야 할 외투들이 없었다. 밖으로 노래를 하러 나간 것이 틀림없었다. 스트렝네스와 에스킬스투나에 공연을 하러 간다는 말을 이전에 이 합창단 노인들로부터 들은 기억이 났다. 바르브로가 자기에게 깜빡하고 알려 주지 못한 것 같았다. 카샤는 미소를 지었다. 모르긴 몰라도 이 할아버지, 할머니 들이 오래전부터 즐겨 불렀던 단골 레퍼토리인 「변장한 하나님」을 부르고 있는 모습이 눈앞에 선했기 때문이다. 이 할아버지, 할머니들은 노래하는 것을 참 좋아했고 이 작은 즐거움은 노인들에게는 정말 필요한 것이었다. 사정을 안 카샤는 안심했다. 할아버지, 할머니들은 금방 돌아올 것이다.

16

사우나 내부에는 습기가 꽉 차 있었고 증기가 뿜어져 나오면서 내는 낮은 소리가 규칙적으로 쉭쉭대고 있었다. 약초들이 약 기운을 발휘하기 시작했다. 메르타는 졸음이 몰려오는 것을 느낄 수 있었고 생각을 집중하는 데 애를 먹기 시작했다. 멍해진 눈으로 문 쪽을 바라보았다. 동시에 어디선가 웃음소리가 들렸다. 기다리던 첫 웃음소리였다. 메르타 앞에 있던 남자가 두 다리를 곧게 뻗어 앞에 있는 낮은 돌기둥 위에 올려놓았지만 두 다리는 미끄러져 떨어졌고 그러자 다시 올려놓았지만 이번에도 이내 미끄러져 바닥으로 떨어졌다. 그래도 사내는 히죽거리며 큰 소리로 웃었다. 그러자 그 남자 곁에 있던 다른 사람들도 모두 기다렸다는 듯이 큰 소리로 한꺼번에 웃음을 터뜨렸다. 분위기가 단번에 달아오른 것이다. 사우나 안 전체에 달콤한 향기가 감돌았다. 메르타는 자작나무 가지들이 충분하지 않을지도 모른다는 생각이 들자 그걸 찾아보려고 몸을 돌렸으나 방금 한 생각도 기억이 나지 않을 정도로 완전히 생각의 끈을 놓치고 있었다. 뭔가를 해야 하는데, 그게 대체 뭐였지…… 쪽지에 적어 두었어야 했는데, 하지만 사우나에 들어와 그런 메모를 읽고 앉아 있으면 분명 의심을 살 것 아닌가?

그때였다. 갑자기 안나그레타가 말이 우는 것처럼 날카로운 비명을 지르는가 싶더니 히스테리에 걸린 여자처럼 마구 웃어 대기 시작했다. 그러자 곁에 있던 스티나도 덩달아 종잡을 수 없는 이야기를 종알종알 쏟아 댔고 심지어 메르타마저 자꾸 웃음이 나오려는 것을 꾹 참고 있어야만 했다. 바로 그때 불이 깜빡거리더니 꺼져 버렸고 그러더니 다시 들어왔다. 우스꽝스러운 광경이었지만 심각한 상황이 전개되고 있었다. 모든 사람들이 히죽대며 웃고 있었다. 마침내 메르타도 자신의 미친 듯한 웃음소리를 들어야만 했고 그러면서도 사우나를 나가야만 한다는 것을 알아차렸다.

모두 사전에 합의된 것들이었지만 메르타는 다음에 해야 할 일들을 생각해 내지 못하고 있었다. 그녀 앞에 있던 남자가 크게 하품을 하면서 손으로 입을 가리자 그 모습을 본 메르타는 그제야 다시 자기가 할 일이 떠올랐다. 안나그레타와 스티나는 진작에 쓰러져 해롱대고 있었고 메르타는 어떻게 해서든 프런트로 달려가 직원을 데려와야만 했다. 메르타는 안나그레타의 옆구리를 한 방 발로 차면서 작은 목소리로 말했다.

「자, 이제 당신들 차례야! 저기 긴 의자에 가서 누워 있어, 어서들!」

「여기서는 곤란하겠죠, 그렇죠?」 안나그레타가 앞에 있는 남자에게 윙크를 하면서 술에 취한 목소리로, 말 그대로 씨부렁대더니, 처음 들어보는 참으로 괴상한 말 울음소리를 내며 수영복 어깨끈을 내리기 시작했다. 그때였다.

「어서들 누워? 쓰러지란 말이야, 기절하라고!」

메르타가 가능한 목소리를 죽여 가며 이빨 사이로 새어 나오는 소리로 해롱대는 두 할머니를 다그쳤다.

「아니야, 저 치는 아니야. 정말 너무 늙었잖아!」 안나그레타가 그 와중에도 생각을 고쳐먹고 흘러내리던 수영복 어깨끈을 다시 올리면서 거의 들릴락 말락 한 소리로 이렇게 중얼댔다.

안나그레타가 너무나도 큰 소리로 웃는 바람에 기절했던 사람들도 정신이 번쩍 들 것만 같았다. 막 다시 정신이 돌아온 메르타가 달래듯이 다시 친구 할머니들에게 말했다.

「자, 자, 어서들 말 좀 들어. 빨리 가서 누워! 나는 도움을 청하러 나가야 된단 말이야.」

보통 때 고분고분 시키는 일을 잘 하던 스티나는 의자에 가서 누웠고 안나그레타도 무슨 일이 일어나고 있는지 감을 잡았는지 스티나 곁으로 가 몸을 눕혔다. 하지만 여전히 웃음을 참지 못하고 배꼽을 잡고 웃어 댔다. 다시 불이 나갔다. 이번에는 정말 나간 것 같았다. 메르타는 서둘러 아직 불이 들어와 있는 안내 데스크로 달려갔다.

「사우나 안에 두 사람이 기절해서 쓰러져 있어요! 얼른 와봐요!」

얼굴이 하얗게 질린 데스크 여직원은 그 자리에서 일어나 빠른 걸음으로 메르타를 뒤쫓아 갔다. 여직원이 사우나 문을 열자마자 메르타는 발걸음을 돌려 다시 안내 데스크 쪽으로 갔다. 천재는 이미 철제 금고 앞에 자리를 잡고 있었다. 조깅할 때 입던 체육복 차림이었고 갈고리처럼 생긴 도구를 손에 들고 자물쇠에 붙어 작업을 하고 있었다.

「정말 잘 만들었어! 이 열쇠 잠금식 금고는 걸작이야!」

천재는 메르타에게 스포츠 백을 들고 있으라고 하면서 혼잣말로 중얼댔다. 금고 자물쇠는 생각과는 달리 아주 쉽게 열려서 천재도 깜짝 놀랐다. 그런데 안에 들어 있던 것들을 꺼내려고 하자 마침 그때 불이 완전히 나가 버렸다. 천재가 고개를 갸우뚱했다.

「무슨 일이지?」 천재는 LED에 생각이 미쳤고 몸을 굽혀 실내화를 꺼내려고 했다. 하지만 갑자기 일을 멈추었다. 갈퀴가 그에게 내민 것은 농구화였다. 이제 헐렁한 농구화를 신은 멍청한 바보가 되는 길밖에 없었다. 전기가 완전히 나간 어둠 속에서, 천재는 어떻게 해서든 방법을 강구해 내야만 했다. 그것도 당장. 천재는 금고 속으로 손을 넣어 손에 닿는 모든 것을 닥치는 대로 갖고 간 가방에 쓸어 담았다. 그때 다시 불이 깜빡거리더니 들어왔다. 천재는 서둘러 금고 문을 닫았다.

「조금 있다가 봐!」 천재가 메르타에게 말하고는 재빨리 호텔 피트니스 센터로 통하는 계단으로 올라갔다. 피트니스 센터에 도착한 천재는 스포츠 백을 바닥에 내려놓고 실내 자전거 쪽으로 갔다. 갈퀴도 바로 들어왔다. 두 사람은 서로 공범들의 시선을 교환했다. 갈퀴는 가장 가까이 있는 아령을 집어 들고 운동을 시작했다.

그사이, 메르타가 사우나로 돌아와 보니, 안내 데스크에 있던 여직원이 스티나와 안나그레타를 방에서 내보내려고 애를 쓰고 있었다. 두 할머니는 다시 약에 취한 상태로 돌아와 있었고 미친 듯이 통제 불가능한 웃음을 웃어 댔다. 두 할머니만이 아니었다. 나이가 들어 뵈는 남자 둘도 무릎을 쳐대며 숨이 막힐 정도로 웃고 있었다. 호텔 여직원은 당황한 빛이 역력했고 메르타는 힐끗 그 직원의 눈치를 살펴봤다.

「내가 보기엔, 아가씨, 저 사람들이 아침에 밥은 안 먹고 샴페인을 몇 잔씩 마신 것 같아. 난 요즘 사람들 이해를 못 하겠다니까⋯⋯.」

「부인 연세 또래의 할머니, 할아버지 들이 그래요.」

「그건 왜 그러냐 하면, 나이가 들수록 젊은 사람처럼 보이고 싶어서 그러는 거라오.」

메르타는 스티나와 안나그레타가 안내 데스크 쪽으로 가는 것을 힐끗 쳐다보면서 젊은 여직원에게 속삭이듯이 말했다. 메르타는 그 광경을 보며 다시 말했다.

「할머니들, 어서 가서 샤워들 해. 저 신이 난 할머니들을 탈의실까지 데려갈 생각을 하니 보통 일이 아닐 것 같아.」

「난 오늘처럼 재미있는 날도 없었던 같아!」 탈의실에 들어온 스티나는 행복에 겨워 새처럼 재잘거렸다.

「요양소에서도 똑같은 일을 한번 벌여도 좋을 것 같은데, 왜 이제까지 못 했지?」 안나그레타가 고개를 갸우뚱하며 말했다.

「쉿!」 메르타의 명령이 떨어졌다. 하지만 두 할머니 친구는 이 명령에 그만 다시 웃음보를 터뜨리고 말았다. 메르타는 제법 시간이 흐른 후에야 겨우 이 두 할머니를 휴게실로 데리고 나올 수 있었다. 할머니들은 이제 범죄와는 전혀 무관한 사람들처럼 보이기 위해, 모두 한 손에 시원한 과일 주스 잔을 들고 신문을 읽으면서 편히 쉬는 척하고 있었다. 하지만 메르타는 범죄 현장에 머문다는 것이 여간 신경이 쓰이지 않았다. 천재는 물론 그렇게 해야 오히려 사람들의 관심이나 의심을 피할 수 있다고 말했다. 할머니들이 천으로 된 접의자에 앉아 막 폼을 잡았을 때다. 아래층에 있는 탈의실에서 시끄러운 비명 소리들이 올라왔다. 잠시 머뭇거리던 할머니들은 아래로 내려 갔다. 안내 데스크에 가까이 갈수록 소리는 점점 커졌고 도착 해 보니 완전히 난리였다. 금고 문은 활짝 열려 있었고 아직도 완전히 정신을 차리지 못한 수영객 몇 사람은 금고 곁에 서서 손가락으로 텅 빈 금고를 가리키고 있었다.

「금고가 비었어. 모두 다 없어졌어. 목걸이들, 보석들 그리고 여권도 모두! 다 날아가 버렸어!」

한 나이 지긋한 부인이 계속 말을 해댔다. 호텔 여직원은 기가 질린 표정이었다.

「내 금팔찌도 없어졌어. 아무것도 없어!」

나이 든 부인과 같이 온 듯한 머리 희끗희끗한 친구도 날카로운 목소리로 소리쳤다.

「장모가 사준 끔찍한 손목시계도 똑같이 사라졌어. 어이구 시원섭섭해라! 이걸 어쩌지…….」

한 늙은 노신사는 계속 넋두리를 해댔다.

「그게 단 줄 알아요? 은제품들도 없어졌어요. 그러길래 내가 뭐라고 했어요. 이런 데 올 때는 귀중품을 가져오는 게 아니고, 갖고 왔어도 절대로 이런 데 맡기면 안 된다고 했잖아요.」

노신사의 부인은 탄식을 쏟아 내고 있었다.

「여보, 너무 걱정하지 말아요. 당신 말이 맞았어. 하지만 이런 일이 매일 있는 것은 아니잖아. 그냥 웃어넘기자고.」

이 말을 하고 나서 그 노신사는 몸을 뒤로 젖히면서 너털웃음을 웃었다.

지옥의 한 풍경 같은 이 소란 속에서 메르타는 할머니 친구들의 손을 잡아끌어 엘리베이터 쪽으로 갔다.

「우린 올라가는 게 좋겠어.」 엘리베이터에 올라서서도 할머니 친구들은 계속 재잘댔고 흥겨워했다. 메르타도 스코네 방언으로 오래된 권주가인 「헬란 고르」를 노래했다.

메르타는 악몽에서 깨어난 사람처럼 잠시 전의 일을 떠올렸다. 결과론이긴 하지만, 갈퀴가 약초 작전을 맡지 않은 것이 다행이었다. 만일 갈퀴였다면 약초를 지나치게 적게 썼을 것이다. 반면 메르타는 봉지에 있는 것을 모두 사용했다.

17

샴페인 잔들도 모두 비웠고 안주로 먹던 올리브도 몇 개 남지 않았다. 스포츠 백을 열어 안에 든 물건들을 꺼낼 시간이 온 것이다. 다섯 명의 노인들은 테이블을 가운데 놓고 둘러앉아 마치 보물단지 앞에 앉아 있는 어린아이들처럼 기대에 부풀어 있었고, 드디어 천재가 의식을 치르는 표정으로 가방을 공중으로 들어 올려 흔들자 가방에서 여러 가지 물건들이 우르르 쏟아졌다. 노인들은 눈빛을 반짝이며 쏟아진 물건들을 뒤적거렸다. 하지만 이게 웬일인가, 들떴던 분위기가 한순간에 푹 가라앉아 버렸다.

「아니, 이게 뭐야? 고작 콤팩트하고 머리빗들이잖아?」

메르타의 입에서 거의 신음에 가까운 소리가 새나왔다. 갈퀴도 불평을 털어놨다.

「내가 쓸 남성용 특별 립스틱은 있지도 않네? 참 고맙구먼. 누구였지, 처음에 금고를 털자고 한 사람이? 뭐가 들어 있을 거라고 했지?」

「그래도 휴대폰 몇 개는 있네. 이거라도 팔면 몇 푼 건지겠

122

는데. 여길 봐요. 금팔찌도 몇 개 있고 시계도 있는데.」안나그레타가 떠들어 댔다.

「이거 가지고는 교도소에 들어가기 힘들겠는데⋯⋯.」한숨을 내쉬며 메르타가 말했다.

「그건 둘째치고, 나눠 가질 것도 없잖아.」계산을 마친 스티나가 말했다.

「이 팔찌는 제법 묵직한데, 18케이로 만든 거라면 돈이 좀 될 거고, 이 시계는 보아 하니 10만 크로나는 받겠는걸.」안나그레타가 물건들을 뒤적거리며 덧붙였다.

「이건 콤팩트 케이스인데, 금으로 만든 것 같아.」메르타가 물건들을 밀어 내고 밑에 숨겨져 있던 작은 상자를 꺼내며 말했다. 정성 들여 세공을 해서 한눈에 봐도 값이 나갈 것 같은 물건이었다. 콤팩트를 열고 닫는 장치가 너무 작아서 메르타가 몇 번 시도해 봤지만 끝내 열지 못했다.

「그거 내가 가질래⋯⋯. 누구 가져갈 사람이 없다면⋯⋯.」그 콤팩트를 본 안나그레타가 다른 사람이 나설 시간도 없이 메르타의 손에서 콤팩트를 잽싸게 가로채며 말했다. 스티나가 안나그레타에게 눈을 흘겼다.

다시 침묵이 흘렀고, 각자 뭐 가질 것이 없나 계속 물건들을 내려다보고 있었다. 그러나 없었다. 많은 노력을 기울였지만 값나가는 것은 없었다. 도둑질은 성공했지만 건진 건 하나도 없었던 것이다. 장물이라고 할 만한 것이 없었다.

「자, 이번 건은 시험 삼아 해본 걸로 쳐. 로빈 후드도 처음부터 성공하지는 않았을걸, 아마.」스티나가 쌓여 있는 물건들을 뒤지다 손톱이 상했는지 주먹을 쥔 채 손톱을 내려다보며 서

글픈 표정으로 말했다.

「이까짓 머리빗들을 훔치려고 우리가 도둑이 됐다고? 기가 막히군.」 갈퀴가 말했다.

「이번에 우린 잡동사니들을 훔치느라고 너무 큰 위험을 감수했어. 그래 맞아. 하지만 다음번에는 크게 한탕 하자고. 인질도 몇 사람 잡고 말이야.」 안나그레타가 심하게 휜 지팡이를 흔들어 보이며 선언하듯이 힘줘 말했다.

「인질을 잡자고?」 모두들 인질이라는 말에 놀란 표정이었다.

「그래, 인질. 인질을 잡아서 몸값을 요구하는 거야.」

메르타가 나섰다. 「맞아. 나도 그런 거 여러 번 읽었어. 그런데 인질을 잡으면 제압을 잘 해야 하거든. 우리에게 그럴 힘이 있는지 모르겠어. 우리가 인질들을 마구 두들겨 팰 수 있겠어?」

「따귀도 몇 대 못 올려붙일걸!」 스티나가 말했다.

「왜, 딴지도 걸어 넘어뜨리고 하시지…….」 갈퀴가 빈정거리는 투로 말했다.

아무도 웃지 않았다. 웃을 상황이 아니었다. 샴페인을 몇 잔씩 들이켰지만 분위기는 무겁기만 했다.

「프런트에 가서 가장 돈 많은 부자들이 언제들 오는지 물어볼 수도 있을 거야.」 이제까지 이야기를 듣고만 있던 천재가 입을 열었다.

「왜? 정말 납치라도 하시려고? 클린턴이나 푸틴이 오면 어떻게 하려고? 한번 보고 싶은데.」 갈퀴는 계속 엇나갔다.

「그러면 우리 이렇게 하면 어떨까. 우리가 묵었던 스위트룸에 비밀 카지노를 여는 거야. 스위트룸이니까 우선 화려하고 사람들이 의심을 하지 않을 거 아냐. 도둑질도 하고 노름 속임

수도 쓰고 해야 감옥에 갈 수 있어. 도둑질만 해가지고는 부족해.」메르타가 아이디어를 냈다.

「어이구, 그러다가 조금 더 있으면 사창가를 열겠다고 하시겠군. 조금이라도 현실성이 있는 제안을 해봐, 제발.」안나그레타가 오랜만에 옳은 소리를 했다.

「사기도박은 나쁜 생각은 아니야. 하지만 그래 봤자 형을 받아도 집행 유예가 될 거야.」천재였다.

「그 말이 맞아. 철창에 갇힐 시간을 계산해서 거기에 맞는 도둑질을 잘 골라서 해야 해. 이왕이면 시설 좋은 교도소가 좋겠지만.」메르타의 말에는 스위트룸 맛을 못 잊겠다는 느낌이 배어 있었다.

「이야기들을 듣고 있자니 모두들 범죄를 저지르는 것이 식은 죽 먹기인 줄 아는 모양이야!」스티나가 손톱에서 작은 줄톱을 떼면서 한숨을 내쉬었다.

「그건 아냐. 우린 지금 시간이 없어. 스파에서 도둑질을 한 것 때문에 경찰이 우리를 부르기 전에 앞으로 어떻게 할지 결정해야 하거든.」메르타가 말했다.

「바르브로가 우릴 찾고 있을지도 몰라, 어쩌면.」

뾰족한 수를 찾지 못한 긴 토론으로 모두 지쳐 가고 있었다. 잠시 후 다섯 명의 노인 강도단 단원들은 조용히 각자의 아지트를 찾아 흩어졌다.

마지막으로 메르타가 모두에게 한마디 했다. 「절대 포기하지 마. 밤이 스승인 거야. 조용한 밤이 오면 생각도 오는 거야. 내일 아침이 되면 우린 뭔가 해결책을 찾을 수 있어.」

잠시 눈을 붙인 메르타는 한밤중이었지만 느닷없이 잠에서 깨어났다. 가슴이 마구 뛰었다. 심장 박동이 가라앉으려면 꽤 시간이 걸릴 것만 같았다. 목이 말라 물을 한 잔 마셔야 했기에 누워 있던 침대에서 힘들게 몸을 일으켰다. 물을 들이킨 메르타의 주름진 얼굴에 환한 미소가 떠올랐다. 메르타의 심장이 마치 모루를 내려치는 망치처럼 쿵쾅거린 것도 결코 놀랄 일이 아니었다. 다 이유가 있었던 것이다. 비록 여든 살 먹은 노파의 쭈글쭈글한 머리였지만 몸이 잠시 잠이 든 사이 끊임없이 생각에 생각을 거듭한 끝에 마침내 아무 소리 내지 않고 그녀가 부딪친 그 까다로운 문제를 풀 수 있는 해결책을 찾아낸 것이다. 지금 메르타는 확신할 수 있었다. 유괴를 하는 것이다. 그러나 현대적 방식의 새로운 유괴였다! 해결책을 찾았다는 기쁨을 억누를 수가 없는 메르타는 밤새 잠을 잘 수가 없었다.

18

수영장에서 아침 시간을 보내려고 스파로 내려가던 다섯 명의 노인들은 그곳의 출입이 통제되고 있다는 것을 알았다. 장갑과 줄자를 든 경찰관 몇 명이 서로 이야기를 나누며 분주하게 왔다 갔다 하고 있었다.

이 광경을 본 스티나가 몸을 돌리며 말했다. 「방에 올라가서 목욕이나 하는 게 좋을 것 같아. 난 올라갈래.」

안나그레타도 스티나 뒤에 바싹 붙어 종종걸음을 치며 말했다. 「난 방에다 슬리퍼를 두고 나왔네. 올라갈게, 나.」 두 할머니와 합류한 갈퀴까지 세 사람은 엘리베이터에 올라탔고, 뒤에 남은 메르타와 천재는 잠시 그대로 머물러 있었다. 메르타는 경찰들이 조사를 하는 모습을 유심히 관찰하면서 무엇보다 경찰관들이 모두 장갑을 끼고 있다는 점을 눈여겨보았다. 장갑을 낀 이유는 물론 DNA와 지문 때문이었다. 지문이 있으면 아무리 날고 기는 도둑이나 사기꾼도 빠져나갈 수가 없다. 메르타는 지문을 조심해야 한다는 것을 잘 기억해 두기로 했다.

프린세스 릴리안 스위트룸에서 콘티넨털식으로 아침을 먹

은 후 노인들은 다시 모여 요점들을 정리했다. 모두 긴 의자에 편안하게 자리를 잡고 앉자, 메르타는 네 번째 초콜릿을 게걸 스럽게 먹어 치운 다음 다섯 번째 초콜릿을 손에 들고 마저 먹 어도 되는지 어떤지 눈치를 보고 있었다. 하지만 다른 단원들 에게 모범을 보여야 한다는 생각에 마음을 바꿨다. 메르타도 어쩔 수 없이 호텔의 호사스러운 분위기와 생활에 이미 익숙 해져 가고 있었고(특히 아침에 나오는 페이스트리 빵과 과자 들은 참기 어려웠다) 적지 않게 걱정이 되었다. 이러다가는 감 옥에 들어갔을 때, 자신은 물론이고 다른 단원들도 자칫 감옥 생활에 익숙해져 버릴 수도 있는 것이다. 하지만 메르타는 이 런 걱정을 일절 입 밖으로 내지는 않고 혼자 속으로 간직하고 있었다. 다른 노인 친구들의 사기를 지레 꺾어 놓을 필요는 없 었다.

천재가 먼저 입을 열었다.

「오늘 아침에 혹시 라디오 들은 사람 있어요? 노인들이 실 종되었다는 신고가 접수되었다거나, 혹은 뭐 그 비슷한 것을 듣지 않았어요?」

「노인들을 누가 신경이나 쓰나, 없어지거나 말거나지.」

잔치 같은 것을 치르고 나면 그다음 날 유난히 우울해하는 버릇이 있는 스티나가 말했다. 메르타가 나서야 했다.

「어제 형편없는 물건들을 건졌다고 너무 낙담할 필요가 없 어. 오히려 우린 첫 시도가 성공한 것을 축하해야 해. 정말 우 리가 봐도 잘 해냈잖아. 어제 일은 훈련이었던 거야.」

이 말을 들은 갈퀴는 속으로 생각했다. 〈저 할망구는 정말 불굴의 여인이야…….〉

「어쩌면 우린 아직 수사 대상에 오르지 않았을 거야. 그리고 호텔도 설사 알았다고 해도 이야기를 쉬쉬 덮어 버리고 말걸. 그래봐야 호텔 이미지만 나빠지거든.」 천재가 말했다.

「바르브로가 아직 실종 신고를 하지 않았다면, 그럴 수도 있어.」 스티나였다. 자신이 실종되었음에도 누구 하나 걱정하는 사람이 없다는 것에 은근히 기분이 상해 있던 터였다.

「그 여자, 소장이랑 어디로 도망갔을걸. 자신 있게 말할 수 있어. 지금쯤 그 두 사람은 어디 아무도 모르는 곳에 숨어 달콤한 시간을 보내고 있을 거고 우리가 요양소에서 나와 사라진 줄은 꿈에도 모르고 있을 거야.」 갈퀴가 분석과 종합을 다 했다.

「갈퀴, 고작 상상한다는 것이…… 소장이 부러운가 보지!」 안나그레타가 손가락을 들어 거의 위협을 하며 말했다.

메르타가 나서 두 사람의 언쟁을 막았다. 「그만들 해! 우린 지금 다음에 취해야 할 행동을 논의하기 위해 여기 모인 거야. 다시 말해 누구도 해치지 않으면서, 우리 금고를 가득 채울 돈을 모을 수 있는 방법을 위해서. 내가 제안을 하나 할 테니까, 잘들 들어 봐. 이 호텔 근처에서 납치를 하는 거야.」

이 말을 듣는 순간 모두 숨을 멈추었고 갈퀴는 겁에 질린 표정이었다. 「여기에 왕궁이 있어! 저 할망구 정말 완전히 정신이 나갔구먼!」

「멍청하긴, 그게 아니야. 왕궁에 들어가자는 게 아니란 말이야. 만일 그랬다간 모르긴 몰라도 10년 이상 썩어야 할걸. 단지 아주 작은 유괴 사건을 하나 저지르자는 것뿐이야. 1년, 아니면 길어야 2년 정도 형을 살 수 있는 것으로. 그러면 우린 감

129

옥을 제대로 경험해 볼 수 있어. 어쩌면 우린 지금 감옥을 너무 좋게만 생각하고 있는 것인지도 몰라. 사람들이 우리 노인 요양소를 높게 평가하듯이. 우리 생각처럼 그렇게 좋지 않다면 우린 감옥에 갈 필요가 없어. 요양소를 옮기면 그만이지.」

「말도 안 되는 소리 하지 마!」 모두 합창으로 메르타에게 대들었다.

「우린 더 좋은 요양소를 고를 수 있어. 강도질만 성공하면 그럴 수단도 손에 넣을 수 있어.」

「그러자면 우린 정말 크게 한탕 해야 될걸. 돈만 따진다면 말이야.」 문득 매달 나오는 요양소 비용 명세서가 생각난 안나 그레타가 메르타의 말을 가로막고 나섰다.

이어 다양한 노인 주거 시설 이야기들이 나왔고 요양소 이외에 퇴직 연금으로 갈 수 있는 다른 장소가 있다면 어떤 것들이 있을지 설왕설래했다. 몇 사람은 화가 난다는 듯이 정치하는 놈들을 가장 형편없는 요양소로 보내 살아 보게 해야 한다는 말도 했고, 그건 너무 가혹하다는 동정론도 나왔다. 무엇보다 만일 정치가들을 요양소로 보내면 저녁 8시 이후로는 꼼짝 못 하게 되니 텔레비전에 나와 흥미진진한 정치 논쟁을 하지 못할 수 있다고도 했다.

다시 메르타가 나서서 이야기의 방향을 잡아야만 했다. 「자, 그런 이야기들 그만하고, 다시 본론으로 들어가지. 내가 이상적인 강도 사건을 하나 구상해 봤는데, 들어 봐.」

테이블 주위로 다시 묵직한 침묵이 흘렀다. 이번에는 갈퀴도 귀 기울여 들으려고 했다.

「여기서 50미터만 가면 어림잡아 10만 점의 미술 작품이 있는 국립 박물관이 나와.」 모두들 느닷없는 박물관 이야기에 귀를 쫑긋했다. 메르타는 그런 청중을 바라보며 의기양양해져서 말을 이어 갔다. 「어때, 나를 따라올 거야? 거기 있는 그림 중에서 3백만에서 4백만 정도 나가는 것을 하나 골라 훔치는 거야. 그러면 1년이나 길어야 2년 정도 철창신세를 질 수 있어.」

박수가 나올지도 모른다고 생각했지만 박수를 치는 사람은 없었다. 그러나 메르타는 사람들의 눈빛에서 자신이 이제 막 한 제안이 불러일으킨 관심을 읽을 수 있었다.

누구보다 천재가 가장 먼저 질문을 던졌다. 「거길 어떻게 들어가려고?」

「아주 간단해. 사소한 사고를 하나 쳐. 그사이 우리 중 몇 사람이 박물관으로 들어가서 그림을 한두 점 들고 나오는 거야.」
메르타가 답하자마자 안나그레타가 이의를 제기했다.

「그림을 훔친 사람들이 빠져나오지 못하면?」

「바로 그래서 경비원들의 주의를 다른 데로 돌려야지.」

「전시실에서 나체로 스트리킹을 하는 것은 어떨까?」 이번에는 갈퀴의 말이 빈정대는 투가 아니었다.

「우린 그럴 나이가 지났어, 이 늙다리 변태 양반아.」

안나그레타가 쏘아붙였다. 하지만 스티나의 의견은 달랐다.

「그런 소리 마. 우리도 아직 남의 시선을 끌 만해. 물론 나는 절대로 홀딱 벗고 박물관을 뛰어다니지는 못하지만 말이야.」
메르타도 스트리킹은 반대였다.

「게다가, 옷을 홀딱 벗어 버리면 그림을 숨겨 갖고 나올 방도가 없어. 그건 안 돼. 그래서 내가 다른 방법을 하나 생각해 봤는데……」

메르타가 채 말을 마치기도 전에 걱정이 되었는지 천재가 얼른 끼어들었다. 「메르타가 생각하는 것처럼 그렇게 간단한 일은 아닐 거야. 예를 들면, 메르타는 지금 감시 카메라를 염두에 두지 않았거든.」

「감시 카메라는 우리가 모두 가릴 거야. 그리고 나서 그림을 벽에서 떼어 내서 조용히 그리고 당당하게 나오는 거야. 전혀 그림을 훔치지 않은 것처럼 하면서.」 말을 마친 메르타는 배에 차고 있던 전대에서 순수 감초 뿌리만 갖고 아주 독하게 만든 사탕 봉지를 꺼냈다. 단것을 먹지 말아야 한다는 것을 잘 알고 있었지만 간혹 조금씩은 먹어도 큰 탈은 없었다.

「누구 먹고 싶은 사람 없어?」 메르타가 테이블 위에 사탕 봉지를 놓으면서 말했다. 모두 사양했다.

「마치 그림을 훔치지 않은 것처럼 한다고? 자꾸 딴청 부리지 말고, 좀 자세히 설명을 좀 해봐, 답답해 죽겠네.」 서서히 인내심이 바닥나 가던 갈퀴가 말했다.

「그림을 떼어 낸 다음에, 내 보행기에 싣는 거야. 그리고 외투로 그림을 가려.」

「경보음이 막 울려 댈 텐데, 브루노 릴리에포르스[7]를 외투로 가려서 갖고 나온다고?」 갈퀴가 너무 놀라 천장을 올려다보면서 벌어진 입을 다물지 못하고 있었다.

「너무 그렇게 비관적으로만 보지 말아 줬으면 좋겠어, 갈퀴씨.」 메르타가 쏴붙였다.

「누군가 외투 속에 있는 거, 그게 뭐냐고 물으면 뭐라고 대

7 Bruno Andreas Liljefors(1860~1939). 프랑스 인상주의와 아르누보의 영향을 받아 주로 야생 상태의 자연과 동물이나 사냥 장면을 많이 그린 스웨덴 화가.

답해?」스티나가 물었다.

「꼭 대답을 할 필요가 있을까?」메르타가 말했다.

「그건 그렇다고 치고, 경보 장치가 되어 있지 않은 그림을 어떻게 알지?」천재가 점점 구체적인 질문을 하기 시작했다. 아닌 게 아니라 그는, 메르타가 이야기하는 동안 경보 장치의 전류를 차단하는 방법을 생각해 보고 있던 중이었다.

메르타가 답했다. 「렘브란트와 반 고흐에는 있어. 또 고갱에도 달려 있을걸. 하지만 부코브스키스[8]에서 아주 비싸게 팔린 칼 라르손[9]에는 없을 것 같은데.」

「아, 부칸 경매 회사!」안나그레타가 아는 척을 하고 싶어선지, 경매 회사를 짧게 줄여서 흔히 부르는 이름을 대며 끼어들었다. 「그러니까, 대단한 가치가 있는 그림을 훔쳐서 부코브스키스에다가 팔겠다 이거지. 잘 안 될 텐데, 그거. 너무 많이 알려져서 말이야.」

「그래서 나는 다른 방법을 또 하나 강구해 봤어. 우린 보통 도둑들처럼 단순히 그림을 훔치는 것이 아니야. 우리는 그림들을 유괴하는 거야. 그림은 아무런 손상도 입지 않을 거야. 우린 그림에 손도 안 대. 국가가, 그러니까 국립 박물관이 그림을 되찾기 위해 우리에게 돈만 주면 되는 거야. 대충 몇백만 크로나 정도의 돈을.」

테이블 주위에 모인 사람들의 입에서는 〈오! 오!〉하는 탄성이 흘러나왔다. 갈퀴도 메르타가 이것저것 많이 생각했다는

8 Bukowskis. 1870년, 폴란드인인 헨리크 부코브스키가 스웨덴 스톡홀름에 설립한 스칸디나비아 최고의 예술 경매 회사.

9 Carl Larsson(1853~1919). 조각 이외의 모든 조형 테크닉에 능했던 스웨덴 예술가로 프랑스 예술 숭배자이자 반(反) 아카데미 성향의 진보적 예술가였다.

133

것을 인정하는 눈치였다.

「수백만 크로나라…… 아, 우리 메르타가 말하면 왜 이렇게 모든 일이 다 쉬워 보이지! 하지만 국가는 일하는 속도가 아주 느린데…….」 안나그레타가 말했다.

「안나그레타의 말이 맞아. 하지만 기부 제도라는 것이 있어. 일을 빨리 진행하려면 국립 박물관 후원회를 통해야 해. 우리에게 돈을 주는 곳은 거기야. 내가 장담할 수 있어. 박물관에 걸려 있는 그림들은 국보급이거든.」

「좋은 의견 같기는 한데, 과연 실제로 할 수 있을까?」 스티나가 다른 사람들을 쳐다보면서 의심쩍어 하는 눈치를 보였다.

스티나는 새로운 모험을 하는 데 갈수록 흥미를 붙여 가고 있었다. 그랜드 호텔의 스파에서 스티나는 정말 짜릿한 모험을 맛보았고, 그래서인지 그보다 더한 것도 할 준비가 되어 있다는 야릇한 자신감을 갖고 있었다.

메르타가 구체적인 세부 계획을 말하기 시작했다.

「우선 가장 비싼 그림들이 어디에 걸려 있는지를 알기 위해 약도를 작성해야 해. 또 경보 장치의 위치와 감시 카메라의 위치도 파악해야 돼. 그런 다음 우리가 걸리지 않고 몰래 지나갈 수 있는 동선도 모두 그려 봐야지. 그뿐만 아니라 만일의 경우에 대비해서 비상구 같은 것들도 알아 두어야 할 거야. 천재 씨, 혹시 공책 같은 거 없어?」

쭉 말을 듣고 있던 갈퀴는 뭔가 할 말이 있는데 참고 있다는 듯이 입을 다시며 침을 삼키고 있었다. 그는 잘 알고 있었다. 언제까지나 호텔에 머물 수는 없다는 것을. 물론 그도 요양소로 돌아가느니 차라리 시설 좋은 감옥이 낫다는 데에는 전적으로 동의하고 있었다. 그는 감초 사탕을 하나 꺼내 입에 넣고 빨아 먹으면서 말했다.

「어때, 오늘 저녁 다 함께 모여서 긴장도 풀 겸, 영화나 한 편 보지. 그러면 내일 조금 더 힘이 나지 않을까?」

메르타는 갈퀴의 제안을 반대하고 싶었지만 따지고 보면 모든 사람들이 좋은 기분을 유지하는 것도 좋은 일이었다. 약간의 오락과 긴장 완화에는 나쁠 것이 없을 것 같았다. 메르타는 땅콩과 초콜릿 그리고 「오리엔트 특급 살인」과 「레이디 킬러」 두 편의 영화를 가져다 달라고 주문했다.

「우리에게 영감을 줄지도 모르잖아, 이 영화들이.」

메르타가 말했다. 스티나는 메르타가 늘 다른 사람들에게 설명을 해주어야 한다고 생각하는 것 같아 조금 짜증이 나고 겁도 났다. 메르타가 눈치챘는지 스티나를 안심시키려고 입을 열었다.

「스티나 할머니, 살인하는 것을 배우자는 게 아니라 범죄가 어떻게 이루어지는지를 보자는 거야.」

그다음 날 메르타와 천재는 수많은 관람객들 사이로 국립 박물관의 전시실들을 답사했다. 그림들 앞에서 예술의 향기에 취해 이것저것 적는 척하는 사이, 천재는 전혀 다른 것들을 열심히 공책에 적었다.

「경비원들이 우릴 눈여겨보고 있는 것 같아.」 메르타가 천재 어깨 너머로 경비원들을 흘금흘금 쳐다보며 말했다.

「그런 것 같아? 만일 혹시라도 우리에게 다가와 뭐하는 거냐고 물으면, 우리가 예술가라고 답해, 알았지?」

「그래, 그러면 모든 게 설명이 되겠군.」

「그래, 그러면 다는 아니지만 대부분 설명이 되겠군.」 천재는 미소를 지으며 농을 건넸다.

메르타는 걱정이 되었다. 처음 예상했던 것보다 조금 복잡해 보였기 때문이다. 거의 도처에 경보기와 감시 카메라가 설치되어 있었다. 방마다 빨간 불이 깜빡이고 있었다. 게다가 전혀 예상하지도 않은 곳에도 경비원이 있었다. 목적을 달성하기 위해서는 정말 주도면밀한 준비가 필요했다.

전시실들을 둘러보면서 메르타는 완벽한 절도 계획을 짜야하고 그뿐만 아니라 언제 어떻게 잡혀갈지 모르니 그 점 또한 주의를 게을리해선 안 되겠다고 생각했다. 만에 하나 박물관에서 잡혀가면 감옥에 들어가려던 계획에 막대한 차질이 불가피할 것이기 때문이었다. 사실 정말 심각한 문제는, 그랜드 호텔에서 다들 너무나 잘 지내고 있어서 아무도 거길 나가고 싶어 하지 않는다는 것이었다. 어쨌든, 지금 그랜드 호텔에 만족해서는 절대 안 되었다. 메르타의 뇌리에는 자꾸 격언과 속담들이 떠올랐다. 그중 하나가 〈돈이 사람 눈을 멀게 한다〉는 것이었다. 이 비유가 그렇게도 빨리 자신들에게 적용되어 현실이 되다니! 메르타는 겁이 났다.

천재가 공책에 메모를 끝내면 두 사람은 그다음 방으로 이동했다. 어디를 가나 높은 천장의 전시실은 인상적이었지만 그림들을 높은 곳에다 걸어 놓지 않고 낮게만 걸어 놓으면서 왜 높은 천장이 필요한지 메르타는 의문이 들었다. 메르타는 많이 걷기도 했지만 이것저것 생각하느라 너무 피곤해 잠깐 쉬려고 전시실에 마련된 긴 의자에 가서 앉았다. 그림들을 관찰한 것만이 아니라 경보 장치들의 위치도 모두 확인했다. 막연하지만 절망감 같은 것이 몸을 타고 올라왔다. 경비원들은 모두 휴대폰만이 아니라 워키토키도 갖고 있었다. 그들은 조금만 이상이 발생해도 곧 경찰을 부를 것이다. 하지만 이게 다가 아니었다. 간과하기 쉽지만, 흔히 〈인간적인 측면들〉이라고 부르는 위험 요소들이 있었다. 경비원들은 매일 일한다. 늦게든 일찍이든 그들도 정신을 집중했다가 긴장을 풀어야만 할 것이다. 그러면 어디론가로 가서 커피라도 한잔하지 않겠는가? 천재가 와서 메르타 곁에 앉으면서 두 손을 깍지 껴서 배 위에 올려놓았다.

「일이 될 것 같아. 경비원들은 큰 문제가 아니야.」 천재가 소리를 낮추어 지나가는 투로 말했다.

「그래? 천재 씨와 함께 있는데 안 될 리가 없지. 당신 참 낙천적인 사람이야.」 메르타는 갑자기 찾아온 희망에 한껏 부풀어 올랐다.

그때 천재가 메르타의 손을 잡았다.

「아냐, 낙천적인 사람은 내가 아니라 메르타인걸. 약속할 수 있어. 우린 성공할 거야. 함께 성공하자고! 나한테 작은 생각이 하나 있는데, 이리 와봐, 내가 일러 줄게.」

천재는 자리에서 일어나 메르타가 일어나는 것을 도와주었다. 두 사람은 기획 전시실로 향했다. 그곳의 경비는 다른 곳보다 조금 허술해 보였다.

19

　카샤는 전화기를 내려놓으면서 번호판을 노려봤다. 그렇게
라도 하면 전화를 받을 것만 같았다. 벌써 전화를 셀 수 없을
정도로 걸었지만, 바르브로는 계속 받지 않았다. 관리인 자리
를 차지한 바르브로가 지나가는 말투로 바캉스가 좀 길어질
지도 모른다고 말을 한 것도 같았지만 비정규직인 카샤로서는
귀담아듣지도 않았고 또 그 말이 무엇을 뜻하는지도 알 수가
없었다. 예전에는 이런 일이 한 번도 없었다. 늘 전화해서 물어
보면 지침을 주었고 그러면 그대로 하면 됐다. 그런데 어떻게
해야 할지 지침이 절실한 지금 그녀 곁에는 아무도 없었다. 카
샤는 공동실을 바라보며 깊은 한숨을 내쉬었다. 한 노부인이
이불을 갖고 와 바느질을 하고 있었고 두 노인이 장기를 두고
있었다. 합창단 노인들은 아직도 돌아오지 않았고 카샤는 걱
정이 태산 같았다. 합창단 노인들은 일종의 흥겨운 놀이패 같
아서 요양소의 다른 노인들에게 웃음을 선사하곤 했었지. 그
들이 보이지 않자 오직 침묵과 지루함만이 요양소를 지배하고
있었다. 카샤는 천재로 불리는 할아버지 생각이 났다. 아무도

자신을 이해하지 못한다고 하면서 늘 뭔가를 뚝딱거리고 만들고 있었지. 또 뱃사람 노래를 잘 부르던 갈퀴 할아버지도 생각이 났다. 분위기 반전에 기여하곤 했던 안나그레타 할머니의 유난스러운 고음도 생각났다. 그러고 보니 카샤는 자신이 이 노인들을 그리워하고 있다는 것을 알았다. 갈퀴 할아버지는, 금지된 일이었지만 발코니에서 여러 가지 풀들을 가꾸고 있었어, 맞아. 그러자 카샤는 갈퀴 할아버지가 키우는 풀들에 물을 주던 스티나 할머니도 떠올랐다. 갈퀴 할아버지를 눈에 안 띄게 슬쩍 바라보던 할머니 눈빛도 떠올랐다. 할머니가 할아버지를 좋아하고 있는 것이 확실하다고 카샤는 생각했다. 그러면 할아버지의 방문을 노크하기 전에 거울을 보며 화장도 했을 것 아닌가? 간단히 말해, 스티나 할머니는 안나그레타 할머니와는 완전히 다른 사람이었다. 안나그레타 할머니는 오직 찬 바람에 몸을 가리기 위해서 옷을 입었다. 안나그레타 같은 여자만 이 세상에 있다면 모르긴 몰라도 패션모델들은 모두 굶어 죽을 것이다. 아니 그 전에 디자이너들이 먼저 파산을 하고 말았을 것이다.

합창단 노인들은 대체 지금 어디에 있는 것인가? 카샤는 사무실에 들어가 혹시 어떤 정보라도 얻을 수 있는 서류가 있는지 찾아보았다. 바르브로가 메모를 남겼을지도 모를 일이라는 생각이 든 것이다. 하지만 허사였다. 바르브로는 아무것도 남기지 않았다. 합창단이 노래를 부르기 위해서 스트렝네스나 아니면 에스킬스투나에 갔다면 돌아와도 벌써 돌아왔어야 할 시간이었다. 합창단은 돌아오지 않았다. 그렇다면 카샤가 먼저 신고를 해야만 하나? 물론 그러면 이 노인 요양소 평판에 심각한 손상이 올 수도 있다.

카샤는 전화기를 잡았다. 하지만 경찰에 신고를 해야 할지 어떨지 아직 확신이 서질 않았다. 카샤는 고민 끝에 대신 인근의 종교 단체들에 혹시 노인 합창단이 방문했는지 여부를 알려 달라고 전화를 돌리기 시작했다. 교회 집사라면 나이 많은 노인들로 이루어진 합창단이 찾아와 음악회를 한다는 정도는 알고 있을 것만 같았다. 아, 그래요, 그런 일이 없었다고요? 두 시간 후 카샤는 수소문을 포기했다. 누구도 아는 사람이 없었다. 그렇다면 메르타 할머니와 다른 노인들이 음악회를 하러 나간 것이 아닌가? 카샤는 정말 걱정이 이만저만이 아니었고 지금 즉시 신고를 해야겠다는 생각이 들었다. 수화기를 든 손이 부들부들 떨렸다. 마음을 진정시키려고 해봤으나 신호음이 가는 소리가 들리자 손은 더욱 떨렸고, 노인 한 사람이 나간 것이 아니라 다섯 사람이 함께 사라졌으니 그나마 불행 중 다행이라는 생각이 퍼뜩 들자 조금 안도가 되기도 했다. 뜻하지 않게 무슨 일이 일어나도 서로 도울 수 있을 것 아닌가……

카샤는 깊이 숨을 들이마시며 심호흡을 하고 나서 최대한 차분하게 시의 한 노인 요양소에서 다섯 명의 노인들이 사라져 행방불명 상태라고 신고를 했다.

박물관 답사를 마치고 돌아온 메르타와 천재는 얼른 강도단 전체를 모아 샴페인도 마시고 저녁을 먹으면서 보고를 해야 했지만, 너무 피곤한 나머지 우선 좀 오래 쉬어야만 했다. 두 사람은 많은 것을 느끼고 돌아온 것 같았다. 아주 짧은 시간이었지만 잠깐 눈을 붙이고 나니 기분이 훨씬 나아졌고 홀가분해진 것 같기도 했다. 그래서였을까, 음식을 주문할 때 천재는 실수로 세 가지 요리가 풀로 나오는 〈신혼부부용〉 메뉴를 고른 다음 결혼 축하 케이크까지 추가 주문을 하려고 했다. 실수를 알아차린 메르타가 얼른 주문 표를 지우고 다시 〈식도락가용〉 칸에 체크를 했다. 잠시 후 두 사람은 〈우연한 농담은 없다〉는 말을 했다는 무의식의 발견자 프로이트를 떠올리며 얼굴을 붉히지 않을 수 없었다. 천재가 무의식적으로 〈신혼부부용〉 칸에 표시를 했다면 그것은 결국 천재의 가슴속 깊은 곳에서 신랑이 되고 싶어 했다는 것 아닌가? 메르타는 천재 쪽으로 눈길을 돌렸고 천재가 계속 자신을 바라보고 있었다는 것을 알았다.

천재가 모든 사람들의 잔에 샴페인을 따르고 병을 내려놓으면서 입을 열었다. 「밑에 있는 서재로 내려가서 신문들을 훑어보았는데, 우리에 관한 뉴스는 전혀 없었어. 하지만 경찰관들처럼 보이는 사람들이 몇 명 있더군. 사복을 입고 있었는데, 같은 체육관에 다니는 사람들처럼 체격이 똑같았고 심지어 면도기도 같은 것을 쓰는지 모두 깨끗하게 면도를 한 얼굴들이었어. 그 사람들이 호텔 직원들에게 이것저것 묻고 있었어.」

경찰? 이 한마디에 분위기가 싸늘하게 변하면서 모두들 불안해했다. 어쨌든 우리 다섯 노인들은 여전히 공공질서를 유지하는 공권력을 존중하고 있었던 것이다. 훔친 물건들은 모두 구두와 양말 속에 넣어 벽장 깊숙한 곳에 숨겨 두었다. 구두, 양말? 장물들은 얼마나 보잘것없는 곳에 있었던 것인가! 하지만 이들은 얼마나 할 일이 많았던가. 지금 당장만 해도 다음 강도 짓을 모의해야 했다.

「천재 씨와 나, 우리 두 사람은 오늘 박물관을 답사하고 돌아왔어. 박물관이 몇 군데 취약점을 갖고 있다는 것도 알아냈어.」

후식까지 다 먹은 메르타가 입을 열기 시작했다. 천재가 메르타에게 눈길을 보내면서 계속하라고 용기를 북돋아 주었다. 메르타의 말이 끝나자마자 갈퀴가 후식에 포크를 갖다 대다가 갑자기 탄성을 질렀다.

「우리 너무 멋있지 않아! 곧 또다시 새로운 한탕을 하다니 말이야!」

스티나는 입가에 묻은 코코아 거품을 살짝 닦아 냈고 안나그레타는 몸을 앞으로 숙였다. 메르타가 계속 말을 이어 갔다.

「상황을 정리해 볼게. 박물관에서는 곧 새로운 기획 전시회가 열리는데 그 제목이 〈악과 선〉이야. 잠깐 팸플릿을 먼저 훑어봤는데 정말 비윤리적이고 에로틱한 그림들 투성이었어. 도저히 보아줄 수 없는 음란한 것들도 많았어.」

「내가 가서 감시를 해야겠군, 내가 제격이니 말이야.」 갈퀴였다.

메르타가 계속 말했다. 「전시실들을 다 둘러봤는데, 아침 이른 시간에는 사람이 그리 많지 않았고, 그래서 내 생각에는 그 시간에 경비원들이 대부분 이 기획 전시실에 있을 것 같아.」

이 말을 들은 사람들이 고개를 으쓱해 보였다.

「바로 이때를 노리는 거야, 우리는. 팀을 짜서 움직이면 충분히 그놈들 주의를 분산시킬 수 있을 거야. 확실해.」

이번에도 모두 메르타의 말에 동의를 표했다. 메르타가 앞서 한 말이 영향을 주었다는 증거였다.

「안나그레타는 이번에 아주 중요한 임무를 맡아 줘야 해. 네덜란드 회화실로 가줬으면 좋겠어. 지팡이를 들고 렘브란트 그림들 중 한 작품 앞에 가서 서 있어. 그러다가 몸을 앞으로 숙이면서 지팡이를 들어 올려 그림을 가리키는 척하면 경보기 광선이 막히게 돼.」

「하지만 내 지팡이는 완전히 휘어졌는데. 알잖아, 호텔 사우나에서 그만…….」

「그래. 알고말고. 그러니까 더욱 잘된 거야.」

「경보기 광선을 막으면 경보 소리가 막 울릴 건데.」

「바로 그거야. 소리가 나라고 광선을 막고 서라는 거야. 지금은 세세한 것까지 다 말할 수는 없어. 오늘은 대략의 계획만 말하려고 해.」

「그래, 그게 좋겠어. 내일 또 이야기하면 되지, 뭐.」 스티나가 말했다. 손톱에 매니큐어 칠하는 것을 깜빡 잊고 있다가 이제 막 생각이 난 참이었다. 자러 가기 전에 스티나는 꼭 손톱을 매만져야 했다.

메르타가 다시 말했다. 「박물관에는 전시실이 아주 많고 모든 전시실에 감시 카메라가 설치되어 있어. 그런데 내가 살펴보니까, 인상주의 회화실에 있는 감시 카메라 밑에 제법 커다란 가습기가 설치되어 있었어. 이 가습기를 밟고 올라가서 카메라 렌즈에다가 검은 물감을 뿌리는 거야. 충분히 사람이 올라갈 수 있는 높이거든. 이 일을 하기에는 키도 작고 몸도 가벼운 스티나가 제격이야.」

「뭐라고, 나보고 그걸 하라고?」

「그래. 아니면 또 쓰러지는 연기를 할 참이었어?」

「하긴 기절하는 것이 훨씬 쉽지…….」 갈퀴가 놀려 대고 있었다. 「내가 그 카메라를 맡을 수 있어. 그냥 카메라에다 아무거나 갖다가 가려 버리는 것이 더 간단하지 않을까?」

「아냐, 됐어. 내가 할게. 갈퀴 씨는 더 중요한 일을 해야 할 거야.」 스티나가 말했다.

메르타가 다시 하던 말을 이어 갔다. 「자, 그럼 결정한 거야. 안나그레타는 네덜란드 회화실에 가서 경보음을 울리게 하고 내가 신호를 보내면 스티나는 그때 카메라에 물감을 뿌리는 거야. 천재 씨는 그때 그림을 매달고 있는 줄을 끊어. 내가 그림 앞에 서서 가려 줄 테니까. 다들 알았지.」

다섯 사람의 노인들은 온갖 제스처를 써가며 거의 동시에 말을 해댔다. 그리고 길고 긴 토론이 이어졌으며 최종 결론은 이렇게 긴 과정을 거쳐야만 했다. 이제 작전 계획은 마련되었지만 아직도 몇 가지 풀어야 할 문제가 남아 있었다.

천재가 입을 열었다. 「다 좋은데, 이렇게 해서 훔친 그림을 어떻게 들고 나오지? 그림을 들고 계단을 뛰어 내려올 수는 없잖아!」

「아니야, 엘리베이터를 탈 거야. 그런데 엘리베이터가 작아서 큰 그림을 훔치면 안 돼. 작은 사이즈의 그림을 공략해야 해.」

「보호되지 않은 그림이어야 하고 또 작아야 한다……..」

스티나는 훔친 그림을 보행기에다 실을 생각을 하며 나름대로 궁리를 해보았다. 메르타가 다시 말했다.

「스티나의 말이 맞아. 릴리에포르스나 렘브란트의 대형 그림들은 처음부터 우리가 찾던 그림이 아니었어.」

「칼 구스타프 필로의 〈구스타브 3세의 대관식〉도 우리가 못 훔쳐.」 안나그레타가 예의 그 낭랑한 고음으로 말했다. 저명한 법률가였던 안나그레타의 아버지는 유르스홀름에 있는 집에 가치 있는 그림들을 여러 점 갖고 있었다. 어린 시절 안나그레타는 그런 아버지에게서 예술에 대해 제법 많은 것을 배웠다. 대학교를 다닐 때에는 전시회 개막식은 물론이고 그 외에도 여러 전시회를 쫓아다니곤 했다. 은퇴 후에도 안나그레타는 예술사 강의를 들으면서 예술 감상 실력을 키웠다. 필로의 구스타브 3세…… 이 그림은, 하나님 맙소사, 가로 세로가 적어도 각각 5미터, 2미터는 되는 엄청난 그림이었다![10]

메르타가 다시 말했다. 「박물관이 소장하고 있는 그림들을 조사해 봤어. 그랬더니, 스트린드베리와 소른의 그림들은 크기는 작았지만 경보 장치가 잘 되어 있고 또 벽에 아주 튼튼하게 붙어 있어서 엄두도 낼 수가 없어. 반면에 다른 그림들은 그냥 감시 카메라만 있거나 손으로 눌러야 작동하는 경보기만 달려 있었어. 아무 경보 장치도 없는 그림도 있었고.」

「아주, 아주 잘됐군, 그렇지?」 스티나였다. 스티나는 기뻐하며 자신이 나눠 받을 돈으로 사고 싶은 것을 생각하고 있었다. 스티나는 립스틱과 손톱 줄을 늘 여기저기 흘리고 다녀서 작은 메이크업 박스가 하나 필요했다. 예를 들면 아주 예쁜 색깔의 티타늄 메이크업 박스 같은 것…….

저녁 식사는 피아노 반주를 곁들인 노래자랑 시간이 되어 버렸다. 모두 잠시 쉰 다음, 이번에는 카드놀이를 시작했다. 갈퀴는 한 손에 맥주잔을 든 채 진짜 돈을 걸고 브리지 게임을

---

10 칼 구스타프 필로Carl Gustaf Pilo의 「구스타브 3세의 대관식The Coronation of King Gustav III of Sweden」(1782~1793)은 미완성으로 남아 있는 그림이며, 실제 크기는 가로, 세로 각각 5.3미터, 2.9미터다.

하자고 제안했다. 이 말을 들은 안나그레타는 언젠가는 다들 크로이소스 왕[11]처럼 부자가 되겠지만 지금은 모두 돈이 없다고 지적했다. 그 점에 대해 모두들 맞는 말이라고 인정했다. 그러자 기분이 상한 갈퀴는 스티나의 귀에 대고 뭔가 속삭였다. 두 사람은 젊을 때 핀란드에서 여름휴가를 보낸 적이 있었고 그때 핀란드 말을 조금 배워 둔 것이 있었다. 카드를 치던 갈퀴는 가사를 바꿔 가며 핀란드 노래를 불렀다. 하지만 이렇게 가사를 바꿔 부른 것은 자신이 쥐고 있는 카드 패를 스티나에게 알려 주기 위한 것이었다. 스티나도 똑같이 했다.

두 사람의 가사 바꿔 부르기를 보고 있던 천재가 투덜댔다. 「난 5개 국어를 할 수 있어. 당신들 지금 핀란드어로 노래를 부르는데, 어디 한번 해보시지. 터키어, 그리스어로도 한번 불러 보시지. 아니면 내가 아는 다른 언어로 부르던지!」

스티나와 갈퀴는 핀란드 민속 가요는 참 독특해서 비슷한 다른 말을 찾을 수가 없고 꼭 핀란드어로만 불러야 한다고 입을 모아 항변을 늘어놓았다. 그날 저녁 내내 두 사람은 이렇게 노래를 부르면서 판돈을 싹쓸이해 갔다. 하지만 그날 판돈이라는 것은 정말 보잘것없는 것이었는데 사실은 돈이 아니라 안나그레타가 냉장고에 넣어 둔 피스타치오들이었다. 그걸 동전처럼 사용한 것이다. 심심해진 갈퀴가 영화나 보자고 부추겼다. 사람들은 잘 만든 미국 갱 영화인 「대 은행 강도The Great Bank Robbery」를 보러 가자고 했는데, 잡혀 들어온 강

11 Kroisos(B.C. 595~B.C. 547). 고대 그리스 리디아 왕국의 전설적 왕으로 특히 현재 터키 일대의 강에서 채취한 사금을 이용해 축적한 막대한 재산으로 유명하다.

도들이 모두 탈출에 성공하는 영화였다. 메르타와 천재는 영화를 보는 내내 꼼꼼하게 메모를 했지만, 안나그레타는 앉자마자 곯아떨어졌다. 조금 지나자 이 할머니의 코 고는 소리는 고음에 강점을 지닌 그녀의 노랫소리에 가까워졌고 그러자 모두들 잠을 자러 갈 시간이 되었다고 자리를 털고 일어났다.

천재의 공책에는 이것저것 잡다하게 쓰여 있어서 도무지 알아볼 수가 없었다. 십자말풀이와 스도쿠같이 생긴 것은 말할 것도 없고 그 외에도 가로세로로 긴 줄들이 여러 개 마구 그어져 있었다.

천재는 만족한 미소를 지으며 메르타에게 눈을 찡긋해 보이면서 말했다. 「만에 하나, 경찰이 이 공책을 손에 넣는다고 해도 아무것도 못 알아볼 거야. 거짓 정보를 여기저기에다 뿌려 놓았거든.」

메르타는 웃음을 참을 수가 없었다.

몇 시간 후, 천재는 잠이 깼다. 아주 이른 시간이었지만, 일찍 찾아오는 북유럽의 새벽 햇살이 창문 커튼을 뚫고 들어오고 있었다. 몸이 떨려 왔다. 그런데 갑자기 갈퀴 목소리가 들리는 것 아닌가! 분명 갈퀴였다. 목이 쉰 칼칼한 친구 할아버지의 목소리가 문 앞에서 외쳐 대고 있었다. 천재는 달려가 문을 열었다.

「온몸이 얼어붙는 것만 같아.」 갈퀴가 담요와 그로그 같은 거 있으면 얼른 가져다 달라는 것이었다. 천재가 럼주에 설탕과 레몬을 넣은 그로그 한 잔을 건네자 갈퀴는 깜빡하고 창문을 열어 놓고 잠이 들었다고 말했다. 기온이 떨어져서 잠을 자는데 자꾸 추워졌고, 창문을 열어 놓고 잠이 든 것도 모른 채 이불 속으로만 파고들다가 그만 감기가 걸린 것이다. 밖의 기온이 영하로 떨어진 것을 모르고 있었던 것이다. 호텔 라디에이터가 금방 차갑게 얼어붙었다. 호텔에서는 새벽 1시경이면 라디에이터의 불을 끄는 모양이다. 갈퀴가 잠을 자다 깨어났을 때, 마룻바닥에 물이 흥건했고⋯⋯.

「그래서 내가 막 소리를 쳐댔어. 〈지금 떠내려가고 있어요. 떠내려간다고요. 어서 다리 위로 피해요.〉나도 문 쪽으로 얼른 뛰어갔어.」갈퀴가 그로그 잔을 비우면서 대체 뭔 소리인지 갈피를 잡을 수 없게 횡설수설했다. 멀쩡한 호텔 라디에이터 이야기를 하다가 갑자기 홍수는 또 뭔 이야기인지⋯⋯.

「자네도, 참.」

「아니야, 진짜라니까! 그래서 내가 프런트를 막 불렀어. 한데 이놈들이 도무지 내 말을 안 믿는 거야. 자네처럼. 홍수가 난 것을 그놈들이 봤다면 꼴상들 하고 볼만했을 텐데, 영 내 말을 믿질 않아, 글쎄.」

「자넨 그 이야기를 정말 믿고?」

천재가 하품을 하며 반문했다. 갈퀴가 다시 잔을 내밀었다.

「조금만 더 줘. 그리고 따뜻한 실내화 있으면 좀 빌려줘.」

「안 돼, 술은. 그만하면 됐네. 이제 가서 자야지.」

갈퀴는 이야기하는 것을 좋아하는 사람이었다. 빈 잔을 바라보며 지금도 그 유혹과 싸우고 있는 것 같았다.

「정말 진실이 허구를 이길까? 자, 그러지 말고 한 잔만 더 줘.」

천재는 단호하게 머리를 저었다.

「어서 가서 자고, 아침에 다시 봐. 무엇보다 몸부터 챙겨야지. 우린 강도 짓을 하기로 되어 있잖아.」

「내가 그걸 모르는 줄 알아. 그래서 나도 잠이 안 오는 거라고. 라디에이터 이야기는 내가 참 잘 지어냈지, 그렇지? 덕분에 그로그 한 잔 얻어 마셨잖아.」

「갈퀴, 어서 돌아가, 이제 눈 좀 붙여!」

「미안하이, 방해해서. 자네 역시 못 자고 있을 것 같았어.」

「나도 잠을 못 자고 있다가, 막 잠이 들었던 참이었어.」

「그랬구먼. 미안해. 라디에이터 이야기는 진짜야. 18세기 옛날 어느 날, 여기서 진짜로 있었던 이야기야.」

「갈퀴, 이제 제발 가줘, 응?」

친구 할아버지가 나가자 천재는 문을 한참 동안 물끄러미 바라보았다. 자신이 모든 행동 지침을 다 지킨다고 해도, 다른 노인네들이 일을 망쳐 놓을 수도 있었다. 우선 제일 문제아인 스티나를 믿을 수가 없었다. 그런데 이제 갈퀴까지 신경을 써야 하게 생긴 것이다.

20

국립 박물관은 정말 어마어마한 건물이었다! 메르타는 위풍당당한 계단을 바라보면서 자신이 작다는 것을 느끼지 않을 수가 없었다. 안에는 칼 라르손의 「스웨덴 국왕 칼 12세의 장례식」을 비롯해 대형화들이 즐비했다. 그래서일까, 자신이 지난 10년간 일어난 미술품 도난 사건 중에서도 가장 큰 사건이 될 중대한 범죄를 저지르려 한다는 사실이 한층 마음을 착잡하게만 했다. 메르타는 체육 교사로 지내다 은퇴를 했지 결코 도둑이 아니었다. 노인네들이 지혜를 모아 가며 아주 작은 부분에 이르기까지 정확하게 시간에 맞춰 움직일 수 있도록 계획을 세웠지만, 예상치 못한 작은 실수 하나가 모든 일을 그르칠 수도 있었다. 하지만 각자가 취해야 할 동작들을 여러 번 반복해서 연습한 것을 되돌아보면 그래도 조금은 마음이 놓였다. 이제, 하나도 잊지 말고 그대로 행동으로 옮겨야 했고 무엇보다 침착해야 했다. 메르타는 표를 사기 위해 매표소로 갔다. 박물관은 이제 막 문을 열었다. 강도단은 서로 이야기를 나눈 끝에 일부러 이 시간을 택한 것이다. 그래야 시간이 지날

수록 몰려드는 관람객에게 크게 방해받지 않고 작전을 펼칠 수 있기 때문이다. 또 노인들의 가정에 따르면, 스티나가 말한 대로, 박물관이 막 문을 연 시간은 경비원들의 컨디션이 〈최고조〉에 달하지 않은 시간대이기도 했다.

「안녕하세요, 부인. 혹시, 추우세요?」 메르타가 장갑을 끼고 있는 것을 본 매표소 여직원이 물었다.

「류머티즘 때문에, 죽겠어……」 메르타는 웃으면서 답하고 표를 받아 얼른 자신을 기다리고 있는 친구들 쪽으로 갔다.

메르타는 다시 한 번 계단을 올려다보았다. 계단만 해도 그 자체로 웅장한 기념물이었다. 하지만 메르타는 속으로 은근히 욕이 나왔다. 왜 그림들을 저렇게 높은 곳을 올라가야 볼 수 있게 한 거야, 빌어먹을…… 여기 입구같이 낮은 층에다 걸어 놓으면 어디 덧나! 친구들에게 표를 나눠 주고 한 사람씩 검표기에 표를 집어넣고 다시 빼 받으면서 모두 박물관 안으로 들어가 엘리베이터 앞에 모였다.

천재가 사람들을 둘러보며 말했다. 「한 번에 모두 탈 수가 없어.」

「보행기를 갖고 있는 사람들이 먼저 올라가는 게 좋을 것 같아.」 메르타가 제안했다. 먼저 위로 올라가서, 박물관에 처음 온 다른 할머니들을 어떻게 통제해야 할지 가늠해 보고 싶었던 것이다.

엘리베이터는 뭔가에 닿은 것처럼 긁히는 소리를 내면서 아주 천천히 올라갔고 성질 급한 사람이 탔다면 두 층을 올라가는 시간이 영원처럼 느껴졌을 것이다. 메르타는 서서히 흥분을 느끼면서 갈퀴가 아래층에 〈고장〉 팻말 걸어 놓는 것을 잊지 않기를 바라고 있었다. 강도들의 세계에서는 아주 오래된 작은 수법이었지만 꽤 효과가 있었다. 천재는 이 〈고장〉 팻말을 컴퓨터로 만들어서 두꺼운 골판지 위에 풀칠을 해 붙인 다음 윗부분에 두 개의 구멍을 뚫어 가는 실을 꿰어 걸 수 있도록 했다. 메르타는 하나하나 세세하게 준비하던 천재를 보면서 자랑스러웠다. 계획대로라면 갈퀴가 아래층, 엘리베이터 근처에서 망을 보기로 되어 있었다. 물론 갈퀴는 이 일을 마음에 들어 하지 않았다. 하지만 메르타가 모든 작전의 성공이 그의 손에 달렸다고 일러 주자 찌푸렸던 인상을 펴고 임무를 받아들였다.

스티나와 안나그레타는 임시로 마련된 기획 전시실로 향했다. 많은 논쟁을 불러일으킨 「악과 선」 전은 다음 날 정식 오픈 예정이었다. 메르타는 경비원들이 대부분 그곳에 가 있을 것으로 예상하고 있었다. 정식으로 일반 관람객들을 받기 전에 그곳에 먼저 들어가 흘깃거리며 그림들을 구경할 거라고 생각한 것이다.

대형 전시실로 들어가니, 예상했던 대로 아직 아무도 없었다. 곧바로 움직여야만 했다. 심하게 휜 지팡이에 몸을 의지한 채 안나그레타는 왼편으로 돌아가 네덜란드 회화실 쪽으로 갔고, 그사이 다른 사람들은 인상주의 회화실 쪽으로 움직였다. 가능한 한 소리를 내지 않으면서 이동하려고 노력했고 천재가 가공하지 않은 유채 기름을 얻어다가 보행기에 칠을 한 덕분에 거의 아무 소리도 나지 않았다. 몇 발자국 걷던 스티나가 갑자기 멈춰 섰다.

「이런 제기랄, 내 약을 잊고 왔어!」

「지금 꼭 먹어야 되는 거야, 그 약들?」 메르타가 조금 걱정되는 눈으로 물었다.

「혈압 약이거든.」

자신의 부주의가 약간 창피한 듯한 표정을 지어 보이며 스티나가 말했다. 천재가 나서서 달랬다.

「너무 걱정하지 마. 여기 오래 있지 않을 거거든. 금방 호텔로 돌아갈 거야. 게다가 아주 중요한 임무를 맡았잖아.」

메르타는 자신의 보행기를 내려다보기도 하면서 약간 거리를 두고 천재 뒤를 따라갔다. 언젠가 메르타는 보행기의 철제 뼈대가 너무 튼튼하게 제작되어 있어서 놀란 적이 있었다. 궁금해하던 차에 몇 번 망설이기는 했지만 언젠가 천재한테 왜 보행기 옆에 다는 제동기를 그렇게 넓적한 쇠파이프로 만들었느냐고 물어본 적이 있었다.

「그 안에 내 연장들이 들어 있어.」 천재가 환하게 웃으면서 답을 했었다.

그랬다. 천재는 그 안에 가위 등 절단과 재단을 하는 도구들을 넣어 두었다. 잠시 후 그들은 인상주의 그림들과 19세기 프랑스 회화 작품들이 걸려 있는 곳 앞에 도착했다. 그러자 잠시 동안이었지만, 메르타는 자기가 지금 박물관에 와 있는 이유를 깜빡했다. 메르타는 세잔, 모네, 드가의 광팬이었다. 드가의 황금색 무희 그림을 보는 순간 문득 저걸 훔쳐서 천재에게 선물로 주고 싶다는 생각이 들자 그때서야 자기가 강도라는 것을 깨달았다. 드가의 그림은 다행히도 너무 무거워서 훔칠 수가 없었다. 계속 앞으로 나갔다. 「악과 선」 전시실 입구를 지나

쳤다(메르타는 〈악과 선〉인지, 아니면 〈악과 미〉인지 전시회 제목이 계속 헷갈렸다). 전시실 안에서 시끄럽게 떠드는 소리가 웃음소리에 섞여 흘러나오고 있었고 메르타는 누드화를 보는 것이 그렇게 즐거운 일인지 자못 놀라지 않을 수 없었다. 어쨌든 누드화로 경비원의 주의를 돌릴 수만 있다면야······.

메르타와 천재는 서로 눈빛을 주고받은 후 재빨리 모네와 르누아르의 작은 작품들 앞으로 나갔다. 프랑스 인상주의 화가들의 작품을 연구하는 척하는 두 사람의 시선은 아무도 눈치채지 못하게 위에 있는 케이블을 향하고 있었다. 이곳에 설치된 케이블은 철제 케이스로 다시 감싸 놓지는 않았지만 케이블 자체가 꽤나 두꺼웠다. 메르타는 외투를 벗어 자신의 보행기를 덮은 후 천재 곁으로 바짝 다가갔다. 그사이 스티나는 왼쪽으로 조금 물러나 자리를 잡았다. 천재는 신속한 손놀림으로 메르타가 가린 보행기 속으로 손을 집어넣어 제동기의 상단부를 돌려 푼 다음 절단기를 꺼냈다. 그러면서 스티나를 보고 거의 들리지 않는 목소리로 속삭였다.

「스티나, 조금만 더 날 가려 줘.」

「잠깐, 우선 카메라 렌즈부터 하고.」 스티나가 렌즈 쪽으로 접근하면서 말했다. 그런데 며칠 전까지 있던 가습기가 보이지 않았다. 발로 밟고 올라설 것이 없었던 것이다. 뭐 다른 게 없나 찾던 스티나의 눈에 커다란 전기 단자함이 눈에 들어왔다. 잘됐다 싶어 스티나는 전선을 빼버리고 단자함을 갖고 다시 돌아와 천재 곁에 놓고 밟고 올라가 발뒤꿈치를 들고 섰다. 그 와중에도 스티나는 가능한 한 우아한 자세를 취하려고 노력하고 있었다.

「이제, 안나그레타가 네덜란드 회화실에서 경보음을 울리는 것을 기다리기만 하면 돼.」스티나와 천재는 만반의 준비를 끝냈지만 차분하게 있기가 여간 힘들지 않았다. 입술이 바싹바싹 말라 왔고 스티나는 손톱을 물어뜯었다. 그러고도 한참을 기다렸다. 마침내 경보음이 요란스럽게 울렸고 천재는 절단기를 첫 케이블에 댔다. 그와 거의 동시에 스티나가 들고 있던 핸드백을 허공으로 던지며 쓰러졌다.

「아이고, 하나님 맙소사. 지금 쓰러지면 안 되는데……. 나를 가려 주고 있어야지…….」당황한 메르타가 소리도 못 치고 어쩔 줄 몰라 했다.

「스티나 다리를 좀 들어 올려. 그러면 좀 나아질 거야.」천재가 첫 번째 케이블을 절단하면서 말했다.

「하지만 난 천재 씨를 카메라에서 가려야 하잖아.」그러면서도 메르타는 안간힘을 써가며 스티나의 다리를 조금 끌어당겼다. 다시 몇 번의 절단기 소리가 들리더니 르누아르의 작품 「대화」가 흔들리면서 자칫 그대로 바닥으로 떨어질 것만 같았다. 건들건들하던 그림을 간신히 잡아 바닥으로는 떨어지지 않았다. 두 사람은 얼른 그림을 메르타의 망토 속으로 감췄다. 다른 방에서도 경보음이 요란하게 울렸다. 하지만 경보음이 들리지 않아 한결 조용한 인상주의실에 있던 메르타는 묘한 기분이 들었다. 이 인상주의실의 경보 시스템은, 처음 답사 때 알았지만, 요란스럽게 울리는 대신 전혀 소리를 내지 않고 경찰서로 바로 연결되도록 만들어진 장치였다. 이런 이유로 두 사람에게는 몇 분의 여유가 더 생긴 셈이었다. 천재는 서둘러 그림을 떼어 낸 빈 자리에 준비한 팻말 하나를 붙였다. 〈점검 중〉.

르누아르의 그림으로서는 잘된 일이다. 쉬게 되었으니 말이다. 이제 스헬더 강 어귀를 그린 모네의 그림만 남게 되었다. 그들은 오른편으로 방향을 바꿔 이번에는 모네 그림을 공략하기 시작했다. 메르타는 천재가 액자를 걸고 있던 마지막 두 개의 줄을 절단하는 모습을 지켜보고 있었다. 그 두 줄마저 끊겼고 천재는 준비한 세 번째 팻말을 꺼내 빈 자리에 걸었다. 이제 천재도 지친 것 같았고 어서 가자고 말했다. 메르타도 그러고 싶었다. 하지만 이럴수록 자기 자신을 잘 통제해야만 했다. 그때였다. 평소 사용하지 않던 문들이 열리면서 경비원들이 여러 명 달려왔다. 메르타가 간신히 그림을 외투 밑에 숨기자마자 경비원 하나가 그녀에게 다가왔다. 재빨리 메르타는 스티나 위로 몸을 숙이고 스티나의 두 발을 공중으로 들어 올리면서 외쳤다.

「정신 좀 차려 봐! 일어나 보란 말이야, 어서!」

경비원들이 우르르 몰려왔다.

「우리 좀 도와주세요. 어떤 남자가 이 할머니 핸드백을 훔쳐 가려고 했어요. 그 소매치기는 저리로 막 뛰어서 도망갔어요.」 메르타는 손가락으로 네덜란드 회화실을 가리키며 거의 울부짖듯이 말했다. 경비원도 무척 당황한 기색이 역력했는데 메르타가 친구를 일으켜 세우는 척을 하자 도와주었다. 힘을 합쳐 두 사람이 겨우 스티나를 일으켜 세웠고 그러자 스티나는 보행기를 짚고 겨우 몸을 지탱하는 척했다. 경비원은 핸드백을 주워 스티나에게 돌려주었다. 이때를 기다리고 있던 메르타는 다시 연극을 시작했다.

「아니, 여기서 뭐하고 있어요? 빨리 가서 그놈을 잡으란 말이에요. 저쪽으로 뛰어갔다니까, 저쪽으로!」 메르타는 스티나의 입을 두 손으로 가로막으면서 계속 소리를 질러 댔다. 〈수염을 기른 남자였다, 머리도 길게 길렀고, 아주 고약한 냄새가났다……〉 메르타는 계속해서 있지도 않은 소매치기가 도망갔다는 방향을 가리키며 고래고래 소리를 질렀다. 메르타의 보행기가 흔들거렸다. 조금 심하게 흔들리는 것 같았고 자칫하다간 언제 와르르 무너질지 몰랐다. 천재는 보행기가 감당할 수 있는 하중을 계산하기는 했지만 60킬로그램 이상을 견딜 것이라고는 보지 않았다. 메르타는 천재를 바라봤고 천재도 메르타의 그 위험천만한 모습을 봤다.

천재가 경비원에게 말했다. 「내가 돌보겠소, 내 아내예요. 난이 여자와 절대 떨어져 있을 수가 없어요. 아직도 충격에서 못벗어난 것이 틀림없어요.」

경비원도 동의했고 어찌해야 할지 몰라 허둥대다가 동료들이 있는 쪽으로 달려가 버렸다. 경비원이 사라지자 메르타는 고개를 돌려 모네의 그림이 있던 자리를 다시 한 번 쳐다봤다. 그런데 이게 웬일인가! 당연히 걸려 있어야 할 〈점검 중〉 대신, 손으로 쓴 〈곧 다시 돌아오겠음〉이 걸려 있는 것 아닌가!

「하나님 맙소사, 이건 스티나가 잠깐 물건 사러 간다며 붙여두었던 그 팻말이잖아!」 메르타가 급히 외쳤다. 메르타는 팻말을 떼어 내려고 했으나 때마침 관람객들이 우르르 몰려들어오고 있었다.

「메르타, 지금은 어떻게 할 수가 없어. 빨리 엘리베이터를 타야 해!」 천재가 하소연을 하며 메르타를 붙잡았다.

「하지만 저 팻말…….」

「아무도 몰라, 누가 저걸 붙여 놨는지. 어서 가자고, 빨리!」

메르타는 침을 꿀꺽 삼키고 깊이 숨을 들이마셨다. 그리고 애써 태연한 표정을 지어 보였다. 두 사람은 보행기를 밀고 엘리베이터 쪽으로 갔고 그들 바로 뒤로 스티나가 바싹 붙어 따라왔다. 메르타가 스티나에게 캐러멜을 하나 건넸다. 엘리베이터 앞에 왔을 때는 스티나의 얼굴에 다시 화색이 돌고 있었다. 메르타는 힘내라고 하면서 스티나를 다독거리며 문을 열고 먼저 그녀를 앞장세웠다. 두 점의 인상주의 명화를 실은 보행기도 함께 엘리베이터에 올라탔다. 그리고 내려가는 버튼을 힘 있게 눌렀다. 이제 안나그레타를 기다리는 일만 남았다.

아래층에 있던 갈퀴가 엘리베이터가 내려오는 소리가 들리자 재빨리 〈고장〉이라는 팻말을 걷어 내고 문을 열었다.

엘리베이터에 올라탄 갈퀴는 일단 엘리베이터 문을 잠근 다음, 그림들을 스티나의 보행기에 옮겨 싣지 않고 — 그러기에는 너무 시간이 많이 걸렸고 남의 눈에 띌 위험도 있었다 — 대신 보행기를 통째로 바꿔치기하기로 했다. 보행기를 바꿔치기한 갈퀴는 이어 메르타 외투를 걷어 내고 자기 외투를 벗어 재빨리 보행기를 덮었다. 그리고 메르타의 외투로는 엘리베이터를 타고 다시 올라가야 할 보행기를 덮었다. 그는 아주 조심해서 다시 엘리베이터 문을 열고 그림들이 실려 있는 보행기를 밀고 천천히 뒷걸음을 치며 내렸다. 그의 뒤로는 스티나가 따라오면서 아무도 없다고 일러 주었다.

「자, 이제 다시 고장이 났다고 해야지!」 갈퀴는 중얼거리며 〈고장〉이라는 팻말을 다시 엘리베이터 문 앞에 놓았다. 그런 다음 갈퀴는 스티나에게 의미 있는 미소를 지어 보이고 호주머니에서 빗을 꺼내 머리를 빗어 넘겼다.

「자, 이제 갑시다!」 갈퀴가 앞장서서 박물관 입구를 향해 나갔고 그 뒤를 스티나가 자기 것보다 더 좌우로 흔들리는 불안하기만 한 메르타의 보행기에 몸을 의지한 채 따라갔다. 인상주의 명작들을 실은 채.

정말 끔찍한 소리였다! 도저히 견딜 수 없는 소리였다. 안나그레타는 경보음이 이렇게 요란하게 울릴 줄은 꿈에도 생각지못했다. 그녀는 렘브란트의 「하녀」를 아주 조금 건드리기만했을 뿐이다! 그런데도 그 지옥 같은 소리가 터져 나온 것이다. 비록 경보음은 일부러 작동시킨 것이지만 안나그레타는너무나 놀라고 겁이 난 나머지 바닥에 쓰러져야 한다는 자기임무도 잊고 말았다. 하지만 온몸을 가누지 못하고 자기도 모르게 털썩 바닥에 주저앉아 그대로 쓰러지고 말았다. 무슨 일인지도 모른 채 경비원들이 도둑놈을 잡기 위해 우르르 안나그레타 쪽으로 달려왔다. 안나그레타 위로 몇 명이 막 덮치려고 할 때서야 그들은 바닥에 쓰러져 있는 사람이 다 늙은 파파할머니인 안나그레타임을 알아차렸다.

「그만해, 할머니야, 할머니!」 제일 먼저 도착한 경비원이 다른 경비원들을 제지하면서 소리쳤다.

「미안해요. 대체 뭔 일이죠? 내가 왜 여기 쓰러져 있죠? 모르긴 몰라도 미끄러진 모양이에요.」 안나그레타는 경보음을꺼보려고 하는 제스처를 취하며 애써 일어서 보려고 했다. 물론 다 연극이었다. 경비원들 중 한 사람이 안나그레타를 도와

일으켜 세워 주면서 지팡이를 주워서 건넸다.

「어 지팡이가 완전히 휘어져 버렸네.」

「아, 그래서 내가 넘어진 것인가 봐요. 정말 이렇게 신세를 져서 미안해요, 총각들.」

경비원들도 한순간에 일어난 일들에 놀라 어리둥절해하며 다시 눈을 돌려 낯선 도둑놈을 찾기 시작했다.

「저 경보음 좀 끄면 안 될까요?」 안나그레타가 두 손으로 귀를 막으면서 애원했다. 경비원 하나가 경보음을 끄려고 달려갔고 나머지들은 그 자리에 그대로 남았다. 안나그레타는 옷에 묻은 먼지를 털었다.

「혹시, 할머니, 수염을 기르고 긴 머리를 한 남자 하나가 막 뛰어가는 것을 못 보셨어요?」 경비원 중 한 사람이 물었다.

「아닌 게 아니라, 그렇게 비슷하게 생긴 사람 하나를 조금 전에 봤어. 겉으로 보기엔 착하게 생겼던데. 하지만 난 넘어지는 바람에 그 사람이 어디로 갔는지는 못 봤어.」

이 말을 들은 경비원의 얼굴에서 미소가 사라졌다.

「착하게 생겼다고요?」

「그래, 맞아요. 내 아들놈 또래였어.」

「다시 아까 그곳으로 돌아가 봐야 할 것 같은데.」 경비원들이 중얼중얼 이야기를 나누고 있었다. 안나그레타가 물었다.

「아니, 왜 그래요? 도둑놈이었어요?」

「아직 도둑맞은 것은, 우리가 알기로는, 아무것도 없어요.」

「그럼 잘 됐네요.」 안나그레타가 지팡이에 몸을 기댄 채 말했다. 하지만 안나그레타가 다시 넘어지려고 하자 경비원 한 사람이 얼른 다가와 쓰러지기 직전의 할머니를 붙잡았다. 「아무래도 지팡이 하나 새로 사야 될까 봐, 그렇지요? 이건 정말 너무 위험해.」

「아무래도 그러셔야 할 것 같네요, 할머니. 그때까진 아주 조심하셔야 해요.」 경비원 하나가 안나그레타의 팔을 잡으면서 말했다. 「이렇게 하니까 좀 괜찮으세요?」

안나그레타는 고개를 끄덕여 그렇다고 답했다.

「그 수염을 기른 남자를 보면 우리에게 알려 주세요, 할머니. 우린 저쪽에 있을 거예요.」 경비원이 손가락으로 임시 기획 전시실을 가리키며 말했다.

「아, 그럼 물론이지. 재미들 보게나.」 자기도 모르게 안나그레타의 입에서 뜬금없는 소리가 나와 버리고 말았다. 안나그레타는 얼른 도와줘서 고맙다고 하면서 엘리베이터 쪽으로 갔다. 안나그레타는 서둘렀다. 의심을 살 만한 일은 전혀 하지 않았기를 간절히 바라면서 얼른 박물관을 나가고 싶었을 뿐이다. 엘리베이터 앞에 오니 메르타와 천재가 기다리고 있었다. 얼마나 반가운지, 얼마나 마음이 놓이는지, 눈물이 날 것만 같았다. 메르타는 갈퀴가 준 보행기를 자신의 외투로 덮어 놓고 있었다. 여기까지는 모든 것이 다 순조로웠다.

「어서 가자, 서둘러.」 메르타가 말했다. 세 사람이 엘리베이터에 오르자 메르타가 1층 버튼을 눌렀다. 1층으로 내려오자 세 사람은 주위를 둘러보았다. 한 관람객이 막 엘리베이터에 오르려고 해서 잠깐 기다렸을 뿐, 곧 모두 밖으로 얼른 나왔다. 천재는 〈고장〉이라고 쓴 팻말을 집어 들었다. 하지만 곧 생각을 바꿔 다시 그 자리에 놓았다. 박물관 문 앞에 거의 왔을 때 메르타는 외투를 걸쳤다. 바로 그때 경찰 몇 명이 박물관 건물 안으로 쏜살같이 뛰어 들어왔다. 경찰관들이 들어가도록 메르타, 천재, 안나그레타는 친절하게도 한쪽으로 비켜섰다. 세 사람은 천천히 계단을 내려왔다. 일단 완전히 밖으로 나온 세 사람은 오른쪽으로 방향을 틀었다. 그랜드 호텔로 가는 방향이었다.

두 번째 경찰차가 오고 있었는데 이 차는 박물관으로 가기 전에 노인 강도단을 볼 충분한 시간이 있었을 것이다. 박물관 안의 엘리베이터는 계속 〈고장〉이었고 경찰관들은 할 수 없이 계단을 이용할 수밖에 없었을 것이다.

21

샴페인은 이제 한 방울도 남지 않았고 딸기와 냉동 나무딸기도 완전히 동이 났다. 하지만 다섯 노인은 그 후에도 계속 빈 잔을 높이 들어 서로 부딪히며 노래를 불러 댔고 지치지도 않고 그림들 앞으로 다가가 한참 동안 뚫어져라 바라보곤 했다.

「아, 내가 진짜 르누아르를 만져 보다니! 이런 일은 꿈도 못 꿨는데……」 안나그레타가 조심스럽게 그림 한구석에 손을 갖다 대며 깊은 숨을 몰아쉬었다.

노인들은 하루 대부분을 아무런 결론도 얻지 못한 채 어떤 그림이 더 훌륭한지를 놓고 토론을 벌이며 보냈다. 메르타는 모네라면 사족을 못 쓰는 사람이었고 박물관에 모네 그림이 몇 점 더 있다는 것도 알고 있었다. 다시 한 번 다른 모네들을 훔치러 갈까 하는 생각이 잠깐 들기도 했지만 망상이었고, 또 이제까지 읽은 탐정 소설들을 보면 같은 범죄를 또 저지르는 것이야말로 가장 어리석은 일이기도 했다. 잡혀 들어가는 지름길이었던 것이다. 게다가 우선 훔쳐 낸 두 점의 몸값부터 받아 내야 했다. 메르타는 마음을 가라앉히고 발코니로 나갔다.

먼저 나와 있던 공범들이 신나게, 말 그대로 병나발을 불고 있었다. 그러면서 길에서 벌어지고 있는 일대 혼란을 모두들 가소롭다는 듯이 내려다봤다.

「정말 난리네, 난리야. 우리 때문에 저 난리라는 것 아니야.」 스티나가 밑에서 벌어지는 광경에 코멘트를 달았다. 국립 박물관으로 가는 길 대부분이 통제되고 있었고 차들도, 심지어 기자들도 들어가지를 못하고 있었다. 바리케이드들 너머 조금 멀리 떨어진 곳에서는 수많은 사람들이 모여 대체 뭔 일인가 하며 웅성웅성대고 있었다.

「하지만 우린 국립 박물관에서 어쨌든 도둑질을 한 것은 아니잖아, 그렇지 않아?」 안나그레타가 따져 묻듯이 말했다. 조금 억울하다는 투였다. 하지만 그러고 나서 안나그레타가 바로, 예의 그 말 울음소리 같은 고성을 질러 대는 바람에 모두들 진지했던 방금 전의 말을 의심하지 않을 수 없었다. 서서히 경찰차들이 빠져나가기 시작하자 발코니에 나와 있던 그림 도둑들에게도 갑자기 피곤이 찾아왔고 모두 안으로 들어갔다. 갈퀴와 천재 두 사람은 저녁을 먹기 전에 스파에 내려가 쉬고 싶었다. 두 할아버지가 목욕을 하는 동안, 할머니들은 스위트룸의 긴 의자에 우아한 자세로 몸을 파묻은 채 넓은 창문 너머로 펼쳐지는 멋진 스톡홀름 전경을 즐기고 있었다. 스티나는 수채화로 왕궁을 그리고 있었고 안나그레타는 스도쿠라는 숫자 퍼즐에 빠져 있었다. 메르타는 아무 걱정 없이 태평스럽기만 한 두 할머니를 부러워하면서 물끄러미 바라보고 있었다. 메르타는 쉽게 답을 찾을 수 없는 문제가 그녀를 붙잡고 놓아주질 않아서 도저히 긴장을 풀 수가 없었다. 〈그림값을 받기 전까지, 대체 저 그림들을 어디에다 숨겨야 하나?〉 이 질문이 한시도 그녀를 떠나지 않은 것이다. 젊었을 때 메르타는 한꺼번에 여러 가지 일을 계획하고 머릿속에 쌓아 두면서도 쉬고 놀고 했는데, 이젠 그럴 힘이 없었다.

메르타는 의자에서 일어나 침실로 들어갔다. 그림 두 점은 침대에 기대어 놓은 상태 그대로 있었다. 그림을 바라보고 있으면 좋은 아이디어가 떠오를까? 하지만 그림들을 바라보고 있으면 오히려 걱정만 더 커졌다. 그림을 훔치자고 한 것도 그녀 자신이었고 다른 사람들을 끌어들인 것도 그녀였으니, 현명하게 마지막 마무리를 해야 할 사람도 다른 사람이 아닌 바로 그녀였다. 〈그림들을 어디에다 숨겨야 하나?〉 하루 종일 경찰들이 박물관을 들어갔다 나왔다 하는 광경을 모두들 지켜봤다. 어쩌면 곧 증인들을 소환할지도 모른다. 이어 심문과 압수 수색 같은 것들이……. 탐정 소설을 탐독한 메르타였지만 마음을 놓을 수가 없었다. 영국 탐정 소설들은 재미있기는 했지만 경찰 수사를 배우거나 뭔가를 일러 주는 교본은 아니었다. 그림을 어디에다 숨겨야 하나 같은 생각이 맴돌면서도 한편으론 또 다른 작은 일 하나가 떠오르곤 했다. 처음 호텔에 왔을 때, 호텔 프런트 직원이 모두의 신용 카드 번호를 요구해서 일러 준 것이 께름칙하기만 했던 것이다. 호텔에서는 누가 프린세스 릴리안 스위트룸에 묵었는지 뿐만이 아니라, 각자의 통장에 얼마의 돈이 들어 있는지도 알 수 있는 것이다. 그러니 만일 매달 들어오는 연금 액수가 어느 날 갑자기 수백만 크로나로 늘어나면 분명 누구라도 의심할 것이 불을 보듯 뻔했다. 메르타는 자기도 모르게 한숨이 나왔다. 도둑질을 한다는 것은 결코 쉬운 일이 아닌 것이다.

「누구 혹시, 그림값 받을 돈을 어느 계좌에 넣어야 할지 생각 좀 해본 사람 있어?」 메르타가 여유만만한 두 할머니에게 질문을 던졌다.

「왜 그런 걸 우리에게 물어?」 안나그레타였다. 스도쿠 삼매경에 빠져 있던 그녀는 갑작스러운 질문에 놀라 정색하며 물었다. 그리고 말을 이어 갔다. 「모든 일을 계획한 사람은 메르타 아니었어? 다 알아서 한다고 폼을 잡을 때는 언제고…….」

메르타는 냉정을 잃지 않으려고 애써야 했다.

「이 호텔에 왔을 때 우리가 신용 카드 번호들을 다 호텔에 주었잖아. 그러니까 박물관에서 그림값으로 돈을 보낸다고 하면 어디로 보내라고 해야 하는지, 그게 좀…….」

「옛날처럼, 현금 수송할 때 쓰는 트렁크에 넣어서 보내라고 하면 안 될까?」 은행에서 일했던 안나그레타의 답이었다.

두 사람의 대화를 듣고 있던 스티나가 일의 앞뒤 순서가 틀린 것 같아 입을 열었다.

「아니 그 전에, 그림부터 숨겨야지.」

「그럴듯한 곳을 하나 찾았는데, 침대 밑에 숨기면 어떨까?」

「그건 너무 위험해. 호텔에서 진공청소기로 청소를 하잖아.」 메르타가 말했다.

「아니 이런 호텔에서도 진공청소기를 돌려? 절대 그러지 않을걸.」

「아니야. 그렇게 청소를 해. 이런 호텔에서도.」 메르타는 방을 이리저리 왔다 갔다 하면서 말하고 있었다. 「다른 방법을 찾아내야 하는데, 다른 방법을……. 가장 단순하면서도 아무도 생각할 수 없는, 그래서 가장 어려운 방법…….」

안나그레타가 듣기에 이 말은 애매모호할 뿐이었다. 스티나는 수채화를 그리다 말고 붓을 입에 물고 뭔가를 생각하는 것 같았다. 그러더니 갑자기 고개를 쳐들고 시 한 줄을 읊었다.

「경건한 입술에서 나오는 기도를 들으소서.」

「뭐라고?」

「칼 요나스 로베 알름크비스트[12]의 시야.」

메르타는 한숨을 내쉬고 다시 조금 큰 걸음으로 방 안을 왔다 갔다 했다. 부엌으로 갔다가 나와서는 서재로 갔고 다시 침실로 들어가는가 싶더니 어느새 응접실로 나왔다. 하지만 좋은 생각이 떠오르지는 않았다. 창가로 가서는 한참 동안 왕궁과 국회 의사당을 바라보고 서 있더니 다시 돌아섰다.

「우리는 이 세상에 얼마 없는 예외적인 사람들이지, 그렇지? 알고들 있었어? 세상에 도둑은 많지만, 우리는 감옥에 가는 것을 전혀 두려워하지 않는 아주 특이한 도둑들이잖아. 우린 지금 마지막 종점을 향해 가면서 단지 잠시 머뭇거리고 있는 것뿐이야. 그러니까 조금 더 큰 위험들도 감수할 수 있어. 그래서 말인데, 그림들을 바로 경찰들 코앞에다가 숨겨 놓으면 어떨까 싶은데, 어때? 다시 말해 경찰이 전혀 생각지도 못했던 그런 곳이고, 그림값을 보내기 전에는 절대로 그림을 찾을 수 없는 그런 곳 말이야.」

「알겠다. 그럼, 박물관에다 숨기는 거지!」 안나그레타가 소리쳤다.

「나 지금 농담할 기분 아니거든…….」 메르타가 정색을 하고

12 Carl Jonas Love Almqvist(1793~1866). 스웨덴의 작가, 작곡가, 시인.

말했다.

「우린 지금 멋진 그림을 두 점이나 갖고 있어. 이 진귀한 작품들을 활용하지 못할 이유가 없잖아.」 스티나가 수채화를 그리던 붓을 내려놓고 말했다. 스티나가 그리던 왕궁 수채화는 아직 완성되지 않았지만 어딘지 이발소 그림 분위기가 풍겼다. 스티나는 그림이 잘 안 되는지, 한숨을 내쉬며 그림 도구들을 챙겨서 손잡이가 긴 큼직한 가방에 넣었다. 그러더니 일어서서 선언하듯이 입을 열었다.

「내가 알고 있어, 그림을 숨길 장소를. 아무도 찾지 못하는 장소야. 나에게 조금만 시간을 줘. 그러면 내가 알아서 할게.」

메르타와 안나그레타는 어안이 벙벙해져서, 스티나가 가방을 둘러메고 방을 나가는 뒷모습을 물끄러미 바라보고만 있었다.

「어디 한번 맡겨 보지, 뭐. 혹시 알아, 이 고르디오스의 매듭 같은 문제를 저 할망구가 풀 수 있을지.」

「무슨 매듭이라고?」

안나그레타가 못 들었다는 듯이 귓바퀴 뒤에 손을 갖다 대면서 다시 물었다.

「고르디오스.」

「아, 그 매듭……」

22

갈퀴는 천재와 함께 사우나에 가서 스피커를 통해 흘러나오는 타악기 연주곡을 듣고 있었다. 초록색 불빛 아래 뜨겁게 달구어진 돌에서 증기가 끊임없이 올라오고 있었다. 갈퀴는 몸을 숙여 천재에게 동의를 구하는 눈빛을 보내면서 작은 물 양동이를 집어 들었다.

「조금 더 부어도 되겠지, 자네 생각은 어때?」

천재는 대놓고 안 된다고 하기가 뭐해, 입속으로 알아들을 수 없는 소리를 냈지만 갈퀴는 동의로 받아들였다. 물을 퍼서 다시 한 번 돌 위로 끼얹고 난 갈퀴는 얼굴 가득 만족한 표정을 지으며 몸을 크게 뒤로 젖혔다. 갈퀴는 일이 끝난 지금도 자신이 들었던 칭찬을 생각하면 여간 기분이 좋은 것이 아니었다. 한밤중에 천재의 방을 찾아갔다가 돌아온 후 갈퀴는 다시 잠이 들었지만 끔찍한 두통으로 중간에 다시 일어나야만 했다. 그때 갈퀴는 자칫 자신이 모두 함께 움직이기로 했던 그림 훔치는 일에 끼지 못할 수도 있다는 두려움을 느꼈다. 그날 밤, 그는 정신을 차리기 위해 찬물로 샤워를 하면서 몸과 마음

169

을 추슬렀다. 메르타는 이번 일이 성공한 것은 갈퀴의 공이 컸기 때문이라고 말했다. 사실 그렇지 않았는가. 이번 일에서 가장 큰 책임을 맡은 사람은 바로 자신이었다. 누구도 부정할 수 없는 사실이었다. 그가 없었다면 두 점의 그림을 박물관에서 빼내 올 수 없었을 것이다. 〈정글 북〉 노래가 좁은 사우나실에 울리고 있었다. 갈퀴는 노랫소리에 맞춰 흥얼거렸다. 그러나 사우나는 정글처럼 뜨겁지는 않았다.

「한 바가지 더 할까?」

갈퀴는 이번에는 몸을 굽혀 국자처럼 생긴 바가지를 하나 집어 들었다.

「아니야. 조심하는 게 좋아. 그러다 너무 뜨거워질 수도 있어. 누가 오래 견디나 사우나 챔피언을 뽑는 경기에 나온 것도 아니잖아.」천재가 달래듯이 말했다.

「그런 걱정일랑 붙들어 매시고. 여긴 핀란드의 진짜 사우나가 아니라, 묵은 때 좀 벗기는 곳이야.」갈퀴는 농담을 던지면서 다시 뜨거운 돌들 위로 물 한 바가지를 부었다. 수증기가 소용돌이를 치면서 솟아오르자 갈퀴는 두 손으로 얼굴을 가리면서 계속 중얼댔다. 「어쨌든, 이렇게 수증기를 보고 있으니 그때 사우나실 사건이 생각난단 말이야……」순간 갈퀴는 금고 생각이 문득 떠올랐다. 「금고 건은 어떻게 됐을까?」

「금고? 그 건은 잊기로 했어. 다 지난 일이고, 우린 르누아르, 모네를 훔쳤잖아. 이건 완전히 다른 건이야. 게다가 우린 총 같은 것은 전혀 쓰지도 않고 일을 해냈거든. 자네는 이제 명화 도둑이 된 거란 말씀이야. 자, 명화 도둑을 위하여, 건배!」천재는 캔 맥주를 높이 들었고 갈퀴도 맞장구를 쳤다.

너무 세게 캔을 부딪치는 바람에 맥주가 두 사람 얼굴 쪽으로 튀어 올랐다. 갈퀴는 인생 최고의 순간을 맞은 것만 같았다. 노인 요양소를 떠난 지 사흘밖에 지나지 않았지만 벌써 1년 동안 겪은 것보다 더 많은 일을 겪었다.

그때 누군가가 세게 문을 두드려 두 사람은 움찔했다.

「이것 봐요, 할아버지들. 어서 서둘러요. 얼른 밖으로 좀 나와 봐요, 어서. 보여 줄 게 있단 말이에요!」 소리를 질러 댄 사람은 메르타였다. 놀란 갈퀴는 두 팔을 들어 올리다 그만 맥주를 쏟고 말았다. 그러면서 투덜댔다.

「저런 할망구하고 자네가 잘 지내다니, 난 알다가도 모르겠어. 회초리를 들고 우리 모두를 막 몰아세우니, 나 원…….」

「내가 좋아하는 게 바로 그 점이야. 우릴 챙겨 주는 거잖아. 생각해 보게나. 메르타가 없었다면 우린 지금 여기 있을 수가 없어.」

갈퀴는 입을 닫았다. 정작 그가 생각하고 있었던 것은 다른 것이었다. 「하지만, 난 스티나가 더 좋아. 조용하고 너무 앞서가지도 않는 그런 여자거든. 게다가 예쁘기도 하고. 아니, 예쁜 게 아니라 우아하거든, 스티나는.」

「부드러운 여자지. 하지만 알다시피, 어떤 일을 이루어 내려면 한두 가지만 갖고는 안 되는 법이야.」

「맞는 말이지. 내가 배를 타고 필리핀 해를 지날 때 이야기인데, 당시 그 여자들은 모두 얼마나 예쁘던지! 그중에 이름이 C로 시작되는 한 여자가 있었는데…….」 다시 세게 문을 두드리는 소리에 갈퀴는 말을 채 잇지 못했다. 천재가 아쉬워하는 갈퀴를 달래며 자리에서 일어섰다.

「필리핀 여자 이야기는 나중에 하세. 할망구들이 우릴 찾는 것 같네.」

두 노인은 수건을 허리춤에 두른 다음, 각자 캔 맥주를 들고 일어섰다. 문을 열려는 순간 천재에게 문득 좋지 않은 예감 같은 것이 느껴졌다. 경찰이 다 알고 찾아온 것일까? 아니면…… 문을 열자 메르타의 굳은 얼굴이 나타났다.

「이 할아버지들아, 그림값을 받아 낼 때까지 그림들을 어떻게 해야 하는지 생각들 좀 해봤어요?」

다짜고짜 쏴대는 메르타의 말에 두 할아버지는 당황해하며 서로의 얼굴을 쳐다보면서 이구동성으로 말했다.

「아니, 아직…….」

「우리도 마찬가지야. 도통 좋은 생각이 떠오르질 않아. 그런데 스티나가 그림들을 어딘가에다 숨겨 놨어. 할아버지들이 나서서 다시 찾아냈으면 좋겠어.」

이 말에 천재는 깜짝 놀라 소리를 쳤다.

「정말 못 말리는 할망구들이군…….」

두 할아버지는 축축한 가운을 몸에 두른 채 프린세스 릴리안 스위트룸으로 가서 전체 가격이 무려 3천만 크로나나 되는 그림 두 점을 찾기 시작했다. 하지만 헛수고였다. 아무리 애를 써도 도저히 그림들을 찾아낼 수가 없었다. 마치 그림들에 날개가 달려 날아간 것만 같았다.

23

아르네 룀베리 경위는 다이아몬드 노인 요양소의 한 젊은 여직원에게서 다급한 전화 한 통을 받았다. 출입구가 자물쇠로 잠겨 있는데도 노인 다섯 명이 사라졌다는 것이다. 경위는 서류들을 찾아봤지만 노인 다섯 명이 동시에 사라지는 일은 흔한 사건이 아니었다. 무엇보다 모두 75세를 넘긴 나이임을 감안하면 집 나가는 것을 밥 먹듯이 하는 철부지들 사건과는 전혀 다른 사건이었다. 전화를 건 여자의 목소리는 차분하지 못했고 사건을 공개적으로 다루지 말아 달라고 신신당부를 했다. 만일 밖에 알려지면 요양소는 손님을 받지 못하게 될 수도 있다고 했다. 손님들? 여직원이 〈손님들〉이라고 한 말이 생각나 경위는 껄껄 웃지 않을 수가 없었다. 손님이라는 말은 자신의 의지대로 선택을 할 수 있을 때나 성립할 수 있는 말이다. 오늘날 노인 요양소에 부모들을 보내는 사람들은 자식들이거나 그 자식들의 자식들이다. 이런 경우 노인들을 손님이라고 부를 수는 없다. 룀베리는 다행히도 독신이었고 따라서 나이가 들었을 때도 자신의 주거 문제에 끼어들 아이도 없었다.

뢴베리는 앞에 놓여 있는 서류를 손가락으로 툭툭 치면서 이번 사건을 어떻게 처리해야 하나 고민했다. 원칙을 따지자면, 노인들에게는 원할 때 언제든지 요양소 밖으로 나갈 수 있는 권리가 있으며, 따라서 경찰은 요양소에서 사라진 노인들을 찾는 수배 전단 배포를 허락할 수가 없었다. 그러고 싶지도 않았고 또 그럴 인력이나 비용도 없었다. 물론 사라진 노인들을 행불자 명단에 올리는 일은 얼마든지 가능했으나, 그럴 경우 노인들은 지명 수배 대상이 되며 이것도 그들이 외국으로 나가려고 할 때나 알아차릴 수 있는 조치다. 곤란한 일이다. 가족들이 노인들을 찾아 달라는 의뢰를 하지 않거나 노인들이 어떤 범죄를 저지르지 않았다면 경찰 업무와는 무관한 사안인 것이다. 아르네 뢴베리 경위는 의자에 등을 대고 기댔다. 뢴베리는 노인들이 좀 재미를 봐도 괜찮다고 생각했다. 다섯 명의 노인들이 혹시 몰래 크루즈선 같은 것을 타고 떠났을 수도 있고 혹은 오직 돈만 밝히는 가족들에게서 벗어나려고 요양소를 나갔을 수도 있다. 아닌 게 아니라, 실제로 경위는 유산을 노리는 자식들에게 끊임없이 시달리는 노인들의 사건을 많이 봐왔다.

경위는 전화번호 등을 받아 적은 종잇조각을 꺼내 조금 전에 전화를 건 젊은 여인의 이름과 전화번호를 옮겨 적었다. 혹시 그녀에게 연락할 일이 생길 수도 있었다. 하지만 곧 생각이 바뀌었는지 종이를 꾸겨서 휴지통에 던져 버렸다. 요양소 측에서 다시 전화를 걸어온다면 그때 가서 노인들 이름을 행불자 명단에 올려도 될 일이다. 뢴베리는 속으로 중얼거렸다. 〈용감한 할아버지 할머니 들, 요양소에 다시 강제로 끌려오기

전에 며칠간의 자유를 만끽하세요……〉

　남자들은 축축하게 젖은 가운을 걸친 채 사라진 그림들을 찾아 온 방을 왔다 갔다 하며 벌써 몇 바퀴를 돌았는지 모른다. 프린세스 릴리안 스위트룸은 방이 다섯 개나 되는 대형 룸이어서 이곳저곳 물건을 숨길 데가 많았다. 두 할아버지는 기권을 선언해야 했다. 온몸의 힘이 다 빠진 두 할아버지는 다시 사우나로 내려가 샤워를 하고 옷을 갈아입었다. 다시 돌아온 두 사람이 방을 나가려고 할 때였다. 스티나의 이상하게 명랑한 목소리가 두 사람을 불러 세웠다.

　「벌써 포기한 거야, 조금 더 찾아보시지 않고? 찾아봐요, 조금 더!」 스티나의 눈빛이 유난히 반짝거렸다. 스티나는 시인 아테르봄의 시를 흉내 내어 두 남자를 조롱하기도 했다. 「천재여, 천재여, 영원히 노역에 매여 있지 말지어다.」 스티나의 이런 모습을 본 모든 사람들은 그녀가 지금 아주 기분이 좋다는 것을 알았다. 원래 스티나는 자신이 좋아하는 고전 작품들을 함부로 인용하며 패러디하고 그러지 않았다.

　아무도 그림들을 찾아내지 못하자, 스티나는 그림들을 찾아내는 사람에게 달곰쌉쌀한 편도를 넣어 특별 제조한 벨기에 초콜릿을 한 상자 주는 게임을 구상했다. 이 말을 들은 사람들은 뭔 이야기인가 싶었다. 안나그레타는 입술을 내밀며 뾰로통했고, 천재는 양 미간을 모으며 조금 심각한 표정을 지었으며, 갈퀴는 어깨를 으쓱하며 겉으로는 아무 표정도 보이지 않았지만 그런 그녀가 귀엽다는 듯이 속으로는 흐뭇해했다. 곁에 있던 메르타도 같이 한 건을 한 여성 동지가 다시 힘을 내고

175

단원 모두에게 어려운 수수께끼를 풀도록 작지만 동기 부여를 한 것이 흐뭇했다. 스티나가 갈퀴와 사랑에 빠진 것일까? 누가 알겠는가, 남녀 문제를. 두 사람은 함께 다이아몬드 요양소를 빠져나왔고 스티나는 갈퀴와 함께 있으면 왠지 기분이 좋아지곤 하지 않았는가.

갈퀴가 입을 열었다.

「이 그림들을 훔치느라고 우리가 얼마나 고생을 했는지 몰라. 혹시, 우리 스티나 할매가 그림들을 다시는 찾지 못할 곳에 숨긴 것은 아니겠지?」

「아니야, 그럴 리가 있나. 하여튼 갈퀴 씨는 배를 타고 전 세계를 돌아다녔으니 상상력이 풍부해서 모르긴 몰라도 금방 찾을 것 같은데, 아닌감?」

스티나가 여전히 밝은 표정으로 말했다.

갈퀴는 자리에서 일어나 마치 회화 전문 감정사라도 된 듯이 주변을 주의 깊게 살펴봤다. 그림을 찾아서 스티나를 즐겁게 해주고 싶은 마음이 굴뚝같았다. 갈퀴는 물론 미술의 미 자도 모르는 사람이었다. 하지만 선원 시절 그는 배가 어느 도시에 기착하면 내려서 가끔씩 그 도시의 박물관을 둘러보곤 했다. 옛날을 떠올리며 갈퀴는 이제 온갖 폼을 잡아 가며 방들을 오가며 벽에 걸린 그림들을 조사하기 시작했다. 그림의 밑을 들어 올려 액자 뒤에 어떤 서명이나 표시가 있는지도 살펴봤다. 한참을 그러고 있던 갈퀴의 눈에 문득 피아노 위에 걸려 있는 두 점의 그림이 들어왔다. 피아노 앞에 멈춰 선 갈퀴는 이상한 느낌이 들었다. 한 그림은 실제로 한 쌍의 남녀가 카페에서 이야기를 나누고 있는 그림이었고 그 옆의 다른 그림은 강물 위에 떠 있는 여러 개의 낡은 돛을 단 돛단배를 그린 것이었다. 첫 번째 그림은 절대로 르누아르 그림이 아니었다. 그림 속의 남자가 르누아르 그림에서와는 달리 이상한 모자를 쓰고 있었고 또 긴 머리에 콧수염까지 있었다. 모네의 그림을 연상하게 하는 다른 그림에서도 모네의 그림과는 다르게 돛이 더 늘어나 있었다. 갈퀴는 직감적으로 알았다. 스티나가 자기만의 방식으로 그림들을 숨긴 것이다. 그러자 갈퀴는 온몸이 떨렸고 당장 스티나에게로 달려가 그녀를 끌어안고 싶었다. 이 할머니가 짓궂게도 수채화 물감을 갖고 그림들 위에 덧칠을 해서 다른 그림으로 만들어 놓은 것이다.

물론 문외한인 갈퀴가 알아볼 정도였으니, 아무도 몰라보게 많은 변형을 가한 것은 아니었다. 하지만 대부분의 사람들은 충분히 속일 수 있었다. 스티나는 화가들의 서명도 교묘하게 위조를 해놓았다. 갈퀴는 그림 오른쪽 아래 모서리를 주의 깊게 살펴보았다. 거기에는 ⟨Renoir⟩ 대신 ⟨Rene Ihre⟩라는 이름이 보였다. ⟨Monet⟩도 스티나의 손에 의해 ⟨Mona Ed⟩라는 전혀 다른 사람이 되어 있었다.

24

대소동이 있었던 다음 날, 다섯 명의 그림 도둑들은 그랜드 호텔의 서재로 내려가 점잖게 자리를 잡고 앉아 일간 신문을 읽었다. 신문을 넘기는 소리가 조용한 서재의 침묵을 더욱 무겁게 했다. 간혹 낮게 중얼거리는 소리나 입속으로 웃는 작은 소리만이 새어 나올 뿐이었다. 노인들은 모두 단어 하나하나에 신경을 집중해 가며 신문 1면에서 마지막 페이지까지 하나도 빼놓지 않고 다 읽었다. 마침내 메르타가 고개를 쳐들고 두 눈을 반짝이며 말했다.

「다들 봤어? 우리가 그림을 훔친 사건이 이제까지 일어났던 모든 그림 절도 사건 중에서 가장 교묘한 방식으로 이루어진 사건이래. 가장 최근에 있었던 사건과 비교해도 더 지능적이었다는군. 가장 최근에 있었던 사건에서는 도둑들이 기관 단총까지 쏴가며 차량에 불을 지르고 그림들은 훔친 배에다 싣고 도망갔대. 참 한심한 도둑들이지. 실수를 한 거야. 그것도 큰 실수를. 그렇게 사람들 주의를 끌면 안 되거든…….」

「그럼, 그러면 안 되지.」

갈퀴가 메르타의 말에 동의했지만, 그의 표정에는 메르타의 보행기 이야기를 꺼내서 그것 역시 그리 좋은 방법은 아니었다고 말하고 싶은 기색이 역력했다.

천재는 메르타의 보행기에 다시 제동 장치를 나사로 죄어 달아 주었다. 천재에게는 작은 소원이 하나 있었다. 다른 것이 아니라 메르타가 허리춤에다 차고 다니는 그놈의 전대를 좀 벗었으면 하는 것이었다!

다시 메르타가 입을 열었다.

「사람들은 긴 머리에 수염이 난 남자가 그림 도둑인줄 알고 있어.」

스티나는 아직도 신문에서 눈을 떼지 못하고 작은 소리로 키득대고 있었고, 안나그레타는 대단한 자부심을 느끼는 표정이었다. 신문에 난 잘못된 추측 기사들이 모두 자기가 해낸 일인 것처럼 느껴졌던 것이다.

「그런데, 그 수염 난 남자 말이야, 신문에서는 아주 착하게 생겼다고 썼던데?」

메르타가 말했다. 그러자 안나그레타가 말을 받았다.

「그건 내가 한 말이었어. 도둑을 두고 착하게 생겼다고는 하지 않으니까.」

안나그레타의 음성은 이번에도 귀를 째는 듯한 말 울음소리였고 하마터면 갈퀴는 손을 올려 귀를 막을 뻔했다.

안나그레타는 한 번도 결혼을 하지 않은 미혼의 할머니였다. 갈퀴는 그 이야기를 들었을 때 하나도 놀라지 않았다. 어쩌면 젊었을 땐 그녀를 따라다니는 남자들도 있었을 것이다. 하지만 바람과 함께 사라지지 않았다면, 모두들 그녀의 그 웃음소리에 겁을 집어먹고 돌아섰을 것이다.

다시 메르타가 신문에서 눈을 떼며 물었다.

「이 기사들 읽어 봤어? 〈엑스프레센〉[13]지 7페이지인데, 기자가 〈곧 다시 돌아오겠음〉이라는 그 팻말의 문구를 아주 멋지게 해석했어. 기자가 보기엔, 〈일군의 테러리스트들이 다시 새로운 테러를 가하겠다〉는 협박이 아니라면, 그 말이 예수가 재림한다는 것을 믿는 이단과 관련이 있다는 거야. 어쨌든 경찰은 감시를 더 강화했어.」

「감시를 강화했다! 노인네 몇 사람 때문에 경찰이?」 천재가 웃음을 터뜨렸다.

「〈돌아올 것이다〉라는 말도 경찰에게 겁을 주었겠지, 뭐.」 스티나가 손톱 줄을 꺼내 들며 거들었다.

이 말에 모두들 한꺼번에 웃음을 터뜨렸고 웃음소리가 너무 커서 프런트에도 들렸을 것만 같았다. 메르타는 재빨리 이 점을 상기시키면서 목소리를 좀 낮추자고 하면서 말을 이어 갔다.

「한 가지 좀 걸리는 것은 그 팻말을 손으로 썼다는 거야. 아주 작은 실수였지만 실수는 실수지. 이것 때문에 우리가 잡힐 수도 있어.」

「하지만, 메르타도 이미 우리가 그렇게 하는 것을 알고 있었잖아?」 천재가 나섰다.

「그래, 맞아. 나도 알고 있었어. 하지만 어쨌든 감옥에 갈 확률이 늘어난 것은 사실이야.」

모두들 웅성웅성하며 메르타의 말에 동의하는 눈치였다. 신

13 Expressen. 1944년 창간된 타블로이드 판형의 스웨덴 일간지. 2010년 기준, 약 24만 부의 발행 부수를 보이고 있으며 중도 우파 성향의 신문이다.

문을 읽던 호텔 손님 몇 사람이 테라스로 나갔지만 강도단 노인들은 서재에 남았다. 메르타가 앞으로 몸을 숙이면서 말했다.

「지금은 사람들이 우리가 아닌 다른 도둑놈들을 의심하고 있지만, 그래도 경계를 늦추어선 안 돼. 언제 경찰이 우리를 수사하겠다고 나설지 몰라. 특히 바르브로가 자꾸 마음에 걸리는데, 만일 그 애가…….」

안나그레타가 단호하게 말하며 끼어들었다.

「가장 중요한 것은 돈을 받아 내는 것이야. 왜 아무것도 안하고 있는 거지? 오늘이라도 당장 언론을 통해 우리 주장을 전달해야 해.」

「그래, 맞아. 팩스라도 보낼 수 있어. 팩스는 빨리 가잖아.」

스티나였다. 하지만 천재는 반대였다.

「팩스는 이젠 거의 안 써. 요즈음은 컴퓨터 시대야.」

그러나 스티나도 물러서지 않았다. 스티나는 얼마 전, 그토록 사랑했던 고전들을 잠시 물리치고, 메르타에게 〈사이버스페이스의 조용한 증거들〉이라는 제목의 탐정 소설을 빌린 적이 있었다.

「하지만 그런 기계들을 쓰면 경찰들이 거슬러 올라와서 우리를 알아낼 수도 있다고 하던데?」

갈퀴가 멈칫멈칫하더니 나섰다.

「그러면 가장 고전적인 방법을 쓰는 게 어때? 익명으로 편지 같은 것을 보낼 수도 있잖아. 신문을 한 부 사갖고 와서, 우리에게 필요한 단어와 글자들을 오려 내는 거야. 그런 다음 그걸 종이에 풀로 붙여서 글을 만든 다음 편지 봉투에 넣어서 간단하게 우체통에다 넣어 버리면 그만이야.」

갈퀴의 이 제안을 생각해 보느라 한동안 긴 침묵이 흘렀다. 안나그레타가 다시 말을 하고 나섰다.

「우체국을 통하면 시간이 걸려. 그렇게 안전하지도 않고.」

그러자 다시 갈퀴가 다른 제안을 내놓았다.

「그러면 말이야, 지금 막 더 좋은 생각이 하나 떠올랐는데, 직접 전화를 걸면 어떨까? 내가 목소리를 바꿀 수 있거든. 음성을 변조한다 이 말이야.」

「그거라면, 내가 할게.」 안나그레타의 이 말에 직접 전화를 걸자는 갈퀴의 제안마저 밀려나고 말았다. 안나그레타의 개성 강한 목소리와 웃음소리가 어떤 일을 불러올지 모두들 겁이 났던 것이다. 여러 이야기가 오가고 많은 제안들이 쏟아졌지만 결국 신문에서 오려 낸 글자들을 갖고 메시지를 전달하기로 결론 내렸다. 물론 지문을 남기지 않아야 하니 모두 장갑을 껴야 한다고 이구동성으로 합창을 했다.

하지만 이야기가 다 끝난 것은 아니었다.

「아직 한 가지 문제가 더 남았어. 서둘지 좀 마. 다른 게 아니라, 돈을 어떻게, 어떤 방식으로 찾느냐, 그 문제가 남아 있어.」

「돈을 트렁크에 담아서 가방째로 헬싱키로 가는 페리에 실으라고 할 생각인데.」 천재가 말했다.

「그거 정말 좋은 아이디어인데!」 메르타가 맞장구를 치고 나왔다. 무엇보다 천재와 함께 크루즈 여행을 한다는 생각이 들었던 것이다. 선원 생활을 한 갈퀴가 빠질 수는 없었다.

「크루즈라…… 안 될 거 없지, 뭐. 바다로 돌아간다면 나야 재미있기도 하고. 그런데 내가 옛날에 오스트레일리아 연안에 배를 타고 지나갈 때였는데, 파도가 얼마나 높이 이는지 아마 여기 있는 사람들은 내가 아무리 이야기해도 못 믿을 거야. 거의 배에 탄 모든 사람들이…….」

안나그레타가 배를 이용한다는 것에 이의를 제기했다. 「배보다는 돈을 알란다 공항에다 갖다 놓으라고 하는 게 나을걸. 그래야 경찰이나 박물관 사람들이 국제적인 마피아가 개입한 걸로 오해를 할 수 있잖아.」

「그랬다가 우리를 정말 마피아로 알고 총을 쏘면 어떻게 하고?」 스티나가 불안해하며 말했다. 돈을 공항에 갖다 놓으라는 것은 누가 봐도 조금 말이 안 되는 것 같았다. 그래서 돈을 받는 방법은 크루즈선을 이용하는 것으로 결론을 내렸다. 게다가 어쨌든, 핀란드로 가는 크루즈는 모두의 마음에 안도감을 주기도 했다.

메르타가 다시 나서서 말했다. 「말이 나온 김에 오늘 해버리지, 뭐. 오늘, 일주일 안으로 그림의 몸값에 해당하는 돈을 마련하라고 편지를 보내는 거야. 그러려면 우선 단어를 오려 낼 신문을 몇 부 사야 해.」

천재가 고민이 된다는 표정으로 입을 열었다. 「그건 그렇고, 도대체 돈을 얼마를 내놓으라고 하지?」

「천만 크로나?」 갈퀴가 소리쳤다.

「하지만 그걸 다 지폐로 받으면, 돈뭉치가 어마어마해서…… 천 크로나짜리가 천 개라고 하면 백만 크로나이고, 천 크로나짜리가 만 개라고 하면 천만 크로나인데…… 이게 모두 트렁크에 들어갈까? 아니야, 도저히 한 트렁크에 담을 수가 없어!」 안나그레타가 말했다.

아무도 가장 중요한 이 문제를 미처 생각지 못했기 때문인지, 갑자기 모두 입을 다물었고 멀뚱멀뚱 서로를 쳐다보며 어색한 긴 침묵이 흘렀다.

「천 크로나짜리는 남의 눈에 잘 띄는 지폐야. 오히려 그보다는 5백 크로나짜리 지폐로 하는 게 나을 것 같아.」

어색한 침묵을 깬 것은 천재였다.

「20크로나짜리 지폐도 있잖아! 셀마 라겔뢰프[14] 얼굴이 들어간 거 말이야. 아주 예쁜 돈이야. 또 우리가 훔친 것도 미술품이니 잘 어울리기도 하고.」

「아니, 계산을 그렇게도 못해? 20크로나짜리 지폐로 천만 크로나를 만들려면 몇 장이 필요한지 알아?」 은행원 출신인 안나그레타가 자신 있는 어투로 쏘아붙였다.

「그건 그렇고. 잠깐만 있어 봐. 더 중요한 문제가 있어. 5백 크로나 지폐 한 장이 대략 0.5그램 나가. 그러면 전체 무게가 7킬로그램이 나간다는 이야기인데……. 무게도 무게지만, 지폐가 그 정도면 엄청나게 자리를 차지할 거잖아. 5백 크로나 지폐로 천만 크로나라면 대충 4미터 높이로 쌓아야 할 돈인데…….」 안나그레타는 암산의 여왕이었다.

「그렇다면 골프 가방을 이용하는 게 더 좋겠는데. 자, 한번 생각해 봐. 큰 가방 두 개에 나눠 담는 거야. 내가 우르바니스타 골프 숍에서 본 적이 있는데, 거기서는 골프 클럽을 넣는 가방을 핑크빛 천으로 만들어서 흔히 핑크 팬더라고 불러. 핑크 팬더 하나에 55리터까지 담을 수가 있어.」

---

14 Selma Lagerlöf(1858~1940). 『닐스의 신기한 모험』(1907) 등의 소설을 쓴 스웨덴 소설가로 1909년 여성 작가로는 처음으로 노벨 문학상을 수상했다. 소설에서처럼 20크로나 지폐에 초상화가 들어가 있다.

메르타의 말을 듣고 있던 갈퀴가 투덜대는 투로 말을 했다. 「핑크빛 골프 가방이라고? 너무 과장하지 마.」

「조금 더 남성적인 검은색과 고동색 백들도 있어. 늘였다 줄였다 할 수 있는 손잡이가 달려 있어. 폭은 좁지만 높이가 꽤 되기 때문에 지폐 다발들을 차곡차곡 쌓을 수 있어.」

「자, 그럼 계속 이야기들을 나눠 봐. 난 호텔 구내 편의점에 가서 신문들을 사갖고 올게.」 구체적인 것을 좋아하는 갈퀴는 뜬구름 잡는 것 같은 토론에 짜증이 났다.

스티나도 같이 일어서면서 손톱 줄을 정리하며 말했다. 「나도 잠깐 내려가서 뭘 좀 사갖고 올게. 벌써 사흘이 지났는데, 똑같은 옷만 입고 있네.」

스티나의 말을 들은 안나그레타가 말했다. 「스티나, 왜 옷 같은 것을 가게에서 사? 우편으로 주문하면 집까지 배달해 주는데?」

「나는 옷을 정확하게 내 몸 치수에 맞춰서 입거든……」

「우리 나이에 몸에 꼭 끼는 옷은 별로 안 좋아.」 안나그레타가 충고를 했지만, 스티나는 벌써 갈퀴와 나간 버린 뒤였다.

한 30분 정도 지났을까, 두 사람이 다시 돌아왔다. 스티나는 새로 산 빨간색 풀오버 스웨터를 입고 있었다. 그 빨간색은 스티나가 조금 전에 손톱에 칠한 매니큐어와 똑같은 색이었다. 스티나는 스웨터만이 아니라 숄도 하나 새로 사서 목에 걸치고 있었는데, 보란 듯이 팔을 올려 숄을 뒤로 넘기면서 함께 산 반짝거리는 팔찌도 보여 주었다.

「정말 치수에 맞춰서 샀네, 모두.」 메르타가 약간 비꼬듯이 말했다.

「그래도 여기가 그랜드 호텔인데. 우리 앞으로 달아 놓으라고 했어.」 스티나는 약간 미안해하며 말했다.

안나그레타는 스티나를 한참 동안 바라보고 있었다. 이 아양쟁이 할망구는 돈을 물 쓰듯이 쓰는 것만이 아니라 갈퀴를 호리고 있는 것 아닌가! 솔직히 말해, 안나그레타는 다 늙어 빠진 노인네였지만 갈퀴가 자신에게 관심 같은 것을 나타내면 대수롭지 않게 여기지는 않을 수도 있을 것 같았는데, 어쨌든 그녀는 갈퀴가 왜 유독 스티나에게만 관심을 보이는지 도무지 이해를 할 수가 없었다. 유르스홀름 주, 스트란드베겐의 명문가 출신으로 그곳에서 자란 자신이 훨씬 똑똑하고 교육도 더 많이 받았는데……. 또 굳이 따지자면, 어떤 곤경이 닥쳐도 스티나보다 훨씬 잘 이겨 내는 것이 자기였지 않은가? 하지만 이런 것들은 그리 중요하지 않았다. 남자들의 취향이란 참 이상한 것이다. 그녀도 얼마든지 그럴듯한 남자와 결혼할 수 있었다. 하지만 마음에 드는 남자들은 그녀를 따라다니지 않았다. 처녀 시절, 한 가난한 노동자와 뜨거운 사랑을 했지만, 아버지는 두 사람이 만나는 것을 단호하게 반대했다. 그러면서 고상한 사람을 만나든지, 아니면 돈 많은 사람을 만나든지, 둘 중 하나가 아니면 결혼을 승낙하지 않겠노라고 했다. 결국 그녀에게는 어떤 남자도 없었다. 몇 년 동안 안나그레타는 신문에 광고를 내볼까 하는 생각도 해보았고 거의 실행 일보 직전까지 가기도 했지만, 마지막 발걸음을 떼어 놓지 못하고 포기하곤 했다. 한숨을 크게 내쉬며 핀란드로 가는 크루즈 여행을 떠올렸다. 〈누가 알아, 선상에서 매력적인 홀아비라도 한 사람 만나게 될지.〉 이런 생각이 떠오르는 것을 막을 수가 없었다.

생각에 잠겨 있는 안나그레타를 본 메르타가 소리쳤다.

「거기 그렇게 앉아서 공상이나 하지 말고, 이리 와. 편지를 써야 하잖아.」

노인 강도단 다섯 명의 노인들은 테이블을 가운데 두고 둘러앉았다. 테이블 위에는 샴페인 병 하나와 호두, 딸기 등이 마련되어 있었고 곧 노인들은 최적의 문구들을 찾아 나섰다. 단 몇 줄에 불과한 글이었지만 생각보다 시간이 많이 걸렸다. 샴페인 한 병을 다 비웠지만, 모두의 마음에 드는 글을 찾아내는 것은 결코 쉬운 일이 아니었다. 안나그레타는 계속 〈돌고 도는 돈〉이라는 제목이 달린, 돈은 돌고 돈다는 내용의 노래를 흥얼거렸고, 그사이 작업은 조금씩 진척되어 신문과 잡지에서 잘라 낸 글자들을 하나씩 A4 백지 위에 붙여 나갔다.

르누아르의 「대화」와 모네의 「스헬더 강 어귀」는 현재 우리가 갖고 있음. 그림들은 겨우 천만 크로나에 불과한 그림값이 지불되는 경우에 한해 반환될 것임. 돈은 우르바니스타 상표의 검은 골프 가방에 담아야 하며, 아무리 늦어도 3월 27일 16시까지, 실리아 라인사의 페리인 세레나데호에 가져다 놓을 것. 자세한 내용은 추후 전달할 것임. 돈이 우리 수중에 들어오는 즉시, 그림 두 점은 박물관에 반환될 것임.

추신: 만일 경찰에 연락한다면 우리는 두 점의 그림을 파괴할 것임.

스티나는 자신의 이름으로 편지에 서명을 하겠다고 나섰고 다른 사람들은 마지막까지 그런 그녀를 말려야만 했다. 그림

도둑들은 가까이 모여 마지막으로, 마치 합창을 하듯이 한목소리로 편지를 읽었다. 안나그레타는 자신이 넣어야 한다고 주장한 〈겨우, 불과한〉이라는 문구가 최종적으로 편지에 들어간 것에 뿌듯한 긍지를 느꼈다. 이런 단어들이 들어감으로써, 안나그레타의 주장에 따르면, 박물관 직원들이 천만 크로나의 돈이 결코 큰 금액이 아니며, 나아가 다른 도둑들이라면 훨씬 많은 돈도 요구할 수 있다는 느낌을 받게 될 것이라는 것이다. 하지만 메르타는 그리 크게 만족하지 않는 것 같았다. 메르타가 질문했다.

「편지가 너무 단정하고 공손해서 왠지 진짜 강도들이 쓴 것 같지가 않아. 또 도둑들이 자기들 손으로 그림을 돌려준다는 것도 좀 이상해. 돈이 들어오면 그림이 어디어디에 있다고 장소를 일러 주는 거잖아. 지금이라도 문장을 조금 더 거칠고 공격적인 것으로 바꿔서 우리가 아마추어들이 아니라는 생각을 갖게 해야 할 것 같은데, 어떻게들 생각해?」

「우리가 공손하게 나가면 그쪽 사람들도 우리에게 돈을 주려고 하는 쪽으로 기울 수도 있어.」 스티나가 반박했다.

모두들 스티나의 말에 수긍했고 편지는 먼저 작성한 그대로 보내기로 결정했다. 그랜드 호텔 마크가 찍힌 편지지에 글자를 오려 붙일 수도 없었지만 호텔 봉투를 쓸 수도 없는 일이었다. 어쩔 수 없이 글자를 붙인 아무 특징 없는 A4 종이를 두 번 접은 다음 스카치테이프로 아귀를 막고 그 위에 국립 박물관 주소를 쓴 다음 우표를 붙였다.

「멀지도 않은데 그냥 걸어가서 전해 주고 오면 되잖아. 우표 값도 아낄 겸해서.」 안나그레타였다. 그녀의 말이 끝나기가 무섭게 모두들 얼굴을 찡그리며 화를 냈다.

　잠시 후 메르타는 지하철역 근처에 있는 우체통으로 가 편지를 넣었다. 하지만 그녀는 편지를 넣기 전에 여러 번 우체통에 길게 난 편지 넣는 틈을 자세히 살펴보았다. 심지어 우체통을 손으로 쓰다듬기도 했다. 그런 자신을 본 메르타는 자신이 신경 쇠약에 걸린 것은 아닌지 의심이 들기도 했다. 이제 일은 되돌릴 수 없는 순간을 맞았다. 노인들은 정말 그림 도둑들이, 범죄자들이 된 것이다. 돌아갈 수 없는 다리를 건넌 것이다. 메르타는 호텔로 돌아오면서 이 〈범죄자〉라는 말을 몇 번이나 입속으로 되뇌어 봤다. 「범죄자!」 흥분되는 단어였다. 메르타는 고령의 나이도 잊은 채 잠시 댄스 스텝을 밟아 봤다. 그러자 문득 젊었을 때 느꼈던 야릇한 열정이 되살아나는 것만 같았다. 새로운 인생이 시작되려 하고 있었고 두 개의 골프 가방을 가득 채운 돈을 거머쥘 것이라는 기대에 마냥 기분이 들떴다. 만일 은행 계좌로 송금을 받기로 했다면 이렇게 기쁘지는 않았을 것이다. 돈을 받으면 크루즈선을 타고 푹 쉬러 갈 것이며 또 얼마나 즐거운 마음으로 정체를 숨긴 채 돈을 집으로 가져갈 궁리를 할 것인가. 자신처럼 늙은 나이에 이토록 흥분되는 모험을 했다고 자랑할 수 있는 사람이 과연 이 세상에 몇 명이나 될까?

25

수사 과장인 페테르손은 아무것도 이해를 할 수가 없었다. 국립 박물관에 알 수 없는 사람들이 들어와 값을 따질 수 없이 귀한 그림 두 점을 훔쳐 갔는데, 바리케이드를 치고 역과 공항을 드나드는 여행객들도 다 조사해 보고 심지어 렌터카 업체의 차량 인도장마저 다 뒤졌지만 아무런 단서도 나오지 않았다. 더욱 이상한 것은 아무도, 한 명인지 여러 명인지도 모르는 이 도둑들이 훔친 두 점의 그림을 들고 박물관을 빠져나가는 것을 본 사람이 없다는 것이다. 뭔가가 앞뒤가 안 맞아도 단단히 안 맞았다. 그렇다고 도둑들이 날개가 달려서 하늘로 날아간 것은 아니지 않은가! 분명 도둑들은 박물관 직원들이 그림이 도난당한 것을 알기 전에 차를 이용해서 박물관을 빠져나간 것이 확실했다. 보고가 올라온 것을 보니, 박물관 경비 직원들은 소장품 목록에 어떤 작품들이 들어 있었는지도 모르고 있었고, 경보 장치 역시 아무런 역할도 못 한 것이다. 페테르손 과장은 꽃 중년의 한창 일할 나이였지만 천성적으로 약간 우울증 기미가 있는 사람이었다. 이번 사건은 그가 보기엔, 해결

가망성이 없었다. 작은 흔적도 남아 있는 것이 없었다. 페테르손 과장은 무기, 총포류, 차량 갈취와 도주, 사취 등에는 베테랑이었지만, 이번 건은 그림 도난 사건이었다. 그림 도난 건이라? 그는 막막했다. 경찰은 이 그림 도난 사건에서 단서도 흔적도 아무것도 확보한 것이 없었다.

페테르손의 부하인 수염이 덥수룩한 40대 초반의 롤프 스트룀베크가 책상 위의 서류 뭉치들을 뒤적거리며 말했다.

「이번 사건은 몇 해 전부터 치밀하게 계획된 것이 틀림없어요. 생각해 보세요. 아무 단서도 없잖아요! 지문도 하나 안 나왔고 감시 카메라에도 이상한 게 하나도 안 잡혔어요. 정말 수수께끼, 수수께끼예요.」

「인상주의 회화실의 카메라는 고장이 나 있었어. 고장은 아닌데, 렌즈에 시커멓게 먹물을 뿌려 놨거든. 어쨌든 그거라도 있었다면 무슨 흔적이라도 얻을 수 있을 텐데, 도둑들이 콘센트에서 줄을 빼내 버렸어, 제기랄. 가서 커피나 한잔하세.」

페테르손이 한숨을 내쉬며 말했다.

두 사람은 커피 자판기 앞에서 계속 이야기를 나누었다. 페테르손은 오늘 벌써 여섯 잔째다. 막 받아 낸 뜨거운 커피에서는 플라스틱 냄새가 났지만 페테르손에게는 잠시나마 쉴 수 있는 거의 유일한 시간이었다. 완전 범죄란 없다. 어딘가에 분명 흔적이 남아 있게 마련이다. 그것만 찾으면 된다. 그러자 그날 박물관을 찾아왔던 관람객들이 떠올랐다.

「그날 박물관 안에 있었던 사람들이 누군지를 정확하게 파악해 봐야겠어. 그런 다음 소환해서 심문을 해보면 무언가 나올 것 같아. 경비원들이 이야기했던 그 노인네들 말고 반드시 다른 누군가가 있었을 거야.」

「그 노인네들은 갈색 머리의 한 사나이를 봤다고 했어요. 할머니 하나는 그 남자가 참 착하게 생겨서 아들 삼았으면 싶었다고 했고요.」 페테르손의 부하가 말을 마치면서 숨을 내쉬었다.

「하지만 다른 할머니는 그 사람이 날치기를 한 놈이라고 했거든. 자기 핸드백을 채 가려고 했다는 거야. 경보음이 요란스럽게 울리니까 이 가엾은 노인네들이 글쎄, 너무 놀라서 쓰러지고 울고불고 야단이 났었나 봐.」

말을 마친 페테르손은 잠시 먼 산을 보며 노인네들 생각을 하다가 늙는다는 것이 저런 것인가 싶어 우울하기만 했다. 늙으면 그렇게 되는 것인가? 자신에게도 그때가 올 텐데, 그때 자신은 어떤 모습일까? 언제부턴가 페테르손은 과일과 채소를 이전보다 많이 먹기 시작했는데, 이런 음식들이 뇌에 좋다는 이야기를 누가 들려준 것이다. 그는 어깨를 으쓱하며 생각난 김에 자판기 옆에 있는 과일 바구니에서 얼른 사과 하나를 집어 들었다.

「자 그럼 팻말부터 조사해 보기로 하세. 도둑들이 남긴 유일한 거니까.」

「제발 이 팻말들이 도움을 좀 주어서, 뭔가가 좀 분명하게 나와야 할 텐데요!」

두 사람은 다시 사무실로 돌아와 박물관에서 발견된 세 팻말을 조사하기 시작했다. 그 세 팻말이란, 〈고장〉, 〈점검 중〉, 〈곧 다시 돌아오겠음〉이었다.

페테르손은 천천히 사건을 다시 한 번 하나하나 떠올려 봤다. 이 팻말들 때문에 경찰 출동이 늦어졌다. 엘리베이터가 고장 난 것이 아니라는 것을 아는 데 몇 시간이 걸렸다. 또 다른 두 팻말 때문에 경찰은 그림들이 사라진 것도 모르고 모든 것이 다 정상이라고 생각하고 있었다. 공연히 다른 전시실로 달려가 조사를 한다고 법석을 떨었다. 특히 「악과 선」이라는 특별 기획전을 집중 조사했다. 기획 전시실에 들어가 그림 하나하나가 모두 제자리에 있는지 조사하지 않았던가. 그 특별 기획 전시실에서 없어진 그림이 없다는 것을 확인한 후에는 다른 전시실로 조사를 확대해 똑같은 조사를 벌였다. 조사가 거의 마무리될 때쯤 해서야 겨우, 인상주의 전시실에 걸려 있던 〈점검 중〉이라는 팻말에 다시 주의를 했었고…….

페테르손은 사건 발생 직후 일군의 부하들을 박물관에 보내수장고에 있는 작품들을 조사해 보라고 시켰고 또 수사 보조요원들에게는 박물관 컴퓨터에 들어가서 작품 목록과 관련 자료들을 살펴보라고 시켰다. 경찰은 동원할 수 있는 모든 방법을 다 동원한 셈이었다. 그러나 르누아르와 모네 그림은 어디에도 없었다. 그림을 훔쳐 간 것이다. 사건의 본질은 분명했다. 그것도 아무 그림이 아니라 명화 중의 명화들을! 모네의 「스헬더 강 어귀」와 이번에 도둑맞은 르누아르의 걸작은 예전에도 손상을 당한 적이 있는 작품들이었다. 왜 이 작품들만 이런 시련을 겪는 것일까!

페테르손은 〈점검 중〉이라는 팻말을 가리키며 무릎을 쳤다.

「맞아. 도둑들은 영리한 놈들이야. 우릴 헷갈리게 하려고 박물관에서 걸어 놓은 것처럼 한 거야!」

「그런데 우린 애송이들처럼 속아 넘어간 거군요. 간단하고도 참 교묘한 수법이었어요.」

오랫동안 팻말들을 바라보고 있던 부하 롤프 스트룀베크는 씹는담배를 입에 넣고 고개를 으쓱하면서 수사 과장의 말을 인정했다.

「〈곧 다시 돌아오겠음〉이라는 팻말은 뭘까? 자네 생각에는 뭐 같은가?」

「글쎄요. 경찰 생활 벌써 몇 년째인데 이런 건 처음 보는데요. 이 팻말을 누가, 왜 걸어 놓았을까요?」 스트룀베크가 답은 안 하고 질문을 했다.

「어쨌든 이 팻말은 손으로 쓴 거야. 필적은 확보한 셈이지.」

「〈곧 다시 돌아오겠음〉이라는 팻말은 그럼, 그림이 도둑맞은 것을 발견한 어떤 사람이 경찰에 신고를 하려고 나가면서 써서 붙여 놓은 걸까요? 만일 그렇다면, 그 사람은 다시 찾을 수 있어요. 수배 전단을 만들어 돌려야겠는데요. 그런데 문제는 그 전단에 뭐라고 쓰죠?」 스트룀베크가 골똘히 생각하며 펜을 입에 물고 가볍게 돌리면서 말했다.

페테르손 과장도 머릿속으로 여러 문구를 생각해 봤지만 어느 것도 딱 마음에 드는 것이 없었다.

「〈곧 다시 돌아오겠음〉이라는 이 팻말을 쓴 사람을 찾는다는 수배 전단을 뿌리면, 모르긴 몰라도 도둑놈들만 빼고 전국에서 사람들이 몰려올걸. 프로급 도둑놈들은 절대 분명한 단서를 남기지 않아. 다른 팻말들은 장갑을 끼고 만든 것들인데, 이 팻말만은 아니야. 그리고 지문도 남아 있어. 여기 이 구석 쪽을 잘 봐, 엄지손가락이 보이지? 검게 변해 있잖아.」 페테르손은 팻말을 부하에게 건넸다.

「이것 말씀이세요? 이건 말이에요, 아무런 단서도 못 돼요. 딱 한 군데 쓸모가 있죠.」

스트룀베크가 자리에서 일어나 문을 열고 방금 받은 〈곧 다시 돌아오겠음〉이라는 팻말을 손잡이에 걸었다.

「자, 나가서 식사나 하시죠! 이렇게 걸어 놓으면 우릴 찾는 사람이 없겠죠.」

26

그림값을 받기로 한 날, 노인들은 택시를 타고 바이킹 페리 터미널로 향했다. 티켓을 끊고(물론 안나그레타가 모두 현금으로 지불했다), 앉아서 출발을 기다렸다. 그날만큼은 모두 각자 사용하던 보행기를 갖고 나오지 않았다. 대신 선박 회사에서 제공하는 것들을 쓸 예정이었다. 물론 노인들 중 누구도 꼭 보행기를 써야 걸을 수 있는 정도는 아니었지만 보행기는 이들이 도저히 그림 같은 것을 훔칠 수 없는 힘없는 노인들이라는 점을 나타내 주었다. 배에 오르자 객실에 들어가 제공받은 보행기와 기타 소지품들을 정리했다. 이어 노인들은 남의 눈에 띄지 않게 몰래 다시 객실을 빠져나와 복도에 모인 다음 엘리베이터를 타고 자동차들이 실려 있는 갑판까지 올라갔다. 그런 다음, 주위를 두리번거리며 자동차들이 배에 올라올 때 이용하는 램프를 타고 다시 부두로 내려왔다. 누군가가 노인들이 배에 탄 줄 알고 이 배를 뒤진다면 단단히 헛고생 좀 해야 할 것이다. 다섯 명의 강도단 노인들은 다른 페리를 탄 것이다.

바이킹 페리 터미널에서 밖으로 나오자 노인들은 미리 주문해 둔 우르바니스타 골프 가방을 찾은 다음, 택시를 잡아타고 또 다른 페리 선사인 실리아가 운영하는 베르타 페리 터미널로 달려가 서둘러 배에 올랐다. 노인들이 배에 오르자마자 세레나데호는 닻을 올렸다. 다른 페리로 바꿔 타자는 이 속임수는 메르타가 생각해 낸 것이었다. 그녀는 이 속임수에 좀 거창하게 〈교란 작전〉이라는 이름까지 붙였는데 그만큼 스스로 생각해도 정말 자기 자신이 대견하기만 했다. 만일 경찰이나 다른 부서 사람들이 바이킹 페리 터미널에서 출발하는 마리엘라호에 올라 노인들을 찾는다면 공연히 헛고생만 하는 것이다. 강도단 전원은 실리아 라인 페리 회사의 배들 중에서도 가장 호화로운 세레나데호에 올라 유유자적하고 있었던 것이다.

갈퀴는 이렇게 이중 삼중으로 고통스럽게 이동하는 이유가 뭐냐고 메르타에게 물었다. 메르타는 탐정 소설들을 보면 범인들이 항상 여러 번 거짓 이동 경로를 만들어 놓는다고 하면서, 그렇게 하면 무엇보다 시간을 벌 수 있다고 했다. 게다가 감옥 철창 속에 갇히기 전에 조금 즐겨 보자고 모두 약속하지 않았느냐고 하면서, 갈퀴의 코를 납작하게 만들어 놓았다.

객실을 잡기 위해 길게 줄을 서서 기다리는 동안 다섯 명의 노인들은 도둑질이 그들에게 가져다준 놀라운 힘과 열정에 대해 농담을 섞어 가며 즐겁게 이야기하고 있었다. 그들 앞뒤에 서서 차례를 기다리던 승객들은 걱정거리라곤 찾아볼 수 없이 마냥 즐겁기만 한 이 할아버지와 할머니 들을 보면서 하나같이 신기하다는 표정들을 보였고 개중에는 너무 우습다고 하면서 끝내 웃음을 터뜨리는 사람도 있었다. 사실 따지고 보면,

누구나 다 늙는 것이고, 늙는다는 것이 꼭 비극적인 것만도 아니지 않겠는가……. 모르긴 몰라도 그 사람들은 이 즐거운 노인들을 보면서 이런 생각들을 하고 있었을 것이다. 메르타와 다른 단원들은 마그네틱 카드를 받아 든 다음 엘리베이터를 탔다. 하지만 곧바로 각자의 객실로 가는 대신, 자동차를 정박시켜 놓은 갑판으로 내려갔다. 스웨덴제 트럭들을 비롯해 다른 나라에서 만든 트럭과 승용차들이 즐비했다. 그 수많은 차들 가운데로 들어선 노인들을 누가 눈여겨볼 것이며 그 누가 알아볼 수 있겠는가. 노인들은 자동차 접근 램프를 향해 걸음을 재촉했다. 걸어가는 동안 모두들 돈이 들어 있는 골프 가방을 숨길 만한 적당한 장소를 물색하느라 철제 들보들 사이사이를 두리번거리며 구석구석을 살펴보았다. 갑판은 군데군데 물이 고여 있었고 축축했다. 휘발유 냄새가 코를 찔렀지만 노인들은 전혀 개의치 않았고 오직 일에만 신경을 집중하고 있었다. 자동차가 드나드는 램프 바로 앞에 장화와 우비 들을 넣어 두는 창고가 하나 있었다. 창고에는 이미 나무 상자와 두 개의 선원용 배낭이 있었다.

메르타가 의기양양해져서 모두에게 소리쳤다.

「다들 이리로 와, 이리로!」

골프 가방 두 개를 조심조심해 가며 우비들 사이로 밀어 넣었고, 혹시 누가 멀리서 훔쳐보는 것은 아닌지 마지막까지 주위를 두리번거리면서 재빨리 그곳을 빠져나왔다. 노인들은 배가 스톡홀름으로 돌아가는 날 그림값을 받기로 했다. 이 골프 가방으로는 흔들리는 배 안에서 가방이 안전하게 있어 줄지, 또 경찰이 혹시 함정이라도 파 놓고 기다리는 것은 아닌지 시험해 볼 수 있을 것이다.

아침 햇살이 파도처럼 프린세스 릴리안 스위트룸으로 밀려
들어와 피아노를 비추며 회색 양탄자 위로 떨어지고 있었다.
호텔 객실을 청소하는 젊은 여인인, 페트라 스트란드는 긴 의
자 위에 널려 있는 쿠션들을 들어 먼지를 턴 다음 문득 창밖을
내다봤다. 다시 진공청소기를 들고 이곳저곳을 민 다음 욕실
청소를 하고 가구들 위에 내려앉은 먼지들도 모두 걸레질을
해서 닦아 냈다. 몸을 세운 여인은 한 손으로 흘러내리는 다갈
색 머릿결을 쓸어 넘겼다. 청소를 다 마친 여인은 이제 그녀가
맡은 일 중에서 가장 마음에 드는 한 가지 일만 더 하면 된다.
그 일이란 다름 아니라 방을 장식하고 있는 그림들과 기타 공
예품들을 점검하고 혹시 없어진 것은 없나 확인하는 것이었
다. 또 혹시 더 좋은 것으로 교환해야 하는 것이 있으면 보고
하는 일이었다. 물론 페트라 스트란드는 스위트룸을 청소하는
사람에 지나지 않았지만 호텔 경영 지원부에서 그녀가 미술
공부를 한 이력을 갖고 있다는 것을 알자 이런 일도 맡긴 것이
다. 스위트룸의 실내 색과 장식에 대한 의견을 내보라고도 했
다. 그랜드 호텔은 주로 나이 많은 사람들이 이용하는 호텔이
었지만 새로운 미디어 산업들이 일어나고 투기와 거품이 끼면
서 상황이 바뀌어 젊은 백만장자들도 이곳을 찾기 시작했다.
호텔 경영 지원부에서는 이렇게 바뀐 트렌드에 적응해야만 했
고 무엇보다 호텔을 찾아오는 이 새로운 고객층의 마음을 사
로잡아야 했다.

페트라 스트란드는 햇빛에 물든 왕궁을 내려다보면서 청소

수레에 걸레를 던져 놓고 방을 한 바퀴 돌아봤다. 스위트룸의 실내 장식과 양탄자 그리고 벽지를 둘러보던 그녀는 몇 가지 교체해야 할 부분들을 발견하고 생각에 잠겼다. 방의 전체 색은 무채색 계열로 흰색, 회색, 검은색들에 약간씩 변화를 주어 섞어 놓았다. 무엇보다 바닥에 깔린 양탄자가 마음에 들었는데 은회색이 감도는 두꺼운 제품이었다. 침대보에는 터키석의 청록색 꽃문양들이 시원스럽게 수놓아져 있었고 엷게 들어간 회색빛 자수 실들이 빛을 내며 그 자체로 하나의 멋진 그림을 만들어 내고 있었다. 조금 더 밝은 색조의 방들도 구석구석 모두 디자인이 되어 있었다. 하지만 뭔가가 빠진 것 같은 허전함이 드는 것 역시 부인할 수 없었다. 330제곱미터나 되는 이 너른 스위트룸은 한번 단단히 손을 봐야 할 것만 같았다. 어쩌면 그림 몇 점을 걸어 놓음으로써 당장은 그런대로 젊은 손님들을 맞을 수도 있을 것 같았다.

벽에 걸려 있는 예술 작품들은 어딘지 약간 우울한 분위기를 내고 있었다. 자기라면 이런 그림들 대신 좀 더 밝은 그림들을 걸었을 것 같았다. 방 하나에는 범선을 그린 대형 그림 하나가 침대 위에 걸려 있었고 부엌으로 통하는 복도에는 판화 한 점이 걸려 있었다. 서재의 벽은 두 점의 정물화가 장식하고 있었으며 피아노 위를 보니 두 점의 유화가 있어서 잠시 걸음을 멈추고 바라다보았다. 이 그림들의 분위기는 스위트룸과 어울리기는 했지만 그 이상은 아니었다. 두 그림 중 하나는 강하구에 정박해 있는 범선과 어선들을 그린 그림이었고 다른하나는 남녀 한 쌍이 파리의 한 카페에 앉아 있는 모습을 그리고 있었다. 강 하구를 그린 그림은 고동색과 칙칙한 회색이 주

조를 이루고 있었다. 다른 그림도 비슷했다. 어두운 모자를 쓴 여인은 상반신을 약간 튼 채 카페에 앉아 있었고 남자는 긴 머리에 짙은 콧수염을 기르고 있었는데 어느 시대 모자인지 알수 없는 이상한 모자를 쓰고 있어서 영 어울리지 않았다. 그림 전체는 화폭 속에 너무 많은 대상이 들어가 있는 것 같았고, 남자는 모자를 쓰지 않고 여자만 모자를 쓰고 있었으면 싶었다. 하지만 분위기는 전체적으로 가족적이었다. 그림 쪽으로 가까이 다가가 봤다. 어딘지 르누아르가 그린 그림을 많이 닮은 그림이었다. 하기야 대가들의 그림은 종종 모사되기도 하지만 그 결과가 보통은 만족스럽지 못할 뿐이다. 이것도 그런 모사 작품일 것이다. 모르긴 몰라도 아마추어 화가가 그린 것으로 보였다. 어쨌든 두 그림은 방과는 잘 안 어울리는 그림들이었다. 지금 두 그림이 걸려 있는 자리에 대형 현대 회화가 한점 걸리는 것이 훨씬 어울릴 것 같았다. 올라 빌그렌이나 세실리아 에데팔크 혹은 가능하다면 피카소……. 그녀는 두 그림을 벽에서 떼어 내서 청소 수레에 올려놓고 호텔 별관 건물로 내려갔다.

별관 지하에서는 많은 그림들이 한창 복원 중이었다. 창고로도 쓰이는 지하의 한 방에는 언제나 여러 그림들이 바닥에 포개진 채 나뒹굴고 있었다. 대개는 객실을 수리할 때 떼어서 갖다 놓은 것들이다. 그녀는 그림들을 하나씩 살펴보았다. 어떤 것은 샤갈 그림을 닮았고 조금 더 큰 그림 하나는 마티스 풍의 수채화였다. 둘 다 피아노 위에 걸어 놓으면 잘 어울릴 그림들이었다.

릴리안 스위트룸에서 갖고 내려온 두 그림을 그대로 청소 수레에 둔 채, 그녀는 샤갈과 마티스 풍의 그림을 집어 옆구리에 낀 채 엘리베이터를 탔다. 상당히 흥분한 그녀는 두 점의 새 그림을 피아노 위에 걸어 놓고 서너 걸음 뒤로 물러나 바라보았다. 눈이 번쩍 뜨였다. 지금 보고 있는 그림들이 훨씬 좋았다! 그녀는 청바지 뒷주머니에 손을 넣어 담뱃갑을 꺼내 씹는 담배를 한 줌 입에 털어 넣었다. 이제 경영 지원부에서 올라와 바뀐 모습을 보고 평가만 해주면 된다. 대만족일 것이다!

27

　다섯 명의 노인들은 객실에서 잠시 휴식을 취한 뒤 저녁을 먹으러 가기 위해 옷을 차려입었다. 메르타는 여전히 경계의 눈초리를 거두지 않았고 혹시 미행을 당하고 있지 않나, 늘 주위를 둘러보았다. 그림값을 요구한 것이니, 신나기도 했지만 큰일을 저지른 것이고, 따라서…….

　모두들 식당에 도착하자, 메르타가 물었다. 「메뉴로 할까, 아니면 뷔페로 할까?」

　「당연히 뷔페지!」 이미 줄을 서기 위해 이동하면서 모두 이구동성으로 대답했다. 서로 나란히 붙어 앉은 갈퀴와 스티나는 다정하게 이야기를 나누고 있었다. 메르타는 천재와 안나그레타와 함께 앉았다. 저녁을 먹으러 올라가기 전, 객실에서 안나그레타는 메르타에게 우스꽝스러운 질문을 하나 했다. 메르타로서는 강한 의혹이 이는 당혹스러운 질문이었다.

　「메르타, 한 남자가 다른 여자보다 한 여자에게 유난히 관심을 보이는 이유가 뭘까?」

　메르타는 농담으로 이 질문을 피해 보려고 했으나 안나그레타는 아주 심각했다.

「글쎄, 뭐랄까, 옷도 예쁘게 입고 명랑하고 개방적이면 그렇게 되지 않을까……」 메르타는 힐끗 안나그레타의 옷매무새를 바라보며 말했다. 그녀가 입고 있는 옷은 흡사 변장을 할 때의 복장 같았다. 그 옷매무새에서 유일하게 칭찬할 점은 지극히 소박하다는 것, 그것뿐이었다.

「옷을 잘 입는다고? 그게 뭐 그리 중요하지? 난 이해를 못 하겠어! 자기는 옷을 잘 입는다고 생각해?」 안나그레타는 메르타가 허리춤에 차고 있는 전대를 바라보며 말했다.

「아니, 내 이야기가 아니고, 내 말은 일반적으로 볼 때 그렇다는 것이지.」 메르타는 안나그레타가 누군가를 만날 수 있다면 좋을 텐데 하면서 대답했다. 안나그레타는 확실히 왕따를 당하고 있다고 느끼는 것 같았다.

나란히 앉아 도란도란하는 것을 보니 스티나와 갈퀴는 서로 칭찬을 하고 있는 것이 분명했고 메르타 자신도 천재와 그녀의 일생에 있어 가장 화창한 시간을 보내고 있었다.

메르타가 안나그레타에게 물었고 답까지 들려주었다.

「인생에서 가장 신기한 게 뭔지 알아? 어떤 일이 일어날지 모른다는 거야. 그래서 아무리 늦었어도 희망을 가져 볼 수 있다는 거야.」

「그런 말 어디서 많이 듣던 것들인데, 계속해 봐.」 안나그레타가 기분이 좀 상했는지 입을 실룩거렸다.

메르타는 입을 다물었다. 안나그레타를 위로해 주려고 했을 뿐이다. 그녀에게 대놓고, 강박 관념에 사로잡혀 있다, 옷을 너무 못 입는다, 웃을 때는 말 울음소리를 낸다고, 있는 그대로 다 이야기할 수 있을까? 그럴 수는 없는 일이다.

후식으로 파이가 나오자 그 덕분에 안나그레타는 금방 기분이 좀 좋아졌고 두 번째 포도주 잔을 비우고 나서는 다시 평소처럼 웃고 떠들고 했다. 그런 그녀를 보자 메르타는 마음이 놓였고 속으로 모두들 안나그레타를 조금 더 보살펴 주어야 하겠다고 생각했다. 겉으로만 보면 안나그레타는 자신감에 차 있는 여자였지만, 안을 들여다보면 그녀도 사랑을 경험해 보고 싶어 하는 것 아닌가!

저녁을 마치고 나서 모두들 가라오케로 이동해 계속 밤을 즐겼다. 포도주를 몇 잔씩 한 덕분에 흥이 올라 있었고 모두들 합창단원이었으니 당연히 노래를 부르고 싶었다. 메르타가 가장 먼저 무대에 올라서는 「예스터데이」를 목청껏 불렀고, 갈퀴가 그다음에 올라가 늘 부르던 「바다를 향해」[15]를 불렀다. 안나그레타는 없던 용기를 내서 「마이 웨이」를 불렀는데, 아주 독창적으로 불렀고 제스처는 더욱 독창적이어서 특허를 내도 좋을 것 같았다. 모두들 박수를 쳤고 또 박수를 받을 만했지만, 안나그레타가 갑자기 스웨덴 국가를 큰 소리로 부르기 시작하자 모두들 고개를 돌리고 자리에서 일어나 다른 데로 가버렸다. 안나그레타는 거칠게 항의했지만 메르타가 다가가 바에 홀아비들이 많다고 하자 고개를 끄덕이며 애국가를 그쳤다.

맛손 소장과 함께 객실에서 몇 시간을 보낸 후 바르브로의 두 뺨은 완전히 붉게 변했고 온몸이 땀에 흠뻑 젖었다. 바르브

---

15 「바다를 향해Till Havs」는 스웨덴어로 시를 쓴 핀란드 시인 요나탄 레우테르의 시이며, 1917년 잔 시벨리우스가 곡을 붙였다.

로는 맛손이 며칠간 자기를 유럽으로 데려가 함께 여행을 할 줄 알았다. 유럽에 가면 멋진 호텔에 묵으면서 호사스럽게 보낼 수 있다고 꿈에 부풀어 있었던 것이다. 하지만 지금 그녀는 유럽 여행 대신, 실리아 세레나데 페리에 올라 헬싱키로 가는 아주 평범한 크루즈 여행을 하고 있었다. 소장이 좀 쩨쩨한 사람 아닌가 싶기도 했지만, 그의 말을 듣고 나서는 조금 마음이 가라앉았다.

「사랑스러운 우리 꼬마 아가씨, 만일 비행기를 타면 난 언제 회사 사람들이나 사업 친구들을 만날지 몰라. 하지만 이런 배를 타면 우린 누구의 방해도 받지 않아. 오붓하게 우리 둘만의 시간을 갖는 거야, 이렇게.」

소장의 말을 들은 바르브로는 비록 감언이설이었지만 한번 속아 보기로 했다. 소장에게 자신이 그렇게 중요한 사람이라는 사실이 그녀를 행복하게 해주었고 그녀의 해석이 틀리지 않았다면 그것은 곧 자기와 결혼을 하겠다는 말일 수도 있으니……. 그러면 곧, 정말 얼마 있지 않아, 목적을 달성하는 것이다. 갑자기 맛손이 놀란 표정을 지었다. 4시 30분에 배에 오른 후 두 사람은 객실에서만 시간을 보냈다. 지금은 저녁 8시가 넘은 시간이었다. 바르브로는 세레나데호가 부두를 떠나는 것도 모르고 있었다.

시장기를 느낀 바르브로가 말했다. 「바에 가서 한잔하고 간단하게 뭘 좀 먹으면 좋을 것 같은데, 어때 자기 생각은?」

「좋지. 그런데 빨리 먹고 올라오자. 오, 내 보물단지…….」소장은 바르브로를 다시 끌어당겨 안으면서 말했다.

이때였다. 바르브로가 아주 오래전부터 가슴 깊이 묻어 두었던 말들이 자신도 모르게 목을 타고 올라와 입 밖으로 쏟아지려고 했다. 〈자, 이제, 이혼을 하고 나와 결혼해요!〉 바르브로는 참아 넘겼다. 더 적절한 때를 기다리자고 자신을 달래면서. 바에 내려가서 한잔하면 그때? 아니면 한 잔 더 해서 두 잔이 되면 그때?

　도주 중인 다섯 명의 노인들이 손에 술잔을 하나씩 들고 선상 무도회장을 찾았다. 여러 커플들이 스텝을 바꿔 가며 돌고 있었고 그 모습을 본 메르타는 자기도 한번 나가서 잠깐 스텝을 밟아 볼까 말까 망설이고 있었다. 체력 단련 덕택인지 몸은 오히려 예전보다 더 튼튼해진 것 같았다. 노인들이 모두 웃음을 되찾았으며 마음속에 큰 변화가 일어난 것이 확실했다. 몇 달 전만 해도, 비실비실하다고까지는 말을 못 해도 노인들 모두가 상당히 피곤해했다. 하지만 지금은 모두 활기차고 즐거워했고 심지어 안나그레타도 기분이 한결 좋아진 것 같았다. 때때로 그녀의 목소리가 좌중을 압도해 버리곤 하지만 그래도 만족해하고 있으며 중요한 것은 어쩌면 그녀가 행복하다는 사실일 것이다. 메르타는 조금 전 저녁 시간에 안나그레타에게 할 수 없었던 말들을 용기를 내서 들려주어야겠다는 생각이 들었다.

　「안나그레타, 내 말을 나쁘게 생각하지 말고 들어 줘. 아까 남자에 대해서 나에게 물었던 거 있잖아, 그게 말이야…….」

　「그랬었지. 그게, 뭐?」

　「말을 할 때 너무 크게 하지 마. 웃을 때도 조금 작게 웃고. 다른 사람들 역시 모두 남들이 자신들을 보아 주길 원해. 그러니까 안나그레타 혼자 그렇게 튀면……」

　메르타는 이렇게 솔직하게 말하고 있는 자신이 스스로도 놀라웠다. 오직 바람이 있다면 친구가 행복해하는 것뿐이었다. 메르타는 안나그레타를 화장실로 데려갔다. 거기서 립스틱을 꺼내 안나그레타의 입술에 발라 주었고 머리 모양도 바꿔서 사람들 눈에 조금 더 잘 띄도록 했다. 안나그레타의 쪽 찐 머리를 풀어서 목덜미까지 머리가 흘러내리도록 했더니 훨씬 젊고 매력적으로 보였다. 치마와 블라우스도 빌려주었는데 아주 잘 맞았다. 하지만 이 변신은 그리 오래가지 못했다. 안나그레타는 한 늙수그레한 신사와 이야기를 나누고 있었는데, 이야기에 너무 빠져 있는 바람에 목소리가 예전의 고주파 목소리로 다시 돌아와 있었다. 음량은 오히려 옛날보다 더 높아져 있었다. 그런 안나그레타를 보면서 메르타는 고개를 설레설레 흔들 수밖에 없었다. 그 신사가 곧 파트너를 떠나갈 것이 거의 확실했다. 그런데 이상했다. 시간이 꽤 흘렀는데도 그 신사는 자리를 뜰 생각을 하지 않았다. 그 반대였다. 두 사람은 점점 더 가까이 다가앉고 있었다. 안나그레타가 예의 그 말 울음소리 같은 웃음소리를 내도 신사는 뒤로 물러서지 않았다. 안나그레타가 영혼의 짝을 찾은 것일까? 그럴지도 모른다. 감금된 것이나 마찬가지였던 요양소를 나오자 그때부터 모든 것이 다시 시작되었고 어떤 일이라도 일어날 수 있었다. 메르타는 이 며칠간의 자유를 누리면서 그들이 해낼 수 있었던 모든 일들을 생각해 보았다. 지금도 여전히 요양소에 갇혀 있는 사람들도 우리처럼 이런 삶을 경험해 봤으면 싶었다! 낙엽 지는 황혼기를 맞아 인생을 조금 즐겨 보고 싶은 노인들이 강도가 되는 것 이외에 다른 길이 없다면 그 사회는 분명 뭔가 잘못된 사회임에 틀림없다.

메르타는 다시 안나그레타의 말 울음소리를 들었다. 물론 그녀는 웃고 있었다. 그런데 신사는 한 팔을 그녀의 어깨 위에 올려놓는 것 아닌가! 맙소사, 신사는 안나그레타에게 한 곡 추시겠냐고 묻는 것 같았다. 맞다. 안나그레타를 향해 몸을 돌리더니 그녀의 팔을 잡고 댄스 플로어로 나가고 있었다. 안나그레타는 그녀에게 필요한 남자를 만난 것 같았다. 신사는 보청기를 끼고 있었는데, 모르긴 몰라도 그 보청기 스위치를 내려놓고 있었던 것 같았다.

새 음악이 흘러나오기 시작했고 메르타는 무대로 나가 몇 발자국 스텝을 밟아 볼까 어쩔까 망설이고 있는데 천재가 그녀에게 다가왔다. 꼭 끌어안아 주고 싶었다. 춤을 한 곡 추자고 손을 잡아 주길 기다렸다. 기대했던 대로 천재는 메르타를 댄스 플로어로 데리고 나갔다. 하지만 그것은 끌어안고 춤을 추기 위해서가 아니었다. 댄스 플로어로 나가자마자 천재는 그녀의 귀에 대고 속삭였다.

「바르브로가 이 배에 타고 있어! 이제 어떻게 하지, 우리?」

28

노인들이 사라진 지 며칠 안 되었지만, 요양소에서는 나쁜 이야기들이 꼬리를 물고 이어졌다. 합창단원들은 대체 어디에 있는 것인가? 아무도 그들을 본 사람이 없었다. 카샤는 계속 바르브로에게 연락을 취했지만 허사였다. 경찰에도 전화를 했지만 아무런 결과가 없었다. 륀베리 경위는 이런 경우에 경찰이 무엇을 해야 할지 잘 모르겠다는 답변만 되풀이했다.

「부인, 이 일은 경찰 소관이 아니에요. 노인들이 나가고 싶었다면 그 사람들한테도 그럴 권리가 있어요. 그런데 대체 우리보고 뭘 하라는 겁니까? 노인들이 함께 있다면서요. 그러니 그렇게 노심초사할 이유가 없을 것 같은데요.」

「그래도 걱정이 돼서 죽겠어요.」

「법은 법이에요. 우리가 개입할 여지가 없어요.」

지쳐 버린 카샤는 전화를 끊어 버렸다. 경찰과 이야기를 하면서 괜히 시간만 낭비하고 말았다. 이제 어떻게 해야 하나? 자리를 비웠을 때 일어난 일들을 알면 바르브로가 어떻게 나올까, 그 생각만 하면 골치가 아파 와서 아예 생각을 하지 않기로 했다. 카샤는 마시던 커피 잔을 내려놓고 공동실로 갔다. 모든 것이 평소처럼 평온하고 조용했다. 소리를 죽인 텔레비전 한 대가 구석에 놓여 있었고 늘 장기를 두던 두 노인은 꾸벅꾸벅 졸고 있었다. 한 노부인은 책을 읽고 있었으며 친구처럼 보이는 다른 부인은 창밖을 바라보고 있었다. 평온이 아니었다. 거의 살인적인 권태가 방 전체를 내리누르고 있었다. 카샤가 막 퇴근 준비를 서두를 때였다. 갑자기 문이 열리면서 한 노인이 잘 안 나오는 목소리로 겨우 말했다.

「누가 찾아왔어요.」

「저를 찾아왔다고요?」 카샤는 약속을 한 적이 없었다.

「바르브로에게 할 말이 있다고 그러던데. 지금 아가씨가 대신 일하니까, 아가씨가 만나야 할 것 같아서…….」

카샤는 알았다고 하면서 옷매무새를 만지며 안내 데스크로 갔다. 한 중년의 사내가 보였다. 가죽 재킷을 걸치고 머리는 짧게 깎았으며 귀에는 귀걸이를 하고 있었다. 또 손목을 보니 문신이 새겨져 있었다. 방으로 들어오는 카샤를 보더니 사내가 일어섰다.

「안녕하쇼, 난 니세 엥스트룀이란 사람이오. 우리 부친을 만나러 왔소이다.」

「부친이요?」

「예, 베르틸 엥스트룀인데, 별명이 갈퀴죠. 알고 계시겠지만.」

「아, 그분이군요. 뭐 전하실 말이라도 있으세요?」

「전할 말이 있는 게 아니라, 부친을 좀 만나야겠다 이거요. 빌어먹을 전할 말 같은 것은 없소.」

「그분 방은 이리로 가면 되는데, 하지만 지금 그분이…….」

「내 배가 여기 와서 닻을 내리면 그때마다 꼭 오겠다고 약속을 했고, 그 약속을 지키려고 온 것이오. 약속을 지키려고요.」

말을 마치자마자 그 사나이는 카샤가 붙잡을 시간도 없이 아버지 방으로 성큼성큼 걸어가 문을 활짝 열어젖혔다.

「아니, 아무도 없잖아! 젠장!」

「글쎄, 저도 잘 모르겠는데, 그게, 그러니까…….」

「아니, 지금 어디 있는지도 모른단 말이야? 대체 이놈의 요양소는 뭐 하는 데야? 이거야, 참. 그리고 너는?」

카샤는 얼굴이 확 달아올랐다.

「갈퀴 할아버지는 다른 노인 합창단원들과 함께 어딘가로 노래를 부르러 갔어요. 그건 확실해요.」

「아, 그랬군.」 남자는 마음이 놓이는지 의자에 털썩 주저앉으면서 계속 거친 말들을 섞어 가며 반말을 해댔다. 「지랄 같구먼, 못 만나고 가게 생겼어. 이곳에 배를 대는 날이 거의 없는데 말이야. 배에서 내리기도 힘든데 어떻게 하지…….」

「그러면, 선생님도 선원이세요?」

「그래, 나 선원이야, 우리 부친처럼. 우린 마요르나에 살았지. 거기가 좀 높은 덴데 강이 보이고 강에 정박해 있는 배들도 다 보여. 부친은 여행 이야기를 많이 들려주었지. 전 세계를 돌아다니셨으니까. 해양 박물관도 데려가셨어, 옛날 일이지만.」

카샤도 옆에 있는 의자로 가서 앉았다. 겉으로 보기엔 무례하고 거칠었지만 갈퀴의 아들 된다는 이 남자는 어딘지 멋있는 데가 있었다.

「그러면 어머니는?」

「아, 우리 엄마? 두 사람은 오래 결혼 생활을 못 했어. 부친은 여자 치마만 따라다니는 놈팡이었고. 부친에게는 안된 이야기지만 우리 엄마가 아까웠지. 하지만 엄마는 재혼 같은 것은 안 했어. 평생 아빠를 사랑하셨던 것 같아.」

「갈퀴 할아버지는 이곳에서 아주 평이 좋아요.」 카샤가 지나가는 투로 슬쩍 이야기했다.

「아빠와 나, 우리 두 사람은 강가에 내려가서 늘 낚시를 하곤 했어. 낚싯줄을 길게 드리우고 줄만 쳐다보면서 한참 기다리는 거야. 바다 이야기도 하면서 말이야. 나는 선원이 되지 않을 수가 없었던 거지.」

카샤는 살짝 웃음이 나왔다.

「우린 메기도 잡고, 뱀장어도 잡았어. 어떤 때는 연어도 한두 마리 낚았고. 하지만 나중에는 물이 공해에 오염이 되는 바람에 다 끝났지. 지랄 같은 거지, 뭐.」

남자는 자리에서 일어났다.

「좋아, 난 그만 가봐야겠군. 내일 닻을 올리거든. 어쨌든 내가 왔다 갔다고 안부라도 전해 주면 고맙겠고…….」

카샤는 남자를 문까지 배웅하려고 일어났다. 문가에는 93세 헨리크 할아버지가 지팡이에 몸을 기댄 채 서 있었다. 헨리크 할아버지가 불평을 해댔다.

「여긴 너무 조용해. 합창단이 사라진 게 지난 일요일이었으니까, 그때부터 여긴 너무 조용해져서…….」

「아니 뭐라고?」

니세는 카샤 쪽으로 돌아서며 소리를 질렀다.

「그런데 나한테 뭐라고 했어, 조금 아까. 지난 일요일부터라고? 그런 말 안 했잖아!」

「그래서 경찰에 신고도 하고 그랬어요. 하지만 경찰은 내 이야기를 들으려고 하질 않았어요. 미안하게 됐어요. 가족들이 나서서 경찰에 전화를 하는 것이 더 좋을 것 같아요.」

카샤가 변명을 했지만 모두 사실이었다.

「이런 지랄 같은 일이 어떻게. 실종 신고를 해야지!」

갈퀴의 아들 니세는 휴대폰을 꺼내 긴급 전화번호를 눌렀다.

29

「뭐라고? 바르브로가 여기, 배에 타고 있다고? 말도 안 돼! 하나님 맙소사!」 메르타가 소리쳤고 너무 큰 소리에 음악마저 묻혀 버렸다. 메르타는 거의 본능적으로 천재의 손을 잡고 카운터 쪽으로 몸을 숨겼다. 거기서 메르타는 다른 사람들에게 사실을 알렸다.

「어서들 나가!」 바르브로가 맛손 소장과 함께 바 안으로 들어서고 있었고 그 모습을 본 갈퀴가 놀란 나머지 소리쳤다. 하지만 다시 생각을 바꿨다. 「아니야, 이렇게 서두를 필요는 없지. 저 두 연놈들은 자기들 생각만 하니까, 우릴 볼 시간도 없을 거야.」

다섯 명은 가능한 한 눈에 안 띄게 조심하면서 조용히 기다렸다.

「아마 우릴 못 본 모양이야.」 잠시 후 두 남녀가 다시 객실 쪽으로 사라지는 것을 본 스티나가 추측을 내놓았다.

「쟤네들은 우릴 보지 못했어. 앞에 있는 잔도 다 못 비우고 갔잖아.」 천재가 스티나보다 한술 더 뜨며 말했다.

「저들이 여길 내려온 것은 술을 마시기 위해서가 아니었어.」
갈퀴가 다시 의견을 말했다.

「바르브로도 우리 눈에 띌까 봐 오히려 우리보다 더 겁이 났을 거야. 어쨌든, 이제 저 두 사람 사이에 뭔가가 있다는 것은 확실하게 알았어.」 메르타가 말했다.

「침대로 들어가서 뒹굴겠지, 평소처럼. 잘 걸렸다, 니들. 이런 걸 〈정당 나포〉라고 하는 거야, 해운 용어로.」 갈퀴가 말했다.

「저 사람 또 시작이군!」 안나그레타가 입을 열려고 하자, 메르타가 막아섰다.

「바르브로가 우릴 못 봤어야 하는데. 잘못하면 모든 것을 망칠 수도 있어.」

그러나 갈퀴는 다른 의견을 갖고 있었다. 갈퀴가 말했다. 얼굴에는 사태 파악이 완료되었다는 미소가 떠올랐다. 「만일 우리를 봤다 해도, 맞손과 배 안에서 뭘 하고 있었느냐고 우리가 먼저 물어볼 수 있는 상황이잖아.」

모두들 조금 안심이 되기는 했지만, 그러나 흥겹던 분위기는 완전히 사라져 버렸다. 유일하게 이 모든 상황이 자기와는 무관하다는 표정을 짓고 있는 사람은 안나그레타였다.

메르타는 그 노신사가 다시 안나그레타에게 다가와 댄스 플로어로 나가자고 말을 건네는 모습을 힐끗 바라보았다. 비극으로 끝나지 않을까 두려워하면서도 메르타는 그런 안나그레타를 보며 자기 일처럼 기뻤다. 박물관에서 넘어진 후 안나그레타의 골반 부위의 뼈가 아직 완전히 제자리로 다시 돌아오지 않은 상태였다. 이번에 정말 다시 넘어진다면 어떤 일이 생길지 메르타는 걱정부터 앞섰다!

「자, 이제 자러들 가야지. 눈이 막 저절로 감기네. 아침 식사 때 다시 만나.」 메르타가 일행에게 말했다. 내일 일이 걱정되었지만 잠이 쏟아지고 있었다. 다른 사람들도 비슷했고, 춤을 추고 있는 안나그레타만 빼고, 모두들 메르타의 말을 따라 객실로 향했다. 메르타는 객실로 걸음을 옮기면서도 안나그레타가 걱정이 되었다. 〈만일, 바르브로가 다시 내려온다면…….〉 하지만 안나그레타를 보니 이제 막 나타난 말 탄 기사와 너무나도 잘 어울리고 있었고 도저히 객실로 가라고 하면서 말릴 수가 없었다. 궁지에 몰려도 안나그레타는 분명 잘 빠져나올 거야…….

그다음 날 아침, 이른 시간이었다. 안나그레타는 아무리 흔들어 깨워도 일어나질 않았다. 호기심이 발동한 메르타는 대체 어젯밤에 몇 시에 올라왔느냐고 물었다.

「내가 시계를 볼 시간이 어디 있었겠어?」 안나그레타의 두 눈에는 아직도 밤하늘의 별들이 초롱초롱했다. 그 이상을 알 수는 없었다. 함께 모여 아침 식사를 끝낸 후에서야 메르타는 안나그레타의 이야기를 들을 수 있었다.

「우리 다시 만나기로 했어.」 안나그레타가 얼굴을 붉히며 말했다. 마침 선장의 아침 안내 방송이 스피커를 통해 흘러나왔지만 메르타는 분명히 알아들었다. 이 말을 마친 안나그레타는 갑자기 입을 다물었고 사람들은 모두 서로를 쳐다보았다. 메르타가 박수를 쳤다.

「자, 우리 이제, 헬싱키에 도착했어. 흩어져서 자동차들이 있는 갑판으로 갈 시간이야. 거기서 다시 만나. 언제나 주변을 잘 살펴보고…….」

모두 잘 알았다고 하면서 객실을 떠났다. 길게 줄을 지어 엘리베이터로 가는 다른 승객들과 섞여 자동차들이 묶여 있는 갑판까지 가야 했다. 노인들은 배가 부두에 접근하자, 자동차 접근용 램프 근처에 있는 창고로 다가갔다. 메르타와 천재는 눈빛을 주고받았다. 창고에는 골프 가방 두 개가 그대로 있었다. 다섯 명은 배가 접안을 한 후 완전히 멈추고 부두에 밧줄로 묶일 때까지 잠시 기다렸다. 마침내 갑판 선원들이 앞줄의 자동차들에게 출발 신호를 보냈다. 메르타와 천재는 보행기를 밀고 출구 쪽으로 향했고 그사이 나머지 사람들은 갖고 탄 두 개의 골프 가방을 들었다. 다시 모인 다섯 명은 램프를 내려와 배에서 내렸다. 아무도 그들을 제지하거나 부르지 않았다. 만일 그랬다 해도, 메르타가 나서서 다 해결을 봤을 것이다. 페리 회사를 찾아가 회사가 나이 든 노인들을 노인이라는 단 하나의 이유로 함부로 대했다고 거칠게 따졌을 것이고 그것으로 모자란다면……. 사실 어떤 페리 회사도 요즘은 노인 승객들을 차별 대우하는 위험을 감수하려고 하지 않는다. 그 후폭풍이 어마어마하기 때문이다.

마침내 부두를 밟은 사람들은 그제야 긴장을 풀었다. 그림 값도 쉽게 되찾을 수 있다고 모두들 확신하는 것 같았다. 헬싱키 살루할렌 시장으로 가서 건소시지, 햄 그리고 〈핀란드산〉 스위스 치즈 등을 산 다음, 덜컹거리는 트램을 타고 도심으로 향했다. 도심에 내려서는 일단 카를 파세르 카페에서 커피를 한 잔씩 마셨고 샌드위치와 케이크와 과자를 좀 샀다. 그런 다음 헬싱키 거리 여기저기를 잠시 산책하면서 감초가 들어간 좀 짭짤한 사탕도 사 먹고, 때론 캐러멜도 샀고 그러다가 북극산 오디로 빚은 술을 발견하고는 주인도 놀랄 정도로 엄청난 양을 구입했다.

「지금 바로 가서 그림값을 되찾아야 하나, 꼭? 조금 더 기다리면 안 될까?」 신경이 날카로워진 스티나가 걱정을 하면서 물었다. 스톡홀름으로 돌아가는 길에는 돈을 되찾아야만 했다. 이 일이 끝나면 돌이킬 수 없이 완벽하게 진짜 도둑이 되어 버리는 것이다.

메르타가 단호하게 스티나의 말을 가로막고 나섰다.

「〈기다리면 안 되냐고?〉 기다린다는 것은 우리 같은 나이에는 큰 의미가 없는 말이야. 지금까지도 너무 오래 기다렸잖아.」 메르타는 여기서 물러서서는 안 되며 단호해질 필요가 있다고 느꼈다. 그래야 다섯 사람 모두가 하나가 되어 움직일 수 있었다. 「그건 그렇고, 배 안에서 보니 벨기에산 초콜릿을 팔더라고. 마지막 쇼핑은 배를 타고 하자고.」

스티나를 위해서도 더 이상 지체할 수가 없었다.

모두 다시 배로 돌아왔고 메르타는 스티나의 팔을 잡고 배 안에 있는 매점으로 갔다. 거기서 메르타는 친구에게 벨기에산 초콜릿 다섯 통을 사주었다. 돈을 지불하려고 길게 줄을 서서 기다리는 동안 메르타는 앞으로 해야 할 일들을 하나씩 다시 점검해 봤다. 페리가 스톡홀름 부두에 도착하면, 지금 갖고 올라탄 두 개의 바퀴 달린 골프 가방과 똑같은 골프 가방을 창고에서 꺼내 바꿔치기해야 한다. 똑같은 이 골프 가방들 사이의 유일한 차이점은, 천재가 뚫어 놓은 작은 구멍이 있느냐 없느냐, 그것뿐이었다. 천재는 제동 막대를 설치하기 위해 골프 가방 손잡이에 아무도 모르게 거의 눈에 띄지 않는 작은 구멍을 뚫어 놓았었다.

메르타가 초콜릿을 스티나에게 내밀며 말했다.

「스티나, 자 여기 있어. 이 초콜릿을 받아. 그리고 이거 좀 먹으면서 조금 앉아서 쉬고 있어. 약 한 시간 정도 있다가 내 객실에서 다시 봐. 저녁 먹기 전에 입맛도 돋울 겸 반주 한 잔씩 하자고.」

스티나는 메르타가 준 선물을 가슴에 안고서 여러 번 고맙다고 한 다음, 시키는 대로 한 시간 있다가 가겠다고 했다.

메르타와 천재가 예정보다 조금 늦게 갑판 난간을 따라 천천히 걸음을 옮기고 있었다. 메르타는 조금이라도 마음이 놓일까 해서 천재의 손을 잡고 싶은 마음이 굴뚝같았지만 꾹 참았다. 하긴, 골프 가방 두 개와 우산까지 든 두 사람은 맞잡을 빈손도 없었다. 두 사람은 그렇게 조심조심해 가며 자동차 접근 램프 가까이에 있는 창고까지 가서, 거의 다 왔을 때 들고 있던 우산을 폈다. 천재는 비디오로 녹화가 되는 감시 카메라가 돌고 있을 것이라고 말했다. 두 사람은 크게 숨을 내쉬었다. 메르타는 감히 창고 속을 들여다볼 수가 없었다. 혹시 가방이 그 자리에 없다면……. 창고 문을 열었다. 우비도, 장화도 그대로 있었고…… 창고 한쪽 구석에 두 개의 새로운 우르바니스타 마크의 골프 가방이 놓여 있는 것이 보였다. 그들이 지금 끌고 간 것들과 똑같은, 두 개의 골프 가방……. 이제 박물관에서 정말로 천만 크로나의 돈을 넣었는지를 확인해 보는 일만 남았다. 그 돈은 거금이었지만, 메르타가 말한 대로, 연금에 보태지는 보너스에 지나지 않았다. 또 그 돈은 은행이 세금을 물리지 못하는 아주 희귀한 자산 거래의 결과물이기도 했다.

메르타는 두 개의 골프 가방을 당장 갖고 올라오고 싶었다. 그러나 두 사람이 골프 가방을 객실로 갖고 올라오다 보면 쉽게 의심을 사고 또 발각될 위험이 있었다. 마지막까지 신중에 신중을 기해야 했고 은밀하게 처리해야 했다. 골프 가방들은 스톡홀름에 닿을 때까지 그대로 두어야 할 것이다. 설사 지금 당장…… 하지만 그래도 박물관 측이 속임수를 쓰지는 않았는지만은 확인해 보고 싶었다. 골프 가방 밖을 조금 당겨 볼까? 메르타는 재빨리 골프 가방 외부의 천을 당겨 보았다. 더 이상 망설일 수가 없었다. 안에서 종이 같은 것이 꾸겨지는 소리가 들리자 메르타는 지폐 뭉치들이 느껴지는 것만 같았다. 메르타는 너무도 기뻐서 그 돈뭉치 앞에서 짧은 순간이지만 댄스 스텝을 밟지 않을 수가 없었다. 천재가 다가와 말렸다. 하지만 메르타는 그런 천재의 두 눈도 역시 기쁨과 흥분으로 빛나고 있는 것을 알았다. 메르타는 그 자리에서 천재를 끌어안고 싶었지만, 이 포옹마저 기다려야 했다. 가지고 간 골프 가방 두 개를 원래 있던 두 개의 가방들 옆에 놓고 두 사람은 엘리베이터 쪽으로 와서 펼치고 있던 우산을 접었다. 그리고 두 사람은 가볍게 서로를 안아 등을 두드려 주었다.

객실 칸으로 올라온 메르타와 천재는 잠시 수다를 떨며 긴장을 풀었고 각자 침실로 가 푹 쉬기로 했다. 메르타는 뜨개질 하던 것을 꺼내 들었고 침대에 앉아 푹신한 작은 쿠션들을 등에 댄 채 잠시 손을 놀렸다. 하지만 생각은 다른 데 가 있었다.

박물관은 신문지들이 가득 든 두 개의 골프 가방을 찾아갈 것이고, 우리는 천만 크로나가 든 골프 가방을 찾아 올 것이다. 물물교환치고는 말 그대로 대박 아닌가! 하지만 정말 이렇게 될 것인가? 어딘지 너무 쉽게 일이 풀려나가는 것 같은 느낌이 들었다. 하지만 메르타는 더 이상 생각을 따라갈 수가 없었다. 이미 배 위에 뜨개질 하던 것을 그대로 놔둔 채 잠이 들어 버렸던 것이다. 천재가 와서 저녁 먹으러 가자고 침실 문을 두드렸을 때 잠에서 깼다.

식당에 다시 모인 사람들에게서는 여전히 자신감들이 느껴졌지만 그럼에도 불구하고 모두들 바르브로가 근처 어딘가에 있을지 몰라 확인에 확인을 해야만 했다. 눈을 돌려 주위를 둘러봤지만 바르브로는 보이지 않았다.

「맛손과 그년은 아마 지금도 자고 있을 거야, 확실해. 그건 내가……」

갈퀴가 다시 시작할 참이었다. 안나그레타가 자르고 들어왔다.

「다시 한 번 시작했다가는 내가 그냥, 확……」

이번에는 안나그레타가 입만 뾰루퉁한 것이 아니라 단호한 눈빛으로 갈퀴를 째려보면서 정색을 하고 나섰다.

「아니, 내 이야기는, 그 여자가 자기 침대에 누워 곤하게 잠을 자고 있다, 이 말이야. 오해하지 말아 주세요.」

갈퀴가 익살을 떨었다. 그의 입에서는 마늘 냄새가 났고 한 손에는 커다란 맥주잔까지 들려 있었다. 안나그레타는 도저히 상종을 못 하겠다는 표정으로 갈퀴를 쳐다봤고 스티나는 그래도 그런 그를 안심시키려고 애를 썼다. 그런데 안나그레타가 갑자기 온순해지더니 찌푸렸던 양 미간을 활짝 펴면서 말했다.

「갈퀴 씨, 그거 알아? 바르브로가 맛손과 사랑에 빠졌다면, 우린 그냥 두 사람 좋을 대로 하세요 하고 내버려 두는 거야! 계속 수작들을 부릴 테면 부려 보라고 놔두는 거야!」

30

날은 벌써 어두워졌고, 수사 과장 페테르손은 빗속에 번들거리고 있는 도시의 불빛들을 창밖으로 하염없이 바라보고 있었다. 벌써 몇 시간째 퇴근도 못 하고 이러고 있는지 모른다. 이 그림 절도 건은 정말로 그를 궁지에 몰아넣고 있었다. 국립 박물관의 감시 카메라를 여러 번 다시 생각해 봤다. 인상주의 회화실의 그 감시 카메라가 작동이 되지 않았다고 해도 다른 카메라들도 있지 않은가. 녹화된 영상을 보면, 그날 강도 사건이 일어난 시간에 박물관에 들어왔던 모든 사람들이 찍혀 있어야만 했고 그중 한 사람 혹은 몇 사람이 강도여야 했다. 영상을 벌써 몇 번째나 돌려 보았지만 수상한 행동을 한 사람은 한 명도 없었다. 2층의 현대 회화와 디자인 전시실에서는 세 명의 나이 든 남자와 두 아이를 데리고 들어온 부부가 여유롭게 왔다 갔다 하며 작품을 감상하고 있었다. 디자인실 한쪽 구석에서는 한 30대 중반 정도의 여인이 유리 박스 안에 들어 있는 채색 유리 작품을 바라보고 있었고 조금 더 나이가 들어 보이는 다른 여인은 구스타브스베리의 공예 작품들에 관심을 보이고 있었다. 그뿐이었다. 강도같이 보이는 사람은 그 어디에도 없었다. 모든 관람객들은 천천히 걸어다니고 있었고 작품이 들어가 있는 유리 진열 상자들을 관심 있게 살펴보고 있었을 뿐이다.

위층으로 가는 중앙 계단에서 굽 높은 구두를 신은 두 젊은 아가씨들이 보여서 확대해 보았더니, 엉덩이까지 다 보이는 짧은 스커트 이외에는 별것이 없었다. 거기서 조금 떨어진 곳에서는 중년의 세 커플이 막 르네상스실로 들어가려고 하고 있었다. 인상주의 회화실로 들어가는 문 근처에서는 보행기를 밀고 있는 할머니 한 사람과 할아버지 그리고 마른 몸매의 여인을 봤다. 여기서도 이상한 점을 찾을 수가 없었다. 굳이 든다면 이들이 추워서 그랬는지 장갑을 끼고 있었다는 것 정도였다. 늙는다는 것은 힘든 일이야, 혈액 순환이 안 되니 추울 수밖에!

대가 렘브란트의 작품들이 전시되어 있는 네덜란드 회화실을 봐도, 지팡이를 든 한 노파 이외에는 사람이 없었다. 어느 영상에서도 경비원들이 보이지 않았는데, 이것은 조금 이상한 일이었다. 네덜란드 회화실에 걸려 있는 작품들은 점당 수백만 크로나의 값어치가 나가는 것들인데 경비원이 없었던 것이다. 또 하나 이상한 점은, 노인들이 수염을 기른 젊은 사내라고 지칭한 그 도둑의 흔적을 아직 누구도 발견하지 못했다는 것이다.

수사 과장 페테르손은 자리에서 일어나 창문을 열었다. 조금 더 치밀하게 조사해야 한다. 영상을 빠르게 감아 볼 일이 아니었다. 스스로 자책을 하면서 페테르손은 다시 한 번 모든

225

영상을 천천히 차분하게 돌려 보기로 마음먹었다. 열린 창을 통해 시원한 바람이 불어 들어와 얼굴을 스치고 지나갔다. 문득 카푸치노 생각이 난 페테르손은 자판기로 가 커피 한 잔을 뽑아 들었다. 돌아와 컴퓨터 앞에 앉아서 첫 영상부터 다시 돌려 보기 시작했다.

죽 지나가는 영상들은 몇 번 보았지만, 전혀 특이점들이 없었다. 그래서인지 정신을 집중하기가 그만큼 어려웠다. 페테르손은 네덜란드 회화실 카메라가 찍은 영상들을 보고 있다가 마침내 뭔가 의심이 드는 이미지를 하나 찾아냈다. 나이 든 노파 한 사람이 렘브란트의 그림 한 점 앞으로 아주 가까이 다가오고 있었는데, 지나치다 싶을 정도로 그림에 가까이 다가오기도 했지만, 크게 휜 지팡이를 들어 올려서 흔들어 대고 있었던 것이다. 페테르손도 다 늙으신 어머니가 있어서 노인네들이 종종 이상한 행동을 한다는 것은 잘 알고 있었지만, 그래도 이 할머니의 행동은 어딘가 의심적었다. 그 외에도 의심이 가는 구석이 하나 더 있었는데 이 할머니가 주위를 둘러보더니 조심스럽게 바닥에 눕는 것이었다. 영상들을 빨리 돌렸을 때는 이 할머니가 사고로 넘어진 줄 알았었다. 하지만 지금 다시 보니, 사고가 아니라 일부러 땅에 누운 것 아닌가! 이게 대체 뭔가, 무슨 이야기인가? 잠시 후 할머니는 양 팔꿈치를 이용해 몸을 반쯤 일으켜 세워서는 그림 가까이 다가가고 있었다. 아마도 완전히 몸을 일으켜 세우려고 하다가 잘 안 된 모양이었다. 하지만 할머니는 지팡이를 자기 옆에 놓았는데 그건 마치 자기가 넘어지면서 지팡이를 떨어뜨린 것처럼 보이게 하려는 행동으로 보였다. 몇 장면 더 돌려 보니 경비원들이 이 할머니를 도우려고 달려오고 있었다. 넘어진 할머니가 수염을 기른 한 남자가 전시실을 가로질러 갔다고 일러 주었다는 바로 그 경비원들이었다.

　게다가, 왜 이 전시실에는 경비원들이 한 명도 없었던 것일까? 뭔가 틀림없이 수상쩍은 것이 있었다. 감시 녹화 카메라들 중 어느 것도 박물관에서 그림들을 갖고 나가는 장면을 찍은 것이 없었다. 관람객들도 그림을 넣을 만한 트렁크는 고사하고 비닐 주머니 하나 들고 있지 않았다. 할머니 한 사람과 꾸부정한 할아버지가 몸을 기댄 채 밀고 다닌 보행기가 보였지만, 이 두 노인네들은 아주 조용히 박물관을 나갔을 뿐 이상한 점이 없었다. 할머니를 도둑으로 볼 수는 없었다. 박물관에 들어올 때는 외투를 벗어 보행기 위에 놓았었고, 나갈 때는 다시 외투를 걸쳤다. 게다가 보행기 바구니에 아무것도 없었다. 책한 권 없었고 안경 같은 것도 보이지 않았다. 그렇다면 이번 박물관 강도 건은 내부의 공범이 없다면 도저히 일어날 수 없는 사건이었다. 경비원이든 아니면 박물관 직원이든, 내부 공모자가 있었던 것이 틀림없어 보였다. 렘브란트 그림에 가까이 다가가 지팡이를 흔들고 휘어진 지팡이를 쓰러진 자기 옆에 가지런하게 놓은 할머니도 의심이 가지 않는 것은 아니지만, 내부의 공범들을 먼저 찾아내야만 했다. 게다가 이 할머니는 너무 마르고 병색마저 있어서 그 몸으로 뭘 가져갈 수도 없는 노인에 지나지 않았다. 수사 과장은 몸을 뒤로 젖혀 등받이에 기댄 채, 손을 펴서 머리칼 사이로 집어넣어 빗질을 하며 잠시 생각에 잠겼다. 그래, 맞아! 경비원들이 전시실에 없었던 것은 바로 그놈들이 이번 건을 준비했기 때문이야. 확신이 들자 수사 과장의 입에서는 자기도 모르게 휘파람 소리가 새 나왔고 기분도 금방 가벼워지는 것만 같았다. 왜 진작 이 생각을 못 했을까? 이제 경비원들을 하나하나 소환해야 할 시간이 되었다.

31

스베아보리를 지나자마자 메르타는 페리 선체를 휘청거리
게 하는 강한 바람을 느꼈지만 크게 걱정을 하지는 않았다. 요
즘에 건조된 배들은 모두 수평 안정판을 갖추고 있다는 이야
기를 들었기 때문이다. 사람들은 뷔페식으로 식사를 하고 있
었고, 메르타 이외의 다른 사람들은 밥을 먹으면서 이야기를
나누느라 배가 휘청거리고 있다는 것을 전혀 눈치채지 못하고
있었다.

「여기 레스토랑은 그렇게 나쁘지는 않지만, 객실은 프린세
스 릴리안 스위트룸 발치에도 못 오는 것 같아.」 메르타가 투
덜거렸다.

「맞아. 그래도 천만다행이야, 이제 조금만 있으면 호텔로 돌
아가니. 수준이야 상대가 안 되지. 게다가 흔들리지도 않잖
아.」 스티나가 맞장구를 쳤다.

「거참, 우리가 벌써 이렇게 편안한 것만 찾게 됐어. 페리에서
도 딜럭스급 객실을 예약했는데, 이건 뭐 호텔 스위트룸과 비
교하면 거의 벽장 수준에 불과해.」

메르타가 인정했다. 그러자 갈퀴가 한 팔로 스티나의 어깨를 감싸며 익살스러운 표정으로 말했다.

「우리는 이제 세기의 강도 사건도 곧 잊어버리고 새로운 모험과 새로운 사업을 개척해 나갈 거야. 그렇다면 굳이 지금 그 호텔을 떠날 이유가 없는 것 아니겠어? 계속 숙박비를 계산해야 한다는 게 마음에 걸리지만, 그까짓 것 얼마 되겠어.」

「무슨 이야기야, 그게. 호텔 숙박비를 낼 필요가 없는 거잖아. 잊었어? 우리의 목표는 감옥에 들어가는 거야.」 안나그레타가 갈퀴의 말에 정면으로 반박하고 나섰다.

「맞는 말이야. 하지만 그건 우리에게 달린 문제가 아니야. 경찰이 하기 나름인 거지.」 천재가 정확한 지적을 했다.

「곧 알게 되겠지. 박물관 측에서 경찰에 신고를 했는지, 안 했는지. 내 생각에는, 우리가 보낸 메시지를 잘 읽어 봤다면, 못 했을 것 같아. 메시지를 보내면서 마지막에 추신으로 〈만일 경찰에 연락한다면 그림들을 파괴할 것〉이라고 분명히 썼잖아. 우리가 정말 그림들을 찢거나 불태우지는 않겠지만, 쓰기는 그렇게 썼거든.」 메르타가 말했다.

「어쨌든, 우린 지금 아주 신중해야 해. 돈은 지금부터 우리 것이야. 그러면 그다음에는 어떻게 할 거야, 메르타? 그 돈을 어디다 넣어 둘 거야? 은행 비밀 금고에는 그럴 공간이 없어.」 은행에서 일했던 안나그레타가 말했다.

잠시 불편한 침묵이 흘렀다. 아무도 미처 생각하지 못했던 문제였다. 사실 이 문제야말로 미리 생각해 두었어야 할 문제였다. 하지만 일을 벌이면서 그때그때 고비를 넘기는 데만 급급했다. 메르타는 이 생각이 들자 신음이 나올 지경이었다. 여기는 뭐든지 헛간에 다 처박아 둘 수 있었던 브란테비크가 아니었다.

「침대 매트리스 밑에다 넣어 두면 되니까, 별문제 아니야!」
메르타가 푹 가라앉은 분위기를 살려 보려고 농담을 던졌다.

하지만 모두들 이 농담을 받아들이지 못하고 소리를 쳤다.

「매트리스 밑에다 둔다고? 아니야, 그건 말도 안 돼!」
돈을 어디에 숨길 것인가를 두고 열띤 토론이 이어졌다.

그러나 다섯 노인들은 의견의 일치를 보지 못했고 바다의 풍랑이 정말로 심해지자 모두 각자의 객실로 올라갔다. 스톡홀름에 도착해서 골프 가방을 되찾으려면 몸의 컨디션을 어느 정도 유지하고 있어야 했다. 하지만 메르타는 잠이 들기 직전까지, 다음 날의 시나리오를 머릿속에서 이리저리 굴려 보면서 혹시 잊어버린 것은 없는지 점검했다. 메르타는 첫 번째 편지를 보내고 하루가 지난 후 다시 박물관에 보낸 두 번째 편지를 떠올렸다.

우르바니스타 마크의 골프 가방 두 개에 천만 크로나를 담아, 세레나데 페리의 자동차 선적 갑판 위, 접근 램프에서 가장 가까운 우비 보관 창고에 가져다 놓을 것. 경솔한 행동을 하지 말 것. 경찰에도 알리지 말 것. 우리의 지시만 따라 주면 박물관과 그림 모두에 아무 일도 없을 것임.

메르타는 마지막 문장이 특히 마음에 들어 흡족해하던 기억이 떠올랐다. 하지만 다른 사람들은 별로 마음에 들어 하지 않았다.

스티나가 가장 먼저 비판을 했었다. 「조금 위협적인 것 아냐, 그거?」

그다음은 안나그레타였다. 「아주 괜찮아. 이러쿵저러쿵하며 너무 좀스럽게 굴지 말아야 해.」

「마지막 두 문장을 빼고 대신 그 자리에 〈강도단〉이라고 서명을 넣는 것은 어떨까? 그러면 별도로 긴말이 필요 없거든.」 천재의 제안이었다.

노인들은 오랜 시간 격론을 거친 후, 상당히 설득력 있는 안이긴 하지만, 최종적으로 〈강도단〉이라는 서명은 넣지 않기로 했으며 원안대로 메르타가 쓴 조금 음산한 두 문장은 그대로 두기로 했다. 하지만 메르타도 곰곰이 생각해 보니 그렇게까지 마음에 드는 것은 아니었다. 우선 조금 무책임한 느낌을 줄 수도 있는 내용이었다. 두 번째 편지도 메르타가 부치러 갔다.

갑자기 뱃머리에 큰 파도를 맞은 배가 심하게 흔들렸다. 메르타는 여러 가지 생각할 것이 많아서 잠이 오지 않기도 했지만, 배가 좌우로 요동을 치는 바람에 도저히 잠을 이룰 수가 없었다. 다시 편지를 머릿속으로 읽어 봤다. 그러면서 박물관 측에서 천만 크로나나 되는 큰돈을 그렇게 짧은 시간 내에 마련할 수 있을 것인지 잠시 의문이 들기도 했다. 어쩌면 골프 가방 속에 가짜 종이 뭉치들을 넣었을 수도 있었다. 사실 박물관들은 돈이 없었다. 포스터를 교체할 돈도 충분치 않았고 화장실의 온풍 건조기가 고장 나도 돈이 없어 방치하기 일쑤였다. 메르타는 이불을 턱까지 끌어올리며 이제 괜한 걱정 그만하고 잠을 자야 한다고 생각했다. 르누아르와 모네의 그림들은 돈으로 환산할 수 없는 작품이다. 천만 크로나 정도는 거의 푼돈에 지나지 않는 금액이다…….

바람은 밤새 더욱 거세졌고 아침에 동이 틀 무렵이 되자 태풍으로 변해 있었다. 오볼란드 제도를 지날 때는 그래도 험악한 날씨로부터 어느 정도 보호를 받을 수 있었지만, 마리에하믄에서 스톡홀름으로 가는 길에 배는 끔찍할 정도로 요동을 쳤다. 태풍은 더욱 기세가 맹렬해졌다. 다섯 명의 노인들은 밤새 침대에 몸을 묶고 있어야만 했고 메르타는 심하게 뱃멀미를 해서 벌써 두 번이나 토할 것 같은 것을 겨우 참아 내고 있었다. 메르타는 자신의 몸이 너무 안 좋은 나머지 막연히 다른 사람들은 자기보다 다 잘 견디고 있을 것이라고 생각하고 있었다. 다행스럽게도 배가 해안에 가까이 다가가자 파도가 좀 수그러들었다. 메르타는 자기가 생각해도 의외다 싶을 정도로 아침 7시에 자리에서 일어나 옷을 입고 카페테리아로 올라갔다. 다른 사람들의 얼굴도 모두 창백했다. 모두 차 한 잔과 구운 빵 한두 조각으로 아침을 대신했다. 약 한 시간 후 선내 스피커가 지지 소리를 내더니 선장이 마이크를 잡고 승용차 차주들은 자동차에 오르라고 방송을 했다. 노인 강도단은 이미 방송이 나오기도 전에 엘리베이터 앞에 포진을 하고 있었다. 엘리베이터에서 내리자 서둘러 자동차 갑판으로 내려갔다.

처음에는 아무런 변화도 없는 것 같았다. 오히려 모든 것이 이전보다 조금 더 잘 정리되어 있는 것 같았을 뿐이다. 하지만 램프에 가까이 다가가자 메르타는 엄청난 변화가 있었음을 눈치챘다. 네 개의 골프 가방들이 있어야 했는데 하나밖에 보이지 않았던 것이다!

메르타는 주위를 둘러봤지만 어디에도 나머지 세 개는 보이지 않았다. 심장이 조여 왔고 가슴이 답답해져서 숨을 쉴 수가 없었다. 「천재 씨, 봤어?」 너무나 놀란 나머지 메르타는 우산을 펼 생각조차 못 했다. 그러나 천재는 이 상황에서도 침착함을 유지하면서 자신이 들고 있던 우산은 물론이고 메르타의 것도 폈다. 그런 다음 조심스럽게 다가가 주위를 살펴보았다.

「다른 골프 가방들을 지금 찾아 나섰다가는 의심만 살 수가 있어. 골프 가방 하나만 해도 5백만 크로나야. 그걸로 만족해야 할 것 같아.」

「천재 씨의 말이 맞아. 탐정 소설들을 보면 도둑들이 지나치게 욕심을 내다가 감옥에 가는 장면들이 많이 나와. 하나만 챙겨서 아무 일도 없었다는 듯이 배를 떠나는 거야. 그러면 박물관 직원들은 우리가 다 늙은 노인들이었을 뿐, 범죄를 저지르지 않았다고 생각을 할 거야. 우리가 주장한 그대로.」

「그런데, 문제는 사라진 수백만 크로나에 대해 우리가 채무 변제 의무를 져야 한다는 거지. 이 일로 감옥에 들어가면 그렇게 되는 거야.」 천재가 말했다.

「맞아. 그러면 안나그레타에게 부탁해서 부채를 탕감해 보라고 하면 되지, 뭐.」

두 사람은 서로 마주 보고 웃음을 터뜨렸다. 천재는 혹시 몰라, 재빨리 남은 하나의 골프 가방에서 자신이 제동 막대를 설치하기 위해 뚫어 놓은 구멍이 있는지 찾아봤다. 그러나 다행스럽게도 그 구멍이 보이질 않았다. 그러니까, 하나 남아 있던 골프 가방은 박물관에서 보낸 것이었다. 천재는 얼른 그 가방을 집어 든 다음, 돈을 찾았다는 신호로 우산을 치켜들었다가 내리기를 두 번 반복한 다음 배에서 내렸다. 메르타는 일이 이렇게 되긴 했지만, 세관을 무사히 빠져나가는 것에 대해서는 크게 걱정을 하지 않았었다. 사실 세관은 가까운 이웃 나라에서 온 승객들에 대해서는 검사를 하지 않았다. 게다가 그 승객이 보잘것없는 노인들이라면 무사통과임에 틀림없었다. 하지만 오산이었다. 세관원 둘이 노인들 앞으로 다가왔다.

「우린 술 같은 것 안 샀어요.」 갈퀴가 세관원을 보자마자 묻기도 전에 먼저 말했다.

「마약도 안 샀어요.」 스티나가 재채기를 해가며 말했다. 스티나는 감기에 걸려 있었다.

그러나 세관원 하나가 골프 가방을 가리키며 가방을 열어 보라는 제스처를 취하며 천재에게 물었다.

「저기 저 골프 가방에는 뭐가 들었습니까?」

천재 대신 메르타가 나서서 최대한 재미있는 농담을 한다는 미소를 지어 보이며 선수를 쳤다.

「저 가방 속에는 지폐가 가득 들었어요. 우리가 박물관에서 훔친 그림값으로 받아 낸 돈이지.」 메르타는 설사 사실 그대로 말한다 해도 세관원들이 결코 믿지 않을 것이라고 확신하고 있었다.

「아니에요. 그 돈은 내가 룰렛을 해서 딴 돈이에요. 갖고 나가서 곧 은행에다 집어넣을 거예요.」 안나그레타가 예고도 없이 끼어들었다.

메르타는 그런 안나그레타를 화난 얼굴로 쳐다보았다. 세관을 통과할 때는 말이 많아지면 안 좋은 것이다. 지금 상황이 꼭 그런 경우였다. 안나그레타가 덧붙인 하지 않아도 될 그 말이 세관원들의 호기심을 자극하고 만 것이다.

「아, 그러세요. 노름을 하시나 보죠? 가방을 열어서 안에 들어 있는 물건들을 보여 주시겠습니까, 부인? 부탁드릴게요.」

세관원의 손은 벌써 골프 가방의 지퍼에 가 있었다.

바로 그때였다. 스티나가 그 자리에서 쓰러졌다. 아무도 예상하지 못했던 일이었다. 혈압이 있던 스티나는 심하게 뱃멀미를 하는 바람에 먹었던 혈압 약들을 모두 토해 냈었다. 메르타가 달려가 평소처럼 스티나의 두 발을 들어 올렸고, 다른 사람들은 어서 정신 좀 차리라고 스티나를 흔들어 댔다.

메르타가 세관원에게 물었다.

「혹시 뭐 달콤한 사탕 같은 것 갖고 있어요?」

세관원의 반응이 미적미적 영 신통치 않자, 안나그레타가 들고 있던 휘어진 지팡이로 세관원의 배를 쿡쿡 치며 거의 울부짖다시피 했다. 안나그레타의 고음을 자랑하는 목소리는 마치 면도날같이 단호했다.

「이 가엾은 노인을 좀 도와주세요. 잘못하면 죽어, 죽는다고!」

세관원은 그때서야 움직이기 시작했다.

그러나 사람들이 달려들어 스티나를 깨워 보려고 하는 동안 차례를 기다리는 사람들이 길게 늘어서기 시작했고 시간이 지나면서 그 줄은 점점 더 길어지기만 했다. 마침내 스티나가 겨우 정신을 차리고 파리한 얼굴로 일어나 간신히 몸을 추스르며 한 발자국 옮겨 놓았다. 세관원은 더 이상 길게 줄을 선 다른 사람들을 기다리게 할 수가 없었다. 세관원이 소리쳤다.

「자, 어서들 나가세요.」

강도단 노인들은 세관원의 이 말을 거부하고 가방을 열어서 안에 든 물건들을 보여 줄 이유가 없었다. 스티나가 기절을 하는 바람에 세관원들은 길게 줄을 서서 기다리던 다른 승객들에게도 그대로 나가라고 하면서 아예 사무실로 들어가 놀란 가슴을 쓸어내리며 커피를 마시고 있었다. 이렇게 해서 그날, 스톡홀름 세관에는 일주일 동안 들어올 수상한 물건들이 단 하루 만에 대거 반입되고 말았다.

32

바르브로는 두 손을 허리춤에 올린 채 입을 벌리고 카샤를 바라보았다. 이 아가씨가 지금 대체 무슨 소리를 하고 있는 것인가? 노인 다섯 명이 요양소를 빠져나가 사라졌다고? 그것도 자신이 자리를 비운 그 주에! 어떻게 이런 일이……. 잉마르가 알면 뭐라고 할 것인가? 바르브로는 너무나 놀란 나머지 횡설수설할 뿐, 말도 제대로 안 나왔다. 그때 한 방에서 자기를 찾는 벨이 울리지 않았다면 바르브로는 아마도 카샤의 목을 잡고 마구 흔들어, 나무를 흔들어 뿌리를 뽑아 버리듯이, 그렇게 초주검을 만들어 놨을지도 모른다. 바르브로는 소리소리 질러 가며 단언했다. 자기가 있었다면 이런 일은 결코 일어나지 않았을 거라고, 세상에는 아무도 믿을 사람이 없다고, 늙은이들이 어디 가서 죽었다면 자신은 그 시체들이라도 찾아 요양소에 다시 갖다 놓을 거라고. 바르브로는 최악의 상태에 빠져 버렸다. 잉마르는 이번에도 그녀에게 결혼하자는 말을 하지 않았다. 그런 그가 이번 사건을 안다면 아마 화를 내다 못해 돌아 버릴 것이고, 그러면 자기의 모든 계획들은 수포로 돌아가는 것이다. 그럴 수는 없다. 절대 여기서 손을 들 수는 없다. 이렇게 멀리까지 왔는데, 이제 와서 포기하자고 이 고생을 한 것은 아니다. 바르브로는 다른 직원들처럼 형편없는 월급을 받으며 비참하게 살 수는 없었다. 그녀는 부자가 되고 싶었고, 품위 있는 삶을 간절히 원해 왔던 것이다! 바르브로는 숨을 크게 들이쉬었다 내쉬기를 몇 번 하면서 움츠렸던 어깨를 펴고 다시 마음을 다잡았다. 문제란 해결되기 위해 생기는 것이다. 해결하러 가자.

우선 카샤를 다시 만나 이야기를 들어 봤다.

「경찰은 노인들을 실종자 명단에 올려야 하는지 여부를 두고 망설였어요. 노인들이 신용 카드를 쓰거나 나라를 빠져나가 외국으로 가려고 하면, 어디에 있는지 금방 알 수가 있어요.」

「걱정하지 마. 종종 일어나는 일이니까. 모든 것이 다시 정상으로 돌아올 거야.」

말은 그렇게 했지만 바르브로도 마음속으로는 무엇 하나 확실한 것이 없었다. 무엇보다, 다이아몬드 주식회사의 경영 지원부보다 그녀가 먼저 이 합창단 노인들을 찾아내야 했다. 하지만 어디에 가서 찾는단 말인가? 바르브로는 두 손으로 얼굴을 감싼 채 그 자리에서 울음을 터뜨리고 말았다.

모든 승객들이 하선하자 장비 팀장인 얀손과 동료 알란손은 다음 출항을 위해 갑판에 호스로 물을 뿌려 가며 청소를 했다. 두 사람은 벌써 실리아 페리사에서 10년을 일해 왔고 눈 감고도 일을 할 수 있었지만 일이 재미있었던 것은 결코 아니다. 특히 어젯밤처럼 파도가 심한 날이면 갑판은 아수라장으로 변해 할 일이 태산 같았다. 얀손은 배 우현으로 가서 바닥에 수북하게 흐트러져 있는 쓰레기들을 보는 순간 저절로 한숨이 나왔다. 숨을 헐떡거리며 그는 상자와 페트병을 비롯해 온갖 쓰레기들을 치웠다. 배 좌현 쪽에는 나무 상자 하나가 홀로 나뒹굴고 있었다. 뚜껑이 열려 있었고 안에 들어 있던 것으로 보이는 못과 연장들이 갑판에 흩어져 있었다. 그 한쪽으로는 정리함에서 빠져나온 구명 튜브와 비옷들 그리고 부표들이 널브러져 있었다. 얀손은 강한 물줄기를 뿜어 왁스 칠한 바닥에 떨어진 쓰레기들을 한구석으로 몰았다. 그 구석에는 이미 쓰레기들이 가득 쌓여 있었다. 그 근처 가까운 곳에 자동차 지붕에 다는 루프 캐리어 하나가 보였다. 운전자는 그런 줄도 모르고 그냥 차를 몰고 하선해 버린 것인데 여행 중에 사람들은 살짝 정신을 놓고 산다. 특히 태풍이라도 분 다음 날 보면 갑판에 많은 것을 놓고 간다. 얀손은 수도를 잠그고 우현 쪽의 쓰레기 더미로 갔다. 이쪽도 마찬가지여서 구명 튜브서부터 골프 가방들과 깨진 술병까지 없는 물건이 없이 산더미처럼 쌓여 있었다. 골프 가방들은 물에 젖었지만 상태는 괜찮아 보였다. 얀손은 그중 하나를 열어 보려고 했으나 자물쇠로 잠겨 있었다. 다른 것을 보니 그것도 마찬가지였다. 주머니에서 칼을 꺼내 겉의 천을 찢어 보려고 했으나 옆에 있던 동료가 말리는 바람에 그만두었다.

「이리 와서 이것 좀 봐. 코스켕코르바[16] 상자야. 어떻게 이런 걸 잃어버리고도 그냥 가지?」

「주인들이 취해서 다 죽은 모양이지, 뭐. 확실해. 그렇지 않

16 Koskenkorva. 핀란드산 보드카.

고서야…….」

「이건 어떻게 하지? 이 골프 가방들과 루프 캐리어 말이야.」

「사무실의 분실물 센터에 갖다 줘야지.」

청소 직원들은 갑판 청소를 마치고 작은 견인 트레일러에 청소차를 단 다음 쓰레기들과 분실물 센터에 가져다줄 물건들을 실었다. 시동은 아까 이미 걸어 놓았다.

「상자 안에 술이 많은 것을 보니, 저 골프 가방과 루프 캐리어 안에도 뭔가 돈 되는 물건들이 있는 것 아닐까?」

「물론이지. 창고에 갖다 놓고 나중에 한번 보자.」

얀손은 다시 차로 돌아왔고 램프를 내려갔다. 페리 청소 직원들은 지붕이 없는 무개 견인차를 사용하도록 되어 있었다. 이는 불법 운송과 밀수를 방지하기 위한 조치였다. 두 사람은 세관을 지나치며 세관원들과 인사를 주고받았다. 아직까지는 아무도 그들을 불러 세우지 않았다. 서둘러야 했다. 새로운 승객들이 승선을 시작할 때까지 시간이 얼마 남지 않았기 때문이다.

33

다섯 노인이 그랜드 호텔로 돌아왔을 때, 호텔 직원은 노인들에게 얼마나 머무를 예정인지 친절하게 물었다. 프런트에서 일하는 이 젊은 여인은 며칠 전 이 노인들이 지불한 호텔 계산서를 보면서 샴페인, 〈특별 축제〉 숙박 패키지, 딜럭스급 식사, 엄청난 초콜릿들 그리고 호텔 부티크에서 구입한 여러 물품들이 길게 이어지는 것을 알 수 있었다.

「주말까지 체류할 예정이랍니다.」 메르타가 다정한 목소리로 대답했다. 그러면서 덧붙였다. 「왜요? 혹시 프린세스 릴리안 스위트룸에 다른 사람이 묵을 예정인가요? 이를테면 미국 대통령 부부라든가, 뭐 그런 사람들 말이에요?」

메르타 옆에 서 있다가 이 말을 들은 안나그레타는 오직 그녀만이 낼 수 있는 고주파의 말 울음소리 웃음을 터뜨렸다. 호텔 여직원은 얼굴 가득 환한 미소를 지으며 좋은 하루 보내시라고 인사를 했다. 스위트룸에 올라오자마자 노인들은 골프 가방부터 열었다. 수북한 지폐 뭉치들을 보면서 모두들 숨이 막혀 쓰러지는 줄 알았다. 하지만 곧 모두 웃음을 터뜨리면서

5백 크로나 지폐들을 뽑아 손에 쥐고 흔들어 보였다. 너무나 즐겁고 황홀한 노인들은 시간 가는 줄도 모르고 그렇게 한참 동안 돈을 흔들며 웃고 떠들었다. 얼마가 지났을까, 다시 골프 가방을 닫아 옷장 속에 옮겨 놓았다. 그리고 모두 샴페인을 잔에 부어 높이 쳐들고 성공을 축하했다. 메르타는 다른 노인들을 유심히 살펴보면서 얼굴들에서 뿜어져 나오는 기쁨의 빛을 보았다. 강도단 단원으로서 크고 작은 일들을 하면서 그들은 서로 가까워졌고 또 정말 재미있는 시간을 즐겼다. 요양소에도 가끔씩 가수가 와서 노래도 들려주었고 커피도 마셨으며 흔하지는 않았지만 미사도 볼 수 있었다. 그러나 이 모든 것은 주어지는 것이었을 뿐, 노인들 스스로 한 것은 아니었다. 노인들 〈스스로〉 이런 활동들을 하는 것, 그것이 이들이 느끼는 기쁨의 비밀이었던 것이다. 그렇다고 이런 기쁨을 만끽하기 위해 꼭 도둑으로 변신까지 해야 한다면, 물론 그것은 좀 문제가 있는 것이겠지만, 그러나⋯⋯. 다섯 명의 노인들이 함께 요양소를 벗어난 지 며칠 안 되었지만 메르타는 한 10년은 젊어진 것 같았다. 또 모두들 하루도 쉬지 않고 힘든 일들을 해냈다. 일주일도 채 안 되는 시간에 두 건의 강도 짓을 저질렀으니, 이 정도면 전문 도둑들도 명함을 못 내밀 것이다! 게다가 헬싱키로 마음 설레는 여행까지 다녀왔다. 무엇보다 안나그레타 같은 여인마저도 한 떨기 예쁜 꽃으로 다시 피어났다.

메르타는 옛날은 어땠을까 궁금했다. 나이 든 부모님들이 함께 농장 일을 하면서 자식들 곁에 가까이 살던 옛날 말이다. 그들은 서로가 서로에게 없어서는 안 될 유용한 존재들이었을 것이다. 그러나 지금은 어떤가? 자신을 아무 데도 쓸데없는 무용한 존재로 느끼면서 살아갈 수 있는 인간이 누가 있겠는가? 지금 세상은 무언가 비정상적이다. 그렇지 않은가. 노인들이 나쁜 범죄를 저지르면서야 비로소 자기들 속에 숨어 있던 힘을 체험하고 존재를 과시하고 있지 않은가. 메르타는 스스로 생각해도 너무 흐뭇해서 부엌으로 들어가 다시 샴페인을 꺼내 들고 나와 식탁 위에 올려놓았다.

그런 메르타를 본 스티나가 외쳤다.

「이제 간식을 먹을 시간이에요. 다들 모이세요.」

메르타는 다시 부엌으로 들어갔다. 그런데 피아노 앞을 지나면서 무언가가 좀 바뀐 것 같은 느낌을 받았다. 메르타는 순간 그 자리에 멈춰 선 채로 벽을 바라보았다. 머리를 가로저으며 다시 한 번 벽을 천천히 바라보았다.

바르브로는 연이어 담배 한 대를 또 붙여 물고 깊이 빨아들인 연기를 한 모금 내뱉었다. 아무짝에도 쓸모없는, 규율이 뭔지도 모르는 늙은이들 같으니라고! 경찰 이야기를 들어 보니, 헬싱키로 가는 바이킹 라인의 마리엘라호를 탄 것은 확실한데, 그 후 모두 사라졌다고 한다. 바르브로는 이 노인네들이 핀란드에 내려서 어디에선가 길을 잃고 헤매고 있다는 생각이 들었다. 아니면 핀란드보다 더 동쪽으로 갔든지. 노르말름 경찰서에서 근무하는 상냥한 륀베리 경위는 얼마 가지 않아서 노인네들의 종적이 다시 수면 위로 떠오를 것이라고 하면서 바르브로를 안심시켰지만 그 후로 벌써 일주일이 지났다.

「너무 걱정하지 마세요. 살 만큼 사신 어른들이시고 다섯 분이나 되니 서로 돕고 그럴 것 같으니까요. 잘 될 것입니다. 다시 나타나면 즉시 연락드리겠습니다.」

그러나 바르브로는 팔짱을 끼고 앉아서 스캔들이 터지는 것을 기다릴 수는 없었다. 뭔가 조치를 취해야만 했다. 갈퀴의 아들은 벌써 실종 신고를 냈다. 또 노인 요양소에서도 둘러앉기만 하면 사라진 노인들 이야기뿐이었다. 남아 있는 노인들에게 아무리 물어봐도 소용이 없었다. 바르브로에게 아무것도 알려 줄 것이 없었던 것이다.

「아무 이유 없이 나가지는 않았겠지, 뭐……」 한 파파 할머니가 틀니 사이로 바람 새는 소리를 내며 말했다.

「크리스마스트리 값 아끼려다가 일이 난 거야. 옛말에도 있잖아. 호미로 막을 거 가래로 막게 생겼다고. 그러게 너무 구두쇠 짓을 하면 안 되는 거지. 사람들이 들고 일어난 거야. 안 그런감? 그건 그렇고, 케이크하고 커피는 언제나 다시 줄 건가?」 곁에 있던 또 다른 할머니가 하고 싶었던 말을 쏟아 냈다.

「브리오슈나 우유 빵을 주지 않으면 우리도 어쩌면 나가 버릴 수 있어! 또 왜 다 주기로 되어 있던 잼 크림빵은 끊어 버렸어? 난 신선한 크림과 편도 향이 들어간 그 빵들이 너무나 먹고 싶단 말이야!」 올해로 나이 아흔 살인 엘사 할머니였다. 할머니의 말은 거의 위협 수준이었다.

바르브로는 어떤 답을 어떻게 해야 할지 알 수가 없었다. 이전에는 모든 사람들이 조용하고 상냥하기만 했었다. 그런데 지금은 노인네들이 모두 불평을 해댔다. 바르브로는 그러나 아직 요양소를 탈출하지 않은 노인네들이 아니라 메르타와 갈퀴 그 일당들 걱정만으로도 머리가 돌 지경이었다. 지금도 그 노인네들이 어떻게 요양소를 빠져나갔는지 알 수가 없었다.

어쩌면 가족들 같은 외부의 도움을 받았는지도 모른다는 생각이 떠올랐다. 확실한 것 같았다. 갈퀴의 아들은 카테가트에 있는 배에서 전화를 하면서 온갖 욕을 퍼붓고 헛소리를 늘어놓는데, 그걸 보면 그 남자는 아버지에게 도움을 줄 사람은 아닌 것 같았다. 하지만 스티나의 자식들이라면 어머니를 도울 수 있었을지도 모른다. 바르브로는 스티나의 자식들에게 연락을 취하기로 했다. 스티나가 혼자 결정하고 탈출을 하지는 않았을 것 같았다.

34

저렇게 되면 안 되는데, 저건 아닌데! 메르타는 피아노 위로 몸을 숙이고, 놀란 입을 채 다물지도 못한 채 머리를 가까이 갖다 대고 한 번 더 벽을 유심히 바라보았다. 도저히 있을 수 없는 일이었다. 메르타는 여행 때문에 피곤해서 그렇게 보이는 것이라고 속으로 말했다. 뭐라도 좀 먹고 나면 훨씬 나아질 것이다. 양이나 소의 넓적다리 고기라도 뜯고 포도주도 한잔하고 나면 모든 것이 정상으로 보일 것이다. 배를 탔을 때와는 달리, 발밑이 흔들리지 않는 호텔에서 식사를 하게 된 메르타는 그 생각만으로도 행복했다! 하지만 스스로를 속일 수는 없는 일이었다. 가슴속에서는 무언가가 단단히 잘못되고 있다는 사실을 알고 있었다. 무언가가 틀어지고 있었으며……. 메르타는 머리를 흔들면서 아무 말 하지 않고 사람들에게로 왔다.

점심 식사 내내 메르타는 말 한마디 없이 침묵을 지켰고 다른 사람들은 활발하게 토론을 벌였다. 주제는 물론 잃어버린 그림값의 반이 아깝지 않느냐는 것이었다. 결국은 현재 가진 것에 만족하자는 쪽으로 결론이 지어졌다. 어쨌든 그 정도만 해도 자신들이 이제까지 가져 봤던 어떤 돈보다도 큰돈이었던 것이다. 이 결론에 이의를 제기하고 나선 단 한 사람은 다름 아닌 안나그레타였다.

「잃어버린 나머지 반을 어떻게 하면 되찾을 수 있을까? 그 돈도 분명히 우리 돈인데……」

「목소리 좀 낮춰, 목소리 좀. 우리 거라고 하면 그건 좀……」 갈퀴가 손가락을 입에 갖다 대면서 작은 목소리로 말했다.

「그런데 왜 누구도 그 돈 찾으러 갈 생각을 안 하고 있지? 우리 지금 여기서 뭐하고 있는 거야? 우리 감옥에 가지 못할 수도 있어……」

갈퀴가 안나그레타의 허벅지 근처를 발로 툭 찼다.

「일이 항상 처음 예상한 대로 되는 것은 아냐.」 머릿속으로 는 사라진 그림들 생각뿐인 메르타가 입을 열었다. 그녀는 아직 누구에게도 그림 이야기를 못 꺼내고 있었다.

갈퀴가 안나그레타 편을 들고 나왔다.

「나는 안나그레타와 같은 의견이야. 우린 이제 조금 더 멀리 가볼 수 있을 것 같아. 여기 음식은 항상 온갖 소스를 곁들인 호사스러운 것들뿐이고 이상한 젤리 스타일뿐인데, 난 정말 수수하게 햄버거 같은 것 좀 먹어 봤으면 좋겠어.」

항상 한술 더 뜨는 스티나가 나설 차례였다.

「맞아, 그랬으면 좋겠어, 나도. 햄버거가 아니어도 직장인들 이 구내식당에서 먹는 것이라도 좋을 거야. 감옥에서 먹는 밥 을 언젠가 본 적이 있는데, 모든 음식이 식이 요법에 맞춰서 조 리된 것들이야. 고기 완자, 생선, 샐러드 모두.」

메르타는 딸기 셔벗을 마저 먹고 접시를 밀어 놓은 후 오랫동안 리넨 냅킨으로 입을 닦았다. 뭔가 할 말을 준비 중이었는데, 입을 열려고 하는 찰나, 안나그레타가 선수를 쳤다.

「난 우리가 여기서 뭘 기다리고 있는지 모르겠어. 며칠 정도만 여기 머물 거였잖아. 길어야 한 주일 잡았었는데, 지금 은근슬쩍 벌써 두 주일이 다 되어 가고 있어. 처음 우리 계획은 다이아몬드 요양소를 떠나 조금 더 나은 대우를 받을 수 있는 감옥으로 가자는 것이었고…….」

「쉿…….」갈퀴가 휘파람 소리를 내며 조금 작은 목소리로 말하라고 주의를 줬다.

「그러니까, 내 말은 꼭 감옥으로 가자는 게 아니라 영원히 머물 수 있는 조금 더 나은 곳이라면…….」

침묵이 흘렀다. 메르타는 안나그레타를 전혀 다른 눈으로 바라보고 있었다. 안나그레타의 말이 맞는 말이었다. 도둑질을 하는 것이 진짜 도둑질이 아니긴 했지만 그래도 흥미진진한 것이었다. 그러나 어쨌든 이 호텔에 영원히 머물 수는 없는 노릇이었다. 게다가 지금 그들은 교도소 생활을 하고 난 후의 삶을 환하게 밝혀 줄 두둑한 돈까지 수중에 갖고 있었다. 오직 경찰만이 제 역할을 못 해주고 있었다. 그래서 상황이 꼬이고 있었던 것이다. 경찰은 이들 노인들을 의심조차 하지 않고 있었다. 또 요양소 직원들도 노인들이 사라지든 말든 아무 걱정도 하지 않는 것 같았다. 엎친 데 덮친 격으로, 그림들마저 원래 있던 자리에서 사라져 버렸고……. 메르타는 헛기침을 하며 입을 열었다.

「자, 나 좀 봐요. 지금 작은 문제가 하나 생겼어요.」

「주목들 하세요. 메르타가 또 연설을 하려고 해요.」 갈퀴가 약간 놀리는 어투로 말했다.

「일단 모두 방으로 올라갑시다.」

메르타의 입에서 스코네 사투리가 튀어나왔다. 천재는 그녀가 아주 피곤하다는 것을 알았다. 엘리베이터 안에서 천재는 메르타의 손을 잡고 가볍게 안았다. 메르타는 몸이 시키는 대로 천재의 어깨에 머리를 기댄 채 스스로를 위로했다!

모두 과자와 커피 한 잔씩을 손에 들고 긴 의자에 편안하게 자리를 잡고 앉자, 메르타가 입을 열었다. 언젠가 메르타의 손뜨개 위에 앉았던 적이 있는 갈퀴만 다른 사람들과 떨어져 소파에 가서 혼자 앉았다.

「여기 뭔가 변한 것 같지 않아?」

「아닌데.」

갈퀴였다. 메르타가 면박을 주며 말을 이었다.

「우선 잘들 좀 봐요. 말하기 전에.」

「약간 달라진 것도 같긴 한데…… 맞아, 달라졌어. 호텔에서 청소를 했어.」 갈퀴가 자리에서 일어나 피아노 앞으로 다가가며 말했다.

「우리 노래 하나 할까? 〈바다를 향해〉 어때?」

갈퀴가 채 말을 마치기도 전에 날카로운 비명 소리가 울려 퍼졌다. 스티나였다.

「내 그림들이 사라졌어, 그림들이!」

「지금, 내 그림들이라고 했어?」 천재가 반문했다.

「아이고, 하나님 맙소사, 이걸 어째!」 안나그레타도 두 손으로 얼굴을 가리며 외쳤다. 「이젠, 우리가 어쩌면 3천만 크로나를 물어내야 할지도 몰라.」

들고 있던 메르타가 다시 입을 열었다. 「자, 이제 모두들 알았지. 돈을 숨길 장소를 찾는 것도 중요하지만 우선 그림부터 찾아야 하게 생겼어.」

「도대체 뭔 이야기를 하려는 거야? 로빈 후드는 훔친 물건들을 절대 잃어버린 적이 없어.」 스티나가 훌쩍거리며 말했다. 코를 풀어야 할 정도로 얼굴이 눈물 콧물 범벅이었다.

「우린 지금 스웨덴에서 가장 소중한 두 점의 그림을 잃어버렸어. 국보를 소홀하게 다루다가 잃어버린 거야! 이건 정말 생각지도 못했던 일인데, 어쩌지!」 안나그레타가 메르타를 단호한 눈빛으로 바라보면서 말했다.

「그만 좀 해. 메르타의 실수가 아니야. 우리 모두가 연루되었단 말이야. 어쩌면 그림들을 다시 찾을 수 있을지도 몰라.」

천재가 말했다. 하지만 스티나가 반박을 하고 나섰다.

「대체 어디서 찾을 수 있다는 거야? 사방팔방으로 뛰어다니면서 모네와 르누아르를 찾겠다고?」

메르타가 착잡한 표정으로 입을 열었다.

「난 그냥 우리가 경찰에 자수를 해야 되지 않을까 싶어. 시간이 없거든. 경찰은 아마 영원히 우리 흔적을 찾지 못할 거야. 그리고 자수를 해서 우리가 죄를 후회하는 모습을 보여 주면 형 감면을 받을 수가 있어.」

천재가 메르타의 말에 동의하며 나섰다. 「그리고 우리가 그림 찾는 일을 도울 수가 있고. 자수를 하는 건 어리석은 생각이 아니야.」

다시 잠시 침묵이 흘렀다. 메르타는 가라앉은 분위기를 바꿔 보려고 샴페인을 한 병 꺼냈다. 하지만 모두 술 마실 기분이 아니라고 하면서 고개를 저었다.

「우리가 가야 할 다음 장소는 감옥이야. 그러니 지금부터 물을 마시면서 훈련을 하자고. 물이나 좀 갖다 줄래, 메르타. 게다가 이젠 샴페인도 진력이 났어.」 갈퀴가 말했다.

「맞는 말이야. 잘들 알지, 감옥에서는 이집트 완두콩이 들어간 수프를 안 준다는 것을? 비곗덩어리가 둥둥 떠다니는 걸쭉한 수프나 먹게 될걸.」 천재가 입맛을 다시는 시늉을 하며 말했다.

「지금 음식 이야기를 하는데 모자이크 장식이 되어 있는 욕조 생각도 좀 해줘. 이놈의 욕조는 너무 낮아서 나는 엉덩이도 제대로 붙일 수가 없어! 감옥에 가면 이런 욕조는 없을 거잖아.」 안나그레타가 말했다.

「여기 영화관도 보통 영화관보다 훨씬 작아. 감옥에 가면 분명히 우리 같은 사나이들을 위한 다른 영화도 틀어 줄걸.」 갈퀴가 빈정거리는 투로 말했다.

스티나가 그런 갈퀴를 못 믿겠다는 표정으로 바라보며 입을 열었다.

「대체 뭔 이야기를 하고 싶은 거야?」

그러나 갈퀴가 입을 열기 전에 메르타가 먼저 말했다.

「오케이. 그럼 우리 투표로 정하기로 해. 감옥에 가고 싶다는 사람, 손들어 봐?」

이 말을 듣자 모두 조금씩 몸을 떨었다. 누구도 손을 드는 사람이 없었다.

「다른 아이디어가 있는 사람 있으면 어디 말을 해봐.」

오랫동안 토론에 토론을 거듭했고 모두 자수하기로 결정했다. 아무도 경찰이 우악스럽게 스위트룸으로 들이닥쳐서 손에 수갑을 채우는 상황을 원치 않았다. 짐을 들고 보행기를 밀고 나가 경찰서 문을 두드리는 게 훨씬 나을 것 같았다. 그러나 문제는 돈이 든 골프 가방을 함께 끌고 갈 수가 없다는 데에 있었다.

　「감옥에서 나올 때까지 돈을 어디에다가 숨겨 놓지?」 갈퀴가 걱정스러운 얼굴로 물었다. 메르타도 다른 사람들을 바라보며 생각을 구하고 있었다. 하지만 누구도 입을 열지 못했다.

　「천재, 항상 아이디어를 냈잖아? 이번에도, 좀…….」

　천재가 한 손으로 턱을 쓰다듬으며 입을 열었다.

　「한 가지 아이디어가 있긴 한데, 너무 엉뚱해서 사람들이 동의할지 모르겠어.」

　「어떤 생각인데, 어디 말해 봐.」 메르타가 제일 궁금해했다.

　천재는 자기의 생각을 보여 주기 위해 먼저 돈 가방을 가져왔다. 그러자 분위기가 조금 고조되었다. 돈 가방 숨기는 문제는 모두의 최대 관심사였기 때문이다. 천재는 기발한 아이디어를 들려주었지만 실현 불가능한 것만은 아니었다. 어쨌든 이론적으로는 얼마든지 실현할 수 있는 것이었다. 안나그레타만 빼고 모든 사람이 찬성한다고 손을 들었다. 더 좋은 아이디어가 없는 상황에서 천재가 낸 아이디어가 채택되었다. 이어 경찰에 자수를 하러 갈 것인지 아닌지를 두고도 투표를 하기로 했다. 하지만 메르타는 자수하는 문제는 몇 가지를 조금 더 분명히 해야 한다고 하면서 며칠 뒤로 미루자고 했다. 며칠쯤이야 충분히 기다릴 수 있는 것이고 그러면 어떤 식으로든 결론이 날 것이라는 것이다. 우선 지금으로서는 돈부터 숨기는 것이 시급한 일이었다. 천재는 시계를 봤다.

「오늘 돈 숨기는 일을 처리해야 돼. 하지만 먼저 각자 필요한 만큼 돈을 가져가. 오늘은 우리가 받는 연금이 더 이상 별거 아니라는 것을 잊지들 마.」

모두들 천재의 말에 전적으로 동의했고, 메르타, 스티나, 안나그레타, 갈퀴는 돈 가방으로 다가와 각자의 몫을 집었다. 잠시였지만 스티나는 자기가 챙긴 돈을 자식들인 엠마와 안데르스에게 줄까도 생각해 보았다. 그러나 이젠 어린아이들이 아니고 스스로 제 앞가림들을 할 줄 알아야 한다는 생각이 들어자식들 생각을 접었다. 모두 준비를 마치자, 천재는 메르타에게 인터넷에서 이미지들을 골라내는 일을 좀 도와 달라고 부탁했다. 천재는 스카이다이빙 동호회 사이트를 치고 들어가가장 발랄하고 화려한 낙하산들을 골랐다. 메르타는 천재가뭘 하려는지 잘 알았고 그녀 역시 퇴직 보상금에 관련된 문서들과 황금색 낙하산을 골랐다. 출력을 걸어 놓은 페이지들이나오자 메르타는 종이들을 집어 잘라서 골프 가방 위에 포개놓았다. 마지막으로 사람 이름 하나를 지어냈고 그 이름이 들어가 있는 작은 팻말을 하나 마련했다.

박물관이 문을 닫기 한 시간 전인 오후 4시경, 두 사람은 호텔을 나섰다.

「오늘이 4월 1일 만우절인데, 만일 사람들이 설치 미술 작품이 아니라 그냥 단순한 장난인 줄 알면 어떻게 하지?」

천재는 자기가 낸 아이디어였지만 걱정스러운 표정을 지으며 물었다.

「아니야, 그렇지 않을 거야. 무엇보다 그림 두 점을 잃어버렸고 또 그림값으로 받은 돈도 반을 잃어버렸어. 우리에게 남은 돈마저 잃어버리면 안 돼.」메르타가 말했다.

「어쨌든 우린 그동안 즐거웠잖아, 그렇지?」

「그럼, 물론이지.」메르타가 얼굴을 붉히며 말했다.

두 사람은 천천히 다리를 건넜고 잠시 쉬었다가 박물관 주 출입구로 나 있는 계단을 올랐다. 정문을 통과하려고 할 때 경비원 하나가 달려와 두 사람을 세웠다. 메르타는 보행기가 고장이 나서 대신 바퀴 달린 골프 가방을 갖고 왔다고 하면서 길게 설명했다. 그러자 보기에 안타까웠는지 경비원이 두 사람을 들여보냈다. 외투를 벗어 보관소에 맡기고 두 사람은 전시실로 들어갔다. 꽤 걸어간 두 사람은 받침대 위에 세워진 목조 조각상 앞에 섰다. 조각상은 한 손을 들어 앞으로 내밀고 있는 포즈를 취하고 있었다.

「천재, 나랑 똑같은 생각을 하고 있는 거지?」

「그럼, 물론이지.」

전시실이 텅 비자마자 두 사람은 검은색 골프 가방을 한 손을 들고 있는 조각상 바로 앞에 올려놓았다. 그래 놓고 보니 그 모습이 너무나도 코믹해서 메르타는 웃음을 참으며 심각한 표정을 짓느라 힘이 들 지경이었다. 메르타는 골프 가방 윗부분을 열어서 낙하산 사진들과 지폐들이 보이도록 했다. 이어 메르타는 피도 눈물도 없는 잔인한 고리대금업자가 벌어들인 돈이라는 설명문을 옆에다 붙였다. 마지막으로 천재는 직접 제작한 〈수전노 스티나 아델스회그 백작 부인이 벌어들인 돈〉이라고 쓴 팻말을 걸었다. 이 글귀는 정성을 들여 황금색 글자를 일일이 붙여 만든 것이었다. 이제 설치가 끝난 것이다. 스티나라는 가상의 인물을 고른 데는 그럴 만한 이유가 있었는데, 다름 아니라 그림 두 점이 사라진 사건으로 깊은 실의에 젖어 있던 스티나의 사기를 올려 주어야 했기 때문이다. 두 사람은 뒤로 조금 물러나서 그들이 공동 제작한 설치 미술 작품을 바라보았다.

「아무도 이걸 건드리지 않을까? 확신해?」 메르타가 걱정이 돼서 물었다.

「예술 작품인데 감히 누가 건드리겠어, 안 그래? 게다가 백작 부인이 제작한 것이라면 더구나.」

「맞아. 건드리는 사람이 없을 거야.」 메르타는 완전히 믿을 수는 없었지만 맞장구를 쳤다.

두 사람은 뒤로 백 발자국 정도 물러나 이제 막 완성된 설치 작품을 여러 각도에서 바라봤다. 볼수록 진짜 설치 예술가가 만든 것 같았다. 두 사람이 외투를 찾아 입고 막 자리를 떠나려고 할 때, 누군가가 뒤에서 두 사람을 불러 세웠다.

「거기 두 사람, 이리 좀 와보세요!」 그들은 몸을 돌렸고 경비원 한 사람이 뛰어오고 있는 게 보였다. 경비원 손에는 검은 골프 가방이 들려 있었다. 「지금 뭘 슬쩍 놓고 가는 겁니까, 조각상 앞에다? 혹시 암거래상 아니에요?」

메르타는 놀란 나머지 배가 오그라드는 것만 같았고 천재는 천재대로 침을 꿀깍 삼키며 모자를 푹 눌러 썼다.

「미안하게 됐습니다. 그냥 좀 심심해서 장난 한번 쳐본 거예요. 우리가 보기엔 그렇게 하니까 조각상이 더 훌륭해 보이던데…….」 천재가 변명을 했다.

「당신들 완전히 머리가 돈 사람들 아니에요? 박물관에 있는 예술 작품들을 변형시키면 절대 안 돼요!」

「하지만 정말 그렇게 하니까, 보기 좋던데……」 메르타가 말했다.

「오늘이 4월 1일이어서 우린 단지 그냥……」 천재는 농담을 하는 척하면서 일부러 횡설수설했다.

「아, 만우절이어서 거짓말을 했다, 이겁니까? 그렇다면 이제 거짓말이라는 것이 들통났어요. 또 전혀 아름답지도 않아요. 이제 갖고 나가세요. 아니면 경찰을 부를 테니까.」

메르타는 천재보다 강경한 태도를 보이며 맞섰다. 그녀는 골프 가방을 집어 들고 윗부분을 닫으면서 경비원에게 쏘아붙였다.

「젊은 사람들만 즐길 권리가 있다고 생각하면 오산이에요! 가지고 나가라면 나가겠지만 우린 팻말도 가져갈 거예요.」

두 사람은 완전히 기가 꺾여 꼬리를 내린 채 호텔로 발걸음을 돌렸다. 다시 골프 가방을 보자 기다리고 있던 다른 사람들도 모두 얼굴이 잿빛으로 변했다.

경찰에게 잡혀가는 것도 쉬운 일이 아니었다. 그들을 위로하고 싶었는지 갈퀴가 두 사람에게 다가왔다. 「자 우리 물부터 한잔하고. 다른 방법을 찾아봐야지. 분명 뭔가 방법이 있을 거야.」 실패할 때마다 갈퀴는 늘 다시 일어설 줄 알았다. 착각을 한 것도 한두 번이 아니었고, 실패할 일에 끼어든 것도 여러 번이었다. 하지만 거의 언제나 일은 잘 정리되곤 했다. 갈퀴는 부엌으로 들어가, 럼이나 브랜디에 설탕과 레몬 등을 섞어 마시는 그로그를 만들어 여러 잔에 담아 들고 발코니로 나가자고 했다. 해는 아직도 빛나고 있었고, 비록 외투를 걸쳐야 했지만 바깥 날씨도 좋기만 했다. 스트룀멘 위로 서서히 지는 해를 바라보며 모두들 각자 생각에 몰두한 나머지 아무 말 없이 그로그를 홀짝거리기만 했다. 갈퀴가 가장 먼저 잔을 비운 다음, 한 팔을 뻗어 스티나의 목 주위에 걸쳤다. 그리고 다정한 목소리로 말했다.

「스티나, 너무 걱정하지 마. 잘 될 거야, 모든 것이.」

스티나가 나지막하게 답했다. 「나, 추워. 들어가서 따뜻한 타이츠라도 하나 입고 나와야 할까 봐.」 그런데 스티나가 갑자기 놀란 표정을 하며 소리를 쳤다. 「저것 좀 봐, 이리 와서!」 스티나의 눈에 띈 것은 발코니 밑에 있던 배수 홈통이었다. 갈퀴는 처음에는 지붕과 그 밑에 있는 제법 큰 검은색 홈통밖에 보지 못했다. 하지만 스티나가 치마를 들어 스타킹을 신은 두 다리를 보여 주자 그때서야 스티나가 왜 그러는지를 알 수 있었다. 두 사람은 누가 먼저랄 것도 없이 같이 외쳤다.

「모두들 안심해요. 우리 두 사람이 해결책을 찾았어. 돈을 여기 홈통에다 숨기면 돼. 우리 할망구들, 스타킹들 있으면 좀 빌려줄 수 있지?」

「난 보통 스타킹 몇 개를 갖고 있는데.」 메르타였다.

「난 무늬가 있는 거, 두 짝이 있어.」 스티나였다.

「내 것들은 좀 구식인데 그래도 발꿈치 쪽을 튼튼하게 만든 거야.」 안나그레타였다.

여자들의 말이 끝나자 갈퀴가 계획을 말했다.

「그 정도면 될 거야. 지금 우리에게는, 내 계산이 맞는다면, 대충 5백 크로나짜리 지폐가 9천 장 남아 있어. 이 돈을 스타킹 안에다 넣은 다음 그걸 다시 빗물로부터 보호하기 위해 비닐봉지 속에다 넣어. 그런 다음 비닐봉지를 낚싯줄 같은 것으로 꽁꽁 묶어야지.」

분위기가 단번에 달아올랐고 다시 샴페인 병이 등장했다. 노인들은 세 가지 코스로 구성된 특급 요리를 주문했고 나무 딸기 젤리로 만든 후식을 곁들였다. 푸짐하고 맛있는 저녁을 즐긴 다음 모두들 합창을 하며 그날 밤을 보냈다. 갈퀴가 피아노 반주를 넣었고 노래는 「변장한 하나님」이었다. 메르타는 이런 모습을 보면서 생각했다. 〈모든 것이 잘 풀리고 있군, 모든 것이 언제나 다 잘 풀릴 거야……〉

그다음 날 아침이 되자, 메르타는 서둘러 검은색의 대형 쓰레기봉투를 사러 나섰고, 갈퀴는 낚시 용품점으로 가 타르를 입힌 낚싯줄을 구입하러 갔다. 선원들이 쓰는 낚싯줄이었다. 스티나도 나섰는데, 호텔 부티크로 내려가 스타킹 세 짝을 샀다. 스타킹을 본 안나그레타가 예쁘다는 생각이 들었는지 하나를 빼서 신어 봤다. 그러고는 자신이 신는 구식 스타킹이 돈을 넣기에는 더 좋다는 주장을 폈다. 스위트룸 방문을 열쇠로 잠근 다음, 사람들은 돈을 집어 스타킹을 하나씩 채워 갔다. 우선 가장 긴 안나그레타의 스타킹부터 채웠다. 그러다 보니 나머지 두 짝의 스타킹은 필요가 없었다. 갈퀴가 낚싯줄로 스타킹 아가리를 감은 다음 선원들이 밧줄을 묶는 방식 그대로 절대 풀어지지 않게 마지막 매듭을 묶었다. 그다음 천재가 돈이 가득 든 스타킹들을 대형 검은색 쓰레기봉투에 집어넣었다. 다시 갈퀴가 임무 교대를 해 진한 타르 냄새가 나는 낚싯줄로 쓰레기봉투 아가리를 소시지 끝처럼 동여맸다. 진한 타르 냄새는 오래된 안나그레타의 스타킹에서 폴폴 새어 나오는 땀 냄새를 중화시켜 주는 의외의 역할도 했다.

「자 이제 다 끝났어. 갈퀴, 끈은 책임지는 거야, 자네가!」 천재가 공작품을 다 조립한 어린아이처럼 눈을 반짝이며 큰 소리로 말했다.

「지금까지 한 번도 문제가 일어난 적이 없어. 이번에도 두 가닥 묶기를 했을 뿐만 아니라 이중 꼬기와 배를 부두에 맬 때만 사용하는 결삭(結索) 묶기까지 동원했다니까!」

그 말을 들은 모두는 안심을 해도 좋을 것 같았다. 그다음 날 아침, 아침 5시경 소변이 마려워 일어난 할아버지들이 일어난 김에 옷을 차려 입고 할머니들 방으로 가 문을 두드렸다. 노인들은 아침잠이 없다. 이제 본격적으로 정교하게 작전을 개시할 시각이었다. 갈퀴가 줄을 잡고 있었고 나머지 사람들은 검은색의 큼직한 소시지들을 들어 홈통 속으로 내려 보냈다. 스타킹 안에 돈을 넣기 전에 돈뭉치들을 꽁꽁 묶어 부피를 줄인 덕택에 두 개의 검은 소시지들은 길이만 길었을 뿐 폭은 얼마 되지 않아 홈통 관을 결코 막지 않았다. 빗물은 아무래도 조금 늦게 빠지겠지만, 갈퀴의 계산대로라면 홈통이 막힐 가능성은 거의 없었고 의심을 살 여지도 없었다. 마지막으로 갈퀴가 모든 매듭 묶기를 동원해 단단히 묶어 놓기도 했다. 타르를 칠한 낚싯줄도 홈통 깊숙이 내려가 있었기 때문에 위에서 봐서는 줄 끝에 달린 검은 소시지들은 보이지도 않았다. 투시력이 있는 사람이라면 모를까, 아무도 소시지 안에 5백만 크로나 정도 되는 큰돈이 들었다는 것을 알 수가 없었다.

두 할아버지가 일을 마치는 데는 약 한 시간 정도 시간이 걸렸고 일이 끝나자 셉스브론 가에는 서서히 점점 더 많은 차들이 몰려들기 시작했다. 아침 해가 올라오며 햇살을 퍼뜨리는 동안 우리의 노인 강도단은 모두 입가에 미소를 지으며 아침 식사를 했다. 하지만 그날 아침은 늘 먹는 콘티넨탈식이 아니라 샴페인까지 곁들인 특별 축하 식단으로 꾸며졌다. 불가능할 것 같은 미션은 완수되었고 그림을 훔쳐 낸 이번 건을 상기시키는 유일한 증거는 우르바니스타 상표의 텅 빈 골프 가방이었는데, 불행하게도 이 가방에는 강도단의 DNA가 남아 있었다.

35

　모두 가장 두려워하던 날이 왔다. 이제 노인들은 경찰에 자신들의 강도 범죄를 알려야 했다. 메르타는 속으로 한 작은 파출소 같은 데를 찾아가 착하게 생긴 경찰관을 만나서 침착하고 차분하게 이야기를 털어놓는 장면을 그려 보았다. 감라 스탄가의 경찰서는 ── 정문 위에 참 예쁜 붉은 등이 있었는데 ── 안타깝게도 폐쇄되었다. 그러니 크로노베리에 있는, 유치장까지 갖춘 거대한 쿵스홀멘 경찰서로 갈 수밖에 없었다.[17] 무시무시하게 생긴 붉은 벽돌로 지은 건물을 바라보자 메르타는 온몸이 떨리며 소름이 돋았다. 하지만 이것은 두려워서가 아니라 진정한 범죄자가 된다는 일종의 설렘 때문이었다. 지난 며칠 동안 그녀가 겪었던 여러 일들이 주마등처럼 떠올랐다. 메르타는 강도단 노인들과 함께 골프 가방을 끌고 경찰서에 도착했다. 안내 데스크에 멈춰 선 그녀는 여자 안내 직원을 똑

---

　17 감라 스탄Gamla Stan(구 시가지라는 뜻), 크로노베리Kronoberg, 쿵스홀멘Kungsholmen 등은 모두 스웨덴 스톡홀름과 남부 지방의 시가지 이름이다. 쿵스홀멘은 섬이며 스톡홀름 시청이 자리 잡고 있다.

바로 쳐다보면서 입을 열었다.

「범죄 사건 하나를 신고하려고 하는데요.」

「아, 그러세요. 도둑을 맞았나요?」

「아니요. 내가 신고하려는 사건은 유괴 사건이에요.」

「유괴 사건이라고요?」

카운터에 앉아 있던 젊은 여직원은 얼굴이 새하얗게 변하면서 긴급 호출 버튼을 눌렀다. 메르타는 그 여직원이 하는 소리를 모두 듣지는 못했다. 곧바로 건장한 체격의 경찰관 한 사람이 모습을 보였다. 만만해 보이는 인상이 아니었고 메르타가 인사를 나누려고 공손한 태도를 보였지만 인사는 받는 둥 마는 둥 하며 눈썹을 치켜세우고 인상부터 썼다. 그리고 입을 열었다.

「저를 따라오시겠어요?」

「내 친구들은요?」

「모두 범죄 신고를 하러 온 것인가요?」

「그래요. 같은 범죄예요.」

메르타는 자신이 한 말이 조금 멍청한 말이었음을 곧 깨달았다.

「우선 한 사람만 있으면 신고는 돼요.」

경찰관이 내부 심문실로 향하는 길을 가리키며 사무적으로 말했다. 심문실에 도착한 경찰관이 컴퓨터 뒤에 앉아 일을 시작했다.

「자, 말씀해 보세요.」

「예. 나는 절도 범죄를 신고하려고 여길 왔어요.」

메르타는 조금 얼굴을 붉히며 말을 시작했다.

「아, 그러세요. 그게 다인가요?」

「솔직히 말하면, 그 범죄는 유괴 사건이에요.」

「미안합니다만, 조금 이야기를 분명히 해주실래요?」

「아시겠지만, 박물관에서 일어난 절도 사건이거든요. 그러니까, 그게 그 큰 죄를 범한 사람이 우리들이에요. 나하고 내 친구들이 범인이란 말이에요.」

「그럼 바로 부인과 친구들이 미술사의 그 유명한 걸작 그림 두 점을 훔친 사람들이란 말인가요? 아무 흔적도 없이 사라진?」 경찰관의 표정에는 조금 빈정대는 투가 엿보였다.

「그랬겠죠. 우리가 아무 흔적도 남기지 않았으니까요.」

「좋습니다. 무슨 이야기인지.」

경찰관은 손목시계를 내려다보았다.

「그럼, 아까는 유괴라고 했는데, 그건 대체 누가 관련된 사건인가요?」

「음, 어떻게 말해야 할까요. 아무도 특별히 관련된 사람은 없어요. 우리는 국립 박물관에 들어가서 사람이 아니라 그림을 〈유괴〉했으니까요.」

「아, 그런 말이었군요. 그런데 어떻게 한 거죠?」

「벽에서 떼어 내서 보행기에다 싣고 나왔어요.」

「아, 그랬군요. 알겠습니다. 그러고 나서 집으로 가져갔군요, 그림들은. 이것 말고 신고할 다른 사건이 있는 것은 아니죠?」

메르타는 잠시 생각에 빠졌다. 금고 사건도 신고를 해야 하나? 하지만 따지고 보면, 금고를 털어서 나온 것들이 너무 보잘것없어서 신고를 해봤자 감옥에 갈 거리도 안 될 것 같았다. 하지만 어쨌든 메르타는 그 사건을 숨긴다는 것이 자존심상 허락되지가 않았다. 사실 속옷 차림으로 그랜드 호텔이라는 어마어마한 곳에서 금고를 터는 데 성공한 사람이 몇 명이나 될까? 메르타는 생각을 고쳐먹었다.

「사실은 우리가 초범들이 아니에요. 그림을 훔치기 전에 그 랜드 호텔에서 금고를 털었어요.」

「아, 예. 그런 것도 했군요. 그러니까 말하자면 실업자가 아니라, 그간 매우 바쁘셨겠네요. 그때는 어떻게 금고를 털었죠?」

「금고로 통하는 전선을 잘라서 합선시킨 다음, 사리풀과 인도 대마로 모든 사람들을 약에 취해 쓰러지게 했죠.」

「아, 그랬군요. 알겠습니다.」 경찰관은 계속 〈아, 그랬군요. 알겠습니다〉만 되풀이하며 이제까지 메르타가 한 말을 단 한 번도 컴퓨터에 입력하지 않았다.

「그래서 그다음에는 어떻게 했나요?」

「물론 금고에서 턴 것을 나눠 가졌죠.」

「그랬겠군요. 집에서 나눠 가졌나요?」

「아니에요. 우리는 사실은 다이아몬드라는 노인 요양소에 살고 있습니다만, 그곳을 빠져나와서 그랜드 호텔에 투숙했죠. 바로 그 호텔에서 나눠 가졌어요.」

「그러면, 제가 제대로 이해를 했다면, 그러니까 요양소를 탈출했다는 겁니까?」

「그래요. 맞아요. 그곳 음식은 정말 너무 형편없었어요. 게다가 우리를 방에 들여보내고 열쇠로 문을 잠가 버려요. 그래서 택시를 타고 나와 버렸어요.」

「알았습니다. 문을 잠갔는데 택시를 타고 빠져나오셨다……」 경찰관은 가까스로 웃음을 참고 있는 눈치였다.

「예, 그랜드 호텔까지 택시를 탔어요. 거기서 그림 절도도 모의했고요. 불행하게도 그림 절도는 우리가 처음에 생각했던 대로 잘 되지는 않았어요.」

메르타는 자신이 하고 있는 이야기가 앞도 뒤도 없이 뒤죽박죽이라는 생각에 조금 거북해하면서도 계속 이야기를 이어 나갔다.

「우리가 그림값을 찾으러 가려고 했을 때 그날 엄청나게 높은 파도가 쳐서 그만 돈을 잃어버리고 말았어요. 그러니까, 내 말은 배의 갑판에서 말이에요.」

「정말입니까?」

경찰관은 가능한 한 진지한 태도를 보이려고 애쓰면서 물었다.

「돈이 자동차를 세워 두는 배 갑판에서 사라졌다. 그러면 그게 배의 승객 안내 데스크 밑이었던 거죠?」

메르타는 자기 이야기에 너무 몰두하는 바람에 경찰관이 하는 말이 전혀 귀에 들어오지 않았다.

「하지만, 잘 아시다시피, 그건 운명이었어요. 사실 모든 것을 우리 인간이 결정할 수는 없는 일이에요. 돈을 잃어버린 것, 그것도 큰일이었지만 무엇보다 우리를 가장 걱정시킨 것은 그림이에요. 그림들이 사라져 버렸어요.」

「어떤 그림들이었죠?」

「물론 우리가 훔친 그림 두 점이죠, 사라진 것은. 우린 그 두 점의 그림을, 그림값을 받아 내기 위해 크루즈선을 타고 떠날 때 벽에다 걸어 놓고 나갔는데, 글쎄 돌아와 보니 그림들이 없어진 거예요.」

메르타는 말을 마치면서 낙담한 표정을 지어 보였다. 경찰 관도 한숨을 내쉬었다.

「어떤 그림들이었나요, 그게?」

「모네 한 점과 르누아르 한 점이었어요. 신문도 안 읽고 살아요, 그것도 모르게?」

「아니, 물론 신문 읽고 살지요. 단지 난 우리가 이야기하고 있는 그림들이 바로 그 그림들인지를 알고 싶었을 뿐이에요.」 수세에 몰린 경찰관이 변명을 했다. 메르타는 계속 말을 이어 갔다.

「가장 걱정이 되는 것은 그림을 가져간 사람들이 혹시 그 그림의 가치를 모르는 사람들이 아닐까 하는 것이에요.」

「르누아르와 모네라면 소중한 작품이라는 것을 누구나 다 알고 있죠.」

「문제는 우리가 모네의 그림 위에 돛단배 그림을 그려 놨다는 거예요.」

「위에다 덧칠을 해서 돛단배 그림을 그렸다고요?」

「그래요. 그렇게 해놨어요. 또 르누아르 그림 위에다가도 검은 모자를 하나 더 씌워 놓고 두툼한 콧수염도 붙여 놨어요.」

「아, 그랬군요. 알겠습니다. 세상에는 즐기며 사는 방법도 참 여러 가지죠, 그렇죠?」 경찰관이 컴퓨터를 끄면서 말했다.

「아니, 아직 내 말이 다 안 끝났어요.」 메르타가 항의했다.

「누가 그 덧칠한 그림들을 모네와 르누아르 그림인 줄 알겠어요? 우린 그 그림들을, 그림값을 받는 즉시 박물관에 다시 돌려주고 싶었어요. 경찰이 그림을 찾으려는 우리를 도와주어야만 해요. 그 그림들은 문화재란 말이에요, 문화재!」

「자, 정리를 해볼게요. 〈유괴〉했다는 그 그림들이 사라졌고 돈도 사라졌다, 그거죠? 그러면 따지고 보면 정말 운이 없었네요?」 경찰관이 코멘트를 달았다. 「그런데 무엇을 알고 있고 무엇을 신고한다는 거죠? 원하신다면 우리가 누군가에게 연락해서 할머니와 친구분들을 모두 요양소로 데려다줄게요.」

「아니, 우리는 범죄자들이라니까요?」

기분이 상한 메르타가 항의를 해댔다.

「아, 그랬군요. 알겠습니다. 하지만 모든 범죄자를 다 잡아넣을 수는…… 차를 불러 드릴게요.」

그 말을 듣는 순간, 메르타는 경찰관이 자신의 이야기를 단 한마디도 믿지 않는다는 것을 알았다. 이제 노인 강도단이 엄청난 도둑이며 절도 사건에 깊이 개입해 있다는 것을 입증해 줄 유일한 증거는 홈통 속에 숨겨 둔 돈밖에 없었다. 그러나 그 돈은 후일, 강도단이 감옥에서 출소할 때를 대비하기 위한 것이었다. 메르타는 잠시 망설이지 않을 수 없었다. 신경이 곤두선 메르타는 지갑에서 지폐 한 장을 꺼냈다.

「이 5백 크로나짜리 지폐를 잘 살펴보세요. 그림값으로 받은 이 지폐에는 고유 번호가 찍혀 있고 경찰이라면 당연히 이 번호를 갖고 있어야 해요. 확인해 보세요. 그러면 우리가 바로 사건을 저지른 범인이라는 것을 알게 될 테니까요.」 메르타는 책상 위로 지폐를 던졌다.

「그림값이 갑판 위에서 바람에 실려 날아간 것은 우리 잘못이 아니에요. 당시 바다는 파도가 높게 치고 바람이 세게 불고 있었어요. 돈은 이 골프 가방 안에 들어 있었어요. 바람에 날아가는 것들 중에서 몇 장만 건졌어요. 그래서 지금 가방은 텅 비어 있어요. 직접 와서 보세요.」

메르타는 자리에서 일어서서 골프 가방을 열어, 안을 보여 주었다. 메르타는 짜증 정도가 아니라 울화가 치밀어 올랐다. 한편 그러면서도 자신이 완전 범죄를 저질렀다는 묘한 긍지와 쾌감도 느꼈다. 도무지 사람들이 자신의 말을 믿으려고 하질 않으니!

「만일 경찰관, 당신이 내 신고를 심각하게 받아들이지 않는다면, 나는 당신을 직무 유기로 고발할 거예요.」

메르타는 목에 힘을 주며 날카로운 소리로 언성을 높였다.

「이곳에서 한 발자국도 움직이지 않고 당신이 그 지폐 번호를 확인할 때까지 그대로 앉아 있을 거예요. 내 친구들과 나는 그 전에는 결단코 이 건물을 나가지 않을 거라고요!」

메르타가 주먹을 쥐고 흔들어 대는 바람에 경찰관은 전화기를 잡고 몇 군데에다가 전화를 넣었다. 몇몇 다른 부서들과 연락을 취하고 지폐 번호도 확인해 본 후 경찰관은 다시 전화를 끊고 놀란 표정으로 메르타를 바라보았다.

「할머니 말씀이 다 사실이네요. 하지만 이 5백 크로나짜리 지폐는 대체 어디서 구한 것이죠? 이 절도 사건을 우린 내부적으로는 영원히 미제로 남을 사건으로 분류해 놓고 있었어요. 그 사건은 정말 말 그대로 완전 범죄였어요.」

「진심으로 하는 말이에요, 지금?」 메르타가 진지한 표정으로 되물었다. 메르타의 표정은 훨씬 환해져 있었다.

〈완전 범죄?〉 경찰관의 입에서 나온 이 말은 메르타를 환희에 가까운 상태로 몰아넣었다.

36

「어머니가 크로노베리에 구속되어 있어요. 현재 상황은 그래요. 내가 경찰과 이야기했어요.」

바르브로는 스티나의 장성한 두 자녀들의 방문을 받았고 얼굴을 보는 순간 그들이 엄청난 충격을 받았다는 것을 알 수 있었다.

「엄마가 틀림없이 노망이 든 것 같아요.」

마흔두 살 된 스티나의 딸 엠마가 말했다. 어머니처럼 엠마도 금발 머리에 날씬한 몸매를 갖고 있었다. 그러나 엄마의 크고 푸른 눈 대신 딸 엠마의 눈은 연한 녹색을 띠고 있었고 조금 작고 옆으로 벌어져 있었다.

「엄마는, 늘 그렇지만, 다른 노인네들을 따라간 거야.」

딸 엠마보다 일곱 살 위인 안데르스가 덧붙였다. 안데르스는 곱슬머리를 아주 길게 기르고 있었다. 어깨를 으쓱하는 것이, 엄마도 하고 싶은 대로 할 권리가 있다고 말하는 것 같았다.

「어쨌든, 치매에 걸리지만 않았다면…….」 딸 엠마가 불쑥 말하고 말았다.

「어머님은 내가 최근에 본 바로는 아주 건강한 것 같았어요. 그 후로는 여기 신문에 나온 것 이외에는 전혀 모르겠고요.」 말을 마치면서 바르브로는 두 사람에게 석간신문 두 부를 내밀었다. 국립 박물관의 절도 사건이 「아프톤블라데트」[18]지 헤드라인을 차지하고 있었다.

안데르스가 머리를 저으며 신문을 소리 내서 읽었다. 「〈희대의 절도 — 사라진 명화들.〉 엄마가 이런 사건에 끼었다는 것이 정말 믿기지가 않아.」

「하지만 사실이야. 여기 사진에 나온 사람들 중에 엄마가 있잖아.」 엠마가 「엑스프레센」지를 가리키며 말했다.

바르브로는 신문에 실린 흑백 증명사진들을 다시 한 번 바라보았다. 메르타, 스티나, 안나그레타, 베르틸, 오스카르. 이들은 하나같이 웃고 있었다. 바르브로는 왠지 이들이 다른 사람이 아닌 바로 자신을 조롱하고 있는 것만 같았다. 신문 기사를 벌써 몇 번이나 읽었는지 모른다.

〈그림 절도 사건으로 고발되다.〉 굵은 글자로 인쇄된 한 기사 타이틀이다. 무엇보다 끔찍한 것은 이들의 이름이 사진 밑에 그대로 적혀 있었다는 것이다. 게다가 모두 노인 요양소에 거주한다고 쓰여 있었는데, 천만다행으로 다이아몬드사라는 회사명은 명시되지 않았다. 만일 회사 이름이 밝혀졌다면 회사는 치명타를 입고 바르브로로서는 생각하고 싶지도 않은 대

18 Aftonbladet. 〈밤의 쪽지〉라는 뜻. 1830년에 창간된 스웨덴에서 가장 오래된 타블로이드 판형의 일간지. 2014년 현재 약 16만 부의 발행 부수를 보이고 있으며, 현재 스칸디나비아에서 가장 많이 읽히는 신문이다. 본사는 스톡홀름에 있으며, 인터넷에 가장 선제적으로 대응하며 1994년에 웹 페이지를 통해 기사를 제공하기 시작한 신문으로 유명하다.

재앙을 방불케 하는 후폭풍이 불어닥쳤을 것이다. 잉마르는 그녀를 무능하다고 생각했을 것이고 그러면 결혼은 물 건너간 이야기가 될 것이며 회사 경영권도 그녀가 쥘 수 없게 되었을 것이다. 또 누가 알겠는가, 잉마르가 그녀를 완전히 내쳤을지?

「난 엄마가 겁쟁이인 줄만 알고 있었어! 한데 내가 잘못 봤던 거지. 엄마는 내가 생각했던 것보다 훨씬 강한 여자였던 거야!」엠마가 웃으면서 말했다.

「여자가 한번 마음을 먹으면 무섭다고 하더니! 여기 좀 봐. 그림도 돈도 모두 찾지 못했대.」옆에 서 있던 아들이 덧붙였다. 아들은 마냥 신기하고 재미있다는 표정이었다.

「엄마는 분명 여전히 다양한 능력을 갖고 있어. 어쨌든 노인들이 그림값은 받아 냈어! 정말 황당한 강도단이야!」슬픈 표정은 온데간데없고 엠마는 이제 다시 원래 모습으로 돌아와 있었다.

「〈노인 강도단〉이라……」안데르스가 미소를 띠며 중얼거렸다.「우리 엄마가 그림값으로 받은 돈이 핀란드로 가는 페리 위에서 사라졌다고 주장을 했다네. 파도에 휩쓸려 갔다는 거야. 난 도저히 믿을 수가 없는 이야기들이야.」

「그 노인들은 돈을 어디 다른 데에다 숨겼을 거야. 틀림없어. 엄마도 자기 몫으로 받은 것을 어딘지는 모르겠지만 숨겼을 것이고……」

「지금 너는 엄마가 물려줄 유산 이야기를 하자는 거야?」

「응, 그래. 엄마도 한몫 챙겼을 거 아냐? 수백만 크로나가 사라졌다는데…… 신문을 믿자면 말이야.」

「엄마는 최소 2년을 교도소에서 보내야 해.」안데르스가

「아프톤블라데트」지를 손가락으로 가리키며 말했다. 「그러면 교도소로 찾아가 엄마를 면회할 때, 기왕 간 김에, 돈을 어디다 숨겼는지 물어볼 수 있을 거야. 어차피 우리에게 줄 것이라면 조금 먼저 달라고 할 수 있는 거지.」

「안데르스, 그런데 이 사건, 어딘지 좀 이상해. 왜 경찰에 가서 자수를 했을까? 아무도 의심을 못 하고 있었는데 말이야. 완전 범죄를 저지른 거야. 그런데도 제 발로 경찰을 찾아간 거야. 마치 감방에 들어가고 싶어서 안달이 난 사람들처럼.」

「여기서 노인들에게 좋은 대우를 안 해주었나요? 스스로 제 발로 걸어서 교도소에 가는 사람은 없잖아요?」 안데르스가 잠깐 자리를 비웠다가 다시 돌아온 바르브로에게 물었다.

「글쎄요, 나이 든 사람들은 워낙 종잡을 수가 없어서…… 노인들을 어떻게 대해야 할지 모르겠어요. 커피 드실래요? 커피 기계를 들여왔는데…….」 바르브로는 애매하게 답하며 질문을 피하려고 했다.

「예, 한 잔 주세요.」 엠마가 커피를 마시겠다고 했다.

「혹시 5크로나짜리 동전 있으세요?」 바르브로가 손을 내밀며 물었다.

엠마와 안데르스는 각자 5크로나짜리 동전을 바르브로에게 주었다. 바르브로가 커피를 뽑으러 간 사이, 엠마와 안데르손은 계속해서 신문들을 읽어 내려갔다.

잠시 후, 읽고 있던 「다겐스 뉘헤테르」지를 내려놓으면서 엠마가 말했다. 「왠지 마음이 좀 거북해. 엄마를 좀 자주 찾아왔어야 했는데, 그러지 못했어.」

「그래, 맞아. 그러지 말았어야 했는데…….」 안데르스가 동

생 엠마의 말에 동의했다. 그때 바르브로가 커피를 들고 들어
오는 바람에 남매는 더 이상 이야기를 할 수 없었다. 「혹시 브
리오슈 같은 빵은 좀 없나요? 점심을 먹을 시간이 없었어요.」

「미안해요, 없네요.」

「그럼 과자 같은 거라도, 혹시?」

「글쎄요, 그런 것도 우린…… 미안해서 어떻게 하죠?」

의자 위에 쌓아 놓은 신문 더미가 엠마의 눈에 들어왔다. 신
문 더미 옆에 어저께 발행된 「엑스프레센」지 두 부가 놓여 있
었다. 엠마는 커피 잔을 내려놓고 그중 한 부를 집어 들었다.

「어제, 이걸 살 시간이 없어서 못 샀는데, 한 부 갖고 가도 될
까요?」

「그건 좀 곤란하겠는데요. 요양소 재산이거든요.」 바르브로
가 둘러댔고 안데르스는 웃음을 터뜨렸다.

「엠마, 이제 그만 가자.」

안데르스는 자리에서 일어나 문 쪽으로 갔다. 그때였다. 바
르브로가 두 사람에게 물었다.

「방은 어떻게 하실 건가요? 상호 동의하에 계약을 해결해야
하거든요.」

「새로운 결정이 내려질 때까진 우리가 갖고 있을게요. 엄마
는 아직 선고를 받지 않았어요. 어쨌든 엄마가 없는 사이 요양
소에서는 커피값이라도 절약할 수 있잖아요…….」

바르브로의 얼굴이 일그러졌다. 뭔가 도움이 좀 될까 해서
스티나의 자식들을 만나 보려고 한 것인데, 이런 대접을 받다
니…… 커피값을 받은 것이 너무 야속했던 것인가?

「자, 그러면 방 문제는 서로 합의를 본 셈이고요. 마지막으로

한 가지만 부탁드릴게요. 다른 것이 아니라……」 바르브로는 두 손을 비비며 어떻게 말을 꺼내야 할지 잠시 망설였다. 「우리가 이렇게 만나서 이야기를 나눌 수 있어서 정말 고맙게 생각해요. 그래서 말씀인데, 오늘 이야기는 우리만 알고 있는 것으로 했으면 좋겠어요. 다이아몬드사는 이 일과는 관계가 없거든요. 회사 이름이 거론되지 않았으면 해서요.」

「그러니까, 말씀인즉슨, 우리 엄마가 여기에 거주하고 있었다는 사실이 알려지지 않았으면 한다, 이거죠?」

바르브로는 바로 그런 말이라고 하면서 자리에서 일어났다.

그러나 안데르스가 바르브로를 똑바로 쳐다보며 입을 열었다. 「내 생각을 말해 볼까요? 엄마와 다른 노인들이 여기서 행복하게 잘 지냈다면, 이 모든 일들은 결코 일어나지 않았을 겁니다. 요양소 측에서는 반성하고 이 시설의 운영을 바꿔야 할 거예요.」

두 남매는 문으로 다가갔다. 그런데 엠마가 다시 몸을 돌려 바르브로를 바라보며 말했다.

「지금 요양소에 남아 있는 노인들이라도 잘 대해 줘요. 그러지 않으면 또 요양소를 빠져나가려고 할 거예요.」 말을 마친 두 남매는 요양소를 떠났다.

안데르스는 직장인 직업 안내소로 출근했고 엠마는 집으로 가기 전에 잠깐 장을 봐야 했다. 엠마는 임신 중이었고 파트타임으로 일을 하고 있었다.

「엄마에게 요양소는 결코 쉬운 곳이 아니었어. 거의 평생을 외스테르말름의 큰 집에서 살던 사람이 이런 곳에서 지낸다는 것이……. 여길 빠져나간 것도 엄마 입장에서 보면 대단한 용

275

기를 낸 거야.」엠마가 말했다.

「물론이지. 나도 얼마나 충격을 먹었는지 몰라. 집에서 한가하게 시간을 보내는 것을 그렇게 좋아하던 엄마였는데! 아빠하고 살 때에도 한 번도 자기주장을 하지 않았잖아. 불쌍한 우리 엄마는 멋있는 저녁 식사를 준비하고 품위를 유지하려고 애를 썼지. 그런데 엄마 입장에서는 그게 다 그리 즐거운 일이 아니었던 거야. 그러고 보면 엄마 아빠가 이혼한 것이 어쩌면 잘된 것인지도 몰라. 엄마는 여기서도 〈탈출〉했잖아!」

「그러니까, 엄마는 마침내 자기가 하고 싶은 것을 한 거야! 엄마는 이전에는 늘 남들의 시선을 의식하며 자기가 아닌 남들의 마음에 들려고만 했지. 하나님을 믿어야 하고, 완벽한 아내와 엄마가 되기 위해 좋은 교육을 받아야 하며 그런 다음 가족을 위해 모든 것을 희생해야 한다고 생각하며 살았던 세대에 속해 있었던 거지. 아빠는 그런 엄마가 얼마나 마음고생을 하며 지냈는지 전혀 헤아리지 못했어!」

엠마의 이 말에 아들 안데르스도 전적으로 동의하며, 바지 호주머니에 두 손을 넣은 채 여동생에게 말했다.

「맞아, 너도 알겠지만, 되돌아보면 아빠는 자기 생각만 하고 살았어. 이제 엄마는 잃어버린 자기만의 삶을 되찾으려고 하는 거야. 꼭 이런 이야기까지 해야 할지 모르겠지만, 이런 엄마와 지금 벌어지고 있는 모든 이야기를 보니, 난 사실 좀 기뻐.」

「그런 엄마 생각을 하면, 왠지 모르게 난 자꾸 낡은 침대 매트리스의 용수철 생각이 나. 오랫동안 억눌려 있었지만 덮고 있던 두꺼운 천을 걷어 내자 튀어 오르는 용수철 말이야. 다신 원래 자리였던 침대 밑으로 들어가지 않을 거잖아.」엠마는 살짝 미소를 띠며 말했다.

「그렇긴 한데, 그래도 그렇지 법을 어겨 가면서까지 이렇게 나올 줄은 생각도 못 했지. 너도 신문에서 봤지? 〈스웨덴에서 일어난 역대 가장 큰 예술 작품 도난 사건!〉 난 사실 그런 엄마가 존경스럽기까지 해, 지금은. 삶을 바꾸기 위해 무언가 큰일을 해야 했던 거야. 그런데 난, 맨날 다람쥐 쳇바퀴 도는 생활을 하고 있을 뿐이야. 할 수 있는 한 최대로 일을 하지만 점점 더 나빠지기만 해.」

「오빠만 그런 거 아냐. 대부분 사람들이 다 그래.」엠마가 말했다.

「그럴 거야. 월급이 충분하지가 않아. 몇 번 선거를 한 다음부터는 집세도 거의 세 배나 올랐어. 아내와 난 집을 옮겨야만 해. 시외로 나가서 사는 것도 괜찮을 것도 같고…….」

「그러면 오빠도 강도를 한 건 해보지그래? 아니면 엄마한테 상속받을 것을 미리 좀 달라고 해보든지.」엠마가 웃으면서 말했다.

「그럴 생각은 없어. 엄마는 앞으로도 20년은 더 살걸.」

「오빠 말이 맞아. 하긴 우리도 엄마가 물려줄 유산을 받으려면 〈자격 같은 거〉를 갖춰야 하잖아, 그렇지 않아?」엠마는 담배를 한 대 붙여 물고 값싼 석면 시멘트로 지은 덩치만 큰 건물을 올려다보았다. 「엄마가 이 건물에서 벌써 3년을 지냈구나.」엠마는 담배 한 모금을 깊이 들이마신 뒤 천천히 뱉어 냈다. 「엄마가 감옥에 가면 조금 더 자주 찾아가 봐야 할 것 같아. 우리가 맡아야지. 아니면, 다른 방식으로 돈을 찾아내든지.」

「야! 넌 어떻게 그렇게 막돼먹은 애처럼 생각하니!」

엠마가 놀란 표정으로 돌아보며 말했다. 「뭐가 막돼먹었는데? 사실 나도 이런저런 생각을 많이 하고 있어.」

호텔의 파트타임 청소 직원인 페트라는 물품 보관 창고로 다시 청소 수레를 찾으러 갔다가 깜짝 놀라 그 자리에 멈춰 서고 말았다. 청소할 때 끼는 고무장갑은 물론이고 프린세스 릴리안 스위트룸에서 갖고 내려온 그림 두 점도 모두 사라져 버린 것이다. 뿐만 아니라 유리 닦는 세정액도 없어졌고, 바닥 청소용 세제도 거의 바닥을 드러내고 있었다. 누구를 탓할 수도 없었다. 자기 실수였다. 청소 수레를 분명 창고에 다시 갖다 놓았고 프린세스 릴리안 스위트룸의 그림들을 내려놓기 위해 잠깐 머물다 나갔다. 그런데 다 사라졌다. 기억을 더듬어 보았다. 창고에 그림들을 내려놓으려고 할 때, 남자 친구가 자신을 부르는 소리가 들려 나갔다. 남자 친구는 그녀가 낯선 남자와 함께 있는 것을 봤다고 하면서 해명을 해보라고 마구 다그쳤다. 그래서 단지 직장 동료일 뿐이라고 설명하면서 남자 친구를 달래는 데 꽤 시간이 걸렸다. 페트라 자신도 남자 친구의 오해를 풀어 주고 돌려보내는 데 너무 기진맥진해서 청소 수레 같은 것은 까맣게 잊고 있었다. 지하철을 탔을 때야 비로소 그림들을 창고에 그대로 놔두고 왔다는 생각이 났지만 이미 너무 늦었다. 그다음 날, 페트라는 누군가 다른 사람이 자기 청소 수레를 사용했다는 것과 그림 두 점을 가져갔다는 것을 알았다. 페트라는 혹시 다른 그림들 속에 들어가 있는지 두 그림을 찾았지만 허사였다. 잠시 그녀는 이 사실을 경영 지원부에 알려야 하나 생각해 봤다. 하지만 자신에게 돌아올 불이익을

생각하니 겁이 났다. 누가 시킨 일이 아니었을뿐더러 자칫하
다가는 일자리마저 잃을 것이 뻔했다. 아무도 눈치채지 못하
고 넘어갈 수도 있는 일이고 만약 그래만 준다면 꼭 말해야 할
이유도 없었다. 그림이야 언젠가 다시 나타나겠지.

　페트라는 유리창 세정제를 새로 한 병 꺼내 수레 위에 올려
놓고 바닥 청소제도 새 박스 하나를 꺼냈다. 그리고 고무장갑
을 끼고 엘리베이터에 올랐다. 평소처럼 할 일이 태산이었다.

37

장비 팀장인 얀손은 베르타 항의 보세 창고 구역으로 차를 몰고 들어가 원격으로 개폐시키는 셔터 앞에서 차를 멈췄다. 부두는 한산했고 짐을 올려놓는 팔레트 위에 누워 반쯤 잠이 들어 있는 하역 인부 한 사람만이 보였을 뿐 아무도 없었다. 얀손은 조금 더 차를 몰아 홀 4B까지 가서 차를 세웠다. 옆에 타고 있던 알란손이 차에서 내려 홀의 문을 연 다음 트레일러 한 대를 끌고 있는 차를 후진시키기 위해 친구에게 수신호를 보냈다. 안으로 들어온 얀손은 시동을 끄고 차에서 내렸다.

이 창고를 빌린 지 겨우 9개월밖에 안 되었지만 창고는 벌써 거의 차가고 있었다. 한쪽 벽을 따라서는 팔레트, 컴프레서, 자동차 타이어 등이 수북하게 쌓여 있었고 또 다른 벽에는 여러 개의 칸이 쳐진 정리대들이 나란히 늘어서 있었고 그 위에는 온갖 잡동사니들이 올라가 있었다. 자동차 부품들, 밀수된 술 상자들, 구리 파이프들도 보였고 그 외에 무엇에 쓰는 물건인지 모를 것들이 가득했다. 하지만 창고 공간을 가장 많이 잡아먹고 있는 물건은 다름 아닌 자전거들이었다. 솔직히 말해 이 자전거들은 에스토니아 등지로 바로 팔아넘겨야만 했다. 그러나 경찰이 이미 냄새를 맡고 있었고 어쩔 수 없었지만 두 사람은 상당 기간 몸을 낮춰 숨을 죽이고 있어야 했다.

「어디 볼까, 이번에는 뭐가 걸려들었는지.」 얀손이 슬쩍 견인 트레일러를 보면서 말했다.

「코스켕코르바 한 상자면, 그것만 해도 꽤 괜찮은 거야.」

「그 자동차 루프 캐리어는?」

두 사람은 자물쇠를 열어야 했는데, 알란손이 드라이버를 들고 잠시 이리저리 돌려 보자 찰칵 하는 소리와 함께 자물쇠가 열렸다.

「자네, 기억나? 언젠가 루프 캐리어를 열었더니 더러운 속옷가지만 잔뜩 나왔던 거?」

얀손은 히죽히죽 웃으면서 이제 막 자물쇠를 딴 캐리어의 뚜껑을 열었다. 안에는 여러 가지 물건들이 들어 있었다. 고양이를 넣는 가방, 고양이 밥, 담요 몇 장, 통조림 몇 통 그리고 잡다한 물건들 밑에서는 스키 두 세트와 스틱들이 나왔다.

「이런 제기랄.」

「이건 분실물 센터로 보내야 할 것들이구먼.」

「아니야, 거기까지 갈 필요도 없어. 그냥 내다 버리면 돼.」

「저 골프 가방은 어떻게 할까?」 알란손은 자물쇠가 달린 부위를 우악스럽게 부수고 지퍼를 당겼다. 「이런 지랄 같구먼! 이게 뭐야, 대체! 종이들만 꽉 차 있네. 어떤 멍청한 놈이 골프 가방에다 이렇게 신문지를 잔뜩 쑤셔 박았지?」

「그러지 말고, 잘 봐. 신문지 아래에 도자기 같은 것이 들어 있을지도 몰라.」 기분이 잡친 얀손은 신문지를 들어내기 시작했다. 하지만 바닥까지 신문지만 가득했을 뿐, 아무것도 없었다. 얀손은 머리를 긁적이며 골프 가방을 노려봤다.

「어쩌면 골프 가방 손잡이에 마약 같은 게 들어 있을지도 몰라. 그냥 갖다 버리지 말고 한번 열어 보자고. 저기 작은 구멍이 있는 게 보이지? 뭔가 수상한 물건을 안으로 흘려 보낸 게 틀림없어. 하지만 이런 일에 말려들고 싶지 않은데…….」

「그래. 우리 그만두자. 그게 좋겠어. 그런데 골프 가방이 두 개 더 있었잖아?」

「열어 보나 마나겠지.」 얀손이 시큰둥하게 대답했다. 그는 그럼에도 혹시 모른다는 마음으로 골프 가방 윗부분의 뚜껑을 열었고 안에 뭐가 들어 있는지 힐끗 들여다봤다. 「이번에도 마구 꾸겨 넣은 신문지 이외에는 아무것도 없네그려. 참 우린 운도 없어.」

「그 골프 가방에도 구멍이 나 있었나?」

얀손은 손가락으로 더듬어 보았다.

「그래, 여기에도 작은 구멍이 하나 나 있네.」

「그럼 저기 있는 세 번째 것은?」 약이 오른 얀손은 세 번째 가방을 발로 걷어차면서 말했다.

「이 가방에는 구멍이 없어. 와서 만져 봐, 구멍이 없어. 하지만 종이만 가득 들었겠지, 이것도. 난 도대체 이게 뭔지 모르겠군. 골프 가방 세 개 안에다 신문지만 가득 꾸겨 넣다니 말이야. 자 모두 쓰레기통에다 갖다 버리세. 자리만 차지할 테니까.」 알란손은 주위를 살펴보면서 골프 가방들을 트레일러에 던져 실었다. 그러면서 벽에 세워 둔 자전거들을 가리키며 말했다. 「저 자전거들은 언제 팔아 치우지?」

약 3주 전 두 사람은 커다란 케이블 절단기를 들고 시내에 들어가 자전거들을 싹쓸이한 적이 있었다. 트레일러로 몇 대 분량이었다. 얀손이 입을 열었다.

「어쩌면 다음 주 정도에 팔 수도 있을 거야. 주말 관광객들이 몰려오는데 자전거를 사려고 오는 사람들이 많거든. 그래서 에스토니아 놈들에게 대금은 유로로 내야 한다고 단단히 못을 박아 놨어.」

「잘 했군, 자, 이제 가세.」

얀손은 차에 올라 핸들을 잡았고 차가 출발했다. 차가 밖으로 나오자, 알란손이 창고 문을 열쇠로 잠그고 나서 옆 좌석에 올라탔다. 그는 담배 한 대를 꺼내 물고 불을 붙인 다음 차창을 내렸다. 빗방울이 몇 방울 알란손의 얼굴에 떨어졌다.

「오늘 날씨까지 안 따라 주네. 비가 또 오려나 본대. 자, 어서 가세.」

「잠깐, 아까 그 골프 가방들 방수 아니었나? 그러면 버리지 말고 가져가자.」 얀손이 제안했다.

「그 지랄 같은 골프 가방들을? 그거 갖다가 뭐에 쓰려고?」

「모르겠어. 하나만 가져갈게.」 손잡이에 구멍이 뚫렸는지 아닌지를 확인하던 것을 까맣게 잊고 얀손이 공연한 고집을 부리고 있었다.

「왜? 그 골프 가방에다 예쁜 아가씨라도 하나 집어넣고 다니려고?」

얀손은 친구의 말을 들은 척도 않고 차에서 내려 트레일러에서 골프 가방 하나를 집어 들었다. 얀손은 다시 창고 문을 열고 들어가 입구에서 가장 가까이에 있던 팔레트 위에 가방

을 던져 놓고 다시 문을 잠근 후 차에 올랐다. 비가 억수같이 쏟아지기 시작했다

「방수 골프 가방이라, 어딘가 쓸데가 있을 것 같아. 무언가 건조한 상태에서 옮겨야 할 물건이 생길 수도 있잖아.」

「오케이. 그렇다면 다음번엔 우산이나 모자도 챙겨 가. 나 말고 다른 친구하고…….」

두 친구는 조금 떨어진 부둣가에 있는 컨테이너까지 차를 몰고 가 쓰레기봉투들과 함께 골프 가방 두 개도 던져 버렸다. 자동차 루프 캐리어와 몇 개 다른 물건들은 분실물 센터에 갖다 줄 것이다. 지금까지 줄곧 이렇게 함으로써 두 사람은 정직하게 일하는 직원이라는 인상을 쌓아 가고 있었다.

방 안으로 햇볕이 쏟아져 들어왔고 그 때문인지 페테르손 과장은 땀을 흘리고 있었다. 자리에서 일어나 창문을 열었으나 방 안으로 갑자기 불어 들어오는 바람에 책상 위의 서류들이 날리자 이내 창문을 다시 닫아야 했다. 허리를 숙이고 입으로는 욕을 해가며 떨어진 서류들을 주운 다음 웃옷을 벗었다. 다시 자리에 앉은 과장은 손수건을 꺼내 얼굴을 닦으면서 서류 뭉치 위에 놓여 있던 이번 사건 문건을 집어 들었다. 수사는 전혀 진척이 없었다! 여섯 명의 수사관들, 그것도 모두 베테랑급 수사관들이 투입되어 잃어버린 그림 두 점과 돈을 찾고 있다. 페테르손 과장은 한숨이 절로 나왔다. 이번 사건은 정말 이상하다 못해 수수께끼였다. 다섯 명의 범인이 있다는 것은 밝혀졌지만 그림도 돈도 사라져 버렸다. 경찰 생활 수십 년에 이런 사건도, 이런 수사도 처음이었다. 자신이 범인이라고 열

심히 주장을 해댄 그 할머니가 사라진 지폐들 중 한 장을 갖고 있기는 했지만, 그것만 가지고 그 할머니가 원하는 대로 철창 속에다 가둘 수도 없었다. 그 노인들은 현실과 상상을 구분하지 못하고 있었는데, 그것도 재주라면 재주겠지만, 어쨌든 그 할머니는 다른 데서 그 지폐를 구했을 수도 있는 것이다. 검사는 경찰에게 증거를 모을 시간을 벌어 주기 위해서 다섯 명의 노인들을 체포하고 싶어 했다. 그 결과 아직 크게 진척은 없었지만 그래도 지문 몇 개와 DNA 샘플 몇 개는 과학 수사 본부가 있는 린셰핑으로 보낼 수 있었다. 얼마 지나지 않아 결과가 나올 것이다. 페테르손 과장은 부하 경관을 바라보았다.

「이봐, 스트룀베크. 오늘 호텔을 압수 수색해야 할 것 같아.」

「알겠습니다. 이미 전화해 봤습니다. 알고 계시죠? 그 노인네들이 글쎄, 프린세스 릴리안 스위트룸에 묵었다는군요. 지들이 뭐 영화 스타들인 줄 알았나, 내 참! 머리가 좀 돈 노인네들 아닌가요!」

「내가 보기엔, 멋지기만 한데! 어쨌든, 노인네들의 고백이 모두 사실로 드러났잖아. 하지만 3천만 크로나 정도 값이 나간다는 그림 두 점을 호텔 벽에다 걸어 놨다고 했는데, 그 말은 너무 믿지 말아야 할 것 같아.」

「핀란드에 머물고 있을 때 그림들이 사라졌다. 이것도 다 노인네들이 지어낸 이야기예요. 그건 그렇고, 뭔 흔적이라도 나와야 사라진 걸 찾죠?」

「바로 그게 문제야, 지금. 그 노부인은 헬싱키로 가는 세레나데 페리를 탔다고 했는데, 그러나 여행 서류로는 바이킹 라인의 마리엘라 페리를 탔거든. 그 사람들 소지품 일부도 거기서 나왔고.」

「그 노인네들이 모르긴 몰라도, 자신들이 탄 페리를 세레나데로 부르고 있는 것 같아요.」 미궁에 빠질 뻔한 사건을 여러 번 수사했던 스트룀베크는 모든 것이 오리무중일 때 수사팀의 사기를 올려 주는 일이 무엇보다 중요하다는 것을 잘 알고 있었다. 이번 추측도 이런 효과를 노리고 있었다.

「배 이름 하나조차 제대로 된 게 없군…….」 페테르손은 다시 한숨을 내쉬었다.

「요양소에 있는 노인들의 방을 조사해 보면 뭔가가 나올지도 모르겠어요.」 노르말름에서 수사 보조를 위해 파견 나온 륀베리가 입을 열었다. 그는 그렇지 않아도 벌써 다이아몬드 요양소 측과 이야기를 했고 현장에서 무언가를 찾아낼 것으로 기대하고 있었다. 륀베리가 계속 말을 이어 갔다. 「이번 절도 사건은 사전에 치밀하게 계획된 범죄예요. 하지만 어딘가에 흔적을 남겼을 겁니다. 급하게 움직이다 보면 이것저것 흘리게 마련이죠.」

「자네 말이 맞네. 두 사람을 보강해서 함께 가게.」 페테르손이 말했다.

수사 과장은 일어서서 외투를 걸쳤다. 바깥 햇살은 좋았지만 바람은 제법 쌀쌀했다.

륀베리는 경찰서 정문을 빠져나오면서 한숨을 내쉬었다. 「노인 요양소를 압수 수색한다……. 그렇게 되면 어쩔 수 없이 깜짝 놀라서…….」

「빵 바구니 같은 것도 잊지 말고 유심히 살펴봐야 해. 또 침대 매트리스도.」 스트룀베크가 농담 반 진담 반으로 수사 의지를 불태웠다.

「그런 것들을 진지하게 봐야 해, 그럼.」페테르손도 카랑카랑한 목소리로 덧붙였다. 「다섯 명의 노인들이 절도를 했다고 자백한 이상 이 사건을 가볍게 여겨서는 안 될 거야.」

이 말을 듣고 있던 륀베리가 반문했다. 「하지만, 과장님, 다섯 명의 노인들이 국립 박물관에 들어가서, 지금까지 전문 절도범들도 성공하지 못했던 강도 짓을 했다는 것인데, 전 정말 이게 노인들이 우릴 놀리는 것 아닌가, 그런 생각이 자꾸 들어요.」

「물론, 그럴 수도 있어. 그럼 두 점과 돈이 사라졌지만 노인들이 한 말을 보면 완전 범죄였거든.」말을 마친 페테르손 과장은 또다시 한숨을 내쉬었다.

모두들 웃지 않을 수가 없었다. 페테르손 과장이 계속했다.

「노인들 말에 따르면, 신문지를 잔뜩 넣은 두 개의 골프 가방과 맞바꾸려고 준비해 둔 두 개의 골프 가방 안에 돈이 들어 있었고 그 두 골프 가방을 찾아야만 한다는 거야. 그러나 이게 다가 아니야. 〈모든 돈이 태풍이 불 때 선상에서 날아갔다〉는 거야!」

이 말을 듣고 있던 스트룀베크가 말했다. 「천만 크로나라는 어마어마한 돈이 그렇게 날아갈 수는 없어요! 골프 가방도 마찬가지죠. 녹화 감시 카메라 영상에는 어떻게 나왔어요?」

「뭐 크게 볼 게 없어. 선상에서 일하는 장비 담당 팀장이 물 호스로 갑판을 청소하곤 하는데 그래서 그런지 렌즈에 물 자국과 염분이 가득 껴서 알아볼 수가 없어. 그런데도 감시를 하는 이유가 뭔지는 알아봐야겠지. 그런데 정작 보고 싶은 장면에 가면 영상이 나오질 않아. 내가 비디오 필름을 몇 번 돌려 봤거

287

든, 벌써. 뿌연 안개 속에서 보는 것만 같았어. 어떤 장면들은 우산 같은 것이 가려서 그런지 어두운 그림자들만 나타나고. 아마 자동차 운전자들이 우산을 쓰고 갑판에 나갔던 것 같아! 게다가 직원들인 얀손과 알란손도 뭐 특이한 것을 못 봤다고 하고…… 노인들이나 골프 가방 같은 것도 못 봤다는 거야.」

스트룀베크가 터져 나오려는 웃음을 한 손으로 가리면서 말했다. 「우리 내기합시다. 나는 노인 요양소 빵 바구니 안에 뭔가 있을 것만 같아요. 난 여기에 걸게요.」

「자, 이제 이야기는 그만하고 나가세. 호텔부터 가세. 우리는 어떤 일이 있어도 덧칠로 위장해 놓은 르누아르를 꼭 찾아야 돼. 각자 명심하라고. 원작에는 없는데 인물이 모자를 쓰고 있고 콧수염을 기르고 있는 모습으로 막 그려 넣었대.」 페테르손이 문을 열고 나서면서 말했다.

「그럼요. 꼭 찾아야죠.」 스트룀베크가 말했다.

모두들 외투를 걸치고 주차장으로 내려가기 위해 엘리베이터에 올랐다. 낡은 볼보 한 대가 세 번째 키를 돌리자 겨우 시동이 걸렸고 한참 막히는 시내를 겨우겨우 빠져나온 차가 마침내 그랜드 호텔에 도착했다. 경찰관들은 사람들 눈에 띄지 않게 경찰 신분증을 꺼내 보여 주었고 노인들이 묵었던 방들을 보여 달라고 요구했다.

「프린세스 릴리안 스위트룸의 노인분들을 찾고 계신가요?」 프런트에 있던 젊은 여직원이 상냥한 목소리로 물었다. 「왜 그러시죠?」

「그것은 밝힐 수가 없고…….」

「그분들 정말 매력적이었어요. 그런데 안타깝게도 지금은 모두 호텔을 떠났어요. 유명 스타가 대신 묵고 있어요.」

「그 스위트룸을 한번 둘러보기만 하면 돼요.」

「그것은 불가능합니다. 우리 호텔의 정책이 아니거든요.」

페테르손과 스트룀베크는 경찰 신분증을 다시 꺼내 여직원 코앞에서 흔들어 보였다. 여직원은 잠시 생각하더니 어딘가로 전화를 걸었다. 잠시 후 그랜드 호텔 여자 지배인이 나왔다. 페테르손이 상황을 설명하자 여자 지배인은 동의를 하고 수사관들을 데리고 스위트룸으로 갔다. 지배인이 노크를 했지만 아무 응답이 없었고 그러자 지배인이 문을 열었다.

「아이고 하나님 맙소사!」 수사관들이 방으로 채 들어가기도 전에 지배인의 입에서 괴성이 터져 나왔다. 의자 앞의 낮은 탁자 위에는 술병과 담배꽁초가 가득한 재떨이들이 어지럽게 널려 있었고 그랜드 피아노 위에는 붉은색 여자 팬티 한 장이 걸려 있었다. 식탁을 보니, 빈 샴페인 네 병이 있었고 식당 의자 하나 위에는 반쯤 먹다 남긴 음식이 그대로 굳어 버린 접시들과 마구 꾸겨진 냅킨들이 어지럽게 흩어져 있었다. 「이 시간대가 원래 아직 청소를 하기 전이라서 방 상태가 이래요.」 지배인이 가까스로 입을 열었다.

페테르손은 긴 의자 위에 기대 놓은 기타를 봤다. 그런데 피아노 위에 있는 붉은 팬티는 뭐람? 침실로 들어갔지만 거기도 마찬가지였다. 요와 이불이 마구 헝클어진 침대 위를 보니 그림들이 비스듬하게 걸려 있었고 방 전체 여기저기에 옷가지들이 아무렇게나 나뒹굴고 있었다. 침실에서 나오면서 스트룀베크는 바닥에 있던 여성 브래지어에 발이 걸려 하마터면 넘어질 뻔했다. 욕실에서는 애프터 셰이브 냄새가 진동을 하고 있었고 바닥에는 더러워진 속옷들이 한 무더기 그대로 쌓여 있었다. 거울 왼쪽 끝에는 여러 상표의 크고 작은 립스틱들이 놓여 있었고 면도기 옆의 작은 선반에는 금발 머리카락들이 그대로 달라붙어 있는 롤 빗이 아슬아슬하게 놓여 있었다.

「로드 스튜어트?」 스트룀베크가 물었다.

「고객 정보는 밝힐 수 없어요.」 지배인이 대답했다.

수사관들은 피아노 곁에 멈춰 섰고 그때 페테르손 과장의 머리에 메르타가 심문을 받으면서 했던 이야기들이 떠올랐다. 르누아르와 모네가 걸려 있던 장소가 바로 이곳이었다. 그런데 지금 두 그림이 있던 자리에는 샤갈과 마티스 풍의 컬러풀한 그림들이 대신 걸려 있었다.

스트룀베크가 다시 지배인에게 물었다. 「이 그림들이 언제부터 여기에 걸려 있었죠?」

「그 그림들은 우리가 1952년도에 구입한 그림들인데, 당시는 스위트룸이 없었을 때입니다. 스위트룸은 불과 몇 년 전에 오픈했으니까, 그게……」

「그럼, 오픈 때부터 줄곧 여기에 걸려 있었다는 건가요?」

「그런 것 같아요.」

「혹시 이 자리에 르누아르나 모네를 걸어 놓지는 않았나요?」

「수사관님, 걸작들은 모든 사람들이 함께 봐야죠. 그래서 박물관과 미술관이 있는 것 아닌가요? 우리 호텔 바로 옆에 국립 박물관이 있어요. 그곳에 가시면 유명한 걸작들과 함께 르누아르와 모네를 볼 수 있어요.」

스트룀베크는 기분이 상한 건지, 힘이 빠진 건지, 같이 온 수사관들을 쳐다보며 중얼거렸다. 「이제 여기서 어떡하지?」

페테르손이 입을 열었다. 「르누아르와 모네 그림 한 점씩을 찾아야지. 모두 점당 천만 크로나가 넘게 나가는 걸작들이야. 그게 다야. 그림만 찾으면 돼.」

처음에는 압수 수색을 할 요량이었다. 하지만 이젠 그럴 필요도 없었다. 엘리베이터를 타고 내려오면서 수사관들은 중년의 한 청소 아주머니를 만났다. 청소 수레 한쪽 끝에는 먼지를 쓸어 담는 빗자루가 하나 꽂혀 있었고 그 밑에는 쓰레기봉투가 펼쳐진 채 걸쳐 있었다. 그 위의 바구니에는 다양한 세정제 병들과 걸레들이 보였다. 그런데 청소 수레 위에 몇 점의 그림들도 올라가 있었다.

페테르손이 그 그림들을 가리키며 청소 아주머니에게 물었다. 「저 그림들, 저게 뭐예요?」

「구세군에게 가져다줄 그림들이에요.」

「구세군이요?」

「예. 가짜 모사품들이거든요. 우리 그랜드 호텔에서는 진품만 걸어 놔요. 이런 가짜 사이비 그림들 말고요.」청소 아주머니는 손에 들고 있던 빗자루 손잡이로 수레 밖으로 튀어나온 가짜 그림의 액자를 밀어 넣었다.

페테르손이 다시 물었다. 「알겠습니다. 그럼 진짜 그림들은 호텔 어디에다 보관해 두나요?」

「창고가 따로 있어요. 거기 가면 조각들도 있는걸요. 호텔에서는 수리나 개조 공사를 할 때 방에 걸려 있던 그림들을 그 창고에다 갖다 놓곤 해요.」

얼마 후 페테르손과 스트룀베크는 다시 호텔로 가 호텔 야

간 경비 근무자 한 사람을 대동하고 그림을 보관한다는 창고
로 갔다. 두 사람은 함께 그곳에 있는 모든 그림들을 살펴보았
고 물품을 보관하는 옆의 광까지 다 뒤져 봤다. 하지만 르누아
르와 모네는 없었다. 모사한 가짜마저도 안 보였다. 피곤해진
두 사람은 다시 경찰서로 돌아왔다.

노인 요양소 수색에서도 아무런 단서도 얻을 수가 없었다.
륀베리가 하루 종일 머물며 조사했지만 허탕이었다. 륀베리에
따르면, 바르브로라는 한 여직원이 그를 그림자처럼 따라다니
며 제발 밖으로 이야기가 새어 나가지 않게 해달라고 여러 번
간청했다고 한다. 대신 그 조건으로 노인들을 모두 깨워 주겠
다고 제의했다고 한다. 때마침 오전 미사가 있어서 아침도 못
먹고 찾아갔던 륀베리는 아침 식사도 못 얻어먹었다. 커피 한
잔에 크루아상 한 쪽도 못 먹었다. 노인들의 방은 모두 잘 정
리되어 있었고 조사를 하기엔 편했다. 반면 어느 방을 들어가
도 철 지난 옷가지들, 푹신한 실내화들, 사진 앨범과 작은 약
통들이 전부였다. 아무것도 나오지 않았다. 방 하나에는 각종
연장들과 나사, 작은 모터들, 발광 다이오드가 있었지만 그림
절도와 관련된 것은 아무것도 없었다. 륀베리가 안 뒤져 본 곳
이 없었지만 허탕이었다. 범인이 단 한 사람이었다고 해도 이
전대미문의 사건은 영원히 기록에 남을 사건이었지만, 범인이
무려 다섯 명이었다. 페테르손 과장은 눈물이 날 지경이었다.
하는 수 없이 다른 것이 안 나오는 상황에서 과장은 노인들이
쓰던 빗을 모두 수거해 DNA 검사라도 받아 보아야만 했다.
린셰핑의 DNA 검사는 꽤 비용이 드는 일이었지만 어쩔 수가

없었다.

세 사람의 수사관이 요점을 정리하기 위해 다시 사무실에 모였을 때 이미 모두들 기진맥진한 상태는 아니라 해도 기가 꺾여 있었다. 과장이 두 손을 깍지 껴서 탁자에 올려놓으며 입을 열었다.

「알다시피, 그림과 돈 모두 사라졌어. 그리고 다섯 명의 노인들은 모두 범죄를 인정했고. 우린 이 노인들의 말을 입증해 줄 만한 것은 아무것도 찾지 못했고. 그렇지만 검사는 이 노인들을 구금시켜 달라고 요구할 예정이야. 왜냐하면 모든 것에도 불구하고, 감정가 3천만 크로나가 나가는 그림 두 점이 걸린 사건이니까. 우리에겐 다른 방법이 없어, 현재로서는.」

스트룀베크는 탁자 위에 길게 발을 뻗어 올려놓았다. 앞을 응시하던 그가 입을 열었다.

「신문 기사에 이렇게 나오겠네요. 〈경찰, 다섯 노인을 철창 속에 가두다. 다른 방법이 없었다.〉」

모두 긴 한숨을 내쉬었고 이제 퇴근하자고 서로를 일으켜 세웠다. 이들은 복잡한 절도 사건을 담당한 것만이 아니라 동시에 다섯 노인들도 책임져야 하는 묘한 상황에 처한 것이다.

38

　볼보는 지하철역을 지나 솔렌투나 구치소 앞에 멈췄다. 운전사 칼레 스트룀과 두 명의 교도관은 메르타를 부축해서 차에서 내리도록 했고 그녀가 전대를 차고 있으며 지팡이와 보행기를 갖추고 있다는 사실을 확인했다.

　그런 메르타를 본 운전사 칼레는 보행기에 장착되어 있는 제동 막대를 만져 보면서 말했다. 「거참, 신기한 장치네요.」

　메르타는 친절하게 설명을 들려주었다. 「땅바닥에 쓰러지고 싶어 하는 사람은 없는 법이지. 엉덩방아를 찧어서 뼈가 부러지는 것보단, 보긴 좀 흉해도 제동 장치가 달린 보행기가 좋은 거야.」

　칼레는 웃음이 나와서 못 참겠다는 표정이었다. 범인들을 여러 번 이송해 봤지만 이 노부인은 왠지 유독 그의 마음에 들었다. 할머니는 완전히 감옥에 반한 표정이었고 크로노베리를 출발할 때부터 줄곧 「변장한 하나님」을 쉬지 않고 불러 댔다.

　차에서 내린 메르타는 보행기에 몸을 의지한 채 이렇게 차를 태워 줘서 고맙다고 칼레에게 인사를 한 후 주위를 둘러봤다. 솔렌투나 중심가에 세워진 조립식 주택들이 눈에 들어오자 메르타는 고개를 저었다.

「총각들, 저기 고층 빌딩들 좀 봐. 저런 흉한 집들이 들어서다니, 말도 안 돼. 내가 아니라, 저런 집들을 지은 책임자들이 감옥에 가야 해.」

듣고 있던 칼레가 솔렌투나 구치소 건물을 가리키며 입을 열었다. 「그럼, 저 건물은 어떠세요? 너무 나쁘지 않은가요?」 메르타는 머리를 기울이고 구치소 건물 전면을 바라봤다. 대형 건물이 주변의 다른 잿빛 건물들 사이로 삐죽 솟아 올라와 있었고 유리창에 햇빛이 비치자 건물 전체가 번쩍거렸다. 밖에는 아름다운 빛들이 있었지만, 안타깝게도 이제 메르타는 안에서 지내야만 했다.

「이쪽으로 오세요.」 교도관 한 사람이 구치소 입구를 가리키며 말했다. 메르타는 이제 모든 소지품을 맡겨야 하며 그런 다음 다른 방으로 가 수감 문서를 작성하고 서명해야 한다. 이 절차를 밟으면서 메르타는 자신이 정말로 감옥에 들어왔다는 것을 실감했다. 메르타는 크로노베리 경찰서에서 직원이 자신에게 가까이 다가와 노려보면서 〈여자와 남자는 각각 다른 방을 씁니다〉라는 말을 들려주었을 때 받았던 충격이 떠올랐다.

그때 메르타는 기절할 뻔했다. 그러면서 이 간단한 교도소 규칙을 미처 생각해 보지 못한 자신을 나무랐다. 한편으로는 창피하기도 했지만, 이제 자신과 스티나는 〈1년 내내〉 애인들과 떨어져 지내야만 하는 것이다. 만일 이런 사실을 먼저 알았다면, 노인 요양소를 탈출하지 않고 그대로 살았을까……. 요양소에서는 탈출했어도 그간 치렀던 모험들은 하지 않았을지도 모른다. 인생에는 이렇게 공짜라는 게 없는 법이다. 모든 것은 대가를 치르고 얻는 것이다. 또 메르타는 불행하게도 스티나나 안나그레타와도 떨어져 지내야 했다.

「공범들은 함께 있을 수 없게 됩니다.」 크로노베리 경찰관이 들려준 말이었다.

「왜 그렇지요, 그건?」 당시 스티나가 따져 물었었다.

「여러 사람이 동일 범죄에 연루되었을 경우, 법적으로 공동 범인들을 분리 수용하게 되어 있습니다.」

「당신들 그럴 수 없어요. 우리는 한 가족이나 다름없어요. 가족이라고요! 우리는 함께 있어야 해요.」 메르타도 강력하게 주장했다.

「우리가 이런 조치를 취하는 이유가 바로 그것 때문입니다. 그림 두 점과 돈이 아직 발견되지 않았어요. 당신들이 서로 정보를 교환할 수 있기 때문에 그런 일을 처음부터 방지하자는 겁니다.」

아무 힘도 없는 다섯 노인들은 크로노베리의 경찰관을 물끄러미 바라다보고 있을 수밖에 없었다. 물론 아주 작은 위안이 있었다면, 그 경찰관이 어쨌든 자신들을 잘 짜인 하나의 조직으로 간주해 주었다는 것인데, 그렇다고 고맙다고 할 수도 없었지만 인정은 받은 셈이었다. 공범이니까 떨어져 있어야 한다는 청천벽력 같은 소리에 긴 침묵만이 흘렀고 모두들 메르타만 바라보고 있었다.

가장 먼저 입을 연 사람은 분노한 안나그레타였다.

「입만 열면 교도소에 들어가는 것이 훨씬 낫다고 말한 게 메르타 아니었어? 그런데 이게 뭐야, 이야기가 달라도 너무 다르

296

잖아, 이건!」

「미안해, 난 정말 우리가 헤어져 있어야 한다는 것은 미처 생각하지 못했어.」메르타가 울먹이며 말했고 말을 채 마치기도 전에 눈물이 막 쏟아지려고 했다. 천재가 눈물을 흘리며 울 것만 같은 메르타를 알아봤음에 틀림없다. 천재는 가까이 다가가 메르타를 끌어안았다.

「메르타, 누구나 실수를 하는 법이야. 울지 마. 우린 곧 나가잖아.」

이때였다. 그동안 울지 않으려고, 눈물을 보이지 않으려고, 그렇게 애를 쓰던 메르타는 천재의 어깨에 얼굴을 파묻으면서 갑자기 큰 소리로 엉엉 울어 대기 시작했다.

「나도 죽을 것만 같아, 메르타. 갈퀴가 나를 보러 오지 못한다면 나 어떻게 하지?」스티나 역시 말끝을 잇지 못하고 그 자리에서 코를 훌쩍이더니 그만 울어 버렸다. 그 모습을 보고 있던 갈퀴는 스티나의 두 어깨를 팔로 감싸 안으면서 위로를 해 주었다.

「내가 옛날에 선원이었을 때, 나는 늘 멀리 바다 한가운데에 가서 살았어. 교도소? 이까짓 것은 그래도 땅 위에 있는 거잖아. 또 교도관들도 여러 가지를 허용하면서 우릴 너그럽게 대해 줄 거야. 그리고 우린 곧 다시 볼 수 있어. 내 말이 맞나 틀리나 곧 알게 돼. 우리 내기할까?」갈퀴는 손을 올려 스티나의 흘러내린 머리를 좌우로 갈라 단정하게 만들어 준 다음, 드러난 이마와 두 뺨에 입을 맞추었다.

갈퀴는 돌아서서 헛기침을 몇 번 했고 평소 축농증도 없던 천재는 코를 여러 번 풀었다. 모두들 친구의 장례식에 온 것 같은 얼굴들이었다. 메르타는 이 모든 일이 자기 한 사람의 실수 때문이라는 생각에 더욱 목이 메고 배까지 아파 왔다. 자신이 상상했던 일들이 하나도 그대로 된 것이 없었다. 경찰서를 찾아가 죄를 자백한 그날 이후, 갈퀴와 스티나는 바로 후회했다. 안나그레타만 해도, 핀란드로 가는 페리 선상에서 만난 군나르라는 이름의 남자 생각만 하며 지냈다. 그랬다. 언제부턴가 모두들 결코 감옥을 원하지 않게 된 것이다.

다시 스티나가 날을 세우고 덤벼들었다. 「메르타, 조금 더 정보를 얻어 보고 일을 벌이더라도 벌였어야지.」 갈퀴와 헤어져 지낸다는 것이 정말 큰 충격이었던 것이다. 하지만 스티나는 두고 온 두 아이들과 옌셰핑에 사는 옛 친구들이 이런 자신을 보고 뭐라고 할까 그 걱정도 해야만 했다. 또 교회 성가대 사람들의 얼굴도 떠올랐다.

「그런 스티나는? 정보를 조금 더 알아볼 수 없었어?」 메르타가 방어 자세를 취했다. 그리고 덧붙였다. 「나는 금고다, 그림이다 하며 도둑질을 계획하고 준비하느라 정말 정신이 없었어.」

갈퀴가 가만히 있을 사람이 아니었다. 「그런 시건방진 말이 어디 있어!」

이 말에 메르타는 다시 훌쩍이며 입을 열었다. 「나도 정말 속이 상해 죽겠어. 다음번에는 조금 더 주의할게.」

다음번이라는 말에 경찰관이 귀를 의심하며 끼어들었다.

「다음번에요? 아니, 아직 정식으로 교도소에 가지도 않았는데, 벌써 다음 건을 준비한다는 거예요?」

「아니에요, 아니에요. 그러니까 내 말은 앞으로 살아가면서 그러겠다는 것이지.」 메르타가 손사래를 치며 대답했다. 교묘하게 말을 피하면서 메르타는 계속 말했다. 「지금부터라도 행동하기 전에 조금 더 깊이 생각할게.」

그러나 갈퀴가 다시 비꼬며 나섰다. 「어디 한번 잘해 보시죠!」

모두들 마음껏 울어서 그랬는지 각자 감방으로 들어가기 위해 헤어질 때가 가까워져 오자 서로 화해를 했다. 서로 깊이, 오랫동안 포옹을 했고 가능한 한 빨리 서로 다시 만나자고 약속을 주고받았다. 메르타는 마지막으로 모두에게 희망을 주는 말을 한마디 덧붙였다.

「시간은 빨리 가버려. 얼마 안 있어 우리는 교도소로 이송될 것이고 거기 가면 발목에 아주 예쁜 발찌 같은 것도 차게 될 거야. 그다음에는 기다리기만 하면 돼. 우리는 자유야.」 메르타는 갑자기 목소리를 낮추었다. 혹시 누가 들을지 모른다는 생각이 든 것처럼. 「무엇보다, 목사를 만나고 싶다고 하는 것 잊지들 마. 하나님만 목사님에게 말을 걸 수 있는 건 아니야.」 메르타는 낮은 목소리로, 한 눈을 찡긋하며, 약간 예언자 같은 신비한 분위기에서 말을 이어 갔다. 이어 메르타는 모든 사람들의 손을 잡고 세 번씩 흔들었다. 노인들은 이때 알았다. 그녀가 뭔가 큰 거 한 방을 꾸미고 있다는 것을.

39

솔렌투나 구치소의 청결함은 냄새로도 느낄 수 있을 정도였
다. 건물은 크로노베리보다 현대적이었다. 메르타는 머리를
꼿꼿하게 세우고, 정신을 집중한 채, 알 수 없는 여러 부속 건
물들을 지나쳤다. 겉으로는 평온해 보였지만 속으로는 상당히
예민해져 있었다. 무엇보다, 크로노베리 경찰관들이 왜 그렇게
까다롭게 굴었는지 이유를 알 수가 없었다. 다섯 명의 노인들
이 범죄를 자백하기 위해 자진 출두를 한 것인데도 불구하고
제복을 입은 그들은 어떤 식으로든 고맙다는 표현을 하기는커
녕 조롱하는 듯한 표정을 보였고 또 간혹 서슴없이 경멸하는
태도도 드러냈다. 나이 많은 노인들에 대한 존중이나 배려 같
은 것은 찾아볼 수가 없었던 것이다! 안나그레타가 잃어버린
그림들 생각에 울음을 터뜨리거나 스티나가 그 그림들에 어떻
게 덧칠을 했는지를 이야기하면 경찰관은 그런 이야기는 들을
만큼 들었으니 이제 그만하라고 귀찮다는 듯이 나왔다. 경찰
은 마침내 검찰관을 불렀고 이 사람들을 모두 체포해야 한다
고 강력하게 요구했다. 몇 가지 조금 더 심문을 당한 다음에야

300

다섯 노인들은 스스로 자백한 범죄를 저질렀다는 혐의를 받게 되었다.

「자, 이리 와요!」

교도관이 메르타의 옆구리를 툭툭 치면서 말했다. 그 교도관은 메르타를 한 방으로 데리고 들어갔고 거기서 수감 전에 밟아야 할 수속들을 받았다. 아무런 장식도 없는 그 방은 막 공사를 끝냈는지 나무와 플라스틱 냄새가 났다. 메르타는 다시 커다란 유리창이 있는 작은 방으로 인도되어 소파에 앉아 잠시 기다려야 했다. 잠시 후, 유리창 너머에 짙은 청색 셔츠를 걸친 남자들 몇 사람이 모습을 나타냈다. 메르타는 그들에게 손을 들어 인사를 건넸다. 그 남자들이 아마도 이른바 〈간수〉로 불리는 사람들인 것 같았다. 메르타는 속으로 〈간수〉라는 말을 여러 번 되뇌어 봤다. 간수라는 말은 수감자들이 감방을 감시하는 사람들에게 붙여 준 이름이라는 것을 메르타는 잘 알고 있었다. 메르타는 죗값을 치르는 곳에 발을 들여놓은 것이며, 그러니까 이제부턴 저 사람들에게 우습게 보여서는 안 되겠다는 것을 직감했다. 크로노베리에서 메르타는 교도소 내에서 벌어지는 잔혹한 짓들에 대해 들으면서 〈간수〉들이 어떻게 겁을 주는지에 대해서도 몇 가지 이야기를 들었다. 이제부터 정신 바짝 차리고 있어야 하는 것이다. 창구 하나가 열리더니 교도관 한 사람이 메르타에게 입을 열었다.

「잘 왔소, 환영합니다.」

메르타는 이 말이 이상하게 느껴졌다. 마치 유리창 너머에 있던 사람들이 오랫동안 수감자가 들어오기를 기다리고 있던 것만 같았다. 대화가 이어졌다. 남자는 메르타가 잘 지내고 있는지, 약 같은 것을 먹고 있는지, 건강상 특별 식단이 필요한지 그리고 자신의 구금에 대해 어떻게 생각하고 있는지 등을 물었다. 시계를 풀어서 제출해야 했고 그 외에도 지갑, 반지들, 팔찌를 비롯해 다른 소지품들도 다 내야만 했다. 그 후 메르타는 입고 있던 옷을 모두 벗고 구치소에서 주는 옷으로 갈아입었다. 또 교도관들은 잡혀 들어온 사람이 교활한 놈인지 아닌지를 알 필요가 있었다. 하지만 메르타로서는 자기의 경우를 딱히 뭐라고 규정할 수가 없어서 자신도 힘들다고 털어놔야 했다. 하지만 보행기에 의지하고 있다는 것만으로도 메르타를 교활한 사기꾼으로 볼 수는 없었다.

행정 절차가 끝나자, 메르타는 감방으로 인도되었다. 회색 페인트칠이 되어 있고 껌뻑거리는 형광등이 설치되어 있는 긴 복도에 메르타의 방이 면해 있었다. 메르타는 방으로 들어가기 전에 잠시 그 자리에 서서 숨을 깊이 들이마셨다. 모든 것이 영화에서 보던 그대로였다.

「자, 들어가요.」 교도관이 제12호 방문을 열며 말했다. 감방 안으로 들어선 메르타는 잠시 핀란드로 가는 페리호를 탄 것 같은 착각에 빠졌다. 물론 한 가지는 전혀 달랐고 작은 차이였지만 중요한 차이였다. 즉 감방은 일등칸이 아니었던 것이다. 넓이는 10제곱미터도 안 돼 보였다. 실제로 그 방은 기껏해야 6~7제곱미터 정도밖에 안 되는 작은 방이었다. 샤워 시설과 화장실이 있었고, 그 외는 침대를 놓을 공간밖에 없었다. 그 외에 붙박이 테이블, 선반, 벽장이 보였고 벽에는 옷 등을 걸도록 고리가 몇 개 설치되어 있었다. 방에 들어서자마자 메르타는 감금되었다는 느낌이 온몸을 감싸 오는 것을 느꼈다. 이제까지 메르타는 사실 감옥에 간다는 것을 낯선 곳을 찾아가는 여행 정도로만 생각하고 있었다. 하지만 이젠 아니다. 벌을 받는다는 사실이 뼈저리게 느껴져 왔다.

교도관이 문을 잠갔다. 메르타는 주위를 둘러봤다. 선반과 벽장 윗부분이 앞으로 기울어 있었다. 모든 물건들이 고정되어 있었고, 심지어 변기에는 엉덩이가 닿는 변기 커버와 뚜껑이 제거되어 있었고 옷걸이도 없었다. 목을 매거나 자해를 하는 것을 방지하기 위한 조치였다. 메르타는 회의가 들기 시작했다. 가장 최신식이라는 구치소가 이 정도라면, 다른 곳들은 얼마나 볼품이 없을 것인가……. 벽장의 선반들도 모두 비스듬하게 엉망으로 설치되어 있었다. 페리를 탔을 때 보았던 가구들은 모두 수직으로 각을 맞춰 설치되어 있었다. 흔들리고 기울어지는 배에서도 가구들은 그랬다. 인생은 늘 사람을 놀라게 하는 것들 투성이다. 그 무엇도 완벽한 것은 없는 것이다!

감옥, 절대 오래 살지 말아야 할 곳이다. 메르타는 이것을 깨달은 것만으로도 큰 것을 알았다고 스스로를 위로했다. 재판 결과가 나오는 즉시 메르타는 다른 곳으로 이송될 것이다. 안타깝게도 그래도 천재를 만날 수 있는 것은 아니다. 이불 위에 걸터앉은 메르타는 처량한 신세가 된 자신이 한없이 불쌍했다. 뭐든지 만들어 내고 침착하고 착하기만 했던 천재 생각이 절로 났다. 스티나는 어떻게 하고 있을까? 불행하다고 한탄을 하고 있을 텐데……. 그리고 안나그레타는? 역시 견디기 쉽지 않을 텐데. 군나르라는 이름의 신사에게 잔뜩 희망을 걸고 있었는데……. 저절로 한숨이 나왔다. 여긴 정말 요양소보다도 못했다. 요양소를 나온 이후 처음으로 메르타는 근본적인 회의를 느꼈고, 정말로 이럴 거였다면 요양소를 나오는 것이 아니었다는 생각마저 들었다. 일단 가석방만 되면, 홈통 속에 숨겨 둔 돈을 찾아서 떠나면 된다. 메르타는 친구 노인들과 함께 미국 플로리다를 향해 날아가고 있는 자신의 모습이 눈앞에 떠올랐다. 아니 꼭 플로리다일 필요는 없다. 아름답고 날씨 좋은 곳이라면 어디든지 좋다. 그런 곳에 가면 친구들은 고급 호텔에 묵으면서 카지노도 즐기고 진기한 요리도 맛보고 할 것이다. 그러기 위해서는 지금 이러고 있을 때가 아니었다. 계획을 세우고 또 당장 실천에 옮겨야 한다. 메르타는 눈을 감고 속으로 생각했다. 〈운이 조금만 따라 준다면, 좋은 아이디어를 내서 첫 번째 외출 때…….〉

그다음 날, 메르타는 교도관을 불렀다. 나는 어젯밤에 한 잠도 못 잤다. 아주 중요한 이야기가 있기 때문인데, 마음의 평온을 되찾기 위해서 목사님을 꼭 만나야 한다. 만일 목사를 못 만난다면 자기 같은 나이의 노인들은 구금 생활을 못 견디고 말 것이다. 메르타는 이런 취지의 말을 교도관에게 전했다. 교도관은 메르타의 말을 들은 즉시 곧바로 구치소 소속 목사를 불렀다(몸이 아니라, 영혼을 구한다는 사람 말이다).

40

프린세스 릴리안 스위트룸에 묵고 있는 그 유명한 팝 가수는 잔뜩 술에 취해 갈지자로 비틀거리며 방 안에 마련되어 있는 바로 가서 다시 새 위스키 한 병을 꺼냈다. 중간 정도 길이로 기른 머리는 마구 헝클어져 있었고 청바지는 엉덩이에 가까스로 매달려 있었다. 트림을 한 번 하더니 그는 술병에 붙은 라벨을 보았다. 그러더니 다른 병 하나를 더 꺼냈다. 1952년산, 마칼란이었다. 호텔 아래층의 바에 가서 마시면 이 술은 한 방울에 1,199크로나를 내야만 한다. 그렇다면 여기서 마시는 것이 안성맞춤이 아닌가. 그는 병마개를 따고 몇 모금 입에 따라 부은 다음 침실로 향했다. 여자는 깊은 잠에 떨어져 자고 있었고, 그는 잠시 머뭇거리다가 담배를 한 대 피워 물었다. 그의 눈에 침대 옆 테이블이 들어왔고 그 위에는 어젯밤에 마신 위스키 병이 그대로 놓여 있었다. 그 술병에는 술이 약간 남아 있었다. 재떨이로는 제격으로 보여 그는 말보로를 병 속으로 떨어뜨렸다.

그는 발코니로 나가서 미지근한 바람을 들이마셨다. 스톡홀름은 이제 막 깨어나려고 했고, 태양이 서서히 떠오르고 있었으며 하늘의 색도 밝아지고……. 국회 의사당 근처에서 한 남자가 강에 그물을 던지고 있었다. 이런 대도시 한복판에서 강낚시를 다 하네……. 가능한 일인가? 이런 생각이 그의 머리를 스쳐 갔다. 그는 스톡홀름이 그렇게 좋을 수가 없었다! 이곳에 있으면 대도시에 있으면서도 시골에 있는 것 같기도 했다. 스웨덴에서 공연을 한다는 것은 정말 멋진 일이었다. 스웨덴 사람들은 다들 교육을 잘 받은 것 같았고 아낌없이 박수갈채를 보내 주었다. 이탈리아와 프랑스 같은 나라에서는 야유를 보내기도 했는데 말이다. 스톡홀름에서는 심지어 공연이 죽을 쑤는 날에도 그는 언제나 환호와 박수를 받았다. 그러니 어젯밤 늦도록 그가 술 파티를 한 것도 놀랄 일이 아니었다. 그는 어젯밤 그룹 멤버들과 함께 마시고 발코니 난간 너머로 던져 놓은 빈 술병들을 바라보았다. 빈 술병 몇 개는 지붕 가장자리에 걸려 있었고 두 개는 홈통 근처에 쓰러져 있었다. 어젯밤 멤버들과 그는 아주 길게 즐겼다. 오슬로에서 저녁 공연을 끝낸 후 그는 다시 원기를 회복해야만 했다. 그러나 카디에르 바에서 만난 이 여자에게 홀딱 빠져서 둘이서 함께 주거니 받거니 하며 술 몇 잔을 했다. 그리고 잠시 후 그 여자는 그와 함께 당연히 침실로 올라왔고 두 사람은 뜨거운 밤을 보냈고……. 그는 한 손에는 위스키 병을 들고 다른 손으로는 라이터를 찾았다. 하지만 완전히 술에 취한 그의 입에 물린 말보로는 자꾸 불을 피하고 있었다. 그가 손에 든 라이터는 금도금이 되어 있고 자신의 이름이 새겨진 것이었다. 담배를 불에 갖다 댄 그는 가까스로 불을 붙이고 몇 모금 길게 빨아 내뱉었다.

그는 담배를 피우며 마음을 가라앉히면서, 담배 연기들이 공중으로 흩어지면서 만들어 내는 소용돌이를 눈으로 따라가고 있었다. 담배를 다 피운 그는 꽁초를 비벼 끄고 병 밑바닥에 남은 술을 마저 마신 후 빈 병을 난간 너머로 던졌다. 그러자 빈 병들끼리 부딪치는 소리가 들렸다. 그런데 그 소리가 조금 이상해서 봤더니 그중 한 병이 마개도 따지 않은 병이었다. 병 속에 가득 술이 들어 있는 것이 보였다. 아니, 이런! 그의 입가에 미소가 떠올랐다. 가수가 되기 전 아주 옛날, 그는 지붕에서 줄을 타는 줄타기 곡예사였고 그래서 지붕에서 술 파티를 한 적도 있었다. 그 이후로는 조금 철이 들어 그런 짓은 그만두었지만, 그래도 그의 생활은 여전히 절제와는 거리가 있는 생활이었다. 솔직히 말하면 개판이었다. 어쨌든 마개도 따지 않은 위스키를 주워야 했다. 그는 그 위스키를 주우면서 옆에 있는 빈 술병들을 홈통 속으로 밀어 넣으려고 했다. 배를 깔고 드러누워 팔만 뻗으면 금방 끝날 일이었다. 그때 그의 눈에 홈통 밑으로 길게 수직으로 드리워져 있는 검은색 줄이 보였다. 그는 문득 누군가 좋은 샴페인을 한 병 사서 시원하게 두었다가 마시려고 줄에 매달아 놨나 하는 생각이 스쳐 지나갔다. 아니면, 어떤 돈 많은 사람이 마약을 구입하기 위해서, 혹은 고급 승용차를 한 대 사기 위해서, 다이아몬드 몇 알을 몰래 숨기기라도 한 것인가 별별 생각이 한꺼번에 밀려왔다. 술에 취해서 그랬겠지만 상상력에 발동이 걸린 것만 같았다. 그는 대담해지기 시작했다. 몸에 줄도 묶지 않은 상태였지만, 난간을 넘어 홈통 쪽으로 기어갔다. 줄에서는 타르 냄새가 났다. 그러니까, 줄을 드리워 놓은 게 얼마 되지 않았다는 것이다. 호기심이 더욱 그를 자극했고 그는 줄을 잡아 위로 당겨 올렸다. 한참 긁히는 소리가 들리더니 뭔가에 막힌 것처럼 줄이 더 이상 움직이질 않았다. 그는 갑자기 화가 나서 더 세게 줄을 당겼다. 그러자 줄이 끊어져 버렸다. 무언가 묵직한 것이 밑으로 내려가는 소리가 들리더니 이내 다시 막혔는지 소리가 멈췄다. 이런 지랄 같은, 에이 쌍! 한바탕 욕을 퍼부은 다음, 그는 나머지 빈 병 두 개를 홈통에 처넣어 버렸다. 그리고 마개를 따지 않은 위스키 병을 집어 입고 있던 티셔츠 안으로 넣어 감싸 쥐었다. 그리고 다시 난간 쪽으로 조심조심 뒷걸음을 쳐 발코니 안으로 들어왔다. 술병을 바닥에 세워 놓는 데 성공한 그는 티셔츠에 묻은 먼지를 털어 냈고 횡재를 한 듯이 병에 붙은 라벨을 천천히 바라보았다. 그 술은 그러나 한 잔에 3천 크로나나 나가는 고급 위스키는 아니었다. 고작 잔당 2백 크로나 정도면 마실 수 있는 대중적인 로드 캘버트에 지나지 않았다! 그는 병을 들고 계속 욕을 하면서 한번 돌아보지도 않은 채 홈통 쪽으로 던져 버렸다. 그러고는 다시 방으로 돌아왔다. 그러자 침실에서 소리가 들렸다. 여자가 이제 막 잠에서 깬 것이다. 아름다운 여자라는 생각이 퍼뜩 떠오른 그는 서둘러 달려가 여자를 끌어안았다.

41

천재는 절도범, 살인자, 화이트칼라 범죄자들이 갇혀 있는
솔렌투나 구치소의 마지막 층에 구금되었다. 요양소의 늙은
친구들에 습관이 들어 있던 천재는 조금 당황하지 않을 수가
없었다. 그러나 다른 사람을 함부로 판단해서는 안 되는 일이
다. 감옥에 들어온 사람들은 다 착한 사람이라고 주장을 하고
모두 무언가 할 말들이 많은 법이다. 비록 개중에는 수상한 사
람들도 있어서 자칫 그를 죽일지도 모르는 상황이었지만, 천
재는 그럴수록 정신을 차리고 있어야만 하며 절대 기가 죽어
서는 안 된다고 생각했다. 어쨌든 모든 것이 그를 의기소침하
게 했다. 어떤 면에서는 노인 요양소가 더 안전하기는 했다. 그
가 들어간 감방은 너무 비좁아서 몸을 움직이기도 힘들었다.
그에게 필요한 연장들을 갖고 들어올 수 없었음은 물론이다.
메르타 생각이 절로 났다. 그 귀여운 할머니가 이 큰 소란을
벌이다니! 물론 메르타는 모두를 위해서 일을 벌인 것이지만,
그 결과는 솔직히 말해 처음에 생각했던 것과는 달랐다. 어쩌
면 빨리 확정 판결을 받고 정식 교도소로 가는 것이 좋겠다는

생각도 들었다. 거기에 가면 그래도 작업실은 있을 것 아닌가. 그러면 더 이상 여기서 매듭 같은 것이나 묶으며 시간을 죽일 필요도 없을 것이다. 기분이 안 좋아진 천재는 이불 위에 그대로 길게 누웠다. 그때 누군가 문을 두드렸다. 교도관 한 사람이 들어왔다.

「면회실에서 목사님이 기다리고 있소.」

「목사님이?」 천재는 대체 목사가 왜 자기를 보자고 할까 싶었지만, 문득 메르타가 했던 말이 떠올랐다. 〈목사를 만나고 싶다고 하는 것 잊지들 마. 하나님만 목사님에게 말을 걸 수 있는 건 아니야.〉

「아, 목사님이 나를?」 천재는 얼른 일어나 교도관을 따라 면회실로 들어갔다. 메르타가 꾸민 짓이 틀림없었다. 분명 뭔가 긴히 전할 말이 있었던 것이다. 천재는 모자를 벗고 공손하게 영혼의 구원자이신 목사님에게 인사를 했다. 교도관이 자리를 비켜 주었다. 천재와 목사는 나란히 면회자들이 앉는 긴 의자에 자리를 잡고 앉았다. 검은 옷을 입고 있던 목사는 주머니에서 뭔가를 꺼냈다.

「시를 한 편 갖고 왔어요. 내가 만났던 한 노부인이 이걸 선생에게 전해 달라고 했어요. 그러면 선생이 빛을 찾을 거라고 하면서요.」

「빛이요?」

「예, 구금자인 메르타 안데르손은 걱정을 많이 하면서 아주 불안해하고 있어요. 그래서인지, 거의 매일 여러 편의 시를 쓰면서 지내요. 이것도 메르타가 쓴 가장 아름다운 시들 중 하나예요. 개인적으로 선생에게 꼭 보여 주고 싶다고 하더군요.」

목사는 천재에게 종이 한 장을 건넸다. 천재는 메르타의 글씨를 알아봤고 그 자리에서 종이를 펴서 읽기 시작했다.

크고 위대하신, 그분
높이 손을 들어
그대에게 생명을 주시니
빗물이 홈통으로 흘러 강으로 가듯
풍요가 자유를 이끌어
그렇게 먼 곳으로
우리도 함께 떠나리니
나를 잊지 말아 주오

당황한 나머지 천재가 들고 있는 종이가 조금 떨렸다.

「나는 시라는 것을 도통 모르는 사람이외다. 그래도 내가 알기로는 시란 운율을 맞춰야 한다는데, 이건 뭐지요?」 천재는 목사에게 시가 적힌 종이를 돌려주었다. 목사는 조용히 시를 읽더니, 손등으로 종이를 여러 번 쓰다듬었다. 잠시 후 목사가 말했다.

「내 생각으로는 그 노부인이 선생을 사랑하는 것 같은데요. 특히 이 부분을 보세요. 〈우리도 함께 떠나리니〉, 〈나를 잊지 말아 주오〉. 참 아름다운 시군요, 정말.」 목사가 다시 종이를 돌려주었다.

「나를 사랑한다고요, 그 할망구가? 그러면 이런 종잡을 수 없는 거 쓰지 말고 간단하게 나한테 직접 말하면 되지 않겠소?」

말을 마친 천재는 다시 시를 읽어 봤다. 가만히 보고 있던 목사가 입을 열었다.

「각자 표현 방법이 있는 법이지요. 이렇게 시를 쓰는 것이 아마 그 노부인의 감정 표현 방법이었던 것 같습니다.」

천재는 얼굴을 붉히며 종이를 꾸겨서 얼른 주머니에 쑤셔 넣었다. 메르타가 그의 곁에 없는 그때부터 천재는 버림받은 느낌이었고 무얼 해도 전혀 흥미가 없었다. 그러나 지금, 그녀에게서 시를 받은 것이다. 시를! 천재는 다시 목사 쪽으로 고개를 돌렸다.

「참 믿을 수 없는 여자란 말이에요, 그 할망구. 우린 처음에는 감옥에서 서로 다시 만날 줄 알았어요. 그런데 그렇게 안 됐죠. 지금 내가 바라는 것은 딱 한 가지예요. 여기에 너무 오래 있지 말고 나가는 거예요. 나 말고 우리 친구인 갈퀴도 사랑하는 여자 때문에 지금 틀림없이 시름시름 하고 있을 겁니다.」

「그 여인이 갈퀴 씨인가 뭔가 하는 분을 찾아가 봐야 할 것 같은데요?」

「그건 안 될 거예요. 그 여자 이름이 스티나인데 그 여자도 구금되어 있거든요.」

「그것 참 유감스러운 일이군요. 당신들이 범죄를 저지른 그 네 명의 노인들입니까?」

「아니요. 우린 다섯이에요. 우리 합창단에서 노래를 부르던 안나그레타도 우리와 함께 여기 있어요.」

「다섯 명의 범죄자들이라, 그러면…….」 목사는 성서를 꺼냈다. 「우리 둘이서 함께 읽어 볼까요?」

「물론입니다, 목사님. 그런데 그 전에 메르타에게 그렇게 아름다운 시를 보내며 관심을 가져 주어서 고맙다는 말을 전하고 싶은데요. 혹시 목사님이 내가 고맙다는 인사를 시로 쓰면 좀 전달해 주시겠어요?」

「시를 쓴다고요? 예를 들면요?」

「난 시를 몰라요.」

「그러면 성서에서 인용을 하면 어떨까요?」

「광야에서 방황하는 모세 이야기 같은 것도 있겠지만, 되든 안 되든, 내가 한번 직접 써볼까요? 그래야 메르타가 내가 자기 때문에 마음 아파하고 있다는 것을 알 것 아니에요.」

「듣고 보니, 그것 참 좋은 생각이십니다.」 목사는 만년필을 꺼냈고 다이어리 겸용 수첩에서 한 쪽을 뜯어서 천재에게 건넸다. 「자, 여기 종이하고 펜이 있습니다.」 천재는 오랫동안 곰곰이 생각을 했다. 그동안 목사는 그를 방해하지 않으려고 조용히 앉아 침묵을 지켰다. 천재가 정신을 집중해 가며 조금씩 뭔가를 끄적거리기 시작했다.

메르타, 나의 부드러운 여인이여
나 지금 잊어버린 것들 향해 두 손을 내밀었소
그대와 함께 기쁘게 빛을 맞이하겠소
그대가 나를 생각하기를 바라며
우리 함께 새로운 봄을 향해 갑시다.
아주 멀리, 내 마음을 이해하겠소?

모든 것은 물론 속임수였고 시는 암호에 지나지 않았지만, 목사는 알 턱이 없었다. 메르타는 무슨 말인지 물론 잘 알고 있을 것이다. 천재는 그의 시 속에서, 감옥에서 나가게 되는 날, 자신들에게 행복을 가져다줄 홈통 속에 숨겨 둔 돈 이야기를 하고 있었던 것이다. 메르타도 시 속에서 〈풍요가 자유를 이끌어, 우리도 함께 떠나리니〉하면서 다시 만나는 것을 말하고 있었다. 메르타는 뭔가를 준비하고 있었던 것이다.

「말씀드렸지만, 난 시는 전혀 몰라요. 메르타가 내가 쓴 것을 시로 받아들이기나 할까요?」천재는 이렇게 말하면서 시를 적은 종이를 목사에게 내밀었다. 「아니에요. 아주 좋은 시 같아요. 감동도 주는 걸요.」

목사와 헤어지고 나자 천재는 기분이 아주 좋아져 있었다. 메르타와 그는 이제 새로운 통신 방법을 하나 찾아낸 것이다. 언제일지는 모르겠으나 천재는, 메르타, 이 신기한 재주를 갖고 있는 여인이 지금 궁리하고 있는 것을 곧 알게 될 것이다.

42

늦은 오후가 되어도 바깥이 제법 밝았고 자작나무의 싹들
이 막 봉우리를 터뜨리려고 할 때였다. 메르타는 곧 힌세베리
교도소로 이송될 예정이었다. 마침내 이송 날이 왔고 문을 나
선 메르타의 눈에 벌써 와 있는 차가 보였다. 메르타는 마지막
으로 솔렌투나 구치소를 바라보았다. 처음 들어올 때처럼 건
물 앞쪽의 유리창에 하늘이 그대로 들어와 있었다. 햇살은 이
토록 아름답게 유리창을 비추건만 그 창 너머에서는 전혀 다
른 풍경이 펼쳐지고 있었다. 지금은 다행스럽게도 비록 여자
들만 수용하는 시설이긴 했지만, 진짜 감옥들이 있다. 메르타
는 그곳이 여기 구치소보다는 훨씬 나을 것이라고 확신하고
있었다. 물론 지나친 환상을 갖지 않기로 했지만, 그런 기대를
버릴 수는 없었다. 메르타는 이곳 구치소에서 〈갇힌다는 것〉이
무엇인지 온몸으로 깨달았다. 노인 요양소에서도 문을 자물쇠
로 잠그기는 했지만, 바르브로 같은 여자도 문에 철창살까지
치지는 않았다. 메르타는 이제 자기가 주장한 것과 반대되는
선고가 나와도 그것에 항소할 수는 없었다. 모든 계획을 주도

한 사람이 자기 자신이었으니, 마지막 순간에 번복을 한다는 것도 적절하지 않았다. 하지만 자칫하면 다섯 노인들은 감옥에 못 갈 수도 있었다. 실제로 판사는 이들에게 석방을 판시했다. DNA 검사 결과가 메르타의 이야기를 일부 신빙성 있는 것으로 보이게 하지만, 5백 크로나짜리 지폐와 골프 가방은 설득력이 충분한 증거가 못 된다는 것이 판사의 논리였다. 경찰이 호텔 장롱 속에서 휴대폰, 빗, 한두 개의 금팔찌 등을 찾아냈지만 그것만으로는 부족하다는 것이었다. 노인네들의 나이를 감안할 때 오히려 치매 쪽에 무게를 두어야 한다는 것이었다. 게다가 국립 박물관 건은 아직 수사가 종결되지 않았다는 것이다. 증거로 채택된 엄청나게 휜 지팡이와 관련해서도, 경찰이 재구성해 본 절도 사건에서 그 지팡이가 한 역할이 지극히 불분명하다는 것이 재판부의 논리였다. 판사는 이런 상황에서 이들 노인에게 죄를 묻기보다는 석방하는 게 순리이며, 전과도 없는 노인들을 징역 1년에 처한다는 것은 적절치 못하다고 판시한 것이다. 하지만 배심원들은 피의자들인 다섯 노인들이 처벌을 받아야 한다고 주장했다. 사실 온 언론은 이 은퇴한 다섯 노인들의 거침없는 절도 행각을 연일 크게 다루었다. 스웨덴 문화재를 빼돌렸다, 3천만 크로나의 가치가 나가는 그림들을 훔쳤다, 그림값으로 사상 최고액인 천만 크로나를 요구했다 등등 길고 긴 기사들이 연일 터져 나왔다. 각 신문에서는 사설을 통해 사안의 중대성을 강조했고 일부 신문들은 서슴없이 이들의 절도를 금융 사기범과 동일시하기도 했다. 입버릇처럼 객관적 판단을 유지하려고 최대한 노력한다고 말하지만, 배심원들이 이런 언론에서 상당한 영향을 받았다는 것은 두말할 나위가 없었다. 메르타는 배심원들 앞에서 다섯 노인들은 모두 그림들은 박물관으로 되돌려 줄 예정이었고 천만 크로나는 자선 단체에 기부할 생각이었다고 말했지만 배심원 누구도 이 말을 믿으려 하지 않았다. 선고가 내려지자 노인들 모두 항소를 한다는 것이 결코 쓸모가 없다는 것을 알았다. 게다가 항소는 시간이 걸리는 문제이기도 했다. 또, 그뿐만이 아니라, 마지막 순간에 일대 소동이 벌어지기도 했었다. 결국, 구치소에서의 모범적 수감 생활을 참조하여 형을 6개월로 감형해 지금 이 시각부터 6개월간 진짜 교도소에 수감될 것이라는 최종 선고가 내려졌다.

메르타는 이송되어 갈 새로운 교도소가 정말 궁금했고 매일매일을 범죄자들과 함께 지낸다는 것이 생각만 해도 흥분되었다. 그녀는 언제나 그랬듯이 새로운 경험을 할 마음의 준비가되어 있었다. 어쨌든, 새로 들어갈 교도소가 구치소보다는 훨씬 나을 것이었다. 구치소는 좁고 갑갑했을 뿐만 아니라 모든 것이 늘 음침하기만 했다. 매일 아침 하는 운동도 메르타가 생각했던 것과는 달리 전혀 재미가 없었다. 교도관들은 메르타를 높다란 벽으로 둘러싸인 작은 마당으로 데리고 갔을 뿐이다. 외스텔렌에서 보던 것과 유사한 금빛 밀밭도 볼 수 없었고 어딜 가나 콘크리트 벽뿐이었다. 모르긴 몰라도 네 명의 어깨를 딛고 올라가 가장 높은 곳에 선 사람조차 벽 너머를 볼 수 없었을 것이다! 실망한 메르타는 방에 앉아 새가 지저귀는 소리를 듣고, 교외로 지나가는 기차 소리나, 멀리서 들리는 사람 소리에 만족해야 했다. 프린세스 릴리안 스위트룸과는 달라도 너무 다른 이 구치소에 갇혀 지내면서 메르타는 옛날 요양소에서 갈퀴가 야밤에 포크로 접시를 긁으며 내던 소리가 그리웠고 안나그레타의 그 말 울음소리 같던 고주파 웃음소리도 듣고 싶어졌다. 목사가 가끔씩 암호화된 천재의 시를 가져다주지 않았다면 메르타는 아마 견뎌 내지 못했을 것이다. 그 시를 읽으며 메르타는 힘을 얻었다. 그 덕택에 계속 머리를 짜낼 수가 있었다.

「서둘러요, 어서. 이리 와요.」 운전사가 투덜거렸다. 호송 담당 직원들은 금요일 저녁의 정체를 피하기 위해 빨리 출발하고 싶어 했다. 하지만 수갑을 찬 메르타는 천천히 걸을 수밖에 없었으며 보행기를 접는 데만도 꽤 시간이 걸렸다. 교도관들이 도와주기는 했지만 천재가 만들어 준 제동 막대를 정리하는 것은 모르고 있었다. 메르타의 긴 설명을 들은 후에야 겨우 가능했고 숨을 헐떡이면서 차에 올라 메르타는 딱딱한 차의 뒷좌석, 양옆으로 교도관들이 앉은 사이의 빈틈에 몸을 끼워 넣을 수 있었다. 호송차가 부르르 몸을 떨며 출발하자 철책들이 자동으로 옆으로 미끄러지며 구치소 문이 열렸다. 차는 바로 대로로 나섰다. 외레브로로 가는 길은 전혀 막히지 않았다. 차창 밖으로 풍경이 펼쳐지자 메르타는 합창단 친구들 생각이 났다. 안나그레타와 스티나도 힌세베리 교도소로 이감될 것이다. 메르타는 두 친구를 얼른 만나 보고 싶었다. 얼른 만나서 자신이 그동안 궁리해 놓은 계획들을 들려주고 싶었다. 메르타는 계획이라는 말보다는 〈아이디어〉 정도라고 보고 싶었다. 아직 계획이라고 부를 수 있는 단계는 아니었다. 첫 번째 해야 할 일은 두 친구들을 설득해 내는 것이었다.

한참을 달려온 차가 속도를 줄이기 시작했다. 메르타의 눈에 높은 담장과 철조망에 둘러싸인 건축물이 들어왔다. 바리케이드 옆에서 근무를 서고 있는 보초를 지나자 호송차는 마당으로 들어가 멈췄다. 메르타는 차 안에서 밖을 내다봤다. 차를 타고 오면서 듣기로는 힌세베리 교도소가 옛날 중세 때 지어진 건물이며 귀족들이 살았다고 한다. 메르타는 속으로 생각했다. 일부는 허물어져 사라졌지만, 이런 옛 성관에 감금되는 일이 아무에게나 주어지는 것은 아니라고. 건물 뒤로 멀리 바다도 보였다. 여기에는 그 높기만 하던 콘크리트 벽도 없었다. 철조망과 철책 너머로 바깥을 볼 수 있었다. 메르타는 차에서 내리면서 태워다 줘서 고맙다고 인사를 했고 새로 만난 교도관들에게도 첫인사를 건넸다. 중년의 한 깡마른 여인이 긴 금발을 날리며 메르타를 만나러 왔다.

「메르타 안데르손이죠?」 여인이 서류와 대조하면서 물었다.

「그래요, 나예요.」 메르타는 손을 내밀며 대답했다. 메르타는 교도관들 사이에 정말로 자신이 이곳에 온다는 소문이 돌고 있는지 궁금했다. 그럴 가능성이 충분히 있다고 암시하는 말들을 들었던 터였다. 하기야, 이곳에 수감 중인 여든 명의 여죄수들 중 그 누구도 여기 교도관들이 일흔아홉 살 먹은 할머니와 자신들을 함께 감시하게 될 줄은 꿈에도 몰랐을 것이다. 나이는 물론 모호하고 주관적인 것에 지나지 않는다. 아흔 살 먹은 노인이 일흔 살 노인보다 더 건강할 수도 있고, 일흔다섯 살 된 노인들이 아흔 살 먹은 노인들보다 더 백 살 먹은 노인처럼 보이기도 한다. 메르타는 구치소에 있으면서 운동을 해서 건강도 꽤 괜찮은 편이었다. 여기서는 가급적 보행기를 사용하지 않을 생각까지 갖고 있었다. 단지 갖고는 있으려고 했는데, 그것은 결정적인 때 써먹기 위해서였다. 수감자들 대부분은 30대에서 40대였지만 메르타는 크게 개의치 않았다. 오히려 그 반대였다. 메르타 자신이 젊은 사람들을 좋아하기도 했고, 또 같은 또래의 노인들보다 젊은 사람들과 훨씬 잘 통하기도 했다.

금발의 말총머리를 한 여교도관은 서류 검토가 끝나자 메르타를 데리고 행정 절차를 마무리하러 갔다. 메르타는 조사를 위해 옷을 벗어야만 했다. 한창 나이가 지난 여인이 처음 보는 낯선 여인들 앞에서 옷을 벗는다는 것은 분명 창피한 일이다. 하지만 여기서는 이런 일에 지나치게 신경을 쓸 필요가 없었다. 죄수들을 감시하는 사람들이 몸속에 뭔가 반입이 금지된 것을 숨겨 가지고 들어오지 않나 확인하는 것은 얼마든지 이해할 수 있는 정상적인 일이다.

「여자가 나이 들면 왜 이렇게 주름이 늘어나는지 알아요, 혹시? 어디다 쓰라고 이렇게 피부가 축축 늘어지는지를 모르겠어, 정말.」 메르타가 손가락으로 자신의 턱과 배 밑으로 축 처진 살을 가리키며 물었다.

금발의 말총머리 여인은 눈을 들어 메르타를 바라볼 뿐 아무 말도 하지 않았다.

「얼굴은 몰라도 몸 전체에다 칼을 대서 주름살을 제거할 수는 없지 않겠어요? 그러면 그 꼴이 뭐가 되겠어요?」 메르타는 자기가 한 농담이 스스로 생각해도 우스운지 계속 웃어 대면서 말했다.

「팔을 들어요.」

「예, 잘 알았어요. 겨드랑이 밑에 뭔가를 숨겨 갖고 들어올 수도 있는 거지. 내 이 축 늘어진 젖가슴 밑으로도 숨길라 치면 꽤 많은 것들을 숨길 수 있을 걸요?」

말총머리는 전혀 감정을 드러내지 않았다.

「늘어진 젖들은 훔친 다이아몬드 같은 것을 숨기기에는 안성맞춤이에요. 물론 그러다가 피부가 벗겨지기도 하겠지만. 그거 알아요, 금붙이는 너무 무거워서 밑으로 빠져 버린다는 것 말이에요.」

메르타는 젊은 시절, 앞으로 내밀고 다닐 정도로 자신만만하던 가슴을 가리키며 계속 조잘대며 농담을 던졌다.

「뭐라고 했어요, 지금?」

「그런데, 가슴 확대 수술 같은 것을 했을 때는 어떻게 처리해요? 뭐 특수한 스캔 장치 같은 거라도 있나요, 여기에?」

「이제 옷을 입어도 좋아요. 그리고 신체검사를 할 테니 나를 따라와요.」 메르타가 아무리 조잘대도 말총머리는 표정 하나 변하지 않았다.

「난 어디 아픈 데가 없는데.」

「몸속을 살펴보는 것입니다.」

메르타는 그 말이 뭘 의미하는지 즉각 알아들었다. 메르타는 깊이 숨을 들이마셨다가 멀리 떨어져 있는 사람도 들릴 정도로 크게 후 하고 내쉬었다.

「몸속도 살펴봐야지, 물론. 의사를 만나는 것은 즐거운 일이야. 의사 안 본 지가 참 오래되긴 했어……. 어쨌든 공연히 시간만 낭비하는 걸 텐데……. 난 그림을 몸속에다가 숨기지는 않았거든.」

이 말에 말총머리는 매서운 눈으로 메르타를 노려봤다. 순간 메르타는 입을 다물어 버렸다. 말총머리가 상당히 기분이 상해 있었던 것이다! 메르타는 농담을 했지만 때와 장소를 잘못 택한 것이다. 아니 모든 것에도 불구하고 어쨌든 여긴 감옥이었다. 힌세베리 교도소에서의 수감 생활은 어쩌면 예상했던 것처럼 그렇게 즐겁지 않을 수도 있었다.

43

임시 구금 기간이 끝나고 천재는 다른 곳으로 이송될 예정이었다. 그의 좁은 감방에서 천재는 메르타에게서 받은 시들을 앞뒤로 넘기며 여러 번 훑어보았다. 이 시들을 간직할 수 있을까? 혹시 그가 가는 곳에서 압수를 당해 조사를 받고 해독되고 그러지는 않을까? 천재는 이런 걱정과 함께 시를 적은 종이들을 갖고 있지 않으면 메르타가 써서 보내 준 모든 시를 다 기억할 수는 없을 것 같아, 이것 역시 두려웠다. 천재는 시를 갖고 가기로 결정했다. 최악의 경우 자기가 쓴 거라고 거짓말로 둘러대면 될 것 같았다.

시들을 다시 읽었다. 메르타는 처음 보낸 시 속에서는 홈통에 숨겨 놓은 돈을 암시하는 데 몰두하고 있었지만, 그다음에 보낸 시들 속에서는 이 수백만 크로나의 돈을 갖고 해야 할 일들에 대해 여러 제안들을 하고 있었다. 노년층이나 소외된 사람들에 대한 기부, 문화 후원 등을 비롯해 다양한 제안들은 갈수록 소설처럼 조금 허무맹랑한 방향으로 흘러가고 있었다. 메르타에 의하면, 수단과 방법이 없어 아무것도 하지 않고 있는 박물관들이 있다는 것은 수치라고 한다. 그래서 그녀는 돈의 일부를 국립 박물관에 되돌려 줄 생각이었다 ── 국립 박물관 후원회 같은 단체를 통해 익명의 기부금을 얼마든지 낼 수는 있었다. 〈위대한 풍요, 예술의 품으로 돌아오리라.〉메르타가 쓴 시의 한 구절이다. 이런 암시들이 곳곳에 있었다. 조금 더 시간이 지나자 메르타는 다른 시를 한 편 보냈는데, 다음과 같은 구절이 들어 있었다. 〈생명수가 끝나는 그곳에서 맘몬 신[19]은 영면하리라.〉천재는 이 구절을 돈은 홈통 속에 있는 것이 확실하다는 메시지로 해석했다. 하지만 이 시가 메르타가 늘 했던 거짓 정보 흘리기에 지나지 않는지 어떤지는 확신할 수가 없었다.

구치소 목사는 갈수록 난처해져 갔고 천재는 그런 목사에게 메르타가 감옥 생활에 적응을 못 하는 것이 틀림없다는 설명을 들려주어야만 했다. 예를 들어, 가장 최근에 써 보낸 두 편의 시 속에서 메르타는 다음과 같이 심경을 토로하고 있었다.

제한 없는 인생 속에서라면
모두를 위한 풍요가 있다면
대지의 태양의 보살핌 속에서라면
우리 모두는 행복을 노래하리라

메르타는 그러니까 돈을 다른 사람들에게 나누어 주겠다는

---

19 Mammon. 맘몬은 돈이나 재물을 뜻하는 셈어로 「누가복음」과 「마가복음」 등의 『신약 성서』에도 등장하며, 흔히 기독교에서는 하나님을 부정하고 대체할 수 있는 막강한 힘을 지닌 〈재물의 신〉을 뜻하기도 한다.

것이다 —— 하지만 〈이와 함께〉 친구들 모두가 따뜻한 나라로 가서 살겠다는 말도 하고 있는 것이다. 이어 두 번째 시에서는 친구들의 공동 금고가 눈에 띄게 불어나야 한다는 말도 하고 있었다.

자비로운 보물단지 천상의 합창을 하네
가득 채우세, 크게 키우세
하나님의 선하심은
모두에게 주어지는 선물

메르타는 거대한 계획들을 갖고 있는 것 같았지만, 어쩌면 지나칠 정도로 너무 낙관적인지도 모른다. 값나가는 물건들과 두 점의 그림을 훔치기는 했으나 앞으로 아무거나 닥치는 대로 훔치자는 것은 아니었고 또 그럴 수도 없었다. 범죄의 세계는 가혹한 세계이며 아주 위험한 세계인 것이다. 물론 범죄의 세계에 한두 번 살짝 발을 들여놓으면서 많이 배우기는 했지만, 감옥들이 기껏 구치소 수준이라면 밖에서 생각했던 감옥은 과대평가된 것이 틀림없었다. 다섯 사람이 다시 새로운 범죄를 저질러야 한다면 이젠 모든 것이 완벽하게 작동해야 할 것이다. 그래야만 다시는 지금처럼 철창 속에 갇히는 일이 일어나지 않을 것이다.

천재는 구치소에서 만난 무시무시한 범죄자 몇 사람을 떠올렸다. 건장한 체격의 유로는 유고슬라비아 출신인데 가까이 다가와 은행 강도 건을 낮은 음성으로 들려주곤 했다. 유로는 크로아티아 말을 했지만 몇 개 국어를 할 수 있는 천재는 그의 말을 다 알아들었다. 천재의 아버지는 옛 유고슬라비아에서 목수로 일했고 어머니는 이탈리아 사람이었다. 부모는 스웨덴으로 이주해 순드뷔베리에 살면서 자연히 여러 나라 말을 하게 되었고, 어린 시절부터 여러 나라 말을 들으며 자란 천재 역시 여러 나라 말을 할 수 있었다. 서로 다른 언어들이 흥미롭기도 했지만 일을 할 때면 자주 외국 방송을 켜놓곤 했다. 이렇게 해서 크게 힘들이지 않고 여러 나라 말을 익힌 것이며 지금까지도 그런대로 이 능력을 유지하고 있었다. 크로아티아 말은 오히려 옛날보다 더 늘었다.

그 유고슬라비아 사람은 분명 천재가 자신이 구상하고 있던 것들을 종이에 그리는 것을 본 것 같았다. 며칠이 지난 어느 날, 그는 구치소 마당에 나와 있던 천재에게 슬쩍 다가와 속삭이듯 물었다.

「기술을 많이 알고 있는 것 같은데, 맞지?」

「아니야. 난 잘 몰라. 어릴 때부터 레고를 갖고 이것저것 쌓고 놀아 본 게 전부야.」

「아니야. 발명가야. 난 알아. 자물쇠 경보 전문가야.」

이 말을 들은 천재는 속으로 욕을 해야만 했다. 가능한 한 신중하게 처신하며 신분이 노출되지 않도록 한다고 했는데도 사람들이 그만 그를 알아본 것이다.

「어허, 그게 아니라, 어릴 때 폴렘을 갖고 공부를 좀 했을 뿐이야. 그 자물쇠는 3백 년이 걸려 개발된 것이거든. 난 거기에 대면 아무것도 아니야.」 천재가 말했다.

하지만 그 유고 친구는 계속 고집을 피웠다. 「은행들, 넌 거길 알아. 짐승들, 짐승들. 그놈들 돈 많아. 모두 나라 돈이야.

어려울 때 가져가고 좋을 땐 안 줘. 내가 할 수 있어. 넌 나 도 와줘……」

「아니야. 그러지 말고 다른 사람들에게 가서 알아봐.」천재가 유고 사람의 말을 끊었다.「국가는 보조금도 주고 그래. 그리고 누구나 부자가 될 수 있어.」천재는 경제에 대해 아는 척을 했다. 신문을 보고 이것저것 들은 것은 있었다. 보조금이 사람들을 부유하게 할 수도 있다고 생각했다. 하지만 천재는 경제에 대해서는 아무것도, 눈곱만큼도 모르는 사람이었다. 유고는 그러나 껄껄 웃으면서 천재의 어깨에 손을 올려놓으며 말했다.

「너 스톡홀름을 알아. 칼라플란에 있는 한델스방켄을 알아. 그렇지? 발할라베겐 도로 가까이에 있어. 공항이 아주 가까워. 그런데 자물쇠는 너무 어려워……」

천재는 두 팔을 벌리며 자기로서는 잘 모르는 일이라 미안하다는 제스처를 보였다.「그런 은행 자물쇠에 대해서는 난 정말 하나도 몰라.」

유고슬라비아의 조직폭력배 일에 끼어들 수는 없었다. 천재는 산책 시간에도 유고 친구를 피해 다녔다. 하지만 유고는 마당을 돌아다니며 다른 구금자들을 만나고 이야기를 나누곤 했다. 그가 만나려는 사람 중에는 전직 은행가도 있었는데 뭔가 정보를 얻어 내려고 자꾸 귀찮게 집적대는 것 같았다. 그 전직 은행가는 경제 사범이었다. 수년에 걸쳐 여러 번 계좌의 돈을 빼돌리다가 참다못한 부인의 신고로 덜미가 잡혔다고 한다.

일주일 후 유로는 구치소를 떠났고 천재는 한시름 놓을 수 있었다. 유로는 구치소에 있을 때 한시도 천재에게서 눈을 떼지 않았다. 천재는 영리한 사람이 아닌 척했지만 소용없었다. 그러나 유고슬라비아는 알고 있었던 것일까, 조용한 사람은 정보를 얻고 멍청한 사람은 떠들기만 한다는 동서고금의 진리를. 어쨌든 천재는 유고슬라비아와 그의 공범들이 머지않아 대형 은행 강도 건을 한탕 저지르리라는 것을 알 수 있었다.

유고슬라비아는 마지막으로 천재에게 이런 말을 들려주었었다. 「자주 감옥에 들어와. 괜찮아. 잠깐 쉬는 거야. 그 후에 다시 돈을 찾는 거야.」

천재는 이 말을 곰곰이 생각해 보면서, 과연 이 말을 믿고 자신들도 더 멀리 나갈 수 있는지 어떤지를 속으로 물어봤다. 범죄를 저지르지 않으면서도 부자가 되는 방법은 없는 것인가. 그런 방법이 있다면 그거야말로 최고의 방법인데…… 단지 그는 지금까지 그 방법을 찾아내지 못했을 뿐이다. 메르타가 있어야 했다, 그의 곁에. 두 사람이 함께한다면, 뭔가 방법이 생길 것만 같았다.

44

「너, 왜 힌세베리에 왔어? 너 같은 것들은 무료 양로원에 가 있어야 하는데!」

메르타는 어쩔 줄 모르고 그 자리에서 맴돌고 있었다. 부엌에 와서 막 우유 한 잔을 따라 마시려고 할 때, 파마머리에 입술이 얇고 코는 뾰족한 한 젊은 여인이 들어왔다. 나이는 많아야 마흔이 넘지 않아 보였다. 입을 크게 벌리고 껌을 짝짝 씹어 대면서 두 손을 허리춤에 올리고 해볼 테면 해보자는 제스처를 보이고 있었다. 메르타는 그 꼴을 보자 속으로 〈대접 한번 그럴듯하네〉 하며 중얼거렸다. 하지만 메르타는 적어도 한번은 상냥하게 보이려고 해야 했다.

「무료 양로원? 아냐, 난 그런 데 싫어! 난 아직 이빨 빠진 퇴물이 아니거든. 내가 이빨이 다 빠졌다면, 그때는 여기 없겠지. 너 같은 애를 산 채로 깨물어 줄 수도 없는데, 뭐 하러 여기 있겠어!」

껌 짝짝이 눈을 부릅떴고 눈썹이 떨리고 있었다.

「아, 그러세요. 이거 아주 건방진 할망구가 들어왔네. 앞으로 조심해. 이번이 처음이니까 그냥 넘어간다는 것, 명심해 둬. 나는 빵년 생활, 이번이 처음이 아니거든.」

빵년? 메르타는 무슨 말인지 몰라 잠시 생각을 해봐야 했다. 하지만 곧 알았다. 그러니까, 저런 말을 쓴다는 것은 여러 번 교도소를 드나들었다는 의미였다.

메르타가 다시 대들었다. 우선 잔을 들어 우유를 마시고 테이블에 올려놓은 작업 계획표 위에 탁 하고 잔을 내려놓으면서 입을 열었다. 「빵년인지 떡년인지 내 잘 모르겠는데, 그래도 새로 들어온 사람에겐 좀 상냥해야 되는 거 아닌가? 그건 그렇고, 나 메르타 안데르손이라고 해.」

껌 짝짝은 여전히 짝짝 껌을 씹어 대며 말했다.

「왜 들어왔는데, 여기는?」

「강도 한탕 했지, 뭐.」

「할망구가? 그래서 우유를 마시는 거구나, 다음 건을 위해 몸보신하려고. 잘 해봐, 이 다 늙은 암소 할망구야!」

부엌으로 막 들어서던 조금 더 젊어 뵈는 여죄수 둘이 이 소동을 봤는지 웃음을 터뜨렸다. 메르타는 교도관도 이 거친 말싸움 소리를 들었는지 궁금해서 창문 너머에 앉아 있던 교도관을 힐끗 쳐다봤다. 껌 짝짝은 무서운 눈으로 메르타를 노려보고 있었지만, 그 눈에서는 생기를 찾아볼 수가 없었다. 아마 이 젊은 여인이 여죄수들 사이에서 두목 노릇을 하고 있는 것 같았다. 메르타도 여기 힌세베리로 오기 전에 감옥 생활에 대해 몇 가지 주워들은 것들이 있었다. 방마다 방장이 있고 이 아이들이 명령을 내린다. 사정을 잘 아는 교도관들은 침묵의 규칙들이 잘 지켜지도록 할 뿐, 그 규칙들 자체를 금지하지는 않는다.

메르타가 다시 입을 열었다. 「지금 나보고 다 늙은 암소 할 망구라고 했어?」

껌 짝짝은 그랬다고 시인했다.

「만일 다시 한 번 나를 그렇게 불렀다간 이 보행기를 네 가랑이 사이에 처박아 버릴 거니까, 잘 알아 둬! 경고했어!」

잠시 침묵이 흘렀다. 한쪽 구석에 있던 다른 젊은 죄수들이 빵 터져 버렸다. 껌 짝짝이 메르타에게 한 발 다가섰다.

「내 말 잘 들어 둬, 이 늙은 여시 년아. 마지막으로 경고하는데, 조심해. 정말. 까불다가는 사우나에 가서 온갖 고생을 다 하게 될 테니까!」

「사우나에 간다고?」 메르타는 무슨 말인지 알아들을 수가 없었다. 알아야만 했다.

「우리 여자들끼리만 해야 하는 일들을 처리하는 데가 거기야. 창문도 없고 꽉 막혀 있어.」

「아, 거기. 알겠어.」 메르타는 껌 짝짝이 말하고 싶은 것을 파악했다. 메르타는 태도를 바꿔 조금 더 상냥하게 다가갔다. 「이것 좀 먹어 볼래?」 메르타는 우유 팩을 하나 집어 껌 짝짝에게 건넸다.

「지금, 사람 놀리는 거야?」

「그런데, 넌 여기 왜 들어왔어?」

「사람 좀 죽이고 돈 좀 훔쳤다, 이 손으로.」

메르타는 껌 짝짝을 바라보느라 우유 잔을 비스듬히 입에 대고 마시다가, 이 말에 그만 여러 번 기침을 하고 말았다.

「그런 너는?」

「나? 그림을 훔쳤지, 그림을. 국립 박물관에 들어가서.」 메르타는 마치 대수롭지 않은 일인 양 어깨를 으쓱해 보이며 지나가는 말투로 말했다.

「우아, 예술 작품 절도 사건, 그거구나! 신문에서 읽었거든. 그림들을 아직도 못 찾았다며?」

메르타는 고개를 흔들며 그렇다고 말했다.

「그게 문제야. 그림들이 사라져 버렸거든.」

「지랄 같이 됐구먼! 그걸 어디다 숨겼는데? 그림들 말이야. 말해 봐, 일러바치지 않을 테니까.」

「아니, 그게, 그러니까, 우리도 모르고 경찰도 모르고…….」

「아니, 이 할망구가 우릴 뭘로 보고 수작이야! 우리가 병신인 줄 알아? 어서, 다 까봐. 여기선 비밀이란 게 없어. 우린 똘똘 뭉쳐서 지내거든, 알겠어? 그러니까, 비밀을 혼자 갖고 있다가는, 살아남지…….」 껌 짝짝은 메르타가 우유를 따라 준 잔을 받아 들더니 수챗구멍에 그대로 버려 버렸다.

「도둑질은 일단 성공했는데, 그다음…… 모든 게 완벽할 수는 없었지.」 메르타는 침착하게 다시 잔을 채우면서 말했다.

「이런 더러운 할망구, 뭘 그렇게 숨기는 게 많아, 음흉하게! 여기 있는 우린 돈 많은 은퇴자들 돈을 언제든지 털 수 있는 사람들이야. 너 같은 할망구 돈 터는 게 전문이라고! 그런 우리들의 충고를 하나라도 얻어 들으려면 내숭 떨지 말고 어서 불어 봐!」

껌 짝짝은 다시 메르타가 준 우유 잔을 쏟아 버렸다.

「하나만 더 말해 줄게. 늙어도 너무 늙어 처먹었으니까, 작업장엔 얼씬도 하지 마. 대신 잡일이나 좀 해. 일은 아침 8시에 시작이니까 일찍 일어나서 7시에 아침 먹을 수 있도록 준비나 해, 알았어!」

「그런 건 네가 결정하는 게 아니라, 간수들이 하는 거잖아.」 메르타가 말했다.

「우리도 하고 간수들도 하고 그래. 하지만 간수들 쫓아다니면서 불평이나 늘어놓고 하는 사람들을 여기선 안 좋아해. 알아듣겠어? 벌써 사우나 한번 갔다 왔어야 하는데, 봐준 거야.」

「말이면 다인 줄 알아? 내가 거길 왜 가?」 메르타가 중얼거렸다.

「난 너 같은 거, 손가락 하나 까딱 않고 시체로 만들어 버릴 수 있어.」

껌 짝짝의 두 눈에서는 매서운 삭풍이 나오고 있었다.

메르타는 몇 번 헛기침을 했다.

「좋아. 그럼 내일 7시, 아침 먹을 때 봐. 안녕.」

메르타는 머리를 꼿꼿하게 쳐들고 방을 나섰다. 곁눈으로 힐끗 보니 여죄수들이 키득키득 웃으며 메르타를 조롱하고 있었다. 메르타는 감옥 안의 현실이 텔레비전에서 보던 것과는 완전히 다르다는 것을 깨달았다. 탐정 소설 속의 감옥과도 달랐다. 현실 속의 감옥에서는 면도칼 위에 올라선 것처럼 균형을 잘 잡고 있어야만 했다.

45

「자, 그렇게 하면, 이제 됐어. 거의 아무것도 남은 게 없어.」
창고를 마지막으로 둘러본 후 장비 팀장 알란손이 말했다. 대
짜짜리 닻 하나와 기름통도 땅에 내려놨고, 선반 위에는 낚시
그물 한두 개와 구명 튜브들 그리고 낚싯대 몇 개가 놓여 있었
다. 그 외에는 선반이 비어 있었다. 자전거들도 모두 운송했고
모터 자전거와 설상 스쿠터 두 대도 보냈다.

「알겠지만, 우리는 원했던 대로, 유로로 계산해서 받았어.
어린이용 자전거와 10단 기어 자전거들은 직접 보냈어. 에스
토니아 놈들이 참 좋아하더군.」얀손이 말했다.

「그래, 참 좋아하더라. 작은 모터가 달린 자전거도 아주 잘
팔린대.」알란손이 덧붙였다. 「이제 창고에 좀 빈 공간이 보이
네. 한탕 또 해야지? 그런데 뭘 털지? 그냥 자전거 아니면 모
터 달린 거?」

「거 좋지. 한 번 더 나가야지. 토요일이 어떨까?」

「주말에 난 한가해. 요양소에 있는 어머니만 잠깐 보고 오면
그만이야. 그날 어머니 생일이거든. 그다음에는 난 언제라도

좋아.」

「어쨌든 새벽 4시에 어머니 생일 파티 해주러 갈 건 아니잖아?」 얀손이 농담을 하며 놀렸다.

「그럼. 말하는 거 하고는.」 알란손은 머리를 숙였다. 얀손은 그를 자주 놀렸는데 사실 알란손이 어머니를 자주 만나러 갔기 때문이다. 그는 어머니를 무척 사랑했고 어머니 역시 자기를 찾아오는 아들을 무척이나 반겼다. 물론 어머니는 그다음 날이면 아들이 왔다 갔다는 것도 새까맣게 잊어버렸다.

「잠깐 어머니와 함께 있다가 자네 집으로 갈게. 뭔가를 좀 가져다 드렸으면 좋겠는데, 뭐가 좋을까…… 매일 사 가는 꽃이나 초콜릿 말고 다른 걸로 말이야.」

「그건 그렇고, 자네 저거 왜 안 갖다 드리나? 거의 새것인데. 공연히 왔다 갔다 하다가 발에 차이기만 하고, 가져갈 거면 얼른 가져가 버려.」 얀손이 창고 입구에 놓여 있는 검은색 골프 가방을 발로 툭툭 치면서 말했다.

「골프 가방 말인가? 어머니가 너무 나이가 들어서 이젠 장 보러 가는 것도 힘들어해.」

「그건 자네가 모르고 하는 소리야. 어머니에게 장을 보러 갈 수 있다고 믿게 만들어야 하는 거야. 그러면 더 젊게 사신다고. 그리고 골프 가방이 있으면 자네도 그 안을 사 드리고 싶은 것으로 채울 수도 있잖아.」

알란손은 그래도 여전히 골프 가방이 썩 마음에 들지 않는 눈치였다. 그러다 문득 좋은 생각이라도 떠오른 것처럼 소리쳤다.

「맞아. 어머니는 버려도 될 이불, 담요를 잔뜩 갖고 있는데 어딜 가나 늘 갖고 다녀. 요양소 직원들도 그런 어머니 때문에 죽을 맛이라고 하더라고. 그런 것들을 저 골프 가방 안에다 넣고 다니라고 하면 되겠군! 왜 진작 그 생각을 못 했을까?」

「잘 됐군. 그나저나 가방 안에 든 신문지들부터 다 빼내야 할걸.」

「물론이지. 다 빼고 대신 다른 것들을 사서 넣고 가져가야지.」 기분이 좋아진 알란손이 들뜬 목소리로 말했다.

「자네, 그거 아나? 요새 노인 요양소에서 노인들에게 브리오슈하고 과자 같은 것을 일절 주지 않는다고 하더라고. 그러니까 이번에 갈 때 그런 것들하고 달콤한 케이크 같은 것들 좀 듬뿍 사갖고 가서 노인들 다 모여서 먹으라고 해.」

알란손의 얼굴이 한결 밝아졌다.

「자넨 늘 좋은 생각을 잘 해내. 고마워.」

얀손은 창고 문을 닫고 걸쇠를 걸어 잠갔다. 두 사람은 다시 차에 올라 늘 가던 길로 접어들어 컨테이너와 분실물 센터 앞을 지나쳐 갔다.

46

6시 반에 맞춰 놓은 알람이 울리자 메르타는 자리에서 벌떡 일어났다. 노인들은 대개 아침에 일찍 잠자리에서 일어나지만 메르타는 좀 달랐다. 그녀가 자란 환경에서는 아침에 일찍 일어난다는 것이 좋은 기독교인이어서가 아니라, 아침에 우는 새들이 아니라면 밤새 잠도 안 자고 돌아다니는 젊은 사람들이거나 도둑들이어서 그런 것이라고 여겼다.

마지못해 자리에서 일어난 메르타는 얼른 샤워를 하고 옷을 입었다. 교도관이 7시에 맞춰 문을 열어 주자 곧장 부엌으로 갔다. 부엌이라고 해봤자 가운데 조리대도 없고 시설도 현대적이지 못했다. 하지만 차라리 그게 좋았다. 너무 현대적이었다면 메르타 역시 조금 당황했을 것이다. 냉장고에서 우유를 꺼내 놓고 벽장을 열어 곡물과 과일을 굵게 빻아 섞어 놓은 뮈슬리와 귀리 플레이크를 꺼냈다. 컵과 접시는 선반에 있었고 숟가락과 포크 등은 아래 서랍에 있었다. 메르타는 하품을 하면서 계란 프라이를 했고 냄비를 꺼내 옛날 방식으로 오트밀을 만들었다. 그러면서 식탁보를 깔고 빵들과 함께 햄과 잼이

든 병들을 식탁에 올려놓았다. 모든 아침 준비가 끝나자 커피를 한 잔 손에 들고 의자에 풀썩 주저앉아야만 했다. 하지만 메르타는 리사 자리에는 아무 준비도 해놓지 않았다. 껌 짝짝이 리사였다. 식탁의 다른 쪽 끝이 리사의 자리였지만 텅 비어 있었다.

여자 수감자들이 하나씩 식당으로 들어왔다. 모두들 메르타와 인사를 나누었다. 메르타에게 먼저 인사를 한 후 각자 자리에 앉아 음식들을 가져다 먹기 시작했다. 모두들 아무 대화 없이 묵묵히 먹기만 했다. 리사가 들어서자 모두들 눈을 들어 그녀를 쳐다봤다. 하루가 순탄치 않을 것이라는 것은 멀리서 봐도 알 수 있었다. 그의 자리에 아무것도 없자 일이 시작되었다.

「어딨어, 내 잔은?」

「벽장에 있을걸, 모르긴 몰라도……」 메르타가 대답했다.

「그러면 꺼내서 식탁에 올려봐.」

「접시는 높은 선반 아래에 있고 낮은 쪽에는 찻잔들이 있어. 유리컵들은 조리대 위에 있고.」

입에 가득 음식이 든 다른 사람들은 순간 씹기를 멈추고 툭 튀어나온 입 그대로 서로를 바라다봤다. 침묵이 흘렀다. 메르타는 간간이 커피 잔에 티스푼을 넣어 저어 가며, 5분도 귀리로 만든 자기만의 특식을 계속 먹었다. 긴장감이 서서히 부풀어 오르고 있었지만 메르타는 그런 거 신경 쓸 나이가 아니라는 듯이 먹기만 했다.

「가서, 내 잔과 숟갈과 포크 가져와, 어서!」 리사가 으르렁거렸다.

「오늘은 좀 그렇고. 내일은 보고 해줄게. 난 말이야, 나를 대해 주는 다른 사람의 태도에 아주 민감한 사람이거든.」

리사가 메르타의 커피 잔을 손으로 쳤고 커피가 주르륵 쏟아져 식탁 위로 퍼져 나갔다. 이런 상황을 미리 예견하지 못할 메르타가 아니었기에, 메르타는 다시 새 커피를 한 잔 따라 갖고 와서 차분하게, 아무 일 없었다는 듯이, 커피를 마시면서 뮈슬리를 먹었다. 다시 커피 잔을 든 메르타가 옆에 앉아 있던 사람에게 물었다.

「저 사람, 아침이면 늘 저렇게 사람 때려잡는 얼굴을 하고 밥 먹으러 들어와?」

메르타는 답을 들을 수가 없었다. 잔기침 소리와 접시에 부딪치는 숟가락 소리들만 들렸고 여죄수들은 서로 걱정 어린 눈빛을 주고받을 뿐이었다. 그때였다. 메르타의 귀에 의자 끄는 소리가 들리는가 싶더니 누군가 달려와 그의 윗옷을 잡고 일으켜 세웠다.

「내 커피?」 리사였다.

「차도 있으니까, 그걸 마시든지.」 메르타는 조용히 자신의 옷깃을 잡고 있는 리사의 손을 떼어 내면서 말했다. 숨죽이고 있던 다른 여죄수들은 이 소리를 듣자, 한 손으로 입을 가리면서도 그동안 참았던 웃음을 터뜨리고 말았다. 자리에서 일어나 나가면서는 마음껏들 웃었다. 리사는 메르타를 노려보았지만 메르타는 알고 있었다. 그 아이가 아무것도 할 수 없다는 것을. 이 젊은 여자 깡패는 다른 젊은 여자 죄수들을 사우나로 데리고 들어가 구타함으로써 자기 말을 듣게 했지만, 메르타의 경우는 전혀 사정이 달랐다. 만일 예전에 하던 대로 나이 여든의 메르타를 사우나로 데리고 가 두들겨 팬다면, 리사는 이

교도소에서 이제껏 그가 누리던 모든 것을 빼앗기고 말 것이
다. 리사는 이 점을 잘 알고 있었다. 리사만이 아니라 다른 여
자 죄수들도 잘 알고 있었다.

「저기 가서 앉아서 아침이나 먹어. 설거지는 내가 할 테니
까.」 메르타가 말했다.

리사는 못 들은 척했다. 하지만 벽장으로 가 커피 잔과 숟가
락과 포크를 꺼냈고 커피를 잔에 따라 식탁에 와서 앉았다. 말
한마디 없이, 가운데 치즈를 넣은 샌드위치를 만들어 먹더니
커피 남은 걸 마저 마시고는 서둘러 방을 나가 버렸다. 방을
나가는 리사의 뒷모습을 보면서 메르타는 리사가 언제, 어떤
방법으로 복수를 해올 것인지 궁금했다.

47

페트라는 지하철을 타고 가다가 깜빡 잠이 들었다 깼다. 그때 국립 박물관에서 일어난 그림 절도 사건 기사가 그녀의 눈에 들어왔다. 비슷한 사건이 일어난 지 불과 몇 년 지나지 않았는데 또 사건이 일어난 것이었다. 페트라는 이번에도 같은 강도단이 다시 한탕을 한 것인지 궁금했다. 하지만 신문에는 자세한 정보들이 없었다. 경찰은 아주 조심스럽게 사건을 다루고 있었다. 처음에는 어떤 그림들이 도둑맞았는지조차 공개하지 않았다. 그때만 해도 페트라는 이 사건에 큰 관심을 두지 않았다. 시험 때문에 목을 매고 있기도 했지만 남자 친구와 심하게 다투고 난 후라 정신이 없었다. 그랜드 호텔 청소 일도 모두 잠시 제쳐 두고 있던 때였다. 생활이 다시 정상으로 돌아오고 남자 친구와도 다시 만나게 된 것은 시험이 다 끝난 후였다. 남자 친구와 화해한 후 두 사람은 다시 만나기로 한 것을 기념도 할 겸 해서 함께 이집트로 여행을 떠났다. 오랜만에 푹 쉬고 피부도 황금빛으로 잘 그을린 페트라는 여행에서 돌아와 다시 호텔 파트타임 청소 일을 시작했다.

페트라가 도둑맞은 그림이 르누아르와 모네의 작품이라는 것을 안 것은 일을 다시 시작했을 그때였다. 그랜드 호텔의 도서관에서 심심해서 날짜가 지난 일간 신문들을 뒤적거리다가 우연히 기사들을 보게 되었는데, 그림들을 보는 순간, 숨이 막히는 줄만 알았다. 르누아르의 그림에 들어간 모자와 콧수염, 모네의 그림에 더해진 돛단배 몇 척을 제외하면, 그 그림들은 자기가 프린세스 릴리안 스위트룸에서 떼어 낸 것들과 판에 박은 것처럼 똑같았던 것이다. 페트라는 엉성한 모사품인 줄로만 알았다. 물론 잠시, 〈저게 진품이라면……〉 하는 생각이 스쳐 지나가지 않은 것은 아니지만, 그럴 가능성은 전혀 없었다. 그림을 훔친 도둑놈들이 국립 박물관에서 불과 수백 미터 밖에 떨어져 있지 않은 호텔 방에다 그림을 숨긴다는 것은 말이 안 되는 일이었기 때문이다. 두 걸작들은 이미 오래전에 스웨덴 땅을 떠난 것이 확실했다. 하지만 페트라는 완전히 의심을 거둘 수가 없었는데, 스위트룸에서 본 모사 그림들의 액자가 너무나 정교하게 제작된 것들이었기 때문이다. 그러나 형편없는 가짜 그림일수록 액자는 더 고급스러운 것을 쓸 수도 있는 것이다.

　페트라는 거의 무의식적으로 손톱을 물어뜯으며 생각을 해봤지만 집중할 수가 없었다. 그림들은 청소 수레에서 사라진 것일까? 아니면 혹시 창고에 아직도 남아 있는 것일까? 페트라는 호텔 사람들에게 그림들을 본 적이 있느냐고 묻고 싶었다. 하지만 망설이지 않을 수 없었다. 만일 그때 그 그림들이 진짜라면 페트라는 묘한 상황에 처하게 된다. 그림을 교체한 사람이 바로 그녀였기 때문이다. 게다가 누구의 지시를 받고 한 일도 아니었다. 그런데, 하나님 맙소사, 그 그림들 값이 무려 3천만 크로나라니……. 그녀는 자신도 모르게 주위를 둘러봤다. 바에서는 사람들이 떠들고 웃으면서 웅성거리고 있었고 밖의 테라스에서는 많은 사람들이 점심을 먹고 있었다. 지금이라도 호텔을 나가서 길을 건넌 다음, 국립 박물관에 찾아가서 그 그림들을 보여 달라고 해볼까? 페트라는 순간 자기 머리를 때렸다. 인터넷 사이트에 들어가면 얼마든지 그림을 확인해 볼 수 있는데 그 생각을 못 하고 있었던 것이다. 그녀는 자리에서 일어나 1층의 컴퓨터 방으로 갔다.

국립 박물관 사이트를 치고 들어가 컬렉션 메뉴를 클릭했다. 어렵지 않게 두 그림을 찾아낼 수 있었다. 인쇄 버튼을 눌러서 바로 옆에 있는 컬러 프린터로 출력된 두 장의 그림을 집어 든 다음, 컴퓨터에 남은 검색 기록을 지워 버렸다. 페트라는 서둘러 지하로 내려갔다. 확인을 해봐야만 했던 것이다. 그림들은 분명 어딘가에 있을 것이다. 그림에 날개가 달린 것이 아니라면. 만일 그 그림들이 가짜가 아니라면, 그래서 3천만 크로나의 값이 나가는 두 그림이…….

48

　알란손이 골프 가방을 들고 노인 요양소에 들어섰을 때 어머니는 침대에 누워 잠이 들어 있었다. 다시 공동실로 나와 잠시 기다리던 알란손은 지루하기도 하고 해서 어머니 방으로 들어갔다. 베개에 기댄 어머니의 흰머리는 헝클어져 있었고 잠든 얼굴은 넋이 나간 표정이었다. 인기척에 잠을 깬 어머니는 방에 누가 들어왔는지 알자 금세 환한 표정을 지어 보였다.

　「아이고, 우리 아들, 너를 보니 살 것 같구나!」

　「엄마, 생일 축하해요!」 알란손이 몸을 숙여 어머니를 끌어안으면서 말했다.

　「한 살 더 늙어 가는 것이니까, 축하 안 받으련다. 한 살 덜 먹어야 축하를 받지. 그러니까, 내 생일이 돌아오면 매년 조기라도 걸도록 해.」

　엄마의 농담을 한편으로 흘리면서, 알란손은 사갖고 온 빵과 케이크들을 꺼냈다.

　「자, 엄마, 이것들 커피하고 같이 드세요. 그리고 오늘 엄마한테 깜짝 선물 하나를 갖고 왔어. 이 골프 가방 어때, 마음에 들어?」

「거기다 빵을 넣고 다니라고?」

「아니야. 이건 뜨갯감 같은 것들 넣고 다니면 안성맞춤이야. 또 큰 담요와 작은 무릎 담요 같은 것들 넣어 가지고 다녀도 되고. 원하는 것 다 갖고 다녀요.」

「거참, 좋은 생각이다, 얘야. 저기 구석에다 갖다 놓아라. 자 커피 한 잔씩 하자꾸나.」

「엄마 잠깐만, 골프 가방 안에 신문지를 꾸겨 넣어 놓았는데 그것만 좀 빼버리고 올게.」

「아니야 얘야. 그런 건 바르브로에게 나중에 부탁해서 하라고 하면 돼. 커피 잔들은 저쪽에 있다. 어서 한 잔 마시자꾸나.」

알란손은 어머니의 말을 따르기로 했다. 이제까지 늘 그래 왔고 또 거의 언제나 어머니 말이 맞곤 했다. 알란손은 잔을 테이블 위에 놓았다. 물을 끓이고 기다리고 하는 것이 번거로운 것 같아 공동실에 있는 커피 머신에서 커피를 받아 왔다. 그런 다음 종이 상자를 열어 작은 케이크들과 꽈배기처럼 가닥을 꼬아 만든 브리오슈들을 꺼냈다. 어머니는 긴 의자로 내려와 앉았고 아들 보고는 소파에 앉으라고 했다.

「너, 어릴 때 생각나니? 월귤들을 한 아름 따갖고 왔을 때 말이야.」

알란손은 물론 기억하고 있다고 말했다. 오늘 어머니는 언젠가 숲 속으로 산책을 나갔다가 늑대 발자국을 보고 겁을 내던 그날 산책 이야기를 하고 싶어 하는 것 같았다. 그 이야기를 하자면 길고 복잡한 이야기가 될 것이다. 아직도 그때 일만 생각하면…… 빵과 과자 들을 먹기 좋게 테이블로 가져다 놓

345

고 커피를 잔에 따랐다. 어머니는 커피를 달게 마셨는데 설탕 때문인지 잠시 후 고개를 숙이고 슬슬 졸기 시작했다. 알란손은 어머니를 꽤나 사랑했지만 어머니가 같은 이야기를 반복해 댈 때는 자기도 모르게 짜증이 나곤 했다. 알란손은 소파에 편안하게 깊이 몸을 파묻고 어머니가 다시 깨어날 때까지 기다렸다. 그렇게 한두 시간이 흘렀을까, 어머니는 깨어나기는커녕 더 깊이 잠들어 버렸다. 알란손은 얀손을 만나기 위해 요양소를 나왔다.

용역 직원들은 모두 퇴근했고 창고에도 아무도 없었다. 페트라는 자기 다음에 청소 수레를 사용한 사람이 누군지를 확인해 보려고 작업 시간표가 붙어 있는 곳으로 다가갔다. 하지만 작업표가 이미 바뀌어 있어서 확인할 수가 없었다. 페트라는 혹시 하는 마음에서 두 점의 걸작들이 있는지 창고 여기저기를 돌아다니며 살펴봤다. 거의 한 군데도 빼놓지 않고 살펴봤지만 허사였다. 그림은 없었다. 실망스러웠고 경솔했던 자신이 원망스럽기도 했다. 앞으로는 아무리 작은 그림이라도 유심히 살펴보겠다는 쓸데없는 결심까지 했다. 대가의 그림이 평범한 그림 뒤에 숨어 있을지 누가 알겠는가……. 청소 도구들을 넣어 두는 헛간까지 다 살펴보았지만 지치고 피곤하기만 할 뿐 허탕이었다. 아직 불을 안 붙인 담배를 든 손이 가볍게 떨렸다. 그날 페트라가 그림을 떼어 낸 이후 명화 절도 건은 그야말로 걷잡을 수 없는 대혼란 속으로 빠져들고 말았다!
페트라는 담배에 불을 붙였다. 물론 창고에서는 금연이었지만, 바까지 올라가기가 싫었다. 할 수 없이 시험을 볼 때처럼,

화장실로 들어가 담배를 피울 수밖에 없었다. 덕분에 화장실 천장의, 스투코로 불리는, 아름다운 회장 벽토 장식과 세련된 세면대들을 감상할 수 있었다. 전체 색조는 청색과 회색이었고 수도꼭지들은 정교하고도 화려하게 장식되어 있어서 옛 귀족들의 성관 같은 곳에서 쓰던 것을 그대로 가져온 것만 같았다. 이 화려한 곳을 잡동사니를 쌓아 두는 창고로 쓰다니, 안타깝기만 했다. 물감 통, 크고 작은 붓들과 롤러 그리고 부서진 석고 파편들이 마구 뒤섞인 채 쌓여 있었다. 이 방을 처음 용도대로 사용하지 않는다 해도, 화장실은 청결을 유지할 수 있었을 텐데 전혀 그렇지 못했다. 화장실 안까지 물건들이 들어차 있었다. 페트라는 담배를 다 피우고 꽁초를 변기 속에 던진 다음 물을 내렸다. 그런 다음 화장실 한가운데 굴러다니는 쓰레기봉투들을 한쪽으로 붙여 정리했다. 그녀는 꽤나 깔끔을 떠는 성격이었다. 화장실 한편에는 페인트공들이 사용하는 작은 사다리가 있었고 그 뒤로 〈구세군〉이라는 글자가 인쇄된 여러 물건들과 함께 상자 하나가 보였다. 페트라는 그 자리에 서고 말았다. 그 물건들 중에 두 점의 그림이 있었다.

49

    페트라는 위에 놓여 있던 것들을 걷어 내고 부들부들 떨리는 손으로 그림들을 꺼냈다. 프린세스 릴리안 스위트룸의 벽에서 자신이 떼어 냈던 것들과 똑같은 그림들이었다. 그림들을 올려놓을 뭔가 없나 해서 주위를 두리번거리던 그녀의 눈에 경대 하나가 보였다. 그림들을 그 위에 올려놓고 페트라는 핸드백에서 조금 전 출력한 그림들을 꺼냈다. 그림 하나에 덧붙여진 모자와 지나치게 짙은 콧수염, 다른 그림에 보태진 돛단배들을 제외하면 그림들은 거의 똑같았다. 페트라는 그림을 뒤집어 각 작품의 액자 뒤에 쓰여 있는 번호들을 봤다. 두 점 모두 황금색 액자를 갖고 있었다. 곰곰이 생각해 보니, 다른 스위트룸에서는 이런 황금색 액자를 못 본 것 같았다. 그때였다. 밖에서 발걸음 소리와 두런두런하는 소리가 들렸다. 더 이상 조사를 할 수가 없었다. 바텐더와 새로 일을 시작한 프런트 담당 여직원이 창고로 다가오고 있었던 것이다.

    그들 눈에 띄지 않아야 했기에 페트라는 구석으로 몸을 웅크린 채 숨었다. 복도 끝에는 다시 칠을 하는 방들에서 임시로 빼낸 가구들을 보관하는 장소가 있었다. 바텐더와 프런트 여직원 두 사람은 그쪽으로 가고 있는 것 같았다. 발소리가 잦아들기를 기다렸다가 페트라는 르누아르의 그림을 집어 들었다. 그런데 이상하게도 그의 엄지손가락 하나에 물감이 묻어 있었다. 누군가가 실수로 그림들에 덧칠을 한 것이 틀림없었다. 용역직 노동자일 수도 있고 아니면 같은 방에 묵었던 팝 스타일 수도 있고…… 그런데 그림을 떼어 내고 다른 그림을 건 것은 그 이전이었으니…… 그렇다면 이곳에 머물렀던 그 노인들……. 페트라는 손수건을 꺼내 물에 적신 다음 조심스럽게 캔버스를 닦아 봤다. 남자의 모자 부분에 닿았던 손수건이 까맣게 변해 있었다. 몇 번 더 닦아 냈더니 모자 속에 숨겨져 있던 머리가 제모습을 드러냈다. 페트라는 이번에는 모네의 그림을 들어 올려 같은 작업을 반복했다. 힘을 줘서 닦은 것도 아닌데 돛단배 하나가 지워졌다. 아, 그랬구나! 그 할아버지와 할머니 들이……. 페트라는 사람들 눈에 띌 수도 있었지만, 터져 나오는 웃음을 참을 수가 없었다. 전 스웨덴 경찰이 이 사건에 매달렸지만 그림의 흔적을 찾아내지 못했다. 프린세스 릴리안 스위트룸의 그 노인들은 멋지게도 완전히 경찰을 따돌린 것이다……. 호텔 프런트로 가서 모든 것을 다 털어놓아야 할까? 페트라에게 떠오른 첫 번째 생각이었지만, 그때 웃고 떠드는 소리가 들렸다. 바텐더와 프런트 여직원이었다. 페트라는 두 그림을 원래 있던 상자 속에 다시 넣었다. 아무에게도 말하지 않고 그냥 호텔을 나가는 것이 더 좋을 것 같았다. 잠시 생각을 정리할 필요가 있었다. 만일 이 두 점의 그림이 경찰을 비롯해 여러 곳에서 여러 사람들이 그토록 찾고 있던 바로 그 그림이라면, 그림을 찾았다고 하면 경찰은 당장은 아니라 해도 작은 보상을 해 주지 않을까……. 학자금 융자받은 것도 곧 바닥나는데…… 호텔 청소하는 이 일에는 넌더리가 나고…… 작은 보상이라도 받으면 다 해결될 텐데……. 만일 그림들을 잠깐 집으로 가져다 놓으면, 빼돌리려고 한 것이 아니라고 말해야 할 것인데……. 사실이 그렇지 않은가? 직접 훔친 것은 아니었다. 단지 잡동사니 물건들과 화장실 쓰레기봉투 더미들 사이에서 〈발견한 것〉뿐이다. 그림들을 숨겨 놓을 수 있는 호텔 안 다른 적당한 장소를 찾을 때까지, 그림들을 갖고 나가서 집에다 보관했을 뿐이다……. 이 안이 경찰에게 들려주기에는 가장 그럴듯해 보였다. 그러다가, 어느 날 이 그림들이 어떤 그림인 줄을 알게 되어서 그 즉시 박물관에 — 혹은 경찰에게 — 알렸고…… 아니면 누군가 보상을 해줄 수 있는 사람에게 알렸고……. 금이나 은으로 제작된 고대 유물을 발견한 사람에게도 국가가 보상해 주지 않았던가. 예술 작품도 의당 그래야 하겠지. 그러면 언론에서 인터뷰 요청을 할 것이고 마이크 앞에서 그녀는 다음 세대를 위한 귀중한 예술 작품들을 안전하게 되찾게 되어서 얼마나 기쁜지 모르겠다고 말할 것이다. 페트라는 이 정도면 탄탄한 시나리오라는 생각이 들었다.

문이 열리더니 창고로 들어오는 발걸음 소리가 들렸다. 바텐더와 프런트 여직원이었다. 가까이 다가오고 있었다! 두 사람은 제법 큰 목소리로 다정하게 이야기를 나누고 있었다. 페트라는 다시 화장실로 몸을 숨겼다. 변기 뚜껑을 열고 앉아 만일 발각된다면 저들에게 뭐라고 해야 하나 잠시 생각했다. 하긴, 화장실 같은 곳에서 일을 보고 있는 누군가를 우연히 마주

치면 들어왔다가도 그냥 나가 버리는 것이 상례이긴 하다는 생각도 들었다. 두 사람은 페트라를 보지 못하고 창고를 나가서 엘리베이터에 오르는 것 같았다. 하지만 페트라는 엘리베이터 문이 완전히 닫힐 때까지는 그 자리에서 꼼짝할 수가 없었다. 하지만 페트라는 오히려 두 사람이 고마웠다. 덕분에, 불도 켜지 않은 어둠 속에서 생각을 정리할 수 있었던 것이다. 이제 그녀는 그 그림들을 가지고 무엇을 해야 할지를 정확하게 안 것 같았다.

50

힌세베리, 올 여름을 보내야 할 곳이다! 카디에르 바도 없고, 테라스 레스토랑도 없다. 거위 고기와 스코네 특산품인 그 화려한 스페테카카 케이크도 없는 이곳! 메르타는 침대에 누워 몸을 뒤척이며 잠을 청해 봤지만 좀체 잠을 잘 수가 없었다. 날씨는 벌써 더워졌지만 불행하게도 창문조차 열 수가 없다. 지금 감옥에 있는 것이다! 담요를 걷어 내고 베개를 흔들어 다시 정리한 후 잠을 청해 보지만 잠이 드나 보다 하다가 다시 깨기를 벌써 몇 번째 되풀이하고 있는지 몰랐다. 무엇보다 리사 생각이 메르타를 이렇게 잠 못 들게 했다. 메르타는 어쩌면 리사를 거스르지 말아야 했는지도 모른다는 생각이 들기도 했다. 메르타는 리사를 보는 순간 이상하게 강한 거부감이 들었다. 어쨌든, 이젠 후회해도 너무 늦어 버렸다. 다음 날 메르타는 모두에게 아침상을 차려 주었다.

다음 날 아침, 부엌으로 들어온 리사는 짐짓 자신의 자리에 커피 잔과 접시가 놓여 있는 것을 못 본 척했다. 아무 말 없이 자리에 앉아 아침만 먹었다. 평소와는 달리, 큰 소리를 내지 않앉으며 메르타에게는 인사도 건네지 않았다. 가끔 창문을 올려다볼 뿐이었다. 메르타는 리사에게 무슨 일이 생기지 않았나 하는 생각이 들었다. 결코 상태가 좋지 않다는 것은 누가 봐도 쉽게 알 수 있었다. 얼굴은 초췌했고 피부는 잿빛이었으며 눈은 먼 산을 보고 있었다. 누가 옆에서 말을 걸어도 짜증을 내거나 아니면 대꾸조차 하지 않았다. 얼마 후, 메르타는 체력 단련실에서 리사에게 말을 붙여 보기로 했다.

「안녕, 리사.」 메르타가 말을 걸었다.

「아니, 여기서 뭐해?」

「공룡도 체력 단련은 해야지.」

젊은 여죄수 몇 명이 들어와 운동 기구들 쪽으로 갔다. 리사는 그들을 못 본 척한 채, 바닥에 깔개를 간 다음 복근 운동을 시작했다.

메르타는 잠시 후 리사가 잠깐 운동을 쉬는 틈을 이용해 말을 걸었다. 「듣기로는 너 특별 휴가를 받았다던데.」

리사는 대답 대신 입을 내밀고 알아듣기 힘든 말들을 투덜댔다.

「잠깐이지만 나가게 돼서 기분 좋겠어?」

리사는 다시 배를 바닥에 대고 팔 굽혀 펴기를 시작했다. 아무 답도 얻어듣지 못한 메르타는 어깨를 으쓱해 보이면서 아령을 집어 들었다. 잠시 운동을 쉬면서 메르타가 다시 대화를 해보려고 말을 걸었다.

「난 말이야, 나가도 갈 데도 없어. 노인 요양소를 나와 버렸거든. 지금은 내 팔자가 어떻게 될지 아무도 모르고…….」

리사는 실내 자전거 쪽으로 가다가 문득 걸음을 멈추고 그 자리에 섰다.

「살벌한 현실로 들어온 것을 환영해. 우리 죄수들은 말이야, 영원히 집이 없는 사람들이야. 작업실에서 일을 하면 용돈 정도는 벌어. 그 돈으로 눈깔사탕도 사 먹고 담배도 사 피우고 그래. 그게 다야. 부모라도 살아 있거나 아니면 그 잘난 놈팡이라도 있는 년들은 집세라도 내겠지만, 그런 거 없는 사람들은 매번 쫓겨나는 거야. 그런데도 당국자란 사람들은 죄수들이 왜 자꾸 죄를 지어 또 교도소에 들어오는지 모르겠다는 말만 하지.」

메르타에게 리사의 말은 신선한 충격이었다. 이제까지 그런 식으로는 생각을 못 해봤던 것이다. 어떻게 하면 감옥을 나간 사람들이 평범한 삶을 살 수 있는 것일까?

메르타가 다시 입을 열었다. 「내가 들은 바로는, 밖에서 꽤 일을 저질렀다고 하던데?」

「그런 이야기는 하기 싫어.」

「그러지 말고……」

리사는 일어나 체력 단련실을 나가 버렸다.

그 후 며칠 동안, 리사는 메르타를 보고도 아는 척도 하지 않았다. 메르타는 경쟁자가 휴가를 받아 나가게 된다고 하니 만족스럽기도 했다. 휴가를 나가기 전날, 리사와 메르타는 교도소 세탁장에서 우연히 단 둘이 만났다. 메르타는 온몸에 소름이 돋았다.

메르타를 보면서 리사가 입을 열었다.

「왜? 겁나나 보지?」

세탁장 구석에서 빨래한 것들이 탈수될 때를 기다리고 있던 리사가 메르타 뒤로 소리도 내지 않고 걸어오더니 얼른 문 앞을 가로막고 섰다.

「이거, 왜 이래? 너 설마 여기서 나를 어떻게 해보겠다는 건 아니지?」

조명이란 천장에서 비치는 희미한 전등 빛 한 줄기뿐이었고 세탁장 전체에는 물에 젖은 양모와 세제 냄새가 진동했다. 바닥은 축축하게 젖어 있었고 한쪽 구석에는 큼직한 빨래 바구니 하나가 내팽개쳐져 있었다. 메르타는 심장 박동이 빨라지는 것을 느끼면서도, 돌처럼 버티고 있었다. 메르타는 다른 사람의 도움 없이 혼자서 세탁기를 조작할 수 있는지 알아보려고 세탁장에 잠깐 들렀던 것이다. 여기서 리사와 맞닥뜨릴 줄은 꿈에도 몰랐다.

메르타가 고개를 돌려 가장 가까이 있는 세탁기를 가리키며 물었다.

「이 세탁기, 이거 잘 돌아가는 거야?」

메르타는 자기의 목소리가 겁먹은 것처럼 들리지 않기를 바랐다.

「네가 확인해 봐, 직접. 네 머리라도 넣어서 돌려 보면 되잖아. 어디 한번 넣어 봐. 내가 세게 돌려 줄게.」

리사가 담배를 꺼내 불을 붙여 물면서 말했다.

메르타는 못 들은 척하면서 헛기침을 몇 번 했다. 그리고 담배 연기 때문에 기침도 몇 번 해야 했다. 그러면서 돌아가고 있는 다른 세탁기를 가리키며 리사에게 물었다.

「저건 네 빨래들이야?」

「그래, 내 거야. 빨리 끝내고 싶은데, 안 끝나네.」

메르타는 세탁장을 나가고 싶어 조금 몸을 움직였다. 그러자 리사가 지나가지 못하게 막아섰다.

「힌세베리는 수족관 같은 곳이야. 그런 생각 해봤어? 간수들은 어디서나 우리를 볼 수 있어. 하지만 여긴 예외야. 그리고 사우나도 예외고. 앉아.」 리사는 세탁기들 옆에 있는 벤치를 가리키며 메르타에게 명령조로 말했다.

「밖에 나가서 네 빨래가 끝나는 것을 기다릴게.」

「아니야. 앉아.」

메르타는 망설여졌지만 리사의 명령에 따랐다. 리사가 입에 들어간 담배 가루를 뱉어 내면서 입을 열었다. 「있잖아, 그 그림 절도 사건. 르누아르와 모네였다고 들었는데, 꽤 돈이 되는 것이지.」

「찾는 사람에게는 그렇겠지, 그럼.」

「날 속이려 들지 마. 그림들 어디다 뒀어?」

「나도 그걸 좀 알았으면 정말 좋겠어! 우리는 스웨덴에서 가장 비싼 그림들을 훔쳐 내는 데는 성공했어. 그런데 그림값을 받으려고 떠난 사이에 그 그림들이 사라져 버린 거야. 그때 무슨 일이 일어난 것인지 정말 모르겠어. 누군가 우리의 뒤를 쫓아와서 우리가 방을 비운 사이에 스위트룸으로 들어온 것 같기는 해.」

이야기를 듣고 있던 리사가 메르타에게 가까이 다가왔다. 거리는 메르타가 느끼기에도 너무 가까웠다.

「장난치지 마. 아직도 우릴 잘 모르는 것 같은데. 여기에 들어오면 우린 모두 한배를 탄 거야. 자, 이제 불어 봐. 그림들 어디다 두었는지.」

「그랜드 호텔을 떠날 때까진 스위트룸에 있었어. 그런데 돌아와 보니 없어진 거야. 대체 뭘 이야기를 듣고 싶은 거야?」

「어떤 스위트룸이었는데?」

「내가 왜 그걸 말해야 하지? 니들은 내게 뭐 털어놓은 게 있어? 지들 거는 감추고 내 것만 듣겠다고? 그렇게 호락호락 잘 되지는 않을걸. 어쨌든 그림들이 그 방에 없었다니까.」 메르타가 경고조로 말했다.

「어쨌든, 그런 건 중요한 게 아니야.」

「확실하다니까. 정말 뭔 일이 있었는지 나도 답답해 죽겠어. 대체 누가 프린세스 릴리안 스위트룸에 들어와 그림들을 가져갔는지 모르겠다니까. 한 가지 확실한 건 분명 우리에 대해 잘 아는 사람이라는 거야. 왜냐하면 우린 그 그림들에 덧칠을 해서 위장해 놨거든.」

「위장을 했다고?」

「그래. 그림들을 본다면 금방 알 수 있어.」 메르타는 그림 생각에 웃음을 터뜨렸다. 「그림에 모자를 하나 그려 넣었고 돛단배도 하나 그려 넣었어. 그것만이 아니라 이것저것 많아. 왜 그랬냐 하면, 아무도 그림을 못 알아보게 하려고. 그런데도 그림들이 사라진 거야. 귀신 곡할 노릇이야.」

리사는 재를 털고 다시 한 번 깊이 연기를 들이마셨다.

「누군가 그림들을 알아보고 내다 팔아 버린 거야.」

「대체 누가? 우린 24시간 동안 호텔에 없었어.」

「그럼 호텔 직원들이나 다른 호텔 손님들 중 누구겠지. 혹은 호텔 실내 장식을 바꿨을 수도 있고.」

「그 말이 맞을지도 몰라. 우리가 돌아와 보니까, 그림들이 있던 자리에 글쎄 다른 그림들이 걸려 있더라니까.」 메르타가 기억을 되살리며 말했다.

「그래, 내가 뭐랬어. 내 말이 그 말이야.」

「그런데 경찰이 호텔 전체를 다 뒤져 봤는데도 아무것도 찾지 못했어. 사실 우린 그림값을 받은 다음에는 그림들을 돌려주려고 했었거든!」

「돈은 챙긴 거야. 그럼?」

「돈도 사라졌어.」 여기서 메르타는 조금 거짓말을 해야만 했다. 돈의 일부는 받았다는 이야기도 하고 싶지 않았지만 그 돈이 지금 홈통 속에 안전하게 숨어서 주인들을 기다리고 있다는 것을 밝힐 수는 없었기 때문이다.

「이것 봐. 이제 그만 좀 해. 멋지게 한탕 했는데, 물건도 잃어버리고 돈도 잃어버렸다는 것 아냐. 그런 이야기지?」

「그래, 맞아. 그렇게 되어 버렸어. 우리에게는 첫 탕이었어. 그림들은 참 너무 아까워.」

리사가 담배를 문 채, 다시 가까이 다가오더니 메르타 쪽으로 몸을 숙였다. 아주 짧은 시간이었지만, 메르타는 리사가 담뱃불로 자신의 얼굴을 지지는 것 아닌가 더럭 겁이 났다.

「경찰이 호텔 직원들을 조사했어?」

「나야 모르지. 전부 다 조사하지 않았겠어?」

「호텔 직원들 중 누군가 그림을 가져갔을 수밖에 없어. 약간의 돈만 쥐어 주면 닫혔던 입들을 열 수 있어.」

「하지만 난 1년 형을 받았는데.」

「내일 난 휴가를 나가. 내가 도와줄 수 있어. 그림값의 10퍼센트만 떼어 주면 돼.」

「내가 말했잖아. 그림값도 사라져 버렸다고.」

「할머니, 내 말 똑똑히 들어. 모든 것이 다 연기처럼 사라진 건 아니야. 내 말은 그러니까, 돈의 일부만 사라졌지, 모두 다 사라진 것은 아니란 말이지. 그림들은 지금 어디엔가 있는 거잖아. 둘 중에 하나야. 그림을 가져간 놈이 그림들을 다시 판다면, 우리에겐 꽝인 거고. 그림을 되찾은 놈은 숨을 죽이고 있을 거야. 만일 호텔에서 그 그림들을 알아본 사람이 있다면 지금 경찰이 보상금을 제안해 오기만을 기다리고 있을 거야.」

「맞는 말이구면. 왜 진작 내가 그 생각을 못 했지…….」

「아무나 다 강도가 되는 게 아니야. 죽기 살기로 해야 돼, 이 일도. 내가 보니까, 지금 할망구는 도움이 필요해. 할망구는 폭삭 늙었잖아. 그런데도 나이만 먹었지 나이만큼 머리가 안 돌아가고 있어.」 리사는 메르타를 노려봤다. 「내 밑에서 일하는 아이들을 풀어서 내가 좀 알아볼게. 대신 그림을 다시 찾으면 10퍼센트는 내 거야. 그림만 찾으면 우리 둘 다 원원하는 거야.」

「글쎄. 잘 모르겠어. 여러 명이 이 일에 끼어들었거든. 나 혼자 결정할 순 없어.」 메르타가 대답했다.

「사실, 그건 아무 문제도 안 돼. 할망구가 벌써 다 말해 주어서 나 혼자서도 얼마든지 일을 진행할 수 있어. 지금, 당장. 일에 성공하면 내가 할망구하고 돈을 나누어 가질 것 같아? 그렇게 생각하진 않겠지. 교훈 하나 들려줄게. 여기 교도소에서는 그 누구도 믿으면 안 돼. 절대 비밀 이야기는 하는 게 아니야.」

「하지만…….」

「쏘리.」 리사는 세탁기로 가 옷가지들을 꺼냈다. 「자. 이제 됐어. 할망구 옷들 돌려. 이 멍텅구리 살찐 암소야!」

휴가 나가기 바로 전날, 리사는 갑자기 심한 복통을 호소했다. 어쩔 수 없이 하루 종일 침대에 누워 있어야만 했고 출발하는 당일에도 상태가 좋아지지 않아 보호 관찰관과 리사는 도저히 교도소를 나갈 수가 없었다. 아무도 이 갑작스러운 사태의 원인을 알 수가 없었다. 메르타만 빼고. 보행기의 제동 막대까지 조사하는 사람은 세상 어디에도 없었다. 갈퀴가 준 약초들, 언제든지 독초로 변할 수 있는 그 약초들을 메르타는 조금 교도소 안으로 갖고 들어왔었다.

51

생각보다 쉬운 일이 아니었다. 페트라는 무엇을 해야만 하는지 전에 했던 생각들을 다시 한 번 떠올려 봤고 아무래도 시간이 필요했다. 하지만 발소리가 멀어지고 창고에 다시 홀로 남게 되자 바로 생각을 다듬기 시작했다. 용역직 노동자들이 스티로폼, 뽁뽁이 두루마리, 갈색 쓰레기봉투 등 많은 자재들과 기타 물건들을 창고에 그대로 쌓아 두고 퇴근했다. 페트라는 얼른 일어나 먼저 뽁뽁이 두루마리를 펼친 다음 그림들을 놓고 대충 스티로폼과 낡은 신문지들을 꾸겨 가장자리를 대면서 쓰레기봉투에 담았다. 그리고 그 쓰레기봉투를 화장실 안에 갖다 놓았다. 화장실 쓰레기통들은 다음 금요일에 치운다. 그렇다면 지금부터 그때까지, 걱정할 필요가 없었다. 그랜드 호텔에서 몰래 그림들을 빼내기 위해서는 24시간이 남아 있었기 때문이다.

호텔을 나서면서 페트라는 평소처럼 프런트에서 일하고 있는 두 명의 직원에게 수고하라는 인사를 했고 호텔 문을 나서면서는 도어맨과 농담까지 주고받았다. 그녀는 지하철을 타고 집으로 돌아왔다. 대학교까지 가는 동안 자신의 계획을 수포로 돌아가게 할 수도 있는 것들을 꼼꼼하게 하나하나 점검하는데 생각이 썩 잘 풀려나가지 않았다. 하지만 모든 것이 다 잘 될 것이라는 막연한 기대를 하지 않을 수가 없었다. 우선 자신에게 많은 기대를 하고 있던 부모님들을 떠올렸다. 「어이구, 내 새끼, 언제 좀 덜 쩔쩔매고 사나…….」 엄마는 딸만 보면 늘 이렇게 말했다. 반면 아빠는 딸을 대단한 사람으로 여기고 있었다. 그런 부모님들이 지금 자신이 하려고 하는 일을 안다면……. 만일 일이 실패해도 그것은 전적으로 자신의 책임이었다. 지금까지도 그래 왔다. 부모님들은 페트라가 혼자 힘으로 어려움을 헤쳐 나가는 것을 지켜볼 뿐이었다. 지금도 바뀐 것은 없었다. 유난히 몸이 약했던 엄마는 청소년 시절 페트라를 제대로 돌볼 수가 없었다. 아버지는 자식들 자랑만 하고 다닐 뿐, 그 이상의 일은 별로 하지 않았다. 아버지는 전자 제품 가게에서 일했는데, 물려받은 상당한 액수의 재산이 없었다면 가족을 데리고 스톡홀름에 와서 살 수는 없었을 것이다. 페트라가 형제들 중에서 처음으로 대학에 들어간 아이였다. 이런 아버지가 자신의 딸이 3천만 크로나의 값이 나가는 그림 두 점을 숨겨 가지고 있다는 것을 안다면 아마 그 자리에서 기절을 하고 말았을 것이다. 아니 그 정도가 아니라 심장 마비라도 일으켰을 것이다.

그다음 날 페트라는 점심시간에 잠깐 짬을 내서 왕궁으로 갔다. 옛 무구류 컬렉션을 지나 천천히 발걸음을 옮겼다. 이곳에 들어온 유일한 목적은 다른 데 있는 것이 아니라 국왕 부부의 초상화 프린트를 사기 위해서였다. 박물관 기념품점에서 서

성거리던 페트라는 여러 종류의 국왕 부부 초상화를 둘러본 다음, 잠깐 망설이다가 군인 정복을 입은 국왕의 초상화 한 점과 국왕 부부 초상화 한 점을 샀다. 페트라는 구입한 두 점의 프린트가 보일세라 둘둘 말아 포장지로 싼 다음 호텔로 향했다.

오후 내내 페트라는 여러 번 창고로 가서 물건이 그 자리에 그대로 있는지를 확인해 보았다. 일단 청소 일이 끝나자 페트라는 한 30여 분 동안 용역 직원들이 퇴근하기를 기다렸다가 엘리베이터를 타고 내려갔다. 조심스럽게 문을 열고 잠시 숨을 고르면서 주변을 살펴보며 아무도 없는지 확인했다. 바텐더는 두 시간 후에나 일을 시작할 것이다. 두 시간이면 충분한 시간이었다. 페트라는 그림을 찾으러 갔다. 우선 모네부터 목수의 작업대 위에 올려놓았다. 그림에서 액자를 떼어 내는 일은 생각보다 간단한 일이 아니었다. 페트라는 쐐기와 집게를 이용해 겨우 그림과 액자를 분리해 낼 수 있었다. 그런 다음 박물관 기념품점에서 구입한 왕의 정복 초상화를 모네가 그린 스헬더 강 하구 그림 위에 대고 스테이플러로 고정시켰다. 그렇게 한 것을 다시 액자 속에 넣은 다음 서너 걸음 뒤로 물러나 그림을 바라봤다. 가슴에 주렁주렁 훈장을 단 국왕은 잿빛 군복을 걸친 채 늠름한 모습을 자랑하고 있었다. 적당하게 눌러 쓴 모자에도 불구하고 이제 막 시작된 탈모증을 엿볼 수 있었다. 그런 국왕 모습을 보자 문득 국왕이 매일 텔레비전에서 보는 뒤룩뒤룩 살이 찐 정치가들보다는 훨씬 나아 보인다는 생각이 스쳐 지나갔다. 이제 더 이상 사회당 의원들을 지지하지 말아야 할까? 사실 페트라는 따지고 보면 왕당파였다. 사람들은 왜 왕가에 반감을 갖고 있는 것일까? 왕정을 폐지한다면 결국 국가수반을 뽑아 대체해야만 하는데, 그러면 그런 변화로 얻는 것보다는 잃는 것이 더 많지 않을까…….

페트라는 르누아르를 갖고 다시 똑같은 작업을 했다. 황금빛의 커다란 액자는 국왕 부부 초상화를 넣기에 안성맞춤이었다. 한 번 했던 일이기에 두 번째는 조금 쉬웠다. 조금 애를 먹긴 했지만 두 번째 그림도 액자 속에 들어갔다. 페트라는 흘러내린 머리를 쓸어 올리면서 두 번째 작품을 바라봤다. 지금 보니 이 두 번째 그림에서는 어딘지 거드름을 피우는 듯한 분위기가 물씬 풍겨 나왔다. 하긴 국왕 부부의 초상화이니 당연한 일일 것이다. 사회주의자들이 들으면 싫어하겠지만, 국왕 부부는 스웨덴 전체의 얼굴이었다. 실비아 왕비가 성형 수술을 받은 것은 좀 안타까운 일이었다. 전 세계에서 가장 아름다운 여성들 중 한 사람인 왕비가 외모에 그렇게도 자신감이 없었단 말인가! 여성 운동가들에게는 재앙이었고, 일반 여성 모두에게도 좌절감을 가져다주었다. 어쨌든 페트라는 그렇게 생각하고 있었다. 다시 한 번 두 그림을 바라봤다. 그림들의 색도 훌륭했고 액자도 아주 잘 어울렸다. 국왕 부부의 액자가 조금 무겁고 너무 밝은 듯한 느낌이 없는 것은 아니었다. 페트라는 액자에 조금 고풍스러운 맛을 내기 위해, 바닥에서 목공들이 치우지 않고 간 톱밥과 먼지 들을 조금 집어 액자에 문질렀다. 페트라는 다시 다가와 대충 얼마나 무게가 느껴지는지를 알아보기 위해 그림들을 들어 봤다. 프린팅 복제화였지만 무게는 묵직했다.

페트라는 연장을 챙기고 주변을 정리했다. 쓰레기봉투들도 다시 제자리로 갖다 놓으면서 혹시 바닥에 뭐 떨어뜨린 것은 없나 다시 한 번 살펴보았다. 페트라는 다시 그림들을 뽁뽁이로 감싼 다음 비닐봉지 속에 담아 작은 바퀴들이 달린 트렁크에 넣었다. 페트라는 잠시 트렁크를 내려다본 후, 트렁크의 자물쇠를 잠갔고 손잡이를 잡아 빼서 끌고는 엘리베이터 쪽으로 갔다. 그리고 끊임없이 속으로 말했다. 이건 도둑질이 아니야. 난 잠시 〈빌리는 것〉뿐이야. 보상금이 손에 들어오면 그 즉시 그림들은 박물관으로 돌아갈 거야.

호텔을 떠나는 그녀를 누구도 눈여겨보지 않았다. 지하철 안에서도 페트라는 트렁크를 든 관광객일 뿐이었다. 집에 도착한 페트라는 자기 방으로 들어가 문을 잠그고 난 후 크게 안도의 숨을 내쉬었다. 작전이 성공을 거둔 것이다. 만일 그녀가 세기의 걸작들을 오늘처럼 이렇게 돌보지 않았다면, 그 작품들은 영원히 사라져 버렸을지도 모르는 일 아닌가? 맞다. 그림들의 영원한 생명을 위해 그녀는 큰 공헌을 한 것이며 이제 그에 어울리는 큰 긍지를 가져도 되는 것이다. 페트라는 차를 준비해서 샌드위치를 하나 먹고 다음 단계의 작업으로 넘어가고 싶었다. 주위를 둘러보던 페트라는 그 두 그림을 긴 의자 위에 걸어 두기로 했다. 작업을 마친 페트라는 뒤로 물러나 자신을 보고 있는 국왕 부부를 조금 엄숙한 표정으로 바라보았다. 국왕 부부가 그녀를 향해 웃고 있었다. 그 누구도 이런 한 여대생의 방에 르누아르와 모네가 있을 줄은 꿈에도 생각을 못 할 것이다.

52

스티나와 안나그레타가 힌세베리로 이송되어 오던 날, 성 위로는 구름들이 몰려오고 있었고 곧 폭풍우가 몰아칠 것만 같은 날씨였다. 철문이 열리자 메르타는 꿈에도 그리던 두 친구가 나타나는 것을 보고 기쁨에 겨워 눈물을 흘릴 지경이었다. 마침내 메르타는 피를 나눈 자매보다 더 그리워하던 두 친구를 만나러 갔다. 최근 며칠 어려운 시간을 보냈기에 이 만남은 더 큰 기쁨을 가져다주는 것이었다.

리사는 곧 몸을 회복했지만 행정상의 문제 때문에 몇 주일 지나서야 다시 휴가를 갈 수 있게 되었다. 아직 휴가철도 아니었지만, 무엇보다 그녀를 데리고 나갈 보호 관찰관들이 다른 일에 투입되어야 했기 때문이었다. 리사는 마치 무언가 의심하는 듯한 어두운 눈빛으로 메르타를 쳐다봤다. 메르타는 그런 눈빛의 의미를 모르고 있지 않았다. 조만간 그녀로부터 복수의 역공이 있을 것이다.

스티나와 안나그레타의 몸수색에는 의외로 많은 시간이 걸렸다. 몸수색이 끝나자 두 할머니에게 각각 방이 배정되었고 첫 번째 수감자 교육이 진행되었다. 몇 시간 후 안나그레타의 방에서 아주 큰 소리로 팡파르가 울려 퍼졌는데, 이것만 보면 모든 것이 순조롭게 진행된 것 같았다. 교도소 규정상, 수감자는 다섯 벌의 개인 옷, 책, 카세트테이프와 CD 이외의 다른 개인 사물은 갖고 들어올 수 없도록 되어 있었다. 하지만 안나그레타는 좀 어리숙한 간수를 만났는지 LP판까지 들고 들어왔다. 모르긴 몰라도 간수들이 그녀의 고주파 말 울음소리를 견뎌 낼 수 없었던 것 같았다. 그러고 보니 안나그레타는 오히려 메르타보다 더 많은 사물을 갖고 들어올 수 있었다. 메르타는 뜨개질바늘은 물론이고 반쯤 짜다가 만 스웨터도 반입할 수 없었다.

점심을 먹자 날씨가 한결 맑아졌고 메르타는 교도소 마당으로 나갔다. 이제 곧 세 할머니가 크로노베리 이후 처음으로 다시 만나게 되는 것이다. 하지만 메르타는 걱정이 앞섰다. 이제 두 할머니가 진짜 교도소가 어떤 곳인지를 알았으니 그녀를 얼마나 원망할지 상상이 가고도 남았던 것이다. 문이 열리고 마침내 두 할머니가 마당으로 나오자 메르타는 몇 번씩 깊은 숨을 들이쉬면서 두 사람을 맞으러 갔다. 햇빛은 언제 그랬냐 싶게 밝게 빛나고 있었고 솔솔 부는 바람 속에서는 야생 벚나무와 라일락 향기가 진동하고 있었다. 서양 벚나무에는 꽃들이 활짝 피어 있었고 부드럽고 따스한 공기가 떨어지지 않으려는 꽃잎들을 가끔 흔들어 한두 개씩 떨어뜨리고 있었다. 새로 들어온 두 신입 수감자 할머니들은 옛 성벽 길을 걸어 나오고 있었다.

먼저 메르타가 다가가 입을 열었다. 「이런 데까지 데리고 와서 정말 미안해. 화났지?」 어디선가 새 울음소리가 들렸고 바람은 나뭇가지들을 흔들고 있었다.

「화가 났다고? 아니야. 난 은행에서 파티를 할 때보다 더 재미있게 지냈어.」 안나그레타가 담배를 꺼내 불을 붙이면서 말했다. 스티나와 메르타는 깜짝 놀라서 서로를 바라봤다. 친구할머니는 길게 연기를 뱉어 내고 조금 콜록거리더니 다시 말했다. 「봐봐, 여기가 얼마나 좋은지 모르겠어! 다이아몬드 요양소의 공동실과는 완전히 다른 세상이야.」

그 말에는 스티나도 동감이었다.

「왜 슬퍼하겠어, 우리가? 우린 참 지독한 일들을 겪고 나서 이 평화를 찾은 거야. 자연과 어우러져 있는 이 멋진 건물! 게다가 집에서 만든 것 같은 음식이 나와. 물론 할배들이 없다는 것이 마음에 걸리지만 어쩌겠어, 우리끼리 서로 위로하고 지내야지.」

「서로 위로한다고?」 메르타가 물었다.

「그럼. 천재와 갈퀴가 없는 동안 간수들에게 만족해야지. 저기 보니까, 간수들이 여러 명 있던데. 핸섬하고 젊은 남자들이야, 모두. 똥배는 하나도 없어. 눈에 딱 힘을 주고 있는데 이글거리는 욕망이 느껴지더라고. 특히 저 친구, 턱수염을 길게 기르고 있는 저 치 말이야. 참 괜찮아 보이던데……」

듣고 있던 메르타가 입을 열었다. 「이것 봐, 스티나. 갈퀴가 보면 뭐라고 할 것 같아?」

곁에 있던 안나그레타가 허공만 바라보고 있다가 입을 열었다.

「군나르가 구치소로 나를 보러 온 거, 알고 있었어?」

「군나르가! 어머나, 어떻게 그런 일이……」 스티나가 깜짝 놀란 표정을 지었다.

「얼마나 소심한 사람인지 몰라. 하지만 결국 없던 용기를 내서 그랜드 호텔로 나를 찾아왔던 거야. 그때 난 이미 철창 속에 있을 때였지. 그런데 그 남자가 글쎄 구치소로 또 나를 찾아온 거야!」

「어머나, 어머나, 이걸 어째……. 그래서 군나르가 그 여자들 피우는 여송연을 가져다준 거야?」 메르타가 걱정스러운 얼굴로 물었다.

「그래, 맞아. 한 대 피워 볼래? 간수한테 부탁해서 한 갑 보내 줄 수도 있어. 물론 그렇게 하려면 아침부터 말을 해놔야 하지만 말이야.」

「고마워. 하지만, 담배 같은 거 안 피워도 지낼 만해.」 메르타와 스티나는 연기를 피해 두어 발 뒤로 물러서면서 말했다.

안나그레타가 입가에 크게 미소를 지으며 말을 이어 갔다. 「군나르는 내가 무슨 행동을 했던 전혀 상관을 안 하고 비난도 안 해. 신문에서 절도 사건 보도한 것들을 다 읽은 모양이야. 국립 박물관과 경찰까지 다 속여 넘기다니 정말 멋있다고 하더라고. 그리고 나서, 나에게 뭐라고 그런 줄 알아? 자기는 이제까지 수많은 여자들을 만나 왔지만 모두 답답하고 짜증 나는 여자들이었는데, 그 여자들과 나를 비교하면 나는 기적처럼 자신을 찾아온 폭풍 같은 여자라는 거야…….」

「폭풍 같은 여자?」 메르타는 그 말이 얼른 귀에 안 들어와서 멈칫했다. 이럴 때 흔히 쓰는 말은 〈폭풍〉이 아니라, 〈신선한 한 줄기 바람〉인데…… 부드러운 목소리와 미소를 띤 채 접근

한 그 남자가 먹잇감을 제대로 찾은 것이다.

「여기로도 찾아오겠다고 약속했어.」

「참 착한 사람이야.」 메르타가 말했다.

「다들 모르고 있었지. 군나르는 음반 컬렉터인데 LP판 세 장을 빌려주었어. 라프 리사[20] 판도 여러 장 갖고 있고 특히 〈어린아이의 믿음〉을 불렀을 때가 가장 좋았다고 했어.」

메르타가 거의 들릴락 말락 한 목소리로 말했다. 「간단히 말해, 안나그레타가 잭팟을 터뜨렸군.」

옆에 있던 스티나가 푸른 잔디밭을 내려다보면서 말했다. 「어 쨌든 여긴 참 좋아. 마치 큰 공원에 놀러 온 것만 같아.」

「그래, 맞아! 옛날에는 죄수들도 나무로 지은 멋진 집에 살 았대, 그런데…….」

「죄수들? 아니야. 우린 수감자들일 뿐이야.」

사물들을 정확한 이름으로 지칭해야 한다고 믿는 안나그레 타가 메르타의 말을 가로막았다.

「어쨌든, 이젠 아니야. 지금은 화장실만 가려고 해도 매번 간수들에게 알려야 해. 옛날 집들은 모두 헐어 버리고 그 자리 에 대신 지금같이 정원을 만든 거야.」

「이렇게 고풍스러운 곳에 오니, 마치 그랜드 호텔에 있는 것 만 같아!」 스티나가 마냥 즐거운 표정으로 마치 이 세상 전체 를 끌어안겠다는 듯이 두 팔을 활짝 벌리고 소리쳤다.

「그랜드 호텔? 거기가 뭐 세상에서 가장 좋은 곳은 아니었

---

20 Lapp-Lisa(1889~1974). 스웨덴의 가스펠 가수로 1940~1950년대에 걸쳐 크게 인기를 누렸다. 본명은 안나리사 외스트Anna-Lisa Öst이다. 라프lapp는 북구 스칸디나비아 일대에 사는 백인 족을 지칭하는 말이다.

지, 착각하지 마! 그랜드 호텔은 유르스홀름에 있는 빌라와는 비교도 할 수 없어. 그런데, 담장에는 왜 저렇게 철조망들을 쳐 놓았지? 어쨌든 이곳에서는 방값을 안 내도 되니, 그것도 좋은 점이야. 그랜드 호텔에서 내 카드로 결제를 했는데 3년 동안 모은 돈이 한 번에 나가 버렸어! 하지만 그 돈, 다시 되찾을 수 있을 거니까 괜찮아. 이 문제는 우리들 사이에서 분명히 해두어야 해.」 안나그레타가 말했다.

「물론이지!」 메르타와 스티나가 한목소리로 말했다.

「하지만 그랜드 호텔의 스파는 참 좋았어, 그렇게 생각하지 않아? 또 전망도 아주 좋았잖아. 다이아몬드 요양소에서는 정말 앞에 끔찍한 건물들만 보였잖아.」

스티나였다. 메르타도 동감이라는 표정으로 말을 받았다.

「여긴 참 예뻐. 게다가 여기 체력 단련실까지 있어.」

안나그레타도 거들었다. 「그거 좋군. 이름을 잊어버렸는데, 그 부위를 뭐라고 부르더라…… 어쨌든 그렇지 않아도 근육을 좀 늘릴 생각이었어. 군나르는 미인을 높게 평가한대. 건 그렇고, 메르타, 여기 스파도 있어?」 안나그레타는 마지막 연기를 뱉어 내고 꽁초를 땅에다 버린 후 뒤축으로 밟아 껐다.

메르타가 답했다. 「스파는 없고, 사우나는 있어. 그리고 구내매점도 하나 있고, 또 면회도 가능해. 물론 경찰 전과자 리스트에 올라 있는 사람은 못 오겠지만. 그러니까, 천재와 갈퀴는 우릴 보러 오지 못하는 거지. 오직 안나그레타만 자신의 남자를 만날 수 있는 거야.」

이 말을 들은 안나그레타는 기쁨을 못 이기고 예의 말 울음소리를 내고 말았다. 평소보다 더 즐겁고 한층 더 고음이었다.

할 말들이 끝도 한도 없는 세 친구들은 벤치에 앉아 이야기 꽃을 피우고 있었다. 그러면서 가끔 아무 말 없이 푸릇푸릇한 잔디밭을 바라보며 초여름 자연이 내뿜는 모든 향기들을 깊이 들이마시고 있었다. 젊은 죄수들 몇 명이 화단을 다듬고 있었고 조금 떨어진 곳에서는 다른 젊은 죄수가 풀을 베고 있었다. 다른 생각을 하고 있던 스티나가 미소를 지으며 말했다.

「글쎄, 엠마와 안데르스가 구치소로 면회를 왔었어. 이미 소식을 알고 온 두 아이는 그림 절도를 정말 잘했다고 하면서 축하한다고 하더라고. 그러면서 나보고 또 한탕 할 거냐고 묻는 거야. 감옥에 있으면서도 우리가 도둑질을 할 수 있다고 믿는 것 같아, 그 아이들은! 엠마가 출산을 했다는데 갓난아이를 데리고 이곳으로 면회를 좀 와주었으면 좋겠어. 벌써 난 손주들이 세 명이나 돼!」

자식이 없는 메르타는 스티나의 이야기에 관심이 있는 척하며 말했다.

「구치소 면회는 잘 끝났어?」

「엠마는 집에서 아이를 낳았으면 했는데, 사위는 결사반대였대. 아이와 엠마의 생명이 위험할 수 있다는 거지.」

「그건 사위 말이 맞아. 집에서 아이를 낳겠다니, 말도 안 돼!」 안나그레타가 말했다.

「그래서 엠마는 그러면 70년대처럼, 물속에서 아이를 낳겠다고 했어.」

「그럴 수도 있지. 말이 되는 소리야. 병원에 가기 싫다면 다른 차선책이라도 찾아봐야지.」 메르타가 끼어들었다. 메르타는 언젠가 신문에서 수중 출산에 관한 기사를 읽은 기억이 났다.

안나그레타가 궁금해하면서 다시 물었다. 「그래서 아이는 어디서 낳았어?」

「글쎄, 그게, 물을 받는 사이에 아이가 나와 버린 거야.」

안나그레타가 다시 배꼽을 잡으며 예의 말 울음소리를 내며 웃음을 터뜨렸다. 메르타와 스티나도 따라서 함께 웃었다. 머리를 뒤로 젖히면서 모두 한바탕 웃고 있는데 앞으로 리사가 지나가고 있었다.

메르타가 웃음을 그치면서 머리로 리사를 가리키며 말했다. 「저 머리 붉은 년, 저거 조심해야 돼. 아주 드센 애야. 게다가 나에게 그림 절도 건에 대해 이것저것 다 캐물었어.」

안나그레타가 놀란 눈을 하고 메르타에게 물었다. 「대체 무슨 일이 있었는데?」

「안타깝게도 저 애에게 그림이 사라진 이야기를 하고 말았어. 그랬더니 그림값의 일부만 주면 자기가 나를 도와줄 수 있다는 거야.」

「저런 건방진 걸 다 봤나!」

스티나가 고함을 질렀다. 메르타가 계속 말했다.

「저 애도 우릴 한번 떠본 거야. 하지만 우린 우리 외에 다른 사람을 이 일에 끌어들이면 안 돼. 그러면 일이 통제할 수 없게 되어 버려.」

「그런데 우린 벌써 게임에서 진 것 같은데.」 안나그레타가 말했다.

「아니야. 잘 될 거야. 어쨌든 사소한 불법들을 조금 더 저질러야 하지만. 그림을 찾아서 박물관에 돌려주어야 하는데, 그게 큰일이야.」

「물론이지. 방법이 정말 없는 걸까?」 답답한지, 스티나가 물었다. 지금 스티나는 셀마 라겔뢰프나 헤이덴스탐 대신 탐정 소설만 읽고 있었다. 구치소에서도 누가 절도나 무장 강도 이야기를 하면 눈을 반짝이며 귀를 기울였다.

「군나르가 어쩌면 우릴 도울 수 있을지도 몰라.」 안나그레타가 말했다.

하지만 스티나가 대번에 반박을 하고 나왔다. 「다른 사람을 끌어들이면 안 돼!」

「리사가 보상금 이야기를 했어.」 메르타는 목소리를 낮췄다. 「그 애 생각이 그렇게 멍청하진 않았어. 우리가 예를 들어, 한 백만 크로나 정도를 보상금으로 걸면, 그림을 발견한 사람이 나타날 거라는 거지. 우린 지금 홈통 속에 5백만 크로나를 숨겨 놨잖아.」

「백만 크로나씩이나?」 안나그레타의 눈이 휘둥그레졌다. 「그건 너무 많아. 10만 크로나 정도면 충분하고도 남아.」

다시 메르타가 말했다. 「하지만 박물관 그림들을 꼭 되찾아야 해. 그리고 우리도 긍지를 잃어버리면 안 되고.」

「자칫하면 또 한 번 철창신세를 질 수도 있어.」 스티나가 말했다.

「지금 들어와 있잖아, 이렇게.」 안나그레타였다.

키 작은 나무들 위에 앉아 지저귀고 있는 참새들을 보면서 잠시 생각에 잠겨 있던 스티나가 다시 입을 열었다. 「나한테 생각이 하나 있는데, 들어 봐. 가능한 한 빨리 보상금 광고를 내는 거야. 그렇게 해서 답을 받자마자 휴가를 얻어 가지고……」

말을 듣고 있던 안나그레타가 나섰다. 「하지만 우리가 나가면 보호 관찰관이 함께 따라 나오잖아. 어쩌면 전자 발찌를 차고 관찰관 없이 휴가를 나갈 수 있을 때까지 기다리는 게 좋을지도 몰라.」

스티나가 다시 말했다. 「발목에 전자 발찌를 차고 그랜드 호텔에 묵는다고?」

메르타가 나섰다. 「발목에 전자 발찌를 차고 나가면 우린 아무것도 못 해. 관찰관들이 우리가 뭘 하는지 컴퓨터 시스템을 통해 멀리서 다 보고 있어. 그러니까 홈통에다가 돈을 숨긴 것도 알아낼 수 있는 거지.」

그때 옛날에 꽤나 오래 승마를 한 적이 있는 안나그레타가 말했다. 「발찌를 풀 수 없다면, 그걸 차고 그대로 말을 타고 달아나 버릴까 보다.」 메르타와 스티나는 서로를 바라보지 않을 수 없었다. 농담이라고는 전혀 모르던 안나그레타가 농담을 해 대기 시작한 것이다. 군나르가 기적을 일으킨 것이 확실했다.

메르타가 안나그레타를 보고 말했다.

「우린 지금 이 문제를 심각하게 잘 생각해야 해. 계획을 잘 짜야 하고 미리 사전 정찰도 나갔다 와야 해.」

좋은 생각을 찾아내지는 못했지만, 오랜만에 만난 세 친구는 좋은 생각을 찾아내야 한다는 생각까지 하고 자리에서 일어났다.

하지만 메르타는 전혀 마음이 놓이지 않았다. 리사 생각을 하면 할수록 불안하기만 했다. 리사 생각을 떨쳐 낼 수가 없었다. 입에다 욕을 달고 사는 저 젊은 것이 노인 강도단보다 먼저 그림에 손을 댄다면…… 생각만 해도 끔찍한 일이었다!

53

〈아무것도 잃은 것이 없다. 아직 절망할 필요가 없어……〉 바르브로는 책상 위에 놓인 서류들을 뒤적거리며 속으로 말했다. 〈하지만, 사랑, 그건 정치 같은 거야. 혹은 주식 투자 같은 걸지도. 언제 어떻게 상황이 악화될지 모르는 거야……〉 바르브로는 잉마르에게 모든 것을 걸었고 곧 무언가 그 결과가 나올 것이다. 바르브로는 손수건을 꺼내 가슴 밑으로 집어넣어 흥건히 고인 땀을 닦아 냈다. 공동실에서는 지금 두 노인 영감이 졸고 있고, 돌로레스는 긴 의자에 누워 선잠이 들어 있었다. 굳이 안 봐도 다 보였다. 그녀의 머릿속은 오직 잉마르 생각으로 꽉 차 있었다. 지금 그는 아내와 심각한 문제가 있다. 아내는 아이들을 데리고 영국에서 돌아왔다가 그다음 주에 영국으로 혼자 다시 떠났다. 잉마르는 처음에도 자신의 결혼 생활에 대해 많은 말을 하지 않았지만, 최근 들어서는 그마저도 더욱 말수가 줄어들어 완전히 입을 닫은 채 깊은 생각에 잠겨 있는 모습을 자주 보였다. 기회를 엿보고 있다가 바르브로가 드디어 왜 그런 얼굴을 하고 있냐고 묻자 잉마르는 그제야 입을 열었다. 아내가 한 영국 사업가와 사랑에 빠졌다는 것이다. 세상의 그 어떤 남편도 배반을 당하고 살 수는 없다. 바르브로는 이 사내에게 위로가 필요하다는 것을 알았다. 그래서 밤이면 잉마르의 집으로 가 머물렀고 그 바람에 사무실의 벽장 속에는 갈아입을 양말과 옷가지들이 가득했다. 그녀는 마침내 대어를 낚았다는 것을 느낄 수 있었다. 이제 미끼를 문 그 고기를 천천히, 그러나 확실하게 낚아 올리는 일만 남아 있었다.

몇 주일이 지난 어느 날, 그녀가 잉마르에게 물었다.

「잉마르, 이제 어떻게 할 거야?」

「아내와 난 분명히 매듭을 지어야 할 문제들이 많아. 매듭만 지어지면 그땐, 자기와, 곧……!」

그땐, 자기와 나, 둘만 남는 거였다. 바르브로는 잉마르가 아이들을 자기에게 인사시킬 때 상당히 진지한 태도로 말하는 것을 봤다.

「자, 여기 있는 분은 아빠 직장의 동료이신데, 모두들 이분과 잘 지냈으면 하는 것이 아빠의 바람이란다…….」

그 후 잉마르는 사업에 매달려야만 했다.

「이렇게 바빠서야, 원. 미안해. 하지만, 저녁 시간과 밤은 우리 두 사람만을 위해 어떻게든 비워 둘게.」

이 말을 들은 바르브로는 지체 없이 이 기회를 낚아채면서, 자신이 이제 그에게 없어서는 안 될 존재가 되었다는 생각에 너무 기쁜 나머지 조금 경망스럽게 말했다.

「내가 도울 수 있을 거야.」

이렇게 해서 두 사람은 지금 집도 같이 쓰고 하루 종일 부부처럼 지내고 있다. 바르브로는 퇴근을 하자마자 저녁 준비를 했다. 두 사람의 모습은 영락없는 신혼부부였다. 바르브로는 그러면서 자신이 이제 목표까지 단 한 발만 남겨 놓고 있다고 생각했다. 〈곧, 곧!〉

두 사람 사이가 어느 정도 정리되어 가고 있었던 것은 불행 중 다행이었다. 요양소 일은 꼬일 대로 꼬여 가고 있었던 것이다. 국립 박물관의 그림 절도 사건 이후 요양소는 이전과는 완전히 다른 곳으로 변해 가고 있었다.

「우리는 왜 여기에 이러고 있어야 하지? 나도 나가서 조금 즐기고 싶다고.」 84세의 스벤은 이 말을 입에 달고 살았다.

「난 말이야, 배를 타고 멜라렌을 한 바퀴 돌면서 여행을 했으면 좋겠어!」

스벤의 여자 친구인 83세의 셀마는 스벤이 말만 꺼내면 맞장구를 쳐 댔다. 그러면 그동안 참고 있었다는 듯이, 다른 노인네들이 줄줄이 입을 열었다.

「우리 함께 나가서 시장 좀 봐갖고 오면 안 될까? 쇼핑을 하고 나면 기운이 돌아.」

86세의 예르트루드가 바르브로의 소매를 잡아끌며 아양을 떨기도 했다.

노인들은 하루도 거르지 않고, 그리고 한 사람도 빠뜨리지 않고 바르브로를 괴롭혔고 그녀로서는 거의 통제 불능이었다. 바르브로는 어쩔 수 없이 궁리 끝에 노인들에게 약을 먹이기로 했다. 하지만 그 붉은 알약은 어디서도 구할 수가 없었다. 약국에서도 더 이상 그 약을 만들지 않는다고 했다. 바르브로는 운이 없었다.

「그 약은 이윤이 안 남아서 더 이상 제조가 안 되고 있어요.」

약사가 들려준 말이다. 하지만 새로운 약은 상상을 초월할 정도로 비쌌다. 바르브로는 잉마르에게 어떻게 해야 하느냐고 물었다.

「하나님 맙소사, 웬 약이 그렇게 비싸! 너무 비싸서 우리 예산으로는 좀 곤란하겠는걸. 그러지 말고 약 대신 바르브로 당신이 노인들을 좀 피곤하게 굴려 봐.」 잉마르는 웃으면서 바르브로를 껴안고 말했다.

노인 요양소는 심각할 정도로 갈수록 혼란에 빠져들었다. 노인들 중 누구도 저녁 8시에 잠자리에 들려고 하지 않았고 제공되는 식사도 모두 거부했다. 가장 골치를 썩이는 사람이 93세의 돌로레스 할머니였다. 이 노파는 골프 가방을 끌고 산책을 나갔다. 골프 가방 안에는 담요와 이불이 잔뜩 들었고 뿐만 아니라 마구 꾸겨진 신문지들도 들어 있었다. 하지만 돌로레스는 그게 다 돈이라고 우겨 댔다.

「난 수백만 크로나를 받았어. 난 부자야. 내 아들이 얼마나 마음 좋은 녀석인지 몰라. 난 정말 복 받은 늙은이야. 알았어?」

돌로레스는 만족한 표정으로 골프 가방을 보여 주면서 소리소리 치고 다녔다. 그럴 때면 바르브로는 할머니의 말이 다 옳다고 말해 주었다. 노인들을 대할 때는 노인들의 말이 다 옳다고 말해 주어야 한다. 바르브로가 배운 것이 이것이었다. 그러면 돌로레스는 손으로 골프 가방을 툭툭 치다가 쓰다듬기도 하면서 만면에 미소를 짓곤 했다.

「아, 내 돈, 수백만 크로나나 되는 내 돈!」

「저 할망구 참 재미있는 할망구야!」 다른 노인들은 그런 돌로레스를 보면서 이렇게 말했다. 바르브로는 돌로레스에게 요양소에서 주는 나무딸기 잼과 아몬드가 들어간 케이크 대신 자신이 가장 좋아하는 스웨덴 최고급 전통 케이크인 〈프린세스〉를 주었다. 일주일 정도 지난 어느 날, 돌로레스는 골프 가방의 손잡이를 푸른 하늘색으로 칠했다. 돌로레스의 말에 따르면, 가방 안에 들어 있는 돈은 하늘이 내려 준 선물이기 때문이었다.

날이 갈수록 바르브로의 하루가 바빠져만 갔다. 더 이상 혼자 감당하기가 벅찼고 누군가의 도움이 필요했다. 하지만 이 문제를 꺼내기만 하면 잉마르는 미안하지만 그렇게 낭비할 돈이 없다는 말만 되풀이했다.

「바르브로, 내 말 잘 들어 봐. 다이아몬드 요양소만 잘 굴러가서 이윤만 남으면 우린 이런 시설을 몇 개라도 더 열 수가 있어. 당신은 내 보물단지야. 난 부자가 될 수 있어.」

바르브로는 〈우리는 부자가 될 수 있어〉라는 말을 들어야만 했다. 바르브로는 이 말을 혼자 속으로 할 수밖에 없었다. 하지만 그런 잉마르의 비위를 건드릴 수는 없었다. 그래서 바르브로는 그의 환심을 사기 위해 오히려 경비를 줄일 수 있는 다른 제안을 꺼냈다. 이 제안을 하는 자신이 바르브로는 너무나 창피했다.

「현재 일하고 있는 직원들을 어떻게든 꼬투리를 잡아서 내보내고 대신 훨씬 임금이 싼 외국인 노동자들을 쓰려고 해. 외국인들은 불평을 못 하거든. 일을 얻은 것만으로도 고마워하는 사람들이니까. 물론 반발은 좀 있겠지만.」

「바르브로, 당신 정말 멋진 여자야.」

이날 이후, 잉마르는 바르브로를 다른 눈으로 보기 시작했다. 바르브로 역시 존경받는 듯한 기분이 들었다. 그 기분은 이제 잉마르의 아내가 된 것이나 다름없다는 느낌과 사업가 잉마르의 진정한 동업자가 되었다는 두 개의 기분이 상호 상승 작용으로 만들어 낸 것이었다.

바르브로는 외투를 걸쳐 입고 문 쪽으로 갔다. 전날 저녁, 잉마르는 바르브로에게 두 사람이 함께 사업을 진척시켜 보자는 언급을 했다. 바르브로는 얼굴에 가득 미소를 띤 채 문을 나섰다. 거의 목표에 다 온 것이다. 그녀는 몸이 달아올랐다. 모든 것이 자신이 생각했던 것보다 빨리 진행되고 있었다.

54

「이제 외출을 나가도 될 때 아닌가, 어떻게들 생각해?」 설거지 당번이었던 어느 날, 메르타가 점심을 먹고 설거지를 하면서 물었다. 쏟아지던 비가 멈추었다. 친구들과 메르타는 함께 나가서 산책을 할 생각이었다. 그해 여름은 지난 10년 동안 가장 비가 많이 온 해였고 홈통에 숨겨 둔 돈 생각에 메르타는 비를 보면서 걱정이 태산 같았다. 갈퀴가 자신 있게 말은 했지만 정말 돈뭉치들을 단단히 묶어 놨는지, 낚싯줄은 잘 견디어 줄 것인지 등 비만 오면 심란해졌다. 하지만 외출 허가가 떨어지지 않았기 때문에 누구도 확인할 길이 없었다. 그렇게 6개월의 시간이 흘러갔다.

「이번 주에도 외출 허가가 안 났어. 하지만 메르타, 너무 걱정하지 마. 우리가 나가면 돈이 기다리고 있을 거야.」 안나그레타가 설거지할 쟁반을 개수대에 갖다 놓으면서 말했다. 메르타는 설거지를 하면서 안나그레타의 평정심에 그저 놀랄 따름이었다. 자신은 미래가 불안해서 죽겠는데 안나그레타는 음반을 듣거나 바느질실로 가서 다른 젊은 여죄수들과 바느질을 하면서 태평스럽게 수다를 떨고 있었다.

그렇게 짧은 시간에 모든 여죄수들에게 인기를 얻은 사람은 일찍이 없었다고 했다. 그녀의 인기는 특히 바느질을 하면서 은행 계좌 관리와 계좌 이체에 대한 설명을 할 때 절정에 달했다.

「난 여기가 참 맘에 들어. 젊은 여자애들이 내 능력을 존경하고 있어. 밖에서는 들을 수 없는 이야기들이라 그런지 귀를 쫑긋하고 열심히 들어.」

〈그래, 안나그레타. 정말 그랬으면 좋겠어…….〉 메르타가 가슴속으로 빌었다.

스티나도 못지않게 만족하며 지냈다. 스티나는 티셔츠에 글자나 도안을 인쇄하면서 많은 시간을 작업장에서 보냈다. 그리고 매일 광고 회사에서 의뢰해 온 새로운 광고 카피들을 들려주었다.

〈그대의 인생에 톡 쏘는 맛을. 비탕기로 이사 오세요.〉 이런 카피도 있었고, 그다음 주 어느 날에는, 〈그대의 이름을 잊어버렸나요, 베스테르브론으로 이사 오세요〉라는 카피도 있었다. 모두 스티나가 직접 쓴 것들인데, 스티나는 운을 맞춰서 했다고 했지만 메르타가 보기엔 두 카피가 그렇게 훌륭해 보이지 않았고 그래서 정말 그런 카피를 인쇄할 것이냐고 물어야 했다. 그러면 스티나는 그렇게 볼 수도 있겠다고 하면서도 계속 이상한 카피들을 만들어 냈다. 이 일을 하는 동안 꽤 오래 스티나는 얼토당토않은 카피를 써가지고 와서 두 친구의 귀를 아프게 했고, 러시아의 한 기업체로부터 엄청난 물량의 주문이 들어오고 나서야 스티나의 이 안하무인식 작업이 막을 내렸다. 왜냐하면 스티나는 러시아 키릴 문자를 가지고 운을 맞출 수는 없었기 때문이다.

메르타도, 비록 자기가 죄수들 사이에 들어와 있다는 것이 문득문득 야릇하게 느껴지기는 했지만, 그래도 나름대로 교도소에서 자리를 잡아 가고 있었다. 하긴 모든 수감자들이 한결같이 자신은 아무 죄가 없다고 주장했다. 이 점에 있어서는 이상하게도 한 사람의 예외도 없었다. 하지만 메르타에게 가장 끔찍한 것은, 그녀가 보기에 죄수들 중에서도 가장 악랄한 죄수가 다른 모든 죄수들 위에 군림하고 있다는 것이었다. 리사 같은 죄수가 바로 그런 타입이었다. 메르타는 설거지를 하면서도 인상을 쓰면서 말했다.

「그림들을 돌려주고, 돈을 되찾고 해야 마음이 평온해질 것 같아.」

「하지만 메르타, 돈은 홈통 속에 있잖아. 홈통 속에 있는 돈이 어떻게 혼자 사라져?」 스티나가 메르타를 안심시켰다.

「물과 함께 흘러내려 가버릴 수는 있잖아.」

「급할 것 없어. 여기서 지금 잘 지내고 있잖아. 티셔츠 만드는 일이 난 참 재미있어. 또 체육관도 몰래 가지 않고 당당하게 갈 수 있잖아.」

「그래, 맞아.」 안나그레타가 스티나의 말에 맞장구를 쳤다. 「나는 내가 원하는 대로 라프 리사와 요크목스 이오케를 들을 수도 있어. 여기 죄수들이 교도소에서 잘 지낸다면, 노인 요양소의 노인들도 잘 지낼 수 있는 거야. 이런 생각 해봤어?」

「그럼 얼마든지 그럴 수 있지.」 스티나가 동의했다.

「외국에서는 나이 든 사람들을 공경하고 산대. 어떤 나라에서는 일흔 살이 넘은 나이에도 대통령이 될 수도 있대.」 메르타가 말했다.

「우리 나라에선 나이 쉰이면 해고야.」 안나그레타가 말했다. 「어제저녁 때 들은 이야기인데, 은퇴한 사람들이 데모를 했는데, 무엇 때문인지 알아? 신호등의 자동차용 녹색불이 너무 빨리 들어오는 바람에 나이 든 사람들이 건널목을 건널 시간이 충분하지 않다는 거야. 그래서 데모를 했대. 그랬더니 담당 책임자라는 사람이 나와서는 한다는 말이, 그런 비판을 자기는 이해할 수가 없다, 왜냐하면 우리 사무실에서 길을 건너는 데 필요한 시간을 충분히 연구했기 때문이다, 뭐 그랬다네.」

「그놈 좀 이리로 데려와 봐. 내 보행기로 그냥 묵사발을 만들어 줄 테니까. 보행기도 약하다. 바퀴 달린 의자로 깔아뭉개 버려야 해!」 메르타가 욕을 해댔다.

「이제 난 해야 할 일을 알겠어. 노인 요양소를 교도소로 만들어 버리는 거야. 그리고 교도소를 요양소로 만들고.」 안나그레타가 말했다.

「아니야. 그러면 교도소 수감자들이 섭섭해하지.」 스티나가 말했다.

부엌에 잠시 침묵이 흘렀고 모두들 생각에 잠겼다. 메르타는 행주를 놓고 사람들을 쳐다보다가 입을 열었다.

「자, 내 말 좀 들어 봐. 우린 우리의 상황을 바꿀 수 있었어. 그러니까 이젠 다른 사람들을 도울 수 있는 때가 된 거야.」

「하지만, 홈통 속에 있는 겨우 몇백만 크로나의 돈을 가지고 그렇게 멀리 나갈 수가 없을 거야.」 안나그레타가 반대 의견을 말했다.

「어제, 여기 목사님이 천재의 새로운 시를 갖고 왔었어. 그

시의 내용인즉슨 강도 짓을 우리 자신이 저지르지 말고, 강도 짓 후에 생기는 돈만 우리가 관리한다는 것이니까, 굳이 말하자면, 유토피아적이야.」

「빠른 현금화, 아 난 그게 좋아.」 안나그레타가 말했다.

「맞아. 나도 더 이상 강도 짓 같은 것은 안 했으면 좋겠어. 갈퀴가 보고 싶어.」 스티나였다.

「스티나, 우리가 범죄를 저지르는 것이 아니라, 단지 강도 짓을 해서 거둬들인 돈만 관리한다는 거야.」 메르타가 같은 말을 반복했다.

「그것 참 새로운 아이디어네. 그러니까, 훔친 돈을 다시 훔친다는 거잖아⋯⋯.」 안나그레타가 말했다.

「범죄를 저지르고 공경도 받는다.」 스티나가 웃었다.

「바로 그거야. 일을 크게 보자는 거야. 지금 우리가 갖고 있는 돈으로는 스웨덴에 있는 모든 노인 요양소에 투자를 하기에는 턱없이 부족해. 천재가 그 시에서 말한 것도 바로 이거였어. 그는 확신에 차 있더라고.」

「한데, 교도관들은 아무 말 안 해?」 안나그레타가 물었다.

「교도관들은 그냥 연애편지인 줄로만 알고 있어. 우리는 진짜 하고 싶은 이야기는 행간 속에 다 숨겨 놓았거든. 천재는 지금 은행을 습격하려고 구상 중이야. 완벽한 은행털이인데, 마지막으로 크게 한 방 하자는 거지.」

「어쨌든 은행을 털다가 우리 남자들만 잃지 않으면, 난 좋겠어.」 스티나가 벌써 초조한 표정으로 끌탕을 하고 있었다.

「돈도 잃지 말아야지.」 안나그레타가 덧붙였다.

설거지를 다 끝낸 메르타가 행주를 짜서 마지막 정리를 하며 말했다.

「어쨌든 우리는 지난번 마지막 건 이후 조금은 경험을 쌓았
잖아.」

다른 할머니들도 메르타의 의견에 동감을 표시했다. 세 할머
니들은 외투를 입고 산책을 나가기로 했다. 산책을 하면서 이
야기는 술술 풀려나갔다. 행복한 삶의 비결 중 하나는 의견의
일치를 본다는 것인데, 세 할머니는 마지막으로 한탕을 해보
자는 데 의견 통일을 이루어 나가고 있었다. 세기의 은행털이
로 기억될 멋진 한탕, 그것보다 더 신나는 일은 없다는 것이다.

다음 날 아침 식사 때, 세 여인은 많은 아이디어들이 쏟아질
그날 하루를 은근히 기대하며 또 하루를 신나게 보낼 생각에
부풀어 있었다. 그런데 리사가 자리에 없었다.

메르타가 주위를 둘러보며 물었다.

「리사가 아침을 안 먹으려나?」

그러자 다른 여죄수가 말했다.

「모르고 있었어요? 어제 외출했는데 안 돌아왔어요, 글쎄.
도망을 친 거예요……」

메르타는 순간 말문이 막혔다. 두 손이 부들부들 떨려 왔고
자기도 모르는 사이에 식탁에 오트밀을 엎지르고 말았다.

55

「껌을 짝짝 씹고 다니는 머리 붉은 여자 알아?」

그랜드 호텔의 바텐더가 청소 수레를 밀면서 막 엘리베이터에 올라타는 페트라를 보고 물었다. 페트라는 이제 막 플락스비텐 스위트룸의 청소를 마치고 나오는 중이었다. 머리 붉은 여자?

「누군지 모르겠는데.」

「나이는 30대로 보였어. 호텔 청소직에 관심이 있는데 실습을 할 수 있느냐고 이것저것 묻고 갔어. 그래서 지배인에게 데려다주었지.」

「왜 처음부터 직접 지배인을 찾아가지 않았지?」

「대개 그렇잖아. 여기 바에 와서 묻곤 하잖아, 사람들이. 호텔에 들어서면 바로 보이니까. 호텔에서 일하는 것이 어떠냐고 물었고 내가 바텐더인 줄 모르고 나도 청소 일을 하느냐고 묻는 둥 한참을 이야기하고 갔어.」

「이상한 사람이네.」

「청소 일을 하는 사람을 만나고 싶어 하더라고. 그래서 네 생각이 떠오른 거야. 혹시 그런 여자 몰라?」

「몰라. 난 그렇지 않아도 지금 바빠. 시험 준비를 해야 하거든. 나 말고, 누구 다른 사람을 만나게 해줘.」

「다른 사람들을 잘 몰라서 그냥 네 이름을 알려 줬는데! 네가 사람들에게 친절하잖아, 그래서…….」

「미안한데, 나 말고 다른 사람을 소개해 줘.」

엘리베이터를 탄 페트라는 바텐더가 말한 머리 붉은 여자가 대체 누굴까 궁금했다. 하지만 어깨를 으쓱하고 스위트룸으로 들어가 우선 진공청소기부터 꺼내 들었다. 그리고 청소를 하면서 그 일을 잊고 있었다.

리사는 서둘러 지하철에서 내려 주위를 살폈다. 하늘색의 대학 건물들을 등지고 학생 기숙사로 향했다. 최근 며칠 동안 리사는 그랜드 호텔에서 청소 일을 하는 모든 용역직의 집을 샅샅이 찾아다니며 몰래 집 안으로 들어갔다. 하지만 어느 집에서도 그림들을 볼 수 없었다. 막 포기하려고 하는데 호텔 바텐더에게서 예술사 공부를 하는 일용직 청소부 이야기를 듣게 된 것이다. 그래서 그렇게 꼬치꼬치 캐물었던 것이다.

「어떻게 하면 내가 그 학생을 좀 만날 수 있을까요? 우리 두 사람이 일을 좀 나눠서 할 수 있을 것도 같은데요…….」

바텐더는 직원들 이름과 주소나 전화번호 같은 것들을 알려 줄 수는 없다고 말했다. 하지만 리사는 이미 이 바텐더의 눈빛을 읽고 있었다. 어딜 가나 항상 그랬다. 이 바텐더도 역시 이야기를 하는 내내 리사의 눈이 아니라 가슴만 보고 있었다. 망설임 없이 리사는 담배를 하나 달라고 하면서 한 발자국 가까이 다가가 한 손을 엉덩이에 올려놓으면서 묘한 눈길을 던졌다. 그리고 물었다.

「이 근처에 혹시 너무 비싸지 않은 여관이 있나요?」

바텐더는 이미 닦은 포도주 잔을 계속 닦으면서 말했다.

「유스 호스텔로 쓰는 아프 샤프만이라는 데가 있어요. 거기가 아니라면 싼 호텔은 시외로 나가야 하고…….」

「하지만 유스 호스텔에는 방이 없을걸요. 시외의 값싼 여관들도 마찬가지고…….」 리사는 바의 둥그런 외발 의자에 두 다리를 꼬고 앉았다. 짧은 스커트가 치켜 올라가 있었다.

바텐더가 입을 열었다. 「만일 원한다면, 우리 호텔 별관에 싼값으로 어떻게 방 하나 구해 볼 수도 있어요. 한 가지 불편한 것은 내일 아침 7시 전까지 방을 비워 주어야 한다는 건데, 7시에 호텔 일들이 시작되거든.」

「가격만 비싸지 않다면야, 뭐…….」

「물론 이 세상에 공짜는 없지.」 바텐더는 눈을 찡긋해 보였다.

저녁 근무를 마친 바텐더는 별관 부속 건물에서 리사를 다시 만났다. 다음 날 아침 리사는 그랜드 호텔에서 청소 일을 하는 모든 사람들의 이름, 주소, 전화번호를 손에 쥘 수 있었다. 그로부터 며칠 후 리사는 왕립 도서관에 들어가 책을 찾아 시험 준비를 하고 있던 한 예술사 전공 여학생을 찾을 수 있었다. 보통 페트라 스트란드는 이 도서관이 문을 닫을 때까지 머물며 공부를 하곤 했고 공부를 마치고 기숙사에 돌아오면 저녁 6시였다. 리사는 시계를 내려다봤다. 이제 겨우 4시 반이었다. 아직 시간이 많이 남아 있었다. 손에 쥔 주소를 찾아간 리사는 여학생의 기숙사가 2층, 왼편 계단 쪽에 있다는 것을 알아냈다. 계단을 올라가면서 리사는 누구 보는 사람이 없는지 뒤를 돌아다보았다. 문 앞에 도착한 리사는 자물쇠의 구멍 안으로 늘 갖고 다니는 작은 철제 머리빗의 날카로운 끝을 넣어서 몇 번 돌렸다. 달그락거리는 소리와 함께 자물쇠가 열렸다.

56

리사는 힌세베리 교도소의 독방보다 결코 크지 않은 방 안으로 들어갔다. 의자 하나와 이불도 개지 않은 침대가 있었다. 왼쪽으로는 책이 쌓여 있는 테이블이 하나 놓여 있었다. 긴 의자 앞에는 낮은 테이블 하나와 작은 소파 두 개가 보였다. 그 소파들 위 벽에는 요정과 꼬마 천사들을 그린 그림이 두 점 걸려 있었다. 오른쪽 벽에는 메모들을 붙여 놓는 얇은 판자 하나가 걸려 있었고 그 옆에는 그해에 열릴 예정인 카니발 포스터가 한 장 붙어 있었다. 리사는 테이블에서 책 한 권을 집어 펼쳐 보았다. 〈예술사〉 책이었다. 바텐더가 일러 준 그대로였다. 리사는 벽장을 열었다. 바지 몇 벌과 셔츠와 치마 들이 보였고 그 밑에는 신발과 부츠 들이 있었다. 벽장 속 깊은 곳을 보니 그림 몇 점이 보였다. 리사는 그 순간 가슴이 마구 뛰었고 얼른 그림들을 꺼냈다. 프린팅한 복제품들이었는데 현대적인 것들이어서 뭘 그린 것인지 알 수가 없었다. 머리를 흔들며 리사는 그 그림들을 다시 제자리에 갖다 놓았다. 클로드 모네도 없었고 오귀스트 르누아르도 없었다. 싸구려 브로마이드만 있었던 것이다. 벽장을 닫고 다시 방을 찬찬히 이리저리 둘러보았다. 서랍장 맨 위의 서랍을 여니 편지들이 보였다. 그 외에도 연필, 지우개, 클립들, 작은 가위가 보였다. 밑의 서랍을 여니 사진들과 그림엽서들이 나왔다. 모두 꺼내서 서둘러 하나하나 확인해 보았다. 스톡홀름 전경들, 바사라는 이름의 배, 왕궁, 그랜드 호텔 사진과 몇 장의 미술 작품을 인쇄한 카드들이었다. 마지막 두 장의 카드가 사라진 두 그림 카드였다. 왜 이 여학생이 이 그림 카드를 갖고 있을까? 리사는 벽을 바라보았다. 벽에는 국왕 부부의 초상화가 걸려 있었다. 리사는 다가가 그림을 떼어 낸 다음 조심스럽게 액자 뒤를 살펴보았다. 그때였다. 문밖에서 발소리가 들렸다. 리사는 여학생들이 방 안으로 몰려들어오기 전에 재빨리 화장실로 들어가 몸을 숨겼다. 잠시 조용하더니 문고리가 돌아가는 소리가 들렸고, 이어 한 여학생이 크게 소리를 쳤다.

「페트라, 방에 있는 것 알아, 얼른 나와!」

웃음소리와 시끌벅적 떠드는 소리가 들리더니 모든 학생들이 한목소리로 외쳤다. 「생일 축하해, 생일 축하해!」

리사는 화장실 거울 앞에 서서 숨을 죽이고 있었다. 여학생들은 계속 떠들어 댔다.

「우리의 축하를 받아 주세요! 안 나오면 쳐들어간다!」

한참 동안 떠들더니 갑자기 조용해졌다. 한 학생이 낮게 속삭이는 소리가 들렸다. 그때 누군가 화장실 문을 열었다. 잔뜩 웅크리고 있던 리사가 보였다.

「아니, 너 누구야?」 여학생들 중 리더 격인 아이가 물었다.

「생일을 맞아 깜짝 놀라게 해주려고 했지. 난 페트라 사촌이야.」리사가 립스틱을 얼른 핸드백에 집어넣으면서 둘러댔다.

「아, 그래? 정말이야? 멋있다.」

「잠깐만. 여기서 방 안에서 페트라를 기다리고 있어. 난 문 앞에서 페트라를 기다리다가 깜짝 놀라게 해줄게.」리사는 여학생들이 다른 말을 꺼낼 시간도 주지 않고 급히 말을 쏟아 내면서 여학생들 틈 사이를 헤집고 얼른 밖으로 나가 문을 닫고 그대로 계단을 내려갔다. 계단을 내려가면서 리사는 올라오고 있는 갈색 머리의 한 여학생과 마주쳤는데 어깨에 백팩을 둘러메고 있었다. 예감상 페트라 같았지만 세워서 물어볼 수는 없었다. 그녀와 마주친 것만으로도 부담이 되는 일이었다.

간신히 빠져나온 리사는 정신을 차리고 지하철을 타고 시내로 나왔다. 리사는 페트라의 방에서 봤던 그림들을 생각해 봤다. 그 방에 들어가면 그림들을 찾을 수 있다고 생각한 것이 지나치게 순진한 생각 아니었을까? 그렇게 쉽게 그림들을 찾을 수 있다고 생각하다니, 자신이 멍청하게만 느껴졌다. 호텔에도 없고 직원들 누구도 그림을 갖고 있지 않다면? 그림은 이미 외국으로 빠져나갔을 수도 있었다. 아직 국외로 나가지 않았다면, 남은 가능성 하나는 지하실이나 창고 같은 곳에 숨겨 놓았다는 것이다. 하지만 이것도 리사가 보기엔 별로 가능성이 없어 보였다. 그렇지 않은가. 그런 곳에 숨겨 놓았다가 발각이라도 된다면, 페트라로서는 그거야말로 큰일 아닌가. 리사는 페트라가 그림의 가치를 잘 알고 있을 거라고 확신했고, 그렇다면 꽤나 신경을 썼을 것이라고 생각했다. 그런데 그녀의 방에서 본 그림들, 특히 국왕 부부의 초상화라니…… 이게 대체 뭐란 말인가! 예술사를 전공한다고? 게다가 그 액자는 왜 그렇게 크고 화려한지! 리사는 마침 자리가 난 지하철 좌석에 털썩 주저앉으면서 순간 뭔가 조금 이상하다는 생각이 들었다. 그 국왕 부부의 초상화를 떼어 내서 뒤를 보려고 했을 때 그림이 이상할 정도로 묵직했던 것이다. 게다가 액자도 너무 컸다. 뭔가 앞뒤가 잘 안 맞는 것 같았다.

57

당혹. 이 외에 다른 말을 찾을 수 없었다. 여러 주 동안 천재는 전자 발찌를 제거했다가 흔적을 남기지 않고 다시 차는 묘안이 없나 연구해 보았지만, 답을 찾아내는 순간, 그는 그럴 필요가 없다는 것을 알았다. 어느 가을 날 아침, 그가 갇혀 있는 테뷔 교도소의 감방 문이 열렸다.

「자, 이제 당신은 다른 곳으로 이송됩니다.」교도관이 일러 주었다.

침대에 누워 책을 읽고 있던 그는 마지못해 몸을 일으켰다.

「이송된다고, 다른 곳으로? 그게 뭐요?」

「여기 있을 시간이 끝났다는 겁니다. 조금 더 개방된 다른 교도소로 갑니다. 거기서 조금 참고 기다리면 집에 가서 그리운 부인을 만날 수 있다, 이 말입니다.」

머릿속이 뒤죽박죽이 되었다. 집이라니? 집이라는 말에 메르타가 떠올랐고 이어 바르브로의 얼굴이 떠올랐다. 그에게는 진정한 집이 없었다. 아내는 돈 많은 다른 노인과 재혼을 했다고 들었고 지금 예테보리에 살고 있었다. 아들이 하나 있었지만 벌써 몇 년 전에 결혼에 실패한 이후 외국에 나가 살고 있었다. 아들은 적십자 직원으로 탄자니아로 가서 일하고 있다. 아들을 못 본 지가 며칠 있으면 3년이나 된다. 적지 않은 나이에도 불구하고 순드뷔베리에 작업장을 계속 운영하고 있었던 것도 언젠가 그의 아들이 돌아와 뒤를 이어 가게를 맡아 주길 바랐기 때문이었다. 하지만 순드뷔베리에 살 수는 없었다. 천재는 코를 비비며 잠시 생각에 잠겼다. 만일 다이아몬드 요양소로 되돌아갈 수 없다면, 어디로 가야 하나?

「그럼 갈퀴도 함께 이송되는 것인가요?」 천재가 물었다.

「서류 준비만 끝나면 함께 갈 겁니다.」

천재는 다시 손을 코로 갖다 대며 이제부터 시작될 새로운 인생을 상상해 보려고 했다. 하지만 두 가지 이외에는 아무것도 떠오르지 않았다. 메르타와 홈통 속의 돈.

교도관이 몇 마디 말을 천재에게 들려주었다. 「아스프투나에 가면 적응하는 데 조금 시간이 걸리겠지만 새로운 자유에 익숙해질 때까지 사람들이 도와줄 겁니다.」

「이제 내일모레면 내 나이 여든인데, 그래도 가는 게 좋긴 하겠군.」

「이송 계획을 다 짜놓았고 보고도 마쳤으니까, 곧 데리러 올 겁니다.」

약간 현기증이 났다. 천재는 지금 있는 이곳에서 그런대로 적응을 해서 잘 지내고 있었다. 비록 메르타와 다른 친구들이 없어서 섭섭했지만 견딜 만했던 것이다. 물론 테뷔 교도소는 목소리가 윙윙 울리고 습기가 많았지만, 어쨌든 식단을 짜는 데 참여하기도 했고 무엇보다 진짜 목수 일을 할 수 있는 작업장이 마련되어 있어서 얼마든지 일도 할 수 있었다. 게다가 모든 연령층의 사람들을 두루 만나는 것이 천재에게는 즐거움이자 하나의 기회였다. 덕분에 끊임없이 떠올라 그를 괴롭히곤했던 지나간 과거와 크고 작은 곤궁함들을 모두 잊고 살 수 있었다. 교도소에서는 그날 하루, 오직 현재만이 중요했다. 또자기만이 아니라 거의 모든 수감자들이 과거에 여러 가지 계획들을 갖고 있었다. 성공한 것도 있었고 실패한 것도 있었다. 천재는 이들에게서 자주 그 계획들을 들었다. 그러면서 성공했을 때는 어떻게 해서 성공을 했으며, 반대로 실패를 맛봐야 했을 때는 어떻게 해서 그렇게 일이 꼬였는지를 귀담아들었다. 천재는 〈마지막 은행털이〉 생각을 접을 수가 없었던 것이다. 성공을 이루는 데 필수 불가결한 조건은 다름 아닌 체포되지 않는다는 것이었다.

천재만이 아니라 갈퀴도 이곳에서 잘 지냈다. 갈퀴는 땅을 가는 데 일가견이 있는 사람이었다. 화초들을 좋아해서 싹이돋고 꽃이 피는 것을 보며 지낸 것이다. 갈퀴는 배추와 무는 기본이었고 샐러드거리들도 모두 직접 길러서 먹었다. 아름다운 장미도 여러 종류를 길렀고 그 외 여러해살이 화초들도 가꾸었다. 물론 나이 탓에 몸을 구부리는 데 애를 먹곤 했다. 하지만 천재가 수축 이완이 가능한 특수 갈퀴와 삽을 만들어 준 덕택에 큰 어려움 없이 일을 했다. 천재는 심지어 갈퀴에게 연장함과 높낮이 조절이 가능한 의자까지 만들어 주었다. 그날 이선물을 받아 든 갈퀴의 얼굴은 어린아이의 얼굴처럼 환하게빛났고 그러다가 너무 기쁜 나머지 눈물을 글썽였다! 갈퀴가화초들을 가꿀 때는 입에서 저절로 선원들의 흥겨운 뱃노래

소리가 흘러나왔다. 저녁 8시면 감방에 들어가야 하는 것이 너무나 싫었던 갈퀴는 그래서인지 방에 여자들 누드 사진을 잔뜩 붙여 놓았다. 누드 사진들은 달력에서 오려 낸 것들이었다. 갈퀴는 〈스티나 대신〉이라고 둘러댔다. 하지만 천재는 아무리 그래도 그렇지 하며 영 못마땅해했다. 사실 갈퀴는 여자를 많이 밝히는 편이었다.

다음 주 월요일, 갈퀴의 이송 서류가 완성되었다. 두 친구는 개인 물품들을 정리했고 아주 이른 아침 아스프투나의 개방 교도소로 이송되어 갔다. 두 사람 모두 나이가 많고 전혀 탈출을 시도할 것 같지도 않아서 전자 발찌도 제거되었다. 혹은 교도관 한 사람이 말했듯이, 전자 발찌와 보행기가 잘 어울리지 않아 보였는지도 모른다. 「전자 발찌를 차고 보행기를 민다? 이건 아니지. 영 안 어울려!」

이렇게 해서 두 사람은 새로운 교정 시설로 옮겨 왔다. 하지만 두 사람은 깜짝 놀라고 말았다. 그들의 방에는 샤워 시설도 화장실도 없었다. 방은 더 작아서 간신히 사물들을 정리할 정도밖에 안 되었다. 게다가 중죄인들 하고 같이 지내야만 했다. 〈하지만 사람은 모든 것에 익숙해지기 마련이야. 그게 인간만이 갖고 있는 특성이지〉라고 천재는 생각했다. 그렇게 첫날을 맞이한 천재는 작업장에서 일을 할 수 있게 해달라고 부탁했고 또 체육관에 다니며 체력을 단련해야 한다는 생각도 했다. 자신의 건강을 염려해서 늘 옆에 붙어 잔소리를 하던 메르타도 없고 해서 천재는 이것저것 많은 계획을 세울 수 있었다. 천재는 다시 메르타를 만났을 때, 튼튼해진 몸을 보여 주고 싶었던 것이다.

「나는 운동을 참 좋아해.」천재가 교도관들에게 한 말이었다.

「나도 못지않게 운동을 좋아해.」갈퀴가 한 말이었다. 그도 젊은 청년처럼 보이고 싶었던 것이다. 스티나가 언젠가 근육질의 남자에 대해 말한 것이 자극이 된 것이다. 씹는담배를 입속에 넣으면서 갈퀴는 곧 모두 다시 만나게 될 날을 떠올리며 만면에 미소를 지었다. 하지만 어디서 만나지? 사실 갈퀴 역시 어디 갈 곳이 없는 몸이었다. 「천재, 여길 나가면 우리 어떻게 되는 거야? 그랜드 호텔에는 더 이상 묵을 수도 없잖아?」

「다른 곳을 못 찾으면 다시 노인 요양소로 들어가야지, 뭐.」 천재가 대답했다.

「그건, 말도 안 돼!」

「하지만 아들놈이 방세고 뭐고 다 냈잖아. 그걸 알아야 해. 또 거기에 우리 짐들도 다 있어. 그리고 할망구들도……」

「할망구들? 그래 맞아.」그 말만 들어도 갈퀴는 마음이 따뜻해지는 것 같았다.

두 사람은 다음 여러 주 동안, 지금까지 그들이 거쳐 왔던 요양소, 호텔, 구치소, 감옥 들을 떠올리며 각각의 장단점들과 불편했던 것들을 놓고 길고 긴 이야기들을 주고받았다. 하지만 어디로 갈 것인지 결론을 낼 수 없었던 두 사람은 이런 한가한 이야기도 더 이상 할 수가 없는 새로운 상황에 맞닥뜨리고 말았다. 교도소 철창문이 열리면서 이송 차량이 들어왔고 새로운 수감자 두 명이 내렸다. 천재는 깜짝 놀라지 않을 수 없었다. 두 사람 중 하나는 천재가 이미 봤던 사나이였다. 유고슬라비아 사람, 유로였다.

58

「어이구, 이게 누구야?」

다음 날 저녁 식사 때, 천재가 막 자리에 앉았는데 누군가 등 뒤에 있는 것만 같았다.

「안녕하쇼?」

유로였다. 그는 천재의 등을 손바닥으로 한 대 치면서 스파게티를 가득 담은 접시를 들고 바로 곁에 와서 앉았다. 천재는 유로의 두꺼운 팔뚝과 딱 벌어진 어깨에서 눈을 뗄 수가 없었다. 〈살은 하나도 없고, 완전히 근육으로만 되어 있네. 맙소사.〉 유고슬라비아는 자동차도 한 손으로 들어 올릴 것만 같았다. 아니다. 그 정도가 아니라 바다에 박아 놓은 석유 시추 기둥이라도 뽑을 수 있을 것만 같았다.

「반갑네. 그동안 어디 있었어?」 천재는 인사를 하지 않을 수가 없었다.

「독방에 있었어. 처음부터 그럴 줄 알았지만. 내 신분증이 위조된 거였거든.」 스웨덴어는 그동안 거의 늘지 않았다.

「구라 치지 마!」 천재는 일부러 교도소에서 죄수들이 쓰는 표현을 골랐다.

「뭐라고?」

「내 말은 그러니까……」 천재는 어떻게 말해야 할지 몰라 스스로 얼굴을 붉혔다.

「나, 숨죽이고 있었지.」 유로는 바지를 걷어 올리고 발목에 찬 전자 발찌를 보여 주었다. 「그 밑에 양말. 상처 날까 봐. 너 전기 끊을 줄 알지?」 스파게티를 한입 넣으면서 유로가 말했다. 몇 번 포크질을 하지 않았는데도 벌써 접시를 다 비운 상태였다.

「글쎄…… 그 전자 발찌라는 것이……」 천재가 말했다. 그러나 마지막 순간에 입을 닫아 버렸다. 유로 일은 유로 스스로가 알아서 하는 것이 좋을 것 같았다. 그렇지 않으면 유로, 저놈이 또다시 천재를 일에 끌어들이려고 할 것이다. 천재가 막 이런 생각을 하고 있는데 유로가 목소리를 낮추면서 속삭이듯 말했다.

「너, 한델스방켄 은행 안 잊었지? 지금 우리 계획 짜야지.」

유고슬라비아는 혼자 오랫동안 은행털이를 구상한 것처럼 보였다. 천재는 몇 번 숨을 몰아쉬었다. 이 일에서 멀어져야 한다. 하지만…….

다음 날 아침, 유로는 작업실에서 천재를 기다리고 있었다. 단 둘이서만 나누어야 할 말이 있다는 신호를 보내 왔다. 천재는 작업대 위에 올려놓은 나무를 보며 막 구멍을 하나 뚫으려는 참이었다. 천재는 갈퀴에게 줄 작은 나무 컵 하나를 만드는 중이었다. 거의 다 완성되었고 가운데에 구멍만 하나 뚫으면 됐다. 갈퀴가 씹는담배를 넣어 둘 용도로 쓸 그릇이었다. 유로가 나무 조각을 바라보았다.

「이런, 이걸 붙이려고 하는 거야?」

「응…… 간혹 이런 게 필요해서…….」

유로는 주변에 아무도 없는지 천재의 어깨 너머를 한번 둘러본 다음 다가와 말했다.

「네가 도와줘. 거의 다 끝났어. 근데 자물쇠가…….」

「아, 그래? 금고 이야기지?」 천재가 중얼거렸다.

유로는 어깨를 으쓱해 보였다.

천재는 다시 한 번 숨을 크게 들이쉬었다. 한편으론 은행털이와 훔친 돈을 숨겨 두는 장소나 방법 등에 대해 알고 싶기도 했지만, 그러나 유고슬라비아 조직폭력배와는 가능한 한 거리를 두어야 한다는 생각도 들어 머릿속이 혼란스럽기만 했다. 은퇴한 노인들의 좀도둑질과 조폭의 강도 짓은 전혀 다른 것 아닌가. 그렇기는 하지만, 완벽한 은행털이라는 것은 보통 강도 짓과는 달라서, 다른 사람으로 하여금 범죄를 저지르게 하고 그렇게 털어 낸 돈을 나중에 조용하게 챙겨 가는 것을 의미했다. 이것이 천재의 은행털이였다. 따라서 관건은 훔쳐 낸 돈을 어디에 숨겨 두는지를 알아내는 것이었다. 천재는 생각을 정리했다.

「그래서, 잘 되어 가고 있는 거야?」 천재는 유로를 노려봤다. 팔뚝에는 불꽃이 타오르는 횃불 위에 단도와 장검이 X자로 올라가 있는 문신이 새겨져 있었고 다시 그 위로 멀리 떨어져 웃고 있는 해골이 자리 잡고 있었다.

유로가 말했다. 「이 발찌만 빼버려 줘.」

천재는 다시 한 번 깊은 숨을 몰아쉬었다. 또 그 발찌 문제였다. 가능하다고 말을 해주어야 하나 아니면 안 된다고 해야 하나? 안 된다고 말해야 할 것 같았다.

「내 말 잘 들어 봐. 은행털이는 너무너무 위험한 거야. 게다가 은행은 금고 속에 현금을 그렇게 많이 쌓아 두고 있지 않아. 오히려 현금 수송 차량을 탈취하는 게 훨씬 좋은 방법이야.」

이 말을 들은 유고의 두 눈이 갑자기 반짝거렸다.

「그럼 총질을 해야 해.」

「꼭 그렇지도 않아. 우선 현금 수송 차량에 대해 좀 알아봐. 그 차들은 주기적으로 점검을 받는단 말이야. 점검이 언제인지를 알아봐. 바로 그때 자네가 데리고 있는 쫄자들이 기술자로 위장을 하고 차에 올라타는 거야.」

유로는 눈썹을 치켜세우고 양 어깨를 가운데로 모으면서 천재의 말에 귀를 기울이고 있었다. 하지만 천재는 밖으로 나와 좀 걸어야만 했다. 너무 머리가 복잡했기 때문에 그 상태로는 아무 생각도 할 수가 없었던 것이다.

잠시 쉬면서 천재는 새로 만든 낚싯대도 시험해 보고 싶었다. 하지만 유로가 바싹 붙어서 그의 뒤를 따라오고 있었다.

「그거 뭐야?」 길이가 늘었다 줄어들었다 하고 줄 끝에는 날카로운 가시철사가 달린 낚싯대를 보고 유로가 물었다. 천재는 언젠가 이 낚싯대를 활용할 날이 있을 것만 같아 심심풀이로 만들어 본 것이었다. 예를 들면 홈통에서 숨겨 놓은 돈을 꺼낼 때라든가…….

「물고기를 잡을 때 미끼를 문 물고기가 미끼를 빠져나가는 일이 자주 있거든. 낚시 안 해봤어? 이 낚싯대를 쓰면 말이야,

물고기들은 꼼짝없이 매달려 있을 수밖에 없어.」 천재는 줄 끝에 작은 철조망 형태의 가시철사가 달린 낚싯줄을 가리키며 말했다.

「어이구 저거 아프겠다. 그렇지?」

「하나도 안 아파. 낚시 미끼에도 작은 뚜껑 같은 것이 달려 있는데 물속에서 그냥 녹아 버려.」

「아, 그렇구나.」 이 유고 조폭은 처음 듣는 소리에 놀라 탄성을 질렀다. 그리고 그 자리에 앉아 버렸다.

「현금 수송 차량, 기술자들이 뭘 해야 하는데?」

질문을 받은 천재는 유로의 시선을 피하면서 말했다. 「네가 뭘 하려는 것인지 내가 조금 더 알아야 답을 줄 수 있지.」

「차를 세우는 거지, 뭐. 그런 다음 철책을 열고 기관 단총을 긁어 대는 거야. 다 죽이고 나면 돈뭉치를 빼내고 차는 폭파시켜 버릴 거야.」

말을 듣고 있던 천재가 훈수를 두었다. 「기관 단총 같은 것은 잊어버려. 현금 수송하는 사람들은 무장을 안 하고 있어. 오히려 열쇠를 복사해 내야 돼. 총질을 했다간 일만 복잡해져.」

「현금 수송차의 자물쇠는 자전거 자물쇠가 아닌데. 아주 클 텐데……」 유로는 자물쇠 크기만큼 두 팔을 크게 벌려 보였다. 그의 두 팔은 팔이 아니라 거대한 철퇴였다. 천재는 낚시 도구함에서 납추, 미끼, 인조 미끼 등을 꺼낸 다음 마지막으로 자물쇠를 하나 꺼냈다. 그러고 나서 씹고 있던 껌을 입에서 꺼내 자물쇠 빗장과 판 사이에 붙인 다음 다시 뚜껑을 닫았다.

「자. 이제 잘 닫힌 것 같지. 하지만 이건 절대 잘 닫힌 게 아니야. 정말 아니야.」 천재는 도구함을 집어 들었고 열쇠를 쓰지 않고서도 자물쇠 뚜껑을 열어 보였다. 「가장 어려운 것이 어떤 때는 가장 쉬운 거야. 알겠어?」

유로는 마냥 놀란 눈으로 천재와 도구함을 번갈아 바라보고 있었다.

「차들이 주차장에 서 있을 때 네 쪽자 기술자들이 거길 가. 자물쇠 판을 조금 눌러 놔. 그런 다음 구멍 속으로 철공소 같은 데서 구할 수 있는 쇠 부스러기를 넣고 밖에서 얼른 보면 안 보이게 인공 송진인 레진 같은 것으로 구멍을 막아 놔. 현금 수송 차량의 뒷문들은 평소처럼 잘 닫히겠지. 하지만 언제든지 열 수 있는 상태로 닫힌 것뿐이야. 내가 장담할 수 있어.」

「레진이라고? 모두 나를 보고 웃겠어.」

천재는 자신의 아이디어를 들려주었다.

「내가 전문가가 아니라고 이미 말했잖아. 하지만 차량들은 도심으로 들어와서 현금을 찾아 차에 실어야 해. 외국으로 나가는 우편 가방들도 모두 그렇게 해. 그러니까, 종이 같은 것으로 가득 채운 똑같은 가방들을 준비했다가 돈 가방하고 바꿔치기를 하는 거야. 차는 가짜 가방을 싣고 알란다 공항으로 가겠지. 이건 완전한 계획이야. 런던에 도착하기 전까지는 아무도 가방이 바뀌었다는 것을 알 수가 없어. 경찰 놈들은 그때서야 루트를 알아본다, 조직을 캔다 하면서 뒷북이나 치고 있는 거야. 어디 한번 잘해 봐? 행운을 빌어 줄게.」

「너 정말 바보가 아니었구나!」 유고슬라비아가 말했다.

「오늘만 해도 셀 수 없이 많은 현금 수송 차량이 왔다 갔다 하고 있을 거야. 그렇게 돈들을 싣고 한군데로 모여.」 천재는 계속 말을 했다. 할룬다, 구스타브스베리 등지에서 현금 수송 차량을 공격하는 긴 계획을 이야기했고 어떻게 하면 방법을 조금 더 정교하게 가다듬을 수 있는지도 말해 주었다. 그러면서 전에 있었던 테뷔 교도소에서 얻어들은 이야기들을 양념처럼 섞어서 이야기를 재미있게 꾸미기도 했다. 이 모든 것은 천재 자신이 전문 털이범이라는 인상을 주어서 유로로 하여금 지금 구상 중인 은행털이의 세부 계획을 알아내기 위한 것이었다. 유로가 반응을 보이면 틀림없이 말을 하다가 강탈한 돈을 어디다 숨길 것인지를 드러내기 마련일 것이라는 것이 천재의 생각이었다. 유로 그놈도 대놓고 말을 하지는 않겠지만, 이야기를 하다 보면 어느 구석에선가 비밀을 암시하는 단어나 문장이 나올 수밖에 없을 것 같았다.

「내가 말한 자물쇠 아이디어가 그리 썩 마음에 들지 않는 눈치인데, 그러면 내가 다른 것 하나 알려 줄게. 경찰로 위장을 한 다음 가짜 검문을 하는 것도 한 방법이야. 경찰 복장을 구입해서 입고 변장을 하는 거지. 수송 차량이 멈추었을 때, 차 유리창을 내릴 거 아냐. 그때 차 속으로 가스탄 같은 걸 던져서 모두 잠들게 만드는 거야. 예를 들면 무색무취의 에테르 같은 것들이 있거든. 일단 그렇게 해서 동행 경찰이나 수송 요원들이 잠이 들면 그때 여유 있게 돈을 챙기는 거야.」

「아, 젠장, 너 같은 사람이, 우리와 함께 일해야 돼…….」

「아니야. 그런 소리 말아. 난 일에 말려들고 싶지 않은 사람이야. 이 나이에 내가 무슨. 여기가 내 마지막 감옥이야. 더 이상 교도관이 나를 가두고, 몇 시에 일어나서 몇 시에 밥을 먹고…… 이따위 말 좀 안 듣고 살았으며 좋겠어. 남은 시간을 좀 조용하게 살다 죽었으면 싶어. 너도 나이가 들어 늙으면 다 알게 돼.」

「하지만, 그러면······.」

「게다가, 내 이 심장이······.」천재는 뼈가 앙상하게 드러난 가슴을 내보이면서 다 늙은 한 손을 들어 심장 쪽을 가리켰다. 유고슬라비아의 조폭인 유로로 하여금 옛날의 강도 짓을 포기하고 새 인생을 살아 보라는 충고를 하고 있다는 인상을 심어 주는 것이 천재의 목표였다. 그러면, 조폭 짓 이외에 할 것이 없는 이 덩치는 다시 일을 시작할 것이고······. 「맞아. 늙는다는 것은 참기 어려운 일이야. 하지만 사실 은행 무장 강도 짓을 저지르고 나면 그 후에는······ 혹시 돈을 어디 숨길 데라도 정해 놓고 있는 것은 아니지, 아직?」천재는 전혀 관심 없다는 어투로 슬쩍 핵심적인 질문을 던졌다.

「11에.」

「11이 뭐야?」

「할머니가 스칸디아베겐에서 포도주 양조장을 하고 있는데 지하 11번 포도주 창고에다 숨기려고 해. 거기 가면, 제기랄, 엄청나게 큰 통이 하나 있어. 얼마나 큰지 말도 못 해. 성도 크지만. 두브로브니크까지 차를 타고 가다가······.」

유로는 갑자기 입을 닫았다. 교도관 하나가 다가오고 있었기 때문이다. 천재는 낚싯줄을 던지고 작은 부이를 고정시켰다. 유로는 천재가 생각했던 것보다 입이 무거운 사람은 아니었다. 만일 유고슬라비아 조폭들이 훔친 돈을 정말로 그 지하 포도주 창고에 숨겨 놓는다면 다섯 명의 노인 강도단은 좋은 기회를 잡을 수 있을 것 같았다. 지금은 유로에게서 언제쯤 은행을 털 생각인지 날짜를 알아내는 것이 우선이었다. 하지만 경계를 풀어서는 안 된다. 의심을 사게 해서는 절대 안 된다.

과연 일이 그렇게 쉬울 것인가? 경찰만이 아니라 조폭까지 속여 넘겨야 하니 쉽지 않을 것이다.

그날 저녁 천재는 종이 한 장을 꺼내 펜을 들고 메르타에게 보낼 시 한 수를 썼다. 자기가 봐도 이번 시는 다른 때 보낸 것들보다 더 알쏭달쏭했다. 그래서 메르타가 제대로 시를 이해할 수 있을지 의심이 들기도 했다. 하지만 너무 노골적으로 보고서식으로 쓸 수도 없는 노릇이었다. 유고슬라비아 조폭을 속여 넘겨라……. 엄청난 위험이 따를 수도 있는 일이었다.

59

메르타의 첫 번째 외출은 상상했던 것만큼 여의치가 않았다. 처음에는 약간 변장을 하고 나가서 우선 그랜드 호텔의 프린세스 릴리안 스위트룸에 들러 홈통 속의 돈이 그대로 잘 있는지를 확인해 보려고 했다. 하지만 단 몇 시간의 짧은 외출이었는데도 메르타에게는 두 명의 여자 교도관이 따라붙었다. 게다가 그중 한 명은 메르타가 처음 힌세베리에 왔던 날 신체검사를 했던 그 말총머리 여자였는데, 유머라고는 찾아볼 수도 없는 목석같이 싸늘한 여자였다. 이 여자는 메르타를 한시도 자신의 감시에서 벗어날 수 없게 했다. 너무 가까운 거리에서 메르타를 따라오는 바람에 어떤 때는 그 여자가 보행기에 걸려 넘어질 뻔하기도 했다.

「조심 좀 해요!」 메르타가 화가 나서 소리를 쳤다. 보행기도 마음대로 못 밀고 다니는 것에 분통이 터진 것이다. 말총머리는 결코 메르타를 놓치지 않을 것이고 꼭 다시 교도소로 데려갈 것이다. 메르타의 수감 기간이 늘어나면 늘어날수록 말총머리는 다행으로 여길 것이다. 메르타같이 말 잘 듣는 수감자도 따로 없기 때문이다. 사실 메르타는 첫 번째 외출을 외레브로에서만 보내야 했다. 스톡홀름으로 돌아가고 싶다고 메르타가 고집을 피워서 바뀐 것이다. 나이를 거론하며 약한 건강 때문에 스톡홀름으로 해달라고 부탁했고 그러면서 현기증 증세도 있고 몸의 균형을 못 잡아 쓰러질 수도 있다고 하면서 부탁을 관철시킨 것이다. 그러면서 인생에서 마지막으로 국왕 폐하께서 사시는 왕궁을 보고 싶은 게 꿈이라면 꿈이라고 덧붙였다.

「왕궁을 가장 잘 볼 수 있는 곳이 그랜드 호텔이에요.」 스톡홀름에 도착한 메르타가 교도관에게 한 말이다.

「우선 복지부 사무국에 들러 연금 문제를 처리하고 다이아몬드 요양소를 찾아갈 것입니다.」 교도관이 말했다.

「왕궁은 정말 너무 웅장하고 멋져요! 죽기 전에 꼭 한 번 봐야 해요!」 메르타는 고집을 꺾지 않고, 교도관에게 자신의 부탁을 들어줄 그럴듯한 빌미를 제공하려고 하면서 계속 매달렸다. 마침내 허락을 얻어 낸 메르타와 교도관 두 사람은 잠시후 그랜드 호텔에 도착했다. 거기까지 오면서 메르타는 중간 중간에 실제보다 더 늙은 척을 했다. 공연히 체력 단련으로 다져진 몸을 자랑할 필요는 전혀 없었다. 그랜드 호텔 쪽으로 오면서 메르타의 머릿속에서는 홈통 속에 숨겨 둔 돈 걱정이 한시도 떠나지 않았다. 안나그레타의 구식 스타킹이 너무 낡은 것은 아니었는지, 갈퀴가 혹시 매듭을 묶으면서 한 가닥이라도 잘못 묶지는 않았는지…… 이런 걱정에 견딜 수가 없던 메르타는 한시라도 빨리 프린세스 릴리안 스위트룸으로 달려 올라가고 싶었다. 메르타는 몸을 돌려 교도관에게 말했다.

「옛날에 그랜드 호텔에 투숙했을 때 여기서 어머니의 금팔찌를 잃어버린 적이 있었어요. 그래서 프런트에 가서 혹시 그 팔찌를 찾았는지 물어보고 싶어요.」 메르타는 보행기를 프런트 쪽으로 밀면서 말했다.

「지금요? 우리는 그럴 시간이 없어요.」

「그렇게 시간이 많이 걸리는 일이 아니에요. 약속할게요.」

두 교도관은 서로 얼굴을 쳐다보더니 머리를 끄덕이며 허락해 주었다.

「좋아요. 앞장서세요.」

메르타는 안도의 숨을 내쉬었다. 보행기가 황금 왕관 무늬가 들어가 있는 청색 양탄자 위를, 그 친숙한 양탄자 위를 다시 굴러가고 있었다. 수감자 신분이 되어서 다시 이 멋진 양탄자를 밟게 된 것은 심히 유감스러운 일이었지만, 메르타는 야릇한 자신감과 긍지를 동시에 느꼈다. 하지만 이 자신감과 긍지마저도 숨겨야 했다. 프런트에 도착한 메르타는 사정을 설명했다.

「호텔 측에서 그 팔찌를 찾아 놓았다면 그것은 거의 기적이에요.」 메르타는 간절하게 사정을 말하면서 이런 말로 마무리를 지었다.

「부인의 이름이 어떻게 되시죠?」

「메르타 안데르손입니다.」

얼굴을 약간 붉히면서 메르타가 이름을 댔다.

「메르타 안데르손이라…… 고객 명부에 이름이 있어요. 올 3월에 저희 호텔에 오신 적이 있네요. 맞죠?」

「3월 말일 거예요.」

「메르타 안데르손, 알겠어요.」 호텔 여직원은 날짜를 보더니 컴퓨터 화면에 리스트를 펼쳤다. 그러더니 다시 말했다. 「세 분이 함께 프린세스 릴리안 스위트룸을 쓰셨네요. 그렇죠?」

메르타는 고개를 끄덕이며 그렇다고 했다.

「하지만 안타깝게도 그 팔찌는 찾지 못했어요.」

「하지만 난 알고 있어요. 그 팔찌가 어디에 있는지를. 잠깐 이면 확인해 볼 수 있어요. 오래 안 걸리는데…….」

「미안합니다.」 여직원은 두 팔을 벌리며 미안하다고 말했다. 「지금 그 방은 다른 손님이 묵고 있어요.」 여직원의 목소리가 갑자기 사무적으로 변하면서 메르타와 거리를 두려는 듯했다. 「게다가, 현재는 다른 빈방도 없어요.」

메르타는 갑자기 기분이 확 상하는 것을 느꼈다. 여직원은 자기가 상대하고 있는 사람이 누군지를 파악하고 있었고 갑자 기 태도가 돌변한 데에는 다른 이유가 있었다. 다섯 명이 호텔 을 떠날 때 결제를 하지 않고 떠났고 호텔에서는 나중에 안나 그레타의 카드 계좌에서 돈을 인출해 와야만 했던 것이다. 어 쨌든 메르타는 호락호락 쉽게 단념할 수가 없었다.

「그 팔찌는 우리 어머님의 것이에요. 나에게는 정말 중요한 것이죠. 가족 대대로 전해져 내려오는 가보예요.」

말총머리 교도관이 조금 답답하다는 표정을 지어 보였다. 그리고 빨리 떠나야 한다는 신호를 보냈다. 하지만 메르타는 그 자리에서 한 발자국도 움직이지 않은 채 고집 센 나귀처럼 버텼다.

「누구도 스위트룸에 올려 보낼 수가 없어요……. 잠깐만요. 메 르타 안데르손 부인. 분명 메르타 안데르손 부인이 맞죠…….」

여직원은 카운터 뒤로 사라지더니 편지 한 장을 갖고 다시 돌아왔다.

「이 편지가 꽤 오래전에 호텔로 배달되었어요. 편지를 보내드리려고 했는데 먼저 호텔을 나가시는 바람에 그만……」 여직원이 메르타에게 편지를 건네면서 말했다.

천재의 글씨가 아니었다. 하지만 편지 봉투에는 분명 메르타 안데르손이라는 이름이 적혀 있었다. 주소는 컴퓨터로 출력한 작은 쪽지에 적혀 있었다. 메르타는 말총머리 교도관이 가까이 오기 전에 얼른 봉투를 찢어 편지를 열었다. 봉투 안에는 작은 메모가 한 장 들어 있었다.

10만 크로나를 준비해서 유모차에 담을 것. 10월 30일 13시까지 그 유모차를 그랜드 호텔 뒤에 가져다 놓을 것. 유모차에서 멀리 떨어져 있을 것이며 절대로 경찰에 알리지 말 것. 두 시간 후 같은 장소에 오면 담요와 이불 밑에서 그림들을…….

메르타는 메모를 더 읽을 시간이 없었다. 뒤에서 교도관이 부르는 목소리가 들렸다. 메르타는 갑자기 사레가 들린 것처럼 연신 기침을 해댔다. 그러면서 그 쪽지를 입속에 넣고 삼켰다. 종이 맛은 정말 썼다! 메르타는 탐정 소설들에서 시키는 대로 한 것이다. 쪽지를 다 삼킨 메르타는 몸을 돌렸다.

「이상하네, 봉투 속에 아무것도 안 들었어……」 메르타는 다시 연신 기침을 해댔다. 이번에는 진짜였다. 종이가 목에 걸린 것이다.

60

그것만은 제발! 제발, 그것만은! 그러나 피하고 싶은 일이 일어나고 말았다. 바르브로는 울화통을 터뜨리지 않을 수가 없었다. 합창단 노인들이 다시 돌아온 것이다! 이들은 교도소에서 어쨌든 겉으로 보기에는 모범적인 수감 생활을 한 끝에 개방 교도소로 이송되어 몇 달간을 무사히 지냈고 이제 모두 다이아몬드 요양소로 돌아와 다른 노인들과 합류한 것이다. 그들은 심지어 요양소를 비운 사이에도 모두 방세를 지불했으며, 복지부 사무국에 따르면 바르브로에게는 이들이 다시 노인 요양소로 복귀하는 것을 막을 합법적이 방법이 없었다. 하지만 잉마르는 바르브로와는 달리 노인들의 귀환에 대단히 만족하고 있었으며, 이는 바르브로에게는 노인들의 귀환 못지않게 하나의 충격이었다.

「우리에겐 참 좋은 기회잖아! 이제 모든 사람들이 우리 요양소 이름을 알게 될 거야. 언론에서는 앞다투어서 노인들의 일거수일투족을 추적할 것이고 탐사 보도도 내보낼 거야. 생각해 봐, 이보다 더 좋은 광고가 어디 있겠어? 우리 시설이 유명해지면 우린 그만큼 요금을 더 올려 받을 수 있는 거야. 이게 우리에게 어떤 가능성을 열어 줄지 헤아려 봤어? 우와······.」

바르브로는 다섯 명의 노인들이 이미 나쁜 선례를 남겼으며 또 앞으로도 다른 노인들에게 좋지 않은 사례가 될 것이라고 설명해 봤지만 허사였다. 요양소가 엉망이 될 수도 있다고도 경고했다. 하지만 잉마르는 바르브로의 말을 이해하지 못하는 것 같았다.

「바르브로, 이런 일들을 해결하는 것이 당신이 할 일이야. 그래서 월급을 받는 거잖아. 앞으로도 당신의 직책에서 무엇을 해야 하는지 잊지 않았으면 좋겠어. 당신의 직책은 다른 게 아니라 바로 〈노인들을 돌보고 관리하는 것〉, 그거야.」

「맞아요. 하지만 그 노인들이 도둑들이라면 이야기가 달라지는 것 아닌가요?」

「모두 형을 살고 나왔고 이젠 충분히 사회로 돌아올 권리가 있는 거야. 이 기회를 잘 이용해서 사회에서 소외되었던 노인들을 우리가 얼마나 잘 보살피고 있는지를 모든 사람들에게 알리는 거야. 그들이 필요로 하는 모든 것을 제공해 주고 보살핌을 베풀어 주는 거야.」

「하지만 그 노인들은 제 발로 요양소를 빠져나갔잖아!」

「물론 그랬지. 그래서 바르브로 당신을 더 믿는 거야. 잘 돌봐 줘, 그 노인들. 애지중지하라고. 나눔과 상생, 이 말들이 무얼 뜻하는지 알아? 공공 기관에서 가장 좋아하는 말들이야. 이 말들만 들어가면 좋아서 환장을 한다고, 시장, 군수, 장관들은!」

그러나 잉마르의 전혀 예상치 못했던 반응에 놀란 바르브로는 아직도 채 진정을 못 하고 물었다.「뭐라고, 그게 무슨 말이야? 우리는 지금 돈을 절약해야 하는데…….」

「내 말은, 친절한 말 한마디라고 해주고, 애정 어린 제스처도 좀 보여 주고 하란 말이야. 그건 돈이 안 들어가잖아. 이른바 배려의 미덕이라고 하는 게, 그런 거야. 언론이 우리를 주시하고 있는 한 우린 모범을 보여야 해. 우리 요양소가 하나의 모델이 되어야 하는 거야. 앞으로 새로 문을 열게 될 우리의 지사들도 이 사례를 참고로 할 거고. 벌써 두 개를 추가로 열려고 작업 중이야. 앞으로 해결해야 할 문제들이 많아. 예산을 절약해야지. 그래서 당신이 회사 자금 관리와 행정 부처 접촉을 맡아 주고, 다이아몬드 요양소 내부 일은 카샤에게 시켜.」

「그럼 나보고 다이아몬드 일에서 손을 떼라고?」짧은 순간이었지만 바르브로의 머릿속에는 많은 생각들이 스쳐 지나갔다. 혹시 잘못 들은 것은 아닌가?

「그건 아니고. 임시로 그렇게 하라는 거야. 너무 신경 쓰지 마. 얼마 후면 당신은 승진을 할 거고 〈장〉 자 붙은 자리 하나 얻게 될 거니까. 요양소가 세 개면 하나로 벌어들일 때보다 큰 돈이 들어오잖아. 난 곧 이혼을 할 거야. 그러자면 돈이 필요해. 그것도 많이. 난 바르브로가 나에게 일어나는 이 모든 변화에 함께해 주길 바라고 있어. 믿어도 되지? 그룹 전체를 지휘할 누군가가 필요해. 동업자 같은 사람이. 나와 당신 아니겠어?」

잉마르는 말을 마치면서 바르브로를 끌어안았고 바르브로도 모든 의혹을 다 잊어버렸다. 잉마르의 입에서 마침내 〈이혼〉이라는 말이 나왔고 공동의 미래를 말했고 두 사람밖에 없다는 말도 나왔다. 바르브로를 품에 안았을 때 잉마르는 그녀

의 귀에 대고 뜨거운 단어들을 속삭여 주었고 그러자 바르브
로는 두 손바닥을 펴서 잉마르의 가슴에 얹어 놓으면서 작은
목소리로 말했다. 하지만 마지막 단어는 끝내 발음하지 못했
다. 「잉마르, 우리 두 사람 곧, 곧…….」

61

「우린 이제 출발선으로 다시 왔네. 아직도 난 믿어지지가 않아.」 안나그레타가 모자에 드리운 베일을 걷어 올리고 주변을 돌아보며 말했다. 공동실에서는 두 노인이 옛날처럼 장기를 두고 있었고 돌로레스 부인은 등받이가 높은 소파에 몸을 묻은 채 선잠이 들어 있었으며 못 보던 두 신입 할머니들은 양말을 깁고 있었다.

「나이 든 사람들은 만년을 평온하게 보내야 한다고들 말은 잘 하지만, 우리를 구치소에서 감옥으로 보내더니 이제 다시 감옥 같은 이곳으로 돌려보냈어! 결국 이곳에 다시 발을 들여놓다니, 믿을 수가 없어! 마치 산 정상에서 그대로 미끄러진 것만 같아⋯⋯.」

「하지만 그랜드 호텔을 잊지 마. 그런 곳에 가봤다는 것을 후회하는 것은 아니잖아. 우리가 다시 돌아오긴 했지만, 이건 어디까지나, 잠시야.」 메르타가 눈을 찡긋하며 불평을 늘어놓는 스티나를 위로했다.

「우리를 잘 대해 주는 것이 조금 이상해서 잘 이해가 안 가.

419

우리가 다른 사람들에게 나쁜 영향을 미칠 수도 있는데 말이야.」안나그레타가 고개를 갸우뚱거리며 말했다.

「다이아몬드사에서 우리를 그렇게 공개적으로 기꺼이 다시 받아 주기로 한 데는 분명 뭔가 이유가 있어. 게다가 천재와 갈퀴는 빼고 우리만 받아 준 거잖아. 이건 우리가 바랐던 것이 아니야. 그건 그렇고, 군나르 씨는 안나그레타를 어떻게 다시 만나지?」

「그 사람은 언제나 나를 다시 찾을 거야.」안나그레타가 기분이 상한 표정으로 메르타의 질문에 답했다.

「어쨌든 우린 이곳을 베이스 삼아서 시간을 벌 수 있게 됐어. 뭔가 해결책을 마련할 수 있는 시간 말이야.」메르타가 알쏭달쏭한 표정으로 말했다.

강도단의 할머니들은 모두 웃음을 터뜨렸다. 자신들의 옛 물건들이 가지런하게 정리되어 있던 것도 할머니들의 마음을 흡족하게 해주었다.

「여기가 새로운 작전을 펼칠 수 있는 우리의 사령부인 셈이야. 그렇지, 메르타?」스티나가 물었다.

「바로 그거야. 우린 이제 여기서 매일 회의를 하고 다음을 준비하는 거야. 노인 요양소에 작전 사령부를 차린 것인데, 그 누가 상상이라도 하겠어?」

할머니들은 가방을 각자 방에다 올려다 놓고 한껏 멋을 낸 다음 다시 공동실에서 만나 이야기를 계속했다. 그때가 대충 오후의 커피 타임이라고 생각하고 있던 차에 꽈배기처럼 만든 브리오슈와 세 종류의 케이크가 커피와 함께 나와서 모두들 깜짝 놀라고 말았다. 카샤가 다시 일을 하기로 한 것 같았다.

간식을 준비한 카샤가 할머니들 곁에 얌전히 앉으면서 입을 열었다. 「옛날에 할머니들 마음을 상하게 했던 일들이 많았다는 것을 잘 알아요. 이제 바르브로는 다른 일을 맡게 되었어요.」

「정말 그랬어. 하마터면 큰일 날 뻔했지. 생각해 봐, 우리를 마치 어린아이들처럼 가두어 놓기만 했잖아.」 안나그레타가 말했다.

「이제 변할 거예요. 나가고 싶으시면 데스크에 말씀만 하고 나가시면 돼요. 그래야 우리가 어딜 가시는지 알 수 있으니까요.」

「좋았어! 진작 그럴 것이지.」 메르타가 환호성을 질렀다.

「또 몇 가지 개선안도 내놓았다고 들었는데?」

「맞아, 나도 들었어. 그런데 아직 별로 신경들을 안 쓰는 것 같아……」

스티나가 메르타를 거들고 나섰다. 그러자 카샤가 얼른 말했다.

「걱정하지 마세요. 제가 다 알아서 할 거니까요.」

메르타와 친구들은 서로의 얼굴을 쳐다봤다. 정말 믿을 수가 없었다. 여기 요양소에서 그냥 즐겁게 살까? 하지만 다시 떠나야 하는데? 천재가 보낸 시를 정확하게 해석한 것이라면, 사실 일은 급박하게 돌아가고 있었다. 〈마지막 한탕〉을 해야 할 시간이 말 그대로 성큼성큼 다가오고 있었다. 갈퀴와 함께 천재가 조만간 돌아올 것이고 그러면 메르타는 상황을 좀 더 자세히 알 수 있을 것이다. 하지만 우선 그림 문제부터 해결해야 했다. 10월 30일 이전에 10만 크로나를 준비해야만 했던 것이다.

며칠 후 할머니들은 메르타의 방에 모여 차를 마시면서 이 문제를 어떻게 해야 하나 의견을 모으고 있었다.

「나한테 저금해 둔 돈이 남아 있기는 해……. 물론, 대부분은 호텔과 페리에서 썼지만. 해결책을 찾을 때까지 돈을 끌어다 쓸 수는 있어.」 안나그레타가 말했다.

메르타가 갑자기 심하게 기침을 했다. 케이크를 먹다가 목에 걸린 것이다. 조금 진정이 된 메르타가 안나그레타를 똑바로 바라봤다.

「이자 없이?」

안나그레타는 한 손을 들어 쓸데없는 소리 말라는 제스처를 보였다.

「내가 두 사람 계좌로 돈을 이체하는 거야. 물론 들어오는 연금이 갑자기 비정상적으로 늘어났다는 인상을 주지 않는 범위 안에서 해야지. 그런 다음 우리 셋이서 은행에 가서 그 돈을 찾는 거야. 그런데 사실 은행에 갈 필요도 없어. 이젠 아주 간편해졌어.」 안나그레타는 담배를 피워 물었다. 「인터넷이 생겨서 정말 환상적이야. 마우스를 갖고 클릭, 클릭하면 이체가 다 돼버려.」

마우스로 클릭, 클릭……. 메르타는 케이크가 다시 목에 걸렸다. 이번에는 조금 전보다 더 심했고 두 친구가 메르타에게 달려들어 등을 한참 두드려 준 후에야 겨우 정상으로 돌아왔다. 안나그레타는 메르타를 유심히 바라보며 말을 했다.

「돈에 대해 여러 질문들을 하고 있는 메르타의 심정을 나도 잘 알고 있어. 하지만 군나르는 현재를 즐기며 살라고 말했어. 우리 나이엔 즐겁게 살아야만 하는 거야. 그게 풍요로운 삶을 사는 유일한 방법이래.」

「아, 그런 의미에서…….」메르타 못지않게 놀란 스티나가 말했다. 두 친구는 놀란 표정을 거두며 안나그레타에게 좋은 인생 설교도 고맙고, 어려운 상황에서 빠져나오게 해준 것도 고맙다고 말했다. 그러고는 제발 그 담배 좀 꺼줄 수 없느냐고 간청했다.

「미안해. 미처 생각을 못 했어.」안나그레타는 서둘러 담배를 비벼 끄면서 계속 말했다. 「인터넷은 정말 꿈의 세계야. 군나르에게서 많은 것을 배웠어. LP 음반도 인터넷에서 다 구할 수 있는데, 그거 알고 있었어?」

「아 그래! 안 되는 게 없구나.」메르타와 스티나는 한목소리로 감탄사를 연발했다. 지금까지 안나그레타는 레코드플레이어에 푹 빠져 지내고 있었다. 군나르가 요양소로 그녀를 찾아왔을 때도 두 사람은 방에 갇혀서 소리를 크게 틀어 놓고 브라스 밴드 음악만 들었다. 간혹 안나그레타의 고주파 말 울음소리가 관악기와 타악기 소리를 뚫고 나오곤 했다. 흠이 간 음반이 찌직 소리를 내지 않거나 간혹 사람 말소리가 들리지 않을 때면 메르타는 두 남녀가 방 안에서 무슨 짓을 하고 있는지 궁금하기만 했다.

가장 끔찍한 것은 라프 리사의 「어린아이의 믿음」이었는데 음반이 심하게 상해서 듣기 힘들 정도였다. 어쨌든 그다음에 프랭크 시나트라와 에베르트 타우베의 음반이 계속 돌아가서 천만다행이긴 했지만…….

안나그레타가 보상금으로 낼 10만 크로나의 돈을 인출할 수 있게 되자 할머니들은 정말 마음을 놓을 수 있었다. 세 할머니는 메르타의 방에서 북극 오디로 빚은 술 몇 방울 떨어뜨린 차를 마시면서 그동안 벌어졌던 일들을 회상하며 오래 이야기를 나누었다. 안나그레타는 개인적으로 중요한 일이 좀 있다며 자리를 뜨면서 말했다.

「이제 계좌 이체를 하려고.」 간단한 이 한마디 말을 하면서 안나그레타는 무게를 잡았다. 그러면서 누구도 그 어떤 이유로도 일하는 자신을 방해해선 안 된다고 몇 번을 강조했다. 저녁 시간 내내 안나그레타는 컴퓨터 앞에 앉아 계좌 이체 작업을 했다. 천천히 주의를 집중해서 안나그레타는 총액을 자신과 메르타, 스티나의 계좌로 나눠 놓았다. 이로써 세 사람은 다음 날 아침 택시를 타고 은행으로 가서 돈을 인출할 수 있게 되었다.

은행에 사람들이 너무 많이 있어서 안나그레타는 길게 줄을 서서 기다려야만 했다. 마침내 안나그레타의 순서가 왔고 기다리던 두 친구에게 자기를 따라오라는 신호를 보냈다. 세 할머니가 창구까지 왔다. 이때 메르타가 이렇게 세 사람이 한꺼번에 몰려다니면 다른 사람들의 의혹을 사지 않겠느냐고 했지만 안나그레타는 전혀 신경을 쓰지 않았다.

「이건 내 돈이고, 내가 결정한 거야.」

할머니 셋이 모두 보행기를 갖춘 채 나타나자 창구 여직원은 환하게 미소를 지었다. 하지만 입출금 명세서에 적힌 금액을 보는 순간 얼굴이 일그러졌다.

「우린 이 정도 큰 액수가 없는데요.」

「그래서 내가 어제 미리 전화를 했잖아요. 목돈을 찾을 때는 항상 그렇게 해야 돼요.」 안나그레타가 말했다.

창구 여직원은 잠시 망설이더니 동료에게 가서 뭔가를 물어 봤다. 얼마 후 직원이 다시 돌아와서 안나그레타에게 안타깝 다는 표정을 지으며 말했다.

「안타깝지만 조금 문제가 좀 있어요. 할머니 계좌에 돈이 충 분하지가 않아요.」

「그런 이야기가 어딨어요. 어저께 내가 내 돈을 인터넷으로 다 옮겨 놨단 말이야. 인터넷으로, 알겠어? 은행에서 권장하는 그대로. 우리 돈은 받지 않겠다는 거야, 뭐야? 직접 가서 얼른 확인해 봐요. 내 저축 계좌에 돈이 얼마나 있는지.」

「확인해 봤는데요, 그런데 누군가 조작을 한 것 같아요. 할 머니 계좌에는 아무것도 없어요.」

「뭔 소리야? 내가 마우스를 잡고 클릭, 클릭 했다니까!」

「뭘 잡았다고요?」

「마우우우스!」 안나그레타의 고주파 목소리가 홀에 울려 퍼 졌다.

창구 여직원은 뒤로 한 발자국 물러섰고 메르타는 자꾸 웃 음이 나오려는 것을 가까스로 참고 있어야만 했다.

다시 창구 여직원이 안나그레타를 진정시키려고 말을 건넸 다. 「인터넷은 가끔 말썽을 일으켜서 사용하기가 까다로워요.」

「지금 나이 많은 내가 마우스를 사용할 줄 모른다는 말을 하는 거야?」 안나그레타는 완전히 독이 올라 있었다.

그때 홀 안에 있던 사람들은 모두 폭죽처럼 웃음을 터뜨렸 고 창구 여직원도 눈에 띄지 않게 한 손을 올려 웃음이 새어 나오려는 것을 막고 있었다.

「어제 우리 컴퓨터들이 많은 문제를 일으켰어요. 아마도 그래서 계좌 이체에 오류가 발생한 것 같아요. 곧 확인할 예정으로 되어 있어요.」 창구 직원이 전형적인 은행 직원 어투로 친절하게 설명을 들려주었다.

「나는 금융 분야에서만 일을 했던 사람이야. 그리고 당신네 은행의 40년 고객이고. 그런데 나를 이런 식으로 대할 수는 없는 거야!」

안나그레타가 괴성을 지르는 바람에 모자 베일이 뒤로 젖혀져 버렸다. 메르타는 영화의 한 장면을 보고 있었다. 오늘 안나그레타의 목소리는 말 울음소리 정도가 아니었다. 유리창이 흔들렸으며 깨질 수도 있었다.

「컴퓨터 통신이 어려우면 그냥 텔레 뱅킹으로 할 수도 있어요.」 여직원이 다시 친절하게 대하려고 노력하면서 안나그레타에게 말했다.

「텔레 뱅킹? 아가씨는 내가 왜 이렇게 큰 소리를 질러 가며 말하는지 그 이유를 모르겠다는 거야? 나는 귀가 잘 안 들려요!」 안나그레타는 거의 울먹이고 있었다.

기다리는 사람들의 줄은 자꾸 길어져만 갔고 홀의 의자들도 다 차서 앉을 자리도 없었다. 한 사무실 문이 열리더니 말끔한 정장 차림의 남자가 할머니들을 향해 달려 나왔다.

「내일 다시 한 번 방문해 주시면 그때까지 조치를 취해 놓겠습니다.」 그 정장 남자는 아주 친절한 목소리로 말했다. 그러고는 은행 로고가 찍혀 있는 작은 볼펜들을 할머니들에게 건넸다. 그런 다음 머리를 약간 숙여 깍듯하게 예를 갖춘 다음 할머니들을 문 쪽으로 인도해 갔다. 그러나 그 정장 남자의 태도에는 단호함이 묻어 있었다.

세 할머니가 요양소로 돌아왔을 때 분위기는 그야말로 납덩이처럼 무거웠다. 안나그레타는 자기 방에 틀어박힌 채 문도 열어 주지 않았으며 누구와도 대화를 하려고 하지 않았다. 메르타는 메르타대로 공동실에 앉아 생각들을 다시 정리하고 있었다. 스티나는 손질이 다 끝난 손톱을 다시 처음부터 손질하기 시작했다. 커피를 마시는 즐거움도 꽈배기 브리오슈를 먹는 즐거움도 모두 잃어버렸다. 주말이 오기 전에 가방을 돈으로 채워야만 했다. 그렇지 못하면 그림을 되찾을 수가 없었다. 메르타는 소파에 깊숙이 몸을 묻고 두 눈을 감았다. 이전에도 어떻게 해서든 해결책들을 찾아내곤 했었다. 하지만 이번에는 정말 답이 없는 것만 같았다. 멀리서 카샤가 전화 통화를 하는 소리가 들렸고 할아버지들은 축구 이야기로 논쟁을 벌이고 있었다. 인터넷…… 결함이 있는 연결 상태…… 업무……. 메르타는 속으로 웃고 있었다. 그랬어. 인터넷에 문제가 있었을 뿐이야. 안나그레타를 위로해 주러 가야 해. 메르타는 고개를 숙인 채 서서히 잠이 들어 가고 있었다. 위스타드 은행이 보였다. 은행으로 들어가 돈을 털고 있었다. 돈을 들고 핀란드호라고 쓰인 배에 오르려는 찰나, 메르타는 잠에서 깼다. 그때였다. 돌로레스의 방문이 시끄럽게 열리더니 돌로레스가 평소처럼 골프 가방을 끌고 산책을 하려고 나왔다. 얼굴에 미소가 가득했다.

「우리 아들이 최고야. 전 세계를 돌아다녔고 나를 백만장자로 만들어 줬어.」 이 말을 마친 돌로레스는 손가락으로 골프 가방을 가리켰다. 담요 자락 끝이 밖으로 튀어나와 보였고 양말도 한 짝 밖으로 삐져나와 있었다. 숄 하나는 바닥에 끌리고 있었다. 가방 입구가 열려 있어서 속에 들어 있는 꾸겨진 신문들이 보였다. 돌로레스를 보자 홀 안의 모든 사람들이 인사를 건넸다.

「돌로레스, 오늘도 기분이 좋구나.」

「오늘 우리 아들이 배에서 내렸어. 자기 어머니 곁에 있고 싶어서지. 어제 헬싱키에서 돌아왔대.」 돌로레스는 조금 더 콧노래를 흥얼대면서 몇 바퀴 더 홀 안을 돌더니 테이블 앞에 앉아 과자 몇 조각을 먹었다. 메르타는 돌로레스가 마음에 들었다. 늘 명랑했기 때문이다. 모든 사람이 행복하기를 바라는 메르타에게 돌로레스는 자신의 희망이 이루어지는 것 같은 할머니였다. 하지만 그날 메르타는 돌로레스에게 신경을 쓸 겨를이 없었고 그럴 기분도 아니었다. 메르타는 다시 더 깊게 의자에 몸을 묻고 다시 눈을 감았다. 보상금, 그 돈을 어떻게 마련할 것인가?

62

메르타는 깜짝 놀라 잠에서 깼다. 이상한 꿈을 꾼 것이다. 꿈속에서 돌로레스가 골프 가방을 끌고 자동차들이 주차되어 있는 갑판 위를 걷고 있었다. 둥글게 돌면서 수백만 크로나를 벌었다고 노래를 하고 있었다. 그러다가 너무 멀리 걸어간 나머지 자동차 출입구 쪽 램프에서 바닷물 속으로 떨어지려고 했고, 이 순간 메르타가 잠에서 벌떡 깨어나 침대에서 일어난 것이다. 영 기분이 좋지 않았다. 아직 한밤중이었고 날이 밝으려면 아직도 몇 시간은 더 기다려야 했다. 하지만 이미 잠에서 깬 메르타의 머리는 이런저런 생각에 쉴 없이 바삐 돌아가고 있었다. 골프 가방과 핀란드행 페리호…….

아침 식사 시간에 메르타는 차를 들고 돌로레스 곁으로 가서 앉았다. 두 할머니는 그날 날씨와 요양소가 제공한 음식에 대해 길게 이야기를 나누었다. 그런 후 메르타는 화제를 돌려 우선 질문부터 하나 던졌다.

「아들이 평생 배를 탔다고?」

「거의 그랬지. 배를 타는 것은 타고 났거든. 자동차를 세워

429

두는 갑판에서 일해.」

「아, 그랬군. 오히려 배의 선장이 되는 것보다 그게 나을지도 몰라. 선장이 되면 책임이 무겁거든. 배가 가라앉으면 선장이 처벌을 받아.」

메르타는 돌로레스에게서 조금 더 이야기를 들어 보려고 자극적인 주제를 꺼내며 이야기를 몰아갔다.

「우리 아들은 한 번도 난파 같은 것을 당한 적이 없어.」

「아니, 내 말은 그런 뜻이 아니야, 우리 귀여운 돌로레스.」

「〈귀여운 돌로레스?〉 난 꼬마 계집아이가 아냐. 나이 먹었다고 막 그렇게 부르면 안 돼.」

메르타는 입을 닫았다. 출발이 좋지 않았다.

「귀여운 할망구라고 부를까, 더 나쁘지, 안 그래?」 메르타는 돌로레스의 상한 기분을 풀어 주려고 했다.

아무 답도 하지 않는 돌로레스를 보니 기분이 꽤나 상한 모양이다. 메르타는 다시 한 번 시도했다.

「참 예쁜 가방을 갖고 있네, 손잡이도 파랗고!」

「우리 아들이 사준 거야, 이거. 늙은 엄마를 얼마나 챙기는지, 그놈이.」

메르타는 가까이 다가가 안 보는 척하면서 가방을 재빨리 훑어봤다. 우르바니스타였다. 그림값이 들어 있던 가방과 똑같은 아주 검은색 가방이었다. 얼룩이 좀 묻고 약간 망가진 데가 있었지만 손잡이가 푸른색이었다. 하지만 손잡이는 얼마든지 다시 칠했을 수도 있다. 가방의 윗부분은 마치 이제 막 기름으로 닦아 낸 것처럼 반짝반짝 윤이 났다.

「우리 같이 카샤에게 가서 달콤한 〈프린세스〉 케이크 좀 더 사달라고 할까?」 메르타가 제의했다.

「아니야. 나 지금 좀 피곤해. 내 방에 갈래.」

「그래, 그럼. 내가 좀 도와줄게.」 메르타는 돌로레스의 가방 손잡이에 손을 올려놓고 제동 막대용 구멍이 있는지를 확인해 보았다.

「내 가방 만지지 마! 그 안에 든 돈은 다 내 거야!」 갑자기 돌로레스가 소리치며 대단히 화가 난 표정으로 자리에서 일어나 방으로 가버렸다. 이 광경을 바라보고 있던 사람들은 너그러운 표정을 지으며 모두 웃다가 다들 다시 자기 일에 몰두했다. 하지만 메르타는 깊은 생각에 잠긴 채 닫힌 방문을 바라보고 있었다.

돌로레스는 오후 내내 방에서 나오지 않았고 다음 날 아침 카샤에게 전해 듣기로는 몸이 아프다고 했다. 아무도 아파 누운 돌로레스를 방해할 수는 없었다. 돌로레스는 카샤에게 아들을 불러 달라고 부탁했고 아들은 어머니를 찾아오겠다고 약속했다. 메르타는 우선은 안나그레타에게 그리고 그다음에는 스티나에게 각각 돌로레스의 방을 찾아가서 노크를 한 다음 얼른 가방만 좀 보고 오라는 부탁을 했다. 하지만 돌로레스는 아무리 노크를 해도 방문을 열어 주지 않았다. 심지어 카샤마저도 방 안으로 들어갈 수가 없었다. 저녁 식사도 음식을 담은 접시를 수레에 올려놓고 그대로 문 앞에 놓고 갔다. 다음 날 아침 문 앞에는 음식을 다 먹은 빈 접시만 나와 있었다. 하지만 돌로레스는 여전히 방 밖으로 나오지 않고 있었다. 메르타는 한숨을 내쉴 수밖에 없었다. 일이 자꾸 복잡하게 꼬여 가고 있었고 어떻게 해야 할지 알 수가 없었다.

그날 밤, 메르타는 잠을 이룰 수가 없었다. 어떻게 해서든 골프 가방을 봐야만 했다. 내일이라도 돌로레스의 아들이 온다면 다시 골프 가방을 가져갈지도 모르는 일이다. 그런 일이 일어나기 전에 돌로레스의 가방이 잃어버린 그 가방인지 아닌지를 확인해야만 했다. 메르타에게는 모든 방의 문을 열 수 있는 마스터키가 있었다. 하지만 그렇다고 남의 방에 몰래 불법 침입할 수는 없었다. 그러나 방을 착각했다고 둘러댈 수는 있는 것 아닌가.

피곤하고 졸려서 반쯤 잠이 든 상태인 메르타는 실내복을 대충 걸치고 공동실을 지나 돌로레스의 방으로 갔다. 메르타는 손잡이를 아래로 내렸다. 그런데 문이 잠겨 있지 않았다. 그냥 밀고 들어가기만 하면 됐다. 메르타는 조심스럽게 문을 밀고 들어갔다. 하지만 문을 열자마자 그 자리에 서야만 했다. 불을 끈 방 안은 한 치 앞도 분간할 수 없을 정도로 어두웠다. 돌로레스의 방은 공동실에서 멀리 떨어진 후미진 곳에 있어서 희미한 불빛마저도 비치지 않았다. 메르타는 이전부터 어두운 곳에서는 아무것도 볼 수 없는 야맹증이 있었다. 메르타는 가능한 한 조용히 몸을 돌려 다시 자기 방으로 돌아와 천재가 만들어 준 조명 캡을 찾아 쓰고 다시 돌로레스의 방으로 갔다. 방 안으로 들어간 메르타는 소리 나지 않게 문을 닫고 깊은 숨을 한번 내쉰 다음에 모자의 조명 스위치를 켰다. 푸르스름한 빛이 방 안에 퍼졌고 동시에 벽에는 환등기에서 본 것과 같은 야릇한 그림자들이 어른거렸다. 그 그림자들에 기겁을 한 메르타는 자기도 모르게 한 발 뒤로 물러서면서 하마터면 기절을 할 뻔했다. 그 그림자가 LED 불빛이 만들어 낸 유난스러운 빛과 그림자라는 것을 깨닫자 조금 진정이 되었다.

늙은 노파는 침대에 곤히 잠이 들어 있었고 한 번 숨을 내쉬고 들이마실 때마다 휘파람 같은 코 고는 소리가 박자를 맞추고 있었다. 메르타는 고개를 돌리며 골프 가방을 찾았다. 운도 따라 주지 않는 것인가, 골프 가방은 침대 바로 옆의 탁자, 돌로레스의 잠든 머리 가까이에 있었다. 힌세베리 교도소에서 이런 상황에서는 어떻게 해야 된다고 들었었는데⋯⋯. 자기 자신을 노출시키지 않은 채 살짝 들어가고 빠져나오는⋯⋯. 하지만 메르타 자신도 졸음이 쏟아지는 상태였다. 여기까지 왔는데 할 수 없었다. 메르타는 까치발을 해서 침대로 다가갔고 골프 가방을 향해 손을 내밀었다. 깊이 잠이 든 돌로레스는 여전히 소리를 내며 숨을 내쉬고 들이마시고 있었다. 그러더니 갑자기 몸을 뒤척이며 얼굴을 돌리는 바람에 얼굴이 거의 골프 가방 손잡이에 닿으려고 했다. 메르타는 순간 멈칫했고 동시에 모자의 조명 스위치를 껐다. 그리고 꼼짝하지 않고 잠시 기다렸다. 돌로레스가 갑자기 눈을 뜨고 놀라서 비명을 질러 댈 수도 있었다. 하지만 돌로레스는 계속 깊은 잠에 취해 있었다. 다시 코 고는 소리가 들리자 메르타는 가방의 손잡이를 잡고 소리 나지 않게 끌어서 방 밖으로 나왔다.

일단 가방을 끌고 자기 방으로 돌아온 메르타는 캡의 챙을 위로 올렸다. 여러 일을 겪었지만 오늘처럼 긴장한 적은 없었던 것 같았다. 돌로레스의 아들은 핀란드로 가는 페리에서 일하고 있다. 그러니까 가방에 묻은 이 얼룩은 기름이 분명했다. 만일 그렇다면⋯⋯ 하지만 아들이 태풍이 분 다음에 갑판에서 가방을 주웠다면 그는 분명, 어머니에게 가방을 가져다주기 전에 가방 안에 든 내용물들을 확인해 봤을 것이다. 또 가방이 하나가 아니라 여러 개였고……. 푸른색 손잡이가 메르타의 마음을 흔들었다. 메르타는 서둘러 가방을 열었다. 눌려 있던 꾸겨진 신문지들이 바스락 소리를 냈고 낡은 담요들이 바닥으로 쏟아졌다. 마음이 급해진 메르타는 가방 속으로 손을 집어넣었다. 계속해서 낡은 담요와 꾸겨진 신문지만 나왔다. 메르타는 기가 막혔다. 〈돌로레스가 수백만 크로나라고 떠들어 대던 것이 고작 이것이었단 말인가?〉 메르타는 신문지들을 모두 밖으로 꺼내고 다시 한 번 손을 더 깊숙하게 집어넣어 봤다. 하지만 여전히 신문지들이었다. 이게 다란 말인가, 다른 것은 없단 말인가……. 메르타의 가슴은 짜증과 긴장으로 타들어 갔다. 메르타는 가방을 뒤집어 안에 든 나머지 것들을 모두 바닥에 쏟아 냈다. 그러자, 하나님 맙소사, 맨 밑바닥에 있던 5백 크로나짜리 지폐들이 우르르 쏟아져 나왔다. 지폐들은 한 장 한 장, 작은 소용돌이를 만들며 바닥에 떨어져 쌓여 갔다. 메르타의 직감이 이번에도 그를 속이지 않은 것이다. 돌로레스의 가방은 바로 두 번째 골프 가방이었던 것이다. 이 돈을 이제 어떻게 하지? 메르타는 주위를 둘러봤다. 침대보가 눈에 들어오자 얼른 침대보를 벗겨서 그 안에 지폐들을 쓸어 담은 다음 둘둘 말았다. 몇 번을 쓸어 담아야만 했다. 그러나 아직도 바닥에는 돈이 많이 남아 있었다. 메르타는 쿠션 커버들도 벗겨냈고 또 한 번 지폐를 쓸어 담아 넣어야 했다. 그것으로 부족했다. 베갯잇도 벗겨야 했다. 그래도 돈은 여전히 남아 있다. 메르타는 남은 돈을 다시 골프 가방 속에 집어넣었고 그 위에 신문지 꾸겨진 것들을 덮었다. 돌로레스가 누군가 가방을 가져가 돈을 빼냈다는 것을 몰라야 한다는 생각이 문득 든 것이다. 메르타는 재빨리 꺼냈던 신문지들을 다시 넣고, 꺼낸 지폐만큼의 신문지가 더 필요해 벽장을 열고 신문지를 꺼내 꾸겨서 위에다 추가했다. 그런 다음 남은 5백 크로나 지폐들을 한 움큼 집어 위에 뿌리고 다시 그 위에 낡은 담요들과 숄을 집어넣었다. 가방이 다 차자 메르타는 가방을 이리저리 둘러보며 겉모습이 이전 상태로 돌아갔는지 살펴보았다. 메르타는 다시밖으로 나가 조심스럽게 돌로레스의 방문을 살며시 열고 문지방에 서서 먼저 귀를 기울였다. 돌로레스는 여전히 잠이 들어코를 골고 있었다. 메르타는 다시 캡의 조명을 켜야만 했고 희미한 빛에 의존해 조심조심 소리 없이 방 안으로 들어갔다. 가방도 소리 나지 않게 끌어 침대 머리맡 탁자 옆, 원래 있던 장소에 정확하게 가져다 놓았다. 그때였다. 갑자기 돌로레스의코 고는 소리가 멈췄다. 메르타는 온몸에 소름이 돋았다. 몸이굳어 움직일 수가 없었다. 방 주인은 한 팔을 옆으로 떨구더니몸을 일으키려는 것 같았다. 돌로레스는 한 손을 앞으로 뻗어허공을 짚어 보더니 눈을 뜨고는 메르타를 똑바로 쳐다보았다. 메르타는 뒤로 물러섰고 뭐라고 변명이라도 하려고 중얼거리려는 순간, 돌로레스가 다시 눈을 감고 옆으로 돌아누웠다. 뭐라고 알아들을 수 없는 소리를 몇 마디 중얼거린 돌로레스는 이불을 어깨까지 끌어당겨 덮더니 제법 큰 소리로 방귀를 뀌었다. 메르타는 꼼짝 못 하고 그 자리에 서서 불안을 이겨 내야만 했다. 다시 돌로레스가 코 고는 소리를 내자 그때서야 메르타는 몸을 움직일 수가 있었다. 메르타는 재빨리 방을빠져나왔다. 다시 자기 방으로 돌아온 메르타는 그대로 침대

435

에 쓰러지고 말았다. 입에서는 자신도 모르게 거의 신음 소리가 저절로 나왔다.

「아, 아! 너무 힘들다!」 그때였다. 메르타의 귀에 이상한 소리가 들리는 것만 같았다. 메르타는 깜짝 놀라고 너무 겁이 나서 침대에서 떨어질 뻔했다. 두 팔을 올려 가슴을 가린 채 메르타는 방문을 바라보았다. 아무 인기척도 없었고 소리도 들리지 않았다. 메르타는 그대로 잠시 기다려 봤다. 아무것도 없었다. 메르타는 마지막 용기를 내 탁자를 짚고 조심스럽게 몸을 일으켰다. 그때 조금 전에 들리던 소리가 다시 들렸다. 그 소리는 꼭……. 메르타는 피곤했지만 갑자기 화가 치밀어 올라, 젠장 하면서 욕을 한바탕 쏟아 냈다. 돈을 깔고 앉아 나는 소리였던 것이다! 잠이 들기 전에 이 돈을 담요 밑 같은 곳에 숨겨서 바스락거리는 소리가 나지 않도록 해야만 했다. 만일 걸린다면 변명의 여지가 없이 도둑질을 한 것이 드러날 테고 그러면 모든 것이 끝이다. 교도소에 다시 간다면 이제까지의 모든 계획도 꿈도 종말을 맞는 것이다.

63

「이 순간을 정말 오랫동안 기다렸어!」 메르타를 끌어안고 허리춤을 한 팔로 감싸면서 천재가 외쳤다. 이 외에도 할 말이 많았지만 천재는 어떤 말부터 해야 할지 몰랐다. 우선 끌어안 아야 했고 두 사람은 그렇게 아무 말 없이 오랫동안 서 있었 다. 다이아몬드사가 운영하는 노인 요양소의 유리문은 천재가 기억하던 그 문이 아니었다. 옛날의 문은 지금처럼 보기 흉하 지 않았다. 물론 건물 전체는 우울한 1940년대 양식으로 건축 되었다. 하지만 이 건물에는 메르타가 살고 있었다. 천재는 메 르타가 가슴을 파고드는 것을 느낄 수 있었다.

「마침내! 정말 왔군요!」 메르타는 눈물이 앞을 가려 채 말을 잇지 못했다. 천재의 가슴속 깊은 곳에서 메르타가 채 하지 못 한 사랑의 말들이 떠올랐다. 영화나 드라마에서 흔히 들을 수 있는 말들이었지만 모두 주인공들의 말들이었다. 감정은 그대 로였지만 그 사랑의 말들은 크게 입 밖으로 내면 어딘지 조금 멍청하게 들릴 수도 있었다. 그래서일까, 천재는 어색하게 메 르타의 머릿결을 쓰다듬으면서 속으로만 중얼거렸다. 하지만 메르타는 다 알아들었을 것이다.

「안녕, 설마 나를 못 알아보는 것은 아니겠지?」 갈퀴가 두 사람에게 다가오면서 소리쳤다. 갈퀴는 예전처럼, 목에 머플러를 두르고 있었고 수감 생활을 하는 동안 수염을 길러서 몰라보게 멋있어졌다. 미소가 얼굴 가득한, 행복하고 허심탄회한 표정이었다. 갈퀴와 천재는 서로를 끌어안고 등을 두드렸다.

메르타는 그토록 보고 싶었던 친구들을 바라보며 환하게 웃었다. 저 할아버지 친구들을 다시 곁에 두게 되다니 거의 기적 같았다. 지난밤 너무 고생을 한 것이 메르타를 한층 더 감상적이 되도록 했다. 몸에서는 담배 냄새가 났지만 갈퀴는 여전히 우아했다. 천재는 비록 은행털이 계획이긴 했지만 유일하게 메르타에게 시를 써서 보낸 사람이었다.

「메르타, 우리 귀여운 할망구……」 갈퀴는 진짜 프랑스인들처럼, 메르타의 양쪽 뺨에 번갈아 가며 입을 맞추었다. 하지만 이렇게 뺨을 비비는 비주라는 프랑스식 인사법은 자신이 기른 턱수염을 자랑하기 위해서였다. 아니나 다를까.

「아야. 수염이 찔러! 다시 보게 돼서 정말 기뻐!」 메르타는 자기도 모르게 소리를 지른 다음, 갈퀴가 덜 미안하도록 얼른 반가운 인사를 덧붙였다. 갈퀴는 메르타의 뺨을 살짝 꼬집어 준 다음 사랑하는 스티나 쪽으로 몸을 돌렸다. 두 사람은 꽤 오랫동안 재회의 정을 나누었다. 갈퀴의 머플러가 옆으로 돌아갔고 스티나의 두 눈은 새로운 희망에 반짝반짝 빛나고 있었다. 메르타는 스티나가 오전 내내 창가에 서서 갈퀴가 나타나기만을 기다리던 것을 봤고 벌써 여러 번 머리를 매만지며 머리 모양을 바꾼 것도 알고 있었다.

이제 마침내 모두 다시 만난 것이다.

모두 서로를 끌어안고 좋아하고 있는 사이 안나그레타만이 홀로 떨어져 있었다. 물론 그녀도 천재와 갈퀴를 다시 보게 되어 행복했고 두 사람과 포옹도 나누었지만, 그러나 군나르는 없었다. 게다가 안나그레타는 전날 인터넷 계좌 이체 건으로 겪은 낭패에서 아직 회복이 되지 않은 상태여서 완전히 풀이 죽어 있는 모습이었다. 그런 모습을 본 메르타가 다가와 안나그레타를 위로해 주었다.

「어제 다이아몬드사에서도 송금을 하는데 인터넷에 문제가 발생했대.」

「그게 정말이야?」

「그럼. 인터넷이 고장이었대. 심지어 열다섯 살 된 날고 기는 해커들도 돈을 못 보냈다고 그러던데.」

「아, 그랬구나. 정말이지?」 안나그레타가 훨씬 밝아진 표정이 되었다.

「또 돈 문제는 잘 해결될 것도 같아. 그러니까 걱정하지 마.」 이 말을 하는 메르타의 눈빛은 교활하기까지 했다. 메르타는 그 이상 더 이야기를 해줄 수는 없었다. 돌로레스가 아무것도 눈치채지 못하기를 바랄 뿐, 아직 확신이 안 섰던 것이다.

오후 커피 타임 때 메르타는 무릎 위에 손뜨개를 올려놓고 초조하게 기다렸다. 대화를 하면서도 적극 끼어들지 못하고 두리번거리며 걱정스러운 표정으로 돌로레스의 방문 쪽만 바라보고 있었다. 마침내 방문이 열렸을 때 메르타는 깜짝 놀라 털실 뭉치를 바닥에 떨어뜨리고 말았다. 요양소 최고령자인 돌로레스가 골프 가방을 끌고 나와 평소처럼 아들 자랑을 하면서 공동실을 둥글게 둥글게 돌기 시작한 것이다. 메르타는 그제야 안도의 숨을 내쉬었다. 긴장을 푼 메르타는 사람들을 향해 미소를 지으며 말했다. 「저녁 먹고, 이따가 모두 내 방으로들 와요…….」

저녁으로는 지나치게 삶는 바람에 물러진 강낭콩을 곁들인 형편없는 쇠고기 스튜에 감자를 으깬 차가운 퓌레 한 사발이 접시도 아닌 플라스틱 용기에 담겨 나왔다. 메르타는 오늘은 무언가 특별 간식이 필요할 것 같아서 커피와 초콜릿과 함께 월귤 파이와 북극산 오디주를 준비했다. 천재가 가장 먼저 메르타의 방문을 두드렸다.

「누가 좀 도와주어야지? 그래서 내가 먼저 왔지. 오늘 우리 작은 잔치라도 해야지.」 천재는 아이스크림 파이가 든 상자 하나를 테이블 위에 올려놓으면서 너스레를 떨었다. 그런 다음 정말 큰 용기를 내서 메르타 쪽으로 몸을 숙인 다음 그녀의 입술에 살짝 입을 맞추었다. 순간 메르타는 뜨거운 열기가 온몸을 감싸는 것을 느꼈고 자기도 모르게 천재를 와락 끌어안았다. 얼마를 그러고 있었는지 파이는 완전히 잊어버렸다. 누군가 문을 두드리지 않았다면 모르긴 몰라도 아이스크림은 다 녹아 버렸을 것이다.

「이 파이, 이거 냉동고에 다시 넣어야겠는데?」 갈퀴였다. 아마 문지방에 서서 두 사람의 애정 행각을 지켜본 모양이다. 갈퀴는 이미 다 녹아서 상자 밖으로 줄줄 흐르고 있는 아이스크림을 손으로 가리키며 짓궂게 물은 것이다.

당황한 천재는 재빨리 작은 잔들을 꺼내면서 얼버무렸다. 「이래서 아이스크림이 좋다는 거야. 녹아도 먹을 수 있거든……」

모두 들어와 자리를 잡고 술을 한 잔씩 하고 또 곤죽이 된 아이스크림 파이를 맛있게 먹었을 때 메르타는 자기의 잔을 스푼으로 치면서 중대 발표가 임박했음을 알렸다.

「자, 여기를 주목해 주세요. 오늘 우리가 설마 저녁 간식이나 먹자고 이렇게 다시 모인 것은 아니겠죠?」

「왜 이렇게 뜸을 들이는 거야, 메르타! 어서 말을 해! 우린 오래 못 기다리거든. 저 할망구 또 무슨 꿍꿍이야!」 모두들 난리가 났다.

그러면서 모두들 북극산 오디주 잔을 높이 들었다. 그리고는 모두의 입에서 약속이라도 한 듯이, 권주가인 「헬란 고르」와 「즐거운 새들」이 울려 퍼졌다. 모두 너무나 즐거웠던 것이다. 아직 끝이 아니었다. 갈퀴는 「바다를 향해」를 불렀고 안나 그레타는 은행에서 부르던 「돌고 도는 돈」을 지극히 개성 넘치는 창법으로 불러 댔다. 노래가 끝나고 감옥에서 겪은 일들도 거의 다 이야기했을 때, 메르타는 다시 목소리를 높였다.

「우리가 잃어버렸던 골프 가방을 되찾았어.」

「정말이야? 만세!」 천재가 소리쳤다.

「어떻게 되찾았는데, 이 악마 같은 할망구!」 갈퀴가 물었다.

「그 안에 돈이 그대로 들어 있었던 건 아니겠지, 설마?」 안나 그레타였다.

「그건 불가능해. 낸 못 믿겠어, 도저히……」 완전히 감기에 걸린 스티나는 혀를 제대로 놀릴 수도 없는 상태였다. 특히 입술이 터져서 〈우〉와 〈아〉 발음을 못 했다.

모두들 한마디씩 하고 나자, 메르타는 지난밤 돌로레스의 방에 몰래 들어간 일의 전말을 자세히 설명했다.

「가방 안에 거의 5백만 크로나가 그대로 들어 있었어.」

노인들은 모두 놀라 입을 다물지 못했고 갈퀴는 소파에 앉아 있다가 그대로 자리에서 일어나 장승처럼 뻣뻣하게 몸이 굳어 버렸다.

「5백만 크로나!」

「쉿!」 메르타가 목소리를 낮추라고 하면서 침대로 가더니 이불을 손으로 툭툭 쳤다. 「돈은 여기에 있어. 그림을 갖고 있는 사람이 보상금을 원하고 있어. 그 사람이 이렇게 전갈을 보내왔어. 〈10만 크로나를 유모차에 담을 것. 그다음 유모차를 10월 30일 13시까지 그랜드 호텔 뒤에 갖다 놓을 것.〉 이렇게 메모를 보냈어.」

「메모를? 내가 좀 봐도 될까?」 갈퀴가 물었다.

「미안한데, 그 메모가 적힌 쪽지를 내가 먹어 버렸어. 증거 인멸이지, 뭐. 잘 알겠지만.」

「좀 자세히 말해 봐, 어서.」 갈퀴가 궁금한지 재촉했다.

메르타는 우선 모두에게 양해를 구한 다음 자초지종을 이야기해 주었다. 동행했던 교도관들 때문에 어쩔 수 없이 그렇게 했다는 등의 이야기를 들은 사람들은 모두 이해했다.

「어젯밤에 그림 보상금 10만 크로나를 내 베갯잇 속에 집어넣어 놨어. 모두 5백 크로나 지폐로 2백 장이나 되지. 몇 번씩 계산을 했는데, 2백 장이면 맞지? 이 돈을 유모차에 싣고 하는 일을 모두 도와주어야 해. 나 혼자서는 못 하니까…….」

「이모차에 그 돈을 싣는디…….」

계속 입 놀리기가 불편한 스티나가 유모차를 이모차로 발음하며 궁금해서 못 참겠다는 듯이 나섰다. 스티나는 자기 아이들인 엠마와 안데르스가 이 일을 도와줄 수 있다는 것이었다. 스티나는 어차피 손녀를 만날 예정이었고 그러니 유모차에 태워서 데려오면 된다는 것이었다. 스티나의 손녀 이름은 말린이었고, 태어난 지 이제 6개월 된 아기였다.

「6개월밖에 안 되었는데, 벌써 범죄에 한몫 끼다니……」 안나그레타가 우스워 죽겠다는 듯이 웃음을 터뜨렸지만 이번에는 고주파의 말 울음소리는 아니었고 망아지 울음 정도였다.

「아니야. 그런 농담 말아. 이 일은 그렇게 무서운 게 아니야.」 메르타가 말했다. 메르타가 속으로 생각하고 있던 계획이 바로 이 6개월 된 젖먹이를 이용하는 것이었다.

64

다행히도 비는 오지 않고 있었고 눈도 내리지 않았다. 돈을 주고받기에는 더없이 알맞은 날씨였다.

메르타가 거리를 유심히 살펴보면서 말했다. 「이 일은 침착하게, 분별력을 갖고 처리해야만 해.」 목소리에는 긴장감이 배어 있었고 자신도 그것을 의식하고 있었다. 아직 택배 차량이 오지 않고 있었다. 왜 이리 늦는 거지? 모두들 초조했다.

「너무 걱정하지 마, 메르타. 우린 해낼 거야.」 천재가 말했다.

「누가 보면 어떻게 하지?」 메르타는 계속 끌탕을 하고 있었다.

「기저귀 네 박스와 유모차 하나를 주문했을 때는 다 사전에 뭔가 생각을 해두었을 거 아냐?」 스티나가 안쓰럽고도 조금 화가 난 표정으로 말했다. 사실 스티나는 자기 자식들과 관련된 일임에도 불구하고 모든 것을 자기 하고 싶은 대로 하지 못하는 것에 불만이 있었다. 안데르스와 엠마는 유모차와 기저귀를 이미 갖고 있었다. 그런데도 메르타는 다시 이런 것들을 구입하겠다고 하면서 공연히 불필요한 돈을 낭비하려고 한다는 것이 스티나의 생각이었다.

「모성애가 본능이라고 하잖아, 모성애에 눈이 멀어 올바른 생각을 못 하게 될 수도 있어.」 메르타가 스티나에게 들려준 말이었다. 이 말을 들은 스티나는 무슨 말인지 이해도 못 했지만 여전히 뾰로통한 얼굴이었다. 메르타는 길게 설명을 해주고 싶었지만 당장은 그럴 시간이 없었다. 지금은 택배를 기다리는 것만으로도 벅찼다. 차는 이미 출발했다고 알려 왔고 다섯 노인들은 모두 길거리에 나와 차를 기다리고 있었다. 너무들 초조해하기에 안나그레타가 어떻게 인터넷으로 물건들을 주문했는지 자세히 설명해 주려고 나섰다. 안나그레타는 온라인 마켓에서 유모차 한 대, 유아용 이불 하나, 그리고 밤보 상표의 친환경 기저귀 여러 박스를 주문했다. 그리고 모든 물건을 요양소로 직접 가져올 것과 물건 대금은 수령과 동시에 지불하는 조건으로 못을 박았다고 자랑스럽게 설명했다. 안나그레타의 설명이 끝나자 모두 박수를 치며 말했다.

「우리에게 안나그레타가 있어서 정말 다행이야!」 이 말을 들은 안나그레타는 너무나 행복한 표정을 지어 보여서 모두 다시 한 번 웃었다.

이틀 전 이 물건 구입 문제를 토의하기 위해서 모두들 모인 적이 있었다. 첫 번째 문제는 기저귀 구입 건이었다. 모두들 스티나의 설명에 귀를 기울였다. 손녀 말린의 잠투정 등에 대해 모두들 신기한 듯 스티나의 말을 경청했다. 스티나는 신이 난 듯이, 밤에 아이가 몇 번 소변을 누는지, 한 번 누는 소변의 양은 얼마인지, 또 친환경 기저귀 한 개가 흡수할 수 있는 소변의 최대치는 얼마인지(스티나는 기저귀 두께까지 알고 있었다) 등 세세한 기술적 문제까지 일일이 자세하게 설명했다. 하지만 정작 문제는 소변의 양이 아니라 기저귀 하나에 넣을 수 있는 지폐의 양이었다. 천재와 갈퀴는 길게 하품을 해댔다. 안나그레타는 이야기를 들으면서 계속 컴퓨터 자판을 두드리고 있었고, 반면 메르타는 스티나의 이야기를 돈을 넣는 이야기로 바꿔 가면서 들었다.

「기저귀 속에 5백 크로나짜리 지폐들을 넣어야 해. 그러니까, 기저귀 덮개가 가능한 한 넓어서 돈이 안 보여야 하고 또 튼튼해서 돈이 밑으로 빠지지 않아야 해. 그래서 밤보 상표 기저귀를 사기로 한 거야.」

천재, 갈퀴, 안나그레타는 밤보에 손을 들었고 기저귀 문제는 다수결로 해결을 보았다.

「항상 메르타야. 모든 것을 다 혼자 결정해. 여기서 기저귀에 대해 나만큼 아는 사람 있으면 어디 나와 보라고 해, 응?」 스티나는 여전히 화가 안 풀린 것 같았다.

갈퀴가 나서서 스티나를 위로했다. 「그럼, 그럼, 스티나야말로 기저귀 전문가지. 하지만 인생은 그런 게 아니거든. 잘 모르는 사람들이 잘 아는 사람을 대신해서 결정을 내리는 게 인생인 거야.」

다음 문제는 유모차 구입 건이었다. 이 문제가 나오자 금방 토론 분위기가 달아올랐다. 먼저 메르타가 입을 열었다. 「스티나의 아이들과 함께 이 일을 하게 돼서 정말 너무 잘 됐어. 하지만 불행하게도 엠마의 유모차는 경찰이 너무 쉽게 추적할 수 있어서 자칫 우리까지 찾아낼 수도 있어. 그래서 우린 누구의 것인지 모르는 유모차가 필요한 거야. 그것도 쌍둥이용 유모차를 구해야 해. 그림이 두 장이니까 공간이 두 개가 있는 유모차가 필요해.」

「맞아. 아주 맞는 말이야.」 안나그레타가 메르타의 말에 동의하고 나섰다. 컴퓨터 앞에 앉아 있던 안나그레타는 여러 모델을 검색해 보고 있었다. 「상표가 〈악타 그라실라〉인데, 덮개는 물론 달렸고 다른 것보다 조금 싸. 그래서 이걸로 골랐어.」

「하지만 그 상표는 사람들 평이 안 좋아.」 스티나가 반박을 하고 나왔다. 「내가 듣기로는 손잡이가 빠지기도 하고 나사가 자꾸 풀려서 새 잡는 덫처럼 유모차가 저절로 접히는 일이 발생한다고 하던데.」

「이건 그게 아니야. 인터넷을 찾아보니, 여러 테스트를 거쳤는데 가장 좋은 점수를 얻었어.」 안나그레타가 계속 주장을 굽히지 않았다. 「게다가 이 유모차에는 방수 덮개도 있고 자물쇠까지 달려 있어.」

「하지만 지금 우리는 쌍둥이용 유모차를 사야 하는 거잖아. 그러니까, 유모차 안에 아이가 하나만 타면 그것도 의심을 사는 요인이 되지.」 천재가 지적했다.

「그러면 아기처럼 큰 인형을 하나 사야 되겠는데…… 어쨌든 우리 같은 할망구들이 대신 유모차에 탈 수는 없잖아.」

「아이 혼자 타면 우습다고? 우리 아이들의 유모차와 기저귀만 가지고도 얼마든지 일을 할 수 있어. 그런데 플라스틱 인형까지 산다고? 이건 말도 안 돼! 이젠 난 빠지겠어!」 스티나가 때아닌 고집을 부리고 있었다. 스티나는 눈물을 펑펑 쏟으며 문을 박차고 나가 버렸다.

그러자 모두들 당황한 눈빛으로 서로의 얼굴을 쳐다봤다. 스티나의 두 아이들인 엠마와 안데르스가 이 일에 낄 수밖에 없는데 자칫하면 스티나 때문에 모든 일이 어그러질 수도 있는 상황이 벌어진 것이다. 메르타는 얼른 일어나 초콜릿 상자를 찾으러 갔다. 메르타는 초콜릿을 한 상자 들고 들어와 갈퀴에게 주면서 나가서 스티나를 달래 달라고 부탁했다. 한참 시간이 흘렀다. 하지만 갈퀴가 어떤 말로 스티나를 달래는지 알 수가 없었다. 아무 소리도 들리지 않았고 다만 스티나의 흐느껴 우는 소리만 들렸기 때문이다. 두 사람이 다시 돌아오기를 기다리며 나머지 사람들은 이야기를 계속했고 조금씩 자세한 부분까지 합의를 봤다. 예를 들어, 인형에게는 어떤 옷을 입힐 것인지, 또 인형에게 아기 모자를 씌울 것인지, 씌운다면 어떤 걸로……

「빗물을 피할 수 있는 덮개가 있으니까, 그걸 펼치면 인형은 아기처럼 보일 거야. 바로 옆에 아기 말린이 있으니 그 옆에도 똑같은 아기가 있다고 생각한다는 거지.」

스티나가 없어서 토의는 잘 진행이 되었지만, 재미는 없었다. 스티나에게 반론을 펴면서 미처 생각지 못했던 많은 것들을 떠올리게 하는 장점이 있었던 것이다. 발소리가 들리더니 갈퀴가 스티나와 함께 돌아왔다. 모두 안도의 숨을 내쉬었다. 스티나의 입 주위에 초콜릿이 약간 묻어 있었다. 하지만 그렇다고 스티나가 인형 문제를 잊고 있었던 것은 아니었다.

「어쨌든 도둑놈들이 유모차 안에서 플라스틱 인형을 발견하면 뭐라고 생각하겠어?」 스티나가 두 팔을 크게 벌리며 질문을 했다.

「아주 작은 부분까지 다 생각해 두었고 가장 그럴듯한 안들을 채택하기로 했어.」 천재가 말했다.

「스티나의 손녀딸이 나중에 그 인형을 가지면 되지!」 메르타의 제안이었다. 메르타의 이 아이디어에 스티나는 잠잠해졌다. 그리고 스티나를 달래기 위해서 아기 쿠션과 이불은 스티나가 마음에 드는 것들을 고르도록 일임했다. 이렇게 해서 모든 사람들이 만족하는 안이 도출되었다. 요약하면, 쌍둥이 유모차를 구입하되, 비가 와도 괜찮게 방수가 되어야 하며, 두점의 그림을 실을 수 있는 공간이 있어야 하고, 기저귀, 쿠션, 이불도 구입한다는 것이다. 모두들 각자 방으로 돌아가기 전에 다시 한 번 잔을 들어 일의 성사를 빌었다.

골똘하게 생각에 잠겨 있던 메르타는 자동차 소리에 깨어났다. 작은 흰색 택배 트럭이 빠른 속도로 달려오다가 요양소에서 그리 멀지 않은 곳에서 거의 급정거를 하듯 멈춰 선 것이다.

「이제야 왔군!」 메르타가 말했다. 차가 천천히 다가오더니 멈췄다. 운전사가 차창을 내렸다.

「여기가 다이아몬드 노인 요양소입니까?」

「맞아요. 여기에요.」 메르타가 답했다.

젊은 운전기사는 차에서 내려 마야 스트란드를 찾았다. 메르타는 자기라고 하면서 운전기사가 내미는 전자 단말기에 서명을 했다. 가명인 마야 스트란드로 서명을 해본 적이 없었기에 잠깐 망설이기는 했지만 인수증에 멋지게 서명을 했다. 메르타의 서명은 유명 인사나 의사들의 서명 못지않게 누구도 읽을 수 없는 아주 복잡한 것이었다. 메르타 자신도 다시 할 수 없는 서명이었다.

안나그레타가 박스의 숫자를 세어 보고 송장을 확인한 다음 돈을 치렀다. 운전기사는 친절하게도 물건들을 엘리베이터 안까지 실어다 주었다. 약간 부딪치고 하면서 사소한 트러블들이 있기는 했지만 모든 물건이 노인들의 방으로 옮겨졌다. 물건 정리가 대충 끝났을 때 메르타는 창밖으로 아직 가지 않고 서 있는 작은 택배 트럭을 보았다. 메르타는 얼른 다시 내려갔다. 막 뛰어나온 메르타가 유모차는 자기 아이를 위해 산 것이라고 말하자 택배 기사는 당황했다. 그러자 메르타는 자기 나이에 아이를 낳은 것은 아니고 늙은이들이 아이라고 하면 그 말은 손자, 손녀를 가리키는 말이라고 길게 설명을 해주었다. 택배 기사는 알겠다는 표정을 지어 보였다. 모든 일이 다 끝났고 메르타는 자기 방으로 돌아와 잔들과 샴페인 병을 꺼냈다.

「자, 친구들, 모두 한잔합시다! 그림과 예술을 위해서!」

「인상주의 화가들을 위해서!」 안나그레타였다.

안나그레타는 깜짝 선물을 하나 준비했는데, 테이블 위에 스웨덴식 샌드위치 바구니를 펼쳐 놓은 것이다. 아무도 모르게 인터넷으로 주문한 것이다. 모두들 잔을 비우고 샌드위치를 먹은 다음, 메르타는 방문을 잠갔다. 이제 각자 기저귀를 하나씩 받아 들고 그 속에 5백 크로나짜리 지폐를 넣을 차례였다. 그날 밤 내내 안나그레타는 최고의 기분을 맛보았다. 자신이 인터넷으로 구입한 물건들이 착착 도착해서 착착 작업이 이루어지고 있었기 때문이다. 완전히 원기를 되찾은 안나그레타는 내일 은행에 전화를 걸어 전산망의 고장 원인에 대해 알려 줄 것이라고 장담을 했다. 하지만 다른 사람들은, 남의 눈에 띄지 않게 신중하게 일을 처리하는 것이 좋겠다고 하면서 모두 말렸다. 최선의 방법은 은행에 전화를 걸어서 안나그레타의 계좌를 이체 이전으로 원상 복귀시켜 달라고 부탁하는 것이라고 조언해 주었다. 천재의 의견에 따르면 바이러스가 모두 지워졌으니 가능하다는 것이다.

「그러면 은행에서는 내가 찾으려고 했던 돈에 대해 이것저것 물어보고 그럴 텐데?」 안나그레타가 물었다.

「그냥 이자가 불어났고 생각이 바뀌어서 안 하기로 했다고 하면 될 거야.」

친구들의 회의로 멋진 하루가 지나갔다. 저녁 식사 후 군나르가 요양소에 모습을 보이자, 안나그레타에게는 최고의 날이 되었다. 안나그레타는 군나르와 자기 방으로 사라졌다. 밤이 꽤 깊었지만 그녀의 방에서는 「어린아이의 믿음」이라는 곡이 계속 울려 나왔다. 라프 리사가 〈하늘 나라로 가는 황금 다리〉 대목을 부르자 두 남녀는 평소처럼 합창을 시작했다. 하지만 플레이어 바늘이 자꾸 미끄러지면서 〈황금 다리〉, 〈황금 다리〉만을 반복할 뿐 더 이상 앞으로 나가질 못했다. 한참을 그렇게 하더니 귀를 찢는 듯한 소리가 들렸다. 그 소리는 바늘이 완전히 음반 밖으로 튀어 나간 것을 의미하는 소리였다. 이후 아무 소리도 들리지 않았다. 다른 사람들은 서로를 쳐다보면서 희망을 갖고 기다렸다. 어쩌면 군나르가 플레이어를 발로 차 엎어 버린 것 아닐까? 하지만 이 기대는 여지없이 무너졌다. 다시 들리는 소리는 「어린아이의 믿음」이었고 그마저도 마지막 부분에 가서는 음반에 흠집이 났는지 찌직거리다가 끝났다. 모두들 일어나 잘 자라고, 멋진 하루를 보냈다고, 서로 인사를 하며 흩어져 각자의 방으로 갔다.

하지만 이내 두 개의 방문이 열리더니 천재와 갈퀴가 공동실에서 얼굴을 마주하고 만났다.

「통 잠을 청할 수가 없네.」서로 이 말을 나눈 두 할아버지는 다시 각자의 방으로 갔다. 하지만 잠시 후, 두 사나이들은 소리 나지 않게 방문을 열고 나와 애인들의 방으로 갔다. 은행털이 계획을 세우는 일이 아닌 다른 일을 했을 것 같긴 한데, 이제까지의 수많은 사연과 사건들을 되돌아보면 각각의 커플이 아주 유용한 일을 했을 것으로 추정된다.

65

「아이고, 하나님 맙소사, 정말 스트레스 쌓이는군!」 스티나는 새로 산 유모차를 밀며 짜증이 나서 속으로 투덜거리지 않을 수 없었다. 10월 30일. 12시 55분이었다. 니브로비켄 강에 부는 바람은 차가웠고 겨울이 멀지 않았음을 알리고 있었다. 스티나의 어린 손녀 말린은 담요로 포근하게 몸을 감싼 채 유모차 안에서 자고 있었고, 그 옆자리는 아기 모자를 뒤집어쓴 인형이 아기처럼 차지하고 있었다. 스티나와 메르타는 번갈아 가며 유모차를 밀어야 했는데 새로 산 유모차가 생각보다 훨씬 무거웠기 때문이다. 아침 일찍 두 할머니는 유모차 안에 담요와 함께 지폐가 가득 든 기저귀들을 집어넣어 놨고 아기 젖병, 양말, 유아용 조끼 등도 잊지 않고 함께 챙겨 넣었다. 그런 다음 아기를 안고 택시를 잡아타고 블라시에홀름스토리 가로 향했다. 택시 기사의 도움을 받아 유모차를 내리고 아기와 인형을 태운 다음 두 할머니는 그랜드 호텔로 갔다.

길을 가면서 메르타는 과연 두 점의 그림을 훔쳐 간 사람이 누군지 궁금했다. 모든 경우의 수를 헤아려 보았다. 유고슬라

453

비아 조폭일 수도 있고 호텔 직원일지도 모른다. 아니면 호텔에 묵었던 어떤 돈 많은 실업가일 수도 있고…….어쨌든 그런건 문제가 아니었다. 오직 그림만 되찾으면 그만이었다. 호브슬라가르가탄에 도착한 두 할머니는 주위를 둘러보았다. 전갈을 보낸 사람이 지정해 준, 블라시에홀름스토리 가와 테아테르가탄이 만나는 지점의 인도에 유모차를 놓아두었다. 스티나는 손녀를 들어 올리다가 그 옆에 있는 인형을 건드리고는 소스라치게 놀라 잠시 멈칫했다.

「메르타, 우리가 실수한 거 같아. 사람들이 이 인형을 본다면 우리가 아이를 버린 것으로 알고 우리를 쫓아 올 수도 있지 않겠어?」

「걱정하지 마. 그래서 아예 안 보이게 유모차 덮개를 씌우고 인형 위에 앞치마 같은 것을 한 번 더 덮어 놓은 거야.」메르타는 유모차 덮개를 내리고 지퍼를 올려 단단히 고정시켰다. 그리고 인형을 손가락으로 가리키며 말했다. 「난 정말 이 인형을 끌고 다니고 싶지 않아.」

「인형이 아니라 아기야.」스티나가 퉁명스럽게 말했다. 「인형을 버린다고? 어차피 덮개를 씌운 유모차 안에 아무것도 보이지 않는다면, 무엇 하러 인형을 샀어?」

「글쎄……내 생각에는…….」메르타는 왜 인형을 사기로 했는지 얼른 기억이 나지 않아 답을 할 수가 없었다. 스티나는 왜 이렇게 항상 일이 끝난 다음에 사후 약방문식으로 사람을 몰아세우는지 알다가도 모를 일이었다. 「그러니까, 우리가…….」

「우리가? 나는 그 〈우리〉에서 빼줘.」스티나가 갑자기 소리를 쳤다. 「나는 처음부터 엠마의 유모차를 사용하자고 주장했어. 도둑놈들이 우릴 봤다면 미친 사람들 취급을 했을 거야. 플라스틱 인형이라니, 기가 막혀서! 만일 내가 이 일을 맡았다면, 난 말이야······.」

「스티나 이제 우린 가는 게 좋겠어.」 메르타가 스티나의 말을 가로막으며 말했다. 「약속한 대로 우린 유모차에서 멀리 떨어져 있어야 해. 그러다가 두 시간이 지나면 다시 여기로 와서 그림을 찾기로 한 거야.」

「유모차 안에 모네 한 점, 르누아르 한 점 그리고 아기 인형이라니!」 스티나는 계속 투덜댔다.

「그래, 맞아. 스웨덴 국보니까, 다시 국가로 돌아가야 해.」

스티나는 메르타의 말에 어깨를 으쓱해 보이면서 맹꽁이자물쇠를 유모차에 채웠다. 길거리에는 간혹 한두 사람이 지나갈 뿐 한적하기만 했다. 오히려 사람들은 스트룀카옌 부두 쪽에 많았다. 스티나는 말린을 꺼냈고 담요로 덮은 다음 모자도 씌웠다.

「아이고 귀여운 것!」 메르타는 분위기도 바꿔 볼 겸해서 일부러 짐짓 과장된 억양으로 말을 했다.

스티나가 아이를 어르며 말했다. 「이 아이는 인형이 아니라, 진짜 아기야. 내 손녀라고.」

주변에 카페도 없어서 두 할머니는 그랜드 호텔의 겨울 정원으로 갔다. 그러나 메르타는 잠시 망설여졌다. 지난번처럼 사람들이 알아볼 수도 있었기 때문이다. 하지만 날씨가 워낙 추웠고 주변에 마땅히 들어갈 곳도 없었다. 두 사람은 전채 요리를 하나 시켜서 먹는 둥 마는 둥 했다. 두 시간 후 두 사람은 다시 자리에서 일어났지만 다리가 후들거렸다. 조금 힘을 내야 했기에 술을 한 잔씩 시켜 마셨다. 그런데 이 술은 코냑 같은 술이 아니라 딸기향이 첨가된 보드카였다. 어떻게 이런 일이! 메르타는 자신들이 정신을 못 차리고 있다는 것을 알았고 이러다가는 큰일이 터질 수도 있다는 예감이 찾아왔다. 게다가 벌써 스티나는 벨기에산 초콜릿을 시켜서 커피와 함께 먹고 얼굴까지 벌겋게 달아올라 있었다. 그러고는 말린과 함께 수다를 떨기 시작했는데 너무 요란스러워서 메르타가 목소리 좀 낮추라고 말을 해주어야만 했다.

「제발 솔직한 도둑놈이어야 할 텐데, 걱정이야. 돈만 챙기고 그림을 갖고 우리를 골려 먹는 나쁜 놈이 아니어야 할 텐데. 만일 그런 놈이라면 내가 가만 안 놔둘 거야. 정신 못 차리게 막 패줄 거야!」

「그럼. 그런 놈이라면 이렇게 발차기를 해서 패줘야지.」 스티나는 한 발을 들어 진짜 차는 시늉을 하며 뒤뚱거렸다.

메르타는 그런 스티나가 영 못 미더웠다. 제발 스티나가 조금만 더 믿음직했으면 싶었다! 아마도 최근에 그녀가 읽은 탐정 소설과 특히 사건 전문 잡지인 『크리미날 요우르날렌』의 영향인 것 같았다. 스티나는 말린을 공중으로 높이 치켜들었다. 그러면서 이상한 소리를 했다.

「하루 범죄 한 건이면 의사가 필요 없다.」 메르타는 스티나가 최고의 상태임을 알 수 있었다. 두 할머니는 위풍당당하게 일을 처리하러 나섰다.

서서히 황혼이 지기 시작했고 비도 내리기 시작했다. 메르타는 비를 맞은 그림이 캔버스에서 들뜨지는 않을까, 또 액자가 뒤틀리지는 않을까 갑자기 걱정이 몰려와서 걸음을 재촉했다. 너무 빨리 걷다 보니 숨이 찰 정도였는데 그래서 잠시 쉴 수밖에 없었다. 그러다 메르타는 유모차가 방수라는 것에 생각이 미치자 다시 안도했다. 길모퉁이를 돌아서자 유모차가 보였다. 메르타의 심장이 쿵쾅거렸다. 두 시간 동안 도둑이 나타나지 않은 채 유모차만 덩그러니 놓여 있었던 것은 아니겠지? 혹시 뭔가 문제가 있었던 것도 아니겠지? 두 할머니는 조심스럽게 유모차로 다가갔다. 1미터 정도도 안 되는 가까운 거리에 서서 메르타는 지팡이를 들어 유모차 쪽으로 내밀어 봤다. 폭탄이나 혹은 끔찍한 물건을 유모차 안에 넣어 놓았을지 누가 알겠는가. 조심하는 게 상책이었다. 하지만 지팡이가 이상하게 짧았다. 안나그레타의 흰 지팡이를 잘못 갖고 나온 것이다. 두 할머니는 천천히 유모차 주변을 두 바퀴 정도 돌며 뭔가 이상한 점이 없나 샅샅이 살폈다. 그리고 더 가까이 다가가 플라스틱 덮개를 열었다. 그때 두 사람은 알았다. 인형이 원래 있던 자리에서 밑으로 미끄러져 내려와 있었고, 누군가가 담요 속을 뒤진 흔적이 그대로 남아 있었다. 돈이 들어가 있던 쿠션과 기저귀들은 사라지고 없었고 담요가 마치 쌍봉낙타의 등처럼 두 개의 봉우리를 이루며 약간 위로 솟아올라 있었다. 메르타는 손으로 그 봉우리를 만져 보았다. 그러고는 안도의 숨을 내쉬었다. 그림이었다. 두 그림이 담요 속에 들어 있었다. 묵직한 액자도 느껴졌다. 다시 손으로 만져 보았다. 하나는 모네의 것처럼 각이 져 있었고 다른 하나는 모서리가 약간 둥글고 세로가 긴 직사각형의 액자로 폭도 조금 더 넓은 르누아르

의 것이었다. 메르타는 르누아르를 유모차에서 들어 올리려고
했으나 그럴 수가 없었다. 그만큼 무거웠던 것이다.

「우리, 박물관으로 곧장 가버릴까?」 메르타가 낮은 목소리
로 말했다. 스티나가 머리를 끄덕이며 그러자고 동의했다. 두
할머니는 유모차에서 맹꽁이자물쇠를 제거한 다음 호브슬라
가르가탄 쪽으로 갔다. 거기서 다시 걸음을 멈췄다.

「여기로 오니까, 주변이 조금 밝아. 우선 작품들이 손상되지
않고 그대로인지 확인부터 해봐야지. 혹시 장갑 있어, 스티나?」

「상자 속에 있어. 내가 말린을 잡고 있을게. 이놈이 누워서
일을 봤네.」

「그럴 줄 알았지…….」

메르타는 장갑을 꺼내 끼고 액자를 감싸고 있던 종이를 걷
어 내리려고 했다. 종이는 한 장이 아니라 여러 겹으로 되어 있었
고 일이 처음 생각했던 것보다 어려웠다. 하지만 한쪽 모서리
가 드러나면서 환한 황금빛이 보이자 메르타는 기쁨과 안도의
숨을 내쉬었다.

「아, 스티나! 얼마나 다행인 줄 몰라! 소유한다는 것이 항상
가장 큰 기쁨인 것은 아니야. 남을 위해 무언가를 준다는 것이
오히려 더 큰 기쁨인 거야. 특히 훔친 것을 다시 되돌려 주니
그 기쁨이 두 배, 세 배 커지는 것만 같아.」

「개똥철학은 나중에 하고, 우선 우리 아가 기저귀부터 갈아
주어야겠어.」

메르타는 그림들 위로 다시 담요를 덮고 스티나에게 자리를
내주기 위해 뒤로 서너 걸음 물러섰다. 스티나는 익숙한 솜씨
로 금방 기저귀를 갈았다. 사실 말린은 스티나에게는 벌써 세

번째 손자였다. 아기의 응가 냄새가 유모차 위로 확 퍼져 올라왔다.

「모네와 르누아르는 냄새를 못 맡으니 다행이야.」 메르타가 말했다.

스티나는 아무 말도 하지 않고 벗겨 낸 기저귀를 유모차 밑 바퀴 근처에 쑤셔 넣었다. 그런 다음 말린을 여러 장의 담요로 정성스레 덮어 주었다.

「어서 서둘러 가자. 다시 유모차 덮개를 덮고. 사람들이 막 몰려드네.」

메르타는 눈을 들어 한 무리의 노인들이 다가오는 것을 봤다.

「저 사람들 지금 국립 박물관에 가는 걸 거야.」

「물어보지도 않고 어떻게 그걸 알아?」

「여러 명의 할망구들 앞에 할배가 한두 사람 있으면, 그건 틀림없이 문화 강좌 들으러 가는 거거든.」

두 할머니는 길 모퉁이를 돌아 박물관 쪽으로 내려갔다. 그랜드 호텔 근처 스트룀 부둣가에 왔을 때 갑자기 유모차도 날려 버릴 것 같은 세찬 바람이 불었다. 바람은 더욱 강해져서 유모차 덮개 밑으로 파고들며 유모차를 강둑으로 밀어냈다. 위험을 직감한 메르타가 유모차 손잡이를 잡아채면서 발에 힘을 주었다. 그러나 잡고 있던 손잡이가 떨어져 나오면서 유모차가 홀로 미끄러지기 시작했다. 스티나는 거의 본능적으로 얼른 말린을 안아 올렸다. 그러자 다시 세찬 바람이 불어왔고 무게가 가벼워진 유모차는 더욱 빠른 속도로 강 쪽으로 밀려갔다.

「잡아, 어서 잡아!」 스티나가 소리쳤고 메르타는 유모차를 잡으러 헐레벌떡 뛰었다. 유모차는 이미 물속으로 들어가고 있었다. 메르타의 눈앞에 강물 깊이 가라앉는 모네와 르누아르 그림들이 떠올랐다. 궁하면 통한다고들 하지만 어떻게 해 볼 방법이 없었다. 메르타는 몇 발자국 더 내디뎌 봤지만 거기까지였다. 메르타는 안 되겠다 싶어 얼른 도움을 청했다. 있는 힘을 다해 소리치고 발버둥을 쳤다. 가능한 한 조용히 남의 눈에 띄지 않게 박물관으로 가려던 계획은 다음 문제였다. 근처에 있던 박스홀름 배의 선장이 이 소리를 듣고 거의 번개처럼 달려와 유모차를 잡아 길 위로 끌어 올렸다. 한순간에 일어난 일이었다.

선장은 어쩔 줄 모르고 완전히 겁에 질려 있는 두 노인을 보며 말했다.

「이렇게 바람이 센 날에는 유모차 덮개를 걷어 놓는 게 좋아요. 덮개 안으로 바람이 파고들면 돛단배 효과가 나서 위험하거든요.」 선장이 친절하게 설명해 주었다. 그러면서 유모차 앞쪽으로 다가와 덮개를 열려고 했다.

「아니에요. 그냥 두세요.」 메르타가 소리쳤다. 유모차 안에 있는 그림들이 발각될까 봐 겁이 났던 것이다. 「어쨌든 정말, 너무 고마워요. 어떻게 고맙다고 해야 할지…….」

메르타는 다시 유모차를 붙잡고 빠진 손잡이를 다시 끼웠다. 그리고 국립 박물관 쪽으로 갔다.

「부인, 박물관에 들어가시려고요? 유모차는 주세요. 도와드릴게요.」 선장이 계속 쫓아오면서 말했다.

「아니에요. 우리끼리 할게요.」 메르타가 도움을 거절하며 말했다. 하지만 박스홀름 선장은 두 노파의 말에 전혀 귀를 기울이지 않으며 자기 마음대로 일행을 지휘하려 들었다. 계단 밑에 도착해서는 점잖은 신사처럼 말했다.

「부인들께서는 제가 부인들을 돕는 일을 중간에 그만둘 거라고 생각하셨단 말인가요? 여자들만 있으니, 신사가 한 명 필요합니다. 진정한 신사.」

선장은 유모차를 번쩍 들더니 성큼성큼 계단을 올라가 문 앞에다가 쾅 하고 내려놓았다.

「자, 이제 됐습니다. 지금부터는 별 어려움이 없을 겁니다.」 그 진정한 신사는 미소를 지으며, 군대식으로 손을 올려 인사를 했다. 메르타와 스티나는 어안이 벙벙한 상태에서 여러 번 고맙다는 인사를 해야만 했다.

「저 남자가 우릴 보지 말았어야 했는데…….」 메르타가 말했다.

「하지만 경찰이 우리를 잡으려고 덤벼들지는 않을 것 같아. 우리는 그림을 되돌려 주잖아. 그러니까 이제 좀 진정해, 메르타. 게다가 저 사람 진짜 너무 친절한 것 같아. 저 사람 없었으면 이 계단을 어떻게 올라올 뻔했어.」 순식간에 여러 일들이 일어난 탓에 정신이 하나도 없는 상황에서도 의외로 스티나가 의연하게 말했다. 손녀 때문이었을 것이다. 너무 힘이 들어 스티나는 유모차에 몸을 의지했는데 유모차가 무게를 이기지 못해 뒤틀려 있는 것이 눈에 띄었다. 자세히 보니 나사 하나가 빠져서 바닥에 떨어져 있었다. 그 진정한 신사가 문 앞에다 쾅 하고 내려놓을 때 빠진 것만 같았다.

「그러길래 내가 처음부터 뭐랬어? 게다가 비싸기는 오죽 비쌌어. 엠마에게 주려고 했는데…….」 스티나는 탄식을 늘어놓았다.

「아니야, 엠마는 이런 거 줘도 안 가지려고 할 거야.」 메르타가 고장 난 유모차를 어떻게든 조작해 보려고 하면서 스티나를 달랬다. 바퀴가 내려앉아서 아무리 밀어도 유모차가 앞으로 나가지를 않았다. 메르타는 한참을 힘을 쓰다가 그만 벽에 몸을 기대고 말았다.

「잠깐, 우리 그냥 이 유모차를 엘리베이터 안에다 놓고 여길 떠나면 어떨까?」 스티나가 주위를 둘러보며 말린을 잠깐 내려놓을 곳을 찾으면서 말했다.

「그것 참 좋은 생각이네.」 메르타가 동의했다. 엘리베이터는 문 앞 가까이에 있었고 마치 그 옆에 긴 나무 의자도 하나 있었다. 스티나가 조심스럽게 손녀를 그 의자 위에 올려놓고 나자 두 할머니는 유모차를 밀고 엘리베이터 앞까지 갔다. 사람들이 두 할머니의 이런 행동을 호기심 어린 눈으로 바라보고 있었지만 용감한 두 할머니는 전혀 개의치 않고 움직였다. 다행히도 엘리베이터는 내려와 있었고 곧바로 문이 열렸다. 두 젊은이들이 도와주겠다고 해서 모두 힘을 합쳐 유모차를 엘리베이터 안으로 밀어 넣었다. 하지만 잘 안 굴러가던 유모차를 너무 힘껏 밀었던 탓에 한쪽 모서리가 엘리베이터 벽에 부딪치고 말았다.

「어이쿠, 이런. 미안해요.」 젊은이들이 말했다.

「아니에요. 고마워요. 괜찮아요. 이제 나머지는 우리가 알아서 할게요.」 메르타가 식은땀을 흘리고 헐떡거리면서 말했다.

하지만 메르타가 다른 손잡이를 잡고 유모차를 한쪽 구석으로 밀려고 하자 나사 하나가 쉿소리를 내며 빠지더니 연이어 다른 나사들도 빠져 버렸다.

「얼른 엘리베이터 문을 닫는 게 좋겠어.」 메르타가 버튼을 누르면서 스티나에게 말했다. 그러나 이때 유모차 한쪽 구석이 엘리베이터 문에 걸리면서 큰 소음이 나고 말았다.

「무슨 일이지?」 스티나가 물었다. 메르타는 다시 열림 버튼을 눌렀다. 문은 다시 열렸으나 유모차가 완전히 바닥에 내려앉아 버렸다.

「아이고, 정말 속 썩이네, 이놈의 유모차.」 메르타가 놀라서 말했다.

「그러길래 뭐라고 했냐고, 내가. 싼 게 비지떡이라고 했잖아.」 스티나는 자기 좋은 대로 유모차 가격을 매기면서 말했다.

엘리베이터 안은 난장판이 되어 있었다. 유모차 덮개, 바퀴들, 기저귀들, 담요들이 어지럽게 흩어져 있었고 그 위에 인형이 하나 덩그러니 누워 있었으며 바로 옆에는 담요에 덮인 쌍봉낙타의 두 봉우리가 있었다. 그림들도 바닥으로 떨어진 것이다. 유모차는 말 그대로 폭삭 주저앉아 버렸다. 메르타는 거의 본능적으로 움직이고 있었다. 다시 닫힘 버튼을 눌렀다. 그러고는 문이 닫히기 시작하자 스티나에게 재빨리 엘리베이터에서 내리자는 신호를 보냈다. 그때였다. 나무 의자 위에 올려놓았던 말린이 울기 시작했다. 억지로 웃음을 지어 보이며 두 할머니는 말린을 품에 안고 문 쪽으로 이동했다. 이제 다 끝났다. 두 할머니는 천천히 그리고 위엄을 갖추며 박물관을 나섰다. 메르타는 그랜드 호텔 뒤로 가서 택시를 기다리면서 한 대 빌려 놓은 휴대폰과 선불 카드를 꺼냈다. 메르타는 바로 번호를 입력했다. 118 118.

「국립 박물관 좀 대주세요.」그사이 택시가 오자 스티나는 말린을 품에 안고 차에 올라탔다. 국립 박물관이 전화를 받자 메르타는 바로 관장실을 부탁했다.

「여보세요? 국립 박물관 관장인데, 뭘 도와 드릴까요?」

메르타는 관장이 나오자, 목소리 톤을 높여서 다른 사람 목소리로 말했다. 「박물관 입구 엘리베이터 안에 모네와 르누아르 그림과 함께 유모차가 하나 있어요.」 메르타는 급히 전화를 끊었다. 그러고는 바로 택시에 올라타면서 운전기사에게 브롬마로 가달라고 부탁했다. 스톡홀름 시 브롬마 공항은 국내외를 가리지 않고 스웨덴에서 일어나는 거의 모든 범죄가 시작되는 곳이다. 메르타는 거짓 흔적을 남기기 위해 일부러 그곳으로 가자고 한 것이다.

「이제 임무가 끝났군.」

「끝났다고? 정말 그런 것 같아?」 스티나가 물었다. 「우린 인형을 잊고 왔어.」

「앗, 그렇구나. 3천만 크로나와 모자를 눌러쓴 플라스틱 인형이라! 인생은 놀라운 일들의 연속이라더니, 맞는 말이지?」 메르타는 중대한 실수를 범했음에도 불구하고 웃음을 터트릴 수밖에 없었다.

브롬마 공항에 도착해서는 출발 플랫폼으로 가서 크게 한 바퀴 돌며 사람들이 자신들을 알아보는지를 살펴보았다. 그런 다음 도심으로 들어가는 버스를 탔다. 돌아오는 길에 엠마를 만나 말린을 넘겨주고 요양소로 돌아왔다. 천재와 갈퀴는 할머니들이 외투를 벗는 것을 도와주었다. 안나그레타도 너무 흥분이 되어서 음반 듣는 것도 잊어버린 채 자기 방에서 차를 마시자고 했다.

다섯 노인들은 긴 의자와 소파 등에 나누어 앉아 서로 차를 따라 주고 마시면서 이야기를 시작했다(천재는 결코 긴 의자에 앉지 않으려고 했다. 전에 메르타의 방에서 긴 의자에 앉았을 때 뜨개질바늘을 피하려다가 차를 쏟은 적이 있기 때문이다).

「어떻게 됐어?」 궁금해하던 안나그레타가 안경을 벗어 닦은 다음 허공에 들어 비춰 보면서 가장 먼저 물었다. 그 안경은 최근에 자신의 얼굴에 잘 맞는 것으로 새로 산 것이었다. 코끝으로 흘러내리지도 않았다. 옛날 테는 벼룩시장에 팔았다고 했다.

몇 모금 차를 마신 후, 메르타와 스티나는 오늘 하루에 있었던 일에 대해 이야기를 시작했다. 유모차가 고장이 나더니 급기야 부서진 대목에 이야기가 이르자 안나그레타는 너무나도 재미있다는 표정을 지으며 가까스로 웃음을 참다가 마침내 평소와는 다른 웃음보를 터뜨리며 친구들을 걱정하게 만들었다. 하지만 메르타가 엘리베이터 안에 인형을 놓고 온 이야기를 하자 그녀의 웃음은 다시 원래의 고주파 말 울음소리로 돌아와 걱정하던 친구들을 안심시켰다. 다만 조금 피곤해서 그 웃음소리가 길어졌을 뿐이었다.

「각종 테스트를 했다고 하는 소리는 전혀 믿을 수가 없는 것이었어.」 안나그레타가 다시 기운을 차리면서 말했다. 그러자 메르타가 말했다.

「옛날에는 가게에 가면 점원이 나와서 이것저것 다 설명을 해주곤 했는데, 이젠 모든 것을 인터넷으로 파는 세상이 되다 보니 물건에 대해 전혀 모르는 사람들이 사이트에 의견을 올리는 거야. 상품 비교 평가에서는 우리가 산 유모차가 1위로 올라와 있었어. 그러면 다른 물건들은 대체 어떻다는 거야!」

「사회가 변했어. 이젠 인터넷과 함께 살아야 해.」 갈퀴가 점잖게 한마디 했다.

「그런데 변화가 항상 좋은 방향으로만 가는 게 아니야.」 메르타가 말했다.

「또 개똥철학 나오시네.」 갈퀴가 메르타의 말을 받았다.

잠시 조금 어색한 침묵이 흘렀다. 스티나가 입을 열었다.

「우리가 또 한 가지를 잊은 것 같아.」

모두들 귀를 쫑긋하며 스티나를 쳐다봤다. 스티나의 목소리가 뭔가 중대 발표를 할 때의 그 목소리여서 사람들은 더욱 긴장을 했다.

천재가 다그쳐 물었다. 「무엇을 또 잊었다는 거야?」

「난, 우리가 왜, 이 그림 두 점을 갖고 이렇게 숨바꼭질을 해야 되는지를 모르겠어. 메르타는 경찰서에서 그림값만 받으면 바로 그림들을 돌려주기 위해 잠시 그림을 훔친 것이라고 말했어. 그렇지?」

「맞아. 그랬지.」 메르타가 답했다.

「그런데 왜 이야기가 이렇게 복잡하게 꼬이는지를 모르겠어. 이게 다 뭐야? 그냥 그림을 팔 밑에 끼고 들어가서 돌려주면 되잖아. 그랬다면 인형도 필요 없고 유모차에다 잡다한 물건들도 다 필요 없었을 거야. 훔친 것을 돌려준다는 것은 비난할 수 없어. 일부러 브롬마 공항까지 가서 거짓 흔적을 만들고 하는 것은 난 이해 못 하겠어!」 스티나는 말을 하면서 약간 몸을 떨었고 급기야 심하게 재채기를 해댔다. 오늘 하루, 감기도 다 낫지 않은 상태에서 너무 오랫동안 바깥에 있었던 것이다. 감기가 더 심해진 것 같았다. 「우리는 이 모든 것을 꼭 해야만 하는 이유도 없이 공연히 한 거야.」 스티나는 손수건을 꺼내면서 말을 마쳤다.

메르타는 고개를 떨구었고 얼굴이 붉게 변해 있었다. 천재는 두 손을 깍지 낀 채 배 위에 올려놓고 있었고 갈퀴는 낮게 콧노래를 흥얼거렸다. 침묵을 깬 사람은 안나그레타였다.

「하지만 나이가 들면 가끔 실수도 하고 그러는 거잖아! 그래서 뭐가 어떻다는 거야?」

「앞으로 우리가 할 강도 짓에는 젊은 사람들이 필요해. 생각이 분명하고 머리가 잘 돌아가는 사람들 말이야. 가령 엠마나 안데르스 같은 젊은 사람들. 우리 혼자 할 수 없을 때는 도움이 필요한 거잖아. 우리가 다시 젊어질 수는 없으니까…….」

「말도 안 돼! 그 젊은 사람들이 우리 같은 노인네들의 리듬을 따라올 수 있을 것 같아?」 다시 안나그레타가 말했다. 「어쨌든 우린 지금까지 너무 즐거웠어. 가장 중요한 것은 그거 아니야? 누구도 다친 사람이 없고 뭘 잃어버린 것도 없잖아. 물론 유모차하고 인형은 잃어버렸지만.」

유모차라는 말을 하자마자 안나그레타는 다시 웃음을 터뜨리고 말았다. 우스워서 도저히 못 참겠다는 웃음소리였으며 갑자기 터진 웃음이어서 그런지 말 떼가 몰려오는 것만 같았다. 메르타는 스티나의 말이 맞는 것 같았고 다가가서 포옹이라도 해주고 싶었다. 사실 메르타도 브롬마 공항으로 가는 도중에 비슷한 생각이 들었다. 그림을 꼭 그렇게 숨겨서 돌려주지 않았어도 될 일이었다. 하지만 그런 생각까지 해보진 못했다고 고백할 수는 없었다. 다만 메르타는 공항에 갔던 일이 매우 유용했다는 것을 알고 있었다. 무엇보다 정보를 얻을 수 있었던 것이다. 탑승 수속대와 보안 검색대 등을 유심히 살펴보았으며 공항에 대한 이런 지식과 정보는 언젠가 그들의 작전에 긴요하게 쓰일 수 있을 것 같았다.

66

전화벨 소리가 방 전체에 크게 울렸다. 페테르손 과장은 전화기를 노려보았다. 마치 부숴 버리고 싶다는 눈빛이었다. 오전 내내 전화만 받고 있었던 그는 더 이상 전화를 받고 싶은 심정이 아니었다. 게다가 그는 이 사무실 전화벨 소리가 싫었다. 어딘지 그놈의 벨 소리는 스키 월드컵이 열릴 때마다 듣기 싫어도 들어야 했던 노르웨이 국가를 연상시켰기 때문이다. 페테르손은 수화기를 들었다.

「대체 뭔 소리요, 그게? 엘리베이터 안에서, 잃어버린 그림들을 찾았다고요? 황금색의 큰 액자와 두 점의 그림을요? 틀림없이 르누아르와 모…… 아니에요, 아니에요. 절대 손대지 마세요. 금방 가겠습니다. 절대, 아무것도, 손대지 마세요. 그러면 안 됩니다!」

페테르손은 숨이 막힐 지경이었다. 사실이란 말인가? 이미 외국 미술품 암시장에서 오래전에 팔렸을 것이라고 장담하고 있던 터였다. 하지만 전화를 건 부인은 확실하다는 투로 말을 하지 않았나…… 서둘러야만 했다. 스트룀베크도 사태의 심각성을 깨닫고 합류했다. 한 손으로 운전대를 잡고 다른 한 손으로는 외투를 껴입으면서 두 사람은 국립 박물관으로 내달았다. 차는 그랜드 호텔 앞, 카디에르 바 근처의 스트룀 부둣가에 세우고 두 사람은 서둘러 차에서 내렸다. 차 문을 닫고 막 돌아서려는데 페테르손은 인도에 뭔가가 떨어져 있는 것이 보였다. 5백 크로나짜리 지폐였다. 페테르손은 몸을 숙여 지폐를 주웠다.

「이게 뭐야! 누가 흘린 거야, 5백 크로나 지폐를!」 페테르손은 주변에 아무도 없는 것을 확인하고 투덜거리며 지폐를 접퍼 호주머니에 쑤셔 넣었다.

박물관 입구에서 그는 제복을 입은 한 경비원의 안내를 받았다. 경비원은 경관들을 엘리베이터 앞까지 인도했는데, 옛날 고장 난 것처럼 위장했던 그 엘리베이터였다. 하지만 지금은 〈폐쇄〉라는 팻말이 붙어 있었다. 특별 기획 전시회 「악과 선」전을 보러 온 노인들이 엘리베이터 앞에 길게 줄을 서 있었다.

한 할머니가 경비원을 보자 앞으로 나서면서 항의를 쏟아냈다. 「지금 당장 저 엘리베이터를 좀 고쳐 놔요. 지금 우리보고 계단을 걸어 올라가라는 말은 아니겠죠? 아니면 공중 부양이라도 하라는 거예요!」

곁에 있던 그 노부인의 남편처럼 보이는 할아버지도 화가 나 입술을 앞으로 내밀면서 나섰다. 「아니면 당신이 우릴 모두 업고 올라가든지!」

페테르손이 사람들을 밀치면서 엘리베이터 쪽으로 가는 길을 내며 말했다. 「모두들 조용히 해주세요. 진정하세요. 우리는 경찰입니다. 사정이 생겨서 모두 여기서 조금 기다려야 합니다.」

「경찰?」

엘리베이터 앞에서 소란이 일어나고 있는 사이 한 50대 중반의 우아한 여성이 나타나더니 경찰을 향해 손을 내밀고 악수를 청했다. 안경을 쓴 이 여인은 깔끔하고도 왠지 우아한 멋이 느껴지는 옷을 입고 있었다.

「어서 오세요. 박물관장 탐입니다.」

「반갑습니다. 수사 과장 페테르손 경감입니다.」

「그림은 엘리베이터 안에 있었습니다.」 관장이라는 여인이 엘리베이터 버튼을 눌러 문을 열었다. 순간 고약한 냄새가 훅 하고 풍겨 나왔다.

「이게 다 뭐죠? 유모차 잔해들하고…… 모자 쓴 인형…… 나 참, 이런 꼴은 또 처음 보네…….」

「그림이 보이시죠? 아무것도 손대지 말라고 해서 포장지도 뜯지 못하고 그대로 놔두었어요. 하지만 액자만 봐도 그 그림들이라는 것을 알 수 있습니다.」 관장이 손가락으로 그림들을 가리키며 말했다.

「그러시다면…….」 페테르손이 몸을 숙여 유모차를 만져 보았다.

「조심해요. 잘못하다간 손가락을 다쳐요.」 스트룀베크가 소리쳤다.

페테르손은 잠시 멈칫했지만 이 사건을 오래 붙들고 씨름한 탓에 얼른 사태를 파악하고 싶었다.

페테르손은 다시 유모차를 이리저리 만져 보고 손을 넣어 보면서 말했다. 「미제로 남아 있던 그림 절도 사건이 해결되다니, 꿈만 같네. 이 개 같은 사건 말일세!」 페테르손은 욕을 해 가며 한 발자국 뒤로 물러나더니 더러워진 기저귀를 집어 바닥에다 팽개쳤다.

「수사 과장님, 정말 죄송한 말씀이지만, 그림이 있으니까 조금만 더 조심스럽게……」 관장이 페테르손에게 다가와 말끝을 흐리면서 말했다.

페테르손은 휴지를 꺼내 거칠게 손을 닦고 나서 조금 전보다는 더 조심스럽게 다시 유모차 속을 뒤지기 시작했다. 그러자 황금색 액자가 드러났다. 페테르손은 주머니에서 맥가이버 칼을 꺼내 포장을 자르면서 퉁명스럽게 물었다.

「확실한 거죠, 이 그림들이 찾던 그림들인 게?」

「맞아요. 손가락 하나도 대지 말라고 해서, 우린 범인의 DNA 검출을 위한 조치로 알고 아무것도 만지지 않았어요. 그동안 계속해서 국제 미술품 암거래상들을 추적해 오셨잖아요.」

「예, 그렇게 했죠.」 페테르손이 투덜거리며 조심스럽게 포장지를 잘라 냈다. 그는 그렇게 잘라 낸 포장지를 여러 번 찢어서 바닥에 던졌다. 그때 그의 귀에 박물관 여관장의 비명 소리가 들렸고 동시에 그 관장이 두 손으로 얼굴을 감싸고 있는 모습이 눈에 들어왔다.

「하나님 맙소사!」

페테르손은 남아 있는 종이도 다 걷어 낸 후 뒤로 물러섰다. 그도 전에 여러 번 봤던 그림이었다. 액자 안에는 울고 있는 작은 소녀가 보였다. 그림은 스웨덴 가정이면 대개 한 장씩 갖고 있는 그 그림이었고 심지어 화장실에도 걸려 있는 그런 그림이었다. 페테르손은 아무 말 없이 그림을 집어 바닥에 내려놓고 두 번째 그림으로 갔다. 이번에도 그는 장갑을 끼지 않고 작업했다. 재빠른 솜씨로 포장지를 잘라 내고 나머지는 손으로 잡아당겼다.

「확실하군!」

그림은 모자를 쓴 한 선원이 입에 파이프를 물고 있는 모습이었다.

여관장의 입에서 신음 소리가 새 나왔다. 「맙소사, 저건 슈퍼마켓에서 파는 그림이야!」

「경찰이 더 할 일이 없겠죠? 이게 다 뭡니까?」 페테르손의 목소리는 화가 나 있었다. 페테르손은 인형을 집어 액자 곁에 걸쳐 놓았는데 거의 던지다시피 해서 인형의 머리에 씌워 놓았던 붉은 장밋빛 모자가 바닥으로 떨어졌다.

「이런 거라는 것을 알았다면…… 정말 죄송하게 됐습니다.」 여관장이 얼굴을 붉히면서 사과했다. 그때 갑자기 껄껄거리는 웃음소리가 들렸다. 스트룀베크였다. 옆에 있던 그가 이 장면을 사진 찍고 있었던 것이다.

「수사를 위해서 찍는 것입니다. 인터넷에도 올리고요.」 스트룀베크가 은근히 여관장을 놀리고 있었다.

그러자 페테르손이 손을 들어 그만하라고 주의를 주었다.

「멍청하긴, 이 사람. 그만해! 만일 언론에서 이 사건을 다시 터뜨린다면 어떤 일이 일어날지 알기나 해?」

「그럼요, 잘 알죠. 〈이번에도 밀가루를 뒤집어쓴 경찰!〉〈노인 강도단, 또 한 번 물을 먹이다!〉……이런 기사들이겠죠?」 스트룀베크는 우스워 죽겠다는 얼굴이었다.

「그만하라니까!」 페테르손은 무언가 생각할 것이 있는지 두 손을 허리춤에 올린 채 입을 다물고 생각에 잠겼다. 「자네, 기억나지? 메르타 안데르손이 박물관에 그림들을 되돌려 주려고 했는데 그랜드 호텔 스위트룸에 있던 그림들이 도둑맞았다고 말했잖아. 그럼 이제 이 상황을 어떻게 이해해야 하지? 액자는 그대로인데, 그림만 사라졌어.」

「유모차를 밀고 박물관에 온 사람을 찾아야겠죠. 감시 카메라 영상이 남아 있을 것입니다.」

「비디오 감시 카메라 말인가? 아직 그건 확인해 보지 않았지.」 페테르손이 깊은 한숨을 내쉬었다.

스트룀베크가 조금 심각한 어조로 페테르손에게 물었다. 「이제 어떻게 하죠? 오히려 우리가 언론에 작품들을 되찾았다고 알리면 어떨까요? 그러면 진짜 도둑놈들이 의심을 하겠죠. 그러면 그 도둑놈들이 모습을 나타낼 수도 있어요. 미끼를 던져 보는 것이죠.」

「조금 복잡한 방법인 것 같아. 기자들이 원본 그림들을 보여 달라고 하면 어떻게 하고?」

「그럴 경우에는 둘러대야죠. 아무 문제가 없지만 현재 수사관들과 감정가들이 그림들을 확인하고 있으며 조금만 기다리면 공개될 것이라고 말하는 거죠.」

「글쎄, 음…….」 박물관장은 너무나 충격을 받은 나머지 단 한마디 말도 못 하고 있었다. 페테르손이 여관장의 얼굴을 쳐다보면서 울고 있는 소녀 그림을 가리키며 입을 열었다.

「이 그림은 이제 어쩌죠?」 스트룀베크는 가능한 한 실의에 빠져 있는 관장을 위로해 주고 싶은지 미소를 지으며 농담을 했다.

「벼룩시장에 내다 팔아야죠.」

「무슨 소리야. 그림에서 DNA가 나올 수도 있잖아.」 페테르손이 말했다.

그때서야 관장이 겨우 입을 열었다. 「저도 그 생각을 했어요. 가지러 오는 동안 창고에 보관하고 있을게요. 맙소사, 국립 박물관에 슈퍼마켓 그림을 보관하다니!」

「유모차도 잊지 마세요. 정말 대단한 설치 미술 아닌가요? 〈사라지지 않는 순간…….〉 작가요? 알려지지 않은 대가 정도로 하면 되겠죠.」

「여긴 현대 미술관이 아니에요. 국립 박물관에서는 진정한 작품만 전시해요.」 박물관 여관장이 느닷없이 날카로운 목소리로 스트룀베크를 쏘아붙였다.

그러자 페테르손이 나서서 말했다. 「물론입니다. 우리도 알고 있어요. 여러 방법들을 다 동원해 보았지만 수사는 아직도 진척이 없군요. 그림의 행방은 여전히 오리무중이고…….」

「그러네요. 그림은 나타나지 않는데 계속 일은 터지고. 앞으로도 많은 일들이 줄줄이 생길 것 같은데요…….」 스트룀베크는 거의 확신하는 표정으로 말했다.

67

리사는 머리 속을 긁다가 갑자기 머리를 흔들었다. 그리고 거울 속에 비친 자신의 얼굴을 보면서 마구 욕을 뱉어 댔다. 빗질을 왜 하라는 거야, 지랄 같게? 리사는 다시 힌세베리 교도소에 수감되었다. 기분이 좋지 않을 수밖에 없었다. 경찰은 그녀를 바로 재수감시켜 버렸다. 한 노인의 저축 은행 계좌를 털려고 했었고, 또 보석 가게에 들어가 서명을 위조해 보석 몇 개를 가지고 나오려고도 했다. 그게 다가 아니었다. 그녀는 한 노인 영감의 집을 털다가 체포되었다. 하지만 이건 아무것도 아니었다. 수백만 크로나를 노리다가 잔돈에 불과한 백 크로나짜리 지폐 몇 장 훔친 죄로 다시 빵에 들어온 것이 리사로서는 참을 수가 없었던 것이다…… 젠장, 빌어먹을! 시간이 조금만 더 있었다면, 그녀는 분명 그림들을 찾아냈을 것이다. 국왕의 초상화를 감싸고 있던 화려한 황금 액자는 리사의 눈에도 보통 물건이 아니었으며, 시간이 조금 걸리겠지만 페트라를 족치면 진실을 토해 내게 할 수 있었다. 페트라, 그 애가 이 사건에 연루된 것이 리사가 보기에는 확실했다.

그렇지 않아도 리사는 대학교를 다시 한 번 돌아보려고 했지만, 경찰이 끼어드는 바람에 모든 계획을 접어야만 했다. 스스로도 멍청하게 움직였고…… 좋아. 그렇다면 다음 외출을 노리든지, 아니면, 쌍놈의 감옥! 어떻게든 탈옥을 하든지……. 페트라의 기숙사 방에서 아무것도 찾지 못한다면 메르타, 그 할망구를 조지고 다 털어놓게 할 수도 있을 것이다. 이 늙은 할망구는 지금 요양소로 돌아가 있을 것이다. 조금만 손을 보면 다 토해 낼 것이고……. 리사의 생각으로는 메르타가 자신에게 들려준 것보다 훨씬 더 많은 것을 알고 있는 것만 같았다. 확실했다. 박물관이 주었다는 그림값, 천만 크로나가 날개가 달려서 어디로 날아간 것도 아니지 않는가! 리사는 부엌으로 가 커피를 한잔하려고 하는데 유리창 너머에서 교도관 하나가 그녀에게 손짓하고 있었다. 교도관은 문을 열고 리사에게로 다가왔다.

　「그런데…….」

　「그런데, 뭐요?」

　「너, 메르타 안데르손 기억하고 있지?」

　「그 착한 할망구요? 그럼요. 잘 기억해요.」

　「혹시 그 노파가 너에게 그림을 훔쳤다는 이야기를 한 적이 없었니?」

　리사는 이 질문에 답을 하지 않았다. 그러자 교도관이 다시 묻고 나섰다.

　「그 노파가 범죄를 인정했거든. 그런데 이상한 것은 훔친 그림들이 다시 도둑을 맞았다는 거야. 누군지는 몰라. 혹시 너에게 누구를 특별히 의심하고 있다거나, 뭐 그런 이야기를 한 적이 없었어?」

리사는 질문을 잘 이해하지 못하겠다는 표정을 지어 보이며
답을 회피하려고 했다.

「어쨌든 지금 그림들은 모두 박물관으로 되돌아갔어. 그런
데 아무도 몰라. 어떤 경로로 그림들이 되돌아왔으며, 왜 그림
들을 되돌려 주었는지를.」

「언젠가 알게 되겠죠, 내가 알 게 뭐예요!」

「내 생각에는 네가 조금 들은 이야기가 있을 것 같은데.」

「내가 알 바 아니라니까요. 귀찮게 하지 말아요!」 리사는 이
말을 남기고 가버렸다. 하지만 두 주먹을 불끈 쥐면서 두고 보
자고 다짐했다. 그러나 어쩔 것인가? 그림들이 박물관으로 되
돌아가 버렸으니! 이 사건에 개입하거나 메르타를 족쳐서 백
만 크로나를 거머쥐려던 그녀로서는 현실을 인정하지 않을 수
없었다. 〈모든 것이 실패로 돌아간 것이다!〉 그날 하루 종일
리사는 작업장에서 티셔츠에 로고와 글자를 새기는 일을 했는
데 너무 낙담하고 정신이 온통 그림 절도 건에 쏠려 있는 바람
에 글자들을 모두 거꾸로 인쇄하고 말았다.

페트라는 텔레비전을 끄고 냉장고 문을 열어 포도주와 잔을
꺼냈다. 시험도 다 끝났고 포도주를 마시면서 주말에 뭘 할까
궁리를 했다. 남자 친구와는 다시 한 번 또 헤어졌다. 이번에는
진짜 완전히 헤어졌다. 이상하게도 이번에는 슬프지 않았고
오히려 홀가분한 기분이었다. 이제 완전히 갈라선 것이다. 하
지만 그녀는 혼자가 아니었다. 여러 남자들이 줄을 서서 그녀
를 기다리고 있었다. 문제는 페트라가 그중에서 누구를 골라

야 할지를 모르겠다는 것이었다. 누구와 외출을 하고 데이트를 즐길 것인지 결정할 수가 없었다. 긴 의자 앞을 지나치다 페트라는 스톡홀름 포스터들 앞에 서서 잠시 포스터를 바라보았다. 바로 그 자리가 박물관 그림들이 걸려 있던 자리였다. 지금 생각에도 자신의 허름한 기숙사 방에 3천만 크로나의 값이 나가는 세계적인 명화들이, 그것도 두 점씩이나 걸려 있었다는 사실이 믿기지 않았다. 지금도 페트라는 생각만 해도 아찔했다. 하마터면 그 귀중한 그림들을 손상시킬 뻔하지 않았는가! 수프를 쏟는 바람에 그만 그림까지 국물이 튀었었다. 부엌에 들어가려다 무언가에 발이 걸려 넘어지려고 하면서 그만 손에 들고 있던 수프 그릇이 하늘로 내동댕이쳐지는 바람에 온 벽에 수프가 튀고 하마터면 큰일이 벌어질 뻔한 것이다. 작은 방이었고 그래서 그놈의 월귤 수프가 특히 그림들 위로 많이 쏟아졌다. 국왕 부부 중에서, 국왕의 잿빛 군복은 푸른 완두콩을 뒤집어썼고 실비아 여왕은 안면 주름살 제거 수술을 받은 얼굴에 접시꽃 색인 연한 보라색 반점이 돋아난 형국이었다. 천만다행으로 초상화 밑에 있던 원본 그림들은 국왕 폐하 부부께서 대신 수프를 뒤집어써 주시는 바람에 무사했다. 되돌아보면 이 사건만이 아니었다. 자신을 사촌이라고 하면서 알 수 없는 이상한 여자가 나타나기도 했다. 더 큰 사고가 터지기 전에, 가능한 한 빨리 이 그림으로부터 놓여나야 될 것만 같았다.

바로 그날 저녁 페트라는 작정을 하고 책상에 앉아 노인들에게 전할 편지를 쓴 것이다. 우선 몇 가지 생각을 정리했다. 노인들은 현재 그림을 훔쳐 낸 이후 그림값으로 받은 돈을 수

중에 갖고 있는 것이 확실했다. 다음. 10만 크로나는 〈보상금으로는〉 적당하고도 아주 합리적인 액수였다. 많지도 적지도 않은. 더 달라고 하면 그것은 정직하지 못하다. 물론 페트라는 한때, 50만 크로나를 달라고 요구할까도 생각을 해보았다. 하지만 그 정도의 액수라면 자신이 똑같은 도둑이 된다는 생각이 들어 그만두었다. 10만 크로나, 이 액수라면 자신이 한 서비스에 잘 어울리는 액수인 것만 같았다. 어쨌든 창고의 쓰레기 더미 속에 있던 명화 두 점을 찾아냈고 그에 대한 보상은 당연히 받을 만하다고 생각한 것이다. 이 돈이 생긴다면, 페트라는 이번 학기는 그 돈으로 먹고 자고 모두를 해결할 수 있을 뿐만 아니라 사고 싶던 옷도 사 입고 여행도 갈 수 있었다. 그녀는 인생에서 그 이상의 것을 바라지 않았다. 그다음 날 바로, 페트라는 그랜드 호텔에 청소를 하러 가면서 감시가 소홀한 틈을 타서 메르타 이름 앞으로 쓴 편지를 프런트에 맡겼다.

전갈은 썼지만 그림들은 조금 손을 봐야만 했다. 원작들 위에 수프 국물이 튄 국왕 부부의 초상화를 그대로 둘 수는 없는 일 아닌가. 다른 그림들로 바꿔서 원작들을 가려야만 했다. 그때 그녀가 시스타에서 봤던 「진품과 명품」 전이 떠올랐다. 유명 원작을 이용한 복제품과 실내 장식 소품 그리고 자질구레한 골동품들을 판매하는 전시회였는데, 거기서 울고 있는 한 작은 소녀 그림과 모자를 쓴 채 파이프를 입에 물고 있는 선원 그림을 봤다. 두 그림이 떠오르자 페트라는 문제가 해결된 느낌을 받았다. 페트라는 전시장을 다시 찾아가서 그 그림들을 사갖고 집으로 돌아왔다. 가위를 들고 액자 크기에 맞게 가장자리를 조금 잘라 내어 다시 끼웠다. 이 허접한 그림들을 국립 박물관에 돌려주다니? 미안한 마음도 들었지만 이제 모든 작업은 끝났다! 한 가지 섭섭한 것이 있다면 그림들이 박물관으로 되돌아가는 장면을 직접 보지 못한다는 것이었다.

페트라는 긴 의자에 누워 신문을 집어 들었다. 신문을 보던 페트라는 모네와 르누아르의 그림들이 박물관으로 돌아왔다는 기사를 자세히 다 읽었다. 모네와 르누아르가 인형과 함께 유모차를 타고 박물관으로 돌아왔다는 것이다. 페트라는 미소를 짓지 않을 수가 없었다. 그 노인들이 아이디어를 짜내느라 얼마나 고생을 했을까 하는 생각이 들자 페트라는 하나하나의 에피소드들이 눈앞에 떠올랐다. 인형이라니! 어쨌든 이제 모든 일이 끝났다. 그런데 신문 기사들은 한결같이 그림에 대해서는 조심스럽게 글을 쓰고 있어서 페트라는 깜짝 놀랐다. 하지만 이제 10만 크로나의 돈은 그녀의 수중에 들어와 있었다. 그것도 모두 고액권인 5백 크로나짜리 지폐로. 어떤 사람들인지는 모르겠지만, 노인들은 일을 완벽하게 처리한 것이다. 이제 페트라는 돈을 쓸 일만 남았다. 그 누구로부터 어떤 의심도 받지 않으면서. 여유 있게. 포도주 잔을 높이 쳐들고 두 눈을 감은 다음 원샷을 했다. 인생이 이제 막 미소를 지어 보이기 시작한 것이다.

페테르손과 스트룀베크는 커피를 한 잔씩 따라놓고 각자의 컴퓨터 앞에 앉아 있었다. 그림 두 점이 국립 박물관으로 되돌아왔다는 보도 자료가 모든 언론사에 배포되었고 모든 사람들은 사건이 종결된 것으로 알고 있었다. 하지만 경찰은 사정이 전혀 달랐다. 그림은 아직 발견되지 못했고 따라서 되돌아오지도 못했으며 유모차를 이용한 속임수를 밝혀내려는 모든 시도는 한 발자국도 앞으로 나가지 못하고 있었다. 경찰은 철저하게 당하고만 있었던 것이다. 페테르손은 부하 직원인 스트룀베크가 낸 아이디어인, 거짓 기사를 통해 강도범들의 반응을 기다리자는 계획에 대해서도 큰 기대를 걸고 있지 않았다. 하지만 상황이 상황인지라 지푸라기라도 잡는 심정으로 이것저것 해보다가 이전에 실패한 경험이 있어서 별 기대를 하지 않고 국립 박물관 입구를 찍은 감시 카메라 영상을 다시 돌려보고 있었다. 페테르손의 눈에 선원 모자를 쓴 한 남자가 눈에 들어왔다. 그런데 이 남자는 유모차를 계단 위의 입구 앞에다 쾅 하고 세게 내려놓고 있었다. 페테르손이 부하를 불렀다.

「이리 와서 이걸 좀 보게. 이 사람이 유모차를 마치 무거운 고구마 자루 던지듯이 바닥에다 던지고 있어. 그러니 유모차가 부서질 수밖에.」

「그런데 왜 그렇게 던졌는지를 모르겠네요. 이것도 우릴 속이려는 수작이었을까요?」 스트룀베크가 고개를 갸우뚱하며 말했다.

영상을 보면 유모차가 옆으로 비스듬하게 넘어지면서 뒤틀리는 것을 확인할 수 있었다. 그런데 몇 초도 지나지 않아 메르타와 스티나가 다른 두 관람객들과 함께 나타나는 모습이 보였다. 하지만 이 두 사람의 얼굴은 흐릿해서 확인이 불가능했다. 두 할머니는 힘들게 유모차를 엘리베이터 안으로 밀어 넣고 문을 닫았다. 그런 다음 다시 뒤로 돌아 차분하게 박물관 입구 쪽으로 갔다. 영상을 보면 두 할머니의 얼굴에는 상당히 만족스럽다는 표정이 역력했다. 페테르손은 이 장면을 여러 번 앞뒤로 돌려보면서 그제야 메르타와 스티나를 알아보았다. 속으로 욕이 막 나왔다. 〈빌어먹을! 메르타와 그 할망구 친구라면, 그림들은 가짜가 아니라 진짜여야 돼!〉

「스트룀베크, 우리 지금 당장 박물관으로 다시 가봐야겠어! 어쩐지 사건이 해결될 것 같아. 어서 가세.」

「그러니까, 그 말은……」

「설명할 시간이 없네. 가면서 듣게. 어서 가세.」

잠시 후 두 경찰관은 박물관 아래층에 있는 수장고에서 박물관장을 만났다. 모두 모여 울고 있는 작은 소녀와 모자 쓴 선원 그림을 살펴봤다.

「이 그림들은 스웨덴 가정이면 한 점씩 갖고 있는 그림들인데…… 그렇다면.」 페테르손은 맥가이버 칼을 꺼냈다.

「우리 박물관만 빼고, 다 갖고 있죠. 그런데 그 칼로 뭘 하시려고요?」 관장이 말했다.

페테르손은 조심조심해 가며 울고 있는 작은 소녀 그림의 한쪽 모퉁이를 잘라 냈다.

「자, 이제 기다려 보세요.」 페테르손은 말을 마치자마자, 아주 천천히 잘라 낸 울고 있는 작은 소녀 그림의 한쪽 모퉁이를 걷어냈다. 그러자 그 밑에 숨어 있던 그림이 나타나기 시작했다.

「이거 좀 보세요. 이걸 보라니까요!」

「모네잖아요! 말도 안 돼……」

모네의 그림이 천천히 드러나자 관장은 너무 놀라 입을 다물지 못하고 있었다. 페테르손은 끝까지 조심을 해가며 천천히 울고 있는 소녀를 벗겨 냈다. 그렇게 10분 정도가 지났을까, 페테르손은 이번에는 르누아르에 대해서도 같은 작업을 시작했다.

「오! 르누아르에요, 르누아르!」 관장은 이번에는 입을 다물지 못하는 정도가 아니라 그 자리에서 울음을 터뜨리고 말았다.

「자, 이제 다 됐습니다. 사건도 종결됐고요.」 페테르손은 어깨에 잔뜩 힘을 주면서 자랑스럽게 수사 종결을 선언했다. 그러고는 맥가이버 칼을 접어 호주머니에 넣었다. 그리고 몇 마디 점잖게 덧붙였다. 「이제 박물관이 진정한 감시 시스템을 갖춰야 할 것 같습니다. 그래야 이런 사고가 앞으로도 다시는 일어나지 않겠죠.」

듣고 있던 관장이 눈물을 훔치면서 환한 얼굴로 말했다. 「감시 시스템은 너무 비싸요. 정부 보조금이라고 나오기는 하지만 정말 쥐꼬리만큼밖에 안 줘요.」

「그러면 무언가 기금 같은 것이라도 조성해야겠군요.」 의기양양해진 페테르손이 덧붙였다.

모두들 엘리베이터에 올랐다. 기금 이야기에 분위기가 조금 어색했지만, 문이 열리자 관장이 다시 입을 열어 대담한 제안을 하나 했다.

「수사 과장님, 돈 이야기를 좀 드려야 하겠는데요……. 그러니까, 뭐라고 말씀을 드려야 할지, 어쨌든 우리가 도둑들에게 준 천만 크로나를 좀 찾을 수가 없을까요? 그 돈만 있으면 우리는 감시 시스템은 물론이고…….」

「그림값 이야기를 하시는 겁니까, 지금?」 페테르손이 당황하면서 반문했다.

「예, 그림값이요. 국립 박물관 후원회를 통해서 우리가 도둑들에게 건네준 천만 크로나 말이에요.」

「아, 그 돈이요…….」

「만일 그 돈만 되찾는다면 우린 정말 최신식 감시 시스템을 들일 수도 있고…….」

페테르손은 문틀에 몸을 기댄 채 잠시 생각에 잠겼다. 속으로는 욕이 튀어나왔다. 〈지랄 같군!〉 페테르손은 사실 이 돈 생각을 한 번도 하지 못했다. 사건은 종결됐지만 수사는 아직 끝나지 않은 것이다.

「물론입니다. 돈을 찾아야죠. 우리는 이 건을 정말 열심히, 막말로 발에 땀이 날 정도로 뛰면서 수사하고 있어요. 조만간 다시 찾아뵙겠습니다.」 페테르손은 서둘러 박물관을 빠져나오면서 얼버무렸다.

「그림을 찾아 주었더니, 글쎄 그 자리에서 돈까지 찾아 달라네! 기가 막혀서…… 난 그림을 찾아냈으니 할 일은 다 한 셈이야!」

「어쨌든 관장 말이 틀린 건 아니에요. 아직 그 돈을 찾지 못했으니까요.」 스트룀베크가 말했다.

68

「아니, 이게 뭐야?」 오후 티타임을 즐기려 메르타의 방으로 가던 천재는 신문을 집어 들었다. 지금 생각하면 그때 그 신문을 보지 말았어야 했는지도 모른다. 양 미간을 찡그린 채 천재는 신문을 다 읽었다. 메르타의 방에 도착한 천재는 신문 기사의 제목을 큰 소리로 읽었다.

「〈현금 수송 차량 탈취, 단서는 오리무중.〉 메르타, 나는 우리가 한동안은 조용히 지낼 수 있다고 생각하고 있었는데…….」

「대체 뭔 일인데 그러셔?」

「유고 조폭들이야.」

「뭐라고? 뭔 이야긴지 모르겠으니까, 차분하게 알아듣도록 이야기를 해봐요!」 메르타는 일어나서 창문부터 닫았다. 그러고는 돌아와 앉으면서 뜨개질하던 것을 꺼내 들었다. 천재의 얼굴을 보니 할 말이 한두 가지가 아니라는 것을 금방 알 수 있었다. 마침 천재가 잘 왔다고 생각을 하고 있던 터였다. 짜던 스웨터가 거의 완성되어 가고 있었고, 크기를 재봐야 했던 것이다. 소매와 등 부분이 아직 안 끝났는데 메르타는 이 부분을 짜는 데 늘 애를 먹곤 했다.

천재가 몇 번 헛기침을 했다.

「알겠지만, 이 강도 사건은 유로가 하겠다고 말했던 거야. 나하고 그놈 둘이서 아스프투나에서 이 이야기를 오래 했거든. 무기를 들고 은행을 털 생각을 하지 말고, 수송인들을 마취를 시키든지 해서 현금 수송 차량을 털라고 내가 정보를 주었거든. 그런데 이것 좀 봐!」 천재는 메르타에게 신문 기사를 보여 주었다. 「범인들이 정확하게 내가 말한 그대로 했어. 순식간에 2천만 크로나를 턴 거야! 2천만 크로나를! 이건 유로가 아니면 못 해.」

「정말 큰 사건이네. 그런데 유로가 누구야?」 메르타는 뜨개질하던 것을 내려놓고 커피를 준비했다. 물이 끓자 메르타는 잔을 꺼내면서 커피 메이커에 물을 따랐다. 그리고 작은 접시에 초콜릿 과자도 몇 개 담아냈다. 메르타는 다시 긴 의자로 돌아와 앉으면서 검지 손가락에 털실을 걸며 뜨개질을 시작했다. 「하지만, 천재 씨, 뭐가 걱정이야? 단지 아이디어만 제공했을 뿐이잖아? 그거 갖고는 범죄가 성립이 안 돼! 처벌받을 수가 없어.」

「메르타, 지금 그게 아니야. 유로는 돈 자루를 유르스홀름에 숨겨 놓고 숨을 죽이고 기다렸다가 경찰이 포기할 때쯤 해서 옮기겠다고 말했어. 그러니까 그 돈 자루는 언제까지나 유르스홀름에 있는 게 아니란 말이야. 잠시 거기에 있을 뿐이야. 만일 우리가 최후의 한탕을 하려고 한다면, 〈지금이 그때〉라는 거야.」

메르타는 몸을 숙이면서 뜨거운 커피 잔을 들어 오래 불고 식히면서 조금씩 마셨다. 깊은 생각을 하면서. 그러더니 손을 뻗어 과자를 하나 집어 들면서 말했다. 「음…… 때가 왔다고?」

「그래. 때가 왔어. 완전 범죄의 시간이 왔다고. 그러자면 돈이 필요해. 침대 매트리스 밑에 숨겨 놓은 돈을 좀 써야 할 것 같아. 우리도 투자를 해야지.」

메르타가 침대가 너무 딱딱하다고 불평했을 때 침대 매트리스 밑에 돌로레스가 갖고 있던 돈을 숨기자는 아이디어를 낸 사람이 바로 천재였다. 오리목을 들어낸 다음 스프링과 침대 지지대 사이에 은행권이 가득 든 담요, 기저귀, 베갯잇들을 넣었다. 그러고 나서 이상하게도 침대는 잠자기 좋게 적당하게 변했다. 지금 그 현찰이 필요한 것이다. 천재는 팔짱을 꼈다.

「은행털이를 한 돈을 옮기려면 차도 한 대 필요해.」

「택시를 타면 안 되나? 택시를 의심할 사람은 없을 테니까.」

「택시보다는 작은 상용차 같은 게 있어야 할 거야. 그런 차라면 사람도 여덟 명에서 아홉 명까지 탈 수가 있거든. 그리고 차 뒤에서는 사람이 서서 작업을 할 수도 있어. 키가 크고 허리를 잘못 숙이는 안나그레타에게는 안성맞춤이지. 또 짐을 싣고 내릴 수 있는 뒷문도 달려 있어. 그 뒷문으로 보행기도 실을 수 있고 원하는 것은 다 실을 수가 있어.」

「아, 이제 이해가 되네. 2천만 크로나라고 했으니까, 돈 주머니도 여러 개가 된다, 이 말이잖아.」

「50만 크로나 정도면 블로케트 화물차를 하나 살 수 있고, 도요타나 포드도 살 수 있어. 이 차들은 적재 용량이 상당히 커서 일하기에 좋아.」

「그러니까, 범죄를 저지르기 위해서는 투자를 해야 한다, 이 말씀이지? 그런데 우린 사업자가 아니야. 그림을 훔칠 때는 이런 거 없이도 훨씬 간단하게 해냈는데.」

「그땐 그렇게 해도 일이 됐지. 하지만 이번 건은 아주 구체적인 거야.」

「어쨌든 우린 그림에 대한 책임을 다했어.」 메르타는 잔을 내려놓고 다시 뜨개질하던 것을 집어 들었다. 「그럼, 이제 다른 사람들도 모두 불러 모아야겠는걸.」

천재의 얼굴이 환하게 빛났다.

「메르타는 뭐든지 빨리 알아들어! 그래서 내가…….」

저녁 식사 후, 노인 강도단은 또다시 메르타의 방에 다 모였다. 모두 북극산 오디주를 한 잔씩 마시고 나자 메르타가 입을 열었다.

「오늘 밤에 보자고 한 것은, 은행털이 건 때문이야. 첫 번째 질문은 과연 우리가 이 노인 요양소를 단념할 마음의 준비가 되어 있느냐야. 아닌 게 아니라, 이 계획이 성공을 거둔다면 우린 몇 년 동안 외국에 나가 있어야 할지도 몰라.」

「난 그럴 생각이 없는데…….」 안나그레타가 군나르를 염두에 두고 즉각 반대 의견을 냈다.

그러자 스티나가 입을 열었다. 「난 우리가 위조 신분증을 마련해서 가슴 졸이며 살지만 않을 수 있다면 찬성이야. 요즈음은 이름은 물론이고 사회 보장 번호까지 다 돈으로 살 수 있어. 알고들 있지?」 스티나는 요새 탐정 소설을 애독하고 있는데 최근에 읽은 책 제목이 바로 〈나도 희생자 ─ 위조된 신분증〉이었다.

「아, 그래? 정말이야? 그렇다면야 나도 찬성이야!」 안나그레타와 갈퀴가 이구동성으로 동의했다.

「우리가 은행을 털어도 은행과 피해자들은 피해 보상을 받을 수가 있어.」 메르타가 말했다.

「그렇더라도 꼭 은행을 털어야 할까? 다른 사람들의 돈을 도둑질하는 그런 사람이 되고 싶지는 않은데.」 갈퀴가 반대를 하고 나섰다.

「우리 모두가 동의하지 않으면 이번 건은 완전 범죄가 될 수 없어!」 메르타가 말했다.

「완전 범죄! 맞아. 우리가 아주 부드럽게 은행을 턴다면 은행도 별문제 없을 거야. 내가 제대로 이해를 한 거지?」 은행에서 일을 했던 안나그레타가 말했다.

「아니야. 다 맞는 말은 아니야. 어쨌든 은행을 우리가 직접 터는 것은 아니야. 이미 은행은 털렸어. 우린 단지, 턴 돈을 찾으면 되는 거야.」 천재가 설명했다.

「이제 뭔 이야기인 줄 좀 알겠네. 역시 천재야.」 안나그레타가 천재를 칭찬했다.

「물론 그렇다고 위험이 아주 없는 건 아니야. 하지만 물론 시도해 봐야지.」 갈퀴가 목에 두른 멋진 실크 머플러를 만지작거리며 말했다.

이어 먼 앞날을 두고 많은 이야기들이 오가며 회의는 길어졌고 북극산 오디주도 두 병이나 비웠다. 모두들 허심탄회하게 이야기들을 털어놓은 밤이었다.

「중요한 회담이 있었고 이제 바야흐로 새로운 한탕을 할 차례군.」 스티나가 신이 난 듯 말했다. 「정말 멋있어! 내 남은 인생이 지루해지지 않을까 잔뜩 겁을 먹고 있었는데…… 아, 옌셰핑 사람들이 이런 나를 봤다면 얼마나 놀랐을까? 그건 그렇고, 우리 이 이야기를 나중에 책으로 펴내면 어떨까?」

「물론이지. 그러면 대박일 거야. 사람들은 소설보다는 실화 읽는 것을 좋아하거든.」갈퀴가 스티나의 말에 박수를 치며 말했다.

「그런데, 아직 아무 일도 안 일어났어!」안나그레타가 날카로운 지적을 날렸다.

「하지만 시작이 반인 거야.」메르타의 반격도 틀린 말은 아니었다.

모두들 웃음을 터뜨렸고 늦은 시간임에도 불구하고 기분도 좋고 해서, 누가 요청도 하지 않았지만 모두들 노래를 부르기 시작했다. 「새들처럼 즐겁게」에 이어 노인 강도단의 단가 격인 성경의 시편곡 「오직 하루, 한순간」이 이어졌다. 모두들 발을 구르기 시작했고 흥이 난 안나그레타는 예의 「돌고 도는 돈」을 아주 독창적인 창법으로 불렀다. 그때였다. 방문이 갑자기 큰 소리를 내며 열렸다.

「아니 이 밤에, 뭔 일이에요? 사람들이 모두 깨겠어요! 오래전에 자야 할 시간인데…….」

다섯 명의 노인들은 서로를 쳐다봤다. 바르브로였다.

「카샤는 어딜 가고?」메르타가 의아해하며 물었다.

「그 아이는 다른 부서로 갔어요. 다이아몬드 요양소는 이제부터 내 책임하에 있어요. 전적으로.」

69

    카샤가 다른 곳으로 전보된 이후, 모든 것이 다 바뀌었다. 그 젊은 아가씨는 편지에서, 더 이상 함께 있지 못해 아쉽지만 함께했던 지난 시간 잘 대해 주셔서 고맙다고 인사를 전해 왔다. 노인들도 모두 아쉬움을 느꼈던 것 같았다. 카샤가 오기 이전으로 돌아가고 싶어 하는 노인은 단언컨대, 〈단 한 사람도 없었다〉.

    카샤가 노인 요양소를 돌볼 때는 모든 노인들이 사는 기쁨 같은 것을 맛볼 수 있었다. 지금은 모두 머리를 흔들어 보일 뿐이다. 바르브로는 노인들과 무엇 하나 제대로 하는 것이 없었다. 바르브로가 이제 가서 잘 시간이라고 하면 노인들은 들은 척도 하지 않았고 편의 시설들을 자물쇠로 채우려고 하면 노인들은 직원을 더 고용하라고 하면서 문 앞에서 비켜 주질 않았다. 음식이 조금만 나쁘게 나와도 노인들은 버럭 화를 내며 먹기를 거부했다. 또 체력 단련실을 쓸 수 있게 해달라고 요구하는 노인들도 갈수록 늘어 가고 있었다. 뿐만 아니라, 약 처방에 대해서도 불만을 쏟아 냈는데, 노인들 대다수는 건강에 좋다는 확신이 설 때만 나누어 주는 알약을 먹었다. 이전에는 주는 대로 다 먹었던 약들이다. 바르브로가 신중하지 못하게끔 커피를 하루에 두 잔씩만 주겠다고 하며 보온병에 담아 줄 때는 모든 노인들이 보온병 속의 커피를 보란 듯이 엎질러 버렸다. 이 모든 일들은 노인 강도단이 최후의 한탕을 준비하고 있을 동안 일어났으며 이제 요양소는 거의 통제 불능 상태에 빠져 있었다. 어떤 일이 벌어지고 있는지 두고 보던 메르타는 모든 노인들에게 타잔이 등장하는 「정글의 포효」를 빌려 주기로 했다. 그러면서 메르타는 노인들이 이 정글의 사나이처럼 서로 울부짖으면서 신호를 주고받길 원했다.

바르브로는 유리창 너머로 노인들이 모여서 수다 떠는 것을 귀 기울여 듣기도 하면서 일일이 노인들을 감시했다. 안나그레타는 꾸준히 음반을 들었고 돌로레스도 여전히 노래를 부르고 다녔으며 두 남자 노인들도 예전처럼 장기를 즐기거나 낮잠을 잤다. 지금 요양소 분위기는 조금 가라앉은 편이었다. 하지만 하루 일과가 시작되는 이른 아침이면 전 요양소가 시끌벅적해서 바르브로는 다 때려치우고 싶은 생각이 굴뚝같았다. 새로운 요양소를 짓는다면 바르브로는 무엇보다 먼저 개인 사무실을 하나 꼭 갖고 싶었다. 정원이 내려다보이고 문을 잠그고 개인적인 일을 할 수 있는 집무실……. 새로운 건물이 들어서면 모든 활동을 재조직할 것이고 지금보단 훨씬 나아질 것이다. 잉마르는 바르브로에게 보다 많은 자율권을 줄 것이며 직원도 더 뽑아야 한다……. 그러나 잉마르는 이 직원 고용에 대해서는 반대를 하고 있다. 어떻게 해서든 들어가는 운영비를 줄이겠다는 것이었다. 그래서 생각 끝에 외국 이민자들을 쓰자고 했던 것이다. 이민자들은 부모를 공경할 줄 아는 사람들이고 그렇게 해서 원하는 대로 일을 시키면서도 조금이라도 경비 절감에 도움이 된다면……. 잉마르는 그녀의 제안을 받아들일 것인가? 좋다. 지금부터 돈 드는 일이 아니니, 노인네들에게 조금 더 친절한 말들을 해주자. 바르브로는 자리에서 일어나 공동실로 갔다.

들어가자마자 상냥하게 인사부터 건넸다. 「오늘 참 날씨가 좋은데요, 그렇죠?」

「마침 잘 됐군. 그렇지 않아도 외출을 좀 하려고 하던 참이었는데. 그리고 이야기가 나온 김에, 음식을 조금 더 좋은 것으로 줄 수 없어? 말만 번드르르하게 하지 말고 약속을 했으면 지켜.」 93세의 헨리크였다. 바르브로를 보고 이 최고령 할아버지는 주먹 감자를 날렸다. 바르브로는 다시 사무실로 돌아왔다. 오히려 가만히 앉아 있는 것이 덜 위험했다.

「아시겠지만 조만간 바르브로는 스스로 무너지고 말 거예요.」 메르타는 복도에서 바르브로에 대한 험담들을 듣고 나서 확신할 수 있었다. 심지어 돌로레스마저도 바르브로만 보면 성난 고양이처럼 울부짖었다.

「그냥 놔두어도 돼. 요양소가 어수선하면 할수록 그 여자는 우리 일에 간섭을 못 할 거니까.」 천재가 손에 들고 있던 붓을 잠시 놓으면서 말했다. 다른 사람들처럼 천재도 그림을 그리기 시작했고 누구보다 열심히 매달렸다. 반쯤 끝난 작품들이 벽에 여러 점 붙어 있었으며 바닥은 그림물감들이 떨어져 얼룩얼룩했다. 천재는 뒤로 몇 발자국 물러서 두껍게 과슈[21] 칠

494

이 된 그림들을 감상하기도 했는데 뭘 그렸는지 알 수 없는 〈현대 회화〉였다. 「그림 그리는 거, 이거 보기보다 참 재미있어. 좀 일찍 시작하지 못한 게 영 아쉬워.」

「그림에서 냄새가 좀 심하게 나는 것도 아쉬워. 다른 물감은 없어?」

그러자 스티나가 말했다.

「우리가 하고 싶은 일을 위해서는 어쩔 수 없어. 유화 물감은 냄새는 나지만 표면을 반짝거리게 하는 데는 아주 좋거든.」

메르타는 천재가 아니라 스티나가 그린 그림에서 나는 냄새를 맡고 있었던 것이다. 스티나가 계속 말을 이어 갔다.

「내가 바르브로에게 뭐라고 했는지 알아? 우리 다섯 명 노인들이 예술가 단체를 결성했는데 그 단체를 〈힘을 얻은 노인들〉이라고 부르기로 했다고 말해 주었지. 아무 말도 안 하더라고. 대신 나를 노려보기만 했어.」

「어쨌든 커피는 다시 하루 석 잔으로 돌아왔어.」 안나그레타가 말했다.

「정말이야? 우리한테 잘 보이고 싶었겠지……. 어쨌든 그냥 모른 척해. 우린 지금 그런 일에 신경 쓸 겨를이 없어. 곧 심각한 일들을 시작해야 하니까.」 갈퀴가 말했다.

「화물차를 뽑아서 타고 다니면서.」 메르타가 끼어들었다. 「화물차 안에는 그림도 실을 수 있고 돈 자루는 물론이고 심지어 필요한 경우에는 현금 인출기도 싣고 다닐 수 있어.」

21 *gouache*. 수용성인 아라비아 고무를 용제로 사용하는, 16세기초부터 사용된 수채화의 한 종류. 수채화와는 달리 불투명하고 유화처럼 마티에르를 살릴 수 있다. 과슈 물감은 독이 있어 붓을 입으로 빨아서는 안 되며 남은 물감을 아무 데나 버리지 못한다.

「보행기도 실을 수 있다니까?」

메르타와 천재는 웃으면서 서로를 쳐다봤다. 매번 새로운 모험을 시작할 때마다 그들은 더 젊어지는 것만 같았다. 자극이 필요한 것이다. 그러기 위해서는 도전만큼 도움이 되는 것이 따로 없는 것이다. 조만간 노인 강도단, 아니 〈힘을 얻은 노인들〉이라는 예술가 단체가 크게 한탕을 할 것이다.

70

「국립 경찰 학교에 입학했을 때는 우리가 설마 이런 일을 할 거라고 상상이나 했었어?」 뢴베리가 햄버거를 한 입 베어 물고는 차창 밖을 바라보며 투덜거렸다. 벌써 여러 주 동안 계속해서 비가 내리고 있었다. 토마토 조각 하나가 그의 바짓가랑이 사이로 떨어지자 뢴베리는 조각을 손으로 쳐내서 바닥으로 떨어뜨렸다. 「이 빌어먹을 노인 요양소 앞에서 이렇게 죽치고 잠복근무를 한 지 벌써 며칠쨌데, 아무 일도 없네. 허탕 치는 것 아닐까?」

「아무 일도 없다니? 저 노인들이 고양이를 한 마리 샀잖아. 게다가 노인 요양소를 감시하자고 한 사람이 자네 아니었나? 고령 전과자들이 어쩌고저쩌고 하면서 말이야……」 스트룀베크가 말했다.

「내가? 아니야. 위에서 내려온 명령이었어. 페테르손 수사과장의 오랜 현장 감각에서 나온 빛나는 아이디어였지. 자네그 담배 좀 어떻게 해봐. 냄새 참 고약하군. 다른 상표로 좀 바꾸든지 해봐……」

햄버거를 먹던 륀베리가 다시 오이 피클 조각을 시트 위에 떨어뜨렸다. 손등으로 쳐서 바닥에 떨어뜨리면서 옆 좌석의 스트림베크를 바라봤다. 스트림베크는 전혀 배가 고프지 않은 인간처럼 보였다. 밥은 안 먹고 니코틴으로 견디는 것 같았다. 씹는담배와 니코틴 껌, 그런 것만 있으면 그에게는 더 이상 필요한 것이 없었다. 이전에 진짜 담배를 피울 때는 최악이었다. 찌든 담배 냄새가 이만저만이 아니었기 때문이다. 하지만 륀베리는 속으로는 스트림베크를 높이 평가하고 있었다. 참 좋은 사람이었다. 결혼을 해서 두 아이를 두고 있었고 집안에서는 모든 일들을 도맡아 했다. 물론 근무가 없어서 집에 있을 때 이야기지만. 말하자면 그는 기저귀도 갈고 요리도 하는 신세 대였다. 하지만 그도 처음에는 남자는 집안의 가장이라는 원칙 속에서 자랐다. 여자의 의무는 집에서 아이들을 키우고 남편을 내조하는 것이라고 배우며 자란 것인데, 왜 이 원칙을 바꾼 것일까? 결혼하기 전에 여러 여자들을 만나면서 매번 이 원칙을 내세우다가 그만 모든 여자들이 도망을 가버렸기 때문이다. 사실 내세운 정도가 아니라 거의 강요하다시피 했으니 남녀 관계에 금이 가지 않았다면 그게 오히려 이상했다. 이렇게 해서 그는 오래전에 남편 중심의 가정관을 완전히 포기한 것이다. 하지만 그렇게 해서 그는 불행해지기는커녕 아주 잘 지내고 있다. 직접 정원도 가꾸고 아이들과 책도 같이 읽고……. 물론 그는 근무에 충실한 철저한 직업 수사관이었다. 그가 이 노인 사건에 이토록 매달리는 것도 그의 이 직업관 때문이었다. 마치 먹은 것이 소화가 안 되고 거북하게 배 속에 남아 있는 느낌을 그는 참을 수가 없었던 것이다. 도대체 이 노인들이 어떤 사람들인지, 상황을 어떻게 이해해야 하는지, 전혀 감을 잡을 수가 없다는 것이 솔직한 심정이었다. 하지만 어쨌든 이제 박물관이 지불한 그림값 문제까지 왔으니 더 이상 물러설 수가 없었다. 우선 그는 돈이 페리 갑판에서 바람에 날아갔다는 노인들의 이야기를 도저히 그대로 믿을 수가 없었다. 늘 이 소설 같은 이야기가 꺼림칙했던 것이다. 이 노인들은 아주 영악한 사람들이고 분명 어딘가에 그 돈을 숨겨 놓았을 것이라는 것이 그의 확신이었다.

심문을 하기 위해 메르타를 소환했을 때가 최악이었다. 스트룀베크는 도대체 이 할머니를 어떻게 대해야 할지 알 수가 없었다. 메르타는 잘 재단된 투피스를 예쁘게 차려입고 심문실로 들어왔다. 어깨에는 숄도 걸쳤고 구두도 색깔을 맞춰 신고 있었다. 만나는 동안 내내 얼굴에 미소를 띤 채, 결코 돈을 본 적도 없다, 하지만 최선을 다해 수사를 돕겠다고 말했다. 아주 사소한 것이라도 의심이 들면 즉각 연락을 하겠다고도 했다. 이 할매는 스트룀베크와 헤어지면서 틀림없이 등에 대고 그를 비웃었을 것이다! 이렇게 해서 스트룀베크는 요양소의 다섯 노인 모두를 밀착 감시하기로 한 것이다. 상사인 페테르손은 노인네들이 범죄 조직의 염탐꾼 노릇을 하고 있다는 심증을 갖고 있었고 잘 살피다 보면 조만간 조직을 찾아낼 수 있다고 생각을 하고 있었다. 보통 강도들은 실업자나 알코올 중독자들을 이런 일에 끌어들여 활용하곤 한다. 노인들을 끌어들이는 것도 불가능한 것만은 아니다. 새로운 범죄 유형이 나온 것인지도 모른다. 륀베리는 남은 햄버거를 힐끗 쳐다보더니 꽤 많이 남았는데도 한입에 넣었다. 그러자 안에 들었던 샐러드와 마요네즈가 우르르 바지에 떨어졌다. 욕을 한바탕 쏟아 내며 휴지를 꺼내 바닥으로 털어 내면서 다시 스트룀베크를 보고 말을 걸었다.

「자네가 보기엔, 이 노인네 일당이 조폭들과 연락을 취하고 있는 것 같은가?」

「글쎄, 누구와 함께 일을 하는지는 나도 모르지. 하지만 그림을 훔친 것을 아주 자랑스러워하고 있었어.」

「아, 정말 지랄 같네! 난 또 지겨워지기 시작하네. 아니, 글쎄, 보행기를 밀고 다니는 노인들하고 숨바꼭질을 하고 있으니…….」 뢴베리는 이빨에 낀 샐러드 조각을 후비고 있었다. 그런 그를 힐끗 보면서 스트룀베크가 말했다.

「그래서 과장이 이번 잠복근무를 〈가면 작전〉이라고 부른 거야. 과장이 그랬잖아, 노인네들은 아주 경계심이 많아서 함부로 움직이질 않을 거라고.」

「진짜 강도들이라면 무얼 기다려야 하는지라도 알고 기다리지만, 이건 정말…….」 뢴베리가 말했다.

「그래, 자네 말이 맞아. 그래서 골치를 썩고 있잖아. 하지만 그래도 요새 며칠 동안 노인네들을 다섯 번 추적했는데, 다섯 번 모두 이상하게도, 발 마사지사를 찾아가더라고.」

「도서관도 갔었잖아.」

「그게 다가 아니었지. 물속에서 기구로 유산소 운동을 하는 헬스장도 갔고 성당 미사에도 참석했잖아.」

「하지만 몰래 비밀리에 접선하는 누군가가 있을 거야, 틀림없어. 그러니까, 감시 폭을 넓게 잡아야 할 것 같아.」

「그냥 마사지를 받으러 간 것이라면? 그런데 공연히 수사팀을 보강해 달라고 할 거야? 또 노인네들이 목이 뻐근해서 이리스 로센테라피에 갔는데 마치 에로스 로센테라피에라도 간 것처럼 성매매 단속이라도 하듯이 차라도 몰고 들이닥치겠다는 거야, 뭐야. 시키는 것만 하면 돼, 우린. 그런 데는 다음에 우리끼리 덮치자고. 매춘 알선들을 할 테니까, 그냥 다들 잡아넣으면 돼.」

「그래도……」 뢴베리는 입을 닫았다. 그때, 메르타 안데르손과 두 할머니 친구들이 요양소를 나왔고 바로 그 뒤로 두 명의 할아버지들도 따라 나왔다. 인도에 서서 무언가를 기다리는 눈치였다. 뢴베리가 옆의 동료를 팔꿈치로 툭 치며 신호를 보냈다.

「스트룀베크, 저 노인네들 지금 뭔가 꿍꿍이가 있어. 냄새가 나는데.」

「마지막으로 본 게, 노르디스카 콤파니에트 백화점으로 몰려가서 차를 마실 때였지. 백화점에서 나와서는 스콕쉬르코고르덴 공동묘지에 들러 사갖고 온 장미를 놓고는 발 마사지를 받으러 갔었어. 그러면 이제 다음 차례는 어디일 것 같은가, 자네 생각에는?」

그때 녹색 화물차가 오더니 노인 요양소 앞에서 멈췄다. 50대로 보이는 한 남자가 운전석에서 훌쩍 뛰어내리더니 차 뒤로 가서 뒷문을 열자 세 할머니들이 보행기와 함께 차에 올랐고 이어 두 할아버지들도 차를 탔다.

「다섯 명의 노인네들이 화물차를 탔다. 됐어, 뢴베리. 이젠 잡은 것 같아. 저 노인들 틀림없이 은행을 털러 가는 거야.」

스트룀베크가 단정적으로 말했다. 뢴베리는 이 단정적인 어조가 마음에 들지 않았지만, 비꼬는 느낌을 주지 않으려고 목소리를 높이지 않고 입만 쭉 내민 채 얼른 운전대를 잡았다. 녹색 화물차의 운전사가 차 뒤로 가서 뒷문을 닫고 유압식 하역 장치도 접은 다음 다시 운전석으로 올라탔다. 스트룀베크는 얼른 쌍안경을 꺼내 들었다.

「이제, 출발하는군. 얼른 따라가세.」

「오케이. 말씀만 하세요.」

「조심해서 따라붙어. 들키지 않게.」

「그럼, 물론이지. 사이렌을 켤 필요는 없는 거지, 뭐…….」

녹색 화물차는 도로로 접어들면서 연신 와이퍼로 빗물을 훑어 냈다. 다섯 노인들은 자신들이 구입한 이 녹색 화물차를 〈공포의 녹색〉이라고 명명했고 모두들 이 이름에 대단히 만족해했다. 다만 메르타만이 최고의 컨디션이 아니었다. 화물차는 조금 후진을 해야만 했는데 다이아몬드 요양소 앞에 주차되어 있는 장애인 차를 약간 들이받았고 그 바람에 다섯 명의 노인들은 깜짝 놀라 모두 소리를 쳤다. 그 일 이후 스티나의 외교에 넘어가 노인들은 그녀의 아들인 안데르스를 운전기사로 고용하기로 했다. 스티나가 이런 제안을 해왔을 때 다른 사람들은 모두 마른기침들을 해가며 은근히 반대 의사를 표했지만 메르타는 결국 운전대를 스티나의 아들에게 넘겼다. 사실 그리 나쁜 아이디어는 아니었다. 갈퀴와 천재 모두 운전을 할 나이는 이미 지났다 ─ 물론 두 할아버지는 이 사실을 결코 인정하지 않았지만. 또 힘을 써야 할 일이 생길 경우 안데르스가 진가를 발휘해 줄 수도 있었다. 하지만 메르타는 비록 스티나의 아들이긴 했지만 믿어도 될지는 확신이 없었다. 나이는 마흔아홉 살로 상당히 젊은 사람이었다! 힘을 써보라고 한다면 결코 무리한 주문은 아니었다. 그런데, 노인들이 2천만 크로나나 되는 큰돈을 훔치는 데 성공했을 때 운전대를 잡은 사람이 마음을 바꾸어 그 돈을 갖고 달아나 버린다면…….. 그땐 훔친 돈의 반이 아니라 모두를 다 잃고 마는 것이다. 이런 의문이 들기는 했지만, 메르타는 안데르스처럼 공무원 생활을 오래 한 사람이 그런 짓을 하지는 않으리라는 생각에 조금은 안심이 되기도 했다. 하지만 그러면서도 착하고 평범하게 살아온 자신들도 강도가 되지 않았나 하는 불안한 마음이 가슴 한구석에 남아 있었다. 어쨌든 승낙을 해버린 탓에 바꿀 수가 없었다. 무엇보다 이미 스티나는 아들인 안데르스에게 너무 많은 것을 말해 줘서 다섯 노인들이 공범이 되어 새로운 범죄를 저지르려고 한다는 것을 잘 알고 있었다.

「정말 아무런 거리낌도 없는 거야?」 아들이 물었다.

「전혀. 오히려 그 반대야, 우리는.」 스티나가 대답했다. 어머니는 아들에게 〈최후의 한탕〉에 대해 설명을 해주었고 그렇게 해서 손에 쥐게 될 돈에 대해서도 다 말해 주었던 것이다.

「이 돈은 우리에겐 아주 중요한 돈이란다. 이 나라를 오늘날처럼 세운 우리는 이제 품위 있는 노후를 원하고 있어. 우리는 진짜 사악한 그런 도둑이 아니야, 알겠지만. 우리는 단지 국가가 실패한 부분에 개입하려고 할 뿐이야. 또 굳이 말한다면 부자들에게서 잠시 돈을 빌리는 것뿐이라고 할 수 있어. 그 부자들의 돈을, 돈이 필요한 사람들에게 주려고. 돈이 필요한 사람들이란 누구냐 하면, 국가가 오늘이 있기까지 이용한 사람들이야. 과부들, 노인들 그리고 환자들…….」

어머니의 말을 듣고 있던 안데르스는 어머니가 자랑스럽다고 하면서 포옹을 했다. 그러면서 그동안 공무원으로서의 삶이 너무 단조롭고 전혀 보람을 느끼지 못하는 일이었다고 고백했다. 어머니의 친구들을 이렇게 도울 수 있게 되니 자신으로서는 이제야 자신이 다른 사람들에게 필요한 존재가 된 것 같다고도 말했다. 이렇게 해서 스티나의 아들 안데르스는 노인 강도단의 머슴이 되었다. 메르타는 안데르스 같은 젊은이가 있어야 자기 같은 노인들이 사고가 경직되는 것을 막을 수 있다는 생각도 들고 해서 마침내 그를 받아들이기로 했다. 하지만, 물론 안데르스는 노인 강도단의 정식 멤버는 아니었다. 돈은 오직 다섯 명의 노인들이 관리할 것이다.

「돈은 내가 맡아서 관리할 거야!」 안나그레타가 이렇게 고주파 목소리로 선언함으로써 모든 논쟁은 끝났다.

안데르스는 자기가 들은 이야기들을 참지 못하고 여동생인 엠마에게 다 털어놓았다. 오빠의 말을 들은 엠마는 하늘을 올려다보며 엄마가 하루가 다르게 더 젊어지고 힘이 넘쳐 나는 것 같다고 말했다. 메르타는 스티나의 두 자식이 다이아몬드 요양소 창문 밖에서 담배를 피워 가며 이런 이야기들을 주고받는 것을 모두 들었다.

「이제부터 엄마에게 조금 더 잘해 드려야겠어.」 안데르스가 말했다.

「나도 그렇게 할 거야.」 엠마도 같은 생각이었다.

두 사람의 대화를 엿듣게 된 메르타는 안데르스를 강도단의 일원으로 받아들였다. 바로 그날 저녁, 회의를 열었을 때 모두들 안데르스가 필요하다는 사실을 깨닫게 되었다.

천재가 입을 열었다. 「유르스홀름의 대형 빌라들은 너무 커서 당황스러울 정도야. 포도주 창고는 일반적으로 계단을 통해서 들어가게 되는 지하에 있게 마련이지. 그런데 바로 이 부분에서 우린 도움이 필요해.」

갈퀴도 입을 열었다. 「돈이 든 주머니들이 상당히 묵직할 거야.」

돈 이야기에 안나그레타도 입을 열었다. 「게다가, 우린 이번에는 기필코 그 돈 전부를 가져야 해. 저번 때처럼, 다시 반 토막만 손에 쥐면 안 돼. 다 떠나서, 우린 지금까지 너무 고생들을 했잖아!」

메르타가 약간 빈정거리는 투로 말했다. 「아, 그래? 훔친 돈의 반을 잃어버린 것이 너무 고생한 거라고? 결국 따지자면 원래부터 다 우리의 것이 아니었는데, 그렇게 많은 돈에 연연해야 할까?」

그러자 갈퀴가 한숨을 내쉬며 나섰다. 「또 처음부터 이야기를 다시 시작하자는 거야? 그 개똥철학 좀 집어치워.」

갈퀴의 말에 힘을 얻은 스티나도 나섰다. 「난 우리 아들 안데르스를 영입한 것이 참 잘한 일이라고 봐. 우리가 외국에 가 있게 되면 스웨덴 국내에서 일을 맡아 우리와 연락을 취해 줄 사람이 있어야 하잖아. 국내에서도 할 일이 꽤 되지 않겠어?」

이 점에 있어서는 메르타도 완전히 동감이었다. 돈을 손에 쥐자마자 다섯 노인들은 모두 카리브 해안으로 떠날 예정이었기 때문이다. 며칠 전 모두가 모인 자리에서 이렇게 결정을 봤고 안나그레타는 결정 즉시 인터넷으로 카리브행 비행기 좌석과 호텔까지 예약을 마친 상태였다. 그뿐만 아니라 필요한 관련 서류도 완벽하게 준비를 마쳤다. 그런데 어떻게 메르타의 이해력을 넘어서는 이런 엄청나고도 어려운 일들을 안나그레타는 혼자서 다 할 수 있었던 것일까? 자칫 경찰로부터 추적을 당할 수도 있는 일이었는데? 물론 모두 나이 여든 즈음한 노인네들이어서 국경을 넘을 때도 사전 통지 대상이 되지 않을 수도 있지만, 그러나······.

그들이 탄 차를 추월하면서 차 한 대가 경적을 크게 울렸고 메르타도 똑같이 하고 싶었다. 하지만 운전대는 메르타가 아니라 안데르스가 잡고 있었다. 차는 울퉁불퉁한 길을 덜거덕거리며 지나 유르스홀름 중심가를 향해 달리고 있었다. 속도를 줄이면서 도서관을 지나친 차는 직진을 한 다음 바닷가의 산책로 근처에서 좌회전을 받았다. 메르타는 차창 밖으로 눈길을 돌렸다. 거대하고 화려한 빌라들이 줄지어 서 있었고 갈수록 더 크고 더 화려한 빌라들이 나타났다. 이어 차는 작은 만을 돈 다음 언덕을 오르기 시작했다.

그때 안데르스가 말했다. 「여기예요. 다 왔습니다.」 오른쪽으로 돌아 안데르스가 길옆에 차를 세웠다. 화물차 안에는 순간 침묵이 흘렀다. 모두 행동 직전, 이 순간의 무게를 느끼고 있었던 것이다. 모두 눈을 밖으로 돌려 빌라를 바라봤다.

천재가 가장 먼저 입을 열었다. 「여기가 스칸디아베겐 11번지인데, 창에 불이 켜져 있지 않아. 유로가 말했던 것처럼 집주인이 여행 중인 것 같은데.」

스티나도 떨리는 목소리로 말했다. 「꼭 죽은 집인 것 같아. 정말로 이 집에 돈 자루를 숨긴 거야?」

메르타가 제안을 하며 나섰다. 「자 어서들 내려서, 일을 시작하기 전에 집부터 한 바퀴 돌아보자고.」

그러자 갈퀴가 물었다. 「만일 누군가가 우리를 보고 의심을 한다면 우린 여기가 크로난 요양원인 줄 알고 왔다고 둘러대자고 했지. 그렇지, 메르타?」

「맞아. 실제로 이 집은 너무 커서 마치 요양원 같아. 크로난 요양원. 천재 씨, 자물쇠 열 때 쓰는 큰 절단기 챙겨 갖고 왔지?」

「그럼, 물론이지. 열쇠도 몇 개 더 가져왔고. 이런 데 사는 사람들은 정문들을 방탄 문으로 짓고 특수 잠금장치를 하는데 대부분 지하실들은 크게 신경들을 안 써.」

스티나가 묻고 나섰다. 「그러면 경보 장치는 없을까?」

천재가 답을 했다. 「잘 알겠지만, 그건 내 전공 분야잖아. 걱정하지 않아도 돼.」

이 말을 들은 스티나가 앞장서며 온몸을 검은 숄로 가렸다. 「그럼, 이제 모두 들어가야지.」 어두운 색의 옷을 입어라. 힌세베리에서 배운 첫 번째 철칙이었다. 검은 숄을 걸친 스티나는, 머리에 베일만 쓰지 않았을 뿐, 마치 왕궁 장례식에 가는 차림이었다.

메르타가 잠깐 기다리라고 말했다. 「잠깐. 천재, 갈퀴, 나 이렇게 세 사람이 먼저 집 주위를 한번 돌아본 다음에 들어가도록 하지. 아무 장애물도 없다면 바로 지하로 내려가는 거야.」

「알았어.」

「이제, 나갈까? 다들 준비됐지?」 천재가 더 이상 차 안에 있을 필요가 없다는 생각이 들자 모두에게 마지막으로 물었고, 즉시 다들 차에서 내렸다. 모두들 중얼거리며 따라 내렸다.

메르타가 차 문을 여는 순간, 차 한 대가 언덕을 올라오고 있는 것이 보였다. 짙은 청색의 볼보였는데 덜거덕거리며 올라오는 폼이 꼭 물 위에 떠서 오는 것만 같았다. 볼보는 화물차 앞을 지나치면서 속도를 줄였다.

메르타는 속으로 생각했다. 〈꼭 쥐새끼들처럼 생겼네.〉

71

「아니, 난 못 봤어. 자네는? 저 지랄 같은 노인네들이 보행기를 밀고 다시 화물차에 타더니 보행기는 두고 몸만 내렸어. 지팡이도 안 들었어. 뭔가 수상하다고 내가 말했잖아.」뢴베리가 말했다.

「신경질 내지 마, 뢴베리. 노인들은 예측을 못 해.」스트룀베크가 말했다. 「차를 길에다 세우고 소리 내서 문을 쾅 닫고 내려. 그럼 정상으로 보일 테니까. 자네는 언덕으로 올라가, 난 몰래 노인네들 뒤를 밟을 테니까.」

「알았어. 조심해, 밖이 어두워.」

「오히려 잘 됐지, 뭐. 몸을 숨기기 좋으니까.」

「아니 그게 아니라. 땅바닥에 과일들이 많이 떨어져 있어서 그거 조심하라고. 이맘때면 겨울 사과들이 땅에서 떨어진 채로 썩어서 잘못 밟았다간 발을 삐거나 아니면 그대로 나가떨어진다고.」

「알았네. 걱정하지 마. 운이 없으면 뒤로 넘어져도 코가 깨지겠지. 설마 그러려고……」스트룀베크가 친구의 잔소리에 약간 짜증이 난 듯 얼른 대꾸하고 차에서 내렸다. 스트룀베크는 머플러를 단단히 조이고 코트의 깃을 올리며 몸을 숙인 채 집 쪽을 향해 걸음을 옮겼다. 처음에는 아무것도 보이지 않았지만, 눈이 차차 어둠에 익숙해지자 세 개의 검은 그림자가 보이기 시작했다. 넘어질 사람들은 내가 아니라 저 노인네들이겠지. 저 나이에 넘어지면 모두 대퇴골이 나갈걸…… 이런 생각을 하면서 스트룀베크는 조금 더 가까이 다가갔다. 그런데 노인들은 몸을 숨기면서 천천히 접근하는 것이 아니라 마치 방문을 하는 사람들처럼 여유 있게, 보란 듯이 걷고 있었다. 물론 집에는 모든 불이 꺼져 있어서 아무도 없다는 것을 알 수 있었다. 스트룀베크는 전나무 뒤에 몸을 숨기고 가지들 사이로 건물 주위를 한 바퀴 도는 노인네들을 보고 있었다. 걸어가면서 노인네들은 이따금씩 머리를 들어 창문을 보기도 했다. 그러더니 집 정문으로 가서 초인종을 눌렀다. 아무도 문을 열어 주지 않자, 노인들은 지하실로 향했다. 한 노인이 문의 자물쇠가 어디 있는지 찾는 것 같았는데 더 이상은 볼 수가 없었다. 스트룀베크는 용기를 내서 빌라 정원 한쪽에 있는 온실로 들어가 숨었다. 숨어서 감시하기에는 딱 맞는 장소였다.

메르타는 저주가 내린 거대한 성처럼 우뚝 서 있는 유르스홀름 빌라를 바라보았다. 만일 은행털이범들이 집 안의 불을 모두 끄고 저 안에 있다면? 그래서 우리를 보고 있다면? 또 짙은 청색 볼보는 뭔가 수상한 차가 아니었을까? 어쩌면 이 빌라에 사는 사람의 차일 수도 있어. 하지만 그렇다면 길가에 세워 두지는 않겠지. 그러면 경찰이란 말인가…… 아니면 유고 조폭들이 지금 차를 타고 와서 어딘가 숨어 있다가 우리를 덮치려고 하는 것은 아닐까? 메르타는 온몸에 식은땀이 흐르고 소름이 돋았다. 이 모든 근심, 불안, 초조는 참으로 견디기 쉽지 않았다.

「아이고 힘들어! 이제 겨우 자물쇠를 열었네. 이제 경보 장치만 손을 봐서 끊어 놓으면 돼. 메르타가 안데르스와 함께 접이식 손수레를 갖고 들어가서 돈을 갖고 나올 수 있지?」 천재가 메르타의 어깨에 한 손을 얹어 놓으면서 숨을 내쉬며 물었다.

「보행기는 어쩌고?」

「그것도 갖고 들어가야지.」

메르타는 외투의 단추들을 다 끼웠다. 그때 메르타의 입에서 작은 비명 소리가 새어 나왔다. 단추를 끼우다가 잘못해서 배를 찌른 것이다. 지금부터는 정신 바짝 차려야만 했다. 아직은 집을 찾은 것처럼 연극을 해야만 했고 그러다가 돈 자루를 찾으면 진짜 더 어려운 작업이 시작되는 것이다. 만일 그때 누군가 그들을 본다면 그것으로 끝장이다. 모든 것을 놔두고 도망칠 몇 분의 시간이야 있지만, 그러나…… 〈최후의 한탕〉을 준비한 이래 이런 생각은 한 번도 한 적이 없었다. 메르타는 깊이 숨을 들이쉬고 다시 화물차로 돌아왔다. 보행기를 꺼내고 다른 노인들에게 자기를 따라오라고 했다. 안데르스가 가장 먼저 도착했고 접이식 손수레를 펼쳤다.

「자루들은 어디 있지?」

「아래에 있어.」 천재가 지하실 계단을 가리키며 속삭이듯 계속 말했다. 「내가 보기엔 10킬로그램짜리 보통 자루들인 것 같아. 그러니까, 한 번에 서너 개씩 들고 나올 수 있을 거야. 그런 다음 우리가 하나씩 보행기로 나르면 돼.」

「그러다가 유모차처럼 또 주저앉아 버리면?」 메르타가 걱정스러운 눈길로 천재를 바라봤다.

「아니야, 이번에는. 모두 블로케트에 가서 직접 산 것들이거든.」

안데르스는 서둘러 지하실 계단을 내려갔다.

그런 안데르스를 보며 메르타가 중얼거렸다. 「스티나가 말한 대로 저 젊은이가 노련하게 일을 해주어야 할 텐데.」

메르타가 중얼거리는 소리를 들었는지, 천재가 옆에 있다가 말했다. 「힘이 장사야, 저 친구. 잘 해낼 거야.」

「이건 힘만 갖고 되는 일이 아니야.」 메르타가 쏘아붙였다.

잠시 시간이 흐른 후, 지하실에서 안데르스의 투덜대는 소리가 들리더니 자루 네 개를 위로 올려 보냈다. 그러고 나서 자신도 숨을 헐떡이며 올라왔다.

「내가 손수레에 세 개를 갖고 갈 테니까, 나머지 하나만 들고 오세요.」 안데르스가 자루 하나를 메르타의 보행기 위에 올려놓으면서 말했다. 이때 메르타는 정원의 온실 쪽에서 무언가가 움직이는 것을 본 것만 같았다.

「저기에 누가 있는 것 같아.」

이 말에 안데르스가 그 자리에 멈칫하고 서며 메르타에게 말했다.

「아무것도 못 본 것처럼 하면서 화물차로 얼른 돌아가죠.」

이때 거의 동시에, 온실 안의 그림자가 움직이는가 싶더니 쏜살같이 달려 나왔다. 그 형체를 분간할 수 없는 그림자는 마치 손에 권총을 든 것처럼 한 손을 들고 그들을 향해 달려왔

512

다. 안데르스도 뛰었고 천재와 메르타는 나무 뒤로 몸을 숨겼다. 그 의문의 사나이는 가까이 다가오나 싶더니, 제 딴에는 지름길로 온다고 오다가 그만 살짝 물기를 머금은 잔디 위로 미끄러져 벌렁 넘어지고 말았다.

천재가 그 모습을 보면서 말했다. 「저 사람 마당 한편에 깔아 둔 퇴비를 밟았을 거야.」

「아니면 막 썩기 시작한 사과를 건드렸든지.」 메르타가 고소하다는 듯이 말했다.

노인들은 그 틈을 이용해 재빨리 화물차로 내달았고 안데르스는 손수레를 끌면서 앞장서 달렸다. 하지만 날이 완전히 어두워져서 바닥 어디에 사과들이 널려 있는지 잘 분간을 할수가 없어서 안데르스가 끌고 가는 손수레가 기우뚱거릴 때마다 자루가 땅으로 떨어졌고 그러면 다시 집어 올려야만 했다.

하지만 메르타가 보행기에 올려놓은 돈 자루는 사정이 달랐다. 10킬로그램짜리 자루를 메르타 혼자 힘으로 도저히 다시 집어 올릴 수가 없었던 것이다. 메르타가 떨어진 돈 자루를 보면서 탄식을 했다.

「하나님 맙소사, 이 백만 크로나는 잃어버린 셈 쳐야겠군. 아까워라······.」 메르타의 보행기에 올려놓은 돈 자루는 몇 번을 떨어졌고 처음에는 포기하려고 했지만, 그때마다 천재가 곁으로 뛰어와 얼른 대신 다시 올려놓아 주었다. 이렇게 해서 모두 뒷문을 열고 유압식 하역 장치를 내린 채 그들을 기다리고 있던 화물차로 다시 돌아왔다. 그런데 뒤를 돌아보니 안데르스가 보이질 않았다. 순간 메르타는 스티나의 아들이 돈을 갖고 튀어 버린 것은 아닌지 의심이 들었다. 그렇다고 지금 돈 자루를 들고 뒤뚱거리며 도망치는 그놈을 쫓아가 싸움박질을 할 수도 없고…… 그 짧은 순간 동안, 메르타가 이 생각 저 생각 하고 있을 때, 안데르스가 허겁지겁하며 나타났다. 메르타는 굳은 표정으로 물었다. 손수레에 자루가 하나도 없었던 것이다.

「자루들은 어디 있어?」

「조금 있다가 설명할게요. 지금 그럴 시간이 없어요. 어서 차에 타세요.」

노인네들을 차에 밀어 넣고 뒷문을 닫은 다음 안데르스는 얼른 차에 올랐다.

메르타가 다시 재차 다그쳤다. 「자루들은 어디 있느냐니까?」 하지만 안데르스는 아무 말이 없었다. 안데르스는 시동을 걸었고 세게 액셀을 밟아 내달았다. 그렇게 해서 길가 모퉁이에 왔을 때, 안데르스가 뒤를 돌아보면서 입을 열었다.

「자루를 몇 개나 가져왔어요?」

「우리야, 하나가 다지. 그런데 자네 자루들은 어디에 있나?」 천재가 다시 물었다.

「자루에 든 것은 돈이 아니라, 감자예요. 감자! 그깟 감자 같은 것 옮기느라고 이 비싼 화물차를 돈 주고 산 거란 말이에요!」

「그게 무슨 말인가, 대체?」

「우리가 들어간 지하실은 포도주 창고가 아니고, 감자 창고였어요. 난 지금 감기가 들어서 냄새를 못 맡겠는데, 혹시 냄새 안 나요, 감자 냄새 같은 거?」

안데르스의 말을 듣고 있던 천재가 사과를 했다. 「아, 이런! 우리가 주소를 완전히 잘못 짚었네.」

그때 메르타가 질문을 했다. 「그럼 풀밭에 고꾸라진 그 사람은 대체 누구였던 거지?」

안데르스는 아무리 생각해도 이 상황이 너무 우스워서 제대로 운전대를 잡고 있을 수 없을 지경이었다. 아무도 자신이 하는 말에 귀를 기울이지 않는 것 같았다. 하긴 모두들 넋이 나가 있었다. 안데르스는 세 번째로 똑같은 말을 했다.

「그 남자는 나보고 자기가 경찰이라고 했어요. 경찰이요, 경찰!」

그 말에 천재의 입에서는 욕이 튀어나왔다. 「이 멍텅구리 경찰 놈들! 감자나 실컷 먹어라!」

이 말에 모두들 웃음을 터뜨렸고 일순간에 분위기가 살아났다. 하지만 메르타가 다들 조용히 하라고 말했다.

「어쩌면 감잔지 고구만지, 그 자루들은 우릴 속이려고 갖다 놓은 속임수 자루들인지도 몰라.」

「메르타가 맨날 속임수만 쓰니까, 그렇게 보이는 거야!」 갈퀴가 불평을 했다.

그때 스티나가 입을 열었다. 「아니야, 그런 거 아니야. 유로가 계획한 은행털이가 실패했을 수도 있어. 다들 알겠지만, 요새 은행들은 모두 붉은색 유리병을 현금 수송 가방 안에다 넣어놔. 유고 조폭 놈들은 그것도 모르고 차에서 돈을 훔친 거야. 그런데 가방을 열어 보니까, 돈들이 모두 빨갛게 물이 들어 있는 거야.」

안나그레타가 끼어들었다. 「빨간색이 아니라 파란색이야.」

「어쨌든, 그래서 유고 놈들이 어쩔 수 없이 그 돈을 다 버린 거야. 그래서 지하실에 돈이 없었던 거라고. 확실하지는 않지만 사정이 이랬을 거야.」

「그러면 자루 안의 그 감자들은?」천재가 물었다.

「그 자루들은 수확한 다음에 갖다 놓은 걸 거야. 아주 오래
전부터 지하실에 있던 것들이겠지, 뭐.」

천재가 다시 의문을 제기했다. 「하지만 그 유로라는 놈은 돈
을 그렇게 쉽게 포기할 인간이 아니야.」

스티나가 답했다. 「그럴 수도 있지만, 요새는 현금 수송차도
많이 줄어들었어. 왜 내가 이 생각을 조금 일찍 못 했을까? 현
금 수송차를 터는 것은 지금은 유행이 지난 수법인 거야. 요새
도둑들은 훨씬 교활해지고 똑똑해졌거든. 게다가 지금 우리
뒤로 메르세데스가 한 대 따라붙어 있어. 다들 뒤를 봐.」

천재가 스티나의 말에 동의했다. 「스티나의 말이 맞아. 감방
에서 수감자들은 현금 수송차 탈취를 많이 이야기하긴 했지
만, 그 친구들은 이미 빵에 들어온 지 상당히 오래된 놈들이었
어. 10년이 넘은 애들도 있었거든. 완전히 구시대 도둑들인 셈
이지.」

메르타가 입을 열었다. 「그건 그렇고, 저 메르세데스는 또
뭐지?」

모두 한동안 입을 다물고 조용히 있다가 갑자기 뒤를 돌아
봤다. 어두워서 잘 보이지 많았지만, 전조등 불빛만으로도 구
별할 수 있었다. 가로등 밑을 지나면서 그 차가 은회색 메르세
데스임을 알아볼 수 있었다.

「여기가 지금 유르스홀름이야. 여기선 메르세데스가 코펜
하겐의 자전거만큼 아주 흔해. 오히려 우리 뒤에 메르세데스
가 없으면 그게 오히려 이상한 일이지.」도심을 향해 들어가면

서 이제 대화는 여행 이야기로 옮겨 가고 있었다. 하지만 이번 건이 실패로 돌아가는 바람에 모두들 시큰둥했다.

「안타깝군, 안타까워. 외국으로 나가서 즐겁게 살아보려고 했는데……」스티나가 재채기를 하면서 탄식부터 늘어놓았다. 스티나는 계속 감기가 들어 있는 상태였다. 조금 전에 걸쳤던 검은 옷들도 너무 가벼운 것들이었다.

「안됐지만 호텔도, 비행기 표도 모두 취소해야겠군. 하지만 인터넷으로 한 거니까 문제도 아니야.」안나그레타가 탄식을 쏟아 내면서도 인터넷을 강조하며 말했다.

「안나그레타, 너무 상심하지 마. 인터넷으로 한 건 정말 잘한 거야. 이번 일을 실수로 생각하지 말고 우리 모두 개막 직전의 리허설쯤으로 여겨도 좋을 것 같아. 우리를 시험해 본 좋은 기회였다는 거지.」

모두들 메르타의 말에 공감을 표시했다. 노인들이 요양소에 도착했을 때 몸은 천근만근 무거웠지만, 하지만 생각했던 것보다 그리 크게 낙담을 하고 있지는 않았다. 메르타가 마지막으로 차에서 내렸다. 어디선가 차 소리가 들리는 것 같아서 메르타는 뒤를 돌아다보았다. 잠깐 은회색 메르세데스가 보이는 것도 같았다. 하지만 다시 보니 그런 차는 없었다. 긴장이 풀려서 그랬는지, 아니면 아직도 경찰이 두려워서 그랬는지 헛것을 본 것만 같았다.

다음 날 아침, 모두 커피를 마시면서 각자 생각에 몰두해 있거나 신문을 뒤적거렸다. 그때 천재가 읽고 있던 신문을 부스럭거리면서 일어나 외쳐 댔다.

「이것 좀 봐, 모두. 이 기사 봤어?」 모두 신문을 볼 수 있도록 천재는 신문을 접었다. 〈은행털이 실패, 돈 압수. 지폐는 모두 폐기할 예정.〉

「내가 뭐랬어, 어제!」 스티나가 해맑은 미소를 지으며 손뼉을 치고 기뻐했다.

「이러지 말고, 모두 내 방으로 가는 게 좋겠어.」 메르타가 손으로 신호를 보내면서 입을 열었다. 다들 일어나 메르타의 뒤를 따라갔다. 방에 들어간 천재는 긴 의자에 앉아 신문 기사를 모두들 들을 수 있도록 큰 소리로 읽었다. 신문 기사에 의하면, 현금 수송 차량이 털렸는데, 돈이 든 자루들 여러 개가 쓰레기 하치장에서 발견되었다는 것이다. 그런데 자루를 열어 보니 안에 든 돈이 모두 파란색으로 얼룩져 있어서 통용 불가 상태였다. 기사 낭독이 끝나자 모두들 놀란 눈으로 스티나를 바라보았다.

먼저 천재가 경의를 표했다. 「스티나가 옳았어. 범인이 유로였을 수도 있는데, 모르긴 몰라도 그놈이 아주 초보적인 실수를 하는 바람에 일을 망쳤을 거야.」

천재의 말을 듣고 있던 메르타가 입을 열었다. 「그 도둑놈들이 요새 세상이 어떻게 돌아가는지 모르고 있었던 거야. 늘 다 알고 있다고 생각하고 살아가는 우리처럼 말이야.」

천재가 말을 받았다. 「맞아, 그랬을 거야. 도둑놈들은 새로운 것을 배울 생각을 못 하거든.」

스티나가 점잖게 입을 열었다. 「요즘 현금 수송 요원들은 안전장치가 되어 있는 특수 가방을 이용해. 오늘 아침 라디오 뉴스에 나왔는데, 이 특수 가방들에는 작은 잉크병들과 GPS가장착되어 있어. 만일 정해 놓은 범위를 넘어서서 지나치게 가방이 흔들리면 잉크병이 안에서 자동으로 터져 버리는 거야. 또 그 가방들은 일정한 거리 밖으로 나갈 수가 없어. 만일 그런 상황이 일어나면 GPS가 감지를 해내는 것은 물론이고 경보까지 울려 줘. 꼼짝 못 하는 거야.」

모두 고개를 돌려 다시 한 번 스티나를 경외의 눈으로 바라다보았다. 감옥에 들어갔다 나온 후로 스티나는 각종 유형의 강도 사건에 관해서는 박사가 되어 있었다. 게다가 스티나는 성격상 어떤 일이든 중도에서 대충 포기하는 사람이 아니었다. 예를 들면 정원 가꾸는 일만 해도, 일단 그 일에 매달릴 땐 하루 종일이 아니라 한 달 내내 화초 이야기만 했다. 미술에 빠져들 때는 온통 입에서 미술 이야기만 흘러 나왔다. 그런 그녀가 요즈음 빠져든 주제가 강도 사건이었던 것이다. 그것도 경지에 올라, 이젠 최고로 복잡한 사건만 다루고 있었다.

스티나의 강의를 듣고 있던 천재가 뭔가 골똘하게 생각을 하면서 입을 열었다. 하지만 목소리는 제법 컸다. 「GPS와 잉크병 말인데, 그 시스템을 교란시켜야만 해. 내가 알기로는 그 시스템은 기온이 낮은 지역에서는 작동되지 않을 거야.」

다시 범죄학 박사께서 입을 열었다. 「안전 가방도 여러 가지인데, 구형 모델을 사용하는 곳은 남부 유럽 쪽이야. 그러니까, 우린 그쪽으로 내려가야 돼.」

메르타가 끼어들면서 중대한 제안을 하나 했다. 「외국에 가면, 스웨덴만큼 교도소가 좋지 않을 텐데. 그래서 내가 다른 아이디어를 하나 생각해 봤어. 훔친 돈을 다시 훔치지 말고, 우리가 직접 돈을 훔치면 어떨까, 생각해 봤는데, 다들 어때?」

메르타의 말이 끝나자 한동안 방에는 침묵만이 감돌았다. 감히 누구도 옆 사람 눈을 쳐다보지 못했다. 메르타가 입 밖으로 낸 이 아이디어는 사실 모두 한 번쯤 생각했던 것으로 다만 입 밖으로 내지만 않았을 뿐이다. 즉 모두들, 한 발 크게 건너뛰어서, 진짜 도둑이 되어 보자는 것이었는데, 다들 이런 생각을 한 번쯤 하고 있었던 것이다.

스티나가 머뭇머뭇하면서 입을 열었다. 「그러니까, 메르타의 말은…….」

안나그레타가 나섰다. 「무장 은행털이를 하자는 것이지. 그건 아주 심각한 일이야. 쿨하게 박물관에게 그림을 훔쳐 내더니 남이 훔친 돈을 가로채는 것으로 나아갔고 이젠 정통 강도가 되어 보겠다, 이거지? 이게 대체 우리 노인 강도단의 이념이나 철학에 맞는 일일까?」

이념과 철학과 이야기가 나오자 메르타가 나섰다.

「아니면, 우리 노인 강도단의 기금을 어떻게 부풀릴 거며, 그 이전에 잃어버린 우리 돈은 어떻게 되찾을 거야? 우린 이제까지 오랫동안 누구에게도 아무런 피해를 주지 않았고 항상 좋은 목적으로 사용하기 위해 돈이 필요했어. 안나그레타가 말한 범죄들 사이에 그렇게 큰 차이가 있다고는 생각되지 않아.」

이때 스티나가 시를 읊어 댔다. 「노랫소리보다 더 아름다우니, 그대여 시위를 당겨라. 그리고 끊어질 때까지 그 소리를 들을지어다.」 스티나는 지금은 탐정 소설에 취해서 살고 있지만 그렇다고 그녀가 좋아했던 헤이덴스탐을 완전히 잊어버린 것은 아니었다.

조용히 듣고만 있던 갈퀴가 물었다. 「그러면 은행 강도를 한다고 하고, 대체 어떻게 할 것인데? 다섯 명의 우리 같은 노인들이 총을 들고 은행으로 쳐들어간다고 생각하니, 말이 안 되는데…….」

은행원 출신인 안나그레타가 말했다. 「지금은 은행도 많이 바뀌었어. 그래서 모든 것이 옛날보다 훨씬 힘들 뿐만 아니라, 복잡해서 짜증이 날 정도야. 내가 은행에서 일을 할 때만 해도, 컴퓨터 같은 것은 있지도 않았어. 내가 직접 돈을 셌는데, 마술사보다 더 빨리 셌어. 또 누구도 내 암산 능력을 따라올 자가 없었어. 하지만 지금은 이런 능력들이 하나도 소용이 없어. 모든 걸 다 컴퓨터가 해. 은행원들은 그냥 의자에 앉아서 마우스만 클릭해. 그게 다야.」

컴퓨터 이야기가 나오자 컴퓨터를 잘 모르는 갈퀴가 조금 짜증이 났다. 「안나그레타, 그놈의 컴퓨터 이야기 좀 그만할 수 없어?」

메르타가 다시 입을 열었다. 「어쨌든, 이제 우리는 다른 사람들이 우리를 위해 범죄를 저질러 주기를 기다리고 있을 수만은 없어. 우리 스스로 범죄를 저지르고 책임도 우리 스스로 져야 해.」

천재가 조금 의아해하며 물었다. 「다 좋은데, 어떻게 하려고?」

「나도 잘 몰라. 하지만 방법이 없을 것 같은 상황 속에서도 언제나 답은 있게 마련인 거야. 때로 그 답은 가까운 곳에 있을 수도 있어. 난 이 경험을 믿어.」

메르타가 결론을 내렸다. 그런데 실제로 지금 와서 되돌아보면 이 말이 이상하게도 다 맞았다.

72

    범행 날짜를 놓고 회의를 하고 있던 다섯 명의 노인 공범들은 뜻하지 않게 방해를 받아 회의를 끝내지 못하고 말았다. 바르브로가 예고도 없이 불쑥 메르타의 방으로 들어와 지금 당장 공동실로 모여 달라고 한 것이다. 대체 무슨 일로 그러느냐고 묻기도 전에 바르브로는 나가 버렸다.

    「저런 못돼 먹은 것! 왜 모이라고 하는지 말을 해줘야지.」 갈퀴가 인상을 찌푸리며 말했다.

    공동실에 가보니 다른 노인들도 다 내려와 있었고 테이블 위에는 꽃들이 놓여 있었다. 모두 모인 것을 본 바르브로가 의자에 올라가 손뼉을 치면서 입을 열었다.

    「친구 여러분, 오늘 우리는 파티를 열려고 합니다.」

    「〈친구 여러분〉…… 할아버지, 할머니 같은 사람들에게 친구 여러분이라고! 가정 교육이 영!」 갈퀴는 바르브로가 정말 마음에 안 들었다.

    「돌로레스님께서 기부를 해준 덕분에 내일 우리는 이곳에 모여 큰 잔치를 열게 되었습니다. 다이아몬드 노인 요양소가 문을 연 지 딱 5년이 되는 날이기도 하지만, 여러분들에게 알려 줄 기쁜 소식도 있습니다.」 바르브로의 입이 옆으로 크게 벌어지더니 닫힐 줄을 몰랐다.「오랜 시간 뛰어다니면서 고생을 하신 끝에 맞손 소장님께서 마침내 두 개의 노인 요양소를 더 열게 되셨고 이렇게 해서 모두 세 개의 요양소를 운영하시는 회장님이 되셨습니다. 잠시 후 이에 대해 소장님의 별도의 말씀이 있을 겁니다. 하지만 어쨌든 이 새로운 요양소도 모두 다이아몬드 주식회사의 한 부분입니다. 모든 것이 재조직될 예정이며 맞손 소장님과 내가 공동으로 경영을 해나갈 것입니다. 그래서 이 일도 기념할 겸 잔치를 열 것이고……」

「그러니까, 우리를 위한 게 아니네……」 메르타가 얼굴을 찡그리며 투덜댔다.

그러자 옆에 있던 돌로레스가 들었는지 끼어들었다.「바르브로는 우리가 모두 큰 잔치를 연다고 그러잖아, 이 할망구야.」 모두들 고개를 돌려 돌로레스를 바라봤다. 돌로레스는 계속 뭐라고 흥얼거리면서 몸을 숙여 옆에 놓아둔 골프 가방을 열더니 안에 들어 있는 담요들을 헤치고 뭔가를 꺼내려고 했다. 한참을 뒤지더니 돌로레스는 5백 크로나짜리 지폐 몇 장을 집어 모든 사람들이 볼 수 있게 공중에 대고 흔들어 보였다.「이건 잔치를 위해서 내가 내는 거야. 더 필요하면 이야기만 해!」

스티나와 안나그레타가 거의 동시에 어안이 벙벙해 탄식을 쏟아 냈다.「아, 저게 뭐야! 저게 뭐야……」 천재의 얼굴은 백지장처럼 하얗게 변했고 갈퀴는 너무 놀라 딸꾹질을 해댔으며 메르타는 순간적으로 위경련을 일으키고 말았다. 경찰이 안다면? 5백 크로나짜리 고액권 지폐가 노인 요양소에 돌고 있다는 것을 경찰이 안다면, 가택 수색을 나올 수도 있는데……. 그러면 얼마 가지 않아서, 지폐의 일련번호들을 조사해 볼 것이고 노인 요양소에 뿌려진 지폐가 페리호에서 바람에 날아갔다고 하던 그 지폐와 같은 지폐라는 것이 금방 탄로 날 것이다. 불을 보듯 뻔한 일이었다. 이어 경찰은 침대 매트리스 밑에서 돈을 찾아내고 말 것이다.

이런 상상을 하고 있던 메르타는 아픈 배를 움켜쥐고 소리를 지를 수밖에 없었다. 「아, 이 무슨 개 같은 경우란 말인가!」

천재도 사태의 심각성을 잘 알고 있었다. 메르타에게 다가가 낮은 소리로 속삭였다. 「지금 당장 손을 써야 돼!」

안나그레타도 합세했다. 「내가 비행기 좌석과 호텔을 예약할게.」

메르타는 자리에서 일어나 시끌시끌한 공동실을 뒤로하고 창가로 가 생각에 잠겼다. 가능한 한 빨리 떠나야만 했다. 하지만 아직 다음 한탕을 위한 준비조차 되어 있지 않은 상태였다. 은행털이는 아주 세밀한 부분까지 정교하게 계획을 짜야 하는 일이었다. 메르타는 밖을 내다봤다. 차 한 대가 서서히 속도를 줄이면서 다가오더니 길옆에 섰다. 그 차였다. 진한 파란색 볼보. 메르타는 주위도 살펴보았지만 아침 일찍 봤던 은회색 메르세데스는 보이지 않았다.

잔치는 오후 4시에 열렸다. 바르브로는 모든 노인네들이 저녁 8시면 잠자리에 들 것이기에 이 시간이 적당하다고 생각한 것이다.

메르타가 바르브로를 손가락으로 가리키며 말했다. 「저 젊은 것은 노는 게 뭔지 도통 몰라! 어린아이들도 잔치를 하면 밤새 놀고 그러잖아! 우리에겐 그럴 권리도 없다는 거야.」

천재가 입을 열었다. 「규칙을 아주 정확하게 지켜야만 기분이 좋아지는 그런 사람들이 있게 마련이야.」

그러자 메르타가 투덜댔다. 「스스로를 축하하기 위해 여는 잔치인데도?」

모두들 옷을 갈아입으려고 방으로 가고 천재도 옷을 입고 메르타의 방으로 갔다. 메르타는 창밖을 보고 있다가 깜짝 놀라고 말했다. 사라졌던 은회색 메르세데스가 다시 돌아와 있었던 것이다.

「천재, 저 차 봤어?」

「잠깐만, 내가 안경을 방에다 두고 왔어.」 천재가 안경을 쓰고 다시 돌아왔을 때는 이미 메르세데스는 떠나고 없었다. 대신 짙은 파란색 볼보가 서 있었다.

「저 볼보는 아주 흔한 차야, 여기서는.」

「그런데, 저 차는 견인 걸쇠가 달려 있고 백미러도 양쪽에 하나씩 더 있어.」

「어쨌든 경찰이 노인 요양소 같은 데를 감시하지는 않아, 메르타. 누군가 다른 사람이 타고 온 차일 거야. 너무 상상을 많이 하는 것 같아…….」

그때 문이 열리면서 갈퀴가 들어왔다.

「아니 여기서 뭣해? 다들 기다리고 있어.」

「지금 막 나가려던 참이야.」 갈퀴가 방을 떠나자마자, 천재는 다시 메르타 쪽으로 몸을 돌리면서 말했다. 「메르타도 알겠지만 나도 겁이 나기 시작해. 만일 요양소에 자꾸 나타나는 차들이 정말로 유로가 타고 온 차라면 정말 큰일이야. 그놈은 지난번 은행털이에 실패한 후 가만 있지 않고 다른 방법으로 돈을 털려고 할 거야. 내 생각에는 나를 찾아와서 잠금장치와 경보 시스템에 대해 알고 있는 모든 것을 털어놓으라고 협박하고 그럴 것만 같아. 그놈은 어떤 일이 있어도 절대 겁을 먹지 않는 그런 타입이거든. 내가 여기 살고 있다는 것을 그놈이 안다면, 그 은회색 메르세데스는 아마 그놈이 타고 다니는 차일지도 몰라…….」

메르타가 천재의 손을 잡았다.

「메르세데스는 떠나고 안 보여. 그러니 긴장 풀어. 자 어서 잔치장으로 가자고. 안나그레타가 다 같이 노래를 한다고 약속했대.」

메르타는 천재를 데리고 공동실로 들어갔다. 모두들 모여 가운데를 비워 놓고 벽에 등을 대고 앉아 있었다. 메르타가 먼저 음을 잡기 위해 라를 길게 빼자 다들 「말로의 오월」과 「산레모의 아름다운 전투」를 불렀고 마지막은 갈퀴가 「바다를 향해」를 부르면서 끝났다. 안나그레타가 무반주로 「어린아이의 믿음」을 부르겠다고 하자, 모두들 테이블에 앉을 시간이라고 하면서 흩어져 버렸다. 하지만 안나그레타는 계속해서 서 있었다.

「아니면 〈돌고 도는 돈〉이라도 부르면 안 될까?」

그때 팡파르가 울려 퍼지면서 조명이 어두워졌다.

바르브로가 모두에게 명령조로 말했다. 「자리에 앉아요.」

이어 곧바로 전채 요리가 나왔다. 익힌 대게 살을 속으로 넣은 만두처럼 생긴 파테가 나왔고 하얀 김이 올라오는 드라이아이스가 깔린 붉은 연어 살도 나왔다. 모든 요리는 꽃무늬가 화려하게 수놓아진 큰 도자기 접시에 담긴 채 샐러드용 채소와 파슬리로 장식되어 있었다. 천장의 조명이 파란색으로 바뀌자 방 분위기는 마치 꿈속의 정경처럼 변했다.

메르타가 탄성을 지르며 중얼거렸다. 「아, 이런! 이것 좀 보게! 돈 아까운 줄 모르는 돌로레스가 엄청나게 돈을 뿌린 것 같은데, 아무래도.」

옆에 있던 안나그레타가 말했다. 「그게 다 우리 돈이잖아!」

천재가 입을 열어 군침을 삼키고 있는 할머니들에게 주의를 줬다. 「저기 보이는 드라이아이스에는 손대면 안 돼. 자칫하다가는 손가락이 얼어 버릴 수도 있거든.」

잠시 후 다시 원래의 조명이 들어왔다. 그러자 바르브로가 가슴이 깊게 팬 붉은색 야회복을 입고 나타나서는 색종이 테이프와 울긋불긋한 모자들을 나눠 주었다. 메르타는 속으로 돈이 꽤 들었겠구나 싶었다. 그럼 이제 돈을 쓰겠다는 건가? 이런 생각을 하고 있는데 샴페인이 나왔다. 모든 사람의 잔에 술이 차자 소장이 자리에서 일어나 건배를 제의했다.

「우리의 미래를 위하여!」 소장은 바르브로의 거의 다 드러나 있는 젖가슴을 내려다보면서 술잔을 입으로 가져갔다.

그날 주 메뉴는 아몬드 젤리를 얹은 감자와 완두콩을 곁들인 칠면조 구이였다. 모두들 이 화려한 요리에 넋이 나간 양 눈을 비볐다.

스티나가 한마디 했다. 「오늘 누가 노벨상을 받나?」

「글쎄 말이야. 상금만 빼고 다 있네.」 안나그레타도 빠지지 않고 예의 고주파 목소리로 한마디 했다.

그날 거기 모인 모든 사람들은 눈을 비비면서 한마디 정도가 아니라 계속 감탄의 말들을 쏟아 냈다. 하지만 이 흥은 오래 가지 못했다. 돌로레스가 자리에서 일어나 두 손을 앞으로 모은 채, 이렇게 돈을 보내 주어서 아들에게 정말 고맙다고 인사를 한 것이다. 모두들 꿈에서 깨어나 노인 요양소에 있다는 것을 새삼 깨달았다. 돌로레스의 말이 끝나자 경쾌한 음악이 흘러나왔고 조명도 마치 디스코장의 조명처럼 꺼졌다 들어왔다 하면서 사람들 혼을 빼놓기 시작했다. 동시에 모든 사람에게 제법 큰 컵에 듬뿍 담긴 나무딸기 아이스크림이 하나씩 서비스되었다. 박하 향이 나는 멜리사 잎으로 장식이 되어 있었고 그 위로는 초콜릿 소스를 얹은 멋진 아이스크림이었다. 한두 번 정도, 스트로보스코프 효과를 준 조명이 몇 번 간질 발작 같은 이상한 빛들을 낸 것을 제외하면 그날 파티는 아주 훌륭했다. 저녁 8시가 다가오자 바르브로는 손뼉을 치면서 입을 열었다.

「친구 여러분, 이제 시간이 거의 다 되었습니다. 곧 각자 방으로 돌아갈 시간입니다.」

「아니에요. 우리는 자고 싶지 않아!」 거의 모든 노인들의 입에서 이구동성으로 나온 함성이었다. 그때 맞손이 자리에서 일어났다.

「오늘 이 자리는 아주 특별한 자리입니다. 우선, 그리고 무엇보다도, 우리에게 이런 파티를 제공해 주신 돌로레스 할머니에게 감사를 드립니다. 그리고 오늘 여러분들에게 알려 드려야 할 소식이 하나 더 있습니다.」

메르타가 중얼거렸다. 「직원을 줄인다는 거겠지······.」

「바르브로가 앞서 노인 요양소 3개를 함께 운영하게 되었다고 밝힌 바 있습니다. 하지만 정말로 축하할 일은 우리가 약혼을 했다는 것입니다!」

「아! 그렇게 됐구먼, 일이······ 이제야 알 것 같군. 약혼 축하 비용이라도 줄여 보겠다고 돌로레스 돈으로 이 파티를 연 것이다, 이거지! 떡 본 김에 제사 지내자고! 이 노랑이들!」 안나 그레타가 인상을 쓰고 중얼댔다.

그때, 문이 열리면서 두 사람이 이상하게 생긴 기계를 들고 들어와 몇 번 만지작거리는가 싶더니 기계에서 비눗방울들이 마구 쏟아져 나와 방 안을 가득 채웠다. 투명하고 반짝거리는 비눗방울들이 디스코 조명을 받아 공중에서 너울너울 춤을 추자, 메르타와 천재는 돌로레스가 옆구리에 끼고 앉아 있다시피 한 골프 가방으로 자꾸 눈이 가는 것을 막을 수가 없었다. 오늘 잔치는 엄청난 돈이 들어간 잔치였다. 이제 저 불쌍한 돌로레스가 골프 가방에 남아 있는 돈을 다 쓰는 것도 시간문제였다. 하지만 비극은 돈을 또 꺼내기 위해 가방 속에 손을 넣었을 때 돈이 아니라 꾸겨진 신문지만 나올 때 벌어질 것이다. 메르타는 천재를 바라봤다.

「우리 내일 당장 은행을 털어야 할 것 같아. 아니면 늦어도 이번 주말에.」

「알고 있어. 준비를 철저하게 하진 못했지만 잘될 거야. 우리에겐 안데르스 같은 젊은이도 있고······.」

「이젠 그 청년을 믿어도 될 것 같긴 해.」

두 사람은 함께 메르타의 방으로 갔다. 밤이 깊어 갔지만 두 사람은 연필을 들고 종이를 펼친 채로 얼굴을 맞대고 앉았다.

「우리 이전에는 누구도 이런 식으로 은행털이를 한 적이 없을 거야, 그렇지?」 천재가 가슴 뿌듯하다는 듯이 말했다.

「내 생각도 그래.」 메르타가 천재를 보고 미소를 지었다.

73

바르브로는 노크도 하지 않고 메르타의 방으로 들어왔다.

「다신 이러지 마! 가만 안 둘 거야⋯⋯.」 메르타는 벌떡 일어서며 화를 냈다.

「알았어요. 그건 그렇고, 대체 이게 다 뭐예요?」 바르브로는 한 발 뒤로 물러서며 방을 훑어보았다. 요양소 건물 전체가 일대 혼란이긴 하지만 마치 그것으로 충분치 않다는 듯이, 노인 합창단원들의 방은 한결같이 한심스러울 정도로 지저분했다. 방마다 모두 그림으로 발 들여놓을 틈조차 없었다. 책상, 테이블은 유화 물감으로 범벅이었고 그 외에도 캔버스, 크고 작은 액자들, 비닐 등이 가득 쌓여 있었다. 바닥 또한 빈 그림물감 튜브들이 여기저기 마구 널려 있었고 어떤 것들은 마개도 없어서 밟으면 쭉 하고 남은 물감들이 새 나올 것만 같았다. 그림을 받치는 삼각 이젤도 다리가 접힌 채로 긴 의자 위에 팽개쳐져 있었고 그런데도 천재는 그 옆에서 작은 양동이에다 물감들을 섞고 있었다. 스티나는 거대한 크기의 캔버스에 물감들을 두텁게 바르고 있었고 안나그레타는 완전히 반대로 작은 캔버스에 붓으로 섬세하게 칠을 하고 있었다. 안나그레타가 그리는 것은 밝은 회색 톤의 색을 보니 아마도 주화인 것 같았다. 하지만 더러 완성된 그림을 보면 둥근 과자 모양들을 하고 있어서 속단할 수는 없었다. 작업에 몰두한 채 안나그레타는 「돌고 도는 돈」을 계속 흥얼거렸다.

「맙소사! 지금 뭐 하는 거예요?」

「우린 모두 각자 가지고 있는 미술적 잠재성을 표현해 보고 있는 중이지.」 메르타가 손등으로 여기저기 물감이 묻은 얼굴을 닦으며 대답했다.

「왜 수채화는 안 그리고 모두들 꼭 유화만 그리지요?」 바르브로는 묘한 호기심이 발동해서 물었다. 소장은 무엇이든지 금지시키지 말라고 당부를 하며, 가능한 한 노인들에게 친절하게 대해 주라고 부탁을 했다. 노인들을 잡으려면 노인들 모르게 잡아야 한다는 논리였다. 예를 들면, 그림을 그리지 말라고 할 것이 아니라, 냄새도 고약하고 하니 넌지시 유화 대신 수채화를 권한다는 것이다.

「수채화? 아니야. 그건 옛날에도 많이 해봤어. 수채화는 한계가 있어. 우린 지금 유화를 실험해 보는 중이거든.」 스티나가 무사태평한 표정으로 말했다.

아닌 게 아니라, 바르브로는 유화 실험을 질릴 정도로 확인하고 있었다. 엄청난 크기의 액자들이 벽과 의자에 기대어 있었고, 바닥도 비닐을 깔아 놓지 않았다면 엉망진창이 되었을 것이 뻔했다. 바르브로는 그림에 가까이 다가가 봤다. 물감들은 알록달록했고 흥겨웠다. 하지만 백번 양보해서, 아무리 이해하려고 해봐도 대체 무엇을 그린 그림인지는 알 수가 없었다.

「예, 어딘지, 실제로, 예술적인 무언가가……」 바르브로는 황당해서 말을 잇지 못했다.

「정말 즐거워! 그냥 즐기는 거야.」 메르타가 말했다. 「우린 전시회도 계획하고 있어. 곧 열 거야. 여기서 하면 어떨까 생각 중이야. 그래서 우린 이미 우리끼리 예술 협회도 하나 결성했지. 이름이 뭔지 알아? 이름이 좀 긴데, 〈힘을 얻은 노인들, 유화를 그리는 노익장들〉이야.」

「그렇군요. 잘될 것 같네요. 정말이에요. 그런데 지금은 정리를 좀 해야죠? 정말이지 이렇게 지저분해서는 안 되는 거잖아요.」

말을 마친 바르브로는 금방 〈이렇게 지저분하다〉고 말한 것을 후회했다. 잉마르는 부드럽게 대해 주라고 했지만, 지저분한 것을 지저분하다고 말해야지 어쩔 것인가. 바르브로는 한숨을 내쉬며 사무실로 돌아와 문을 잠가 걸었다. 잔치를 한 후 바르브로는 이제부터 모든 것이 잘 풀려나갈 것으로 생각했지만 그러나 상황은 오히려 그 반대로 가고 있었다. 노인들은 고집이 보통이 아니었으며 잔치를 한 번 열어 주었더니 자주 열어 달라고 하질 않나, 요양소에서 그림 전시회를 열겠다고 하질 않나, 갈수록 가관이었다! 하지만 이젠 이 진저리 나는 일도 거의 마지막이다. 잉마르와 그녀는 곧 결혼할 예정이고, 결혼이 조금 뒤로 미루어진다고 해도 둘이서 함께 요양소 세 군데를 운영해 나갈 것이다. 잉마르는 계속 자기가 사장으로 남을 것이라고 생각하고 있겠지만, 절대 그렇게는 되지 않을 것이다. 바르브로의 야망은 결혼이 아니라 더 큰 것을 향해 있었다. 결혼은 첫 단계에 지나지 않았다.

메르타는 들고 있던 붓을 놓고 창밖을 바라봤다.

「바르브로는 감히 더 있지 못하고 나간 거야. 그 젊은 것이 영 못돼 먹어서 볼 때마다 정말 기분이 나쁘고 또 항상 폭발 일보 직전의 얼굴을 하고 다녀. 하지만 우리가 뭔 일을 꾸미고 있는지를 알면 모르긴 몰라도 심장 마비를 일으킬 거야.」

「우리의 다음 목적지는? 라스베이거스!」 갈퀴가 말했다.

「아니야. 우린 카리브 해로 가야 돼.」 안나그레타가 갈퀴의 말에 반박을 하고 나섰다. 「왜냐하면 카리브 해에 있는 나라들과 우리는 범죄인 인도 협정을 안 맺었거든. 만일 미국에 갔다가 걸리면 곧장 스웨덴으로 추방이야. 카리브 해에서도 우린 바베이도스로 가야 해. 비행기로 열 시간밖에 안 걸려. 난 거길 가면 세계에서 가장 럭셔리한 호텔에 묵을 거야.」

「아이고, 좋겠어요. 그건 그렇고, 우선 테뷔부터 잠깐 둘러봐야 해.」 이 말에 모두 입을 닫았다. 이제 바야흐로 진짜 강도들이 되어야 할 시간이 온 것이다. 스톡홀름 시가지에 있는 현금 인출기들을 둘러보기로 한 것이다.

노인 강도단의 작업 차량인 화물차 〈녹색의 공포〉가 무선 장치를 장착하고 다시 활동을 개시할 시간이 왔다. 차를 타고 스톡홀름 북쪽과 동쪽 시외에 설치되어 있는 현금 인출기들을 돌아보는 것이다. 화물차에 오른 강도단은 순드뷔베리, 로순다, 링케뷔, 유르스홀름 등지를 돌며 비좁은 차에서 겨우 내려 보행기를 밀고 현금 인출기들을 찾아다니며, 가는 곳마다 조금씩 돈을 인출했다. 그렇게 몇 군데를 돈 것이다. 때론 갈퀴가 내리기도 했고 천재가 내린 곳도 있었다. 또 다른 곳에서는 메르타가 내려 돈을 찾고 얼른 돌아오기도 했고 스티나와 안나 그레타도 각각 한 군데씩 들러 돈을 뺐다. 모두들 완벽하게 자기에게 주어진 임무를 수행해 냈다. 하지만 모두들 너무나도 일에 집중한 나머지, 그만 짙은 파란색 볼보가 그들을 미행하고 있다는 것을 눈치챈 사람이 없었다. 꼼꼼하게 메모를 해서 갖고 다니는 메르타조차도 전혀 눈치를 못 채고 있었다. 모두 현금 인출기와 비상시 도망갈 수 있는 길들만 찾아다녔던 것이다.

테뷔를 마지막으로 정찰을 끝낸 강도단은 Q8 순환 도로의 주유소에서 기름을 채운 다음 요양소로 돌아왔다. 요양소로 돌아온 노인들은 긴 낮잠을 잔 다음 모두 일어나 각자 짐을 꾸렸다. 그리고 이어 안데르스와 마지막 세부 사항들을 점검한 다음, 북극산 오디주를 따라 건배를 하며 요양소에서의 마지막 밤을 축하했다. 때가 때인지라 모두들 엄숙한 표정으로 술만 마실 뿐 농담 한마디 건네지 않았다. 이제 강도단 노인들은 위중한 범죄를 저지르려고 하는 것이었고, 그 방식이 전혀 폭력적이지는 않았지만, 어쨌든 분명한 범죄, 그것도…….

메르타는 그날 밤 오히려 오랜만에 푹 잤다. 꿈속에서 메르타는 강도 짓을 해서 턴 어마어마한 돈을 노인 강도단 대원들에게 골고루 나누어 주고 있었다. 또 다른 꿈을 꾸기도 했는데, 조금 짧은 두 번째 꿈은 성공적으로 사기를 치는 꿈이었다. 다음 날 아침 7시에 메르타는 아주 기분 좋게 잠자리에서 일어났다. 몸 상태도 더할 나위 없었다. 모두 꿈 때문이었다.

다음 날 오후가 되자 노인 강도단은 테뷔 중심가로 갔고 메르타는 강도하기에 더할 나위 없이 좋은 날이라고 생각했다. 비는 멈췄지만 12월 초순의 전형적인 쌀쌀하고 을씨년스러운 날씨였다. 또 운이 따라 주는지, 얼음은 아직 얼지 않았고 길도 빙판길이 아니었다. 하지만, 어쨌든 대충 1천5백만 크로나에서 2천만 크로나 정도의 엄청난 돈을 털려고 하면서 마치 아무 일도 아닌 것처럼 태연한 표정으로 드라이브를 즐기는 척하기는 그리 쉬운 일이 아니었다.

「저길 좀 봐, 차를 돌리고 있네.」메르타도 왼쪽 깜빡이를 켜고 속도를 줄이면서 거리를 두고 현금 수송 차량을 따라갔다. 차가 두 대 동원되었고 따라서 운전사도 두 명이 필요했기에 메르타가 다시 운전대를 잡았다. 안데르스는 평소 자기가 몰던 트레일러가 부착된 장애인 수송차를 몰고 있었고, 메르타가 〈공포의 녹색〉화물차를 몰았다. 모두 의심을 피하기 위해 메르타의 치밀한 계산에서 나온 작전의 일부였다. 〈현금 수송 차량 뒤를 따라간다고 해도 그 누가 장애인 수송차에 강도가 타고 있으리라고 생각하겠는가…….〉

「테뷔 중심가에 있는 현금 인출기부터 비울 거야. 정확하게 우리가 예측한 그대로지.」차가 주차장을 향해 오른쪽으로 돌자 천재가 말했다.

「어제처럼 안데르스가 뒤에 트레일러를 달고 들어갈 수 있어야 해. 지금부터 모든 일이 착착 순조롭게 진척되어야 하는 거야.」메르타가 걱정스러운 얼굴로 말했다.

「너무 걱정하지 마. 여기선 그 누구도 장애인이나 장애인용 차량에 관심을 기울이지 않아. 모든 사람이 자기 일하기도 바쁜 곳이 여기야.」

「그런데, 차에 실린 냉동 설비들을 보고 뭐라고 하면 어떻게 하지?」

「그땐, 둘러대야지. 축제를 즐기고 남은 것이다, 아니면 축제 때 빌려준 것을 되찾아 오는 중이다 등등. 가장 그럴듯한 말로 둘러대면 돼. 아니면 입을 다물고 아무 말도 하지 않든지. 그게 가장 좋은 방법일지도 몰라.」

메르타는 천천히 앞 차를 따라가고 있었다. 인도를 메운 사람들은 모두 서둘러 집으로 돌아가느라 앞만 보고 바쁜 걸음을 옮기고 있었다. 그런 사람들을 보고 있노라니 메르타는 자기도 모르게 〈불쌍한 사람들, 오늘 하루도 스트레스 받으며 일들을 했군〉이라는 말이 나왔다. 하지만 거리에는 그런 사람들만 있는 것은 아니었다. 부티크들도 많았는데 모두 보지 않으려고 해도 안 볼 수가 없는 그런 화려하고 비싼 것들을 파는 곳들이었다. 고급 가게들이어서 종을 흔들며 떠들어 대는 호객 행위도 없었고 처음 보는데도 안녕하시냐고 아는 척을 하며 소매를 잡아끄는 사람도 없었다. 이런 이야기를 메르타 같은 할머니가 젊은 사람들에게 하면 아무도 믿으려고 하지 않을 것이다. 하지만 옛날에는 다들 그렇게 했다. 점원들이 손님의 부모 이름까지 알고 있는 경우도 있었다.

「메르타, 차를 좀 잘 몰아. 정신을 어디다 두고 있는 거야! 앞의 현금 수송 차량을 따라가야지.」 갈퀴가 메르타의 옆구리를 찌르며 갑자기 소리를 쳤다.

「알았어, 알았어!」 메르타가 얼굴이 빨개지면서 말했다. 갈퀴가 옳았다. 메르타는 조금 더 정신을 집중해야 했다. 그때서야 메르타는 길가의 사람들을 무시하고 현금 인출기가 있는 곳을 향해 달려가는 현금 수송 차량을 열심히 따라갔다. 그러나 메르타의 정신이 다시 산만해지고 있었다. 메르타는 계속 주변 풍경에 신경을 쓰고 있었다. 모두들 장을 봐가지고 이 쌀쌀한 초겨울 날씨에 걸음을 재촉하고 있었다. 게다가 오늘은 금요일이었다. 〈맛있는 것 많이 사가지고 가서 맛있게 드세요, 모두들. 우린 지금 수백만 크로나를 손에 쥐려고 한탕 하러 가요…….〉 실제로 지금 노인들이 준비하고 있는 범죄는 이전에 범한 것들과는 비교를 할 수 없는 큰 건이었다. 메르타는 그런 생각에 절로 신이 나서 흥얼거리며 운전을 하고 있다가, 슬쩍 백미러를 본 순간 멈칫했다. 짙은 파란색 볼보가 보였던 것이다. 메르타는 그제야 자신들 주위에 자꾸 이 볼보가 나타나는 것이 우연이 아니라는 것을 깨달았다. 메르타는 뒤로 고개를 돌려 천재에게 대신 운전대를 잡으라고 하고 배 위에 차고 다니는 전대에서 압정 한 박스를 꺼냈다. 그 볼보가 설사 경찰이 아니라 그보다 더한 놈의 차라고 해도, 메르타는 이젠 순순히 항복할 의향이 전혀 없었다. 가장 강력한 압정을 준비해 둔 것도 다 이렇게 혹시 모를 때를 위해서였다.

뢴베리는 속도를 줄이면서 피곤한 눈으로 스트룀베크를 바라보며 머리를 끄덕였다.

「자네 저것 봤어? 노인네들이 오늘도 현금 인출기들을 찾아다니고 있어.」 그는 두 손으로 운전대를 잡은 채 머리로 녹색 화물차를 가리켰다. 「어제 저 노인네들이 현금 인출기 열 군데를 돌아다녔는데, 그것 가지고 부족하다는 걸까? 지금은 테뷔로 가고 있어. 테뷔라면 어제 왔던 데 아니야? 대체 뭔 꿍꿍인지 알다가도 모르겠네…….」

「게다가 노인네들은 현금 인출기에 들를 때마다 한 곳도 빼놓지 않고 돈을 뺐어. 가까운 거리여서 굳이 필요가 없었는데도 매번 보행기를 밀고 들어갔다 나왔다 했고. 나도 저 노인네들이 대체 무얼 꾸미고 있는지 생각해 봤는데, 도통 모르겠네. 지금 내려서, 그냥 다 잡아들일까?」 스트룀베크가 씹는담배를 입술 안으로 밀어 넣으면서 물었다.

「그러세. 지금까지 기다릴 만큼 충분히 기다렸잖아. 나는 말이야, 저 노인네들이 우릴 갖고 노는 것만 같아. 지금 잡아들인다고 해도 우린 페테르손 과장의 명령 정도를 어기는 것뿐이야. 가세, 얼른.」 뢴베리가 조금 흥분하면서 말했다. 뢴베리는 노인네들을 감시하고 잠복근무까지 하면서 미행을 하는 것에 이젠 말 그대로 신물이 나 있었다. 그래서 지금 당장 다 잡아들이고 싶었던 것이다. 그때 스트룀베크가 입을 열었다.

「생각해 봤는데, 주차장 입구에 바리케이드를 하나 쳐놓고 현금 인출기에 접근을 못 하게 하는 거야.」

「하지만, 그러면 범행 현장을 덮치는 게 아니잖아. 오히려 범행을 저지르게 놔두고 있다가 덮쳐야지!」

「역시 자네는 꼼꼼한 사람이야. 좋아, 자네 말대로 함세. 그나저나, 뭐 좀 먹고 하면 안 되겠나? 배가 고파 죽겠어. 핫도그 같은 거라도 하나 먹어야 살겠는걸. 저길 봐. 마침 포차가 하나 있는데 자네 것도 하나 사다 줄까?」

뢴베리는 망설여졌다. 하지만 그도 배가 고프기는 마찬가지였다. 주위를 돌아봤더니 상황이 통제 가능했다.

「그래, 얼른 하나씩 먹고 가세. 저 노인네들 놓치면 안 되니까. 은행털이라도 하면 큰일 아닌가?」

「그래 봤자, 1분 차이야.」 스트룀베크가 말했다.

뢴베리는 차를 세웠고 스트룀베크가 차에서 내려 핫도그 가판대 쪽으로 뛰어갔다.

메르타는 계속해서 백미러로 뒤를 보고 있었다. 갑자기 볼보가 보이질 않았다. 그러면 의심과는 달리, 유르스홀름 거주자의 차였던 것인가? 아니면 메르타가 잘못 본 것인가? 어떤 경우든 조심할 필요는 있었다. 바로 그때 메르타의 눈에 핫도그 가판대가 눈에 들어왔고 이중 백미러도 보였다. 틀림없는 경찰차였다! 메르타는 차창을 내리고 길에다 압정 상자를 흔들어 댔다. 압정들이 우수수 길 위로 쏟아져 내렸다. 이것은 사람 죽이는 행위가 아니라, 어디까지나 사전 예비 조치에 지나지 않았다. 흔히 말하듯이, 병든 다음에 고치려 하지 말고 병들기 전에 조심하자는 것, 그것이었다.

전날 노인 강도단은 현금 수송 차량이 시외 지역에서 달릴 때의 속도를 측정해 두었고, 뿐만 아니라 현금 수송 요원들이 안전 가방을 들고 들어갔다 다시 나오는 데 걸리는 시간도 모두 조사해 평균까지 내놓았다. 하지만 무엇보다 먼저, 신문에서 본 적 있는 은행털이범들이 저질렀던 똑같은 실수를 하지 말아야만 했다. 그때 그 도둑놈들은 무식하게도 현금 인출기를 통째로 들어 올리려고 기중기까지 빌려서 끌고 왔었다. 하지만 돈은 거기가 아니라 다른 곳에 있었다.

메르타는 그랜드 호텔에서 금고를 훔칠 때와 비슷한 흥분을 느끼면서도 현금 수송 차량에서 눈을 떼지 않았다. 하긴 호텔 금고 털이는 지금 은행털이와 비교하면 아무것도 아니었다. 적어도 일이 잘못되어서 걸리면 최소 징역 4년이었다. 교도소에서 죽어야 하는 것이다. 누구도 원치 않는 일이었다. 또 감옥과는 비교도 되지 않는 프린세스 릴리안 스위트룸이 노인 강도단 전원의 눈높이를 높여 놓기도 했다.

「경찰들이 장애인 수송차를 의심하면 어떡해?」 스티나는 벌써 이 질문을 세 번째 했다.

「나는 장애인 수송차를 타고 은행을 털었다는 이야기는 어디서도 못 봤어.」 메르타가 대답했다.

「그러면 천만다행이고. 그런 전례가 없다면 경찰도 우릴 의심할 수 없을 거야. 나를 믿어, 다 잘될 거야.」 갈퀴가 말했다. 갈퀴도 그동안 걱정을 많이 한 모양이다.

그때 안나그레타가 말했다. 「이제 현금 수송 차량이 첫 번째 현금 인출기에 돈을 채워 넣을 거야. 그럼, 계산을 해보면, 아직도 차 안에 돈이 꽉 들어찬 아홉 개의 안전 가방이 남아 있다는 거야. 각 가방 안에는 50만 크로나가 들어간 네 개의 작은 가방들이 들어 있어. 그러니까, 아홉 개의 안전 가방이 남아 있다는 것은 액수로 치면 1천8백만 크로나가 남아 있다는 것이지. 이 정도의 돈이면 죽을 때까지 예쁘게 잘 쓰고 죽을 돈이야.」

「맞아. 하지만 우리가 안나그레타에게 빌려 쓴 것부터 갚아야지. 그랜드 호텔에서 카드로 이것저것 많이 긁었잖아⋯⋯.」 셈이 정확한 메르타가 말했다.

「물론이지. 그때 정말 난처했어.」 안나그레타가 단호하게 말했다. 「사실 내 계좌를 정지시키려고 했는데, 호텔에서 먼저 빼갔더라고.」

「예상치 못한 비용이 발생할 수도 있겠지만, 지금부터는 앞으로 하게 되는 여행 생각을 해야 해. 호텔비는 물론이고 자질구레한 비용도 들 거야. 하지만 이런 비용들을 빼고 나머지 모든 돈은 우리 공동 기금으로 들어갈 거야.」

그때였다. 천재가 메르타의 말을 끊었다. 「쉿! 저길 봐. 현금 수송 차량이 도착했어.」 천재는 재빨리 안데르스의 예비 휴대폰을 꺼내 번호를 눌렀다. 첫 번째 신호음이 가자마자 안데르스가 전화를 받지 않고 바로 끊었다. 벨소리만으로 충분했던 것이다. 만일의 경우를 대비해 도감청을 피하기 위해 말을 맞춰 놓았다. 현금 수송 요원들이 속도를 줄이더니 현금 인출기 앞에서 차를 멈추고 내렸다. 메르타도 적당한 거리를 두고 차를 세웠다. 하지만 브레이크를 밟고 있을 뿐 시동을 끄지는 않았다. 현금 수송 요원들은 뒷문을 열고 안전 가방을 꺼내고 나서 다시 문을 닫고 열쇠로 잠근 다음 은행으로 들어갔다. 그들은 주변을 둘러보지조차 않았다.

「갑시다.」 갈퀴가 차 문을 열면서 신호를 보냈다.

「갑시다.」 천재가 차 문을 열면서 복창했다. 메르타는 노인 강도단 사람들이 현금 수송 차량을 향해 몰래 다가가는 것을 보면서 자기가 맡은 일을 시작하기 전에 주위를 살폈다. 수송 차량의 경보 장치는 물론 천재 담당이었다. 갈퀴는 뒷문을 맡았다. 모든 것이 계획한 대로 진행된다면, 갈퀴는 자물쇠 속으로 쇳가루를 넣고 레진을 발라 주어야만 했다. 그러면 수송 요원들이 문을 잠갔다고 생각해도 문은 잠기지 않게 된다. 바로 그때 다른 사람들이 행동을 개시하는 것이었다. 따라서 모든 일이 일단은 갈퀴가 맡은 일의 성공 여부에 달려 있었다. 이 첫

가루와 레진을 이용한 자물쇠 무용화 작전은 장애인 수송차를 대상으로 이미 실험을 끝낸 상태였다.

「안데르스가 지금 어디 있는 거지?」 천재가 차로 돌아와 작은 목소리로 물었다. 「약속한 대로 전화를 걸어 주었어. 지금쯤 벌써 여기에 와 있어야 하는데…….」

「안데르스가 설마 우릴 배신하지는 않겠지? 스티나도 아들에게 약속을 했대. 우릴 도와주면 지금 당장 그가 받을 수 있는 유산의 일부를 주겠다고.」 메르타가 노심초사하고 있는 천재에게 말했다.

「걱정하지 마. 난 안데르스, 그 친구를 믿어.」 천재가 말했다.

「우리도 그에게 약속한 대로 수고비를 줘야지. 비록 우리 노인 강도단의 단원이 되지는 못하겠지만.」 메르타가 약속을 다시 한 번 상기시켰다.

두 현금 수송 요원이 자동 인출기에 현금을 넣은 다음 빈 안전 가방을 들고 나와 수송 차량에 실었다. 그리고 뒷문에 빗장을 걸고 차에 올랐다. 하지만 수송 차량의 뒷문은 실제로는 잠기지 않은 상태였다. 그들은 이 사실을 알 수가 없었다. 천재가 카메라 렌즈에 물감을 뿌려 놓았고 경보 장치의 전원을 끊어 놓았던 것이다. 카메라와 연동된 장치가 작동하지 않게 된 것인데, 수송 요원들은 아무 이상이 없어서 경보가 울리지 않는 것으로 알고 안심한 것이다. 메르타는 일단 기어를 넣고 액셀을 밟은 다음 잠시 후 4단으로 올려서 〈공포의 녹색〉을 현금 수송 차량 바로 앞에 가서 세웠다. 메르타가 다시 출발하는 척하자, 갈퀴에게 기댄 스티나가 현금 수송 차량의 운전석 쪽으로 다가가 창문을 두드렸다. 스티나는 검은색 가발을 쓴 채로 진하게 화장을 하고 변장 용품 전문 매장인 부테릭스의 틀니를 끼고 있었다. 갈퀴 역시 수염을 달고 한 10년은 젊어 보이는 금발 가발을 쓰고 있었다. 운전사가 차창을 내리자 갈퀴는 빙 돌아 조수석 쪽으로 갔다. 그때 스티나가 뒤편의 장애인 수송차를 가리키며 운전사를 보고 물었다.

「우리 차가 지금 고장이 났는데 좀 도와주실 수 있어요?」 이렇게 도움을 청하면서 거의 동시에 스티나는 마취제 에테르가 뿌려진 꽃다발을 꺼내 현금 수송 요원들 얼굴에 대고 흔들면서 다시 한 번 도와 달라고 애원을 했다.

「제발 우릴 좀 도와줘요, 제발……」

이어 바로 지팡이를 차 문 손잡이에 끼워서 문이 열리지 않게 해놓고, 끼워 넣은 지팡이 끝을 다시 보행기에 끼워 지팡이가 바닥에 떨어지지 않도록 했다. 그러자 현금 수송 요원들이 다른 쪽 문으로 자리를 옮기려고 했다. 하지만 이미 갈퀴가 미국의 듀폰 화학 회사가 개발한 합성 고무로 제조한 특수 접착제를 열쇠 구멍에 발라 놓은 상태였다. 거의 동시에 스티나는 에테르 병 뚜껑을 열고 병 안에 든 모든 액체를 차의 운전석 안으로 뿌렸다. 아무리 문을 열려고 해도 현금 수송 요원들은 도저히 문을 열 수가 없었다. 그동안 혹여 스티나가 끼워 놓은 지팡이가 떨어지지 않을지 살펴보고 있던 안나그레타가 자신만만한 미소를 띠며 중얼거렸다.

「이놈들, 절대 나올 수 없을 거다!」 안나그레타는 그러나 조금 실망을 해야만 했다. 현금 수송 요원들이 벌써 나가떨어져 버린 것이다. 안나그레타는 문에 끼워 놓았던 지팡이와 보행기를 다시 빼서 스티나와 함께 녹색 화물차로 돌아왔다. 그사이 천재와 갈퀴는 현금 수송 차량 뒤로 갔고 트레일러를 끌고 막 도착한 안데르스와 함께 힘을 합쳐 뒷문을 열었다.

「가장 단순한 일이 어떤 때는 가장 힘들게 마련이야.」 천재는 자물쇠에 발라 놓은 쇳가루가 잔뜩 묻은 레진을 칼로 긁어 내면서 중얼거렸다.

안데르스가 끌고 온 트레일러에는 드라이아이스를 가득 실은 두 개의 냉동고가 있었고 축제 때 쓰이는 색종이 테이프들도 있었다. 트레일러 한쪽 옆에는 공들도 보였고 다른 쪽 구석에는 〈무료〉라고 쓴 큰 팻말도 보였다. 안데르스가 트레일러로 뛰어 올라가 냉동고 문을 열자 드라이아이스 연기가 피어올랐다. 그사이 천재와 갈퀴는 먼저 두 개의 안전 가방을 꺼내서 조심스럽게 갈퀴의 보행기 위에 올려놓았다. 이때 천재가 갈퀴에게 조심하라고 다시 당부했다.

「조심해야 해. 안에 든 잉크병이 터지면 안 되거든.」

갈퀴도 나름대로 최선을 다해 비록 늙었지만 튼튼한 선원의 다리로 천천히 보행기를 밀고 트레일러 쪽으로 이동했다. 이어 손에 아주 두꺼운 장갑을 낀 안데르스가 안전 가방을 하나씩 집어 냉동고 속에 놓은 다음 가방 전체를 드라이아이스로 덮었다. 이런 식으로 아홉 개의 안전 가방 중 여덟 개를 모두 옮겼을 때였다. 갑자기 메르타가 소리쳤다.

「서둘러, 어서! 지금 당장 출발해야 돼!」 메르타는 소리를 치면서 옆구리에 가죽 서류 가방 같은 것을 끼고 다가오는 공무원들을 가리켰다. 그 사람들은 큰 제스처들을 써가며 뭔가를 열심히 이야기하면서 성큼성큼 다가오고 있었다.

천재와 갈퀴도 서두르면서 말했다. 「마지막 가방 하나만 남았어.」 이제 거의 시간이 없었다. 마지막 가방을 드라이아이스 덩어리로 덮고 차 문을 닫을 시간이 아슬아슬하게 남아 있을 뿐이었다.

공무원으로 보이는 사나이들이 거의 트레일러 가까이 다가와 있었다. 그중 한 사람이 차바퀴를 발로 차면서 말했다. 「여기에 이렇게 차를 세우면 안 됩니다!」

그러나 메르타가 맞고함을 쳤다. 「조심해요! 왜 남의 차를 발로 차고 그래요!」

그사이 안데르스는 얼른 냉동고 문을 닫고 몸을 돌리면서 공무원들을 향해 미소를 지어 보였다. 그러면서 결혼식 파티에 갔다 오는 것처럼 꾸미면서 눈을 찡긋하며 둘러댔다. 「친하게 지내던 아까운 처녀 한 사람이 오늘부로 처녀의 삶을 마감했지 뭡니까! 하지만 오늘 저녁 신부는 새로운 삶을 경험하겠죠? 당신들도 결혼은 절대 하지 마세요……」 한참 너스레를 떨면서 안데르스는 트레일러에 있던 공을 하나씩 공무원들에게 안겼다. 그리고 트레일러에서 뛰어내려 차에 올라 운전대를 잡았다. 차분하게 시동을 걸고 미끄러지듯 나갔다. 메르타는 아직도 열린 입을 닫지 못하고 있었다. 안데르스는 처음 생각했던 것처럼 멍청한 사람이 아니었다. 메르타는 천재, 갈퀴와 함께 차로 돌아왔고 노인 두 명이 문을 닫자 곧바로 출발했다.

「자, 이제 가요. 은행원들이 이 멋진 광경을 보았어야 했는데……」

안나그레타가 한참 들뜬 목소리로 말했다.

메르타는 주차 구역을 빠져나와 먼저 알란다 공항으로 가는 고속도로 E4 방향으로 접어든 안데르스 뒤를 따라갔다. 갈퀴도 기쁨을 참지 못하고 함성을 질렀다.

「말도 안 돼! 우리가 해냈어!」

메르타는 엑셀을 밟으면서 갈퀴를 조금 진정시켜야겠다고 생각했다. 「갈퀴, 우린 아직 공항에 안 왔어!」

메르타의 직감이 맞았다. 솔렌투나에 가까이 왔을 때 그들 뒤로 차 한 대가 따라오는 것이 보였다. 은회색 메르세데스였다.

74

　「이런 멍청하긴! 갑자기 핫도그는 왜 먹고 싶다고 했어? 평
소에는 줘도 안 먹더니……. 노인네들을 놓쳤잖아!」 뢴베리가
주차 구역을 바라보며 울화통을 터뜨리며 소리를 질렀다. 거
의 밤이 다 됐고 녹색 화물차는 어딜 봐도 보이지 않았다. 제법
큰 차여서 금방 찾을 법했지만 차 색깔이 녹색이어서 12월 초
의 성탄 장식을 한 거리에서는 의외로 얼른 눈에 잘 안 띌 수도
있었다.

　「이봐, 나만 먹은 것도 아니잖아. 자넨 케첩까지 의자에 줄
줄 흘리면서 잘만 먹더구먼. 자네가 감시를 잘 했어야지! 길을
달릴 때는 상자 같은 게 있으면 무조건 피해야 하는 거야. 특
히 작은 상자는.」

　「하지만 그게 압정일 줄 누가 알았겠어! 정말 욕 나오네.」
뢴베리가 투덜댔다.

　「한 백 개는 되겠는데, 타이어에 박힌 압정이! 그래도 스페
어타이어가 있어서 불행 중 다행이야.」 스트룀베크가 이마를
닦으며 말했다.

「그 이야긴 이제 그만하세. 얼른 그 지랄 같은 노인네들이나 찾아보세.」

「우리가 멍청한 짓을 하는 사이에 그 노인네들이 뭔가를 꾸밀 것만 같아. 틀림없어. 만일 그렇다면 난 이 직업 바꿔야 할 거야.」

「나도 마찬가질세.」 뢴베리가 차를 출발시키면서 말했다. 「그런데, 한 가지 신경 써야 할 게 있어. 노인네들이 분명 발 마사지를 받으러 간 것 같아.」

「그건 또 뭔 이야기야? 현금 인출기와 발 마사지가 뭔 관계가 있다고?」

뢴베리는 못 알아듣겠다는 표정을 지으며 차를 출발시키고 앞으로 나갔다. 만일 이때 백미러를 한 번이라도 쳐다봤다면, 아직도 인도에 그대로 남아 있는 커다란 잭과 기타 연장들을 볼 수 있었을 것이다…….

메르타는 여러 번 깊이 숨을 들이쉬었다. 차는 여전히 속도를 내며 달렸다.

「어떻게 하지? 메르세데스가 계속 우릴 따라오고 있네…….」

「하나님 맙소사! 메르세데스…… 다른 차라면 모를까, 메르세데스라면…….」 천재가 겁먹은 표정으로 말도 채 잇지 못했다. 그는 그 차가 누구의 차인지 직감했다. 은회색 메르세데스, 노인 요양소 앞에 있던 바로 그 차였다. 그래서 천재가 겁을 먹었던 것이다. 유로와 그 패거리들이 틀림없었으며…… 그놈들이 지금 추격을 하고 있는 것이다. 처음에는 천재를 이용해 기술 자문만 받으려고 했지만, 계속 추격을 하면서 노인들이 무언가 일을 꾸미고 있다는 냄새를 맡은 것이다. 현금 인출기들 앞에서 보낸 시간들, 테뷔 인근을 돌며 했던 정찰 그리고 어젯밤의 트레일러 시험 작동 등등…… 거의 확실했다. 유로와 그 패거리가 천재가 일을 벌이고 있다는 것을, 그리고 그 일이 은행털이라는 것을 알고 있었다. 만일 그렇다면…… 유로와 그 패거리를 속일 수는 없다. 1천5백만에서 많게는 2천만 크로나나 되는 돈을 그놈들이 놓칠 리가 없는 것이다. 그놈들은 수단과 방법을 가리지 않고…….

「유고 조폭 놈들이야.」 천재가 말했다. 「지금 창고로 가고 있는 안데르스도 위험할지 몰라…….」

「아이고, 하나님 맙소사! 그놈들이 은행이 아니라, 우리를 털려고 하는 것 같아, 그렇지?」 메르타가 말했다.

「안데르스에게 전화를 걸어서 우리가 조금 늦겠다고 해야겠어. 그사이에 어떻게든 저놈들을 따돌려야지.」 스티나였다.

「따돌린다고? 말이 쉽지, 어떻게?」 메르타가 불만스러운 목소리로 말했다. 잠시 후 메르타가 갑자기 차를 왔던 길로 다시 돌리며 말했다. 「아니야. 따돌리는 게 아니야. 내게 좋은 생각이 있어.」

그러자 갈퀴가 의자에서 미끄러지면서 냅다 소리를 쳤다.

「제기랄! 운전 좀 살살해!」

「아이고 사람 죽네! 지금 뭐하는 거야?」 안나그레타도 고함을 질렀다.

「지금 단데뤼드 성당으로 가고 있어. 나한테 생각이 있다니까.」 메르타가 자신만만한 표정으로 말했다. 일행은 아무 말도 못 하고 모두 입을 닫고 있었다. 벌써 메르타는 기어를 5단에 놓고 액셀을 밟아 전속력으로 달리고 있었다. 메르타의 몸이 의자에 찰싹 달라붙을 정도였다. 「곧 알게 될 거야. 내가 저놈들 가만 안 둘 거야!」

「메르타, 나 겁이 나 죽겠어!」 갈퀴가 기어들어 가는 음성으로 말했다.

멀리 왼쪽으로 중세 때 세워진 옛 성당이 나타나자 메르타는 속도를 줄이며 출구로 빠져나갔다. 엔진도 과부하가 걸렸는지 그르렁거렸다. 하지만 천재는 차가 이 정도는 견딜 수 있다는 것을 잘 알고 있었다. 블로케트사가 제작한 차였던 것이다. 백미러를 본 천재의 눈에 계속 따라붙고 있는 메르세데스가 들어왔다. 게다가 아주 낯익은 차 한 대도 보였다. 진한 파란색 볼보였다. 천재는 기가 막힐 지경이었다.

「아니, 저 차까지! 우리를 쫓아오는 게 두 대란 말이야!」 천재가 한숨을 내쉬었다. 메르타는 계속 백미러를 주시하고 있었다.

「조폭과 경찰이라!」 메르타는 이렇게 중얼거리며 성당 앞에서 급회전을 했다.

그때 스티나가 어리둥절해하며 입을 열었다. 「메르타, 혹시 길을 잘못 들어온 것 아니야? 빨리 차를 세워! 알란다 공항 쪽으로 가야 하잖아.」

「아까는 우릴 쫓아오는 놈들을 따돌리자며?」 메르타가 빈정대는 투로 말했다.

그러자 뭔 일인지 알 수 없는 갈퀴도 입을 열었다. 「차를 이렇게 몰아도 되는 거야?」 갈퀴가 투덜댔다.

「성당에 가서 대체 뭐 하려고?」 안나그레타가 뒷문 손잡이를 꼭 잡은 채 벌벌 떨면서 다 기어들어 가는 목소리로 말했다.

메르타가 차 속도를 줄이면서 담담하게 답했다. 「성당에 들어가서 기도를 할 거야.」

그러자 갈퀴가 소리를 질러 댔다. 「말도 안 돼! 메르타, 제발 좀…….」

메르타는 갑자기 브레이크를 밟으며 차를 세웠다.

「여기서 모두들 내려. 나는 차를 조금 떨어진 곳에 세우고 올게. 모두 보행기를 갖고 내린 다음 아주 조용히 성당으로 들어가. 제단에 도착하면 성호를 긋고, 모두!」

「말도 안 돼! 제발 메르타, 아닌 밤에 홍두깨도 유분수지 이게 뭐야, 지금!」 갈퀴가 계속 소리를 질러 댔다.

「성호를 그은 다음 전례용 시편을 집어 들어. 그런 다음 아주 천천히 그리고 당당하게, 진짜 미사를 볼 때처럼 걸어가. 무엇보다 우리가 다 늙은 노인네들이고 치매가 와서 정신이 왔다 갔다 하는 사람처럼 보이게 해야 해, 알았지? 절대 떠들면 안돼. 그래야 아무것도 모르는 노인네들처럼 보일 테니까. 은행털이를 한 다음에 성당으로 왔다고 믿을 사람은 없을 거야!」

「아니 그럼, 조폭 놈들과 경찰은 어떻게 하고? 우린 지금 그놈들한테…….」 갈퀴가 정신이 없어서 횡설수설하고 있었다.

「모두들 내려, 어서. 서둘러야 해.」 메르타가 다시 한 번 재촉했다.

메르타의 서두르는 모습을 본 천재도 의아한 표정으로 투덜대지 않을 수가 없었다. 「차 두 대가 우릴 쫓아오고 있는데, 우릴 보고 성당에 들어가서 기도를 하라고?」

「조금 있다가 다 설명해 줄게. 자, 얼른 가! 모든 게 다 잘될 거야. 우린 다시 공항으로 갈 수 있어. 보행기들 꼭 갖고 내려, 다들!」 메르타는 노인네들의 등을 떠밀어 다들 내리게 한 다음 차 문을 닫았다. 그리고 차를 가능한 한 성당 가까이 댔다.

「이젠 정말 지겨워 죽겠어! 난 포기하고 싶어.」 륀베리가 푸념을 쏟아 냈다. 그때였다. 그의 눈에 녹색 화물차가 갈림길에서 단데뤼드 성당 쪽으로 급하게 들어서는 모습이 들어왔다. 「아이고, 저 노인네들 다시 찾았네. 그런데 웬 성당이야! 미사를 본다는 거야? 대체 이게 뭐지?」

「글쎄 말이야…… 대체 저 노인네들 지금 뭘 하는 거지? 갑자기 성당이라니? 오늘이 일요일이긴 한데…….」 스트룀베크가 고개를 갸우뚱거리며 도깨비에 홀린 듯이 말했다.

「그동안 지은 죄가 많아 죽기 전에 고해 성사를 하러 온 거야, 노인네들이. 확실해!」

「성당 돈을 털려고 하는 게 아니라면 말이지…….」

「벌써 6시가 넘었어. 이제 미행은 그만하고 잡아들이자고. 저 노인네들 쫓아다니는 것도 이젠 정말 지쳤어.」 륀베리가 한 발을 올려놓으면서 말했다. 어서 화려한 성탄 장식들이 번쩍거리는 스톡홀름으로 돌아가고 싶었는지 멀리 시내 쪽으로 눈을 돌렸다.

「그런 소리 마. 끝까지 감시하고 따라다녀야 해. 테뷔 근처에서 잠깐 놓쳤을 때 노인네들이 뭔 일을 했는지 모르잖아. 어제만 해도 동네 현금 인출기들을 몽땅 찾아 돌아다녔잖아.」 스트룀베크가 지난 일을 상기하며 말했다.

「현금 자동 인출기라는 긴 단어는 저 노인네들이 즐기는 십자말풀이에나 있는 단어야. 저 노인네들이, 뭔 수로 은행을 털어! 가세, 어서.」 뢴베리가 말을 마치기도 전에 스트룀베크가 말을 끊었다.

「아니야. 교대 시간까진 기다려. 페테르손 과장이 고함치는 꼴을 보려고 그래?」 스트룀베크가 다짐을 주었다.

「하지만 과장이 우리가 사라진 것을 어떻게 알겠어? 하지만, 좋아, 자네 말대로 함세. 김칫국부터 마시는 셈치고 조금 더 지켜보세.」 뢴베리가 속도를 줄이고 성당 쪽 출구로 나가 주차 구역으로 들어섰다.

스트룀베크가 입을 열었다. 「만일 돈이든 뭐든 훔쳤다면, 저 화물차 안에 다 있을 거야.」 그때 뢴베리가 깜짝 놀라면서 말했다.

「저 노인네들 좀 봐! 다들 보행기를 밀고 성당으로 들어들 가네!」

「그러게. 자 일단 차부터 확인해 보세.」

「글쎄, 우린 지금, 헛다리를 짚고 있는 거라니까. 저 보행기 노인들이 저 꼴로 뭘 훔친다는 거야!」 어쨌든 한 가지만 확인하면 되는 일이었다. 차 안에 뭐가 들었는지. 두 경찰관은 운전석 쪽으로 다가가 창문을 두드렸다.

「경찰입니다!」

메르타가 창문을 내렸다.

「어머나! 안녕하세요? 전에 뵀던 분이시네. 오늘은 경찰복이 유난히 잘 어울리시네…….」

뢴베리는 정말 당황스러웠다. 자기도 모르게 얼굴이 빨개지는 것을 느꼈다.

「차를 좀 봐야겠습니다. 뒷문 좀 열어 주실래요?」뢴베리가
말했다.

「아, 밀매되는 짝퉁 물건들이라도 찾으시는 건가요? 그렇다
면 기꺼이 열어서 보여 드리죠. 혹시 유압식 하역 발판이라도
꺼내 드릴까요?」

「아닙니다. 그건 그만두세요.」스트룀베크가 투덜거리며 사
양했다.

「짝퉁 단속하다가 뭐 좋은 것 나오면 숨겼다가 나한테 하나
갖다 주구려. 연금, 그거 갖고는 명품 같은 것 못 사. 턱도 없
지, 턱도 없어.」

스트룀베크가 메르타의 말에 막 대답을 하려는 순간, 진한
파란색 볼보의 경보 장치가 시끄러운 소리를 내며 울려 대기
시작했다. 그는 멈칫하며 볼보 쪽으로 몸을 돌렸다.

「뢴베리, 무선 장치에 뭔가 이상이 있나 봐!」

「이런, 정말 지랄 같네! 무전이 오고 있는 거야. 여긴 내가
알아서 할 테니까, 가서 얼른 무전 받아 봐. 뭔가 꼭 나와야 할
텐데…… 그러면 당장 잡아들일 수 있어…….」

마음을 단단히 먹은 뢴베리는 차를 돌아가 뒷문을 열었다.
노인용 지팡이 하나, 관절 고정용 특수 스타킹 두 개, 요실금
환자용 성인 기저귀 몇 개가 바닥에 굴러다니고 있을 뿐, 다른
것은 없었다. 차 위로 올라가 계속 뒤져 보았다. 그때였다. 스
트룀베크가 차를 향해 급히 달려오고 있었다.

「뢴베리, 무전으로 은행 강도 건이 터졌다는 연락이 왔어!」

「그러길래 내가 뭐랬어? 이제 잡았군. 공연히 노인네들 뒤꽁
무니만 따라다니느라 고생한 게 아니었어…….」

「아니, 그게 아니라, 현금 수송 차량이 완전히 털렸대. 귀신 곡할 노릇이야!」

거의 동시에 두 경찰관은 메르세데스의 디젤 엔진이 내는 독특한 소리를 들었다. 두 사람은 눈을 들었다. 메르세데스는 마치 길을 찾는 것처럼 천천히 다가오고 있었다.

「자네도 봤지, 은회색 메르세데스 말이야? 유고 놈들이 이번 건을 저지른 것 아닐까?」

「그럴지도 몰라. 그래서 무선으로 경보를 발령한 것일 수도 있어.」

「돈을 턴 다음에 성당으로 숨어들겠다……. 그래서 성당으로 온 거다, 이거지…….」 스트룀베크는 얼른 볼보 쪽으로 달려가 컴퓨터를 켰다. 메르세데스의 번호판을 조회해 보기 위해서였다. 잠시 후 스트룀베크는 소리를 지르며 차에서 내렸다.

「자네 말이 맞았어. 바로 그놈이야. 유로. 이 개자식! 노인네들은 놔두고 메르세데스를 잡아야 해.」

「이제야, 진짜 도둑놈들을 상대하는군! 이제 일 같은 일을 하는 거야!」 뢴베리는 화물차의 뒷문을 닫고 메르타에게 알아듣기 힘든 말로 뭐라고 미안하다고 하면서 얼른 달려가 스트룀베크와 합류했다. 두 사람은 볼보에 몸을 싣자마자 메르세데스 쪽으로 달려가 바로 옆에다 차를 세웠다. 차에서 내린 스트룀베크가 메르세데스의 창문을 두드렸다. 운전사가 창을 내렸다.

「운전 면허증 좀 보여 주시죠.」

「그럽시다.」 차 안에 있던 사나이가 면허증을 찾는 척하더니 1단 기어를 넣었다. 그러더니 요란한 소리와 함께 갑자기 앞으로 내달았다.

「이런 개자식들!」 스트룀베크가 볼보 속으로 몸을 던져 재빨리 올라탔다.

뢴베리가 고함을 지르며 엑셀을 밟았다. 「저놈들 잡아야 해. 얼른 쫓아가자고! 다 잡은 거나 다름없어. 이제 경찰하는 맛이 나는구먼.」

75

메르타는 짙은 파란색 볼보가 은회색 메르세데스를 쫓아가는 것을 보았다.

「이제, 끝났군. 내 생각이 적중했어.」 두 대의 승용차가 E18 고속도로 쪽으로 전속력을 내고 달려가는 것을 바라보며 메르타는 흡족한 미소를 지으며 속으로 혼잣말을 하다가 입을 열었다. 「사실 얼마나 조마조마했는지 몰라. 간발의 차이였어. 뢴베리 그놈이 차에 올라왔을 때 잠시 이제 끝났다는 생각이 들기도 했어. 돈은 안데르스의 차에 있지만, 우리 차에 올라와서 뒤지다 보면 뭐가 나올지 모르잖아.」

「그러니까, 정말 우린 번갯불에 콩 볶아 먹듯이 한 거야! 우리가 성당으로 들어가자마자⋯⋯.」 스티나가 뒷좌석에 앉으면서 감탄사를 연발했다.

「금방 다시 차로 돌아와야만 했지. 메르타가 우릴 가축처럼 이리 몰고 저리 몰고 하는 것 같아!」

안나그레타의 말을 듣고 있던 갈퀴가 물었다.

「메르타, 이제는 우리에게 어떻게 된 건지, 설명 좀 해줄래?

난 도대체 뭐가 뭔지 하나도 모르겠다고…….」

「차들 못 봤어? 볼보와 메르세데스는 모두 다이아몬드 요양소 앞에 주차되어 있던 차들이야. 그런데 이상하게도, 짙은 파란색 볼보가 오면 은회색 메르세데스가 가버리는 거야. 유고 조폭들이 볼보가 경찰차라는 것을 알고 있었던 거지. 그래서 슬그머니 사라진 거야. 난 그래서 볼보와 메르세데스 둘 다를 여기 성당 앞 주차 구역으로 끌어들인 거야. 그러면서 속으로, 서로 잘 알고 있을 거다, 이렇게 생각했지. 둘이 마주치면 볼보가 메르세데스를 쫓아갈 것이고 그러면 자연히 우리는 놔둘 수밖에 없게 되는 거지. 내가 생각했던 대로 됐어. 자, 이제 우리는 다시 갈 길을 가야지.」

천재는 존경스러운 눈빛으로 메르타를 한참 동안 바라보지 않을 수 없었다. 저 작은 꼬부랑 할머니의 머리에 대체 뭐가 들어 있길래……!

「이거야말로, 일석이조네! 볼보도 쫓아 버리고 메르세데스도 쫓아 버리고!」 스티나도 좋아서 어쩔 줄 몰라 했다.

「저 높은 곳에 계신 분께서 우리를 도운 거야…….」 안나그레타가 두 눈을 들어 높은 곳을 올려다보려고 하다가, 차의 천장이 너무 낮은 것을 알자 말을 얼버무렸다.

「아니야. 모든 공은 메르타의 몫이야.」 천재가 여전히 메르타에게서 눈을 떼지 못한 채 말했다.

「그래, 맞아. 메르타 만세!」 안나그레타는 말을 마치고 나서 바로 「돌고 도는 돈」을 부르기 시작했다. 언제 끝나나 기다렸지만, 다시 1절로 돌아와 부르고 또 불렀다. 돈만 도는 것이 아니라 노래도 돌고 있었다. 노래는 솔렌투나를 지날 때가 돼서야 겨우 끝났다. 시속 100킬로미터의 속도로 달리던 메르타는 창고로 가는 좁은 지방 도로로 들어서기 위해 고속 도로를 벗어날 때만 잠시 속도를 줄였다. 안데르스가 돈을 갖고 일행을 기다리고 있을 것이다. 만일 돈을 보고 나서 나쁜 마음만 먹지 않았다면……. 메르타는 안데르스가 훌륭하게 은행털이를 하는 것을 지켜봤고 스스로도 그에 대해 갖고 있던 생각을 바꾸기도 했다. 안데르스 걱정을 하지 않아도 되는 것이었다. 그러나 이상하게도 메르타는 영 마음이 놓이지 않았다. 메르타는 시계를 봤다. 예상대로라면 돈을 찾아서 마지막 야간 비행기를 탈 수 있는 시간은 충분했다. 만전을 기하기 위해 안나그레타를 시켜 정기 노선 편을 예약하라고 시켰다. 몇 푼 아끼자고 저가 항공 같은 것까지 고려할 상황이 아니었다. 목적지에 무사히 도착하는 것이 최우선이었으며 오버 부킹 같은 사고를 당하면 낭패 중의 낭패였던 것이다. 차를 몰면서 메르타는 안데르스가 창고에서 해주어야 할 일들을 계속 생각했다. 시킨 일들을 꼼꼼히 해놓았을까? 이 의문이 고개를 들자 여러 의문들이 계속 떠올랐다. 정말 안데르스를 믿어도 되는 것일까? 이제 반 시간이면 모든 것이 판명 날 것이다.

안데르스는 마지막으로 한 번 더 안전 가방을 본 다음 도끼를 집어 들었다. 그러나 다시 망설이지 않을 수 없었다. 온도가 정말로 낮게 내려가 있는 걸까, 의문이 든 것이다. 창고에 도착하자마자 안데르스는 드라이아이스로 저온을 유지시킨 냉동고의 전원을 연결했다. 하지만 그렇더라도 가방을 열기 전에 다시 한 번 확인해야만 했다. 안전 가방들은 저온에서 딱

딱하게 굳도록 되어 있는 제품들이었고 둥근 잉크병들은 최소 영하 20도 아래의 저온에서는 자동으로 깨지지 않는다. 그런데 냉동고가 저온을 되찾으려면 시간이 필요했기에 안데르스는 조금 더 기다리기로 했다. 그러면서 문 쪽을 바라보았다. 아직 아무도 오지 않았다. 이상한 생각이 들었다. 어머니 스티나와 친구 노인들이 왔어도 벌써 왔어야 할 시간이었다. 교통 체증에 막힌 것일까? 타이어가 터지기라도? 아니면 예상하지 못했던 어떤 일이라도? 너무 바쁘게 일을 꾸미고 하는 바람에 흔히 〈플랜 B〉로 불리는 비상 계획 같은 것을 마련해 놓지는 못했다. 그러니 대안 없이 원래 계획이 생각대로 진행되어야만 했다. 안데르스는 전화도 걸 수가 없었다. 휴대폰은 위치 추적이 되기에 혹시 경찰에게 노출될 수도 있었기 때문이다. 지금으로서는 무작정 기다리는 것 이외에는 달리 방법이 없었다. 안데르스는 창고 안을 크게 한 바퀴 돌며 걸음 수를 셌다. 그렇게 1백 보를 걸은 다음 이제 충분히 시간이 되었다는 느낌이 들자 그는 마침내 돈을 꺼내기로 마음을 먹었다. 다시 도끼를 들고 손바닥에 번갈아 침을 한 번 뱉은 다음 도끼를 두 손으로 거머쥐었다. 모든 것이 꽁꽁 얼어 있어야만 했고 GPS도 무용지물이 되어 있어야 했다. 단지 걱정이 하나 있다면 잉크병이었는데, 제발 잉크가, 온도가 아무리 영하로 많이 떨어져도 얼지 않는 아마씨유가 아니기만을 바라야 했다. 아마씨유는 아닐 것이다. 은행은 요즈음 아크릴 물감을 쓴다고 들었다. 안데르스는 천천히 첫 번째 안전 가방으로 다가가, 잉크병을 잘 조준한 다음 세게 내리쳤다. 그리고 잠시 기다리며 아주 작은 소리 하나에도 귀를 기울였다. 하지만 아무 소리도 들리지 않았다. 잉크도 한 방울도 새어 나오지 않았다. 안데르스는 가방을 열었고 수북하게 쌓여 있는 지폐를 보자 자기도 모르게 묘한 환희가 가슴 깊은 곳에서부터 올라오고 있음을 느꼈다. 확신과 용기를 얻은 안데르스는 두 번째 가방을 조준했다. 하지만 그때 밖에서 자동차가 접근해 오는 소리가 들려 도끼를 내려놓았다. 그리고 손을 올려 더부룩한 머리를 쓰다듬으며 몸을 돌려 문 쪽으로 갔다. 문 앞에서 귀를 기울인 채 잠시 서 있었다. 그리고 안전을 위해 서로 약속한 노크 소리를 기다렸다. 세 번 노크를 한 다음, 잠깐 쉬었다가 두 번 더 노크를 하기로 한 것이다. 노크 소리는 정확하게 약속한 대로였다. 노인들이 온 것이다. 빗장을 걸어 내고 문을 열었다.

가장 먼저 천재가 들어서면서 인사를 했다. 「잘 되고 있나?」

안데르스는 머리를 끄덕이며 그렇다고 답했다. 「진공청소기는요?」

「할매들이 갖고 있어. 그림들은 어디 있지?」

「차 안에 있어요. 잠깐 기다려요.」 안데르스는 문을 열고 우선 가장 큰 그림부터 꺼냈다. 그러면서 속으로 크기가 정확하게 잘 맞아 떨어져야 할 텐데, 걱정을 했다. 가로세로 각각 95센티미터, 65센티미터 되는 캔버스 위에 5백 크로나 지폐들을 네 겹으로 고르게 까는 작업이었다. 그것으로 충분치가 않았다.

「스티나가 그린 그림 두 점은 훨씬 사이즈가 커. 자네 어머니는 항상 능력을 과시하려고 하잖아.」 천재가 농담을 던졌다.

「그래요. 맞아요. 다른 분들 그림도 있잖아요. 또 그것 말고도 손으로 들고 들어갈 그림들도 있고요. 지금은 폴리에틸렌 랩이 잘 작동되어야 할 텐데, 그게 걱정이네요.」

「요양소에서 해봤는데 잘 됐어. 캔버스에 그림물감들이 오돌토돌하게 튀어나온 부분들이 있었지만, 별 무리가 없더라고. 현대 예술이라고 하면 그만이야.」

두 사람을 지켜보던 메르타가 입을 열었다.

「자, 이제 본격적으로 일을 시작하지. 시간이 없어.」 말을 마치자마자 메르타는 진공청소기를 최대 출력으로 작동시켰다. 메르타의 목소리가 너무 단호해서 두 남자는 급하다는 것을 새삼 깨달았다. 할머니들이 진공청소기로 지폐를 빨아들이는 동안, 남자들은 캔버스를 감싸고 있던 가장 윗부분의 랩을 걷어 냈다. 캔버스 몇 군데에 가는 균열이 보였고 물감들도 몇 군데 떨어지긴 했지만 — 특히 스티나가 두껍게 그린 유화들이 심했다 — 하지만 전체적으로 모든 것이 잘 되어 가고 있었다. 천재와 갈퀴는 그렇게 랩에 묻은 채 분리된 얇은 물감 층을 긴 의자 위에 내려놓고 다시 다른 그림으로 갔다. 그렇게 여러 번 반복한 덕분에 그림은 사라지고 아무것도 그리지 않은 캔버스만 남았다. 다만 어젯밤 늦게 추가로 감은 랩이 다 떨어지지 않고 몇 군데 남아 있을 뿐이었는데, 별문제가 아닐 것 같았다.

천재가 두 할머니를 불렀다. 「스티나, 안나그레타, 이제 할매들 차례야!」

두 할머니는 5백 크로나짜리 지폐가 가득 든 통을 들고 앞으로 나와 빈 캔버스 위에 손으로 쓰다듬어도 좋을 정도로 고르게 펼쳐 놓아야 했다. 한 캔버스를 갖고 그런 작업이 끝나면 두 할머니는 다른 캔버스로 이동해서 똑같은 작업을 반복했고, 작업이 끝난 캔버스는 메르타에게 넘어갔다. 메르타는 거의 눈에 보이지 않는 얇은 투명한 나일론 줄로 캔버스를 감아 돈이 떨어지지 않도록 동여맸다. 그런 다음 천재와 갈퀴가 나서서 듀폰사의 합성 고무로 제조된 특수 접착제를 군데군데 발라 가며 물감이 묻은 랩을 그 위에 펼쳐 놓고 부착해 정상적인 그림으로 변신시켰다. 물론 구석구석 잘 문질러 들뜨지 않게 작업을 해야만 했다. 스티나는 처음에는 스테이플러로 찍어서 고정시키자고 했으나 회화에 그런 방법은 어울리지 않을 것 같아 포기했다. 무엇보다 공항 검색대를 빠져나갈 때 걸릴 수도 있었다. 일을 하는 내내 안나그레타는 마냥 즐거워하며 눈에서 초롱초롱 빛이 날 정도였다. 은행원이었던 안나그레타는 옛날에도 언제나 돈을 만지고 세고 하는 일을 즐겼다. 하지만 오늘처럼 이렇게 기뻤던 날은 없었다.

모두들 조용히 그리고 침착하게 일에 매달렸다. 대충이라는 말이 통할 수 없는 정교함이 요구되는 일이었다. 그래서 그런지 모두들 쉬이 피곤을 느꼈다. 메르타가 미리 준비한 커피와 작은 바게트의 속을 갈라 버터와 잼을 바른 간식을 내놓았다. 커피와 간식을 먹는 짧은 휴식 시간 동안 모두 세관, 금속 탐지기 등을 이야기했고 기타 다른 보안 장비들도 아는 대로 이야기를 꺼냈다. 휴식이 끝나자 모두 다시 일을 시작했다. 저녁 8시 30분 정도 되었을 때 일은 대충 마무리되어 가고 있었고 모든 사람들의 얼굴에 만족과 뿌듯함의 미소가 감돌기 시작했다. 다만 스티나의 얼굴에서는 그런 미소를 찾아볼 수가 없었다. 그녀가 그린 그림이 조금 손상되어 있었기 때문이었다.

「내 그림은 이렇게 두꺼우면 안 되는데. 표현성을 망쳤잖아!」

「표현성?」 갈퀴가 따라 했다.

「그래, 물감을 통해 내가 표현하려고 했던 것 말이야.」

「그 문제라면, 걱정할 필요가 없어. 도착해서 돈을 제거하면 그림은 다시 원상태로 돌아올 거거든.」

「내 그림이 아름답게 남기를 바랐는데…….」

모두들 당황도 했지만 배꼽을 잡았다. 하지만 큰 소리로 웃지는 않았다. 키득거리는 웃음소리 속에서 다시 메르타가 입을 열었다.

「스티나, 위대한 대가들은 결코 자신의 작품에 만족하는 법이 없어요. 우린 스티나의 심정을 잘 이해해.」

사실 메르타는 어디서 들은 것 같기도 해서 지어낸 말을 늘어놓은 것뿐이다. 그런데 스티나가 정말로 마음의 평온을 되찾아 가고 있었다.

그림들을 〈녹색의 공포〉에 싣자 안나그레타가 잠시 그 자리에 걸음을 멈췄다.

「하나님 맙소사! 자리가 충분하지가 않아.」 실망한 빛이 역력했다. 「적어도 백만 크로나 정도가 남은 것 같아.」

이 말을 들은 스티나가 잽싸게 끼어들었다. 「안데르스가 조금 가질 것이고 또 여기 남아 우리 일을 봐줄 거야. 그리고 엠마에게도 조금 떼어 주어야 하고…….」

스티나의 말을 듣고 있던 안나그레타가 나섰다. 「스티나, 지금 백만 크로나를 두고 조금이라고 말한 거야? 백만 크로나가 우편엽서 값인 줄 아는 모양이지?」 안나그레타의 목소리는 피곤한 기색 하나 없이 옛날의 그 고주파였다.

「군나르의 여행 경비도 대주기로 약속했잖아. 그 약속도 돈이 들어가.」 천재가 차분한 목소리로 말했다.

「아, 그랬지, 참. 그러면…….」 안나그레타는 잠시 말을 잇지 못했다. 그러더니 순간 갑자기 소리를 버럭 질렀다. 「하나님 맙소사! 이걸 어쩌지? 우린 호텔 홈통 속에 숨겨 둔 돈을 모두 깜박하고 잊어버리고 있었어······.」 말을 마친 안나그레타는 두 손으로 얼굴을 감싸며 계속 중얼거렸다. 「홈통 속의 돈, 돈······.」

메르타가 나서서 그런 안나그레타를 위로했다. 「잊었다고, 우리가? 아니야. 어떤 돈인데 우리가 그걸 잊어버려. 나중에 다 설명해 줄게. 지금은 시간이 없어. 얼른 공항으로 가야 돼. 자, 다들 차에 타요, 어서!」

시간은 마구 흘러가고 있었다. 모두들 서둘러 차에 올라탔다. 그림들을 실은 탓에 공간이 줄어들어 모두들 가운데로 몰려 옹기종기 앉아야만 했다. 차 문을 닫으려고 할 때 안데르스가 잠깐 멈추라고 했다. 그는 웃음을 띤 얼굴로 뒷좌석의 그림을 가리키며 농담을 던졌다.

「노인 강도단이 또 한 건 했네요!」

「노인 만세!」 안나그레타가 박자를 맞췄다.

「자네 혼자 남아 뒷일을 처리하게 해서 미안하네.」 메르타가 시동을 걸면서 안데르스에게 말했다. 「하지만 약속한 자네 몫은 잊지 않을걸세. 어쨌든 고마웠고, 엠마에게도 안부 전해 주게나······.」

메르타가 말을 마치자 안데르스가 답했다. 「뒷일은 걱정하지 마세요. 실수 없이 처리할 거니까요. 청소도 다 할 거고, 진공청소기와 냉동고는 모두 재활용 센터에 보내 버릴 겁니다.」

아들의 말을 듣고 있던 어머니가 울먹이며 나섰다. 「우리 아들, 우리를 만나러 오너라. 너하고 엠마를 이렇게 버려두지는 않을 거야.」 스티나는 갑자기 말을 멈추더니 일행을 돌아보며 물었다. 「그런데 가만있어 봐, 이 〈공포의 녹색〉은 어떻게 할 거지, 우리?」

메르타가 답을 했다. 「우린 벌써 말을 맞춰 놨어. 알란다 공항 터미널에 차를 세워 놓기로 했어. 그러면 최소 일주일 동안은 누구도 건드리지 않아. 그때 이미 우리는 아주 멀리 가 있을 거고.」

「혹시 내가 그 전에 찾아가면 안 될까요?」 안데르스가 조금 불만이라는 듯이 말했다.

「그래. 그렇게 하세.」 천재가 말했다.

「잠깐. 1분만.」 스티나가 차에서 내려 아들을 끌어안으면서 말했다. 「제발, 조심하거라, 애야. 돈을 떼어서 엠마에게도 조금 주고. 엠마와 말린 잘 보살펴 주고. 나를 봐서라도.」 스티나는 안데르스의 주머니에 꽤 두툼한 지폐 꾸러미를 찔러 넣어 주었다. 「이건 먼저 조금 주는 거야. 네 동생하고 너는 유산을 다 받으면 상당히 부자로 살 수 있을 거야. 하지만 백만 크로나를 마구 써대면, 다시 거지 신세가 되는 거고!」

「알았어요. 엄마.」 안데르스는 스티나를 끌어안으며 미소를 지었다.

공항에 도착한 다섯 노인들은 몸은 피곤했지만 모두 날아갈 것만 같았다. 지금까지는 모든 것이 잘 풀렸다. 홀에서 머뭇거릴 시간이 없었다. 차분하게 그리고 당당하게 다섯 노인들은 항공권 자동 발매기 쪽으로 이동했다. 사전에 훈련을 해둔 덕분에 별문제 없이 발권을 받을 수 있었다. 심지어 짐표까지 다 혼자서 받아 냈다. 들고 탈 수화물의 무게도 허용 중량에 모두 맞춰 놓았다. 화물 수속도 잘 진행되었다. 하지만 그림들이 문제였다…….

스티나가 안나그레타의 그림을 가리키며 물었다. 「저 그림을 기내에 갖고 타도 뭐라고 하지 않을까?」 스티나의 이 의문에는 이유가 없지 않았다. 안나그레타가 그린 추상화는 사실 어딘지 등을 돌린 여자처럼 보였는데, 그게 다가 아니고 막 헝클어진 머리 위에 천을 뒤집어 쓴 형상이었다. 보기에 따라서는…… 세련된 그림은 결코 아니었고 솔직히 말해 끔찍했다. 안나그레타는 다른 사람들이 머뭇거리는 것을 눈치챘다.

「여기서, 중요한 것은 작품의 예술적 완성도 같은 것이 아니라 손으로 들고 들어갈 수 있는 그림의 크기야, 크기!」

맞는 말이었다. 사실 다른 그림들도 거기서 거기였다. 다만 색깔이 조금 밝았을 뿐이다. 튼튼하게 잘 포장된 그림들은 허가된 치수에서 단 1밀리미터도 넘지 않았다.

화물 접수대로 갔을 때, 항공사 직원은 깜짝 놀라는 눈치였다. 「아, 특수 화물이군요.」 하지만 메르타의 그림을 보더니 그 여직원은 망설이는 눈치였다.

「이 화물은 장담을 못 하겠는데요.」

그러자 메르타가 포장지에 가려져 있는 액자 모서리를 만지작거리며 떨리는 목소리로 말했다. 「이 그림은 내가 가장 아끼는 거예요.」 메르타는 이 그림을 그리면서 캔버스 위에 두툼하게 물감을 여러 번 발라서 층이 질 정도였다. 그런 다음 그 두꺼운 물감들을 다시 여러 번 칼로 긁어서 칼자국을 냈다. 어딘지 폰타나[22]의 칼질한 캔버스를 보는 느낌도 들었다. 그래야만 나중에 돈을 꺼낼 때 좋을 것 같은 생각이 들었던 것이다.

「가시는 목적지가 바베이도스 같은데요.」 지상 근무 요원인 아가씨가 다시 물었다.

「예, 맞아요. 브리지타운으로 가요. 거기서 우린 전시회를 열 예정이에요.」

「아주 재미있는 전시회 같은데요! 비즈니스석을 끊으신 것 같은데요. 스튜어디스에게 연락해서 이 그림에 신경을 쓰라고 하겠습니다. 이렇게 나이도 많으신데 은퇴 후에도 그림을 그리시다니 정말 보기 좋네요. 예술가들이 없으면 사회는 메말라지고 영혼을 잃어버릴 거예요.」

「우린 영혼을 벌써 잃어버렸어…….」 메르타는 화가 났지만, 거의 들릴락 말락 할 정도로 속으로만 중얼거렸다.

하지만 또 다른 관문이 기다리고 있었다. 보안 검색대를 통과하려고 하자, 예상보다 일이 꼬이기 시작했다. 보안 요원들은 무언가 금속을 탐지했는데, 다름 아니라 메르타가 깜빡 하고 전대에 그냥 넣고 온 유화용 스푼이 걸린 것이었다. 그걸 모르던 보안 요원들은 그림을 수상하게 여기고 미심쩍은 표정을 지으며 포장지 위를 더듬더듬 손으로 만지기 시작했다.

「이게 뭔가요?」 한 보안 요원이 메르타에게 물었다.

「나중에 후회하지 말고 지금 봐요, 직접.」

메르타는 포장지를 조금 들어서 안을 보여 주었다. 그러면서 액자 아래에 붙어 있는 제목 라벨을 가리켰다.

「보여요? 〈장미꽃들의 태풍〉이라고 내 작품의 제목이에요.

---

22 Lucio Fontana(1899~1968). 이탈리아 예술가로 캔버스에 예리한 칼자국을 넣은 커팅 작품을 통해 회화의 공간 개념의 극한까지 실험을 한 연작으로 유명하다.

이제까지 내가 그린 것들 중에서 가장 완성도가 높은 것 중 하나가 바로 이 작품이에요.」 말은 맞는 말이었다. 메르타는 이번에 처음으로 그림을 그렸으니 말이다. 물론 그림 어디에도 장미는 없었다. 하지만 메르타는 제목이야말로 작품을 완성시켜 주고 품격을 높여 주는 요소라고 생각하고 있었다. 하긴 메르타의 〈두터운 물감들〉 밑에는 제목처럼, 장미꽃들보다 더 아름다운 엄청난 양의 지폐들이 탐스럽게 모여 있었다.

하지만 보안 요원들은 만만치가 않았다. 「글쎄요, 이걸 갖고 탑승을 해도 될지 어떨지 잘 모르겠어요…….」

메르타는 순간 긴장하지 않을 수가 없었다. 딱딱하게만 나갈 일이 아니었다. 「솔직히 이 그림이 마음에 든다고 말해요. 그림을 알아보는 아저씨가 나도 마음에 들어요. 어서 가게 해 줘요!」

그러자 그 보안 요원은 모두를 통과시켜 주었다. 그렇게 해서 천재, 갈퀴, 안나그레타가 유유히 검색대를 통과하고 다시 만났다. 하지만 스티나가 지나가려고 하자 다시 경보음이 울렸다.

「이런!」 스티나가 얼굴을 찡그리며 한숨을 내쉬었다. 보안 요원이 스티나에게 말했다.

「뒤로 나왔다가 다시 들어가세요.」

「이거야, 원!」 스티나도 놀랐고, 그녀를 기다리고 있던 다른 사람들도 모두 초조해했다. 갈퀴는 발을 동동 구르고 있었고 안나그레타는 짜증이 난다는 투로 입을 앞으로 내밀었으며, 천재는 미간을 잔뜩 찌푸리고 있었다. 메르타는 땅이 꺼지는 것 같은 극심한 공포에 현기증까지 느끼며 몸을 떨고 있었다.

하지만 정작 스티나는 의외로 태연했다. 스티나는 포장지를 조금 벗긴 다음 액자에 꽂혀 있는 빨간색 압정들을 다 뺐다. 그리고 보안 요원을 보고 미소를 지으며 부드럽게 말했다. 「내가 그림을 그릴 때면 늘 조금 과격해져요. 하지만 이 그림은 나에게 아주 각별한 그림이에요. 그림 제목이 〈홍역〉인데, 무슨 말인지 아시겠어요? 얼굴에 막 뭐가 돋고 그러는 홍역. 그래서 빨간 압정을 꽂아 놓고서는 깜빡하고 안 빼낸 거라고.」

보안 요원들이 몰려와 도저히 못 믿겠다는 표정으로 거의 한 움큼이나 되는 붉은색 압정들을 보고 있었다. 그들 중 한 사람이 테이블 위에 있는 다른 물건 하나를 가리키며 물었다.

「그럼 저건 뭐예요?」

「아, 그거요? 여자들 손톱 손질할 때 쓰는 손톱 줄이에요. 왜 내가 그걸 거기다 올려놨지?」

보안 요원들은 놀란 눈으로 서로를 바라보더니 스티나를 통과시켜 주었다. 한참 동안 가슴을 졸이며 보고 있던 노인들은 긴장이 풀린 탓인지 모두 그 자리에 풀썩 주저앉고 말았다.

잠시 후, 비행기에 탑승하기 직전 메르타는 스티나에게 물었다. 「스티나, 왜 그런 걸 액자에다 꽂아 놨어?」

「정말 보안 검색대가 작동하는지 한번 알아보려고. 다음에 또 한탕 하게 되면 미리 알아 두어야 하잖아…….」

거대한 여객기가 이륙을 마치고 다시 객실에 밝은 조명이 들어오자, 메르타는 샴페인 한 병을 주문했다. 그리고 두 장의 종이를 꺼내 들었다.

「우리가 동의한 것을 하려고 해. 그래야 도착하자마자 편지를 보낼 수 있을 거야.」

「물론이지. 자 우선 건배부터 한 번 하고.」 갈퀴가 잔을 높이
쳐들었다.

「잠깐, 우선 편지부터 한 장 쓴 다음에.」 메르타가 미안해하
며 말했다.

메르타는 떨리는 손으로 글을 써 내려갔고, 그사이 다른 사
람들은 몰래 샴페인을 홀짝이며 이런 말도 쓰라고 불러 주면
서 메르타를 응원했다. 첫 문장은 이렇게 시작하고 있었다.

다수의 동의를 얻지 못하더라도
강한 집행 의지를 갖춘 정부를 위하여,

다음을 쓰려고 할 때 갈퀴가 나서서 〈정부〉만이 아니라, 민
주 국가이니까, 〈국회〉도 포함시켜야 한다고 주장을 폈다. 또
안나그레타는 목소리를 높이며, 모든 복잡하고 까다로운 행정
절차들을 밟지 않고 사람이나 기관이 돈을 수령할 수 있도록
하자는 문구 같은 것을 집어넣자고 주장했다. 메르타는 모든
의견에 동의하고 다 받아들이면서 다음 문장을 써 내려갔다.

본 〈노인들의 친구〉 협회는 합법적인 절차를 밟아 개최된
연례 회의를 통해 매년 일정액의 돈을, 돈을 필요로 하는 이
들에게 기부하기로 결정했다. 돈은 아래에 명시한 목적들을
위해서만 기부될 것이다.

이렇게 해서 길고도 긴 편지가 작성되었다.

모든 노인 요양소는 — 적어도 — 국가의 교도소에 적용되는 동일한 규정에 의해 시설이 갖추어져야 한다. 나아가, 모든 요양소에는 컴퓨터가 갖추어져야 하며, 또한 미용사와 발 마사지 전문가가 상주해야 한다. 즐거운 외출과 몸 관리 또한 요양소의 의무 사항에 포함되어야 한다.

모든 요양소의 관리자는 요양소 내에 자격을 갖춘 인원이 일하는 독자적인 취사 시설을 갖추고 있어야 하며, 이를 통해 신선한 재료들을 사용해 직접 음식을 조리하여 공급해야 한다. 또한 식전 위스키, 포도주, 샴페인은 그것을 원하는 자들에게 제공되어야 한다.

요양소 거주자는 언제든지 자유롭게 외출할 수 있는 자유를 가져야 하며, 기상 시간과 취침 시간도 자유롭게 선택할 수 있어야 한다.

건강 보조 기구와 체력 단련실은 모든 사람들에게 개방되어야 하며, 각 요양소에는 전문 트레이너가 상주해야 한다.

모든 사람들은 자신이 원하는 만큼 자유롭게 커피를 마실 수 있어야 하며, 또한 케이크나 과자 혹은 브리오슈를 원하는 경우 이를 제공해 주어야 한다.

정계에 입문하려는 자는 남자든 여자든, 적어도 6개월 동안 노인 요양소에 와서 일한 경험이 있어야 한다.

본 협회 집행부는 〈용감한 돈〉으로 명명된 기금을 관리하고 있으며(이 부분은 물론 은행털이를 한 돈을 의미했지만, 그렇게 쓸 수는 없었다), 얼마의 돈이 언제 제공될지는 독자적으로 결정한다. 한 번 내린 결정은 절대 번복되지 않으며, 또한 모든 기부금에는 세금이 부과되지 않는다.

메르타는 편지를 다 쓴 다음 언론사들에 보낼 수 있도록 준비했다. 그래야 휴지통에 들어가거나 책상 서랍 같은 곳에 처박아 두고 잊어버리지 않을 것이다.

스티나가 편지를 읽어 본 후 혹시 해서 메르타에게 말했다.

「이제 됐군. 그런데 다이아몬드 요양소에 있는 친구들에게 돈 보내는 것 잊지 마.」

「안 잊었어. 이제들 와서 이 기부 편지에 각자 서명들 해.」 메르타가 편지를 내밀며 말했다. 모두들 자필 서명을 했다. 서명은 금방 끝났다. 망설일 이유가 없기도 했지만 의사들도 부러워할 정도로 도저히 읽을 수 없는 막 휘갈겨 쓴 서명들이었기 때문이다. 서명이 끝나자 메르타는 편지를 봉투에 넣고 침을 발라 봉인을 했다.

「좋아, 아주 좋아. 이제 요양소에 있는 우리 친구들이 즐길 차례지.」

「그럼. 하지만 바르브로, 그것에게는 한 푼도 가면 안 돼!」 누가 시키지도 않았는데, 모두들 합창을 했다.

「물론이지. 그 버르장머리 없는 것 빼고 다른 사람들에게 돌아갈 거야. 그건 그렇고 요양소 친구들이 우리처럼 그랜드 호텔에 가서 잔치를 벌이며 맛있는 것도 먹고 잠깐 소풍도 가고 하게 별도로 돈을 좀 보내는 것에 대해서는 어떻게들 생각해?」

「그 친구들도 축제 패키지를 이용하면 좋을 것 같은데.」 스티나가 말했다.

모두들 그 의견에 동의했다. 다만 안나그레타는 목돈을 보내지 말고 매달 돈을 보내자고 수정 제의를 했다. 이 수정 제의에도 모두가 동의하자, 안나그레타는 기쁜 마음에 잔을 들어 건배를 하자고 했다.

「친, 친…… 친구들을 위하여! 이제 홈통 속에 숨겨 둔 돈 문제만 남았군.」 안나그레타가 기분이 좋은 나머지 말 울음소리를 내며 말했다.

「꼭 그것만 남은 것은 아니잖아. 국립 박물관 후원회에도 돈을 좀 돌려준다는 의미에서 기부를 좀 해야 하지 않을까?」 스티나였다.

모두들 이 문제에 대해 잠깐 생각하고 있는데, 메르타가 입을 열었다.

「물론이지. 우린 10만, 백만, 이렇게 딱 잘라서 기부를 할 예정이야. 그래야 〈악과 선〉 같은 특별 전시회도 정말 높은 수준으로 개최할 수 있을 테니까.」

갈퀴가 이 말을 받아, 조금 다른 이야기를 꺼냈다. 「내가 보기엔, 그때 그 전시회 참 훌륭하던데.」

「지금 생각으로는 1년에 한 2백만 정도 보낼 생각이야. 그래도 우리한테는 돈이 많이 남아서 라스베이거스 카지노에 가서 얼마든지 즐길 수 있어.」 메르타가 말했다.

「좋아요, 아주 좋아요.」 모두들 공감, 동의했다. 그러다 문득 모두 자신들이 지금 바베이도스로 가고 있다는 것을 깨달았다.

「까짓것 뭐, 카리브 해안의 바베이도스에서 미국 라스베이거스로 날아가면 되지. 방법은 많아.」 안나그레타가 말했다.

「좋아. 그럼 이제 모두 동의를 한 거야. 이제 경찰에게 보내는 편지만 쓰면 되겠군.」 메르타는 편지 2호를 쓸 종이를 꺼내 들고 출발하기 전에 모두 사전 동의했던 내용을 적어 내려갔다.

스톡홀름 경찰에게
친애하는 경찰 여러분,
여러분의 노고를 우리는 가까이에서 지켜볼 수 있었습니다. 그래서 우리는 경찰을 후원하기로 결정했습니다. 스톡홀름 그랜드 호텔로 가서 카디에르 바 근처의 빗물 홈통을 뒤져 보세요. 관을 떼어 내면 그 안에 돈이 가득 든 여자 스타킹이 나올 것입니다. 우리는 그 안에 든 돈을 경찰과 경찰 공무원 연금에 주려고 합니다. 경찰이 잘 봤습니다. 모든 돈이 다 날아간 것은 아니었습니다.
다음 수사들에 행운이 따르기를 바랍니다.
안녕히 계세요.

노인 강도단

추신: 스타킹은 가지세요.

이 편지도 끝나자마자 봉투 속에 넣었고, 천재가 다시 샴페인을 따라 모두에게 돌렸다. 그리고 한마디 했다.

「우리를 위하여! 최대한 행복해지려고 하는 우리 모두를 위하여!」

모두들 고개를 끄덕이며 잔을 들어 건배, 건배, 건배했다. 횔씬 가벼워진 마음으로 이제 모두 외국에서의 새로운 삶을 시작하게 된 것이다. 새로운 모험이 그들을 기다리고 있는 것이다! 만일 모든 기대와 달리, 고향으로 돌아가고 싶다는 마음이 고개를 든다면, 돌아갈 수 있도록 모든 준비도 끝나 있었다. 완전히 새로운 이름을 하나씩 준비해 둔 것이다. 안나그레타가 인터넷에서 신분증에 사용할 이름들을 구매해 두었던 것이다.

에필로그

컴퓨터 앞에 앉아 스트룀베크 경위는 스톡홀름 시의 CCTV 화면들을 돌려보고 있었다. 그는 지난주, 국경의 세관을 넘어간 은회색 메르세데스를 찾고 있는 중이었다. 메르세데스를 당해 낼 수가 없었다. 신속하게 따라붙고 스포츠카를 몰듯이 했지만 — 실제로 그들이 탄 짙은 파란색 볼보는 그날 너무 세게 모는 바람에 속도계가 고장 나버렸다 — 유고 조폭을 놓치고 말았다. 스트룀베크 경위는 연신 욕을 뱉어 대며 초콜릿 과자를 집어 입에 털어 넣었다. 이게 그만의 스트레스 퇴치법이었다. 다른 방법이라도 있었을까? 유고 조폭을 체포하지 못한 것은 물론이고, 노인 강도단도 놓치고 말았다.

스트룀베크 경위는 책상 한쪽으로 치워 놓은 편지 한 통을 바라봤다. 카리브 해안에서 가장 싼 항공 우편으로 경찰에게 발송된 편지를 받은 그는 처음에는 깜짝 놀랐지만, 편지를 뜯어본 후 경찰 생활 중 이보다 더 큰 모욕을 당해 본 적이 없음을 깨달았다. 도저히 생각도 할 수 없는 모욕이었고 일대 치욕이었다. 노인 강도단은 편지에서, 그랜드 호텔 밖에 설치된 빗물받이 홈통 속에 돈을 잔뜩 넣은 스타킹을 숨겼다고 했고 그 돈을 찾으러 가라고 알려 온 것이다. 홈통 속에? 스타킹 속에? 생각만 해도 욕이 쏟아졌다. 스트룀베크 경위는 편지를 집어 마구 꾸긴 다음 휴지통에 던져 버렸다.

감사의 말

이 소설을 집필하는 동안 주위의 여러 훌륭한 분들에게서 많은 도움과 응원을 받았다.

소설의 첫 구상에서부터 마지막 탈고까지 원고를 읽고 나에게 용기를 북돋아 준 잉에르 셰홀름라르손이 가장 먼저 떠오른다. 또한 레나 산프리손에게도 감사해야 할 것인데, 몇 해 전, 첫 번째 아이디어들을 함께 구상했고 그 후로도 계속 이 길고 긴 소설이라는 이름의 여행을 하는 동안 나에게 밀어붙이라고 용기를 준 사람이다. 잉리드 린드그렌 역시 내가 감사해야 할 사람이다. 75개의 장으로 구성된 소설의 각 장을 바로바로 읽고 용기를 주면서도 한편으로는 합리적인 조언도 아끼지 않았다. 또 나는 이 자리를 빌려 이사벨라 잉엘만순드베리에게도 감사를 표하고 싶다. 두 사람 모두 소설을 쓰는 동안 든든한 후원자 역할을 해주었다.

수산네 토르손 역시 내 감사를 받아 마땅한 사람이다. 많은 시간을 할애해서 원고를 읽어 주었을 뿐만 아니라, 귀중한 조언들도 많이 해주었다. 셰르스틴 페게르블라드 역시 감사해야 할 사람이다. 내가 미완성 원고들을 보내도 언제나 다시 용기를 얻을 수 있는 말들을 들려주었다. 프레드리크 잉엘만순드베리 역시 내게 새로운 자극을 주고, 원고를 읽어 주면서 지원을 아끼지 않았다.

망누스 뉘베리, 미케 아가톤, 군나르 잉엘만, 브리트마리에 라우렐, 오케 라우렐, 잉에게르드 욘스, 헬레네 순드만, 안나스티나 볼린, 벵트 비에르크스텐, 카린 스파링 비에르크스텐, 앙네타 룬스트룀, 안나 라스크, 미카 라르손, 에르바 칼그렌, 에바 뢸란데르 등의 많은 이들에게도 감사의 말을 전하고 싶다. 이들은 모두 귀중한 시간을 내서 원고를 읽어 주고 첫인상들을 들려주었다. 이 첫인상들 중에는 아주 예리한 것들이 많았다. 이 지적들이 내 소설 속에서 중요한 부분들을 차지하고 있다.

또한 이 자리를 빌려, 한동안 내게 힘과 기쁨의 원천이었던 바르브로 폰 셴베리에게 각별한 감사의 말을 전하고 싶다.

많은 사람들이 내게 소설 집필에 필요한, 여러 귀중한 정보들을 제공해 주었다. 특히 솔렌투나 교도소장인 한나 얄 셸베리와 호텔을 찾은 나를 친절하게 안내해 주고 조사를 도와준 그랜드 호텔의 리나 몬타나리에게 감사한다. 그 외의 모든 사람들에게도 정말 감사하고 싶다!

〈첫 원고를 출판해 준〉 포룸 출판사의 아담 달린, 비베카 페테르손, 리셀로트 벤보리 람베리, 안나 셸, 사라 린데그렌, 안닐리에 엘드에게도 감사의 말을 전한다.

또한 출판과 판권에 관련된 일을 맡아 준 그랜드 에이전시의 마리아 엔베리, 레나 셰른스트룀, 페테르 셰른스트룀, 로타 옘트스베드 밀베리 등에게도 감사 드린다.

마지막으로 실리안스네스의 비에르크바켄 노인 요양소를 방문할 수 있도록 도와준 마그다 라우렐에게 특별히 감사의 말을 전하고 싶다. 참으로 멋진 경험이었다.

옮긴이의 말

　『감옥에 가기로 한 메르타 할머니』는 스웨덴 여성 작가인 카타리나 잉엘만순드베리(1948년생)가 2012년에 발표한 소설이다. 잉엘만순드베리는 이 소설 이전에도 역사 소설을 비롯해 어린이 책, 유머, 에세이집 등 여러 장르에서 20여 종의 책을 낸 바 있고 1999년에는 그간 발표했던 역사 소설로 라르스 비딩상을 수상하기도 했다. 잉엘만순드베리는 이런 다양한 글쓰기 이외에도 오스트레일리아의 웨스턴오스트레일리아 박물관에서 큐레이터로 재직하기도 했고, 또 스웨덴 일간지 『스벤스카 다그블라데트Svenska Dagbladet』에서 잠시 기자로 일을 한 적도 있다. 가장 눈에 띄는 경력은 젊었을 때 15년 동안 수중 탐사 고고학자로 지냈다는 것이다. 소설 『감옥에 가기로 한 메르타 할머니』에는 작가의 이런 다양한 체험들이 고스란히 녹아 들어가 있으며, 특히 무엇보다 작가의 박물관과 유물에 관한 전문 지식들이 유감없이 발휘되고 있다.

　이 소설은 탐정 소설 혹은 범죄 소설의 스토리 텔링에 기대고 있고 또 얼른 보기에는 이 스토리가 유머러스하게만 보일 수도 있지만, 하나의 사회 고발 소설로도 읽을 수 있는 특유의 매력을 갖고 있다. 무거운 주제인 사회 양극화와 그 연장선에 있는 노인 문제를 다루면서도 유머러스한 전개 방식을 택함으로써 작가는 결코 목에 힘을 주지 않으면서도 해야 할 말은 조목조목 다 하고 있는 것이다.

출간 즉시 이 소설이 불러일으킨 예상치 못했던 반응들이 작가의 선택이 옳았음을 잘 일러 준다. 30만 부 이상이 팔린 스웨덴을 비롯해 소설은 영국, 독일, 프랑스, 이탈리아, 스페인 등 유럽 여러 나라의 언어로 번역되었다. 스웨덴에서는 인기에 힘입어 속편에 해당하는 두 번째 소설이 출간되기도 했으며 영국에서는 이 두 번째 소설도 이미 번역되어 읽히고 있다.

이는 첫 번째 권인 『감옥에 가기로 한 메르타 할머니』에서도 어느 정도 예견되었던 일이다. 80세가 넘은 다섯 명의 노인들이 보통 사람들은 감히 엄두도 못 낼 엄청난 돈을 손에 쥐고 언제든지 라스베이거스로 날아갈 수 있다고 너스레를 떨며 카리브 해의 섬나라 바베이도스행 비행기에 오르면서 첫 권이 끝나는데, 이 한없이 귀여운(?) 할머니, 할아버지 들은 한두 탕으로 만족할 사람들이 결코 아니었다.

한 가지 흥미로운 것은 여러 나라의 말로 번역되면서 제목들이 다 다르게 번역되었다는 것이다. 영국판에서는 첫 권에 〈모든 법을 깔아뭉개는 한 작은 노부인 *The Little Old Lady Who Broke All the Rules*〉이라는 제목이 달렸고, 두 번째 권에는 〈작은 노부인 뒤통수를 치다 *The Little Old Lady Strikes Again*〉라는 제목이 붙었다. 출간되자마자 몇 주 만에 6만 부 이상이 팔린 독일판에는 속편을 염두에 두었는지, 〈우리는 이제 시작일 뿐이야*Wir fangen gerade erst an*〉 정도로 옮길 수 있는 제목이 붙어 있다. 프랑스판이 가장 재미난 제목을 갖고 있는데, 〈틀니를 낀 채 은행을 터는 법*Comment braquer une banque sans perdre son dentier*〉이 그것이다. 스페인판에서는, 스페인이 요즘 가장 심각한 경제 위기를 겪고 있어서인지, 〈돈 내놔, 안 내놓으면 죽이겠다*La bolsa o la vida*〉라는 직설적인 제목을 달고 있다. 그 외 이탈리아판에는 가장 평범한 〈놀라운 80세 노인*La banda degli insoliti ottantenni*〉이라는 제목이 붙어 있다.

이 소설이 불러일으킨 예상치 못했던 반응들은 단순히 소설이 재미있기 때문만은 아니다. 소설에서도 많은 지면이 할애되어 묘사되지만, 소설의 인기는 그동안 많은 이들이 사회 양극화와 심각한 노인 문제가 이슈화되기를 바라고 있었다는 반증이기도 할 것이다. 언론을 통해서는 종종 이슈화되었지만, 독자들은 사회 양극화와 노인 문제가 소설이나 영화를 통해 보다 깊고 감동적인 다른 방식으로 다루어지길 바라고 있었던 것이다. 이는 거꾸로 정치가들의 말을 믿을 수 없다는 정치 불신을 일러 주는데, 그렇지 않아도 소설에서도 왕실을 비롯해 정치가들에게 시니컬한 비판을 서슴없이 쏟아 낸다. 그중 최후의 일격에 해당하는 비판이 바베이도스로 향하는 여객기 기내에서 신문사에 보내는 편지에 등장한다.

정계에 입문하려는 자는 남자든 여자든, 적어도 6개월 동안 노인 요양소에 와서 일한 경험이 있어야 한다.

최근 들어 서구 문학계에서도 노인 문제의 심각성을 깨닫고 이를 새로운 시각으로 대하고 있다. 『감옥에 가기로 한 메르타 할머니』의 작가 역시 소설을 통해 거의 처음으로 사회 양극화와 노인 문제를 본격적으로 다루고 있다. 하지만 작가는 사회적, 경제적 문제를 다루는 이 소설을 쓰면서 인간적인 따스한 시선을 거둔 채 날선 비판으로 일관하고 있지 않다. 이 점이 이 소설의 가장 큰 장점일 것이다. 사실 아무리 나이가 많고 경험이 풍부하다고 해도 작가는 경제학자도 아니며 사회학자도 아니다. 오늘날의 세계는 작가가 함부로 비판을 할 수 없을 정로로 복잡하며 제대로 된 대안을 제시하려면 많은 지식이 요구된다. 하지만 비판적인 관점과 불의에 대한 분노는 지식에서 나오는 것만은 아니며 사람과 사회에 대한 관심과 애정에서 나오는 것이라는 평범하지만 변하지 않는 진리는 그대로 언제나 소설의 진리이기도 할 것이다. 소설은 날카롭고 힘이 있어야 하지만, 소설마저, 그것이 설사 정의를 위한 것이라 해도, 수단이나 방법에 머물러 있으려 할 때는 그 자체가 위험한 것일 수 있는 것이다.

소설 『감옥에 가기로 한 메르타 할머니』를 읽으면서 독자들은 때론 절로 키득키득 웃음이 나오는 것을 참지 못할 것이며, 그러면서도 어떤 대목에서는 끓어오르는 분노를 느끼게 될 것이다. 조금 더 예민한 독자들은 삶과 인간에 대한 따스하면서도 날카로운 작가의 시선이 동서양 가릴 것 없이 모든 독자들에게 잔잔한 감동을 주는 점에 박수를 보낼 것이며, 나아가 복지 천국으로 알려져 있던 스웨덴과 한국이 별반 다르지 않다는 것도 알게 될 것이다. 특히 노인 문제의 중심에 자리 잡고 있는 사회 양극화는 선진국일수록 심각한 지경에 이르러 있고 한국도 이 흐름에서 결코 예외가 아니다. 이런 점에서 이 소설은 갈수록 심각해져 가는 한국의 노인 문제를 되돌아볼 기회를 제공하고 있다고도 볼 수 있다.

메르타, 천재, 갈퀴, 스티나 그리고 안나그레타…… 다이아몬드 요양소에서 함께 사는 이 다섯 노인들은 모두 우리 자신들의 어머니, 아버지이자 할머니, 할아버지 들이다. 노인들만 어렵고 외로운 삶을 살아가는 것은 아니다. 하지만 노인들이 길거리에서 서로 부둥켜안고 진한 키스를 하는 장면을 본다면 우리는 어떤 반응을 보일까? 대개는 〈이 노인네들이 망령이 들었나……〉 하며 비웃기 십상이다. 노인들에게는 애정 표현이나 성욕이 비유적으로 말해, 거세당한 상태인 것이다. 맛있는 것도 먹을 필요가 없고 멋진 옷도 필요 없다. 노인네들에게 그런 것은 모두 사치에 지나지 않는다. 살 만큼 살았으니 그냥 조용히 지내다가 때가 되면…….

노인을 인간으로 대접하는 대신 요양소에 격리시켜야 할 대상으로만 본다면, 그리고 힘도 욕망도 없는 존재로 여기는 이런 사회는 일자리가 없는 청년도, 불안한 삶을 이어 가는 비정규직 노동자들도 같은 취급을 할 수 있는 사회가 되기 쉽다. 남자가 아니라는 단 하나의 이유만으로 같은 일을 하면서도 훨씬 낮은 임금을 받는 여성들 역시 이런 사회에서는 줄어들지 않을 것이다. 이런 사회는 1억씩, 2억씩 건네주었다고 자필 메모를 남기고 목을 매고 죽어도 눈 하나 깜짝하지 않는, 분노가 사라진 우리가 사는 사회와 그리 멀리 떨어져 있지 않다. 작가 카타리나 잉엘만순드베리가 소설 『감옥에 가기로 한 메르타 할머니』에서 진정으로 하고 싶었던 말은 어쩌면 이런 말이었는지도 모른다. 독자들은 단순히 재미만 있는 소설에 결코 열광하지 않는다. 우리도 이 소설을 단순히 〈재미있는 소설〉만으로 읽을 수는 없다. 그 이상이기 때문이다.

정장진

옮긴이 **정장진** 1956년에 태어나, 고려대학교 불문학과에서 석사 학위를 받은 뒤, 국제 로타리 장학금을 받아 파리 제8대학에서 20세기 소설과 현대 문학 비평을 전공하여 박사 학위를 취득했다. 귀국 후 고려대학교, 서강대학교, 동덕여자대학교, 덕성여자대학교, 성신여자대학교 학부와 대학원에서 강의하며, 문학 평론가와 미술 평론가로 활동하고 있다. 1998년, 예술의 전당에서 열린 「루브르 조각전」 학술 고문으로 전시를 기획하며 도록을 집필했다. 2000년에는 성균관대학교 대학원 겸임 교수를 역임하였다. 주요 저서로는 평론집 『문학과 방법』, 『두 개의 소설, 두 개의 거짓말』, 『영화가 사랑한 미술』 등이 있으며, 역서로 다니엘 라구트의 『예술이란 무엇인가』, 지그문트 프로이트의 『예술, 문학, 정신분석』, 마리 다리외세크의 『암퇘지』, 장 자끄 상뻬의 『뉴욕 스케치』 등이 있다. 2011년 한국학술진흥재단의 장기 인문학 명저 번역 프로젝트를 수행해 『사랑과 서구문명』을 번역한 바 있으며, 2011년 고려대 안암 캠퍼스의 최우수 강의에 수여되는 석탑강의상을 수상하기도 했다. 2014년에는 1년간, 주간 「법보 신문」에 〈수보리 영화관에 가다〉 제하로 영화 칼럼을 연재했다.

감옥에 가기로 한 메르타 할머니

발행일	2016년 1월 30일 초판 1쇄
	2024년 3월 5일 초판 17쇄

지은이	카타리나 잉엘만순드베리
옮긴이	정장진
발행인	홍예빈·홍유진
발행처	주식회사 열린책들

경기도 파주시 문발로 253 파주출판도시
전화 **031-955-4000** 팩스 **031-955-4004**
www.openbooks.co.kr

이 도서의 국립중앙도서관 출판예정도서목록(CIP)은 서지정보유통지원시스템 홈페이지(http://seoji.nl.go.kr)와 국가자료공동목록시스템(http://www.nl.go.kr/kolisnet)에서 이용하실 수 있습니다.(CIP제어번호:CIP2016001344)